张光辉 著

说起她们的爱情故事，戈壁母亲的脸上总是有一种甜蜜而又幸福的笑容，在笑声里，我，一个"小兵团"、戈壁母亲的儿子，能真切地感受到母亲内心那暖暖的情愫。

戈壁母亲的爱情故事

GEBI MUQIN DE
AIQING GUSHI

新疆生产建设兵团出版社

图书在版编目(CIP)数据

戈壁母亲的爱情故事 / 张光辉著 . -- 五家渠：新疆生产建设兵团出版社, 2022.11（2024.4重印）
ISBN 978-7-5574-1981-3

Ⅰ.①戈… Ⅱ.①张… Ⅲ.①纪实文学—作品集—中国—当代 Ⅳ.①I25

中国版本图书馆CIP数据核字(2022)第162180号

责任编辑：李书群　　　　责任校对：孙　倩　　　　装帧设计：王　洋

戈壁母亲的爱情故事
GEBI MUQIN DE AIQING GUSHI

出版/新疆生产建设兵团出版社
印刷/永清县晔盛亚胶印有限公司
版次：2022年11月第1版　　　　　　　印次：2024年4月第2次印刷
开本：787毫米×1092毫米 1/16　　　　印张：28　　字数：460千字

新疆生产建设兵团出版社

ISBN 978-7-5574-1981-3　　定价：98.00元
邮购地址 831300 新疆五家渠市迎宾路619号
电话：0994-5677116　0994-5677185
传真：0994-5677519

戈壁母亲的爱情最崇高(自序)

作者在媒体上看到一位微博名为"黄青蕉"的影评人,在网上说"那些年轻的湘女(指1951年、1952年进疆的湖南女兵)被强行嫁给毫无感情基础、大她们几十岁的老男人,为他们传宗接代,自己的梦想和才华被当成垃圾一样丢弃。"而事实依据仅是前些年看的一部虚构电视剧。

我是一个山东女兵的儿子(母亲1952年参军进疆),前些年陆续采访了近百位湖南、山东、甘肃女兵,撰写了七十几篇戈壁母亲的纪实文章,其中绝大部分是她们的爱情故事。在我直接采访或间接采访的这些戈壁母亲中,没有一人对他们的婚姻表示后悔,也没有一人离婚。说起她们的爱情故事,戈壁母亲的脸上总是有一种甜蜜而又幸福的笑容,在笑声里,我,一个"小兵团"、戈壁母亲的儿子,能真切地感受到母亲内心那暖暖的情愫。

我不否认,大多戈壁母亲都是通过"组织介绍,双方交流,自觉自愿,合法手续"而组建了家庭。我不止一次听她们说过这样一句话:"日子是过出来的""风雨过后是彩虹"。说戈壁母亲的婚姻"毫无感情基础",那是瞎话,她们的爱情崇高而伟大,是经受过"文化大革命"那个特殊年代考验的。我们的不少戈壁母亲,对自己受到迫害的丈夫不离不弃,有的甚至带着孩子去撕批判丈夫的大字报。

在采写戈壁母亲的爱情故事过程中,我有一种感悟:对戈壁母亲和戈壁父亲的婚姻,我们不能只看婚前的那一小段,而要从他们的一生来观察他们的婚姻。这样,才全面、客观、真实。

我不知"黄青蕉"了解过多少个湘女,这种"听风就是雨"的不加调查、核实就下结论的作法,是对我们兵团戈壁母亲的极其不尊重,作为戈壁母亲的儿子,我有责任来维护"小兵团"共同母亲的声誉——我想给"黄青蕉"讲讲湘女妈妈的爱情故事,"我不叙述,我不解释,我只展示,我让我的人物为我说话。"(列夫·托尔斯泰语)

姑娘失去了一只大眼睛

湘女任孝莲这辈子都忘不了两个日子:一是1951年3月9日她从湖南参军登上了西去的列车;一是1953年10月8日她与牛效忠结婚。

任孝莲当兵前喜爱湖南的芙蓉花,到新疆后,爱上了红纸扎的大红花。当时她的理想是:要亲手培育共产主义大红花,参加戈壁滩上建花园的大生产运动,这一辈子要戴就戴大红花(红纸扎的大红花)!在修筑八一水库(今第六师一〇二团八一水库)的劳动中,她和女兵们住在窝棚里,大冬天,棚里与棚外一样冷,夜里当"团长",起床后女兵成了"白毛女"。工地没有水,她们洗不成头,生了虱子。任孝莲是班长,带头剪去大辫子,带着一个班的"小子头"和男兵打擂。

"……这些女同志,都是从关内来的学生。在挖水库的时候,她们表现出忘我的劳动精神。她们抬抬把时,不少人就抬两个抬把,足足有三百多斤,在工地上她们总是小跑步。这些十七八岁的女同志,跟男同志一样干着重劳动。为了突击,她们也和男同志一样下工地。累了,把皮大衣一卷,雪地上躺一会,又拿起抬把干起来"。

……

1952年9月,苏联《真理报》发表长篇通讯《一百零八个日日夜夜》,记载了任孝莲和她的女兵们修筑水库的场面。

1953年,八一农场成立,任孝莲原本可以留着新疆军区后勤部,但她写血书去八一农场,要和张迪源一样驾驶拖拉机。梦想成真,任孝莲成了一名拖拉机驾驶员。在血与火的大生产劳动中,领导给她介绍了拖拉机队的技术员牛效忠。起初她并没有答应,但经不住牛效忠一次次邀她"浪漫"(散步)。牛效忠十五岁参军,有文化,有技术,谈吐文雅,篮球打得好。任孝莲点头了。

在一次修理拖拉机过程中,一颗拖拉机链轨销子飞过来,不偏不倚正好打在任孝莲的右眼上,当时并没有流血,只是有些疼。任孝莲也没在意,继续工作。几天后,任孝莲的右眼看不清东西了,牛效忠劝她去医院看看。任孝莲说:"哪有那么娇气,过几天就好了。"可过了几天,任孝莲的右眼就什么都看不到了,她这才意识到问题严重了。她决定不再与牛效忠"浪漫"(散步),不能连累了牛技术员。牛效忠很着急,向领导汇报了此事。从任孝莲对他态度的突然转变,牛效忠也感到任孝莲内心有了变化,根本原因就是那只眼。在任孝莲去师部医院的头天晚上,牛效忠向团里打了结婚报告。

在师部医院,任孝莲与王孟筠(后被誉为中国的保尔·柯察金)住一个病房。医生告诉任孝莲,你的右眼彻底失明了,要摘除。任孝莲大哭着死活不让,一个十八岁的大眼睛姑娘怎么能没有右眼呢。后来医生决定将右眼上那层白膜剥离掉。右眼保住了,但什么也看不到。任孝莲给牛效忠写了一封信,说自己的右眼瞎了,配不上他……牛效忠给她捎来一封信,让她向王孟筠学习,要坚强,他在八一农场等她"浪漫"哩。回农场的那天,坐在卡车驾驶室的任孝莲看到牛效忠站在路口。牛效忠拦住了卡车,拽下任孝莲说要"浪漫"。任孝莲这会儿最怕听到"浪漫"这个词,她冷冷地、几乎是向牛效忠咆哮道:"你看看我的眼睛!再好-好-看-看-我-的-眼-睛!"任孝莲用手捂着脸嚎啕大哭。

牛效忠轻轻地掰开任孝莲的双手,定定地看着那双大眼睛,那只右眼无神并且毫无光泽。他一字一顿地说:"孝莲,我们的结婚报告团里批了。"

1953年10月8日,任孝莲与牛效忠举行了婚礼。

2010年笔者采访任孝莲时,她说:"年轻时我长得不算漂亮,但我有一双大眼睛,你看,这是我刚当兵时的照片。"

果然,那是一双清澈如泉水的大眼睛。

没结婚就收养了孩子

说起湖南女兵常修哲和王鹏月的爱情故事,还得从一个弃婴说起。

1950年12月是个多雪的冬天,中国人民解放军六军十六师四十六团二连指战员在巴里坤茫茫雪原上追剿土匪,当追至下马崖时,战士于明智发现在一片雪地上有一个被丢弃的木头箱子,箱子是用皮条紧紧捆着的。于明智好奇地围着箱子转了一圈,似乎听到箱子里有动静,于是趴在箱子上仔细听,他听到的是孩子微弱而又嘶哑的哭声。于明智大声喊起来:"快来,这个箱子里好像有个孩子。"战士七手八脚打开箱子,果然看到一个大约两岁的孩子躺在里面,孩子苍白的小圆脸上布满了泪痕,已经奄奄一息了。

后来,这个孩子就留在了二连,由指导员王鹏月收养。当时正值抗美援朝,王鹏月给孩子起名叫"援朝"。

1952年,王鹏月奉命调到十六师政治部任组织科长,他把"援朝"也带到了哈密。那时师部刚刚成立红星幼儿园,王鹏月就把"援朝"送进了幼儿园,每到星期六再接回来。

也就是当年,通过领导牵线,王鹏月与湖南女兵常修哲"谈心"了,他们第一次见面,说的第一件事就是"援朝"。

"你知道吗,我还带着一个孩子。我反复想了,这件事一定要向你说明。"

让王鹏月没想到的是,漂亮女兵常修哲扑哧笑了:"谁不知道二连指导员王鹏月不但是个战斗英雄,还是个模范'爸爸',你收养'援朝'的事迹全军区都知道了,你可是我们女兵学习的榜样呀。"

王鹏月还是有些不放心,又试探说:"咱俩的事如果能成,这孩子可是要跟着咱们一辈子。"

常修哲佯装生气的样子嗔怪地说:"没想到你这个大英雄还这么瞧不起我们

女兵,给你说吧,正是你的这些事迹,才打动了我的心。"说完,常修哲的脸羞得绯红。

王鹏月和常修哲特意将结婚日选在了6月1日。婚后,一到星期六,他们就把小"援朝"接到家,两人忙着给小家伙做好吃的、洗澡、换新衣服。这时的"援朝"已经会说普通话了,两人商量着上学后让他学两种语言,以后在部队做翻译。

1953年3月15日,王鹏月两口子奉命赴朝。在那种情况下,不可能把"援朝"带走,于是,两人决定:将"援朝"寄托给红星幼儿园。临别时,五岁的小援朝哭着要跟爸爸妈妈到朝鲜打"美国佬"。王鹏月、常修哲将小"援朝"亲了一遍又一遍,抱了一次又一次,就是舍不得离开,三人拥在一起,泪流满面。

"再——见。""援朝"已经泣不成声。

王鹏月和常修哲扭头向送他们的汽车走去。他俩浑身抽搐,用手紧紧地捂着嘴。

这时,谁也没想到,小"援朝"一下挣脱阿姨的双手,挓挲着两只小手一边跑,一边哭喊着:"爸爸——妈妈。"

听到喊声的王鹏月和常修哲又扭头跑回来,三人又抱在了一起。王月鹏从军帽上摘下那枚鲜艳的五角星,递给援朝,声音颤抖地说:"孩子,你要一辈子记住,你的爸爸妈妈是解放军。想爸爸妈妈了就看看这枚红五星。"

几年后,部队找到小"援朝"的父母亲,王鹏月和常修哲还是经常来信打听小援朝的情况。

收获爱情　比翼双飞

贾焕秋是1952年从湖南参军来迪化(今乌鲁木齐)的,带队的队长让她住在六军十七师招待所待命。没过几天,军区八一农学院招生,她是初中毕业,队长让她去考,结果考上了。湘女贾焕秋真没想到,当兵还能上学。不过那时的八一农学院和部队没什么区别,学生都是军人,除了学习、生产外,也要军训。她在园艺系学习,一学就是三年。

八一农学院园艺系学生贾焕秋与同学韦恒茂产生了爱情。韦恒茂是二军军直的参谋,是调干来学习的,又是班里的学习尖子。在学习上贾焕秋常向这个帅气的小军官请教,韦恒茂也乐意帮助这个长得水灵灵的湘妹子,一来二去,就碰撞出了爱的火花。转眼三年的学业结束了,两人商量着到南疆,韦恒茂说,我们学的是园艺,在南疆才能大展宏图。贾焕秋一心跟着心爱的人走,到哪都行,哪怕是天涯海角。

南疆军区生产管理处将这对恋人分到了草湖(今第三师四十一团),那里正需要园艺人才。两人一个在园艺场,一个在八连,都是园艺技术员。他们将学到的知识用在了这片土地上,在建起的果园里也收获了爱情。一条烟,二斤糖,大家来新房坐坐,就算结婚了。没有婚假,结婚的第二天一早天还不亮,就得起床上班。"那时上下班两头不见太阳,两口子起床只能看到对方的鼻子。"贾焕秋笑着说。

用"夫妻双双比翼飞"来形容他们的事业再恰当不过了。他俩分别在管理的小果园里栽种了黄元帅、红元帅和青香蕉。有一次王震部长(农垦部部长)来草湖视察工作,很高兴,说草湖要建花园式农场,没有果园算不得花园式农场。贾焕秋对首长说,等苹果下来了,一定寄两箱到北京让王部长尝尝。

后来,草湖农场将收获的苹果寄到北京,王震部长来信说,感谢草湖种出了这么好的苹果。

爱情、事业双丰收,贾焕秋的第一个孩子在瓜果飘香的日子降生了。

碱水泉边的湘女

从大地深处流出的泉水甘甜如饴,可肖尔布拉克这地方的泉水却是咸苦如盐。肖尔布拉克系哈萨克语,意为碱水泉。

兵团十大戈壁母亲之一的吴梅芳在这个叫碱水泉的地方生活了四十多年,

是个"在清水里泡三次,在血水里浴三次,在碱水里煮三次"的人。

从湖南参军来新疆前十九年,吴梅芳没过过一天好日子。七岁时被卖到长沙一户人家做童养媳。

1951年3月的一天,是改变吴梅芳命运的日子。这天,她偷偷跑到新疆军区招聘团的报名处,成为了兵团一员。

湖南女兵到了迪化(今乌鲁木齐),要分配工作时,一位领导在征求吴梅芳要干啥时,她说我会洗衣、做饭、打扫庭院。那位领导笑了,她被分到军区招待所。

在招待所,吴梅芳的勤快是出了名的,她人长得清秀,白白净净,犹如一朵芙蓉花。招待所的副所长聂德胜是一位老革命,1938年参加革命,伤疤和军功章一样多,吴梅芳很崇拜这位老革命,在她心目中,他是英雄。有一次王震司令员来招待所,看到了吴梅芳,就有意为老部下撮合撮合。吴梅芳只是崇拜,没有想到要和老革命一个锅里抡马勺,可她又不敢回绝。犹犹豫豫时,一位领导开导吴梅芳:"旧社会,你是童养媳,那是被逼的。如今,婚姻自由,必须征得男女双方的同意。聂所长为了新中国,耽误了婚姻大事,他是革命功臣,他需要一个家,一个温馨的家。不逼你,你好好考虑考虑吧。"

听了这话,吴梅芳动心了,心想:自己能从一个童养媳成为一个革命军人,可以说,是解放军解救了她。她同情、爱怜聂所长。就答应了。

1952年八一建军节,他们结婚了。那年,吴梅芳二十岁,聂德胜四十七岁。

聂德胜是从枪林弹雨中钻出来的,没什么文化,不善于说话,不习惯开会,在招待所这个"伺候"人的地方,他待不惯。他向领导提出,到剿匪前线去,到开荒前线去。吴梅芳也同意,老聂走到哪,我就跟到哪。1953年,两人被调到了肖尔布拉克。

丈夫到山里剿匪,吴梅芳在家里开荒,那些年,她没少流汗,挖大渠、挖煤、开荒、播种、浇水、收割……干起活来,身上的衣服除了衣角是干的,剩下全是湿的。她的衣服上结成了一片片碱花花。汗水是咸的,但和小时流的泪不是一个味,这是建设新新疆劳动的汗水,这是幸福的汗水。

"用汗水浇灌大红花",是那时女同志常挂在嘴边的一句话。吴梅芳心想:在旧社会,我流的泪多,现在,我流的汗多,咸咸的汗水换来甜甜的劳动成果。

丈夫聂德胜四十七岁才有了老婆有了家,但为了工作,他十天半月才回来一次。一进家门,妻子就问他吃什么?丈夫是山西人,好吃面食。为此,吴梅芳学会了刀削面、扯面、刀拨面、拉面、擀面皮、面鱼鱼、面疙瘩、猫耳朵等十几种面食。平时,有个鸡蛋她从舍不得吃,都攒下来给丈夫吃。她总是对过意不去的丈夫说:"你岁数大了,身上又负了伤,我是你老婆,我关心你是应当应分的呀。"

左邻右舍的人说,女大三抱金砖,老聂娶了小娘子吴梅芳,享了大福呀。

聂德胜享了老婆吴梅芳的福,可吴梅芳跟着丈夫没享多少福。吴梅芳的孩子稠,一辈子生了八个孩子。有人好心地说,你一人带这么多孩子咋行?干脆送人几个。吴梅芳的脸变了色,说,我的孩子我自个养,一个不能少。吴梅芳的奶好,她的乳汁不但喂自己的孩子,在农场托儿所担任保育员二十三年里,谁家的母亲没来喂孩子,孩子一哭,她就抱过来喂奶。吴梅芳的乳汁如甘泉,农场不少孩子都吃过她的奶。

有几年,农场将粮食支援了受灾的其他省份,自己的粮食不够吃了。聂德胜是领导,他带头减少粮食定量,从一个月二十五公斤定量,减到十五公斤。巧妇难为无米之炊,吴梅芳用"粮不够,瓜菜代"的办法能做出"高产饭"来。再后来,可替代的瓜菜都吃光了,她就带着孩子去挖毛拉根吃,去挖老鼠洞(洞里有粮食),还把玉米芯磨碎了吃。

吴梅芳没享丈夫多少福,倒是因为是干部家属,有几次评工资,人多粥少,怎么办?聂德胜摆不平,就动员妻子放弃。"老聂是领导,我不能拖他的后腿。"这是吴梅芳常说的一句话。

1980年,苦日子快熬到头时,丈夫聂德胜走了。掐指算来,她与丈夫只相处了二十九年(以上故事,本书相关篇目均有详细描述)。

补充说明：

2017年2月16日在写此文时，我打电话给一个采访过的湘女妈妈，接电话的是她的孙子，他告诉我："奶奶已经走了半年了。"我心头一沉，放下电话，翻出当年采访这位戈壁母亲时的采访本，上面记着这么一句话："再过几年，我也就和丈夫团圆了，我那老头子除了打仗、生产，别的啥都不会干，这个家没有我不行。我和他在阴间开荒、种地、守边关，还和他过日子。"

黄青蕉，不知你看了这些故事后有何感想？

（此文刊发于2017年2月19日《兵团日报》）

目 录

001 戈壁母亲的爱情最崇高（自序）

001 伴 儿
010 包着红头巾的小白杨
019 彩 虹
031 草 湖
043 草皮房
056 大 姐
064 大 嫚
070 大田月色
074 大眼睛
086 风 筝
104 夫妻兵 白杨树
111 和平鸽
117 红柳树
127 红丝带
133 花儿悄悄开
145 花手帕
153 碱水泉
157 箭杆杨
163 菊 花

- 182 宽阔的蓝天
- 190 擂　台
- 196 岭上铁娘子
- 202 芦花绒绒白似雪
- 209 玛丽亚
- 217 美丽的谎言
- 224 妹妹找哥泪花流
- 232 磨　坊
- 242 母亲的伤疤
- 247 哦,雪莲花
- 254 迁徙的母亲,漂泊的家
- 260 巧　女
- 268 桑木扁担
- 275 孙龙珍
- 289 塔基布
- 295 铁姑娘的花头巾
- 299 香　香
- 304 小河之恋
- 315 小丫头
- 326 小冤家
- 334 兄妹开荒

- 348 野麻滩
- 356 一杆旗
- 368 一渠春水向东流
- 384 一夜新房
- 392 营盘月香
- 397 玉　佩
- 409 援朝·阿克列姆与红星
　　——写在第二十七个民族团结教育月里
- 417 月儿弯弯　星光闪闪
- 423 张迪源

伴　儿

参军来新疆可以进工厂、进学校。招兵宣传喇叭上就是这么说的。

新疆是个好地方,想当工人的可以进工厂,想上学的可以进学堂,这些工厂和学校都是苏联"老大哥"开办的。如果你不想上学,也不想当工人,想开拖拉机,那就去军区机械化农场,去开苏联进口的"维特兹"拖拉机。比你们先当兵的湖南女兵张迪源,就是我军第一个女拖拉机手。你们去了以后,住楼上楼下、电灯电话的楼房。

曲桂花她们五个女兵分到了二营,住在地窝子里。她们五个女兵到处找学堂和工厂,还去找拖拉机。营教导员笑着说,你们要找的学堂、工厂和拖拉机会有的,他学着苏联电影《列宁在十月》里瓦西里的口吻说,面包会有的,牛奶会有的。女兵异口同声问,在哪呀?教导员笑容不见了,严肃地说,在我们建设新疆的蓝图里,这一切早晚都会实现的。女兵见教导员如此严肃,颇有发火的迹象,就吐吐舌头回到现实的地窝子里去了。

五个女兵成了男兵的宝贝,他们都争着抢着帮着女兵干活,曲桂花一天的挖渠任务早早就能完成。别的女兵也是一样,男兵帮她们的用意,她们哪知道。可教导员知道这些男兵的用意,他决不能让他们的图谋得逞。有一天,营张参谋叫曲桂花到办公室来。曲桂花一落座,张参谋就亲切问道,来新疆习不习惯呀?干活累不累呀?给家里写信了没呀……曲桂花回答,习惯,不累,写了。这些铺垫后,张参谋就言归正传了。他看着曲桂花,停顿了一会儿,好像是在酝酿怎样说出要表达的意思。因为曲桂花是他找来的第一个谈话对象。

"小曲,营领导对你来部队的表现还是满意的,我现在就传达营领导的指示。营里决定给你介绍个伴,主要是为了在平时的生产生活学习中,你们可以互相帮助。小曲,你同意吗?"

曲桂花眼前出现了那些热心帮她挖渠的男兵的画面,心想,有男兵帮忙自然好了,如果不是他们来帮助,她还不一定能完成挖渠任务呢。以后有个固定的伴天天帮忙,真好。所以,没多想,就爽快地答应了。

我同意。他帮我劳动,我可以帮他学习。

张参谋脸上乐开了花。

曲桂花,给你介绍的伴是三连副连长葛大湖。你可能不认得他,他可是我们营的战斗英雄,就连二军军长郭鹏都给他敬过酒呢。你可说到做到,以后你们可要互帮互助呀。

曲桂花有些发蒙,看着张参谋疑惑地问道,葛副连长在三连,我在营部,三连离营部有好几公里,他天天来营部帮助我?那三连的工作不做了?我要帮助葛副连长,还得去三连?时间长了也不是个事呀。能不能给介绍一个营部的,年轻能干、但没有什么文化的,这样我们发挥各自的特长,相互取长补短。

张参谋看出曲桂花完全误解了"伴"的意思,将错就错,严肃地说,既然是营领导的决定,就不能朝令夕改,革命工作哪还嫌麻烦,无非就是葛副连长和你多跑跑路吗,再说了,你要进步,就得越是艰难越向前嘛,这也是领导对你的信任和培养呀。曲桂花听张参谋这么说,就爽快地答应了,说没事,每天葛副连长来帮助我干活后,我就帮他学习认字。噢,对了,葛副连长文化大进军过关了没。张参谋笑了,他要是过了关,领导也不会让你和他结伴了。

五个女兵都被张参谋叫去了,都是一样的"找伴",大家回到宿舍一说,才发现其中有诈,因为给她们找的伴,都是干部,都是岁数大的,而且都是没有成家的。她们这才恍然大悟,她们抱头大哭,说来新疆是革命的,不是来找伴的,更不是来找爹的。第二天,她们一起去找教导员说理,教导员没等她们说完,一拍桌子,大声训斥道,你们是军人,军人要以服从命令为天职。革命不是请客吃饭,更不是说不请就不请,说不吃就不吃。你们知道吗,给你们找的伴是什么人,是英雄,是模范,你们连他们的面都没见就说不与他们结伴,还有没有革命感情了,没有他们带兵打仗,你们能来这里保卫新疆吗。好了,伴,必须结,这是命令。

给女兵找的伴由营里安排分别到营教导员办公室谈心,三连葛副连长排在第一个。张参谋通知曲桂花去教导员办公室。她一进门,见屋里只有一个人,此人个头倒像山东汉子,壮实的像根车轴。大刀眉下两眼炯炯发光。葛副连长见到曲桂花,黧黑的脸上像是突然泼了红彩,连眼睛都臊红了。他双手揉搓着不知放在哪好,甚至不敢直视面前女兵的脸。总不能这么一直尴尬着,曲桂花自己坐到椅子上。她也是不敢抬头看面前这个人。

屋里静的能听到两人的呼吸声。

"我叫葛大湖,今年三十二了,身上受过伤,但不碍事,连里打擂台我还是擂主。"

停了一会,葛大湖突然想起似的,补充道,噢,我是山东人,十八岁参军,家里有五口人,爹娘和一个弟弟一个妹妹。我说完了。

曲桂花听他说自己三十二岁时,心里一哆嗦,妈呀,他比我爹只小六岁呀,这不是找了个爹嘛。

曲桂花没介绍自己,也不敢说想早点结束谈心的话。她心想只要一声不吭,面前这个老实人就会知趣地替她说出来。她感觉到这个人没多少心眼,他会说的。她在等。

见曲桂花不吭声,葛大湖来了这么一句。小曲(张参谋已告诉了他曲桂花的基本情况),你对我有什么意见吗?

听到他这么问自己,曲桂花差点没笑出来。我和你第一次见面,对你能有什么意见,我犯得着对你有意见吗。她盼着谈心快点结束,就抬起头看看葛大湖,响亮地说,没意见。

听到这句话,葛大湖的脸又红了,他显然很高兴,就说,没意见就好。说着就站起来。坐着的曲桂花抬头一看,哇,这人个子这么高呀。

从教导员办公室回到宿舍,女兵问她那个伴有多老。曲桂花说,与她爹比差六岁。女兵没听明白,就问,是大六岁,还是小六岁。曲桂花发疯似的吼道,要大六岁,不成了我爷了。一个女兵调侃地笑道,不是爷是什么,咱们老家不就是把伴叫姑爷嘛。曲桂花一头倒在床上,蒙上被子大声地嚎啕起来。

三天后,五个女兵在宿舍哭成"大合唱"。

如出一辙,那四个女兵都犯了曲桂花的错误,都说没意见。既然没意见,张参谋向团里政治处打了五份结婚报告,五个女兵和她们的伴儿自愿结为革命夫妻。

三连通信员来接曲桂花,说葛副连长派他来接小曲同志去三连。通信员是牵着一匹军马来的。曲桂花正要找她的伴,质问他为什么瞒着她就打了结婚报告,这个报告她没签字,不作数。去,要去,表面上看你葛大湖是个老实人,没想到还会挖坑骗人。通信员说,小曲,上马,我扶着你。曲桂花想,骑就骑,省得走好几公里,免得到了三连没力气与伴儿吵架了。

一到三连,不少男兵都来看热闹,有的喊她葛大嫂好,有的喊小嫂子好,反正都在起哄。通信员牵着马直接到了办公室。他扶曲桂花下马后说,葛副连长在办公室里等着呢。一进门,见张参谋也在。她一见葛大湖,两眼冒着火花,上前一步冲到葛大湖面前,一看他老高,就踮着脚尖,用手指往上戳着葛大湖,大声喊道,葛大湖,你是个骗子,我没同意你就打结婚报告,这个报告我没签字,不作数。说完,呜呜哭起来。葛大湖显然料到会发生这一幕,显然张参谋也与他商量好了对策。葛大湖弯着腰,低着头,一副委屈的样子说道,我问你了,对我有啥意见?你说没意见。所以我就如实向张参谋汇报了。曲桂花哭诉道,你问我有啥意见,我哪知道你问的是对我们的婚姻有什么意见,我还以为对你工作有什么意见呢。

葛大湖依然一副委屈地说,我去就是与你结伴的,问你有什么意见,可不就是问对结伴有没有意见嘛。曲桂花知道葛大湖说的也不是没有道理,是自己误解了他的意思,就哭喊道,现在说也不迟,我对你有意见,你太老,比我爹只小六岁,找伴儿要找岁数般配的,不能找个爹。张参谋这时说话了:"小曲,话不能这么说,第一,你在找伴儿谈心活动中,明确表示对葛副连长没意见,而不是在工作会议上表示没意见的。第二,你说你不能找个爹,这话有思想问题。新婚姻法里没有规定岁数大的男人不能找岁数小的女人,上面明确写着,男二十,女十八,就符合结婚的条件。"曲桂花一听张参谋这么说,像是看到了为自己申辩的一条理由:"张参谋,这话你说对了一半,你回去学学新婚姻法,上面还有一条,就是自由恋爱,不得强迫。"

张参谋显然已经料到这一步,他笑着说,小曲,你说的对,婚姻自由,不得强迫。可刚才葛副连长不是说了吗,你对他没意见呀,这一点你也不否认呀。在结伴谈心活动里表达对葛副连长没意见不就是对与他的婚姻没意见吗。小曲,我说的是不是这么个理呀。

曲桂花听到这里,她是有口难辩呀,只有呜呜哭的份。

那四个女兵与曲桂花犯得同一错误,而结果自然也是一样的,只是苦了张参谋,从三连到一连,连续跑了五个连队,用同一番"道理"与女兵讲的是同一理由,结果自然与曲桂花一样,女兵都是有口难辩,只有呜呜哭的份。

几天后,三连通信员又来了,这次不是接曲桂花去三连的,而是通知她当晚去三连与葛副连长结婚。他是来拿曲桂花的被褥回三连。曲桂花哭喊着不让。通信员无奈地回去了。张参谋来了,正式通知她,从明天起,曲桂花同志去三连报到。曲桂花哭着说,我不去,就在营部。张参谋小声告诫她,这可是团里的调令,如不去报到,就地复员回老家。临走时吐出五个字:"军令不可违。"那四个女兵围上来,都在抹着泪。人总有清醒的,一个女兵说,认命吧,不去就得复员,那就是老百姓了。这几天,我想了很多,其实,我们的伴儿除了岁数大些,再没有什么不是的地方了，给我们五个找的伴儿都是副连长，也都是英雄模范。古话说得好，英雄配美女嘛。当然我们也谈不上是美女。正因为我们不是美女，可人家可是英雄，我们还有什么讲条件的资格。

曲桂花一听确实是这么个道理，再说，你现在不依，就得复员，一头是英雄的老婆，一头是复员回老家当老百姓，你选哪一个，肯定闭着眼睛也要选当英雄的老婆。这么一想，心里也通透了。

她抹去眼泪说，说的是有道理，找伴儿是早晚的事，是个女人就得找，但不能让这些男人就这么轻易娶我们。今天晚上营部不是放电影吗，我决定了，先看电影，看完电影再去三连，让老葛干着急，也让他知道我这个新娘子不是那么好娶的。大家都说这个办法好，新娘子不参加婚礼，也让那个新郎官颜面扫地。

下午，三连葛副连长骑马来到营部，他穿了一身崭新的军装，腰扎武装带，显得很是威武。他先到教导员办公室，向教导员报告晚上婚礼的情况。他说，婚礼就在新房举行，班长以上的干部参加。他买了些水果糖和瓜子。我和小曲向毛主席画像鞠躬，再向战友鞠躬，然后我俩互相鞠躬，就行了。教导员说，时间越短越好，你要有新娘子不配合的心理准备。说后，他从抽斗里掏出两盒哈德门香烟，说前几天团长给的，拿去让大家抽抽。

葛大湖牵着马来到女兵宿舍，将马拴在门外，就去敲门。屋里的曲桂花没吱声。葛大湖喊道，我是葛大湖，小曲，你在吗。曲桂花还是不吱声。葛大湖走到坐骑前，从马褡子里取出一条毛毯，铺在马肚子下，一弯腰躺到马肚子下，双手抱头，闭目养神……说着，放电影的时间就要到了，那四个有意回避的女兵回宿舍，见宿舍前一人躺在马肚子下睡觉，惊得大眼瞪小眼，她们不敢吱声，生怕惊动了那马会踩着肚子下的人。马肚子下的人见有人来了，便坐起来，那头正好顶着马腹，可马依然不动。他笑着对四个女兵说，你们回来了，快进去叫小曲出来，我是来接她去三连的。四个女兵这才知道马肚子下的人就是小曲的伴儿，那个三连的副连长葛大湖。她们相互看了看，仰着头，不屑地说，小曲要看电影呢。说着便进了宿舍。

葛大湖听到女兵在屋里说小曲的伴儿神了,在马肚子下睡觉,而且那马像是懂得一样,一动不动。那人的个头真高,坐在地上,头顶着马肚子,要是站起来那有多高呀。不一会儿,小曲和四个女兵出来了,葛大湖赶忙站起来,一脸笑容地迎着曲桂花,小曲,我来接你回三连,今晚连里要为咱们举行革命婚礼。曲桂花装出生气的样子朝他喊着,等着,我要看电影去。葛大湖着急了,忙喊道,看完电影时间就晚了,参加婚礼的人都在等着呢。一个女兵回过头来笑着说,葛副连长,是看《列宁在十月》,电影重要,还是你举行婚礼重要。你是副连长,公私要分明。说完五个女兵咯咯笑着向放电影场地走去。

电影开始了,张参谋见葛副连长牵着马在场边转悠,就对教导员说了。教导员走出人群,问咋回事。葛大湖说后,教导员笑着说,你就知足吧,能娶个十八岁的小娘子,就是等一晚上也值得。

电影散了,张参谋将曲桂花领出来,说了句,人我给你领来了,说完就走了。葛大湖赶紧笑着说,上马。曲桂花还没想好是上马还是不上马时,就觉得葛大湖将她拦腰一搂,像是抱个枕头似的把她放到了马鞍上。只听葛大湖说了句别怕,我牵马。

月光下,男人牵着马,女人骑着马,一路无语,只听马蹄声在寂静的原野上哒哒哒有节奏地响着。马鞍上的曲桂花此时的心情不可名状,说不上悲伤,也说不上喜悦,但是踏实是确定无疑的,就像那个女兵说的,跟着牵马的这个伴儿,以后就是英雄的老婆,而此时,这个英雄却给我牵着马。想到这,曲桂花脸上有了笑容。

月光下的牵马人深深地叹了口气,接着他说了一句让马背上的人心里涌出说不出是什么滋味的话来。

小曲,委屈你了。我这一辈子会对你好的。

曲桂花没有吱声,但心里第一次被一个男人的话感动了。她骑在马上,看着牵马人的背影,那个背影就如一面墙,他迈着大步向前走着。突然,曲桂花听到坐骑嘶鸣了一声,并且打着响鼻站住了,不肯往前走半步。葛大湖回过身子对曲桂花说,小曲,你坐好,我得骑到马上去。还没等曲桂花反应过来,眼前的牵马人就翻身上到马背上。他双脚踢了一下马腹,那匹坐骑又往前走去。葛大湖骑在马背上,不时地看着周围。就在这时,坐骑又是一声嘶鸣。葛大湖从马褡子里掏出一块石头,照着马的右侧一黑影狠狠投过去。只听那个黑影一声怪叫,瞬间消失了。坐骑又往前走去。这时葛大湖才对曲桂花说,刚才你看到那个黑影了吗,那是条狼。我投过去的石头打中它了,那声惨叫说明它伤得不轻。好了,我这就下去给你牵马。听说刚才是条狼,曲桂花的心便咚咚跳个不停,说话的声音都变了调。葛副连长,你还是骑在马上吧,我害怕。葛大湖心里很是高兴,就说,听你的。小曲你放心,有我在你身边,你不会有事的。我打过日本鬼子,打过国民党反动派,还打过乌斯满土匪,什么事没经过。来时我就想到了,晚上回去的路上可能会遇到狼,就往马褡子里装了几块石头。别小瞧石头,投准了,就是武器。这都是打仗这几十年投手榴弹练出来的。不能说是十发十中,那也是十发九中。葛大湖自嘲地笑了一声,然后说,给你说这些干嘛,你又不爱听。我还是下去给你牵马吧。曲桂花没想到身后的这个伴,这么胆大心细,难怪是全军闻名的战斗英雄,难怪连二军军长都给他敬酒。听他又说要下马,就着急地喊道,不要下去,我害怕。听自己的伴儿还是这么说,葛大湖也就不再坚持了。他在马背上双手不知放在哪里合适,背上像是有刺一样不自在。就在这时,前面的人小声说,你咋不讲了,我爱听。

　　……

　　新房已经人去房空了。桌上的糖果、瓜子没人动。人们不知葛副连长的伴儿能不能来,不来,喜糖和喜瓜子吃了,那葛副连长是个怎样的心情。葛大湖见新房和他走时一样,好像根本没来过人似的。知道战友和他一样对今晚的婚礼能否举行得成,没有把握。

葛大湖抓了一把糖果塞到小曲手中。太晚了，大家都回去了。也好，我们两个吃。

一路上的经历，特别是葛大湖讲的那些话，已经深深烙在曲桂花的心里。她原来计划要好好整整这个伴儿，让他为自己挖的坑和出的阴谋诡计付出代价。你不是想和我结伴吗，那我偏偏不参加婚礼，新婚之夜也不与你同床。可这会儿，她改变自己的想法，对眼前的伴儿说，那就自己给自己举行婚礼吧。来，咱俩给毛主席鞠躬，再给三连的战友鞠躬，咱们相互鞠躬。

夜深了，葛大湖还为自己的计谋内疚，不好意思地对曲桂花说，我担心你一时半会不适应我，今晚我就睡地下。话音刚落，他就听到双人床上的伴儿说，你胡说个啥，上床吧。

包着红头巾的小白杨

1958年秋天的一场大水改变了小芹的命运。

小芹家在河南省扶沟县，妈妈带着她和三个弟妹住在几间老屋里，妈妈种了几分薄田。但小芹家在村上可算是"有钱人家"，村上人说她家有"外财"。

小芹爹在新疆兵团团场，是拿工资的职工，一年总是往家里寄几回钱。有时二十元，有时三十元。这就是村上人说的"外财"。这笔"外财"在村里人眼里可是个大数目。那时农村人哪能见到现钱，都是"物物交换"，用鸡蛋换些盐巴或针头线脑什么的。

一场大水将小芹家的几间老屋冲垮了，大水退后，几分薄田上覆盖了一层砂石——种不成庄稼了。小芹妈给丈夫发了一封电报。丈夫回电报说：团场缺人，带孩子速来。那年小芹初中毕业，刚刚考上县水利专科学校，专业是水产养殖。接到丈夫的电报后，小芹妈对小芹说，全家人就你不是"睁眼瞎"（指有文化），你送娘和弟妹去找你爹，到了新疆后，你再回来上学。

眼瞅着要过冬了，又要出远门，十六岁的小芹想买条红头巾。她的一个同学就戴着一块红头巾，鲜亮极了，她想借着戴戴，可那同学舍不得。有个也想戴红头巾的女同学悄悄议论："她家不是有'外财'吗，干嘛不自己买一条。"没想到，妈妈对女儿的要求断然拒绝，说她爹寄来的钱还不知够不够路费呢，穷家富路，买红头巾能当饭吃还是能当衣穿？小芹是抹着泪上路的。

一路上下了火车坐汽车；下了汽车坐拖拉机；然后还坐马车，折腾来折腾去，总算到了爸爸挣"外财"的十九团。这地方好冷呀,雪地上像长着牛皮癣,不时可看到裸露着一块块黑色的土地。驾驭马车的车夫说:"连队在碱窝子里,碱重的地方连雪都存不住。到了夏天,地里泛碱,白得刺眼,人踩上去,能腾起一股白烟泡来,直刺鼻子。"

远远看去,前方有一大片白杨树。车夫说:"有树的地方就是连队。"

一群男女从白杨树下的地窝子里钻出来迎接小芹一家,小芹一眼就认出了爹。

自打小芹记事后,她爹回过三次老家。每次爹走后,家里就要添一张嘴巴。小芹看到爹比几年前又老了些许,但还算精神,穿着一身打补丁的黄军装,脸刮得铁青。

爹住的屋也是地窝子,就像老家的地窖。妻子问丈夫,这就是你说的"地宫"?丈夫笑了,说:"就是,冬暖夏凉,可实用了。"

到新疆几天后,小芹就要回扶沟县上学。娘和爹显然已经商量好了,他们很严肃地看着女儿。娘说:"小芹,你是个懂事的孩子,你看,我们现在一家人团圆了,多好。你爹说,这里正在招人呢,一上班就能拿工资,听话,你别去上学了,一家人在一起多好。"

小芹见娘变卦了,"哇"地哭了,边哭边说:"在老家不是说好了,怎么一到新疆就变了,你说话还算不算数?我要回老家上学,这里有什么好,到处是碱滩,人都住在地窖里,像地老鼠。我要回去上学。"

小芹娘也说不出更多的理由,车轱辘话说了一遍又一遍,反正就是不让走。小芹还是不听劝,坚持要回老家上学。

一直没开腔的小芹爹不耐烦了,大声吼道:"这里有什么不好,你一个月能挣七八块钱。回去学什么水产养殖?是养鱼?还是养虾?这里连水都没有,怎么养?不去,就在这上班,我和你娘都定了,明天到连部报名。"

小芹一听爹这么说,哭得更厉害了。

他爹撂下一句话:"刚来的小年轻都这样,干些日子就习惯了。你们没看到外面的白杨树吗,刚栽上时,碱大,不好好长,后来,慢慢就适应了。现在不也枝繁叶茂了。只有享不了的福,哪有吃不了的苦。"说完一摔门出了地窝子。

这时小芹妈突然想起临来时女儿提出买红头巾的事,赶紧说:"给你五块钱,你去团部合作社买块红头巾吧。参加工作了,买就买吧,要不,我才舍不得呢。那东西不当吃不当穿的。"

连里正好有马车到团部拉面粉,小芹就坐车去了,回来时头上围着一块鲜亮的红头巾。这块红头巾是苏联产的,质地很好,这多少给小芹一些温暖和抚慰。

第二天,爹带着女儿去连部报名。一进门,小芹爹就说:"连长,我给你带来了一个新兵。"连长一看,高兴地说:"好,好,现在团场开发正缺人马,来得正是时候。姑娘,叫什么?"

小芹撅着嘴,大声说:"王秀荣!"

连长笑着说:"看来这名小战士有些情绪呢。多大了。"

"十六!"

"好,我参加革命才十四岁。"连长对小芹爹说,"这样吧,王秀荣就分在你班里,你是她爹,也是她的班长。明天就到沙山水库工地上班。"

当时修水库全靠人工,挖下的土得用红柳枝编的抬把子抬到坝基上。两人一组,小芹和爹一组。一般两个成年人才抬四个抬把子的土,一个抬把大约装二十公斤土,四个抬把就是八十公斤土。两人喊着号子,一路小跑往坝基上冲。可这是成人,小芹才十六岁,她爹说:"妮子,你才上班,身子单薄,咱俩就抬两个抬把。"小芹将红头巾往头上一围,赌气地喊道:"你不是让我工作吗,我就得和别人一样干,我少抬了,不拉你班长的后腿呀。我也抬四个抬把,累死算了,就不用回老家上学了。"

小芹爹看女儿这么犟,也就没吱声。

小芹是在农村长大的,并不娇贵,但她心里憋着一团火,她拼命地干活是想气气爹,以此来发泄心中的怨恨。就这样,小芹和她爹一趟趟往坝基上抬土。

新疆的冬天天寒地冻、滴水成冰,但工地上却是热火朝天。人们脱去了棉衣挥镐挖土,有的小伙子干脆穿着背心干。抬土的人们像小鱼一般在工地上穿来穿去。人海中,就小芹最显眼,因为她围着一块红头巾,全工地就她一人戴着红头巾,真是千军万马一点红。工地宣传员刘喃最擅长说快板书,他一眼就发现了那个不认识的戴红头巾的女孩子,灵感如泉喷涌,他拿起铁皮广播筒大声喊道:

兵团战士军垦兵,
沙山修成聚宝盆。
男女老少齐上阵,
水库工地争先进。
小姑娘,红头巾,
要和男同志比干劲。
不知姑娘名和姓,
英雄榜上报个名。

听到这里,小芹爹笑眯眯地对女儿说:"听到没?宣传队员在表扬你呢。"

小芹也听出是在说自己,可她心里还有气呢,低着头、撅着嘴只管往坝基上抬土。

连长知道"红头巾"是昨天才报名的新战士,他也是搞战地宣传出身,于是夺过铁皮话筒,大声喊道:

红头巾姑娘好威风,
四个抬把立头功。
她是咱连新军垦,

名字就叫王秀荣。

这下整个工地沸腾了，人们纷纷往这边看，打听戴红头巾的女孩子是谁家的，刚上班就这么能干。

宣传队员刘喃不失时机地喊道：

王秀荣呀好姑娘，
我们学习的好榜样，
今天大家比比看，
运土竞赛看谁强！

工地总指挥、老红军出身的团长接过刘喃的话筒高声喊道："向王秀荣学习！我宣布：运土劳动竞赛现在开始！"话音一落，水库工地上欢呼声、呐喊声和号子声响成一片。

就在那一瞬间，一种看不见、但确确实实能感觉到的热流电一般的传遍了小芹的全身，她感到热血沸腾、激情荡漾，激动得满脸通红。她对爹说了什么自己都不知道，只是催促爹："快点，再快点。"父亲知道女儿被这种兵团特有的战斗场面感染了，他也被感染过，凡是加入到这个队伍里的新战士都被这么感染过。小芹父亲的脸上露出灿烂的笑容。

中午吃饭时，小芹爹给女儿打了一份饭送过来。激动过后的小芹又生起爹的气来，也没看爹，接过来就蹲在地上慢慢地吃着。碗里是玉米糊糊，主食是玉米窝窝头。小芹边吃边重温着刚才那激动人心的一刻。

突然，一个人的说话声打断了她的思绪。

"哎，新来的，你可不能这么细嚼慢咽呀，得狼吞虎咽。"

小芹抬头一看，是个比自己大不了多少的大男孩。她不理会他，又去体会刚才的激动场面。

"哎,哎,我在给你说话呢,你这么慢慢地吃,等会儿你的筷子会越来越粗,碗会越来越小的。"

小芹仍然不理视他,又在心里复制着那激情燃烧的一刻。可吃着吃着,小芹感觉到不对劲了,筷子果然变粗了,碗果然变小了——糊糊冻在了筷子上,碗里的糊糊冻在碗的四周,只有碗心的糊糊还没结冰。

"哈哈哈,怎么样,不听老人言,吃苦在眼前。新兵蛋子,咱们认识一下吧,我叫陈二黑,你以后就叫我二黑吧。红头巾,你叫啥?"其实刚才工地上已报了小芹的大名,陈二黑只是没话找话套近乎。

小芹的心里一激灵,她抬头仔细地看看这个大男孩,浓眉大眼,虎头虎脑,黧黑的脸上有一层绒绒的汗毛。小芹上学时看过赵树理的小说《小二黑结婚》,因为里面有个和自己名字一模一样的小芹,所以她想以后她这个小芹能否遇到二黑呢。没承想,在兵团团场上班的第一天,就遇到了一个也叫二黑的大男孩。

小芹告诉他:"我叫王秀荣,小名叫小芹。"她也不知道为什么要告诉这个人小名,就因为他叫二黑吗?小芹完全糊涂了。

"那我以后就叫你小芹吧。"看来陈二黑没有看过《小二黑结婚》,小芹没等到二黑那句她想听的那句话——怎么?咱俩的名字与《小二黑结婚》里的两人名字一样呀。

修筑沙山水库是十九团那个冬天的唯一任务,当时全团两千多人都吃住在工地上,冰天雪地的,头天好不容易将冻层挖去,可到了第二天,土层又被冻得像石头一般坚硬。人们只好用割来的芦苇燃烧化冻,工程进度很慢,但大家士气高昂。有一天吃饭时,二黑对小芹说:"如果有一些手推车就好了。"小芹接着说:"我们老家就是用独轮车推土的,一人一辆,可好使了。"二黑接着话茬说:"其实独轮车也好做,我们团里不少人就有自行车,将轮子卸下来,就能做两辆独轮车。"言者无心,听者有意。在一旁吃饭的连长大声赞扬道:"这个主意好。我带头捐出自行车。"当时团里有不少人都买了自行车，团领导立即采纳了这个建议，大家纷纷捐出自己的自行车。工地指挥部成立了木工班，负责制作独轮车。二黑心灵手巧，什么活一学就会，他被抽调到木工班。几天后，二黑推着一辆他亲手制作的独轮车来找小芹，说这是木工班制作的第一辆独轮车，经工地指挥部批准，这辆车发给戴红头巾的小芹用。小芹自打那次被快板书表扬后，宣传员刘喃将王秀荣的事迹写成新闻稿件投到兵团《生产战线》报上，很快刊发了。小芹成了工地上的名人，红头巾几乎成了她的代名词。

小芹在河南老家推过独轮车，不用学。从此以后，工地上穿梭的人群中常常看到一个戴红头巾的姑娘推着独轮车跑来跑去，十分耀眼。

当时工地每天都要开展劳动竞赛或者打擂比赛。二黑抽空就来给小芹的车轴上上油，将车帮上的泥土刮干净，把推车收拾得利利索索。小芹推着这辆车如一阵风，经常在比赛中得奖。那时得奖就发一朵宣传队制作的大红花，连长给小芹戴上大红花时，工地上的人鼓掌祝贺。

红头巾、大红花，
小芹姑娘人人夸。
才来团场没几天，
干活赛过儿子娃。
推起小车一阵风，
一天能搬一座山，
天天胸前开红花。
花季少女爱什么，
最爱社会主义大红花。

宣传队员刘喃又是即兴表演了快板书，人们高声叫好。

小芹完全融到这个集体中。

"这里的人们太伟大了,敢叫日月换新天的大无畏精神也在改变着我。我参加了工作,成为一名军垦战士,加入到修建水库的劳动中。我每天都被感动着,兵团是个创造人间奇迹的地方。"这是小芹给她同学写的信中的一段话。

眼看快到春节了,但工程还没有完成。春节是传统节日,不过说不过去。但停工过春节,工程就要耽误。工程指挥部提出"推迟十天过春节"的口号。工地沸腾了,白天人声鼎沸,夜晚灯火通明。春节过后的第十天,沙山水库完工了,人们高高兴兴回家过春节。尽管春节已过去了十天,但人们依然欢天喜地过春节:家家户户贴对联、大人小孩穿新衣、吃饺子、放鞭炮,年味依旧。

小芹就像一棵小白杨树,一春一抽芽、一岁一年轮。几年里,她在会战、打擂中逐渐成长。每次打擂比赛,小芹的身后总有二黑为她服务。全团妇女进行割麦比赛,二黑头天就为小芹磨好四把镰刀,一把割钝了,顺手换一把;要进行掰玉米比赛,二黑就为小芹准备好一个又大又软乎的背筐;要进行挖大渠比赛,二黑将小芹的铁锨擦得锃光瓦亮,能照出人影来;冬天往地里运肥料,小芹的爬犁子拉起来最轻,因为二黑在爬犁下钉了一层铁皮。小芹被人们称为"铁姑娘",每年评先进,小芹得票最多。

在开发绿洲中结下情谊的二黑和小芹终于领了结婚证,连队为他俩准备了一间土坯房,二黑手巧,扎了顶棚,又将墙壁粉刷得雪白。小芹对新房很满意,只是提出结婚得有两床红绸面的新被子。那时结婚都兴"两人将军用被子抱来就入洞房"。

二黑满口答应。第二天正好是大休息日(十天休息一天),两人结伴去团部合作社买大红绸被面。当时合作社只有卖军用被的,没有大红绸被面,这可怎么办?小芹打小就爱红色,红头巾、大红花,这些年几乎成了她的最爱。结婚了,说什么也得有两床红绸被子吧。还是二黑机灵,就在小芹黯然神伤、快急出眼泪时,二黑一眼看到合作社角落里放着好些彩旗。那个年代开会、会战都得有彩旗,彩旗飘飘才有气势,才激荡人心呢。二黑笑了,赶紧劝小芹,说有了,有了。小芹抹着泪嗔怪道:"尽哄人,哪有了,你给我变两个红绸被面来。"二黑指着彩旗说:"活人咋能叫尿憋死,咱就买彩旗,几面红色彩旗一拼凑,不就是一个红绸被面吗?"小芹破涕为笑,直夸二黑点子多。

结婚第二年,小芹被师里授予"红旗手"称号,授予她一面锦旗,锦旗是用红色金丝绒制作的,上面用金线绣着"红旗手标兵王秀荣"八个大字,这是小芹获得的最高荣誉。

有一天夜里,小两口有这么一段对话:

"你咋那么爱戴红头巾?"

"戴着红头巾鲜亮,人也精神。你看,五颜六色的彩旗里就数红色彩旗最吸引人,最让人激动。"

"红头巾、大红花、红色锦旗,你的愿望实现了。"

"你还忘了一样呢。"

"啥?"

"大红绸被面呀。"

"嘿嘿,我还真忘了。"

"其实,我爸说得对,兵团的人都是白杨树,耐碱、耐旱、抗风沙。这些年我也长成一棵白杨树了,与这块碱土地融为了一体。"

"那你就是一棵爱戴红头巾的小白杨了。"

小芹将头扎进二黑的怀里,甜甜地品味着这句话。

彩 虹

> 看父辈的婚姻是否有爱情,不能只看一段,而要看一辈子。
>
> ——题记

一切皆从故事开始。

八一农场女拖拉机手张丽卿从八岁起就在山西老家跟着戏班子学戏,十三岁就唱红了,被人称为"十三红"。1952年,已不再唱戏的张丽卿跟随兰州西北军区第四被服厂一同迁移到乌鲁木齐(当时称迪化)。一年后,原本已经分配到新疆军区医院做护士的张丽卿,看了苏联电影《女拖拉机手》后,热血沸腾,连夜写决心书要求到八一农场去开拖拉机。当年张丽卿十八岁,如花般美丽,由于又会唱戏,所以一入冬,师部宣传队就抽调她去排演节目。当时全国各地都盛行上演传统剧目《挑女婿》,这出戏的故事梗概是这样的:

村女张丽英爱上塾师李俊生,二人情投意合。张母贺氏出外烧香,为丽英托媒许配吴三丁。张父天顺外出经商,将丽英许配王田。父母爱吴、王两家为高门大户,嫌李贫穷,劝女打消己见,丽英不允。三家同至张宅会亲,闹至官府。县令无法判断,后经太太设计,假将丽英杖毙。王、吴两家不愿意收尸,退回庚帖,李自愿殡葬丽英,并终身不娶。县令遂将丽英许配俊生,有情人终成眷属。

不用说,张丽英就由张丽卿主演,除了"十三红"的背景外,她与戏中的女主人公名字就差一字,张丽英一角非张丽卿莫属。在演《挑女婿》之前,张丽卿对男女之事浑然不知,在兰州被服厂迁移迪化(今乌鲁木齐)之前,她二姐就在厂里给小妹找了个对象,在二姐一再逼迫下,丽卿才与那人照了一张合影照。到迪化(今乌鲁木齐)新疆军区会计训练队学习时,有一次班长检查内务,发现张丽卿枕头下压着一张照片,就问那人是谁?张丽卿谎称是她二姐。因为那时解放不久,有工作的女同志都像男同志一样时兴留分头,照片上的她和那人都留着分头。班长说:"不对呀,你二姐怎么还长着喉结。"张丽卿见败露了,慌忙改口说:"是我二姐夫。"此言一出,全班女兵捧腹大笑。班长批评道:"哪有小姨子和姐夫一起照相的,对象就对象呗,干嘛不承认。"张丽卿委屈得什么似的,一再说"那人真的不是我对象。"后来,那人与她随厂一道来到迪化(今乌鲁木齐),而且就分配在军区后勤部,与她所在的会训队只有一墙之隔。有一次他到会训队看望她,张丽卿见后撒腿就跑,她是怕让班里人看到后更加说不清了。那个小伙子倒是通情达理,追上她后气喘吁吁地说:"咱们现在都是军人了,个人问题就自己决定吧。我来是想对你说,你二姐和我大哥定的那事就算作废了,可我们曾经是一个厂里的工友和老乡,以后你有什么困难尽管找我。"说完,他将一本日记本和一支钢笔塞到她手中就走了。

宣传队巡回演出《挑女婿》,在张丽卿看来,这出戏与其说是唱给观众的,不如说是唱给自己的。戏里的故事深深感染了张丽卿,她在心里发誓,以后也要像张丽英那样找一个自己喜欢的人。所以,她时不时就唱起"这一回我可要自己找婆家呀!"

张丽卿是八一农场拖拉机队的团支部副书记,每次团支部开展活动她就与书记一起策划、组织,团支部书记比她大两岁,不但长得一表人才,还多才多艺,两人在共同的活动中自然要产生感情,在张丽卿眼里,他就是戏中的李俊生。人无完人,这个书记在表达感情上不像他干工作那样泼辣、果断,有些躲躲闪闪,有些优柔寡断。张丽卿从他的那双眼睛里看出他的内心情感,但就是不见他行动,哪怕是一句表白。

两人的关系两人心照不宣。张丽卿倒是那种敢爱敢恨的性格,但她觉得表白爱情还是要矜持些好,从古到今,哪有一个姑娘家先说出口的。她在等,她相信他会像李俊生那样向她表白的。

"这一回我可要自己找婆家呀!"张丽卿用这句唱词来宽慰自己的心。

一切皆从故事开始。

张丽卿在《挑女婿》戏中向观众讲述一对青年男女冲破封建势力追寻婚姻自由的故事;张丽卿和团支部书记的内心也在编织着一个浪漫的爱情故事,无声胜似有声。

这时,故事的另一个主角出现了,他是男拖拉机手王建江。

王建江是个"9·25"起义的大头兵,因他被国民党抓来当兵还没有一个月,新疆就和平解放了。王建江有文化,平时爱看书,爱下棋,爱钻研技术;他说话幽默,干活再累,有他说说笑话,大家也不觉累了。他还爱讲故事,干活休息时,年轻人都爱往他跟前凑,央求他看在大家都这么累的份上就讲个故事吧,爱听故事是人的天性。他讲《三国演义》《水浒》,也讲苏联小说中的故事,比如《钢铁是怎样炼成的》,有时还会激情澎湃地朗诵一段高尔基的《海燕》。王建江个子不到一米六五,所以有一个不雅的绰号——"王矬子"。人们不当面叫,都是背后叫,但绝没有贬义,是关系到了一定熟络程度后的昵称。他也知道,并不介意。每次他讲故事时,身边总是围着一些年轻人,张丽卿自然也在其中,她很敬佩王建江的多学多识,也赞赏他交结朋友的能力,拖拉机队的年轻人都喜欢他,就连王队长也是把他当作宝贝似的。

每次讲故事时,王建江总能把握故事的节奏,讲到故事的高潮时,他就像古书那样来个"要知如何如何,且听下回分解。"就像一把钩子总能钩住年轻人的心。讲故事时他总是暗暗观察身边听故事的一个人,那人就是张丽卿,她的那双清澈的大眼睛表明,这个人是在用心听故事。有时王建江讲着讲着就将故事中的姑娘与眼前的姑娘混淆了,都是那么美丽、聪慧,他能将张丽卿的长相和性格特点移植到故事里的姑娘身上去。有一次,一个听故事的人突然打断了王建江:"我怎么觉着这个姑娘就像张丽卿呀。"张丽卿的脸一下红到耳根子,羞得低下了头。王建江只用一句话便化险为夷:"美丽、聪慧、善良是我们古代的、现代的故事里正面女主人公的共同特点。别打岔,不听就干活去。"那个"打岔"的人赶紧闭上了嘴,支棱起耳朵听起故事来。

故事有了新进展:

一天,与张丽卿同住一室的戴云递给她一封信,小声嘟囔道:"信里有故事。"然后向丽卿诡异地笑笑就走了。张丽卿心中油然生出一股暗喜:一定是他写的"故事"。张丽卿激动得双手有些发抖,特别是信里抬头的那行字让她臊得头发根都红了。

"亲爱的丽卿"。

十分敏感的姑娘突然发现字体不对,他的字娟秀,像个姑娘的字。张丽卿的目光越过内容,落在信的末尾处:

战友王建江。

像是一盆冷水从头浇下来一般,张丽卿感到失望透了,怎么是王建江呢?需要的那个"故事"迟迟不来,而来的却是节外生枝的"故事"。

这都是听故事惹的祸呀。

自从接到王建江的"故事"后,张丽卿就再也没去听他的故事,她要承诺《挑女婿》张丽英的那句唱词:"这一回我可要自己找婆家呀!"

现实中的故事与戏里的故事绝不雷同。现实故事中的主人公王建江,在用他的学识和计谋来编织自己的爱情故事,这个故事的主题就是"世上无难事,只怕有心人""有心人终成眷属"。故事的一方张丽卿在坚守"这一回我可要自己找婆家呀!"另一方王建江在暗中为故事谋篇布局,他自信:故事设计的结局一定能如愿实现。

团支部书记依然暗恋着助手,用王建江故事里常说的话就是"江山易改,本性难移",他爱在心里,但羞于表白。王建江不同,既然爱就大胆说出来,这是他从许多故事中总结出来的经验。他不停地给张丽卿写情信,送电影票。但没等到一封回信,也没约上她看过一次电影。他不灰心,不气馁,他将编织的故事推到下一个情节——将谈恋爱这一私密"公布于众"。王建江有一帮铁哥们儿,有男也有女,戴云就是一个。这帮"狗腿子"(张丽卿语)三天两头就看似无意其实有心地来当说客,向张丽卿讲王建江的故事:他如何如何好,如何如何喜欢你,与他结婚如何如何幸福一辈子等等,都是一个拖拉机队的人,张丽卿又不好发火。有一次戴云来做工作,张丽卿反问道:"你说王建江这么好,那你干嘛不嫁给他呀。"戴云呜呜哭了,就在张丽卿后悔不该说这话刺激她时,没想到戴云哽咽地说:"我不配王哥,我是真心想给他找个般配的姑娘,王哥就像我亲哥。"张丽卿的心完全乱了,她不明白王建江的这帮"狗腿子"怎么就这么死心塌地为他卖命呀。

故事情节又有了新发展:

一天,那位团支部书记碰到张丽卿,不咸不淡地说:"听说你快要结婚了,祝贺你呀。"听着这句从她心爱的人口中说出的话,张丽卿真想大哭一场,别人不理解我也罢了,偏偏是你说出这种话来,你真是揣着明白当糊涂,难道你不知道我爱的人是你吗。

王建江给"张丽卿和王建江快结婚了"的消息插上了翅膀,整个拖拉机队的人都知道了,就连王队长也啧啧夸赞:"男才女貌,般配,般配。"

张丽卿有一种身不由己的感觉,王建江完全驾驭了这场不是恋爱的恋爱,她对谁说"我根本没有与王建江谈恋爱"的话,都没有人信,只当是姑娘羞涩不好意思而故作忸怩之态,完全可以理解:哪个谈恋爱的姑娘不是这么遮遮掩掩过来的。张丽卿欲哭无泪,欲罢不能——压根就没有的事嘛。她只是在心里一遍遍骂那位团支部书记,懦弱如鼠,愚钝如猪,不像个男人!

故事情节进展很快:

"狗腿子"又来找张丽卿,他们拿着王建江打的结婚报告,说服张丽卿在报告上面签字或盖章。张丽卿就像戏里的张丽英,坚决不同意母亲许配的吴丁三——王建江。可"狗腿子"不慌不忙,耐心细致地做工作,你一言,我一语,七嘴八舌,就像炒豆子一般乱糟糟的,搞得张丽卿头发晕,眼发花。这时她听到戴云这么说:"你就签吧,我哥会一辈子对你好的,你老以岁数还小推脱,我哥打这个报告又不是让你现在就结婚,等个三年五年都行的,他是怕你跟着别人跑了,竹篮子打水一场空。"张丽卿早已心神疲惫了,她在心里想的是如何才能让这帮"狗腿子"快点离开宿舍,她晚上还要开拖拉机去三号地作业呢。"这样吧,我不签字,我不盖章,我只在报告上面按个手印,到时我不承认不就得了"。张丽卿甚至得意自己想出了这么一招。

一帮"狗腿子"拿着按过手印的结婚报告向大哥报喜去了。

秋收工作结束了,师宣传队和往年一样打电话让张丽卿去报到,身陷困境的张丽卿终于可以结束这个任人摆布的角色了,去唱她的《挑女婿》,只有在戏里,才能释放她那内心深处的爱情。张丽卿又像找到了"十三红"时的感觉,不管到哪里巡回演出,最受欢迎的角色就是张丽英,张丽卿是在用心演,是在用真情演,特别是这次王建江编织的故事更让她理解了爱情的珍贵。在演出的日子里,张丽卿有些后悔了:为什么非要等着他向我表白?难道我就不能大胆地向他表白,你看人家张丽英,在那个封建社会里还能向李俊生表达爱意呢,何况我是一个唱过戏、见过世面的人,是一个当过兵的人,还是一个拖拉机手。她下决心等演出结束后,回到八一农场的第一件事就是找团支部书记好好谈谈,将自己的内心秘密告诉他。

大年三十,宣传队放两天假,初三彩排,为全师劳动模范表彰大会演出。放假了,宣传队也没人了,张丽卿也是归心似箭,她要赶回去向她爱着的人表白。一切都像故事一样充满着波折,一个不祥的消息再次狠狠地打击着张丽卿:团支部书记和一个农业连队的姑娘闪电般结婚了,那个姑娘她认得,每次八一农场团委开展活动,她都要参加,脸上有麻雀蛋一般的雀斑,个矮,又胖,就像颗炮弹,但姑娘泼辣,像个假小子。一定是她先向他发起进攻的,而且一波猛似一波,这对于一个羞于表达爱情的男子来说,肯定扛不住呀。老话不是说男追女隔着山,女追男一层纸。张丽卿绝望了,她不想回八一农场了,可宣传队没有一个人了,连吃饭的地方都没有,过年这几天可咋过呀。回吧,总要面对现实的。

当张丽卿走进自己的宿舍时,看见一室友坐在铺上打毛衣,可自己的被褥却不见了,就问道:"我的被褥呢?"那个室友哧哧笑了:"得了便宜还卖乖,都要结婚了,就要进洞房了,你不知道你的被褥被谁抱走了。"

张丽卿如五雷轰顶,几乎在喊:"我的被褥被谁抱走了?"

那个室友吓了一跳,她还没见过张丽卿这么着急过:"是小王抱走的,你真的不知道?"

"呜呜呜。"张丽卿转身就向王队长的办公室跑去,她撞开门,劈头盖脸地质问王队长:"为什么王建江将我的被褥抱走了,是谁同意的。"

王队长一时丈二和尚摸不着头脑,过了一会儿才反应过来,他用质问的口气问道:"你不是在结婚报告上按了手印吗?你不在上面按手印,我敢批吗?师里也不能批呀。"

"我只是按了个手印,我也没签字,我也没盖章,按手印能算数吗?"张丽卿哭着解释。

王队长苦笑着说:"丽卿呀,你从八岁就到处唱戏,《白毛女》戏里不是黄世仁强迫杨白劳按手印卖了喜儿吗?噢,这个比喻不当。反正是按手印就算认了,旧社会、新社会都这样。好了,好了,别哭了,小王是多好的一个人呀,多少姑娘都看上了他还追不上呢,你们两个人可是天造地设的一对呀……"

张丽卿也不知道是怎么从王队长的办公室里走出来的,也不知道是怎么就走到了他们的新房里,她一进门,就看到那帮"狗腿子"正在帮着布置新房,拖拉机队的人都送来了礼品,有画张、暖瓶、"太平洋床单",戴云不停地向她介绍着这是谁谁谁送的,那是谁谁谁送的,就连王队长也送来了毛巾被。张丽卿的头几乎要炸了,嗡嗡直响,看人也是恍恍惚惚的。她狠狠地看着王建江,将内心所有的仇恨都集中到她那犀利的目光里。王建江全然不管妻子的这种目光,招呼着大家干这干那。看到这幅情景,她才彻底领教了"王矬子"的厉害:虽然不能说是生米做成了熟饭,但事到如此还能怎么样呢,团支部书记被他离间成功和别的姑娘结了婚;她本人也在他的计谋中像羔羊般被束手就擒,场里、师里批准了结婚报告就是合法夫妻了,如要反悔就得去师部办理离婚手续。张丽卿浑身像散了架,一屁股坐到铺着崭新"太平洋床单"的婚床上嚎啕大哭起来。王建江向大伙儿使了个眼色,"狗腿子"都悄没声息地退出新房。

第二天,八一农场举行集体婚礼,有五对新人在场长的主持下向毛主席鞠躬,向战友鞠躬,新人相互之间鞠躬。张丽卿从头到脚全是王建江给她置办的,她像个木偶,任凭戴云几个姑娘给她捯饬,她的头上围着一条具有哈萨克族风格的头巾,上身是一件大红缎面棉袄,下身是一条黑呢子裤子,脚上是一双男式黑皮鞋。婚礼结束后,五对新人都各自回到自己的爱巢。张丽卿像个冰美人,不哭,不笑,更不说话。这时,师部宣传队队长风风火火地来到新房,一进门就道歉:"小张呀,实在对不起,我也是才听说你要结婚的消息。"接着,队长责怪张丽卿保密工作做得真好,没给宣传队的队员透漏一点消息,好让大家给你们买件有意义的礼物。他说:"一时心急,也不知买什么好,干脆就将这张才画好的《挑女婿》海报送给你做个纪念吧。"海报上面画着主人公张丽英的肖像,是比照着张丽卿的照片画的。画的下方写着那句台词:"这一回我可要自己找婆家呀!"队长见张丽卿不言不语,说了两句祝福话就走了。队长一出门,张丽卿扑向海报,一把抓起撕了个稀巴烂。她浑身颤抖,哭得连气都喘不上来了。

初一举行婚礼,张丽卿初二就要去师部集中排演节目。王建江说谁家的媳妇结婚第二天就走的,咋说也得三天后出门吧。张丽卿根本不听,非要走,两人大吵起来。其实,宣传队原本就是初二集中的,他们要为几天后召开的全师劳模大会演出做彩排。劳模会的那几天,张丽卿与劳模王建江常常在食堂见面,一见面,张丽卿就朝王建江"呸呸"两口,王建江好像并不介意,低头吃他的饭。一些与张丽卿一起吃饭的演员见了都诧异地问:"你们不是才结婚吗,你干嘛这么对待丈夫。再说,他是劳动模范,是最可爱的人,你不该这般对他。"张丽卿一肚子憋屈,里外不是人,越想越气,只好暗地里抹眼泪:我让"王矬子"害惨了。

与王建江结婚的三年里,张丽卿没有与丈夫过过一个元旦、春节,每到演出时,她就带着儿子去演出,她在前台演,儿子在后台跟着队里的其他人玩。三年两人不知吵了多少架,吵架几乎成了家常便饭。

正常中的反常,平常中的非常才是好故事。善于编织故事的王建江又编织了一个出乎人们预料的故事,但这个故事还真感动人。

1959年张丽卿和王建江遇到了一个从天上掉下来的好事,当时国家成立农业机械部,需要从全国各兵团抽调一批技术人才,条件非常苛刻:

一、家庭出身好,本人是党员或团员;

二、能熟练驾驶和维修各种国产及进口的拖拉机,接受过专业技术培训半年以上;

三、年龄不超过三十岁。

新疆生产兵团有关部门从各师挑来选去,最后选定了王建江和张丽卿,他们两人均符合上述条件。当年9月,两人作为农业机械方面的人才双双调入北京国家农业机械部。不久前还在梧桐窝子驾驶拖拉机在田野里驰骋的拖拉机手,现在就坐在北京国家机关的办公室里,张丽卿常常在办公室里用右手掐左手,以证明自己不是在做梦。春节时,部里领导考虑到他们两口子是从遥远的新疆兵团来的,就让他们去中南海参加新春联欢晚会,整个农业机械部也只有两个名额。他们在中南海与中央领导人一起看演出,一起参加宴会,回来后张丽卿激动得一夜未眠。部里还让他们参观新中国十大建筑。一个星期天,张丽卿和丈夫来到天安门前的人民广场，两人合影、散步，看到来自祖国各地的人在广场上游玩，看到一群鸽子在广场上空飞翔，丈夫突然对妻子说道："丽卿，咱们还是回兵团吧，我在这里不习惯。"张丽卿听后并没有太过意外，丈夫可能是不习惯城市和机关，自己不也不习惯吗，过一段时间就会习惯的。她对丈夫说："慢慢就适应了，多少人想来北京呀，咱们可要珍惜这个机会，干好各自的工作，不辜负组织对我们的培养。"王建江语气坚定地说："我已经考虑好了，一定要回去，我每天都梦见我的拖拉机，我的战友，我的梧桐窝子，我的事业在那里。我想了，我可能就是一只鹰，就是一匹马，就是一棵白杨树，我离不开梧桐窝子呀。"说到这里，丈夫眼睛湿润了。张丽卿这才知道丈夫是铁了心了，因为她还是第一次看到他哭。好不容易来到北京机关，怎么说回就回呢，这也太草率了吧，机关领导怎么看我们，八一农场的战友怎么看我们，你说魂牵梦绕梧桐窝子，他们能信吗，只有傻瓜才会做出这样反常的傻事。

王建江是个做事思前想后的人，就像他前面编织的故事一样，故事的结果他是一定要得到的。他将回兵团的报告交给妻子看，张丽卿没想到丈夫这么快就打了报告，她知道他做事果敢，但她还是抱有侥幸的心理，过一段时间，丈夫可能就适应了。看到报告，张丽卿只好拿出一个妻子最后的杀手锏——"要回就离婚，反正我是不回。"离婚并不能阻止丈夫回兵团的决心，他立刻就打了离婚报告。张丽卿彻底屈服了，一个刚来国家机关的人，工作还没干出什么成绩来，让领导看到的却是离婚报告，这太丢人了。就这样，在北京农业机械部工作了才几个月的王建江和张丽卿又回到了梧桐窝子。王建江一回到八一农场，就像变了一个人，骏马回到草原，雄鹰飞回梧桐窝子上空，白杨树叶子又落在了那片碱土地上。他全身心地投入到工作中，不久，他就研制出开渠机，工效是人工挖渠的几十倍。国家《机务战线报》刊发了消息，国家农垦局在全国国营农场推广这一新技术，国家农业机械部的一位他们认识的领导写信称赞王建江这种到基层开展科研的精神。直到这时，张丽卿才真正理解了丈夫，这也是自结婚以来她第一次由衷地佩服丈夫。

如果说张丽卿与王建江的婚姻没有爱情，那么，"文化大革命"中的磨难却让两人的婚姻产生了爱情的火花。可他们爱情的故事多少有些恓惶。

王建江是个起义兵，"文化大革命"一开始就成为被揪斗的对象，罪名是国民党残渣余孽，走白专道路的臭老九等。为了在批斗时不被造反派揪头发，张丽卿给他剃了光头，王建江不敢在家过夜，怕半夜造反派突然来家批斗他，就睡到野外。张丽卿给他准备了防潮的狗皮褥子，等到孩子入睡后，她又悄悄地到野外陪丈夫。过春节时，丈夫关在"牛棚"交代问题，张丽卿就包好饺子送过去，造反派不让王建江吃，说什么时间交代了问题，才能吃饺子。张丽卿豁出命来硬要往里闯，她疯了一般喊叫："过年了，老婆给自己的男人送碗饺子有什么错？王建江有什么罪？他为了农场的机械化搞科研有错吗？"造反派见张丽卿又喊又叫，只好叫她进去送饺子，王建江还是第一次看到妻子这般坚强。造反派张贴揭发王建江罪行的大字报，她晚上拿着铁锹去铲。丈夫担心妻子惹祸，就阻止她。她一把推开丈夫说："大字报上面的罪行都是胡说八道，你是什么人，我不知道吗？为了开荒，你没白没黑地开车作业，你连续五六年被评为兵团、师劳动模范，你从北京大机关回到农场，为的什么？我不能让他们这样'满嘴喷粪'。"回来后，妻子对丈夫说："他们贴一张，我就铲一张，贴两张，我铲两张，看看是他们写得快，还是我铲得快。"听到妻子的这番话，丈夫在偷偷抹眼泪。

有一天雨后天晴了，东方天空出现了一道拱形的彩虹，王建江对妻子说："风雨过后见彩虹，国家的好日子快来了，我们的好日子也快来了。"果然，第二年场里就为王建江平反，恢复了他的工作。

进入改革开放后，王建江和张丽卿也到了离退休年龄。子女在乌鲁木齐给父母买了楼房，可王建江舍不得离开梧桐窝子，儿女怎么做工作他都不去。儿女让妈妈做爸的工作，张丽卿说："他能丢掉北京机关工作回到梧桐窝子，你们就知道他对梧桐窝子的感情有多深，他离不开这里了。"可儿女想出一个折中的办法：

梧桐窝子的家仍保留着,让父母住到乌鲁木齐,什么时候想家了就再回来住住。王建江见儿女如此执着,就说:"去也行,得答应我的一个条件。"儿女齐声问什么条件?王建江说:"我死后将我埋到梧桐窝子,答应了明天就搬家。"

2002年,王建江去世。当儿女将父亲葬后,雨后的天边出现了一道彩虹。

草　湖

说杜秀梅的婚姻充满了眼泪或没有眼泪，都不真实，但她不相信眼泪。她说："其实婚姻就是两种瓜，一种是哈密瓜，一种是苦瓜。"

——作者手记

一

杜秀梅到新疆吃的第一种地方特产就是哈密瓜。

1952年，杜秀梅与一道参军的山东同乡经过八千里路云和月的长途跋涉，终于到了新疆东大门——哈密。一切都是那么新奇和陌生，泥泞的街道两旁，低矮的店铺门前，摆满了形形色色的水果摊。有一种水果出奇地大，呈扁圆形状，通体金黄，老远就能闻到一股沁人心脾的香味。这是什么水果？女兵们好奇地围拢过来。一位白发苍髯的维吾尔族老大爷用生硬的普通话说道："哈密瓜，吃一口甜掉牙。"说着就将一牙牙哈密瓜送到女兵面前。女兵在山东已接受过培训，知道解放军不能随便吃老百姓的东西，都不伸手，只是好奇地看着。带队的男兵走过来，给女兵们买了几个哈密瓜。女兵们不知怎么吃这么大的水果，一个个推推搡搡，不好意思地用眼瞄着男兵。男兵用卖瓜老大爷的"皮夹克"将哈密瓜切成一牙一牙，见女兵们还不知怎么吃，就笑着拿起一牙做起示范来：他先是用嘴像吹口琴一样将哈密瓜"捋"了一遍，然后用舌头将上下嘴唇"抹"了一圈，这才吃起来。他拿着吃过的哈密瓜皮，笑着说："会吃了吧，吃，比蜜还甜呢。"

这是山东女兵第一次吃新疆的哈密瓜,真甜、真脆、真香。后来,杜秀梅与山东女兵都结婚了,在一起闲聊婚姻是否幸福时,她不知用什么词来表达,就说了那句"其实婚姻就是两种瓜,一种是哈密瓜,一种是苦瓜"的经典名言。这是她结婚后切身感悟。

二

三个月的集中培训眼看就要结束了,杜秀梅和她的姐妹们就成了一名军人。军人以服从命令为天职,在家听父母的,在部队就要服从命令,这是她培训得到的最大收获。有一天,女兵们集中到操场上,值勤连长喊到名字的人就从队列里走出来,站到另一队列中去,杜秀梅和表姐都被喊到了名字。一个队的女兵一下分成了两个队,女兵们叽叽喳喳小声议论着。原来,站到杜秀梅这队的女兵分到了国防军部队,另一队就留在了生产部队。经过三个月的培训,女兵们已经知道了国防军部队与生产部队的区别,说心里话,谁不愿去国防军部队,那可是真正的解放军。

分到国防军部队的女兵们欢呼雀跃,分到生产部队的女兵们虽然不敢明着哭哭啼啼,但一个个跟霜打的茄子一般黯然神伤,她和表姐都分到了新疆军区藏北运输指挥所。

这个指挥所是个团级单位,有个卫生队,杜秀梅和表姐都分到卫生队做护士。女兵来到了这个男人的世界,就像只长草的荒滩突然开出几朵色彩艳丽的花朵一般,男兵们顿时打起了精神。部队文化教员教女兵们学习打腰鼓,杜秀梅和表姐在山东潍坊厂子里已经学会了打腰鼓。每天傍晚,运输队就要组织女兵打腰鼓,晚霞铺满了大地,女兵们身上挂着红色的腰鼓,霞光撒在她们身上,像是披上了块红绸子。女兵舞动的身姿就像风中的柳枝,婀娜多姿,一条条乌黑的辫子在晚霞中上下摆动,让人心跳,让人眼花。男兵们一个个脖子伸得像鹅颈,瞪着一双双冒着火花的眼睛,将女兵们从头看到脚。

在打腰鼓的女兵中,杜秀梅长得太普通了,就是戈壁滩上的一棵小草。脸蛋子不漂亮不说,身腰也不像个十六岁的女孩,特别是她的臀部和大腿也超出了这个岁数极限,所以,没有哪个男兵的眼光往她身上瞄,而她自己也浑然不觉自己其实就是陪衬。但有一个男人却目不转睛地看着杜秀梅,这个男人就是运输队骆驼二队队长白耀育。他完全被杜秀梅的身腰给迷住了:瞧那身子骨,天生就是生孩子的身板,与这种女人过日子敦实。白耀育哪知道这个女兵才十六岁,看起来咋说也有二十岁了。

以后,指挥所每次组织女兵打腰鼓,只要白耀育在,总要来看,简直到了"将杜秀梅看到眼里拔不出来"的程度。杜秀梅她们十几个女兵来指挥所不久,领导就开始为她们张罗革命伴侣了。杜秀梅的表姐和几个女兵被介绍给了团级领导,白耀育是一名营级干部,组织上准备给他介绍另一个二十岁女兵时,没想到,他却说:"既然是组织分配,噢,不对,是介绍,那就把小杜分配给我,不,介绍给我吧,我看上了她。"团政委为难地说:"小杜才刚刚满十七岁,要等到明年才符合结婚的岁数。再说,你的岁数也不能拖了,最好今年就解决了。"白耀育的犟劲上来了:"既然岁数已经这么大了,也不在乎再等一年,我这一辈子非小杜不娶。"

三

杜秀梅的婚姻从一开始就埋下了悲剧的种子。

当卫生队指导员接到政委命令给杜秀梅介绍白耀育时,她还不认得白耀育。指导员开玩笑地说:"白队长认得你,你每次打腰鼓,他都来看,就是两眼直勾勾看你的那个人。"指导员介绍道:"白耀育是个老八路,为了新中国的解放才耽误了婚姻大事,虽说岁数大点,但会疼人。都说女大三抱金砖,其实,对媳妇来说,男大三才是金砖呢。"

与白耀育见面后,杜秀梅不由得想到了爹,这人看上去比她爹小不了多少,他说自己才二十八岁,可怎么看都不像。杜秀梅找到指导员,说自己才十七岁,还小,个人问题不考虑。指导员劝解说:"婚姻问题也不完全是个人问题,因为它关系到另一个人,你不考虑,那白队长怎么办,他是老八路,你让他到哪去找对象?指挥所方圆几十公里就没有人烟。小杜,今天说白了,你的婚姻是革命任务,军人以服从命令为天职,白队长能为革命将自己的性命都豁出来了,难道你就不能为革命婚姻做出点牺牲吗?"

就这样,在杜秀梅刚刚年满十八岁时,指挥所就为他们举行了结婚典礼。杜秀梅一点思想准备都没有,吓跑了。在那条山溪旁,她想"跳河",但小溪只能没过脚脖子。她在小溪边徘徊到天黑,欲死不能的杜秀梅只好回到宿舍,可她的被褥已被白耀育的通信员抱到新房里去了,女兵宿舍没有了自己的床铺,杜秀梅只好躺在表姐的铺上用被子捂着头呜呜哭起来。到处找杜秀梅的女兵看到她回来了,就报告了领导,领导对白耀育说:"要趁热打铁,婚礼照常进行。"就这样,几个女兵将新娘子架到新房,又将一碗苦瓜炒肉和两个馒头放在桌子上,将新房门锁上了(后来,灾难一次次降临,杜秀梅心想那天的苦瓜就是她不幸婚姻的先兆)。

婚礼是在夜晚,又是在新娘缺席的情况下举行的。

也不知夜里几点了,杜秀梅趴在桌子上睡着了。这时,新郎官白耀育被人架着回到新房,他醉成了一摊泥,将被褥吐得一塌糊涂,这就是杜秀梅的新婚之夜。

四

婚姻是哈密瓜还是苦瓜只有两口子知道。说实在话,杜秀梅也是在结婚的头几天哭过,她哭的原因是丈夫岁数比自己大很多。但就在那几天里,杜秀梅得到了一个男人无微不至的关怀,丈夫白耀育像呵护小孩一样照顾着她。婚假三天,她一直躺在被窝里哭。丈夫一日三餐除了给她打来小灶饭菜外,还找来了政委夫人、团长夫人给妻子做思想工作。领导夫人来做工作,杜秀梅哪能不支起身子呢,只好一边默默流泪一边洗耳恭听。其实,人都是有感情的,听了她们讲述白耀育的故事,她也被感动了,"觉悟"了。当她终于在劝说下端起桌上那碗鸡蛋面条时,两个领导夫人长长地出了一口气,接着又扭头大声训斥白耀育:"你怎么这么没眼力劲呀,你没看到小杜要吃饭了吗?面都坨了怎么吃呀。小杜三天没吃东西了,快去伙房小灶,就说我们说的,再给小杜下碗面,打几颗荷包鸡蛋。"白耀育像听到指挥员的作战命令一般,端起桌上的那碗凉面条就向伙房跑去。团长夫人开玩笑地调侃道:"小杜,看到了吧,别看这些男人一个个都是大老粗,可对自己的老婆没说的,以后,这个家就你当家了,你是老白的营长。"听到这话,杜秀梅也破涕为笑。

与杜秀梅一个车皮来的老乡,不少都分到了生产部队,部队驻地叫草湖,听说草湖的地名还是二军政委王恩茂给起的。他在骑马踏勘这一望无际的荒原时说:"这里草旺,又有水,就叫草湖吧,我们要在草湖创办农场。"当时这里还是一片沼泽、泥潭。生产部队指战员就在这里扎营开荒。

一个星期天,指挥所的一辆军车正好去草湖,杜秀梅就搭便车到草湖看望山东老乡,她结婚了,总得告诉一个车皮来的老乡吧。

也许是触景生情,看到草湖的沼泽和泥潭,杜秀梅想起了自己的婚姻,觉得自己的婚姻就如沼泽泥潭——一塌糊涂。几个老乡女兵听了杜秀梅的婚事后,真心劝解道:"秀梅,比上不足,比下有余,你就知足吧。其实,杜秀梅也有虚荣心,但就是觉得丈夫岁数大,像个"爹"。当她听说有一个山东女兵被介绍嫁给了一个四十多岁的老兵时,与她相比,觉得自己的丈夫还"拿得出来"。

五

也许是婚后小别的缘故吧。杜秀梅对自己丈夫的情感也在悄然变化。

白耀育是骆驼队的队长,他们的任务就是向西藏阿里运送物资给养,去一趟就得一个多月,中途还要经过"连鹰都飞不过去的冰大坂",骆驼队经常有人掉进悬崖下的冰窟窿里,连尸体都没法弄上来。既然结婚了,杜秀梅就是白耀育的媳妇,不为丈夫操心怎么可能呢。

六

等白耀育又一次从阿里回来时,杜秀梅在丈夫怀中,用手点着丈夫鼻子说:"我有了。"

丈夫正忙活着哩,没听清媳妇在说什么。

"我有了。你听到了没有?"媳妇的手又戳点到丈夫的脑门上。

"有啥了?"浑身湿淋淋的丈夫一头雾水。

媳妇憋不住笑了:"肚里有了你的骆驼羔子。"

横冲直撞的丈夫忙停下来,"你是说你怀上儿子了?"

媳妇撅着嘴,有些撒娇地说道:"儿子儿子,你咋知道是儿子,也许是个丫头呢。"

白耀育乐得将媳妇的脸吻了一遍又一遍,底气十足地说:"一定是个儿子。"

"为啥?"

"瞧你的屁股,多敦实,不生儿子才怪了。"

其实杜秀梅打小也听奶奶说她屁股大,准生儿子的话,她脸上露出了一副得意的笑容,就像刚刚吃过哈密瓜一般。

七

如果故事照此发展下去,那杜秀梅的婚姻还真的就是哈密瓜了,但天有不测风云,人有旦夕祸福,灾难偏偏降临到白耀育身上。

骆驼队每次去阿里都有一定数额的差费,白耀育是个铁公鸡,很少花,二百多元的差费揣在怀里都有了人体的汗味和骆驼身上的膻味。有一次,结过婚的司务长在队长面前发牢骚,说津贴少得可怜,想给新婚媳妇买件衣服都没钱。其实,白耀育也同样囊中羞涩,他一直想给秀梅买件新衣裳,但就是拿不出钱来。津贴就那些,每次发津贴他是一分不少如数"上缴",而媳妇也是个铁母鸡,省吃俭用,恨不得将一分钱掰成两半花。听了司务长的话,他问啥意思?司务长趁热打铁地说:"队上有二百多元差费,那原本就是大家的钱,不如给大家分了。"

白耀育有些犹豫,虽说差费是用来花销的,但你花在路途上符合规定,如果私下里分了,恐怕要违反纪律。

就在队长左右摇摆、拿不定主意时,司务长又说道:"媳妇跟着我们本来就够委屈了,我们再不能对人家好点,我都替媳妇们叫屈呀。"

这句话一下戳进了白耀育的心窝里:是呀,小杜才刚刚十八岁,就这么跟了我,她图我啥,一个跟着骆驼屁股后面的营长?说句不好听的话,今天是营长,明天不定脚下一滑,就把性命丢在了冰大坂的冰窟窿里了。

于是,白耀育将手中的二百元出差费按人头分了,他也拿了十五元。

八

再一次从阿里回来后,白耀育与司务长一同去了疏勒县城,给各自的媳妇买了件花衣裳。

杜秀梅这辈子还没有哪个男人给自己买衣服,她双手捧着花衣裳,泪水像断了线的珠子直往下掉。丈夫让媳妇赶紧穿上试试,可杜秀梅白了丈夫一眼说:"也不看看,我这九个月的身子咋能穿得进呀。我看合适着呢,等儿子过满月时我再穿。"杜秀梅自己也认为肚子里一定是儿子。

十月怀胎,一日分娩。

杜秀梅是护士,知道快到分娩的日子了,她这些天一直庆幸丈夫都在家,如果儿子来到这个世界上第一眼看不到爸爸那终究是个遗憾。可丈夫一连几天都没回家了,杜秀梅不知丈夫又到什么地方去了,去阿里?不是还没到时间吗,那丈夫去了哪里?怎么不回家呀,她知道丈夫盼儿子比她心切。这时,表姐来了,她见表姐似乎要说什么,就问白耀育去了哪里?表姐也是一个实诚人,不会说谎,支支吾吾不敢说。

羊水破了，阵痛袭来，杜秀梅大声嚎叫着，眼睛瞪着表姐。表姐一看这架势，赶忙说："指挥所正在查妹夫私分公款的事，他已经被隔离审查了。"犹如晴天霹雳，杜秀梅昏厥过去了。

杜秀梅醒来时，儿子已经裹在了褓褓里，她悲喜交加，放声大哭，为了一件花衣裳，丈夫犯了私分公款的罪行，她到部队也有两年多了，知道贪污这种事是要被判刑的。

果然，在他们第一个儿子满月之日，军事法庭判决白耀育有期徒刑一年。

骆驼队队长白耀育以及队上的干部都被判了刑，他们一行被遣送到草湖农场劳动改造。

九

白耀育被判刑，妻子杜秀梅自然也不能再在部队待下去了，她复员到了草湖农场。

国防军部队的杜秀梅又回到了生产部队。她觉得自己抬不起头来，在她眼里，贪污与强奸一样让人不齿，如果犯个军事指挥方面的错误，大家也都能理解和同情，可偏偏是贪污。白耀育你这个傻丈夫呀，你疼媳妇，爱媳妇，可你咋能拿公家的钱呀，一件花衣裳断送了你的前程。

草湖所在的生产部队领导没有嫌弃杜秀梅，依然让她干老本行，到距离劳改队较近的一个连队卫生所做卫生员。丈夫服刑期间，杜秀梅经常去探望。白耀育说他对不住媳妇，连累了媳妇，如果媳妇有合适的人，他同意解除婚姻。杜秀梅"哇"的嚎啕大哭起来，扑上去又捶又挠丈夫。她一把鼻涕一把泪地数落道："白耀育，你还不如一头骆驼，你将我杜秀梅看作什么人了，别说你在牢里待一年，就是你把牢狱坐穿，我也不会离开你，你是为了给我买花衣裳才拿了公款，你是好心办错事呀。"

十

　　杜秀梅的儿子满一岁时，白耀育出狱了。一个新生人员能干什么？连队领导念他是个老八路，就给他安排了一个赶大车的差事。从营长到赶车人，其间的落差只有白耀育心里最清楚。他总觉得在人们面前，特别是在媳妇面前抬不起头来。其实，杜秀梅并没有想那么多，此一时彼一时，老想着过去，就别活了。可丈夫心里过不了这道坎，自己毕竟是老八路，是营长，现在沦落到如此境地。

　　他一直郁郁寡欢、愁眉不展。

　　用妻子杜秀梅的话说，白耀育就是个倒霉蛋。

　　儿子三岁了，她的肚子又鼓了起来。她盼着这次能生个女儿，儿女一双，龙凤呈祥。当她对丈夫说出她的想法后，丈夫那一直很少露出笑容的脸上绽放出灿烂的笑容，那一道道皱纹将脸卷成了一朵"菊花"。杜秀梅心里一酸，泪珠子扑簌簌往下落（丈夫的岁数是个说不出的痛，年庚几何？她一直没得到她认为准确的回答，丈夫说的那个岁数她一直心存疑窦）。既然都一个锅里抡马勺了，都生养了孩子，岁数也就不再那么重要了，杜秀梅大度地这么想。

十一

　　十月怀胎，一日分娩。

　　有了第一胎的经验，杜秀梅估摸着也就这几天要生了。一切都是重复着第一次分娩过程，羊水破了，阵痛来袭，她在大声嚎叫，以减轻疼痛。

　　就在这时，一个女职工风风火火跑进来，在第一时间告诉杜秀梅："白耀育将驾车的马打死了。"

　　生产部队的马毫无疑问是军马，将军马打死无疑是犯罪呀。杜秀梅又是一阵晕厥，便失去了直觉。

　　等她醒来时，女儿已裹在了襁褓里了。

原来,白耀育赶着马车去拉粮,走到中途时,对面驰来一辆马车,不知怎么了,那马突然惊了,迎面向他的车疾驰而来。就在这一瞬间,他的马也惊了,向那辆车直直冲去。白耀育眼看着那个赶车人被颠簸的马车高高抛向空中,然后又重重地落在地上,恰巧地上有一把坎土曼……

白耀育制服住受惊的驾车马后,赶紧去扶那个赶车人,可那人站不起来了——坎土曼锋利的铁刃将他的腰部切开了一个大口子。看到这悲惨的一幕,白耀育也像受惊的马一样发了狂,操起车上的一根木棒向自己闯祸的马打去,这一棒正好打在马头上,那马当即倒在地上死了。

杜秀梅听了事情经过后,也是当即嚎叫了一声又昏厥过去。

一切都在预料之中,白耀育因打死军马被判处有期徒刑一年。又遣送回劳改队改造。

十二

等女儿一岁时,孩子的爸爸、妻子的丈夫白耀育出狱了。这两起大祸让杜秀梅精神几乎要崩溃了,屋漏偏逢连阴雨,我杜秀梅怎么就这么倒霉呢?

白耀育从牢狱出来了,杜秀梅看后吓了一跳,丈夫的背驼了,头上像落了一层雪,由于缺牙少齿,说话直漏风,还淌口水。丈夫的精神彻底垮了,成天沉默寡言,别人说他是个"会走动的石头"。杜秀梅是卫生员,她知道丈夫的心理疾病只有靠她细微的情感来医治,丈夫一进家门,她就将饭菜端上来,丈夫的衣服也是一星期一洗,丈夫真成了衣来伸手、饭来张口的人了。一个在外面受到如此打击的人,家就是丈夫的温馨的港湾,她就是丈夫最可心的人。

对白耀育来说,杜秀梅几乎成了他的精神支柱,晚上他拥着媳妇时,常常叹气对不住媳妇,让媳妇跟着自己受罪。可杜秀梅就宽解丈夫:人总不能老是这么背运,连绵雨总有停的时候。她甚至还学着《列宁在一九一八》电影里瓦西里的口吻说:"面包会有的,牛奶会有的。"一股暖流涌上心头,丈夫泪雨磅沱。

十三

杜秀梅第三个孩子就要出世了,与前两个孩子一样,还没出世,孩子的父亲又摊上了事。

原来,草湖农场的一个职工回老家探亲,恰巧他家与白耀育家一个公社,他在与人侃大山时说:"老八路白耀育老牛吃嫩草,在兵团找了一个比他小二十岁的媳妇,那媳妇俊俏得很,可惜鲜花插到了牛粪里。"此人在草湖农场就有"吹牛大王"的绰号,什么话到他嘴里,都是三分实、七分假。这也应验了"好事不出门,坏事传千里"的话,此话又恰巧被白耀育家的老婆听到了,这个农村妇女一纸诉状将丈夫白耀育告到县政府。

县政府来函调查白耀育的婚姻状况。

白耀育有口难辩,他向调查人员解释道:"老家是有个'媳妇',那是我参军前母亲为了拴住儿子,怕我走后忘记了娘才给我找的,可我死活不同意,也没与'媳妇'在一起睡过,第二天就跟着部队走了,这一走,就再也没回过家。"调查人员说,你说她不是你媳妇,谁能证明?你说你没有和她睡过,谁能证明?白耀育哑口无言,谁能证明?除了自己能证明,还有谁能证明?面对苍天,他大声吼道:"苍天呀,大地呀,你怎么老是与我过不去呀,难道你还让我第三次劳改不成?"

白耀育说对了,法院以重婚罪判处白耀育有期徒刑一年,还在草湖农场劳改队服刑。

又是复制了前两次的悲剧,杜秀梅肚子里的孩子又是在她听到噩耗后,在嚎啕大哭中生下的。

十四

一年服刑比十年还长,白耀育终于等到了出狱的那一天。杜秀梅带着三个孩子来接丈夫,白耀育看到媳妇更加憔悴了,不到三十岁,都有了白头发,他忍不住泪流满面。杜秀梅看丈夫如此伤心,就说:"老白,背运总有个头,我想了,咱们这些年一个难接着一个难,为什么?就是咱们的婚礼是在晚上举行的。我都准备好了,咱们再办一次婚礼,选个艳阳天,红红火火办他一场。"

几天后,杜秀梅与白耀育果真红红火火办了一场婚礼,大食堂每张桌子上都放着一大盘切成一牙一牙的哈密瓜。

两人的好日子终于来了:1978年,组织上为白耀育平反,恢复他的营级干部职务,并补发了一万多元的工资。

若干年后,已经退休的杜秀梅对丈夫说:"我们的婚姻前半辈子是苦瓜,后半辈子是哈密瓜。就像开发的草湖,开发前是沼泽和烂泥潭;开发后是绿洲,绿洲来之不易,我们的哈密瓜婚姻也一样来之不易。"

丈夫点点头说:"你说的还真是这么回事。"

草皮房

一

兰花她们坐车到五连时,变天了,乌云滚滚,电闪雷鸣,瞬间,黄豆粒大的冰疙瘩就没脸没鼻子地砸了下来,落在女兵的头上、身上,麻麻点点地疼。十个女兵坐在槽子车上抱着头哇哇乱叫。

"已经到连部了,快下车吧。"赶车的男兵向女兵催促道。

听到喊声,兰花松开抱着头的双手,而她眼前却看到的是这样一幅画面:在密密麻麻的冰雹中,一个高个子男人光着上身正举着斧头劈柴,密集的冰雹落在古铜色的身上,就如落在坚硬的、刚刚割过的麦地上一般,噼噼啪啪弹得老高。此人全然不觉,仍在用力劈柴,双臂高高举起斧头,用力一劈,地上的胡杨木便断成两截。随着斧子一起一落,可见胳膊隆起一块一块腱子肉。兰花完全被这幅画面吸引了,忘记了刚才落在身上、头上砸得麻麻疼的冰雹,心想这人怎么光着上身在冰雹里劈柴呢,冰雹砸在身上不疼吗?

这时,一群男兵不知从哪里冒了出来,他们有的头上顶着盆子,有的则扣着一只碗,冰雹落在上面发出叮叮当当的声响,而那一双双眼睛却直勾勾地看着车上的女兵。

"走开,走开,别看到眼里拔不出来了。"指导员走过来大声喊道。

头顶盆碗的男兵顺势排成两排,夹道欢迎新战友。兰花可以感觉到,那目光如锥,比砸在身上的冰雹还厉害。十个女兵跟着指导员向宿舍走去,在经过那个劈柴的男人时,兰花特意看了看他,只见此人似乎根本就没看见她们一样,依旧那样卖力地劈柴。

二

五连驻扎的新垦区地处塔里木河河畔,这里草旺、水多,地上铺了一层千万年积成的草甸子,半尺厚的草甸子下面才是能攥出油的黑土地。在这里开荒得有两道工序:先是将厚厚的草甸子掀起,挖掉,然后才能犁地开荒。兰花她们十个女兵组成了一个女兵班,兰花是班长,她们的任务就是将男兵们挖出的草皮搬运到地头。几天下来,地头的草皮堆得老高。于是就有人建议将草皮烧了,草木灰可以施到地里做肥料。也有人反对,说草皮下的黑土地肥沃得能踩出油来,用不着施肥;肥多了会适得其反,烧死庄稼。

每天中午,开荒人都在地里吃饭,由连里炊事班将饭菜送来。那个劈柴人挑着两桶饭菜走在前面,炊事班班长张大旺手里攥着马勺跟在后面。到了开荒地头,张大旺就对他说:"吆喝吧。"口气很硬,有点命令的口吻。劈柴人手提着扁担走到一高坡上,脱下上衣挑到扁担一头,高高举起摇晃,大声吆喝:"开饭喽,黄金塔和金沙汤,快来了。"听到他的喊声,开荒人的情绪顿时高涨起来,纷纷议论:"别看李三平时是个闷葫芦,但一出口就让人流口水,黄金塔和金沙汤是啥饭?走,去吃饭喽。"兰花对此人又产生了新的好奇——声音:从他胸腔里发出的金属般的声音,这种声音洪亮中还带着金属的磁性,就像她老家村头那口老钟,能传出二里地去。兰花又不由地想起他在冰雹中劈柴的样子,也难怪,这声音是从那铁塔一般身体里发出的。

其实黄金塔就是玉米面窝窝头,金沙汤就是玉米面糊糊,人们一边吃一边哈哈解嘲李三的幽默。可这时,李三却不见了身影,班长张大旺见人到了地头,就指使劈柴人去地里干活去了。他用马勺给人打饭,这是炊事班长权利的象征,就像连队的公章放在连长的公文包里,而不是放在其他人的包里一样。自打连队来了女兵,张大旺就异常亢奋,特别是那个兰花,他一眼就相中了,就跟他梦中娶的媳妇一样好看。轮到兰花打饭时,他先是用眼睛的余光将兰花迅速地瞄了一下,然后,递过去两个黄金塔,又小心翼翼地将金沙汤盛到碗里,满满的,而又没洒出一滴来,双手递过去。兰花感激地说:"张班长,下次别盛这么满,不好端。"兰花的金沙汤多,就匀给表妹一些,表妹德华人胖,嘴馋,每次兰花都要匀出一个窝窝头和半碗糊糊给她。她俩从小一起长大,又一起来新疆当兵,兰花时时处处照顾着德华。

吃完饭,人们又向工地走去。这时,兰花看到劈柴人从工地那头走过来,挑起两只空桶走了。班长一边用抹布擦马勺,一边笑眯眯问兰花:"小王同志(他看过连队花名册,兰花的大名叫王淑兰),吃饱了没有?明天我还给你多打点。"兰花赶紧说:"张班长,谢谢你,我吃不了那么多,有一半都给德华了。""德华,你们是好朋友?"张大旺好奇地问道。兰花笑着回答:"她是我表妹,一个村里长大的,打小都是我护着她。"张大旺点点头。兰花见劈柴人走远了,好奇地问道:"张班长,那个挑饭的人说话真好听,刚才吆喝的声音就像敲古钟,能传出二里地去。可他平时不怎么爱说话呀。"班长嘴一撇:"他呀,没说话的份,他是劳改犯,国民党顽固派,在炊事班接受我们监督改造。"兰花一听他是劳改犯,紧张地问道:"他跑了咋办,你得看紧点。""跑?量他没这个胆量,他就是因为逃跑才劳改的。我们解放军来之前,一个国民党顽固派连长要带着十几个人往沙漠里跑,妄图与我军对抗,他也同意了。就在他们准备逃跑时,被我们连给包围了,那个企图抵抗的连长被就地正法,跟随的十几个人也都劳改了。李三放在我们炊事班监督改造,你看被我改造得多好,让他劈柴,他不敢挑水。"听了班长的介绍,劈柴人的形象在兰花心中一下失去了光环,"原来这样呀。"她长长叹了一口气,心想,看人不能仅看外表,军队阶级斗争的形势也是挺复杂的。

以后的几天里,每次李三挑饭到了地里,张大旺不再让他去吆喝,而是自己站在高坡上吆喝。吃饭的人对他说:"大旺,你还是让李三吆喝吧,你那公鸡嗓子吆喝出来的声音就像拉风箱,难听死了。"张大旺气得在心里狠狠骂道:"我是喊给女兵听的,我就不信我的吆喝不如李三喊得中听。"

三

兰花女兵班的地窝子与食堂窝棚不远,也就四五米的距离。每天收工回来,女兵都累得浑身散了架,倒在铺上就喊娘,这个说:"娘呀,我累死了。"那个喊:"娘呀,我的腰是不是累断了,怎么这么痛呀?"这时,就听到劈柴的李三高声喊道:"开饭喽,大肉炖粉条,香飘万里喽。"德华没听清,就问兰花,喊的是什么饭?这时又听到张大旺喊道:"快来呀,大肉炖粉条,一人一大碗。"兰花这回听清了,也听出是张大旺喊的,她在纳闷,刚才李三喊得好好的,张大旺为什么要喊呢。他的声音难听死了。但毕竟是大肉炖粉条,女兵们一个个鲤鱼打挺,拿着饭碗就向伙房跑去。掌勺的自然是班长张大旺。兰花碗里的肉出奇得多,自然要分给德华一半,那天晚上,德华直喊撑得慌,屋里气味难闻,女兵都说是德华干的好事。德华也不否认,说:"屁是人身之气,岂有不放之理。"女兵说德华跟男兵学坏了,让兰花好好管束表妹。

第二天一早,兰花起床叠被子,将枕头掀起时,看到德华的黑皮带卷成一圈放在枕头下,就对德华说:"德华,你啥时改掉丢三落四的毛病,你的皮带咋放在了我的枕头下,没有皮带看你咋扎裤子,咋去上班?"德华揉着惺忪的眼睛说:"冤枉死人了。我都穿了裤子,皮带就扎在腰上,那是你的皮带。"兰花这才觉得不对,自己的皮带不也扎在腰上吗,那这条皮带是谁的呀。她伸手一摸,一股凉气渗到骨头里,头发顿时立了起来,她惊叫一声:"哎呀,是蛇。"就跌跌撞撞地向屋外跑去。十个女兵一听有蛇,吱哇乱叫向外跑去,有的女兵是提着裤子跑出来的,有的是光着脚跑出来的。一到屋外,女兵们就高声喊道:"快来人呀,宿舍里有蛇。"正在劈柴的李三听到有蛇,扔下斧子就跑了过来,问蛇在哪里?兰花指着说,在那个靠墙角床铺枕头下。李三不慌不忙进了宿舍,很快,他捏着蛇的七寸走了出来。一看那条扭动身子的蛇,女兵又是哇哇乱叫,用手捂着眼睛。李三一扬手,那条蛇就飞出老远。德华不解地问道:"你咋不弄死它,晚上蛇再来咋办?"李三说:"这蛇无毒,专吃老鼠。我去伙房拿些醋来,晚上睡觉前在屋里洒些,保证不会有蛇来了。"说完,就回食堂了。

很快,班长张大旺拿着一瓶醋急急忙忙跑来说:"来晚了,来晚了,不要怕,我给你们拿了些醋,这法子最灵。"

果然,屋里有了醋味,再也没发现蛇。

四

连里除了她们1952年来的山东女兵外,还有起义人员的老婆,后来,又陆陆续续从老家来了一些女人,她们要么是连队战士参军前在家成的亲,要么是在家定的亲。当时部队要求这些人给老家写信,让她们来连队安家,以稳定军心。她们是怀揣家书千里迢迢从其他省份来到这里的。有一个从甘肃来的媳妇,到了连队天也暗了,就跟着丈夫往家走。恍恍惚惚好像是踩着台阶下到地下,她心中好生纳闷,这屋子咋在地下。天亮了,媳妇出来小解,这才看出她昨晚过夜的家是个地窖。她冲进地窖,一把拽起丈夫,质问道:"你在信里说,这里多好,是个大花园,可咱咋就住在地窖里?"丈夫批评道:"能单独住在地窝子里已经不错了,听说你要来,连里特批了一间地窝子给我,其他人都是十几个人住一间地窝子,你去看看,那才像老家地窖里的洋芋蛋,一个挨一个。"那媳妇不信丈夫的话,天亮后就去找指导员,说丈夫是出来革命的,革命胜利了,怎么还住在地窖里。指导员的老婆将她领到自己家和连长家,那媳妇一看,这才没话说了。

女人多了,要单独住地窝子的人也多了,开荒任务又重,连队抽不出人手挖地窝子。有一天指导员让文教向团里打了一份报告:

……连里急需住房,现十对夫妻有家无房,不少女同志抱怨说:结婚不如不结婚……连队开荒任务重,实在抽不出人手挖地窝子,团里是否考虑派工程基建人员来我连挖地窝子……

这份报告的内容不胫而走,各班都在议论。有一天,炊事班也在议论此事,班长张大旺说:"以前是发愁没有女人,现在有了女人,又没有房子,万事俱备,只欠房子呀。"平时不说话的李三突然冒出一句:"活人哪能叫尿憋死,盖房子不是什么难事,给我一个月,保证盖好十间房。"此言一出,满堂皆惊。班长张大旺训斥道:"李三,你吹什么牛,十间房,你一个月盖好?谁信!"李三将斧子一摔,说道:"牛皮不是吹的,火车不是推的,我说到做到,做不到,给我加刑!"张大旺看李三如此认真,就问道:"你先给我说说,我看可行不可行。"李三这才说出他一个月盖好十间房的秘诀。"咱们开荒工地上不是有现成的草皮吗,那可是上等的盖房材料,将草皮切割成土坯状,一块一块往上垒,下面宽,上面逐渐收窄,留出门窗口,然后再搭上几根椽子,再铺上一层草皮,不就是一间房吗。"班长张大旺吃惊地长着大嘴,半天才反应过来,问道:"这办法可行?"李三点点头说:"过去我见过当地的维吾尔族牧人就这样在野外盖房。"

第二天,指导员在大会上表扬炊事班班长张大旺,说他发明了一个"快速盖房法",并请缨将盖房的任务交给炊事班,保证一个月完成任务。散会后,张大旺将这个任务转交给了李三。"你不是说保证一个月完成任务吗,现在这个任务就交给你,不过,劈柴的活还得干。"

从那天起,人们就看到李三一人在工地上用铡刀铡草皮,四刀下去,一块又厚又大的草坯便出来了,没两天,工地上的草坯堆得老高。从第三天开始,李三就用一驾马车往连队驻地运草坯,从第五天开始,人们就见李三在用草坯砌房。第八天,张大旺来检查盖房工作,惊得目瞪口呆,半天才说出一句话来:"两间房共用一堵墙?"李三只顾干活顾不上解释,只是"嗯"了一声。"行吗?"张大旺一听这话,生气地叫停:"停,停,李三,现在回炊事班开会,批判你的错误言行。"会上,张大旺批判李三改不了国民党的流氓习气。开始大家还认为老实的李三犯了生活作风问题,眼看着就要劳教刑满了,咋就出了这个问题。可班长说也不对呀,难道李三是耍流氓,看女兵解手,也脱了裤子让女兵看他的屁股,不然咋就"屁股对屁股"。李三不服气地大声辩解道:"我是比喻,墙这边是一家人,墙那边又是一家人,中间隔着一堵墙。"李三这么一解释,大家都笑了,对班长说:"班长,这算不上流氓习气,只是个比方,没想到平时不吭声的李三说起话来还这么形象、幽默。"见大家这么说,张大旺也就顺坡下驴,"那好,你就快点干。"

李三的草皮房轰动了连队,连队领导来看过,男兵和女兵也来看过,还是连队文教会说:"这简直是奇迹,盖房就像搭积木,就地取材,多快好省,既实用,又浪漫,用草皮盖房太有想象力了,也太有诗意了。"指导员将草皮房的事汇报给团里,团里作为典型向其他连队推广。有一天,指导员到炊事班表扬张大旺,说他不但会做饭,还发明了这么一个好办法解决了连队住房的大问题。其他人听了只是撇嘴摇头。

李三没有食言,还不到一个月,果然盖好了十间房,十对夫妻高高兴兴搬进了草皮房。第二天,兰花问那个甘肃媳妇住草皮房有啥感觉,媳妇不好意思地说:"比地窝子强多了,屋里有一股淡淡的草香味,闻着闻着人就醉了。"

五

兰花对李三的印象是有起伏的,开始她敬佩他,觉得他是个铁塔一般的男子汉,可后来听说他是个劳改犯,此人在她心目中就不再有地位了,也不再注意他了。可自打李三盖草皮房后,兰花不知怎的心里又老是想着这人,觉得这人不坏,那次他从她枕头下捉住蛇后说是回去拿醋的,怎么是班长来了?倒是班长向她表了一番功劳。这次草皮房,听说是他的主意,但受表扬的却是班长,这几件事让她对李三有了些许好感,但转念一想,他总归是劳改犯,阶级界线还是要划清的。

女人多了,原来的女兵班扩大为女兵排,那些从老家来的媳妇也到了女兵排。有一次排里人议论起李三来,有人就问他是怎么劳改的。一个起义兵的媳妇说不是劳改,是劳教。于是就将从丈夫那听说的学说了一遍。原来,陶峙岳发布起义通电后,李三所在的那个连的连长拒绝执行,说不费一枪一弹,就把新疆交给了解放军,辜负了蒋委员长的栽培。接着他煽动说,解放军来了后,没有我们什么好果子吃,听说他们要将起义官兵赶到塔克拉玛干大沙漠去,让我们渴死,饿死,不费什么事就彻底消灭我们了。不如乘着解放军还没来,到昆仑山上打游击。当时,李三只是听,一言不发。连长说,跟他走的人大洋两块,不跟他走的人"花生米"一颗,李三也不敢违令,只好点头同意。当晚,解放军的一个连包围了这个要叛乱的连队,就这样,抵抗的连长被当场击毙,要逃跑的士兵全部分散到各个部队劳动教养。因她的丈夫提前偷偷逃了,所以没被卷进去。她丈夫说,李三原本性格活泼,说话也幽默,自打劳教后就变了一个人,像是个石头人,整天就是劈柴,有时几天也不说一句话。此话别的女兵也就是当轶闻听听,可兰花似乎感觉到李三在用实际行动为自己赎罪,要脱胎换骨变一个人。自打李三盖起了十间房后,指导员又给炊事班新的任务——再盖二十间房,指导员在大会上说:"只有成家立业,只有生儿育女,才能扎下根。屯垦戍边事业才能一代一代传下去,古代也有屯垦,但都是一代而终,为什么,因为没有家。所以,房的意义重大呀。"为了加快盖房进度,连里抽调几个女兵做李三的小工,配合他盖房。在盖房的二十多天里,李三几乎没与兰花说过一句话,甚至连看都没看她一眼,女兵说他是个"会干活的石头"。有一天,李三来晚了,这是女兵与他一起盖房的第一次,女兵不知要干什么,就坐在地上等他,一直等到半上午他才来。只见他穿着一身新衣服,脸上的胡须刮得干干净净,还特意戴了一顶新帽子。兰花好奇地问道:"怎么,你今天要相亲呀?"女兵叽叽嘎嘎地笑起来。李三红着脸说:"进了趟县城,洗了个澡。从今天起我就是一个新人了,两年劳教期满了,我和你们一样也是一个革命同志了。"说完这话,他的眼睛湿润了。兰花带头鼓起掌来,说:"欢迎你参加革命队伍。"这也是兰花参军后学的话,她也不知此话说得妥不妥。

但从李三那激动的表情看,她说到他心里去了。有一天,李三交代完要干的活后,对兰花说,他已向指导员请了假,要去一趟县城,给老家的老母亲买点东西寄回去,下午就可赶回来。说完就匆匆走了。果然,下午他就回来了,走了一身汗,顾不上喘口气,就干起活来。那天下午兰花一直与他在一起干活,也不知是自己的眼花了,还是怎么的,兰花似乎看到李三将一个什么东西塞进草坯中,他动作迅捷,也就是那么一晃。兰花心想一定是自己看花眼了,也就没有问,再说,他能往草坯里塞什么?

二十间草皮房盖好了,这下解决了连队的新婚夫妻的住房,而且还有富余。

秋收后,就算是农闲了,连队到这个时候就要开展"向文化大进军"活动,当然,也悄没声息地开展起"向女兵进军"活动,连队还有十个花儿一般的女兵。有一天,指导员将兰花叫去了,开门见山,问她对炊事班班长张大旺有没有意见。兰花说,没有意见。指导员反问道:"真的没意见?"兰花说:"真的没意见。"指导员笑了,说:"那好,张班长向我提出要和你结成革命对子,既然你对他没意见,那就结对子吧,互帮互助,共同进步。不过,要抓紧时间呀,房也剩的不多了,谁先结成对子,房就先分给谁。"兰花对指导员说,自己岁数还小,等几年后再说,工作要紧。指导员有的是办法,他与女兵说结对子,哪个女兵不是以此为托词,岁数小,小了还能当兵,既然当兵了,说明岁数就不小了。当然,指导员会这么说:"心里想着工作是对的,但结对子也是工作呀,你想想,部队的战士不结对子互帮互助,那怎么共同进步呢,怎能屯垦戍边呢,当然,我们不强迫,实在不合适,我们也不会批准的,强扭的瓜不甜嘛。处处吧,张班长可等着你呢。"

自那后,一次,张大旺约兰花谈结对子的事,兰花一口回绝。张大旺见兰花不高兴,就问她是不是病了。为了支走他,兰花说是不舒服。张大旺果然走了,可不一会儿又来了,他双手端着一碗面条,上面还卧着两个荷包蛋。张大旺说:"我找了指导员,说你病了,指导员特批了病号饭。兰花,快吃,吃了病就好了。连里不少捣蛋鬼为了吃面条,还装病呢。"兰花真没想到自己的一句托词竟节外生枝,不耐烦地说:"刚才是骗你的,我没病,你把病号饭端走吧。"可张大旺却说:"我知道,你在逞强,连队这样的战士不少,明明病了,硬是不承认。"这时,德华进来了,一看有鸡蛋面条,就问:"姐,你病了?"兰花摇摇头说:"你才病了。"德华嘎嘎笑起来,我是病了,是病了,是馋的病。说着,端起那碗面条就吃起来。张大旺傻了,兰花笑了。

六

开荒后就是播种,转眼就是夏管了。浇水任务重,要白天夜里连轴转。你误农事一时,农事可误你一茬呀。女兵排向指导员请缨上夜班,指导员表扬女兵的这种敢打敢拼的精神,同意她们夜里去地里浇水,为了安全,特意安插了几个男兵与她们一道浇水。炊事班张大旺也安排李三送饭,自打李三"新生"后,就不再只是劈柴了,可以做饭,只是不能拿勺打饭,那是班长的特权。有一天女兵排在三号地浇水,三号地距离连部最远,要过一片草湖,还要翻越一道沙梁,就是白天也要走一个多小时。那天夜空就像蒙上了一块黑布,伸手不见五指。李三挑着夜班饭向三号地走去,可走着走着,约莫该走出草甸子了,可怎么还在草甸子里转悠呢,他知道迷路了。抬头看看夜空,没有一颗可以参照方向的星星,地里的人还等着吃饭哩。于是,就挑着担子向他认为的三号地方向走去,草甸子里有水,甚至还有沼泽,不小心会陷进去的,可他也顾不得了,往这头走一阵,觉得不对,又往那头走一阵,折腾了大半夜还是没走出来。这时他也饿了,但筐里的窝窝头是给上夜班人吃的,吃了就有人得饿肚子,不能吃。他浑身是汗,嗓子眼干得冒火,于是就伏在地上双手捧水喝起来。他也知道这种水不能喝,喝了也许会闹肚子,但他渴得实在不行,也顾不得了。果然不久,他的胃部先是疼,后是胀,接着身体发烧,但他依然咬着牙向他认为的方向走去,终于走出了草甸子。这时,天也蒙蒙亮了,前方依稀可见连队的轮廓,他一屁股坐到地上,双手摇着自己的脑袋,狠狠地骂自己是大笨蛋。这时,他整个身子都发烫了,软得如面条,但他还是一咬牙,挑着担子向三号地走去。等他一到地里,向大家苦笑了一下,说了句"对不起,我昨晚迷路了。"就一头栽倒在地上。

这件事让兰花好感动。她也开始注意起李三了。李三,在连队人的眼里,是个老实巴交的人,连队人议论他干的事都是瞎子点灯白费蜡,都是白忙活。他在盖草皮房时,大家都说,没有媳妇的人为有媳妇的人盖房子,不是白忙活是什么。还有一次,李三挑着担子往地里送饭,看到地里有一窝鸟蛋,可那块地正在浇水,眼看着水就要淹没那窝鸟蛋了,后面的张大旺看到后,笑着说,鸟蛋比鸡蛋营养价值高,特别是生喝营养更高,说着就要去拿鸟蛋。李三发火了,他一把推开班长,说:"一个蛋就是一条命,我拿回去把它们孵出来。"张大旺笑着摇摇头说:"好吧,就依你这个大傻瓜吧。"回来后,李三也不知从哪里找来一只要抱窝的老母鸡,就像伺候月婆子一样照顾那只孵鸟蛋的老母鸡,连队的人都说李三是个神经病,脑子有毛病。张大旺将一勺菜扣在打饭的人碗里,大声说:"我编了一个歇后语,就是'李三孵鸟蛋,'怎么讲?"那人接过碗,不解地问:"怎么讲?"张大旺大声"哼"了一声:"——瞎子点灯白费蜡呗。"打饭的人哈哈大笑,都说张大旺算是把李三看透了,说得太对了。果然,三七二十一天,小鸟破壳而出,果然,小鸟羽毛丰满后,七只小鸟全都展翅高飞了。望着远飞的小鸟,李三欢腾得像个孩子,手舞足蹈地高声喊着:"小鸟飞了,小鸟飞了。"看到这幅画面,张大旺也是大笑,也是高声喊着:"我活了三十多年,这样的头号大傻蛋,还是第一次见到,算是开了眼。"

其实,开眼的远不止张大旺,兰花也开了眼,连里除了文教十分敬佩李三外,还有就是兰花。有一次,文教对兰花说:"我觉得李三这个人不简单,心里有大爱。"兰花也感到李三做的这件事让她好温馨,好感动,但她又说不出为什么。就问文教,什么是大爱?文教就说:"我们常说同志之间要相互爱护,相互帮助,但我觉得我们还可以爱得更多,比如,爱我们的祖国,爱我们的自然,那小鸟不就是我们自然的一部分嘛。我也说不太清,反正就是这么个意思吧。"文教一席"说不明白"的话让兰花大彻大悟,她心里真的喜欢上了李三。

张大旺是剃头挑子一头热,每次找兰花"结对子",都被兰花拒绝了,开始还以没时间,我还有事等托词为借口,可见张大旺不离不弃地死缠,兰花干脆就直截了当地说:"我还小,不想与你结对子。"见兰花打心里讨厌自己,张大旺也就转移了目标,他盯上了德华。在张大旺心里,找老婆,就是生儿养女,他有对付德华的办法。病号饭吸引了德华。

兰花彻底喜欢上了李三,这还要从那件事说起。转眼又到了秋灌了,那天女兵排的人正在地里浇水,这也是一年中最后一次浇水。就在大家在地里吃饭时,渠道垮了。兰花和女兵们跑到那里,一看全傻眼了,湍急的渠水正从一个溃口往外倾泻,那个口子眼看着越冲越大。送饭的张大旺,站在渠首上大喊:"李三,你快堵呀,李三,你快堵呀。"李三和女兵挥着铁锹拼命铲土堵溃口,可根本堵不住。张大旺站在渠首上高声训斥道:"李三,你怎么回事,这么个口子都堵不住,你平时不是能得很吗?这回咋怂包了。"李三根本没有听到他在说什么,一看这么堵下去没有什么用,就纵身跳进渠水中,用身体堵住那个溃口,大声喊道:"快扔土。"张大旺没想到李三会跳进去,也是大声喊道:"这下好了,大家快扔土。"他站在一边指手画脚,一会说往这边扔土,一会又指挥往那边扔土。溃口堵上了,兰花几个女兵将李三拉上来,李三冻得索索发抖。兰花赶紧将自己的棉大衣脱下来披在李三身上。张大旺酸溜溜地说:"没事的,李三身子像铁塔,走吧,我还要向指导员汇报这事呢。"兰花狠狠地瞪了张大旺一眼,心想,又去向指导员表功呢。

第二天,兰花在指导员办公室外高声喊道:"报告。"

指导员回应道:"进来。"一看是兰花,就说道:"好呀,我正要找你表扬你们呢。张班长说,昨天渠道垮了,是他急中生智,指挥你们将渠道口堵上了,这事我已经安排文教写篇表扬稿,送到团部,要在生产快报上发表。"

兰花说道:"指导员,我不是来汇报此事的,但说到了,我就要说说当时的情况。当时情况非常紧急,张班长只是在一边大喊大叫,根本没动手,是李三跳进渠水中,用身体挡住溃口,这才堵住了。"

指导员若有所思地点点头后说:"这样吧,等会儿文教采访一下你,你将昨天的情况向他说说,特别是李三同志的举动,太感人了。兰花,你还有其他事吗?"

兰花说:"是的,我是想请示一下我能不能与李三结对子。"说到这,兰花的脸腾地红了。

指导员哈哈笑了:"可以,安排你与张大旺结对子是我们考虑不周,看来,大旺做人确实有些问题。不过,李三可是个劳教过的起义人员,你要慎重考虑呀。"

"我考虑了,李三虽然帽上无星(指解放军帽徽),胸前无牌(指解放军胸牌),但他在我眼里,是个合格的军人。"

"是的,我同意你的看法,李三是个合格的军人。"指导员感慨地说。

七

第二年十一,一个车皮来的十个女兵要结婚了,连队举行了集体婚礼。新婚之夜,兰花依偎在李三胸前,整个草皮房弥漫着一股淡淡的草香。

"兰花,我给你一样东西。"说着,李三从床上下来,走到草皮墙边,将一只手使劲插进墙体内,摸索了一会,掏出一个银手镯。"来,我给你戴上。"

"你搞什么鬼呀,怎么从墙里掏出一个银手镯?"兰花笑眯眯地不解地问道。

"去年我们在盖房时,我乘你不注意,将这只从县城买来的银手镯放进去的。我娘说过,等有了儿媳妇,她将她手上的银手镯戴在儿媳手上。可老娘来不了新疆,我只好自己买一个替她戴在你手上。"兰花兴奋得满脸通红,她似乎想起了那天看到李三往墙里塞进个什么,当时也没多想就过去了。

"不对呀,你咋知道咱们住这间房?万一住不了,你咋拿出手镯。"

"你忘了,盖这间房时因没有了草坯,面积最小,又不朝阳,我想这间房不会有人主动要的。所以,这间小房间非我莫属了。"

夜深了,草皮房里飘出淡淡的青草味。

大　姐

1954年，新疆军区组织庞大的妇女工作总队，分十五个大队，到山东广征青年妇女。政策明确规定，年龄三十五岁以下，已婚单身妇女和携带儿女者均可报名。第一批进疆妇女一千三百零五人，大龄儿童一百一十三人，奶孩子一百一十二人；第二批妇女一千三百四十五人，大龄儿童一百六十八人，奶孩子二百三十二人，第三批……第四批……1954年共招近七千人。

——据史料记载

一个决定可改变人的命运，吴玉兰一生中做过三次这样的决定。三次命运攸关的决定都是在一瞬间做出的，终生不悔。

1954年7月的一天，青岛火车站红旗飘扬，高音喇叭里播放着《新疆好》的歌曲，大红条幅上写着"欢送山东青年妇女赴新疆参加社会主义建设"。

由吴玉兰带队的五百三十名支边青年妇女、十多个大龄儿童和奶孩子都上了车。在清点人数后，吴玉兰向新疆军区妇女工作总队的工作人员报告："大人小孩一个不少。"那个女工作人员夸奖道："吴主任，你为这次征召青年妇女工作立了大功，我回去后一定向军区政治部汇报，由政治部向你们县民政部门发函建议表彰。"

吴玉兰心里甜滋滋的。

动员"支前"是吴玉兰的拿手好戏，她十七岁就参加区上的妇救会工作，动员各村男性青壮年推车支援前线,动员妇女为解放军做军鞋、烙煎饼。一次战役胜利后,又得准备下一次战役的粮草等军需。每次动员"支前",吴玉兰都要先了解解放军的动员口号,譬如:"只有解放全中国,人民才能当家做主"等等,然后去各村宣传动员。全国解放后,虽然"支前"任务少了,但她这个妇女会会长更忙了,组织妇女识字、扭秧歌,还要调解诸如夫妻打架、婆媳不和等琐碎事儿。直到1952年新疆军区来区上招收女兵,她又进入角色,动员适龄女青年报名参军。那次她原本也想报名参军,但区上领导有意要培养她当干部,"听领导的,跟党走"是她参加革命的那天起就刻在心里的信条,她与女兵失之交臂。转眼到了1954年,新疆军区妇女工作总队又来区上征召青年妇女,这次征召条件宽得"没边",就连拖儿带女的寡妇都要,这种情况吴玉兰还是第一次遇到。她和区上几个干部私下议论,认为征召支边青年妇女去新疆,八成是为新疆老兵解决婚姻问题。

吴玉兰走家串户,宣传去新疆建设社会主义的实惠。各村妇女一听这么好的待遇,纷纷报名,不几天就有好几百人报了名。经过工作队审核,确定他们区五百三十名妇女符合去新疆的条件。工作做到这一步,吴玉兰的动员工作可以说是结束了,可谁知,就在支边队伍临出发时,原来区上选派的那个带队女干部找到区长哭天抹泪,说家里小孩病了,丈夫又不在家,她去不了新疆了。一看这情景,在场的吴玉兰自告奋勇向区长请缨:我带队去新疆,保证完成任务。一边是哭天抹泪,一边是信誓旦旦,区长只得临时换将。

火车鸣笛缓缓启动,车厢里突然传出呜呜的哭声,那哭声引得站台上送亲友的人也呜呜哭起来,车上车下哭声一片,几乎盖住里喇叭里的歌声。骨肉分离、故土难离,那一刻,吴玉兰这个"局外人"也感同身受。

"姐妹们,我们是到新疆参加社会主义建设的,无比光荣,咱们可不能这么哭哭啼啼呀。来,唱支歌振奋精神,就像我们以前支前那样。"火车一出站,吴玉兰就动员起来。

这五百三十人大多是十七八岁的大姑娘,带孩子的人只有几个比吴玉兰岁数大。那年吴玉兰都二十四岁了,在农村,这么大岁数的姑娘已很少见了,车厢里的人都不习惯叫她队长,都叫她大姐。大姐吴玉兰什么都得管,一会儿这个人晕车,一会儿那个人的孩子哭闹,大家有意见。一会儿车厢这头有人喊大姐,一会儿车厢那头又有人喊大姐,她忙得晕头转向。

车到兰州后,改乘嘎斯大汽车,一辆车拉二十人,车队前不见首,后不见尾。走上几个小时,车队就停下来,让人们下车"方便"。一马平川的大戈壁滩,没有个遮挡物,怎么解手。吴玉兰拿了条土布床单,两人一扯就成了临时茅房,这个做法当即得到工作总队的推广。从老家出来,都一个多月了,大家没有换洗过衣服,身上都生了虱子。都是姑娘、媳妇的,又不敢在大庭广众前用手挠。吴玉兰也是一样,一到宿营地,她就又蹦又跳,大家一看,心照不宣,也学着样又蹦又跳起来。三四个人围着吴玉兰用手拍打她的前胸后背,大家一看,心有灵犀,也三五一堆相互拍打起来。男驾驶员看着纳闷,就问带队的吴玉兰这是在干什么?吴玉兰憋着笑,说坐车太累了,活动活动筋骨。汽车越往前走,看到的景象越荒凉,到星星峡后,前边车队的领导传来话,说已经到新疆地界了。人们开始起疑了,中途休息时,一女青年问驾驶员,不是说新疆楼上楼下吗,怎么不见楼呢。那个驾驶员皱着眉头想了想说:"西北这地方热,楼都在芨芨草下面。"于是,那个女青年就傻乎乎地跑到芨芨草前用手拔土,这才知道被人戏弄了,骂那个驾驶员不是个东西。驾驶员哪敢说真话,说出真话动摇了军心他可担不起责任呀。挨了骂的驾驶员在行驶的途中指着远处海市蜃楼大声喊道:"你们看,那不是楼吗。"车上的女青年喊叫起来:"看到了,看到了,有好多房子呀,还有河。"她们拍着车棚大声问道:"我们离那片楼还有多远?"司机回答:"新疆见山跑死马,远着呢。"可过了一会儿,前方的房子和河流消失得无影无踪,车上的人知道又上当了,齐声骂驾驶员没一句实话,尽骗女人的人一辈子娶不上媳妇。

几天后,汽车队伍一路颠簸来到一个垦荒作业点,支边女青年看到地面上不知从哪里冒出一些男人来,他们一个个胡子拉碴,衣衫不整。这里没有一棵树,"欢迎新战友"的条幅就挂在两把插在地里的铁锹把上。连长和指导员来到车前亲切地大声喊道:"到家了,新战友下车吧。"女青年七嘴八舌质问:"不是说楼上楼下吗,怎么没有呀。"连长、指导员避而不答,只是催促快下车。几辆车上的女青年开始放声大哭,嚷着上当受骗了,并将矛头对准了吴玉兰:"大姐,你是我们娘家人,你看看,我们是不是上当了,不行,我们不能下车,让车掉头,我们回山东。"尽管吴玉兰在山东时就知道"楼上楼下、电灯电话"只是宣传口号,与实际情况有距离,但她还是没想到新疆会是如此荒凉,但她只是个带队的,她的任务是将姐妹送到目的地后就完成了任务。她跳下车拿出县上的介绍信递给刚才喊话的领导,指导员高兴地说,有了带队的人就好,你给她们做做工作吧,赶快下车,先到俱乐部洗脸、吃西瓜。连队伙房还给新战友准备了大肉炖粉条,烙了煎饼,准备了大葱,管你们吃够。吴玉兰将这些话说给姐妹们时却遭到了一片责骂声:"汉奸、走狗、叛徒。"吴玉兰十七岁就参加妇救会,最恨的就是汉奸、走狗、叛徒,没想到,姐妹们这样骂她。她委屈地掉下了眼泪。连长、指导员看这一招不行,又换一招:"战友同志们,你们这是怎么了,这里是兵站,是你们吃饭打尖的地方,你们一路不是也这么日行夜宿吗,快下车,汽车还要加油呢,不然明天汽车可得趴窝了,我们也只准备了一顿饭呀。"一番话让山东女青年破涕为笑,难怪没有一间房,原来是临时兵站呀。她们一路上不知过了多少个兵站,有时她们只在兵站吃顿饭,有时要在兵站过夜。她们将自己的行李撂下车来,人也下了车。这时,只见几辆汽车启动马达后一溜烟地开得无影无踪了,她们这才知道又上当了。她们又质问起连长:"楼上楼下,电灯电话"在哪里?连长摸着后脑勺,嘿嘿笑道:"这不是吗,就在你们的脚下呀,你们顺着洞口往下走,不是下楼吗,你们从下面往上走不是上楼吗。"人们顺着洞口台阶下去,果然下到一间房里,里面还挺大的,墙上贴着毛主席和朱总司令的画像,"敢叫日月换新天,戈壁滩上建花园"的标语十分醒目。一张长条桌上摆着切好的西瓜,一个抱在母亲怀里的小孩看到西瓜伸手去拿,被妈妈"啪"地打了一巴掌,那个小孩哇哇哭起来。"那电灯电话呢。"一个女青年又在质问连长。连长摸着后脑勺回答不上来了,一个男兵替连长解了围,他诙谐地拍着光头说:"这不是电灯吗?六十瓦,够亮吧。电话嘛,我们在地面上喊'山东大葱',你们在地面下应答'哎',我就是'山东大葱',电话不就通了。"说完,一群男兵哈哈大笑起来。"山东大葱"脾气暴,一看这帮男人如此戏弄她们,肺都要气炸了,她们一拥而上,将桌子掀翻,冲出地窝子坐在地上放声大哭。

吴玉兰心里更不是滋味,一个多月来,她食不甘味,夜不能寐,特别是改乘汽车后,其他队曾发生过队员逃跑事件,一个女青年藏在汽车下伺机逃跑,汽车开走了,车后扬起的尘土将她遮挡住,后面的汽车开过来,将她的腿压断了。这件事发生后,工作总队要求各带队的人务必加强管理,无论如何不能再发生安全事故。一路上,吴玉兰心神疲惫,特别是刚才眼见着这样一幅情景,她感到头一阵晕眩,便昏迷过去。

听说吴玉兰撇下她们回山东了,女青年们更是气不打一处来,她们围着连长和指导员又推又搡,言语中还带着骂人的话:"你们合着伙来骗我们呀,为什么让吴玉兰走,她是我们带队的,要死要活我们在一起。你们把她交出来。"连长气得脖子上的血管突突直跳。指导员喊道:"你们静一静,听我说说。你们误会了,你们带队的吴玉兰不是撇下你们回山东了,她刚才晕厥过去了,现在正在卫生室抢救呢。"一听大姐晕厥过去了,一道来的人这才静下来,她们中有个小姑娘轻声哭泣地说:"我们不该这样对待大姐,她为我们累成啥样了,我们不该这么对待大姐呀。"所有的女青年不再喊了,她们来到也是地窝子的卫生室,由于房间小,她们只能派代表进去探望。吴玉兰的太阳穴上扎着好些针,一看这阵势,她们连大气都不敢出了,只是默默地流泪,为大姐祈祷。半个小时后,吴玉兰苏醒了。她对连长和指导员、还有围着她的姐妹轻声说道:"连长、指导员,我也留在新疆吧,我没有报名,现在正式向连长、指导员报名。姐妹们说得对,我是带队的,我不能撇下她们自个儿回山东老家,那样,我将无法面对她们的家人,我一辈子不得安心。姐妹们,刚才你们在吵闹时,我看到俱乐部里的那条标语,'敢叫日月换新天,戈壁滩上建花园',写得多好呀,我们是来建设社会主义的,不是来享福的,我们山东人没有孬种,我们就是要将日月换新天。"吴玉兰的话音虽小,但犹如春天的一声雷响,那几个女青年代表说:"大姐,你都不回了,和我们一起留在新疆,我们还有什么可说的呢,我们这就去做工作,留下来。"

几个姐妹出去后,连长、指导员握着吴玉兰的手感激地说:"小吴同志,你的觉悟真高,欢迎你加入我们建设社会主义新新疆的队伍。"

吴玉兰看着连领导,犹豫片刻后才说:"军区妇女工作总队真不该那么宣传呀,别说她们了,我在家就知道宣传的不是实情,可来到这里一看还是接受不了呀。不是我们山东妇女思想觉悟低,我们"支前"什么苦没吃过,将家里的所有能吃的能穿的都支援了前线解放军,我们的思想觉悟不低。山东人不绕弯子,喜欢直来直去。说真话,说实情,我们山东妇女也会来的。"

也不是所有的妇女都愿意留下来,一天,有一个脾气特别大的女青年说什么都要回山东,吴玉兰也拦不住。连长对她说:"既然你执意要走,那你就走。"人们都不明白连长为什么就答应了呢。那个女青年在前面走,后面不远不近跟着两个男战士,她走,后面的人也走,她停,后面的人也停。直到那个女青年累得趴在地上起不来了,后面的人才走上前问还走不走了。那个女青年摇着头无力地说:"再也不走了。"回来后,女青年对姐妹们说:"哪能走出去,不是累死,也要被狼吃了。"

刚来的那几个月青年妇女先是参加连队的识字班学习,有些学不进去的女青年就跑到连队鸡场偷鸡蛋喝。鸡场饲养员是个眼神不利索、耳朵有些背的老汉,几个女青年就跑进鸡窝里,摸出热乎乎的新鲜鸡蛋,在蛋的两头扎个小眼,用嘴一吸就将蛋清蛋黄吸到肚里,然后再将空蛋壳放入鸡窝。老汉每次送鸡蛋到伙房,炊事员都发现有空蛋壳,就问老汉。老汉解释说,可能是鸡下的"空蛋"。

炊事员说,空蛋怎么还有眼,肯定是那帮"女土匪"干的!

有一天,军区妇女工作总队的一名干部来到连队,看看他们征召的这批山东妇女干得怎样。不料,他一到连队就被几个山东妇女围住了,大家七嘴八舌,又推又搡,说他是个大骗子,要到军区告他。连队文教看到妇女如此对待上级检查工作的领导,赶紧赶过来解围,那个干部脱身后骑上马一溜烟跑了。这几个妇女又将火发在文教身上,她们冲到文教的地窝子顶上又蹦又跳,硬是踏出几个大洞来,直到文教答应了她们的要求才罢休。

"以后,我们谁要写信,你随叫随到。"

"好,好,我的好姐姐。我算是领教'山东大葱'的厉害了。"

几个月后,这批山东妇女也就随遇而安了,她们并不是不懂道理,她们只是觉得不该这么像哄小孩一样哄她们、骗她们。

连队领导又犯了"心急"的错误,他们见妇女的心都稳定了,就着急上火地为老战士拉扯对象,拖儿带女的就给找个岁数大的,岁数不大的姑娘就给找个大五六岁的。今天拉扯一对,明天拉扯一对,恨不得几天里将老兵的婚姻问题全解决了。

吴玉兰找到连长、指导员,说婚姻的事就像地里的瓜,不可强扭。山东女子性子烈,但山东女子也最善良,你得顺着来,要慢慢培养感情。

指导员说:"这些战士岁数都不小了,一日不娶媳妇,他们一日心都不安呀。建设社会主义大业得先安家呀。这样如何?凡事总得有个带头的,你岁数也不小了,你的档案寄来了,我看了,你十七岁参加革命,今年也都二十五岁了,这样吧,你这个娘家人就带个头吧。副连长比你大八岁,是个老革命,你两处处吧,组织上不强迫,处得好就处,处得不好就分手,咋样?"

吴玉兰是山东老区人,最了解我们的战士为共和国的诞生付出了很多,包括婚姻。她的回答让指导员和连长感动:"我听领导的,副连长人不错,立过功,负过伤,再说,是河北人,在新疆我们也算是半个老乡了。我和他处。指导员你说得对,只有成家才能立业。"

半个月后,吴玉兰就和张副连长结婚了,婚礼就在地下俱乐部举行。在婚礼上吴玉兰对她带来的姐妹说,这下你们彻底放心了吧,我把自己都交给了新疆,我要在这干一辈子。

看着大姐都结婚了,一起来的姐妹们也就年前年后结了婚,有一天五对新人一起结婚。

在姐妹眼里,吴玉兰仍是她们的娘家人,结婚后,丈夫打老婆,继父打养子的事,姐妹们不是告连长、指导员,而是告到吴玉兰大姐那,由她出头解决。一次,一位老兵的养子将家里的一只碗打碎了,继父踢了养子两脚。吴玉兰知道后,将这事告到连里去,连里开大会批评这位老兵是大男子主义,直到老兵痛哭流涕地做了检查才算了事。

几年后,团里传达上级文件,要开展"勤俭持家"运动。当时其他省份来的人多,兵团出现了人多地少的现象,上级要求干部家属带头辞去公职,在家带孩子、干家务,以减轻丈夫的负担。团里给连队三个"勤俭持家"的指标。这时吴玉兰的丈夫已升任连长了,怎么办?吴玉兰二话没说,就退了下来,"你是连长,连长的老婆不带头谁带头。"就这样,以带队身份来兵团的吴玉兰,又成了不在册的"五·七"战士。

一道来的姐妹们都说大姐太亏了,如果不"勤俭持家",早就成为干部了。四十多年后,吴玉兰被师里评为十大戈壁母亲,她对采访的记者说:"听领导的话,跟党走。我对做出的三个决定从没后悔过。"

大　嫚

　　与电视剧《戈壁母亲》里的刘月季差不多，大嫚来新疆时也是拖儿带女的母亲，不同的是，刘月季是寻夫，大嫚是寻"好地方"。

　　大嫚的家庭有些背景，她爹娘虽然是地地道道的农民，但大伯在国民党军队里是个官，常常接济弟弟。农村女孩子很少有上学的，大嫚却一直上到初中，并在县城中学秘密参加了地下党领导的学生会，还是学生会的副主席。后来，中学地下党派大嫚到一山村小学教学，不久就与一地下党员结了婚。

　　大嫚的命运由此发生了变化。

　　可以说婚姻拖累了大嫚，也改变了大嫚——从进步青年成为从炕头到地头的家庭妇女。

　　从结婚的1947年到来新疆前的1954年，大嫚七年里生了五个孩子。丈夫常常在外，根本顾不上家，所以，家里土改分的十二亩地她得种，得管，得收；婆婆瘫在床上，她得伺候；家里一年多点就要添张嗷嗷待哺的嘴，她还得拉扯孩子，从早到晚的日子就是从炕头到地头。所以大嫚最怕看日头出来了，日头一出来就意味着一天的劳碌就开始了，不到天黑透就别想闭眼。

　　教学的差事自然干不成了，可大嫚偏偏是个有想法的人。她不甘心一辈子就这么从炕头到地头，全中国都解放了，妇女也翻了身，可大嫚觉得自个儿还没"解放"，还没"翻身"。

　　其实在她生第四个孩子不久的1952年，她们村上来了新疆部队招兵的。大嫚抱着一个,领着三个孩子就去打听,招兵的人看着大嫚憋不住想笑,说部队只招未婚的。也许想着大嫚这个农村妇女听不懂"未婚"的意思,就补充道:"我们招的女兵是没有成家的闺女。"大嫚有文化,她完全听懂了话外之音,她替那人补充道:"何况我还拖儿带女?"招兵的几个人上下打量着大嫚后小声议论:"山东老解放区的妇女素质就是高。"

大嫚眼睁睁地看着同村的女孩子戴着大红花去新疆当兵,好生羡慕,她的心凉透了,心想这辈子怕是被地头和炕头拴住了,怕是永远翻不了身了。

1954年的4月,是改变大嫚命运的一天。

这一天,村上又来了新疆军区招女兵的工作队,工作队在村头大槐树上架起喇叭,放起了《新疆好》的歌曲,大嫚完全被歌词吸引住了:

我们新疆好地方啊,

天山南北好牧场。

戈壁沙滩变良田,

积雪融化灌农庄。

咦——咦,咦——咦……

听着美妙的歌词,大嫚突然意识到也许只有这个"好地方"才能让她"翻身得解放"。短暂的激动后,她又想起两年前那一幕,人家部队是招闺女的,我这个拖儿带女的大嫚能行吗?大嫚又一次抱着一个领着四个上前打听,可这次招女兵的条件比1952年那次宽松多了,"没成家的闺女要,成家的、有孩子的大嫂也要。"一个工作队员对大嫚说。当时大嫚生第五个孩子才两个月,身体很虚弱,工作队的军医在给她检查身体后说:"到新疆后好好保养保养吧。"这句话意味着她合格了,可以到那个"好地方"去了。大嫚只觉得头有些眩晕,这种感觉在她选为学生会副主席和到村上小学当老师时有过。

决定大嫚命运的时刻到了,她只有到了那个遥远的"好地方"才能真正得到解放,才能真正翻身。她与丈夫商量后,又在地方政府的协调下,大嫚和丈夫办了离婚手续。丈夫的条件是五个孩子他一个不要,同意就离。大嫚一咬牙同意了,为了能到那个"好地方",她能答应丈夫的所有条件,再说她是孩子的母亲呀。

大嫚所在的中队有好几百人,其中也有带孩子的妇女,大嫚带了五个孩子,是带孩子最多的人。上火车的头一天,中队领队给她们发衣服,是蓝色的,不是1952年女兵穿的那种黄色的。山东女人对军衣很敏感,她们知道蓝色的衣服不是军衣,由此推想到她们也不是军人了。于是就有人闹情绪,有的人还开了小差。大嫚有文化,她从歌词里就听出了她们去"好地方"不是当兵,而是种地,歌词里的"牧场""良田""农庄"已经说明了一切。大嫚没有当兵的奢望,她拖儿带女的除了种地还能干啥。当然,她有文化,能当个老师那是最理想的了。

在火车上,她的五个孩子成了姑娘们的宝贝,这个抱抱,那个亲亲,给大嫚减轻了不少负担。大嫚才生孩子不久,身体虚弱,她也就躺在行李上休息。为了活跃路途文化生活,部队的人教大家学唱《新疆好》《火车在飞奔》等歌曲。大嫚学得快,有些姑娘老是唱跑调,领导看大嫚有唱歌的基础,就让大嫚教大家唱。在火车上,姑娘们叫她大姐,大嫚说我都五个孩子了,你们就叫我大嫂吧,那年她都三十一岁了。其实,她感到与妹妹们在一起,自己也仿佛年轻了。

火车每到一站,当地政府就安排人将饭送到火车上来,也许是得到通知了吧,有大饼,有大葱,有豆酱,虽然离开了山东老家,但一路上都能吃上大葱。

火车到了兰州,大嫚的小女儿发起了高烧,领队与兰州军区医院联系后,就将大嫚和她的孩子留了下来,中队其他几百人改乘敞篷汽车继续西行。眼见着离那个"好地方"越来越近了,可她却留了下来,中队会不会不要她了,大嫚心灰意冷,抱着发烧的小女儿呜呜哭起来。兰州军区医院的医生说,他们接到的通知是将你女儿的病治好后,就送你去新疆,你哭什么,难道还怕去不成戈壁滩?大嫚将信将疑,只好听天由命了。

果不其然,几天后女儿的烧退后,又一个中队的专列到了兰州,那个中队的领队找到医院,将大嫚娘几个接走了。于是,大嫚与那个中队的人一起乘敞篷汽车向新疆进发,大嫚这才放心了。从兰州出来,树少了,庄稼地少了,村庄也少了,满眼的荒凉。一些姑娘就想家了,嘤嘤地哭起来。大嫚心里也不是滋味,开始怀疑那个"好地方"真像歌里唱的那样吗?这时,前面的汽车上传来《新疆好》的歌声,大嫚也跟着唱起来了,在她的带动下,姑娘们抹去眼泪唱起来。

离"好地方"越来越近了,不料,大嫚的二儿子出麻疹了。大嫚心想她这一路太不顺了,她最怕的是去不了"好地方"了。好在中队决定将带小孩的母亲和孩子集中到一辆汽车上,配备医生,一路看护。到了迪化(今乌鲁木齐),同行的女兵坐车继续向南疆进发,而大嫚被送到二十二兵团招待所,因为她所在的那个中队去了石河子垦区。

第二天在去石河子的路上,由于途中汽车颠簸得厉害,她抱着孩子坐在木箱上被高高抛起,落下时右脚脖子被尖利的木箱角划开一条深口子,血流如注。车上的人赶紧接过孩子,她就用手紧紧扎住伤口,一直坚持到目的地。大嫚是被人背到卫生所的,她伤得不轻,伤口又感染了。她本来就比别的女兵晚到,现在又伤成这样,她又伤心落泪了,这个"好地方"虽然比她憧憬的要差得多,但毕竟可以工作了。她到的第二天,五个孩子都送了托儿所和学校,领导说,孩子有托儿费,生活费,入托入校不花一分钱。可她看着其他女兵天天劳动,而自己待在地窝子里吃了睡,睡了吃,这不是她所期待的,她期待的是实现她的价值。

在养伤期间,大嫚给连队领导写了一封信,表达自己迫切工作的心情。领导看后大为惊奇,说没想到一个带着五个孩子的山东妇女竟有如此高的文化水平,一问才知道大嫚在山东原本就是老师。领导当即决定,让大嫚当连队的文教,负责出黑板报和部队扫盲工作。一个月后,大嫚伤口痊愈了,当她为战士上第一堂课时,从心里由衷感慨道:我"解放"了,我"翻身"了。

"翻身得解放"的大嫚与所有女兵不久就遇到了一个让她们猝不及防的事,

为这事大嫚还被同乡妹妹们骂为出卖同乡的叛徒。

大嫚所在的连队共有二十多个与她一道来的山东女青年,其中有的还是不谙男女之事的孩子。有一次一位只有十六岁的名叫翠儿的女孩上厕所,老半天都不出来,大嫚就去找。原来,翠儿见她下身出血了,吓得只哭。大嫚笑得嘎嘎的,说这是每一个女孩子都有的事,不是病。翠儿反问道:"不是病,那咋流血了?"一句话又让大嫚回答不上来,就说:"我是这样的,你妈也是这样的,所有的女人都是这样的,不是病就是不是病。"虽然翠儿被大嫚拉回了地窝子,但她还是哭着说自己下面流血了。

很快,不少姑娘都遇到了男兵那火辣辣的目光,本来就是从农村来的,思想封建,男兵看得她们头都不敢抬。连队领导也充当起了红娘角色,让女青年和某个男兵独处一隅谈心。有一个四十多岁的男兵本来就笨嘴笨舌的,吭哧了半天也说不出一句完整的话来,大嫚也觉得老兵太羞涩了,但她理解这些男兵的苦衷,一个男人远离家乡和女人,为了革命耽误了婚姻,他们只有娶了老婆才能安下心来。于是大嫚安慰她们说:"女人迟早要成家的,慢慢处吧,时间长了就有感情了。"姑娘们见大嫚不向着她们说话,气鼓鼓走了。大嫚找到指导员说:"心急吃不了热豆腐,感情的事不能强拉硬拽,你们领导可以为那些岁数大的男兵创造些条件,让他们与看中的姑娘一起劳动,一起学习,时间一长,自然生情,不就水到渠成了。"指导员夸奖大嫚有革命觉悟,是一个为领导分忧的好文教。后来,连队的男兵果然不再心急火燎地蛮干了,劳动时帮助看上的姑娘干活,扫盲时有意去请教她,连队领导适时开展"一帮一"活动,动员女青年帮助老兵洗衣服,老兵也趁热打铁给女青年讲战斗故事,半年后,就有几对打了结婚报告。一些嘴不严的老兵看着就要到手的未婚妻,忍不住地说大嫚出的点子真管用。一批来的山东同乡都在背后指责大嫚是出卖她们的叛徒。

虽然大嫚带着五个孩子,但还是有人看上了她,这人是连队的炊事班长,比大嫚大十岁呢。有一天指导员对大嫚说:"你看连队虽然有托儿所,团部有小学,但晚上你还是要照看五个孩子,身体是革命本钱,再说我们部队是革命大家庭,大家之间都要相互帮助。炊事班班长老崔找我几次了,他想帮你一起抚养孩子。你是过来的人了,我一说就明白了。"大嫂一口回绝:"为了到新疆,为了不再从炕头到地头,我与丈夫离了婚才来的,我不想再结婚了,我吃够了结婚的苦头。"

一切都是命中注定,第二年,部队集体转业,供给制和奶费制等福利取消了,这就意味着五个孩子要靠大嫂一人的工资抚养。老崔又去找指导员,让指导员再去找大嫂说说。老崔这人是个老革命,团长和政委都当过他的兵,大嫂平时就很敬重他。大嫂十分理解老崔,也很同情他。这次指导员一说大嫂就答应了,她一人养活五个孩子实在力不从心,需要有个人帮衬着。但大嫂与老崔见面时提出了条件。

"老崔,结婚可以,但我已经有五个孩子了,你也四十多了,如果你答应咱俩以后不要孩子,同意就结婚。不是我绝情,是我生孩子生怕了。"

"大嫂,我都这岁数了,还要什么孩子,不,你的孩子就是我的孩子,都是革命的后代,我和你一道把孩子抚养成人。"

一年后的一天晚上,大嫂悄悄地对身边丈夫说:"老崔,你是个老实人,咱俩夫妻一场不能亏了你,我给你怀一个吧?"

老崔急了:"不是说好了吗,我也向你做了保证了。"

大嫂一头钻进老崔的怀里,咯咯笑着说:"我已经怀上了,你对五个孩子比他们的亲爹都亲,我得给你生一个。"

大田月色

大田，顾名思义，大面积种植农作物的田地。

江桂芳1952年从胶东半岛参军来新疆前，只是在自家的三分薄地里干过农活。她半岁时爹死了，四岁时娘走了，没爹娘的江桂芳只身到了三叔家。在十六岁前，她没少干过农活，能顶半个劳力。

一到农八师莫二场，江桂芳才知道看不到边的条田叫大田。太大了，过去在老家是他们一家人在地里干，地这头打个屁，地那头就能闻到臭味。现在是一个连的人开着拖拉机在干，地这头招呼人，喊破嗓子地那头的人也听不见。

十六岁的江桂芳没有像同来的姐姐们那般伤心落泪，来时虽然没有想到新疆这般大，这般荒凉，但她处处好奇，处处新鲜。比如在路途中，可以天天吃大饼，这在老家是不可能的。在西安，女兵们穿上了军装，尽管她的那身军装可当袍子穿，但她依然高兴得脸上乐开了花。这是她第一次穿没有补丁的新衣服。到石河子后，每天晚饭后，女兵们都要被召集到屋外，在汽灯的强光下，和男兵跳交际舞，你拉着我，我拽着你，一会伸右腿，一会伸左腿。还有音乐伴奏，江桂芳都要乐疯了。连里成立了识字班，还教她们识字。"在这里比在老家好"，她逢人都这么说。气得一道来的大姐姐训斥她："你懂个屁，把你冻死、把你渴死，狼把你吃了，看你再说好。"

她真的太小，没有姐姐们那么多的心思和愁绪，但眼前的现实一切都让她新鲜好奇。这里最小的单位就是班，一个班也七八口人，比她三叔家的人多。班上面有排,排上面有连,连上面有团,团上面有师。与她熟悉的村完全是另一个天地。

十六岁,是个心中装着万花筒般奇思妙想的岁数,但江桂芳心里这个朴素的理想似乎与她的岁数不符——好好种地。当她把这个理想告诉给大姐姐们时,她们都笑了。"好好种地?孩子哪有长劲,累上三天,就不这么说了。"

大姐姐这话算是说错了。谁也没想到,江桂芳在大田里干得时间最长,干的活最重,获得的荣誉最多最高。她从十六岁一直干到五十五岁。

沧桑的脸,粗糙的手,弯曲的腿,足以说明她的付出。大田里有她的手印子,有她的脚印子,有她的汗水珠子。

如今,她老了,退休了,但对月色下的大田记忆依然清晰如昨。可以说,江桂芳成为铁姑娘班的班长,成为兵团二级劳动模范,成为全国三八红旗手,仅仅靠白天是远远不够的,她是用别人进入梦乡的时间在大田里劳碌。

夏收,她负责捆麦子,任务是一人一天五百捆,她一天一夜捆了四千七百捆。采摘棉花,别人一天采摘一百公斤左右,她一天两夜(三十二小时)采摘五百零二公斤。挖大渠,她一天一夜挖了三十米,比男人还多十米。

当时团场宣传干事写了一首打油诗,就是被月光下、大田里,江桂芳那剪影似的身影感动而写的:"面朝黄土背朝天,拾花姑娘各争先,白天黑夜连轴转,月亮底下当白天"。

月光下,大田里,江桂芳忘我地劳作,她个小,力气也不大,但她有韧劲。"不怕慢,就怕站",这是她干活中总结出的经验。

那时,中午饭都是在地里吃,人们一边吃,文教还要给大家读报纸。有一次文教在读报上登的一首民歌:"天上没有玉皇,地上没有龙王,我就是玉皇,我就是龙王,喝令三山五岭开道:我来了。"慷慨激昂的声音刚刚落地,突然天昏地暗,狂风大作,大风卷着黄沙把那张报纸和人们的帽子、头巾吹上了天,吹得饭碗球似的满地滚。密集的沙子呛得人们喘不过气来。连长大喊:"黑风来了,赶快回家,一个拽一个,跟着我走。"人们像老鹰叼小鸡游戏中母鸡带着小鸡一个拽着一个,低着头,弓着腰,蜿蜒着向家走去。到了家,大家你看看我,我看看你,有哭的,有笑的。江桂芳想起吃饭时的那首民歌,突发奇想:"我们不是玉皇,我们不是龙王,我们是土地爷。"

"好好种地"的理想实现并不难,江桂芳那些年获得的荣誉就是证明。这时的江桂芳也大了,虽然个矮,但农场的窝窝头养人,几年的大田劳作使得江桂芳更加健康。一个车皮来的大姐姐早就屁股后面跟着几个孩子了。给她介绍对象的不少,可江桂芳都不答应。为什么,她老觉得自己各方面还差得远。当时场里有一首打油诗:"一年建场半年成,力争上游当先锋,双百千斤齐超过,实现决心上北京"。抱有"好好种地"的江桂芳突然萌生了一个大理想:不见毛主席不结婚。江桂芳这话吓退了不少男人,这等于把话说绝了嘛,等于一辈子不结婚吗,因为有几个人能见到毛主席。其实,江桂芳当时心里就是这么想的,但嘴上没说。这是她心中的又一个大理想。

实现这个大理想不易呀,就得白天夜里连轴转。她那时是铁姑娘班的班长,除了在大田里干活外,还得在一块小实验田里搞实验。有一次,天气预报晚上要打霜,为了防霜冻,她和姑娘们将自己的被面、单子和嫁妆都盖在了玉米苗上。夜里,她在地的四周燃起火。那年,她们铁姑娘班种植的玉米平均单产五百一十九公斤,每人平均为国家生产粮食两万多公斤。

多少个夜晚是在大田里度过的,月下播种,月下浇水、月下收割,月下采摘……她自己都成了大田里的一株玉米、一株棉花、一株小麦。"你对土地多好,土地就对你多好。"春夏秋三季,她与庄稼一起晒太阳,一起沐月光,一起拔节成长。终于,在一个收获的日子,连长跑到玉米地边大喊江桂芳、江桂芳。江桂芳顶着一头的玉米碎叶跑出来。连长说:"告诉你一个好消息,明天到北京去,去见毛主席。"江桂芳哪敢信呀,以为是开玩笑,正要折身回玉米地时,连长急忙说:"是真的。团政治处刚刚来的电话,团政委说了,让你现在赶到团部,晚上放电影为你送行。"

当时正值夕阳西下,太阳更红了,更软了,把霞光洒在了大田玉米林里,浑身金黄的玉米和一身军装的江桂芳被霞光染得红红的,她就像一株玉米。

江桂芳到了兵团,兵团政委张仲瀚接见了她。说毛主席要接见你,兵团给你做了套毛布衣服,你一定要穿毛布衣服见毛主席。到了北京才知道,全军一百六十二名英模只有两名女同志。大会主持人让她发言,她说不出一句话,只是激动,只是高兴。毛主席在与她握手时问道:"你是哪个部队的。"江桂芳激动地回答道:"我是新疆生产建设兵团的代表。"

毛主席与代表一起合影的照片她一直珍藏着。

从小田地到大田地,从好好种地到不见毛主席不结婚。江桂芳在大田里创造了多项劳动纪录。大田成就了她,大田圆了她的梦。她为大田流汗,为大田出力,她与大田融为一体,成为大田的一个埂子,一个毛渠。

见到了毛主席,实现了她只能在心里想而不敢说出口的理想后,江桂芳这才认真对待找对象的事。这年她都二十八岁了。1952年当兵来新疆时,她是最小的,十二年后,她是山东女兵中最后一个也是最大一个找对象的人。

为了大田,她与对象任永金很少见面,有一次看电影,他俩没看,商定了结婚的事。从认识到谈婚论嫁,时间还没在大田里种一季庄稼长。婚房就在地窝子里,两个人将自己的被子抱来就算入了洞房。连队领导在俱乐部开了个会,宣布江桂芳和任永金结为革命夫妻。然后新人双双向毛主席画像鞠了个躬。

那天晚上,月色皎洁,婚房里好温馨。以往这个季节的月夜她经常守在大田里,与麦子、玉米、棉花为伴,现在,她与爱人在一起,心中升腾出一种异样的感觉。

江桂芳大半辈子都是在大田里度过的,期间,团缝纫组要调她做缝纫工,她不去,后来团里准备将她调离农业连队当副连长,她也不去。她说:"我就在大田干,除了大田,我哪都不去。"

大眼睛

　　李爱莲见张孝忠向自己走来,眼前不由的浮现出他昨天在篮球场上的英姿:张孝忠是整个球场上的主角,身材高大而又不失敏捷,只要球传到他手中,那就意味着这球准会进。果不其然,张孝忠带球穿过对手层层阻拦,一个三大步,身体犹如豹子一般高高腾起,他双手高擎着篮球,整个身体上升着往前移动,就在升到顶点的瞬间,他将篮球轻轻地放入篮筐里。这一连串的动作迅疾、潇洒、干净,引起球场四周军人的喝彩,他们为张孝忠的精彩表演拼命鼓掌。李爱莲那双大眼睛几乎不够用了,她屏住呼吸,目光追逐着张孝忠满场子转。她在湖南长沙上高中时,也常常观看篮球比赛,但像张孝忠如此精湛的球技她还是第一次领略。她听旁边有人低声议论:张参谋早在南泥湾时就是三五九旅篮球队的队员。此人魁梧英俊,球又打得好,是个年轻的老革命。一股异样的感觉涌上心头,她觉得脸发烧,心也有些慌乱。其他女兵也都是全神贯注地在看球,谁也没注意到她的这些细微变化。

　　张孝忠已经走到她跟前,就在李爱莲犹豫如何与英武的篮球健将打招呼时,张孝忠却像个孩子一般天真地朝她笑了笑,她也赶忙笑脸相迎。就在两人擦肩而过时,她听到他低声说了句"晚饭后球场见。"几乎同时,她的手里被塞进一张小纸条。

　　李爱莲心想:一定是谈她入党的事,因前不久她向机关党支部递交了入党申请书。心目中的"偶像"与她谈培养入党的事正是李爱莲求之不得的,她在心里期盼着由他做她入党培养人，一股甜蜜的感觉涌上心头。她三口两口吃完了晚饭，撂下饭碗就直奔球场。今天没有球赛，球场上很安静，晚霞落在场地上，像是泼了一层彩色油漆。她看到张孝忠一人站在篮筐下，正朝她来的方向张望着，她快步走到他跟前，不好意思地抱歉道："我来晚了。"张孝忠看着她也不自然地笑笑，连忙回答"不晚，不晚。"

在篮架下她觉得他更高了。

"工作累吗？"张孝忠脸上泛出红晕。

李爱莲看到他的脑门上浸出一层细密的汗珠。"不累，我觉得到了部队有使不完的劲。"李爱莲说的是实话，她在日记里也这么写着。

"那就天天来打球，会打吗？"张孝忠抹了一把额头上的汗珠，调整着紧张情绪调侃道。

"不会，但我喜欢看。张参谋，你打得真好，整个球场就你打得好。"李爱莲看着张孝忠说出了心里话。

张孝忠还是第一次这么近距离看着那双大眼睛。自打去年机关分来十几个湖南女兵，他也经常见到她们，不少年轻参谋干事也在私底下议论过，都说那个"大眼睛"姑娘长得最漂亮，特别是那双大眼睛忽闪忽闪像只黑蝴蝶。他有几次在机关食堂打饭时特意留意那双"大眼睛"，就是这一看，他再也无法让自己平静下来了，他觉得"像忽闪的蝴蝶"的比喻有些轻飘，应该比喻为"清泉"才有点意思。此时，"两泓清泉"近在咫尺，他完全忘了紧张和羞涩，定定地看着"清泉"：

这是一双多么迷人的大眼睛哟，双眼皮下的眼珠是如此黑亮，纯净如黑宝石，如黑玛瑙，如黑天鹅，水汪汪的黑色里散发出一种花季姑娘特有的温柔之光，这种温柔之光能将他融化。

此时的张孝忠好像进入了一个忘我的境界，不再像刚才被紧张困扰着，他一把握住"大眼睛"的手脱口而出："我喜欢你，咱们谈恋爱吧。"

被他那双热得发烫的手一握住，李爱莲像是一头受到惊吓的小鹿，不知如何是好，她的心头先是像闪电一般掠过一丝异样的惊慌、窃喜和甜蜜，但也就是一瞬间，姑娘的羞涩还是让她恢复了理智，她挣脱出被握的双手，扭头跑了。

李爱莲一口气跑回宿舍，宿舍里恰巧没有人，她浑身像散了架，一屁股坐在铺上。她的心房就像闯进一只小兔，心怦怦要跳出胸腔，她双手捂着胸口，紧紧地捂着。这会儿她脑子里一片空白，但还是竭力回忆着刚刚发生在篮球架下的事，她抿着嘴笑了，满眼的羞涩，脸颊也红得像球场上的晚霞。

那天晚上，两人都失眠了。

张孝忠心里直打鼓：话是说出了口，总算过了最难一关，但"大眼睛"听后就跑了，他看出那是吓跑的。对"大眼睛"的态度他没有把握，但直觉告诉他：要紧追不舍，不然会前功尽弃。他知道有一大把的参谋干事甚至是团级军官都"瞄"上了"大眼睛"。

李爱莲完全是兴奋得睡不着觉。十八岁的姑娘还是第一次从一个她爱慕的英俊潇洒人的口中听到"我喜欢你"这句话，直到听到这句话后，她才能证明自己是多么喜欢他呀，以前她弄不清内心的感情是欣赏？还是崇拜？还是男女之间恋爱的喜欢？她后悔当时自己跑掉了，因为这一跑，肯定会让他不明白自己的真实想法。

明天应该找个机会向他表白？一想到这，她的心又咚咚地跳起来。

第二天晚饭后，张孝忠又来到球场，他在心里与自己打赌：心有灵犀，她一定会来的。果不其然，他看见"大眼睛"一人向球场磨磨蹭蹭走来，就像昨天跑时那样浑身的不自在，步子有些慌乱，双手不停地拧着衣角。距离他还有十几步时她的脸就红透了，黑宝石一般的大眼睛闪出一种羞答答的光。张孝忠的心豁然敞亮了，就像喝了蜜一般浑身上下都透着甜蜜蜜的幸福。他情不自禁地一蹦老高，伸手摸了下篮筐。

就像地里的庄稼浇过一次透水又遇到艳阳天，两人的感情发展很快。

那时师部俱乐部时常放映苏联电影,一有电影,张孝忠就约"大眼睛"去看。每次去俱乐部,李爱莲总是与他保持一段距离,等到了地方,环顾四周见没有熟人时,才快步走过去坐到他的旁边。电影开始后,场里的灯光暗下来,这时张孝忠就乘机抓住"大眼睛"的手,紧紧攥着,她想抽都抽不出来。散场后,两人走在星光下的小道上,张孝忠又牵起"大眼睛"的手。李爱莲心里暖暖的、甜甜的,幸福得有些晕眩。

"我以后就叫你'大眼睛'吧。"

"干嘛叫我'大眼睛'。"

"我太喜欢你这双像黑宝石、黑玛瑙、黑天鹅一样亮的大眼睛,看不够。"

"喜欢就叫呗。但只能在只有我们两人的场合叫,可别让人听到了,羞死人了。"

"大眼睛。"

"嗯。"

满天的星斗眨着眼,像是在窃笑这对恋人。

张孝忠十五岁就参加革命,虽说是一个"年轻的老兵",但毕竟是二十九岁的人了,他想与"大眼睛"尽快结婚。他是独子,母亲托人写信说已经给儿子说了一个贤惠、俊俏、身体好、能干活的姑娘,让儿子回去将媳妇娶回家。儿子回信说他已经在部队找到了一个"贤惠、俊俏、身体好、能干活"的姑娘,这个姑娘眼睛特别大,母亲你不是常说"姑娘眼大俊七分"吗?

一天,两人晚饭后出去散步,张孝忠推着自行车在前面走,她跟在后面,两人保持着距离。一个女兵酸眉醋眼地对李爱莲说:"现在两人一前一后装得挺正经,等到了玉米地,还不知谁抱谁呢。"李爱莲似嗔非嗔地捏着拳头跑过去,那个女兵笑着跑了。

张孝忠见已经离开了营区,就在路边等着"大眼睛",李爱莲也加快了脚步赶上来。这时,张孝忠骑上了自行车,李爱莲扶着他的后腰一跷腿坐到后座上。两人沿着新开垦的庄稼地边沿小径兜着圈子。庄稼地里散发出一股股作物湿润的清香,旁边渠道里传出青蛙的鸣叫,不远的天山雪峰上是一片炫目的晚霞,此情此景,让这对恋人感到浪漫而又温馨。

"爱莲,今年十一国庆节机关要举行集体婚礼,后勤部王部长让我趁热打铁,好'一锅烩'。"

李爱莲坐在后座上一直没吭声,她在思忖如何向亲爱的人说出自己的想法,这也是这些日子一直困扰她的问题。

"爱莲,你是咋想的。"张孝忠问道。

李爱莲沉默了片刻后说:"孝忠,我说了你不要生气呀。我想好了,要像张迪源那样去农场做一名拖拉机手……我才十八岁,不能这么早就成家,要趁着年轻做出点成绩来。"她缓了口气后果断地说:"如果你同意,我们就保持关系,如果你不同意,就……就分手。"

爱莲的话让张孝忠很感意外,他想起这些天新一期《解放军画报》上刊登的张迪源开拖拉机的几幅照片,文中介绍她是"我军第一位女拖拉机手",机关不少女兵看了后都要报名去八一农场开拖拉机。

"你再考虑考虑,我已经二十九岁了,我妈也盼着我早点成家她好抱孙子呢。"

"可我才刚刚十八岁呀,我还没有做出什么成绩来就结婚像个啥嘛?你也考虑考虑我的感受呀。"

听了爱莲的话,张孝忠沉默了,他驮着她绕着那块玉米地也不知转了几圈。清香依然,两人无语,此时晚霞已转换成了暮霭。

第二天傍晚,两人一前一后又向田野走去。

"我同意你的决定,我等你。"张孝忠骑着车对身后的恋人说道。

"谢谢。"李爱莲将头靠在孝忠的后背上。

"明天是星期天,咱俩去照相馆照张合影吧。"

"嗯。"

"八一农场距离师部有一百多公里,以后你可要自己照顾好自己。"

"嗯。"

"农场条件艰苦,你要注意身体。有空我去看你。"

"嗯。"

"你倒说句话呀,别老是'嗯'呀。"

李爱莲的头一直紧紧地靠在孝忠的背上,嘤嘤哭了。

她内心乱极了:既舍不得离开心爱的人,又一心想去基层干出点成绩。她不敢说出这种矛盾的心情,她怕孝忠一劝说,她又改变了初衷。

"别哭,我等你,我的'大眼睛'。"

……

孝忠,见信如见人:

我来八一农场后不久就做了一名拖拉机手,经过几个月的培训,我已掌握了拖拉机驾驶技术。开拖拉机并不像我之前想象的那样浪漫,这是一项很艰苦的工作。梧桐窝子到处是长着芦苇的沼泽地,我们拖拉机手作业时都是住在地里的草棚子里,那个草棚子就是我们用苇把子搭起的"马架子",里面铺些干芦苇就算是铺了。一下雨,外面下大雨,草棚里下小雨。我们有的是办法,几个姑娘将羊皮大衣反穿着,这样滴在身上的雨水顺着羊毛往下流。我们大家都保持着革命乐观主义精神,我们在漏着雨水的草棚里唱歌。我想,越是艰苦,越能锻炼人,你说是吗?

此致

敬礼

爱你的大眼睛

亲爱的大眼睛：

　　见信如见人。我为你的进步感到高兴，虽然你去拖拉机队才几个月，但从你来信中可以看出你变得更加坚强了，能在漏着雨水的草棚里唱歌，这是一种革命大无畏精神和革命乐观主义精神的体现，我们革命青年就应该保持建设社会主义的这种激情。

　　与你一道分到机关的女兵有三人在国庆节结婚了，后勤部王部长还说呢，如果那个大眼睛小李不去开拖拉机，那你也"一锅烩"了。当时我心里还真的不是滋味，但想想，爱情不能自私。你的选择是对的，我支持你，特别是看到你进步这么快，我打心里替你高兴。

　　每次打球时，我总觉得有一双大眼睛在看着我，我浑身都是劲。亲爱的大眼睛，让我们在各自的岗位上做出自己的贡献吧。

　　此致

敬礼

爱你的孝忠

亲爱的孝忠：

　　见信如见人。"大眼睛"没有辜负你的期望，我被评为场里的劳动模范，胸前戴上了大红花，这是我到新疆戴上的第一朵大红花，激动得一晚上都睡不着。回顾这一年多，我想起了苏联阿·托尔斯泰小说《苦难的历程》中的一句话："在清水里泡三次，在血水里浴三次，在碱水里煮三次，我们就会纯净得不能再纯净了。"现在我更加坚定了我的选择。

　　此致

敬礼

爱你的大眼睛

亲爱的大眼睛：

　　见信如见人。虽然你被评为劳动模范是我预料中的事，但多少还是让我感到突然，我真的没想到这么快你就实现了自己的理想，真为你的进步感到高兴。说实话，这种高兴中也夹杂着我的私心：你成了劳动模范，也干出了成绩，那么是不是该考虑考虑我们的事情了。你别误会，我不是拖你的后腿，我还是那句话：我等你。

　　此致

敬礼

爱你的孝忠

　　这是一个多雪的冬天。

　　八一农场拖拉机队进入维修保养阶段。李爱莲的那台拖拉机也开进了车间在进行例行检修，一位修理工正在用铁锤敲击着链轨上的铁销子。这时，李爱莲走了过来。突然，被修理工敲下来的铁销子"嗖"地飞向李爱莲，只听她"哎呀"一声，用手捂住了右眼。人们围拢过来，查看她的伤情。眼睛倒是没有流血，只是在不停地流泪，李爱莲只是觉得右眼有些胀痛。她忙说"没事，没事。"并在心里庆幸铁销子没有伤着眼睛。

　　回到宿舍，李爱莲拿着镜子照着有些发红的右眼，内心在说："你看，今天多危险，要是右眼瞎了，孝忠肯定比我还要伤心。"她努嘴对着镜中的那双大眼睛又说："大眼睛，你知道吗，虽说你长在我的脸上，但他爱你胜过我爱你，你可不敢有什么闪失呀。我可要好好待你呀。"

　　几天后，她的右眼还是看不见，整个右眼瞳孔上长了一层白斑，她有些不祥之感，可卫生员说无大碍，休息几天就好了。又过了几天，右眼还是看不见，李爱莲预感问题严重了。到了师部医院，医生检查后说右眼已经失明，需要到新疆军区医院做摘除手术。

在新疆军区医院,李爱莲哭喊着:"医生,我求求你们,能不能保住我的右眼,千万不要摘除。"

医生解释说:"你的右眼已经失明了,没有用了。"

李爱莲发怒地吼道:"怎么没用了,右眼在,我就是一个有一双大眼睛的姑娘,摘除了,我不成了独眼女吗。呜呜。"

听了这话,一位女医生眼睛有些湿润,她对其他医生说:"我理解这个大眼睛姑娘,她还没成家,眼睛对她来说如生命一般重要。这样吧,我们做白斑剥离手术。"

"剥离手术我们医院还没做过呢,没有把握呀。"一位医生说。

"我来做,总得有第一次。我们要为这位姑娘着想。"女军医的态度非常坚定。

李爱莲来医院时,给拖拉机队的领导说过,千万不要给师部机关张参谋说她的事。领导答应一定保密。

一个月后,缠绕双眼的纱布被一圈一圈取下来,当最后一层纱布取下来时,李爱莲觉得左眼看到了光明,可右眼什么也看不到。那位女医生用专业仪器观察后对李爱莲说:"姑娘,我们为你保住了右眼的形,但无法恢复右眼的神。我们尽力了,目前我们医院只能做到这些了。"

泪水夺眶而出,李爱莲哽咽地说:"谢谢医生,那天我发火是因为他爱这双眼睛胜过我,我不该那么不冷静,对不起。"

女医生用手抚摸着李爱莲的头说道:"我也是从姑娘时走过来的,那天我之所以决定改变手术方案,就是为了你的他,我猜出来了。但我无法让右眼看到他,也无法让右眼发出像左眼那般迷人的光彩,是我对不起姑娘你。"说完,女医生抹着眼泪走出病房。

一天,窗外淅淅沥沥下起了小雨,李爱莲在病房里拿出她的小圆镜,鼓了几次勇气才将镜子对着自己的脸部,像是被闪电刺了般灼痛,她将小圆镜猛猛摔在地上。这还是孝忠喜欢的大眼睛吗？右眼不再是黑宝石、黑玛瑙、黑天鹅了，就是一枚暗淡无光的珠子。

这时，她的耳边仿佛又传来了他的话音："我太喜欢你这双像黑宝石、黑玛瑙、黑天鹅一样亮的大眼睛，看不够。"

"呜呜呜"，李爱莲在病房里嚎啕大哭起来。

雨在没完没了地下着，窗户玻璃上是纵横交错的雨痕。

第二天，拖拉机队的战友和队长都来看望李爱莲，安慰她不要太伤心了，队长突然问道："小李，你认识咱们农场宣传科油印员王梦筠吗，也是你们湖南女兵。"

李爱莲说："知道，但没见过面。怎么了？"

队长说："你要向她学习。她得了严重的风湿性关节炎，几乎要瘫痪了，但她硬是用顽强的毅力战胜病魔，从脚不能挨地，不能走一步，到每天拄着拐杖走一百步。你们都是湖南女兵，她就是你的榜样呀。"

队长的话深深打动了李爱莲，她在内心责备自己："与老乡梦筠相比，我右眼失明算得了什么，我不是还有左眼吗，我不是照样可以驾驭拖拉机驰骋在广袤的绿洲大地上吗。"

那几天，可以说是李爱莲精神转变的一个节点。一切都考虑好了，再过些日子就要出院了，也该给孝忠一个了断了，她伏在桌子上，心情极为平静地写道：

战友孝忠你好：

在写这封信时，你我的关系已经发生了变化，但我们是战友，这一点是永远不会改变的。

我要告诉你一件不幸的事，那就是我失去了右眼。经过军区医院一位女医生的努力，右眼算是保住了，但已经看不到世界了，包括你。我现在只有一只大眼睛，另一只大眼睛只是个摆设罢了。孝忠，你在我心中是英雄，是偶像，没有一丁点瑕疵,我之所以要求到八一农场开拖拉机就是因为与你不要相差太远,你那么优秀,我也不能拖你的后腿,我有自知之明,我努力了,我的心里也就平衡些。现在一切都化为泡影,我与你还保持恋爱的关系对你不公平,你应该与你般配的姑娘在一起生活。

孝忠,这事就这么定了,我可以说了算,因为结婚这事只要有一方不同意,那就办不成。

孝忠,别为我的以后担忧,我的事业在田野,我喜欢驾驶拖拉机驰骋在田野上的感觉,我感谢农场这些年的磨难,它让我更加纯净、更加坚强。

我们是战友,我祝福你尽快找到一个爱你的姑娘,别老是找"大眼睛",内心有一双明亮的眼睛才是最最重要的。

此致

敬礼

战友李爱莲

这封"了断信"寄出一个星期后,李爱莲也要出院了,拖拉机队队长亲自驾驶轮式拖拉机来接她。

拖拉机还没进营区,李爱莲就看到路边站着一个高个子男人,凭直觉,她断定那人就是张孝忠。拖拉机一到那人跟前就停下来了,显然,队长与他有过联系。张孝忠双手抓住车厢板,一跃就上了车厢。队长什么也没说,将拖拉机开到李爱莲宿舍门前。张孝忠从车厢里拿出李爱莲的东西递给队长,然后跳下来。他也没看李爱莲,就从上衣口袋里拿出一份报告说:"队长,这是我与李爱莲的结婚报告,请尽快批准。"队长接过结婚报告,笑着说:"好,好,我就说吗,张参谋不会罢手的。怎么,还在你名字上摁上了血印?"张孝忠什么也没说,只是点点头。

李爱莲呆在原地一动不动,突然,她咆哮地喊道:"张孝忠,你看看我的右眼再做决定好吗,你不是愣头小伙子了,你应该好好权衡一下,你看呀。"李爱莲将头伸到张孝忠的眼前。

张孝忠双手捧着他日思夜想的恋人的脸,目不转睛地凝视着,凝视着。

"我太喜欢你这双像黑宝石、黑玛瑙、黑天鹅一样亮的大眼睛,看不够。"突然,他俯下身子亲吻那只右眼。

"我不等你了,我等不得了,咱们结婚吧。"张孝忠有些哽咽地说道。

队长哈哈大笑:"爱莲呀,你还说什么呢,快在结婚报告上签上你的名字,我下午就送场部政治处。"

李爱莲那双大眼睛紧紧地闭着,两股热泪夺眶而出。

风　筝

说起父母的爱情,还真有些故事哩。

父亲姚志伟是新疆"9·25"的起义兵,母亲腾玉芹是1952年进疆的山东女兵。山东女兵找"老九"在兵团太多太多,没什么稀奇的,可我母亲找的这个"老九"很另类,他是留过洋的人,用今天的话说就是留美学生。

故事还得从头说起。

"干什么事都得用自己的脑子想一想。"这是父亲姚志伟对母亲腾玉芹说的第一句话,就是这句话使得母亲爱上了父亲,最终走进了父亲的地窝子。

母亲腾玉芹1952年从山东潍坊报名参军,那年她十九岁,与她一道来新疆的有好几千女兵,从山东到新疆,几百辆汽车,铁流西进,浩浩荡荡,气势蔚为壮观:

有诗为证:

黄色的军装,

黄色的军帽。

个个姑娘一身黄,

一群姑娘一片黄。

那黄色紧裹着一颗颗激烈地跳动着的心。

融进了天山南北的大漠戈壁和荒原。

融进了新疆的春天。

八千里路云和月,一路风尘一路歌,几个月后,母亲所在的那个中队终于来到新疆巴楚县。

"巴楚?这个地名怎么怪怪的?"这是母亲和其他姐妹们的共同疑问。一位带队干部解释说,新疆的地名都这样,巴楚不算怪的,还有的地名叫阿克萨克马热勒、喀腊嘎依恰提、噢依牙伊拉克……舌头要卷几个弯才能将地名说出来。母亲下意识地吐吐舌头,心想新疆怎么有这么多奇怪的东西。除了地名奇怪以外,还有:明明看到戈壁滩前方有条奔腾的河,河边还有低矮的房屋和袅袅炊烟,可你到跟前却什么也没有了,捉迷藏似的;沙漠周边的树就像黑黢黢的秃头老汉,瘦骨嶙峋、弯腰驼背的树杆上还流出一种黏糊糊的液体来,说是眼泪。新疆的树还流泪,你说怪不怪……这时,母亲听那位带队的领导高声喊道:"同志们,胜利在望,我们几个月的长途跋涉就要结束了,下一站就是大本营——古鲁巴克。"又是一个古里古怪的地名。但女兵们还是欢呼雀跃起来,终于到部队了,不再遭受颠簸、晕车之苦了。母亲从启程的那天起就呕吐,车上的两个大汽油桶散发出来的汽油味简直要了她的命。

母亲向带队领导请假,说想去附近的集市上买点东西。带队的说,什么都不要买,那里什么都有。他介绍古鲁巴克可是个好地方,山青水绿,山花烂漫。花季女兵谁不喜欢花,女兵又是一阵欢呼雀跃,齐声唱起《新疆好》。这首歌是来新疆前那位部队女文书特意教她们的。

汽车启动了,向最后一站挺进。

在一个三岔路口,汽车停了下来。带队领导又是大声喊道:"同志们,前方的桥梁坏了,汽车过不去了,大家就地休息,等一会儿有专车过来接你们。"

汽车开走了,女兵们就在路两边等着。旷野上落下一层薄薄的雪,干枯的杂草在寒风中瑟瑟发抖。母亲和姐妹们双手操在棉衣袖筒里,有的女兵将棉军帽的帽翅拉下来护着耳朵,几个十五六岁的女兵索性用背包带一拉跳起绳来。母亲一想到去的那个叫什么巴克的地方山清水秀、鲜花烂漫,也不觉得冷了。

几辆怪怪的马车来了。母亲在山东老家从来没见过这种马车,木轮子有半人高,没有车帮,人坐上去不小心就会滑落下来。所以,女兵只是将背包放在车上,没人敢坐车,她们就跟着马车走。母亲跟的那辆车的赶车人也是军人,棉衣胸口、袖口处满是油垢,锃光发亮。他胡子拉碴,面色如黑黢黢的树,脸上如树皮皲裂着一道道皱褶,额角放射状的鱼尾纹的皱褶里呈出面部的本色,与外部的黝黑反差极大,像是皮肉绽开似的。特别是他的军帽两只耳翅随着马车的颠簸上下晃动,就像旧戏里戴着乌纱帽摇头晃脑的小丑。

母亲忍俊不禁哧哧笑了。

母亲的笑恰巧被赶车人看到了,他显然误认为母亲是在嘲笑他,他先是将冰冷的目光投在母亲的脸上,黑黢黢的脸部变得僵硬起来,呈放射状的鱼尾纹像是蛇信子一般抖动。母亲浑身一哆嗦,窃窃地瞄了他一眼,然后吓得低下头来。赶车人哈哈大笑起来,笑毕,对母亲说:"姑娘,你叫什么名字?"母亲觉得刚才的举动冒犯了这位领导(在她心目中,女兵之外的解放军都是领导),现在领导大人不记小人过,就抬起头来羞怯地一笑:"报告领导,我叫腾玉芹。"赶车人从头到脚将我母亲看了一遍,然后笑眯眯地点点头:"腾—玉—芹,我记着了。"说完,将手中的鞭子在空中甩了几圈后,狠狠地向马的耳尖甩去,只听"啪"的一声脆响,那匹马的右耳尖上的一撮毛落在地上。挨打的马浑身一哆嗦,即可旋风般的向前驰去。赶车人扭过头对我母亲大声喊道:"腾姑娘,记着,我叫王大彪,以后有事找我。"

母亲又犯恶心了,她也纳闷没在颠簸的汽车上闻汽油味,怎么也恶心呢。

到了大本营古鲁巴克,女兵们都傻眼了,哪有什么青山绿水和鲜花烂漫,这时,女兵才醒悟过来,十二月份哪来的青山绿水呀,哪来的鲜花烂漫呀。有的女兵呜呜哭起来,知道被骗了。母亲想起来潍坊集训时领导慷慨激昂地介绍新疆:"新疆地大物博,新疆瓜果飘香,你们到新疆后可以上学,也可以进工厂,耕地不用牛,点灯不用油……"当时母亲还问"耕地不用牛,用啥? 点灯不用油,用啥?"

领导哈哈大笑："耕地用铁牛，点灯用电流。我们解放军正在建设社会主义新新疆，离'楼上楼下，电灯电话'的共产主义已经不远了。"集训的几百名女兵激情燃烧，一遍遍高唱《新疆好》，眼前展现出她们想象的"美丽新疆效果图"。

母亲到达的目的地是二军五师教导团八连所在地。连长和指导员正组织男兵欢迎新战友，男兵们一个个兴奋得像见着了自己的相好妹子，脸庞被沸腾的热血烧得通红。双眼显然不够用了，从这个女兵身上移到下一个女兵身上，一个都不能少。女兵没有经历过这种异性众目睽睽的热烈欢迎，不少姑娘低下了头。

在欢迎人群中，母亲见一位"领导"穿戴与众不同，虽然都是旧军装，但他的军装十分合体、也很干净，军装上衣口袋里插着一支钢笔，笔帽闪闪发光。此人双肩宽阔，身体挺拔，浓眉大眼，国字脸上泛着铁青色，那是胡须根部的本色。这个领导就是后来成为我父亲的姚志伟。

指导员代表连队党支部向女兵致欢迎词，母亲上过小学，听出欢迎词热情洋溢，也颇有文采（后来才知道，欢迎词是父亲姚志伟写的，当时任文书）。

吃过晚饭后，母亲和几个女兵在营房四周到处找学校，找工厂，找铁牛，找电灯。四周空空如也，哪有什么学校、工厂、铁牛、电灯。这时，那个与众不同的"领导"走过来，和颜悦色地对女兵说："天快黑了，请回营房。新疆野外有狼，有危险，请回吧。"原本一肚子怨气的女兵听了如此体谅人的话，气也顿时消了，一个个向营房跑去。母亲在女兵中岁数算是大的，她见这位"领导"说话文质彬彬，一句话里有两个"请"字，听着入心入耳，就将心中的疑虑说了出来："一路上领导为什么不说实话呢，老哄骗我们。"母亲就将来时领导的描绘告诉了他。母亲见"领导"微微一笑，似乎很随意地说："以后干什么事都要用自己的脑子想一想。"说完这句话后，他迅速岔开了话题："时间不早了，请快回营房吧，等会连队还要开会呢。"在回营房的路上，母亲在想，是呀，别人说什么就信什么，我怎么就不用自己的脑子想一想呢。

会议由与众不同的"领导"主持，他首先点名，然后展开一份1951年4月11

日的《人民日报》，"今天我给大家朗读一篇脍炙人口的散文，也是战地通讯。虽然这是一年前刊发的文章，但今天读起来依然感人肺腑，依然催人泪下。"接着，他满怀激情地朗读起来："《谁是最可爱的人》，本报特约记者：魏巍……

在朝鲜的每一天，我都被一些东西感动着；我的思想感情的潮水，在放纵奔流着；我想把一切东西都告诉给我祖国的朋友们。但我最急于告诉你们的，是我思想感情的一段重要经历，这就是：我越来越深刻地感觉到谁是我们最可爱的人！

……

亲爱的朋友们，当你坐上早晨第一列电车驰向工厂的时候，当你扛上犁耙走向田野的时候，当你喝完一杯豆浆、提着书包走向学校的时候，当你坐到办公桌前开始这一天工作的时候，当你往孩子口里塞苹果的时候，当你和爱人一起散步的时候……朋友……你一定会深深地爱我们的战士，——他们确实是我们最可爱的人！

女兵们还是第一次听到这个故事，她们被深深打动了，哭声一片。男兵们已经听了几次这个故事，他们争先恐后地站起来发言，大意都是搞好生产，支援抗美援朝。母亲这才知道念报纸的那个与众不同的"领导"是连队文书，名叫父亲。母亲心想，难怪此人让我"以后干什么事都要先用自己的脑子想一想"，原来他是个文化人，文化人自然就常动脑筋。他说得很对，自己有眼睛，有脑袋，耳听为虚，眼见为实，三思而后行。

几天后，连队黑板报上登出一首《瞻望远景 无限美丽》的诗歌，署名陶峙岳：

田连阡陌，渠道纵横，屋宇星罗，绿树成荫，这就是我们的农庄。
青青草原，一望无际，风吹草低，牛羊成群，这就是我们的牧场。
巍峨大厦，轧轧机声，烟囱林立，货堆如云，这就是我们的工厂。
通衢四达，载驱载驰，关山万里，纵其所之，这就是我们的交通。

母亲驻足黑板报前良久,一遍遍吟诵,觉得司令员写得真好,可心里又有些迷惑:司令员是不是也在骗人,现实可没有诗歌里写得那么好。母亲正在琢磨时,父亲走过来,看到母亲如此专注地看诗歌,就问有何感想。母亲看了看他,还是一脸的铁青色,浓眉下双目炯炯有神,就说道:"你不是说干什么事都要先用自己的脑袋想一想吗,我觉得这诗写得好,但又觉得不真实,我们农庄哪有诗里那么好呀。"文教解释说:"司令员写的是诗歌,属于文学作品,文学作品的特点之一就是联想、虚构,但这个虚构是建立在现实基础上的,源于现实,高于现实。不过,我要说的是,司令员写的这首诗完全是现实生活的再现,你可能觉得我们的农庄、牧场、工厂没有诗歌里写得那么好,其实你刚来,对新疆建设了解得还太少,你知道吗,新疆军区已经建起了十几个机械化农庄、现代化的面粉厂和纺织厂,还要建钢铁厂,以后你要多看看报纸,眼界就开阔了。"一席话犹如一股和煦的春风,犹如一缕灿烂的阳光,让母亲心头一热,她凝视着他,他也凝视着她,目光交织在了一起,两人的脸一下都红了。母亲羞涩地一低头,迈着小碎步向宿舍跑去。望着母亲的背影,父亲的脸也红到耳根子。

开春了,大地上的一层薄雪瞬间融化,取而代之的是一层淡淡的绿色。

春天,播种作物,也播种理想和爱情。

父亲弹拉说唱样样在行,他为女兵教唱的第一首歌就是《戈壁滩上盖花园》:

劳动的歌声漫山遍野,
劳动的热情高又高,
生产运动猛烈地展开,
困难把咱们吓不倒。
没有工具自己造,
没有土地咱们开荒,
没有房屋搭起帐篷,

没有蔬菜打野羊。

……

父亲声如洪钟,他唱一句,女兵学一句,不少女兵完全陶醉在他的歌声中。文书不但教歌,还解释歌词的意义,让女兵们唱出斗志和精神来。有一天,女兵们正在学唱时,王大彪探头探脑往里张望。文书走到门口,问王大彪找谁?王大彪说找腾玉芹姑娘。母亲十分诧异,不知王大彪找她有什么事。原来,王大彪明天要去团部拉面粉,特意来问母亲捎不捎东西。看到王大彪用那种眼神看着自己,母亲心里好恶心。

几天后,母亲听女兵在议论,说文书是国民党的少尉军官,还去美国学开飞机,如果新疆不是和平解放,说不定他会驾驶国民党的飞机轰炸西进的解放军车队呢。母亲问这是听谁说的,女兵说是听王大彪说的。母亲狠狠地朝地上"呸"了一口,义愤填膺地说:"我们不要在背后议论人,既然父亲是连队的文书,那说明他政治上是清白的,至于他过去干过什么?组织上会了解的,他本人也会向组织说明的,我相信文书是个光明磊落的人,不像王大彪,背地里暗箭伤人。"女兵看母亲脸都气白了,就悄悄地问母亲是不是喜欢文书?母亲反问道:"这么优秀的人你不喜欢吗?"女兵们笑了,说喜欢呀,但,是白喜欢,文书喜欢的是你。母亲知道女兵也是在瞎说,但心里还是喜滋滋的,佯装生气的样子:"别胡说了,让文书听到多不好呀。"

王大彪仗着自己资历老,牢骚怪话不断,他有些歪才,好编个顺口溜,连队流传的一些消极顺口溜都出自他之口。

比如他编的有关地窝子的顺口溜:

上房不用搭梯子,
进房需要蹑沟子,
疾病得了一身子,

何时搬出这房子。

还有"三大怪"：

粗粮吃,细粮卖,三个蚊子一盘菜。

大风口,碱地窝,芦苇把子当被盖。

找媳妇,靠摊派,本团姑娘不对外。

将窝窝头也编了顺口溜:

窝窝头哇窝窝头,

拿在手里像石头,

吃在嘴里梗舌头,

咽进肚里胃难受。

王大彪的顺口溜流传很快,表面上看,大家权当笑谈,说说而已,一笑了之,但对入伍不久的女兵还是产生了一些消极影响,有的女兵也学着编了一首顺口溜:

我是一棵葱,

来到新疆省,

要我搞生产,

思想打不通。

父亲找到滕玉芹,说现在连队有一种不好的风气,希望她能带头写写正面的顺口溜,扭转歪风邪气。母亲本想说自己只有小学文化,哪会写顺口溜,但看他一脸焦急的样子,不忍回绝,就答应了。可回到宿舍又后悔贸然答应,想了大半夜也没想出一句来。

第二天,连队黑板报上登了一首顺口溜:

地窝子,石头房。

冬天暖,夏天凉。

避风沙,遮太阳。

炕上边,铺芦苇,

又松又软,赛过钢丝床。

戈壁滩上扎营寨,

白手起家建边疆。

心有灵犀一点通,母亲的心里像是油然打开一扇窗,瞬间有了急于倾诉的欲望,她回到宿舍,拿出纸笔,伏在铺上……

父亲看到母亲用家书的形式写顺口溜,喜出望外,兴奋地说:"太好了,这种形式好,有教育意义,也易流传。"他凝神看着我母亲,称赞道:"你有天赋,也很聪慧,悟性很好,一点就通。"他还想说"长得漂亮,性格贤惠",可突然意识到不妥,生生咽了下去。脸上一阵发热,赶紧掩饰道:"我稍加改动,明天就登出来。"

人以类聚,物以群分,母亲已经感觉到他想说而没说出的话,脸上也是一阵潮红,只是颇为情深地看了看他,低头走了。

第二天,战士们聚在黑板报前看着那首"家书顺口溜":

军垦农庄安下家,

劳动一年戴红花。

提起笔来写封信,

心里的话儿告诉妈。

我们农庄顶呱呱,

风吹稻麦滚金浪。

祖国边疆天地广,

女儿立志建设她。

娘问女儿想不想家，

啥时回家看妈妈，

我是妈的小棉袄，

女儿怎能不想妈。

建设边疆责任大，

都要回家火车也装不下。

女儿发誓立新功，

戴上红花去北京，

到时再去看妈妈。

东风压倒西风，战士写歌颂劳动、赞扬艰苦奋斗精神的顺口溜形成风气，早先的歪诗销声匿迹了。

王大彪又开始忙碌起他的终身大事来，他找到指导员，要求党支部帮他解决个人问题。他是老资格的子弟兵，在部队一直养马，从来没有上过战场打过仗，但经他养的马却驰骋沙场，他也战功赫赫。王大彪是个有功之臣，解决像王大彪这样老战士的婚姻问题自然是连队领导要着重考虑的大事，指导员问他有没有目标。王大彪回答有，指导员问是谁？他说是滕玉芹。指导员以为听错了，问是谁？王大彪笑得放射状的鱼尾纹都开了花，说是滕玉芹。指导员不好再说什么了，转念一想，像王大彪这样的老战士，只要有一线希望，就要做工作，事在人为，也许能成呢。

这时文书进来了，正好听到王大彪重复滕玉芹的名字，他立刻明白了两人在说什么，身子无法控制地摇晃了一下，但他在心里提醒自己要冷静，千万不能让指导员看出什么来。指导员问父亲："小姚，你看王大彪与滕玉芹能不能成？你的第六感觉不是比较准吗。"父亲险些乱了方寸，但他故意做出思考的样子后说道：" 这种事要两厢情愿，就看滕玉芹的态度了。" 指导员哈哈笑了，"你这说了等于没说呀，你就凭感觉说，这事成还是不成。" 王大彪也是直勾勾地看着他，似乎他的话能决定此事似的。到了这个份上，父亲觉得该说真话了，他看出指导员也是借他的嘴说出真话，好让王大彪有些精神准备，这是指导员的过人之处。父亲看了看王大彪，果断地说："不成。" 王大彪一下急了，声音都变了调："咋不成？你又不是诸葛亮能掐会算。" 父亲笑笑说："老王，你可别当真，指导员让我凭感觉说，我就凭感觉说，感觉吗，就像风，一会儿东，一会儿西，哪有个准头。指导员，你说是不是？" 指导员笑了，对王大彪说："你放心，组织上会找滕玉芹谈的。" 王大彪如释重负地舒了一口气，说："我相信组织是力量。"

当天，父亲就将此事告诉了母亲，母亲哭了，问他怎么办。父亲看看母亲，半天无语，母亲生气地说："你告诉了人家，又不言语了，你看人家的笑话呢。" 父亲欲言又止，当他看到母亲哭得浑身颤抖时，终于问道："事已如此，你给我个准话，你说，你心里有人没有？" 母亲抬起头，已是泪水涟涟，嘤嘤地说道："咋没人呢，就是你嘛。" 说完低着头，紧紧咬着嘴唇。父亲长长舒了一口气，说道："还是那句话，什么事都要用脑子想一想。只要你认定了我，我也认定了你，谁也没办法，婚姻不能强迫，你就如实说。" 母亲还是不放心，问这样说能行吗？父亲肯定地点点头。

组织的力量并没有王大彪预期的那样大，母亲果断地回绝完全在指导员的预料之中。其实，在王大彪提出此事时，他的第一反应就是"癞蛤蟆想吃天鹅肉"，怎么可能呢？但作为指导员他只能去做滕玉芹的工作，他苦口婆心地向母亲介绍王大彪的"英雄事迹"，可任凭怎么说，母亲还是那句话："婚姻不能强迫，也不能包办，我相信组织不会强迫和包办的。" 一句话说得指导员没法再做工作了，就转换了话题：

"你是不是心里有人了？"

"有了。"

"谁?"

"父亲。"

"父亲?他的历史你了解吗?他是起义人员呀,你是党员,今年还有希望到北京见毛主席呢。你看不上王大彪我完全可以理解,但你起码也要找个子弟兵吧,婚姻大事,不可轻率。"

"指导员,我没有轻率,我是用脑子考虑再三才做出这个决定的,而且我们两人情投意合。"

"你们已经谈了?"

"谈了。"母亲鼓足勇气说出了这句话。

这时,指导员高声喊道:"姚志伟。"一直在门外等候消息的父亲走进来,问指导员什么事?指导员笑了:"你是揣着明白装糊涂,你的保密工作做得真好。他看着两人,心里不得不说:"真是郎才女貌,如果小姚不是起义人员就更完美了。"他先是让滕玉芹回去,转而严肃地对父亲说:"小姚,你是文书,应该知道军区王震司令员从湖南、山东招来女兵的战略意图,屯垦戍边不能一代而终呀。现在上面也有规定,首先要解决岁数大的干部战士的婚姻问题,你还年轻,又有文化,还是发扬下风格,过两年再解决也不迟呀。"父亲的脸上勉强挤出一丝笑容:"指导员,我的岁数也不小了,我今年都三十了。"指导员也是故作惊讶地问道:"什么?你也三十岁了。"然后话题一转说道:"三十而立,这个岁数正是干事业的黄金岁数,连队女兵少,还是缓缓吧,你是干部,要让一让嘛。"

几天后,王大彪的歪诗又在连队流传开来:

子弟兵打天下,

胜利果实得先拿。

本团姑娘不对外,

抱上被子来成家。

国防军守天下,
胜利果实第二拿,
姑娘要找"宽皮带"①,
先问子弟兵应不应。
起义兵丢天下,
胜利果实最后拿,
没有姑娘那咋办,
光棍一条继续打。

注:宽皮带指国防军官兵。

其实王大彪的歪诗是有出处的,自从指导员与父亲谈话后,连队党支部就形成了一个不成文的决定,鉴于已到婚龄男女兵比例严重失衡的现实,子弟兵优先找女兵,而且组织上采取一切可以采取的办法促成;一般情况下,连队女兵不外嫁,如果女兵与友邻的国防军官兵谈恋爱了,组织上不鼓励但也不反对,毕竟是国防军吗。连队的起义兵原则上不能与女兵谈恋爱,等到子弟兵的婚姻问题解决了,再考虑起义兵的婚姻问题。鼓励他们向老家写信寻找"八分钱邮票媳妇"。此事只做不说,以免违反政策。

连队年满十八的女兵一下成了香饽饽,也成为众多子弟兵的目标。

王大彪在连队公开叫嚣:"滕玉芹已经名花有主,谁要从他碗里挑食,他手中的马鞭子不是吃素的,要抽左眼绝不会抽右眼。"指导员听说后批评道:"我们是解放军,不是山大王找压寨夫人,再说,现在是自由恋爱,不可以子弟兵的头衔来压人。"

自打父亲知道了连队支部那个只做不说的规定后,大病一场,卫生员去他地窝子里看了看,放下两片退烧药就出来了,他向指导员汇报道:"小姚的病我治不了,只有滕玉芹能治,他得的是相思病。"指导员摇摇头说:"看他那点出息,不管他,饿上三天就好了。"卫生员走了后,团里政治部王主任打来电话,严厉批评道:"团政治处要的八连战士写革命诗压倒歪诗的材料怎么还没报过来,这件事军区首长都知道了,催了几次要看材料,还准备向全军区推广呢。"接着,王主任大声命令道:"明天就将材料报上来。你们文书姚志伟可是写作高手呀,这个工作又是他做的,写份材料小菜一碟嘛,好事干了,但不善于总结怎么行呢。"指导员立刻意识到这是一个成全一段姻缘的良机,就故意在电话里叹了一口气。王主任问道:"怎么了,你遇到什么难事了吗,叹什么气呀,有什么事能难倒你呀。"指导员这才说道:"那份材料不是我们不报,是姚志伟病了。""病了? 严重吗?""挺重的。""那还废什么话,快往团部医院送呀。""送医院也治不了,他得的是心病。""心病? 什么心病? 有话直说,别给我绕弯子。"指导员这才放下心来,就一五一十将姚志伟和滕玉芹恋爱以及王大彪横刀夺爱的经过讲了。并汇报了连队支部那个只做不说的决定。王主任在电话里也是叹了一口气,思索再三后问道:"春天到了,你们要干什么?""播种呗。""播种后地里会怎样?""小苗破土而出呗。""出苗后又怎样?""拔节、抽穗,收获呗。""你什么都知道,干吗问我,我告诉你,在我们解放军部队里,没有子弟兵、国防军、起义兵之分,他们都是中国人民解放军。话已经说得很明白了。好了,这是治姚志伟心病的灵丹妙药,让他小子赶快爬起来写材料。"放下电话,指导员笑了,自言自语说:"领导就是领导,一下让你茅塞顿开。"他让卫生员喊来滕玉芹并对她说:"春播、夏耘、秋收、冬藏是自然规律。子弟兵、国防军、起义兵都是中国人民解放军的革命军人。父亲病了你知道嘛?"母亲一惊,说不知道,又问重不重? 指导员说:"我也不知道。就这样吧,你去忙吧。"母亲听不明白指导员说的那些不找边际的话,她也没多想就向父亲的地窝子奔去。连队战士都是几个人住一间地窝子,只有父亲例外,指导员说文书晚上要写材料,需要安静的环境,特批一间地窝子。母亲还是第一次到父亲地窝子的,如果不是他病了,她可不好意思一个人来。

父亲躺在床上蒙头大睡，听到母亲在喊他，一骨碌爬起来，赶紧招呼坐下，下床提起暖瓶倒水，可暖瓶是空的，他站在地上紧张得手足无措。母亲着急地问道："你咋就病了，重不重呀？"父亲不好意思地说："不碍事的，都是让王大彪给气的。"母亲不知说什么，其实她也为这事生气呢，可又不知该如何是好。父亲问是咋知道他病了。母亲就将指导员说的那些莫名其妙的话学说了一遍。父亲高兴地一把抓住母亲的手说："这下好了，咱俩的事指导员同意了。"母亲吃惊地看着他："指导员没说同意呀。"父亲看着母亲的那双大眼睛，笑了："你用自己的脑袋想一想。"母亲还是摇摇头。父亲说："指导员的意思是我们两个人的事就如春夏秋冬的农事一样，不可阻挡。解放军也不分三六九等，自由恋爱，符合婚姻法条件即可。听话听音，锣鼓听声，你说是不是这个意思。他是特意让你来给我传递消息的。"听父亲这么一解释，母亲也恍然大悟，脸上旋即露出灿烂的笑容。这时，她才发现父亲的络腮胡子就像春天地里的草芽已经遮盖住了脸颊。父亲也意识到了，不好意思地说："一生气就忘了刮胡子了，我与胡子也在较劲呢，它不让我露脸，我就不让它露头，一天一刮，看谁给脸。"母亲被这话逗笑了。这时，她才环视着地窝子，看到桌子上摆着十几个纸叠的飞机模型，墙上贴着一张1951年11月1日的人民日报，上面有一篇用红笔划出的题为《一个空军英雄的成长》的通讯报道，墙上还贴着从画报上、报纸上剪下来的志愿军米格15飞机和飞行员的照片，花花绿绿，满满一墙。这时，母亲突然想起王大彪说他是国民党的飞行员，还到美国留过学，就问这是不是真的。父亲看看母亲说，是真的，不过今天我得去指导员那，他肯定有事找我，这样吧，以后再告诉你。

这段历史父亲除了向组织做了说明外，他只告诉了我母亲。

1943年，十五岁的父亲和弟弟从湖北天门流浪到四川成都，弟弟进了法国人办的孤儿院，初中毕业的父亲在一家报社找了份校对的工作，他一边工作一边自修高中课程。1947年的一天，他在那家报纸上看到一份招人广告，就去报考，结果考了第一名。原来是国民党空军在招收机械师，录取后到美国学习了一年。

1948年父亲学成回来后,先是分到济南,后又到了酒泉,1949年7月又调到新疆迪化(今乌鲁木齐)航空站,两个月后,陶峙岳宣布起义。这位上尉军官经过改编后分配到解放军教导团八连,从事文书工作。

抗美援朝战争爆发后,父亲积极要求参战,组织上没有批,他知道没有批的原因。但他始终关注着战事发展,特别是志愿军空军的战绩,每当报上刊发有关空战报道,他都要剪下来,贴在墙上,向最可爱的人致敬。

说明了这段历史后,父亲非常严肃地让母亲"用脑子想一想"再做决定,解释说这是终身大事,要慎重为好。母亲也做出一副非常严肃的样子郑重其事地说道:"姚志伟同志,我用脑子想了好几遍,我要告诉你一句话。"然后母亲不说了。父亲急切地问道:"什么话,快说呀。"母亲一板一眼地说:"我给你也讲个故事,听完故事,你也要慎重考虑考虑。"

"我们老家潍坊有个风俗,家家做风筝、放风筝,女儿出嫁的陪嫁中得有风筝,暗喻展翅高飞的意思。但陪嫁的风筝没有线,线和线轴辘放在娘家,意为女儿走多远,都别忘了回娘家。我当兵前母亲曾问过我,等我出嫁时,娘给我做个什么风筝。我说就做个大雁风筝。娘说,本来风筝就在空中飞,又做个大雁风筝,那不飞到天边去了。你说巧不巧,这话还真让娘说中了,这不,我到新疆当兵不就是到了天边吗。现在我把我自己嫁了。志伟,我现在不要大雁风筝了,我要一个飞机风筝,你来做,这样可以圆了我俩的共同梦想。"

听完故事后,父亲已是泪流满面,他点头答应了。

母亲和父亲的事在连队传开了,王大彪手提鞭子要来抽父亲,指导员挡在路上,他一手掐腰,一手指着王大彪警告道:"王大彪,你还有没有组织纪律性,你是战士,不是土匪,你今天要敢抽父亲,我就把你绑了关禁闭。"王大彪一听这话,身子顿时软了下来,眉角放射状的鱼尾纹又堆成了两个疙瘩,他带着哭腔委屈地说道:"我是子弟兵,没有功劳还有苦劳吧,为什么就不把滕玉芹许给我。"指导员火冒三丈,用手指着王大彪的鼻子大声喊道:"放屁,你以为找对象是按功行赏,这是两厢情愿的事,是感情缘分的事,你要正确认识自己,不要好高骛远。"王大彪一听指导员这么说,就蹲在地上嚎啕大哭起来。

　　播种、破土、拔节、抽穗,母亲和父亲的爱情就像地里的庄稼一样节节高。父亲颇有浪漫情调,他从团部合作社买来几块各色绸子,扎成不同样子的蝴蝶结送给我母亲,还给母亲买了一打苏联进口的镂空绣花手帕。母亲抽出两块手帕给了父亲:"咱俩都用一样的手帕。"看着栩栩如生的蝴蝶结,母亲面露难色,说这么漂亮的蝴蝶结在连队怎么扎得出来呀。父亲地说:"我带你到一个地方,在那只有我们两个人,你扎上我看。"

　　在兵团戈壁父母的爱情故事中,这可是最为浪漫的一个场面,我曾问过母亲,在那个年代,爱情几乎没有什么色彩,你们的爱情如此浪漫,真的假的?母亲不好意思地说:"你父亲可是留过洋呀,喝过洋墨水,自然要浪漫些。"

　　父亲带着他精心制作的飞机风筝与母亲来到了一个神秘的地方,这里有一泓泉水,泉水四周是青纱帐,泉水清澈见底,芦苇郁郁葱葱。父亲问母亲知不知道这眼泉水的来历?母亲只摇头。好奇地让他快点讲讲:

　　很早以前,一对私奔男女从甘肃逃到这里,男的说,这都到天边了,咱俩就在这安家吧。女的说,这里好是好,但没水,种不成地,咱们吃什么?男的说,那就打井。两人开始挖井,很快就见水了。他们高兴地抱在一起,说是老天爷救了他们。接着他们盖房种地,生儿育女。后来,孩子越来越多,地也越种越多,井里的水显然不够用了,妻子又犯起愁来。丈夫说,咱们再往下挖,井深了,水自然就多了。丈夫找来一根长长的树干,怀抱树干一下一下往下戳,突然,从井里喷出一股甘泉来,此后,井水变成了泉水。

　　母亲打破砂锅问到底:"你没说完呀,那对年轻的夫妻呢?"父亲笑了:"那对年轻的夫妻就是我们呀,我们不是在这里吗。"母亲在泉水里看到自己的脸像红绸子。父亲给母亲扎上蝴蝶结,问我母亲好看不好看,母亲对着泉水照,直说好看,美死了。这时,母亲要过父亲的手帕,将两个人的手帕在泉水中洗濯,然后搭在青纱帐上。不多久,刮来一股小风,母亲和父亲眼睁睁地看着两块手帕在比翼齐飞,从这头一直飞到七八米开外,又缓缓落在青纱帐上。父亲惊奇地喊道:"这太离奇了,你看那两块手帕多像飞机的机翼,这是老天爷有意安排的场景呀,风生水起,风生水起。以后我们就叫这眼泉是活泉子。"

在活泉子旁,母亲和父亲放起飞机风筝,这个风筝是父亲照着志愿军米格15飞机形状做的,母亲双手高高举着,对着十几米开外的父亲喊道:"好了没有,我放手了。"父亲大声回应道:"一、二、三,放手。"母亲手一松,只见飞机风筝一下昂起头向蓝天飞去,父亲拽着风筝线轱辘向前跑去,他越跑越快,风筝越飞越高,直到飞到一定的高度后,他才停下来。母亲也是一直追着风筝在跑,这时她从父亲的手中接过线轱辘,一上一下控制着风筝。母亲在潍坊老家年年放风筝,可以说是放风筝的好呢。飞机风筝在蓝天上一会儿俯冲下来,一会儿又昂头直飞,一会儿又平行飞翔。这时,蓝天白云里飞来一群大雁,它们吱吱嘎嘎地鸣叫着,与飞机风筝并排飞翔。母亲高兴得又蹦又跳,快活得像个孩子:"志伟,我是大雁,你是飞机,我俩比翼齐飞。"

蓝天白云下是活泉子、青纱帐,还有一对激情燃烧的恋人。

……

收获季节,母亲抱着被子到了父亲的地窝子,晚上闹洞房时,王大彪拿着马鞭子来了。母亲小声提醒父亲说他一定会寻机报复。父亲说既然是闹洞房,那就让他抽吧,也许发泄出来就好了。在人们的注视下,王大彪举起鞭子,双手抖得如打摆子。出人意料的是他突然扔掉鞭子,蹲在地上呜呜哭起来。

人们说王大彪喝酒了,醉了。王大彪嚎啕道:"我没醉,我是疯了。"

夫妻兵　白杨树

1949年8月5日，晴

一兵团解放军进驻甘肃临洮县城后，大街小巷沸腾了，我们家院里也住进了十几个解放军，还有一个女兵，她背着药箱来给我娘看病。她长得可好看了，军帽下有一绺齐齐的刘海，一双大眼睛清澈得就像两泓泉水。给我娘看过病后，我央求她给我也看看，她咯咯笑了，说："小妹妹你哪有病呀，长得像棵小白杨，又高又直。"说着，她给了我几颗人丹，说含在嘴里，对嗓子好。我照她说的含在了嘴里，还真是的，嗓子好清爽呀。女卫生员说我长得像棵小白杨，她那是在打比方，不过，县城里就长着不少白杨树，老师说，西北白杨抗风沙，就像西北的人一样，有一个叫茅盾的作家就写过一篇《白杨礼赞》的散文来赞美西北的白杨呢。

我喜欢用白杨树来比喻我。

1949年8月10日，晴

街上到处都能听到解放军战士在唱《解放区的天是晴朗的天》这首歌，我和好朋友赵桂清、李树德也学会了。真是像歌里唱的那样，这些日子县城的天空晴空万里，一排排白杨树在太阳光照射下金光闪闪，像是列队的解放军战士。自打那个女卫生员说我也像棵白杨树后，我就对白杨树特别钟爱了。

解放军宣传队在街头演出《白毛女》，昨天演出时还发生了意外。一位中年汉子看到地主"黄世仁"将喜儿拖走时，以为是真的呢，捡起地上的一块土坷垃向地主"黄世仁"投去,"黄世仁"的脸"开了花"。解放军的报幕员在话筒里喊道:"父老乡亲们,我们是在演戏,地主黄世仁是我们解放军演员演的,不是真的黄世仁。"那位中年汉子这才醒悟过来,吓得直念叨:"我闯祸了,打了解放军,这可咋办呀。"周围的群众都在说他,让他给受伤的解放军赔礼道歉。不一会儿,那个受伤的解放军脸上包着纱布走到群众中,拉着中年汉子的手说:"不要紧,我已经是第五次被群众打了,这说明你们对万恶的旧社会有深仇大恨,另外,也是对我演出的肯定,这和鼓掌喝彩一样都是肯定。不过,以后还是鼓掌吧,你们看我这脸上都有几处伤疤了,以后怕是找不到媳妇了。"一句话说得群众哈哈大笑,有人笑着说,解放军哪能找不着媳妇,我们临洮女学生多得很,都像喜儿一样漂亮,你就在临洮找一个媳妇吧。人群中一个小孩子突然喊道,这里就有三个女学生。人们一看,果然,看演出的人群中有我们三个女学生,那个解放军演员也看到了,我们臊得赶紧钻出人群跑了,身后是一阵大笑声。

1949年8月15日,晴

那天我和赵桂清、李树德在街上转着玩,看到墙上贴着一张布告,上面说一兵团军政干部学校招生。"军政""干部"是什么意思我们不懂,就是"学校"两个字吸引了我们,当时我们就想到外面去上学,去玩。看完后,我们商量,决定去军政干部学校去上学,并发誓说,要去三人都得去,少一个那两个也不去了。于是,我们就到一兵团报名处报了名。回到院里,我高兴地告诉女卫生员,说我也报名参加解放军的军政干部学校了,女卫生员直夸我思想进步。可我们三家家长都不同意我们去参军,说我们是女孩子,哪有女娃去当兵的。我们三个人都是家里的老小,是娘的"小棉袄",他们是舍不得我们去部队。我们才不管呢,铁了心要去参军。

过了些日子,我们正在学校里玩呢,邻居家的小弟弟跑来说,我家里人让我赶快回去一趟。一到家,我看到一个媒婆在家,心想是不是请媒婆给哥说媳妇。

媒婆将脸凑到我眼前定定地看看我,然后向我爹娘点点头说:"这女娃子俊着呢,是天女下凡,我看准行。"说完就走了。我听得糊里糊涂的。我娘送走媒婆后,对我正儿八经地说:"我和你爹商量了,你这么铁了心要去当兵,拦也拦不住,那就依了你,可你要答应爹娘一个条件,同意了,我们送你去参军,不同意,你也不要参军了。如你非要去,那你前脚走,我后脚就跳洮河,你信不信?"我这才明白原来媒婆是给我说亲的。就故意问道:"啥条件?"

我妈说:"先成亲,后参军。"

"是谁?"

"也是才报名参军的,他家的条件和我们一样,让他先成亲,后参军,这样你们两个一起参军,就是走的天边边我们也不管了。"

"谁吗?"

"是县一中的,比你大两岁,上高中,叫魏振常。你认得不?"

我摇摇头。临洮县有五所中学,几千学生,我哪认得。

我是铁了心的要当兵,名都报了,进步学生怎么能说话不算话呢。为了参加解放军,我也只好答应了。

回到学校,好友赵桂清、李树德还在那等着我呢,我就问她们认不认得一中的魏振常?她们说不认得,问我怎么了,我向她们讲了成亲的事。她们两人笑得捂着肚子喘不过气来,说我有福,既当了兵,又成了亲,哪头都不耽误。我生气地说:"你们以为我愿意成这个亲呀,不答应,就不让当兵,我娘还要跳洮河。再说,我当不了兵,你们两人也不是走不成了?"两人听后都说我是得了便宜还卖乖。

下午,赵桂清和李树德就告诉我,她们去了一中,看到了魏振常。说他个高。我问有多高?她俩说,多高?那咋知道?我们又不能问他有多高。打个比方,就像白杨树,挺拔,傲然。我听出来了,她们这是一句夸张的玩笑话,但就是这句话一下说到我心里去了,我有些想快些见到那个像白杨树一样挺拔的魏振常。我的心里慌慌的,也没心思玩了,说回家吧。两个好友哧哧笑我没出息,说我过河拆桥,心里有了人就忘了她们两个好朋友了。

1949年8月18日,晴

两天后,邻居家的小孩跑来告诉我,说有个叫魏振常的大哥哥叫我到一中去,他在一中白杨树下等着我。我心想,这个魏振常好没羞呀,媒婆一撮合,他就顺着杆子爬,认都不认识,就托人叫我。还真有能耐,居然打听到了邻居家的小弟弟。我在心里像与他赌气似的说:"不去,不去。"见我不动身,小弟弟又说:"姐,你怎么还不去呀,你不去,我的任务就算没完成,去吧,我都吃了他给的糖了。"我心里还真有些生气了,这个魏振常呀,你好没羞呀,为了见我,你不择手段呀。但转念又一想,他那不是着急吗,你心里不也是没着没落吗。他在那棵白杨树下等我,又是白杨树,难道这就是缘分?

其实以前我曾见过魏振常,都是一个县城的人,只是没有说过话,没有留意过,对不上号。我见他的第一印象还是不错的,虽然不像两个好友说的那么夸张,如身边的白杨树,但还算高大英俊。一见面,他有些不好意思,吭吭哧哧半天才开口:"王淑萦同学,你别介意,我也是被逼无奈呀,和你家一样,我不同意,我爸妈就不让我去报名参军,我妈说了,我前脚走,她后脚就跳洮河。不过你放心,我说话算数,只要你同意,我会一辈子照顾你的,打起仗来,有子弹我替你挡。"

我心想,看来用跳洮河的法子来逼迫我们俩是那个媒婆出的主意,虽然心里也觉得他说话不害臊,什么乱七八糟的挡子弹,但听着还是甜滋滋的。

1949年10月5日,夜

时间过得真快呀,转眼我们军政干部学校的学生就在县城集训一个多月了。这一个月,我们学了不少革命理论,也懂得了不少革命道理。听学校的干部说,学生队可能就在这几天开拔,到兰州后才算正式入伍。因为我们现在只能算是参军前的培训,我们还没发军装呢。吃过晚饭后,魏振常急急火火来找我。我俩的关系不少人都知道了,特别是两个好友经常拿魏振常开我的玩笑,说我们是夫妻双双把兵当,是比翼齐飞的模范夫妻。赵桂清眼尖,先看到了魏振常,就又开起了玩笑:"这才一顿饭的工夫没见淑莹就来找呀。"我红着脸,心里也在埋怨魏振常来得不是时候。魏振常径直走到我跟前,在我耳边小声说着。赵桂清又在笑话我们:"真不害臊,这可是女生宿舍,男女授受不亲呀。"我听魏振常说的那件事,就急了,也顾不得旁人在跟前就问:"今晚就成亲?"魏振常点点头说:"我爹娘知道了军校明天开拔,就来找我,如不同意今晚成亲就来军校找领导,明天不让我去兰州。这样你也去不了,你爹娘肯定也要来军校找。"

"明天就开拔?"

"是的,我参加了学生队宣传组,领导已经布置了,只是要保密,没有公开。"

听到情况如此紧急,两个好友也不再开玩笑了,看我坐在那犹豫不决的样子就开导说:"去吧,不然你和小魏都走不了了,真要明天两家老人来找,那影响多不好呀。再说,这事你们两个不是心里都同意吗。"看我起身要去时,李树德笑着说:"淑莹是巴不得早点成亲呢,她这是故意装给我们看的。"我已顾不得这些了,就和魏振常往他家赶。

一进门,就看到他家的门上、窗上都贴着大红喜字,堂屋里两位老人正坐在那等着我们呢。一位长者对我们说,原准备摆几桌,可我们也是才听娃儿说明天学校就开拔(我看了一眼魏振常,心想,都是你告的密,不然,老人怎会知道),就举行个简单的仪式算是成亲了。你们两个孩子向天地、向父母高堂,再夫妻之间叩个头,就算成亲了。接着,那个长者高声喊道:"一拜天地。"我和魏振常跪在那向祖宗牌位叩头。"二拜高堂。"我和魏振常跪在那向老人叩头。长者喊"夫妻对拜"时,我的心突突跳起来,以前在看这种结婚场面时,记得新娘子都有盖头,我现在就这么没有遮掩地"夫妻对拜"?哪好意思呀,可一想如不拜就过不了这一关,明天就走不成。我看了对面魏振常一眼,就相互"对拜"。由于距离太近,我们两个人的头撞在了一起,"咚"的一声响,我们赶紧各自向后退了退,算是"对拜"了。魏振常的父母笑得合不拢嘴,我们站起后,婆婆拉过我的手,将她手指上的一枚金戒指撸下来,给我戴上。婆婆说:"这枚戒指可是我奶传给我妈的,我出嫁时,我妈又传给我,现在我传给你。"给我戴上戒指后,婆婆又说:"你们走得急,我也没准备什么,给你做了两条红裤衩。你不懂,出远门,穿上红裤衩可以辟邪。"婆婆一边说着话,一边将我领进新房。新房里点着几盏红灯笼,红彤彤的,给人一种神秘的感觉。炕上撒着一些红枣和花生,还有一床红绸被子和一床绿绸被子。婆婆拉着我的手说:"今晚你们两个就住在这,圆房后再到学校去。"我吓了一跳,忙说:"不行的,不行的,我们现在是解放军了,要遵守纪律,来时只准两个小时的假,我们现在就得赶回去。"这时,魏振也从堂屋里走过来,赶忙对母亲说:"是的,我们现在就得回军校。"婆婆一脸的不高兴,说:"你们两个进去坐一会总行吧,你们两个抓抓红枣,抓抓花生,在新炕上坐坐。"说完就将我们两个人推进新房,然后掩上了门。我照着婆婆讲的抓了红枣和花生,坐在炕头边,心里有一种暖暖的感觉。我抬头瞄了一眼他,见他的脸也被红灯笼照得通红。我们两人就这么在暖暖的红色中默默地坐着。这时我感觉他将我的手拉过去,紧紧地攥在他的手心里。不知怎的,一股热流一下流遍我的全身,我的心又突突跳起来,赶紧说:"时间不早了,我们回军校吧。"他有些不舍地松开我的手,也说:"是的,时间不早了,我们回军校吧。"

　　从婆婆家出来,我们又回到我家。我的父母也在家等着呢,听说我们已经拜过天地了,我爹说:"这下我们就放心了,姑爷呀,你可要照顾好我们的莹莹呀。"

　　魏振常又是信誓旦旦要给我挡子弹,说得我爹娘乐得合不上嘴。我爹拿出几块大洋给他,说:"姑爷,穷家富路,带上些盘缠。"魏振常不要,说以后我们有了钱寄给二老。我爹娘又是乐呵呵的笑。说什么都要让他拿着。

　　从家里出来,我们走在县城那条熟悉的街道上,我回想起刚刚的情景,就问道:"你的嘴怎么这么会说呀,看把老爷子哄得像吃了蜜。你说,你真的能给我挡子弹?"魏振常似乎觉得我不信任他,脸憋得通红,看看我,一字一顿地说:"真要有那么一天,我会为你挡子弹的,你是谁,是我媳妇。"看他说这话时脸上的表情都要凝固了,说完后还在喘着粗气,我知道我说那话伤着他了,就赶忙解释道:"信的,信的,只是以后不许再说这种傻话了。"

这条街我们走了十几年,明天就要离开了,心中有些恋恋不舍。县城的人都睡得早,街上没什么人了,我们两个才拜过天地的夫妻走在街道上,有一种说不出的滋味。这时,我感到他的手又将我的手攥在他的手里,我心里又涌起一股热流。我情不自禁地向他靠了靠,觉得他真的就像一棵白杨树。

明天就要开拨,什么时候才能回来。我看了看他,他看了看我,我们心里想的一样问题。

"向前,向前,向前,我们的队伍向太阳,脚踏着祖国的大地……"魏振常轻声地哼唱起来,我也跟着他轻声地唱着。

后记

● 一对刚刚结婚的夫妻第二天就随部队向西部挺进,到达兰州后,又经过一个月的培训,临洮县的一千五百名学生正式编入解放军一兵团军政干部学校。学员到达吐鲁番后,军政干部学校改编为二军教导团。经过一千多公里的跋涉,二军教导团终于到达目的地疏勒县。几天后,教导团一千多名指战员在疏勒草湖亘古荒原上拉起军垦第一犁。

● 1949年10月5日结婚的王淑莹和魏振常,直到1954年,这对夫妻兵才拥有了一间自己的新房。

● 教导团开荒所在地草湖长着一棵百年白杨树,巧合的是,这棵白杨树同根长出两根枝干,每根枝干就是一棵参天大树。王淑莹触景生情地对魏振常说:"你看,这棵树多像我们夫妻呀,以后就叫这棵白杨树是夫妻树。"

和平鸽

在兵团戈壁母亲婚姻的记载里,"和平鸽"马玉兰与"最可爱的人"张坤金的婚姻绝对独一无二——千里姻缘一线牵。

1952年,山东女兵马玉兰一来到驻扎在阿克苏的二军五师,就被分配到师部被服厂。那时抗美援朝战争呈胶着状态,全国各地都掀起了支援抗美援朝的热潮,新疆也不例外。军区命令五师被服厂加班加点赶做军衣、军被,支援朝鲜前线。女兵们在厂里工作十几个小时,回到宿舍还要为"最可爱的人"绣鞋垫,这是马玉兰的提议,因在山东老家她们村上的大妈、大婶以及大姑娘、小媳妇就为"支前"烙过煎饼、做过军鞋,一些姑娘也给前线战士绣过荷包和鞋垫。马玉兰对姐妹们说:"咱们都是从山东老区来的,都支过前。做军衣、军被代表驻疆部队支援抗美援朝,军衣、军被上印着'新疆军区二军五师被服厂制'的字样,可我们每个人也要表达一份对'最可爱的人'的崇敬,我说,还是像山东老区那样绣鞋垫,在鞋垫上绣上我们对'最可爱的人'的祝福和心愿。好不好?"被服厂的女兵大多是一道来的山东女兵,大家齐声喊道:"好,志愿军穿上我们绣的鞋垫一定能打胜仗。"

女兵们白天在被服厂加班加点做军衣、军被,夜晚在灯下一针一线绣鞋垫。姑娘们都想通过绣在鞋垫上的图案来表达对志愿军的崇敬和热爱,可绝大多数女兵都绣鸳鸯,这是因为她们在家从小就学着绣鸳鸯,也有绣"抗美援朝,保家卫国"八个字的。还有照着年画绣鲤鱼、花卉的。

马玉兰想了好几天绣什么图案,有的姑娘问她怎么还不绣呀,她笑笑说:"我还没想好呢。"马玉兰在老家上过高小,在女兵中算个文化人,她在想:要绣就绣出一幅有政治意义的图案。志愿军入朝作战为了什么?为的是保家卫国,保家卫国又是为了什么?是为了和平。"和平"两字一下让她心里敞亮起来:最能代表和平的是鸽子,所以人们常说"和平鸽"。马玉兰将这个想法告诉了政治处宣传干事,宣传干事称赞想法有创意,并建议让和平鸽衔上橄榄枝就更好了。马玉兰问橄榄枝是什么?宣传干事说,与和平鸽一样都象征和平,并翻开日记本让马玉兰看扉页上橄榄枝。马玉兰聪慧过人,一眼就将橄榄枝的样子记在了心里。宣传干事欲将扉页撕下给马玉兰,马玉兰忙说:"不用,不用,已记在心里了。"

有了和平鸽,有了橄榄枝,马玉兰心中浮现出一幅"和平鸽喙衔橄榄枝"的图案。这时,其他女兵不少人都绣了一大半了,她才动手绣。马玉兰从小就跟着母亲和姐姐学绣手帕、鞋垫等女红,技艺娴熟,也就三四个夜晚就绣出了"和平鸽喙衔橄榄枝"的鞋垫,那展翅飞翔的和平鸽栩栩如生,呼之欲出。姑娘们问马玉兰图案代表什么意思,马玉兰介绍后,姑娘们都说好,说有文化的人就是不一样,不像她们,就知道"鸳鸯戏水""胖娃娃抱鲤鱼"。从此姑娘们亲切地叫马玉兰"和平鸽"。

马玉兰心想,还应该给志愿军写一封信,表达对"最可爱的人"敬佩之情。

与酝酿鞋垫图案一样,这封信怎么写,马玉兰又是思考了几天,一个深夜,她终于写完了这封信。

最可爱的志愿军同志们,你们好:

我是新疆军区二军五师被服厂的一名女兵,我在1951年4月11日的人民日报上看到《谁是最可爱的人》这篇文章,我是流着泪看完这篇文章的,你们——英雄们的故事深深打动了我。1952年,新疆军区到我们山东掖县苗家村招女兵,我毅然报了名,我发誓也要做一个最可爱的人。我们厂现在正在赶制军衣、军被支援抗美援朝，但我想还应该表达对英雄的崇敬，于是，我们每个女兵又绣了一副鞋垫，希望英雄们穿上我们绣的鞋垫能多杀几个侵略者。我想：抗美援朝是为了保家卫国，就是为了和平，所以我就绣了"和平鸽喙衔橄榄枝"的鞋垫。

志愿军同志，虽然我们远隔万水千山，但我们的目标都是一样的，那就是保家卫国。你们在前方打仗，我们在国内建设社会主义新中国，没有你们的浴血奋战，就没有建设社会主义新中国的和平环境。我们一定要努力工作，以优异的成绩支援你们。

志愿军同志，你们远离祖国和家乡的亲人，我们虽然不认识，但你们就是我最亲的人，我随信寄去一张照片，希望你们看到我的照片就像看到自己的姐姐、妹妹那样，能缓解思念之情。

有全国人民支持，抗美援朝一定能胜利。盼望英雄们早日凯旋。

此致

敬礼

新疆军区二军五师被服厂马玉兰

1952年12月8日

话分两头说。在朝鲜战场"201高地"，敌我双方展开了拉锯战，谁控制了"201高地"，谁就可控制高地四周方圆几十平方公里的区域。我国志愿军某团已在高地上阻击敌人近百次大小规模的进攻，战斗十分激烈。有一次敌人甚至进攻到我坑道前沿，在坑道指挥战斗的团长高喊一声，带着几十个参谋和一个警卫员就冲出坑道，密集的子弹和手榴弹硬是将敌人打退了。就在那天，增援部队及时赶到，并运来了给养和物资。当战士们打开一个个背包时，在军衣、军被上看到"新疆军区二军五师被服厂制"的字样，战士们感动得热泪盈眶。新疆，在他们心中那是一个遥远的地方。团长说："同志们，有祖国各地军民的大力支援，我们一定要坚守住'201高地'，大家有没有信心？"战士们高声喊道："守住'201高地',向祖国人民报喜!"

战士们打开军衣、军被时,发现里面还有各种图案的鞋垫,他们将鞋垫捂在心口,这可是从祖国的新疆寄来的呀。团长将一套军衣、军被递给警卫员张坤金,说他的衣服都烂得不成样子了,换套新的。张坤金也像其他战士一样小心翼翼地打开那套军衣、军被,叠得方方正正的军衣里夹着一双鞋垫,鞋垫上的那两只喙衔橄榄枝的鸽子如同真的一样。张坤金将鞋垫捧在手中久久凝视着。团长看见警卫员捧着一双鞋垫如此专注,就问道:"鞋垫上绣着什么让你如此着迷。"这对"喙衔橄榄枝"的白鸽也吸引了团长的目光,他也捧着鞋垫欣赏起来。这时,坑道里的战士兴奋地喊道:"我的鞋垫上绣的是一对鸳鸯。"接着那边又有战士喊道:"我的鞋垫上绣的是一朵梅花。"团长说:"大家都来看张坤金的鞋垫,绣的最有意义。你们看,鞋垫图案表达的是和平主题,我们志愿军抗美援朝是为了什么?就是为了世界和平,打仗是手段,和平是目的。我看这个绣鞋垫的姑娘有觉悟,有思想。"张坤金心想,我一定不辜负这个姑娘的愿望,为和平而战。当他在试穿那件军衣时,发现上衣口袋里有东西,一看,是一封信,而信中还夹着一张照片。一切都明白了,绣鞋垫的人叫马玉兰,"怎么这么巧呀,她也是掖县人,她家的苗家村与他家后沟村也就隔着几十里路。"张坤金浮想联翩:如果马玉兰是只和平鸽的话,他愿做那枝橄榄。他将信看了一遍又一遍,才和照片一起塞进贴身的内衣口袋里。

第二天,敌人出动了比平时多几倍的兵力,在飞机的掩护下,向高地发起进攻,我志愿军战士打退了敌人一次次进攻。在这次战斗中,张坤金身负重伤,一颗子弹穿透了他的肩胛骨。

在回国治疗的半年中,张坤金无时无刻不在思念着那个绣"和平鸽喙衔橄榄枝"的姑娘,他在心中一遍遍呼喊着"和平鸽"。做梦都想让"和平鸽"喙衔"橄榄枝"。

……

1953年的一天,五师被服厂指导员马玉兰(两个月前任命)正主持召开大会,一位军人来到门口。马玉兰问道:"同志,你有事吗?"

那个军人目不转睛地看着马玉兰。

"同志,你有事吗?"马玉兰又问道。

军人还是目不转睛地看着马玉兰,女兵们都在咪咪地笑。

马玉兰臊得脸通红,一个陌生人这样看她,还是第一次。"同志,你有事吗?"

那个军人像是从梦中醒来,脱口而出:"我是来找你的。"

这句莫名其妙的话让大家糊涂了,马玉兰似乎隐隐地感觉到这人是从朝鲜战场回来的,但她不敢确定。

这时,军人从口袋里掏出一封信,展开来给马玉兰看。"你看,我真是来找你的。"

一切都明白了,马玉兰急中生智,忙对大家说:"同志们,这位同志是从朝鲜回来的'最可爱的人'。"一听是从朝鲜回来的"最可爱的人",女兵们争先恐后地围拢过来,你一句,我一句,有问这的,有问那的。军人什么话也不说,又从挎包里拿出了那幅"和平鸽喙衔橄榄枝"的鞋垫来。大家一看,一下明白了,回过头看指导员马玉兰。这时的马玉兰脸上透着羞赧而又灿烂的笑容。

"'最可爱的人'来找'和平鸽'了,咱们散会吧。"不知哪个姑娘喊了一声,姑娘们叽叽嘎嘎笑着散去。

马玉兰接过她写给"最可爱的人"的信时,看到一片血迹染红了信纸,泪水控制不住地流下来。

"你的伤好些了吗?"

"痊愈了。"

"哎呀,看我高兴糊涂了,请问你的尊姓大名?"

"姓张,名叫坤金。咱们是老乡,我家就在后沟村。我们有缘分呀。"

这时,门外传来师长高亢的声音:"喜从天降呀,'最可爱的人'千里迢迢来找咱们的'和平鸽'了。"

……

一年后,张坤金转业来到兵团一师共青团农场,师长林海清主持了"和平鸽"马玉兰与"最可爱的人"张坤金的婚礼。

新房里,"和平鸽喙衔橄榄枝"的刺绣壁画醒目地挂在墙中央。

红柳树

一

王秀兰十六岁那年,也就是1949年,大(父亲)给她包办了一桩婚事。大(父亲)没问女儿同不同意,就定了。

"一家九口人,天天张嘴吃饭,少一个人,就少一张嘴。"这是大(父亲)嫁女儿最现实的原因。

王秀兰还太小,面黄肌瘦的,连头发都是黄色的。那时,她对嫁人还没什么清晰的概念,她看过村上嫁人的情景,来头毛驴,让一个男人抱上去,就走了。她对嫁人也没太放在心里,她明白大(父亲)的意思,少一个人,她的弟弟妹妹就能多吃一口。她嫁人了,就去吃别人家的饭了。"大(父亲)让我嫁,我就嫁"。她听大(父亲)的。

订婚与她无关,她妈将她拉进那间破屋里,让婆家人看。她吓得头都不敢抬,浑身哆嗦,发冷。自己的男人长得什么样?叫什么?她只能听他们说话,在心里猜。她闻到那个男人身上有一股早上牲口出圈后、留在棚里的味道。

人走了,亲定了,她才知道那男人叫李铁柱,在新疆当兵。

几天后,李铁柱牵着头毛驴来了,将她抱上驴背就走了。成亲的头三天,她都没敢正眼看男人一眼。第四天,她才敢抬眼瞧了瞧自己的男人,才敢与他说话。这是个比自己大十五岁的男人,在新疆国民党部队骆驼大队当运输兵。她看到院里拴着峰骆驼,是男人从新疆骑来的。骆驼身上的味道就是男人身上的味道。

成亲的一个月里,王秀兰从一个女孩子成了一个家庭主妇,这些日子让她一下懂得了很多,她大(父亲)、她妈就是这么过来的,她也要这么过日子。男人对她很好,疼她,一个女孩子第一次有了温馨的感觉,白天的太阳暖暖的,夜晚的月亮软软的。锅里的饭可以敞开吃,她的脸上有了红润。

王秀兰的心里突然升腾起一股暖流,她对丈夫说:"我以前在家听大(父亲)的,他让我嫁,我就嫁。现在我是你的女人,以后你说啥我就听啥,你走到哪,我就跟到哪。"

李铁柱这个三十一岁的大男人呜呜哭了,他紧紧抱着自己的女人,不行呀,我们那只有当官的才能在部队养老婆。

国民党的骆驼兵李铁柱假期到了,他又要骑上回来时骑的那峰骆驼远行。王秀兰看着就要离别的丈夫,有一种撕心裂肺的感觉,孩子一般哇哇大哭起来。李铁柱看媳妇哭成了那样,又折回来,从驼背上跳下了,将媳妇拉回家,好生安慰。他说,等肚子有了动静,就托人写信告诉他。他明年再回来看媳妇。

王秀兰一直定定地立在村口向西望着,目不转睛地望着。骆驼和上面的人越来越小,最后一跳完全消失在苍黄色的天际边。

二

不到一年,天地变了。在新疆国民党部队当骆驼兵的李铁柱随部队参加了"9·25"起义,成为一名解放军的骆驼兵。1952年,部队号召岁数大的干部战士给家里去信,动员老婆来新疆参加社会主义建设。李铁柱托连里的文教给老婆写了一封信:

"过去,国民党当官的才能让太太随军,现在,解放军干部战士都一样,凡是有老婆的都可以来部队。我们部队有十几个人在张掖县有老婆,部队派人去接你们。你在家等着,到时骆驼队会到家里接你。"

王秀兰接到分别三年后男人的信后,那份喜悦无法掩饰。她的整个脸盘子都变红了,头发梢似乎都成了红色。她的心成天慌慌的,咚咚跳,站也不是,坐也不是,心神不宁,手足无措。婆婆给她做了两条红裤头,又准备了几斤红枣。自从儿子前年走后,婆婆每天一早起来就拿眼盯着王秀兰的肚子,后来婆婆摇摇头,自言自语地说,又小又瘦哪能怀上娃呀。

带这些东西,王秀兰心里明白,婆婆是想早点抱孙子,她也想有自己的娃呀。

就像丈夫说的,一个月后,一队骆驼来到村里,一个骆驼兵打听李铁柱的家。那队骆驼的背上已经骑着七八个媳妇了。王秀兰与公公婆婆告别后,也骑上了骆驼。就这样,又到别的村去接媳妇去了。

漫漫西行路,越走越荒凉。但不管是戈壁滩还是沙漠的边缘,王秀兰总能看到同一样植物,她认得,老家张掖也有,叫红柳(学名红柳树)。

红柳的枝杈很多,没有主干,一窝红柳有七八十根枝条。红柳的枝条除了能编筐、编抬把子外,就没什么大用处了,当然,它还可以烧火,火苗硬,冬天可以当炭烧。七八月份枝条上长出绒绒绿叶,叶片很小,针尖一般。再小也是叶子,它吸收着阳光,完成抽穗、开花、结果的过程。秋天,不定哪阵风吹过来,红柳种子就随风飘荡,不定什么时候落下来。几年后,又是一蓬绿茵茵的红柳树。有了红柳树,树下的土和沙就不易被风吹走。有了红柳树,别处的土和沙吹来时就被它挡在树下。沙高一尺,树高一丈,沙包永远没法埋住红柳树。所以,西北的红柳树总是立在一个个高包上。

王秀兰不懂得这些,每当她骑的骆驼走到一蓬红柳树前,骆驼总要吃红柳枝条上的绿叶。红柳枝条坚硬、发红,红得就像鲜血一般。骆驼兵给她们这些媳妇每人割下一支红柳枝条当鞭子,可她从来没用过,她的那峰骆驼可懂事了,前面的同伴一走,它就跟着走,一停,它也停下来。

因为都是去看自己的男人,又都是张掖人,男人又都在一个部队里,所以,媳妇们一见面就熟了,话题自然是男人。王秀兰在里面岁数最小(十八岁),是地地道道的小媳妇。她和自己的男人相处才一个月,没啥说的,她也说不出口。有一次一个媳妇问她:"你这么小,你家男人多大?"王秀兰不会说谎话,就如实说了,那媳妇吃惊地说:"那和你大(父亲)一样大呀。"王秀兰说:"就是我大(父亲)给我定下的。大(父亲)让我嫁他,我就嫁他了。我听大(父亲)的。""你男人对你好吗?"那媳妇又问道。"可好了,就是我肚子不争气,没怀上娃。"媳妇们咯咯大笑,说:"你还是个娃,没熟呢,哪能怀上娃。"

三个月后,媳妇们才到了自己男人的部队驻地。李铁柱一见媳妇,第一句话就是你长大了。惹得周围的人大笑,说李铁柱这话不像是对媳妇说的,倒像是对孩子说的。其实,李铁柱说的是实话,这三年里,他媳妇个高了,头发不再像受旱的麦苗那般黄了,而是黑得发亮。一双大眼睛清澈得能照见人影。就连婆婆都说,天下最好的东西是饭,它能让黄毛丫头变成俊俏媳妇。

与成亲时一样,铁柱一个月后又牵着骆驼队走了,往西藏阿里运送物资,来回就得一个多月。他们这个家是铁柱花了三块大洋从当地老乡手里买来的,与张掖那个家一样都是土坯房。家里刚有了热乎气,男人又要走了。与过去不同的是,部队组织家属开展生产,给战士做鞋、用罗布麻搓绳子,制作骆驼鞍子,还给往阿里运送给养的骆驼兵烙锅盔(大饼)。王秀兰有了单位,有了集体观念,部队教员还教她们学文化,成天有干不完的事。王秀兰像变了一个人,心里不再像过去只装着自己的男人,只想着给男人怀娃,女人照样可以像男人一样干革命,做一个革命战士。

不管干什么活,王秀兰总是最好的,她第一次拿到那朵用红纸做的象征荣誉的小红花时,激动得哭了。她长这么大,还没被人表扬过,没有被人重视过,更没有在精神上享受如此的荣誉。领导说,大家要向王秀兰学习,争做劳动模范。一股抑制不住的激情在王秀兰心中燃烧,她暗暗发誓,要干出个样儿,让自己的男人看看,给他争光。

丈夫从阿里回来了,浑身散发着骆驼味,身上的虱子滚成了蛋。她烧了一锅开水烫满是虱子的衣服,又烧热水给丈夫洗澡。她看到丈夫瘦骨嶙峋,一根根肋条贴在身上就像蜘蛛网,好硌手,她心痛地说:"你看看,都成淘汰羊了。"丈夫说,这几个月没吃过一顿热饭,常常是一个饼子一壶水就是一天的饭。王秀兰从合作社买来香胰子,可怎么洗都洗不掉那股骆驼味。

丈夫看到媳妇做了一堆军鞋,就拿起自己的鞋让媳妇看。那双鞋的底子都磨出了洞。丈夫试探地说:"你做了这么多鞋,给我换一双。"王秀兰说:"这是公家的鞋,你不能穿。明后天部队会给你发的。"丈夫笑了:"我的媳妇进步了。"王秀兰赶忙从柜子里拿出她这半年得的小红花。"你看,你媳妇没给你丢人吧。我可是部队家属队里做军鞋能手呢。"

半夜里,李铁柱醒来,看到媳妇的被窝是空的,再一看,媳妇正在灯下做鞋呢。媳妇说:"做军鞋的能手不能看着自己的男人穿这么破的鞋。我要让自己的男人穿最好的鞋。"

转眼王秀兰来部队都一年了,可她与丈夫总是离多聚少,丈夫每次回来,被窝还没暖热呢,又出发了。怀娃的事就这么给耽误了。

三

老头子三十六岁那年复员了,分配到农一师前进农场(今四十一团),部队提供给他的交通工具是两峰骆驼。从皮山县桑株镇(运输队驻地)到前进农场有两条路,一是沿公路走;一是穿越塔克拉玛干大沙漠。李铁柱选择了走沙漠。他在新疆当骆驼兵快二十年了,沙漠、戈壁、大坂他都走过。再说,沙漠安静,他和骆驼一样,都不习惯在车辆穿梭的公路上行走。

一峰骆驼驮着给养和行李,一峰骆驼是他和媳妇的坐骑。王秀兰还是第一次和自己的男人骑一峰骆驼远行,她骑在前面,丈夫骑在后面,王秀兰感到丈夫的前胸就如一堵墙,靠在上面好温暖,她内心深处有一种躁动。她大声喊道:"你抱着我呀。"身后的丈夫双手紧紧地搂着媳妇，他也感到内心深处有一种躁动。在浩瀚的大沙漠里，万籁寂静，除了沙还是沙，满眼的金色让人温暖，满眼的辽阔让人遐想。那些日子，他们想走就走，像歇就歇。白天走累了，就支起帐篷睡会儿，夜晚睡醒了又骑上骆驼在星空下赶夜路。两人轮换着唱迷糊戏，这种戏在张掖老家盛行，男女老幼皆会唱几句。唱罢迷糊戏，又唱这些年在部队学的新歌。

歌声让沙漠的旅行有了浪漫的色彩。

有一天在驼背上，媳妇说："我俩成亲这么多年了，从没这么好的一个人似的。连影子都分不开。以后你让我干啥我就干啥，你是我男人，我听你的。"

十几天后，两人才走出了沙漠。李铁柱首先看到了一片郁郁葱葱的红柳树林。两人在树林中扎好帐篷，让骆驼去吃红柳叫。这可是骆驼十几天来第一次吃上鲜草。那天夜里，星光璀璨，夜色深沉，四周的红柳树林散发出一股淡淡的清香。

王秀兰问丈夫："我到前进农场还会得到小红花吗？"

丈夫回答说："我的媳妇是谁，做军鞋能手，搓麻绳能手，烙锅盔能手。"

王秀兰嗔怪道："农场要开荒种田，这些活我都没干过，我怕落后。"

四

怕落后的王秀兰把命都豁出来了。

到农场不久，王秀兰就怀孕了，害口得厉害，那时农场连饭都吃不饱，几天吃不上一次菜，一个月吃不上一次肉，场里提出的口号是：半月不吃菜，干劲照样有，一月不吃肉，荒地照样开。有一次丈夫不知从哪里弄来了一袋子青苹果，又酸又涩。王秀兰坐在那没动窝，一气吃了十几个。怀孕期间，王秀兰没请过一天假，成天在工地上开荒。一些有经验的女人看她月份到了，就劝王秀兰，还是到场卫生队去，第一个孩子，生起来费劲。王秀兰总说，不急。其实，她是怕提早去了卫生队,就要影响出勤率,她个人年底评比受影响不说,她的班都要受牵连。那天一早,她一起床就觉得肚子里的孩子又蹬又踹,像是着急着找妈妈。她还对铁柱说:"一定是个男孩子,腿脚可有劲了。"

丈夫咧着嘴笑着说:"其实,男孩、女孩都一样,如果生个像你一样漂亮的女孩才好呢。"接着他又说:"今天咱们就不去上班了吧,我估摸着你要生了。"

王秀兰执拗地说:"现在场里都在大会战,我不去了,要是到了卫生队还不生,那不成了磨洋工吗?我在工地干不了重活,还不能干些轻活,就是给大家端端水也好呀。"

那天一整天,王秀兰的肚子也没怎么疼,就是小家伙踢了阵拳脚。快下班了,西边的太阳就要落山了。夕阳如血,正好西边是一片绿葱葱的红柳树,整个红柳树林都被夕阳染成了红色,远远看去,红彤彤的落日就浮在红柳树林上面。这时,王秀兰太阳一般圆鼓鼓的肚子突然撕裂般的疼痛起来,伴着剧痛,一股羊水打湿了她的裤子。只听王秀兰"哎呀"一声,就倒在了工地上。人们不知所措,七嘴八舌地喊着:"王秀兰要生了。"几个生过孩子的妇女七手八脚将王秀兰抬进了不远处的红柳树林里,脱下外衣、摘下头巾,铺在沙滩上。一个妇女对着浑身湿淋淋的王秀兰大声喊道:"别怕,做女人都得过这一关,咬紧牙,使劲!"王秀兰的脸上被晚霞抹上了红色,像是害羞的红晕。她的眼前是熟悉的红柳树,一株株,一蓬蓬,也被晚霞染得红彤彤的。她看不到落日,只看到头顶是一片傍晚的蓝天,不像白天那般湛蓝,蓝得深沉和厚实,像一块厚玻璃。不知为什么,这些景色带给她一种莫名的欣喜,从心里油然升腾起一股热流,这股热流让她热泪盈眶,她想到与丈夫成亲都四年了,终于有了他俩的血肉。

王秀兰按照那个同事的要求,紧紧咬着牙,用全身的力气来做母亲,她太渴望当母亲了。她的腹部高高地隆起,如西天的落日,如身边的沙包。十月怀胎,王秀兰没有一天不瞧自己的肚子,肚子一天天隆起,她心里的成就感越发强烈。这时,那个妇女说:"秀兰,咱们快点生,等天黑了,就不好办了。"

谁也没想到,王秀兰突然问了一句话:"太阳落山了?"另一个妇女跑到一个沙包上,扶着一蓬红柳树向西边瞭望,扭过头对王秀兰说:"太阳的屁股已经挨着地边边了。"在农场,没有人懂得地平线,都说地边边。听到这话,王秀兰用尽所有的力气喊了一声。这时,只听接生的妇女大声喊道:"出来了,出来了。秀兰还是年轻。"站在高包上的妇女看着太阳对王秀兰喊道:"太阳的头快落到地边边了。"王秀兰长长地舒了口气,心想,孩子是在太阳落入地边边前生的。

接生的妇女抱着一团朝阳般鲜嫩的肉疙瘩,搬开双腿瞄了一眼,笑着说道:"是个带把的。"听到这话,王秀兰一下坐起来,双手摩挲着:"我看看我的孩子。"接生妇女将肉疙瘩递给她,说:"你看,我没骗你吧。"

王秀兰一把搂过来,将脸轻轻地、慢慢地贴着孩子。孩子刚刚还在肚里,只能感觉到可看不到,这会儿,孩子就托在她臂弯里,沉甸甸、肉乎乎的。她内心深处有一种火辣辣的感觉,婴儿动一下,哭一下,她的内心就被牵动一下。这就是母亲的感觉?王秀兰完全沉浸到做母亲的陶醉中。她的四周是挂着晚霞的茂盛的红柳树,她的头顶是墨绿色的天空,她的身后是开荒工地。工地广播传出:"告诉大家一个好消息,王秀兰刚刚生了一个小铁柱,我们农场又多了一个开荒接班人。"听到广播声,工地上的人们笑了,王秀兰也笑了。

这时,李铁柱满头大汗、气喘吁吁地从另一个开荒工地跑来,他一把搂住媳妇和孩子,泪流满面:"我有儿子了,我有儿子了。"王秀兰腾出一只手来,擦拭着丈夫的泪水,嗔怪地说:"孩子还没名呢。"李铁柱环视四周后说:"就叫红柳,李红柳。"

工地上传来广播声:"同志们,再告诉大家一个好消息,李铁柱和王秀兰的孩子有名字了,小名叫红柳,大名叫李红柳。"

王秀兰人好奶好,这是农场妇女广为传播的一句话:"你说怪不怪,王秀兰一天吃的是窝窝头,喝的是玉米糊糊,可奶水足得很。别说养一个娃,就是养两个娃也够吃。"

此话不假。王秀兰坐月子没有吃过一个鸡蛋,更没吃过一只鸡。那时的农场窝窝头是饭,咸盐水是菜。那时规定产妇有五十六天的产假,王秀兰休息到四十五天时,农场的大喇叭广播拉沙改土大会战的消息。她再也坐不住了,将红柳托付给托儿所的阿姨就去参加会战。当时农场新开荒地多为黏性土壤,种庄稼容易板结,人们将沙子掺进土壤中,土壤透气性好,适宜作物生长,这就是拉沙改土的作用。王秀兰一人拉着一辆装满沙子的拉拉车,一趟趟往地里运送。

在四十一团历史上,王秀兰创造了一串劳动纪录:一天翻地定额是三亩,她非要翻四亩,打埂子定额是一百五十弓,她非要打三百弓(一弓等于1.667米),拾棉花打擂台,她一天拾了一百五十公斤,推沙包一天推了三十立方米,全部超过男人的定额。不管干什么农活,她总是得第一,总是得红花。她到前进农场不几年就入了党,以后几乎每年都被评为劳动模范。1958年,她被评为"全国青年社会主义积极分子",到北京受到毛主席的接见。这时的王秀兰最爱说的一句话就是:"我是党员,我听党的话,党叫干啥就干啥。"丈夫李铁柱说:"最早你听大(父亲)的,后来你听我的,现在你听党的,你进步了。"

王秀兰的一生干得最多的农活是挖沙,就是将一座座沙丘的沙拉到地里改良土壤。她一生到底挖了多少个沙丘,她也记不清了。直到有一天,团里劳资部门的人来到沙丘前,对她说:"秀兰,你别挖了,你到退休岁数了,团里批准你退休了。"从来没服过输的王秀兰一下瘫倒在沙包前,好像这会儿才感到累了,要休息休息了。她对团里劳资部门的同志说:"我这辈子太累了,累到骨子里去了,累得一辈子都忘不了。"

有一年,兵团日报社一位记者采访王秀兰时要求看看她的手,这位记者摸着这双手,哭了,记者在通讯中这样写道:

"她有这样的一双手,骨节突出,手指弯曲,粗糙如砂纸。她常说这样一句话:'地里有我们的手印子。'是的,绿洲有母亲的手印子,绿洲是放大的手印子,那条田、林网、渠系和阡陌犹如指纹一般浓缩在这双手里。这是一双操持家务的手,也是一双开荒造田的手。靠着这双手,家里有了温馨和笑声,靠着这双手,地里有了麦香和丰收。

王秀兰是一棵为兵团绿洲遮风挡沙的白杨树。"

而王秀兰看后乐呵呵地说:"我充其量是一株红柳树。"

红丝带

董秀香十八岁那年参军到了新疆,一个车皮的女兵就数她的辫子最长,乌溜溜、油闪闪,长过腰际。长辫子的辫梢用红头绳扎着两朵花结,煞是好看。女兵们都羡慕董秀香的长辫子和辫梢上的红绳花结。

山东女兵到达新疆第一站哈密时,留下一个中队的女兵,董秀香分到十六师四十八团。当时四十八团正在修筑红星一渠,董秀香和一个车皮的女兵直接到了二道湖修渠工地。女兵们还是第一次看到碱滩,碱滩上结了一层厚厚的壳,硬如石头,人走在上面都硌脚。指导员指着地下一个洞口说:"这是你们的宿舍,一个地窝子住一个班。"地窝子不远处是一片芦苇丛,高如树,密如墙,像是专为女兵准备的厕所。那天夜里,董秀香没有像其他女兵那样偷偷抹眼泪,她只是将临来时娘给的一绺红头绳藏在枕头里,心想以后得省着点用,部队里都是男人,哪去找姑娘们用的红头绳?

来的第二天,董秀香和女兵们就参加修渠,女兵的任务是将一块块石头从几公里外的地方运到修渠工地。渠道的底部和两侧都用石头砌,这样可以防止天山雪融水在渠道里渗漏。当时没有运输工具,只有靠人工背,女兵们一天要背七八趟。一趟下来,她们的后背都磨破了。看到工地上飘扬的红旗,听到土广播里广播的好人好事,她们也就不知道累了。

"革命战士们,现在红星渠广播站向大家报告一条好消息,天山峡谷的石城子破石二连指战员,为了早日修好红星渠,攀悬崖、爬峭壁、铁锤叮当、掘凿炸石。

辛九悦发明了'连环爆破法'和'拉山爆破法'开采片石。他说：'为了哈密各族人民早日用上红星渠的水,我就是累死,也心甘情愿。'辛九悦发明的爆破方法一天可炸片石五百立方米。团党委决定授予辛九悦同志爆破英雄称号,为他颁发红丝带一条。"

工地上的人们都停下手中的活计,为爆破英雄、也是他们的战友辛九悦鼓掌祝贺。

董秀香对红丝带特别敏感,她用手抚摸着辫梢上的红头绳,心想,红丝带是多么崇高的荣誉呀,如果哪天我能得到一条红丝带多好呀。董秀香天生好胜,不服输,她暗暗较起劲来:我就不信,那个叫辛九悦的人能得红丝带,我就不能。她将原来一天背石七八趟的任务增加到十七八趟,一天背石二百多公斤增加到五百多公斤,这是她体重的十多倍。她的名字首次在土广播里出现时,董秀香激动得心扑扑直跳,她这是第一次听到爹娘以外的表扬呀,而且这个表扬是在土广播里,工地上的几百人都能听到。董秀香生平第一次有了荣誉感。

有一天,董秀香背石头的绳子断了,可当时工地上又没有替代的绳子,董秀香急得一头汗。突然,她跑到连队卫生员那里。

"卫生员,给我一把剪刀。"

"你要剪什么,我帮你。"

"辫子。"

"干着活,剪辫子干什么?"

"背石头的绳子断了,接绳子。快点,不然我今天的任务就完不成了。"

一对被汗水打湿沾满尘土的长辫子被剪了下来,董秀香将辫子接到绳子上,红头绳上的花结仍拴在辫子上。第二天,女兵董秀香剪辫子结绳的消息在土广播上广播了,十六师战旗报记者来采访董秀香,记者问她当时怎么就想到剪辫子?董秀香回答说,工地上没有绳子可接,我只得剪掉辫子接绳子了,因为绳子短了就要少背石头,我就要落后。记者又问,你当时舍得吗?董秀香回答:当时也没多想,可到晚上躺在被窝里我想起娘说的话,娘说我是她天天梳辫子看着长大的,女儿参军离开娘了,想娘时,就梳梳辫子,看看娘给你买的红头绳。说到这,董秀香的眼睛湿润了,那位记者也被感动了,回去写了一篇题为《剪断辫子背石头》的通讯发表在十六师战旗报上,土广播一连广播了好几天。四十八团红星渠工地表彰一批修渠模范,董秀香是女兵中唯一被表彰的,团里授予她的称号是"背石铁姑娘"。当团长将一条红丝带戴在她的胸前时,董秀香的脸红得犹如红丝带,她心潮起伏,久久不能平静。

由于天天背石头,天天流汗,而又没有换洗衣服,女兵身上都奇痒难耐,一挠头就能掉下几个"小虫子"。头发越长,虱子越多。又是董秀香,第一个带头将头剪成"小子头"。辫子没有了,再也用不上娘给女儿的红头绳了,董秀香将那条红丝带与红头绳一起藏在枕头里。

从红头绳到红丝带,一个村姑变为一个军人,董秀香并没有意识到这些变化,她只是觉得红头绳是娘给的,红丝带是领导给的,都很宝贵,得留着。

经过一年多的努力,红星渠竣工了,四十八团隆重举行开闸放水仪式,又表彰了一批劳动模范。在表彰会上,董秀香看到了辛九悦,他的胸前也戴着红丝带。会议结束后,戴红丝带的劳模们一起吃光荣宴,有大肉炖粉条,有酒。那天董秀香也喝了不少酒,满脸通红。她就与辛九悦坐在一张桌上,辛九悦是个比石头还结实的小伙子,但他不敢看董秀香。当董秀香看他时,他慌忙低下头,越是这样,董秀香越想看他,就连桌上的其他人都看出了,他们打趣道:"'背石铁姑娘'别看了,看到眼里可拔不出来了。"自从吃过光荣宴后,连里就有传言,说董秀香看上了辛九悦。

有一天,通信员叫董秀香到连部去,指导员笑着对董秀香说:"小董同志,你进步很快呀,你看,你们一道来的山东女兵就你得了红丝带,你还上过报纸。可有一点你比老乡要落后呀。"董秀香吃了一惊,对指导员说:"我哪些地方做得不对请指导员批评,我一定改正。"指导员笑了:"你别紧张,不是工作方面的缺点,就是生活方面的,也不算什么缺点,就是……指导员绕了半天,才说出董秀香的'缺点'。小董同志,你都来部队一年了,也该找个对象了,你看,你们山东女兵不少人服从连队的安排,与男战士结对子,一起劳动,一起学文化,有三个'对子'都打了结婚报告,有的女兵岁数比你还小呢。你是劳动模范,戴过三次红丝带,你不但要在劳动上带头当先进,在结对子上也要争当先进呀,也要争取戴红丝带呀。你看二排排长怎么样?你们结个对子吧。他是个老兵,在战争年代负过伤,立过功,和这样的人结对子对你的进步很有帮助。怎样?"

董秀香终于等到了指导员征求她的意见,她不假思索地说:"指导员,我心里有人了。"

"谁,是不是大家传的辛九悦呀。"

"是的。"

"你知不知道,他还不到二十八岁,不到规定的结婚岁数呀。"

董秀香还真不知道辛九悦是多大岁数,她不吱声了。指导员看她不吱声,又开始做起工作来:"在家听爹娘的,在部队就要听领导的,你在立业方面做得很好,但在成家方面也要努力呀,可不能落后呀。"

指导员还说了什么董秀香也没听进去,心里只想着辛九悦。

几天后,连里割麦子比赛,从天不亮到天黑透,整整比赛了十二个小时,比赛结果出来了。全连只有董秀香一个女兵割了一亩半,其他女兵都没割到一亩。男兵中有三人割到一亩半,其中一人就是辛九悦。月光下,指导员为他们四人戴上了红丝带,正好董秀香和辛九悦站在一起,她瞄了一眼,心想,看来我们还真是革命的一对。

麦子割完了,接下来的活就是往连队场院里拉麦子。董秀香一看是辛九悦赶马车,就早早地跳上马车撂麦捆子,她在山东老家跟爹干过这活。一捆捆麦子在阳光下划过一道道弧线,落在车上,董秀香麻利地将麦捆子有序地摆在车上,一层一层往上码,车上的麦垛子码得四四方方。车下的女兵向董秀香喊道:"小心点,别掉下来。"董秀香向女兵显摆似的又往上码了一层才罢手。辛九悦将一根大绳从车前抛上来,董秀香接在手中,将绳子从麦垛子左边扔到车后。辛九悦用力将绳子往下拽,蓬蓬松松的麦垛子一下被绳子勒下一个深槽。董秀香心想,难怪他一天炸那么多石头,你看他有多大的劲呀。正想着,辛九悦又将绳子从车后抛上来。董秀香又将绳子从麦垛子的右边扔到车前面,又是一道深槽,车上的麦垛子和车固定在了一起。只听辛九悦一声吆喝,三匹马拉着装满麦垛子的车向连队驶去。董秀香爬在高高的麦垛子上,一摇一晃煞是舒服。正午的太阳火辣辣的毒,四周除了车轱辘碾压大地的声音外,没有了一点声息。董秀香心想,要等赶车的石头人说话那可要等到太阳从西边出来,就在麦垛子上大声向赶车人喊道:"喂,你一个小伙子怎么像个大姑娘一样不爱说话呀。"

辛九悦像是被吓了一跳,侧仰着头向麦垛子上的董秀香问道:"你是给我说话吗?"

一句话逗得董秀香嘎嘎大笑起来:"你以为我和那三匹马说话呀。"

"我不敢和你们女兵说话,连里有规定,二十八岁以下的男兵不许和女兵接触。"

"那现在我们不是接触了,你赶车,我坐车,我们又说话,你犯纪律了。"

"那也是你找我犯的纪律。"

麦垛子上又是一阵铃铛似的笑声:"不出声的狗会咬人呢。喂,我问你,多大了?"

"二十六了。"

"这么说,过两年就可以和女兵接触了。"

赶车人沉默了。车上麦垛子上的董秀香也沉默了,她在想,两年,我等。

自从与辛九悦有了那次接触,董秀香的心里再也丢不下那个赶车人了。以后两人虽然再也没有像那次那样说过话,但像是心有灵犀,两人从对方的眼神里读懂了对方的心思。指导员又找她谈过几次话,但董秀香不为所动,铁了心地等辛九悦。就在辛九悦二十九岁那年,有一次女兵班到辛九悦的宿舍里开会。散会睡觉时,辛九悦发现自己的被子里有一件新衬衣,衬衣的胸口上别着一条红丝带。是董秀香送给我的,辛九悦的心咚咚地跳起来,他知道,全连女兵只有董秀香有红丝带。那晚这个石头一样的人被一种从来没有过的软软的情绪包围了,他想喊,他想到屋外月光下撒开脚丫子跑。谈恋爱也要礼尚往来,第二天,辛九悦看到董秀香去食堂打饭,董秀香的一双大眼睛在辛九悦的脸上刷子一样扫来扫去,辛九悦倒机灵,他向远处的树林点了一下头,董秀香什么都明白了。

那天夜里,他们在树林里与其说是谈恋爱,不如说是谈工作,辛九悦送给董秀香一个硬皮笔记本,上面写着"听毛主席的话,做毛主席的好战士。"天黑,看不见,是辛九悦说给她的,笔记本里夹着一条红丝带。

1955年3月15日,指导员在大会上宣布:"革命战士辛九悦和董秀香组建革命家庭。"两人向毛主席画像鞠了三个躬。与别的新婚夫妻不同的是,两人胸前都戴着一条红丝带。

花儿悄悄开

一

这个爱情故事还是从那场大风说起吧。

1950年,湖南女兵王瑛来迪化(今乌鲁木齐)不久,就分配到新疆军区政治部宣传部宣传科。进机关是因为她是数千女兵中凤毛麟角的高中毕业生。

她还记得,在长沙营盘街报名处,当她答道刚刚毕业于长沙福湘女子中学时,新疆军区招聘团的那几个人眼睛都亮了。当验证了她的高中毕业证后,一位领导模样的人说:"好啊,我们最缺有文化的人,特别是有文化的女学生。好,好,好。"听了一连三声好,王瑛喜上心头,颇有些得意洋洋,喜滋滋地暗想:如果不是特别想当女兵,说不定明年我就考上大学了哩。其实,王瑛的父母一直想让女儿考大学,只是女儿着了魔似的要去新疆当兵。

新疆军区机关有不少老红军、老八路,也有一些年轻的军官。王瑛在给家里父母的信中写道:"……在这里与老干部一起工作,进步是无可限量的,他们的革命精神和丰富的斗争经验值得我好好学习。"王瑛的工作并不复杂,每天的任务就是收听、记录新华社的重要新闻,然后将重要新闻刻印成《新闻简报》送呈军区首长。因为工作性质的关系,她一人一间办公室。而宣传科其他几个办公室都是好几个人一间。有一天,宣传科张科长来到办公室对王瑛说:"小王,你刻印的第一期《新闻简报》我看了,不错,只是你的字还得练练。你的字娟秀,也很好看,但少了一种刚性,部队新闻简报上的字还是硬朗些更好。"张科长在出门前又回过头来说:"不着急,练字不是一日之功,心急不得。"王瑛一直以自己能写一手娟秀的字体而自得,没想到这手好字在部队却不被看好。作为一名女兵的她在心里想道:"可不是吗,部队的简报就是战报,字体要像战士的钢枪一样有力才行。我的字软绵绵的,没有力量,这怎能鼓舞战士的斗志呢。可练字需要字帖,我到哪去找字帖呢。"

王瑛犯难了。

几天后,张科长领着一个年轻军官找王瑛。科长指着那人对王瑛说:"小王,你还不认得他吧,他是咱们科的放映员刘鸿儒。明天新华社新疆分社要办一期新闻报道写作学习班,宣传部派你们两个去参加学习班。"科长接着对刘鸿儒说:"小刘,你可要照顾好小王,学习的地点在新疆日报社,离军区有一段路程,路上可要注意安全。"

王瑛和刘鸿儒虽然都在宣传科工作,但王瑛才来几天,刘鸿儒是她除科长外认识的第一个宣传科同事。

新闻写作课由新华社新疆分社社长杜鹏程讲授。在保卫延安战斗中,杜鹏程采写了大量的战地新闻,新疆军区有不少他的战友。他告诉学员,目前他正在撰写长篇小说《保卫延安》。在讲如何进行新闻采访时,杜鹏程讲了这样一个故事:前不久他与一位维吾尔族男记者到喀什农村采访,中途遇到大雨,河水暴涨。他们骑着两头驴过河,结果,那位维吾尔族记者的驴被河水冲倒了,记者也掉进河里。上岸后,杜鹏程问他怎么回事?那位维吾尔族记者用普通话说:"你骑的是'男驴',我骑的是'女驴','女驴'没有'男驴'有劲,所以摔倒了。"杜鹏程对学员说,要写活新闻报道,就要捕捉有生活气息的语言,要向百姓学习,用百姓的语言写反映百姓生活的新闻报道。

杜鹏程的讲课让王瑛和刘鸿儒耳目一新。

在回军区途经西公园时,突然刮起大风,天空瞬间昏暗下来,一辆牛车就在他们眼前被大风掀翻,距离他俩不远处,一棵盆口粗的大树被连根拔起。瞬间,王瑛和刘鸿儒也被刮散了。王瑛身体单薄,个子也不高,她像断了线的风筝一样只能随风乱跑,完全无法控制自己。当时,王瑛心里恐惧极了。突然,就在王瑛被刮得蒙头转向时,浑浑沌沌中,她朦朦胧胧看到刘鸿儒站到了她的面前,来不及多想,两人几乎是同时伸出臂膀将对方死死抱住。刘鸿儒将王瑛搂在怀里,用身体紧紧护着她。两人虽然还在风中左右摇晃,但还是稳定多了。王瑛感到自己就像躲进了一个温馨的小港湾里……也不知过了多长时间,刘鸿儒才松开手,王瑛不好意思地抬起头来。

"风停了?"王瑛问道。

"风停了。"刘鸿儒答道。

两人都有些不好意思地笑笑。

"谢谢你,今天如果不是你,我可能要被风刮到'爪哇国'去了呢?"

"不用谢,我也是在迪化(今乌鲁木齐)第一次遇到这么大的风。风把你刮得不见踪影后,我也急了,猫着腰,顺着风向到处找你,还好,不久就找到了你。"刘鸿儒解释着。

"你哪来那么大的劲呀,躲在你的身边就像躲在一堵墙下一样。"王瑛抬起头看着刘鸿儒。

刘鸿儒嗫嚅了一阵后笑着说道:"我就是刚才老师说的'男驴',所以有劲。"一句话逗得王瑛嘎嘎大笑起来:"照你这么说,我被风刮得乱跑,那我就是老师说的那头'女驴'了?对,我就是'女驴'。"说完后,她又是一阵大笑。

二

又是几天后,刘鸿儒拿着一篇新闻稿件来到王瑛办公室。自从那次大风后,两人还是第一次见面。一见到刘鸿儒,王瑛就想起他将自己比喻"男驴"的话,就想笑,但她还是憋住了,毕竟不熟悉。王瑛这几天心里老是放不下这个"男驴",

回来后,那种躲在一个男人胸膛里的异样感觉老是挥之不去,她在日记里这样写道:"那是一个像面墙一样宽、一样结实的胸膛,刮翻牛车的大风在这面'墙'面前'碰壁'了,灰溜溜地'撤退'了。我虽然躲在'墙'下,一时不受风灾之苦,但我仍能听到那大风的呼啸声和沙石在风中的撞击声,可怕极了。我庆幸我有这么一面'墙'护佑着,好温暖呀,'墙'的心跳声就像擂鼓一般,难怪他说自己是头'男驴',要我说呀,他就是一头雄狮,一头有胆量、有爱心、有……好了,怎么越写越不像话了,不写了,睡觉!"

"小王,你看看我写的新闻报道,按照杜老师讲的体裁,我写的应该是一篇消息,可我不知这样写导语行不行?还有,这个标题我也把握不住,你给我改改。"

王瑛一拿到这篇消息稿件,一下就被那遒劲有力的钢笔字吸引了,字就像用刺刀刻上去的一样,透着一股战士的豪气和霸气。一行行字就如一排排昂首挺胸的战士,整篇文章的文字就如一个气势恢宏的战士方阵。"这不正是我要找的那幅字帖吗?真是天助我也,得来全不费工夫。"

见王瑛低头看稿子而又不说话,刘鸿儒认为是王瑛不好意思说这篇文章如何差,就壮着胆子说道:"部队不讲客套,有什么就说什么,我是抱着接受批评的心态来的,何况咱俩是同学,哪里不行就说,我改。"

王瑛这才从那想象中回到现实,她似乎自言自语地说道:"稿子内容我还没看呢。"

刘鸿儒自尊心受到打击,他不知说什么好。"那就算了,我的稿件不值得你看,我拿回去了。"

王瑛这才意识到自己的话让对方误解了,忙解释说:"对不起,我是被你的钢笔字吸引了。前些日子张科长说我的字体太软,不适合刻新闻简报,让我练练字。我一看到你的字就入了迷,真的对不起了,你再等会儿,我这就看稿件。"虽然王瑛也是第一次参加新闻写作学习班,但她在上学时就爱看报,看多了,就看出一些消息与通讯的写作技巧,什么样的导语好,她有自己的判断。与稿件上的字大相径庭,消息写得完全不合格,导语的五个要素都没写全,主体和结尾也混乱不清。王瑛想了想后说道:"你刚才说了,咱们是同学,如果你不介意的话,我给你顺一顺稿件,然后,你看行不行,可以的话,你再誊写一遍。如何?"

刘鸿儒释然地笑道:"小王,我是巴不得呢,让我给领导写个材料还行,写新闻报道我这也是"大姑娘上轿头一回",那五个要素把我搞晕了。"

"其实,你要报道的新闻还是很有新闻价值的,只是没有掌握消息的写作方法。懂得方法就不难,真正难的是你写的那手好字,要想写出你那样的字没有个几年工夫是不行的。"刘鸿儒只是认为王瑛在给自己找台阶下,说道:"好的,你改好后,我誊写一遍。"

让刘鸿儒没有想到的是,王瑛改后的消息确实好看多了,新闻事实没变,文字也比他写的少了,但层次清晰,特别是导语部分和标题,就与杜鹏程老师讲的格式一模一样,刘鸿儒打心眼里佩服。于是,他誊写时在讯头部分做了改动,变为新疆军区讯:(通讯员王瑛 刘鸿儒报道)。刘鸿儒心想,这篇消息与其说是他写的,不如说是王瑛写的,填上她的名字理所当然。于是,他没有与王瑛商量就将稿件送到了新疆日报社。那时,给他们讲课的杜鹏程还兼任新疆日报社的社长,见学员来送稿子,杜鹏程心里特别高兴。看完稿件后,他抑制不住兴奋地说:"稿件写得很好,看来你们学习是下了功夫的,稿件写得好,字也写得好,这篇稿件不用怎么改动就可发表。"

三

很快,《新疆日报》就刊发了王瑛、刘鸿儒合写的消息《新疆部队开展大生产竞赛活动》。一条几百字的消息在新疆军区大院迅速传播,军区政治部领导打电话给宣传部领导给予表扬,宣传部领导又打电话给宣传科领导给予表扬。宣传科张科长拿着那张《新疆日报》来到王瑛办公室,一进门就笑着说:"王瑛同志,你写的报道见报了。很好,很好,这可是部队进疆后我们宣传科在《新疆日报》上刊发的第一篇稿件,我就说嘛,王瑛是个才女。"

王瑛赶紧解释说这篇消息是刘鸿儒同志写的,她只是调整了调整,没想到刘鸿儒把她的名字也挂上了。

张科长听后说:"我就说嘛,刘鸿儒要说写材料和那手字没说的,但写新闻报道他还差点。肯定是王瑛做了点睛之笔。"

张科长走后不久,刘鸿儒来了,他告诉王瑛,为了庆贺消息见报,他下午请王瑛下馆子。那时迪化(今乌鲁木齐)的饭菜十分便宜,刘鸿儒要了一个炒鸡蛋、一个麻婆豆腐和一个洋葱爆炒羊肉。两人边吃边聊,都很兴奋,渐渐,眉眼之间似乎有了一种异样的表情。刘鸿儒直夸王瑛的文章改得好,王瑛也直夸刘鸿儒字写得好。说着说着,两人的脸有些红扑扑的了。在从馆子回来的路上,已是暮色笼罩了,王瑛只嫌路程太短,又不好意思说再转转。眼见就要到军区大门了,进了这道门,两人就不能这么说话了。于是,她小声而又急促地说:"小刘,你给我写篇字帖吧,我要练字,我就学你的字。"这声"小刘"让刘鸿儒心如翻江倒海般的激荡,他看出了王瑛对自己有好感,当时就有些不知所措,支支吾吾地说:"我的字太硬,女孩子写字还是娟秀些好。"

"不,我就要学习你那种刚硬,这样刻出的新闻简报才像战报哩。"

"好吧,那写什么呢?这样吧,我再把我们发表的消息正正规规誊写一遍,怎样?"

"不,你写一封信吧,这样我练字就如看信,也有情调些。"说到这里,王瑛突然意识到此话说得太欠考虑,她又不是他的什么人,关键是写什么信呢,两人在一个科里,用得着写信吗,除非是恋爱信。正在她羞得满脸通红时,没想到刘鸿儒心有灵犀一点通,也是轻言轻语地回答道:"好的,这也是我想今晚做的第一件事,说说我的心里话。"

王瑛吓了一跳,让她没想到的是这头"男驴"不但力气大,而且胆子也这么大。但她心里还是像灌了蜜一般。进了军区大门,王瑛轻声说了声"再见"就一溜烟似的跑回自己的办公室。

第二天一早,刘鸿儒就拿着"字帖"来了,他像是做贼似的,也不敢正面看王瑛,说了声"这是我写的字帖",就转身离去了。王瑛拿过字帖一看,立即被上面的话吸引住了:

尊敬的小王同志,你好。

见字如见人,我这个人就如我写的字,只会横竖撇捺,不会拐弯抹角。我想这封信就这么写吧,不想导语,不想标题,想到什么就写什么。我要感谢那场大风,如果不是那场大风,我怎敢将你抱在怀里。当时我什么都没想(真的),只想保护好你,我心想再也不能让大风将你吹跑了。后来我说我是"男驴",也是听了老师讲课,我记住了这句幽默的话,随口说的,说完后就后悔了,我担心你联想后会生气。但看到你那么开心地笑了,又听你说你是"女驴"后,这才放心了,看得出你不是那种开不起玩笑的姑娘,你很幽默、也很豁达。小王,我不想藏着掖着,我真的很喜欢你,你有文化,文章写得好,人长得如花一般。我知道现在不少姑娘在说一句话:"年轻漂亮资格老,派克钢笔游泳表。"我年轻,但资格浅,只是个比你早两年当兵的学生兵。我没有派克钢笔,也没有游泳表,我也不够谈对象的条件,但我有一颗爱你的心。我和你有缘,是风将你和我紧紧拴在一起的。有缘人终成眷属。

见信如见面,我等着你的回信。

此致

敬礼

革命战友刘鸿儒

让王瑛怎么都想不到的是,一个连消息都写得层次不清的人,竟能写出如此撩人的情书。王瑛不得不佩服,信中没有讨女孩子喜欢的华丽辞藻,但每句话都是从心里流出来的，刚硬、执着而又发烫。这可能就是战斗的青春焕发出的战士的爱情吧。如果说前几天与刘鸿儒的接触产生了朦朦胧胧的好感，那么这封信让王瑛一下跟上了那个人的步伐，也在当天晚上写了一封"字眼发烫"的信。

四

王瑛和刘鸿儒堕入爱河，消息不胫而走。

按照当时军区的规定，刘鸿儒还需三年才能谈对象，批评理所当然。张科长找刘鸿儒严肃地谈了话，最后，张科长严厉地警告道："如果再不与王瑛撇清关系，就劝其退伍。"孰轻孰重，让刘鸿儒自作决定。刘鸿儒蒙着被子想了一天，最后决定与王瑛断绝恋爱关系。他知道王瑛是为了当兵才从湖南老家来新疆的，当兵是她的梦想，他不能因为自己的爱情而毁了她的梦想。

第二天，王瑛接到刘鸿儒的一张纸条，上面写着：

"是风将我们吹到了一起，也是风将我们吹散。这个风很猛烈，我这个'男驴'也顶不住了，咱们只有随风去该去的地方吧。再见。"

王瑛气得将那张纸条撕了，心里只骂"刘鸿儒，你是头懦弱的'男驴'。"

很快，军区政治部主任找王瑛谈话，其内容与其他女兵所谈一样，给王瑛介绍的是位正团级的老干部。王瑛在此之前听刘鸿儒说过几个这样的故事，当时，他们两个还探讨如何躲过"组织介绍"的办法。刘鸿儒说，只有认定在老家定过亲，组织也就没有办法了。没想到，这个办法还真用到了自己身上。她对政治部主任说："家里父母在长沙给我定了亲，说三年后让我回家成亲。"

主任是久经沙场的军人，丫头片子的小儿科骗不了他。他正视着王瑛，严肃地问道："你能向组织保证你说的是实话？"

王瑛举着手说道："我向毛主席保证。我说的是实话。"

主任不得不佩服眼前的这个小姑娘，他知道她有八成在说谎，但她竟能脸不改色、应付自如。话谈到这个程度也就进了死胡同——再也谈不下去了。主任只好安排宣传部领导观察王瑛与刘鸿儒的"动静",一旦发现就严肃处理。

这一切刘鸿儒并不知道,他想与王瑛的缘分到头了,他还没从失落的情绪中缓过劲来呢。一天,王瑛走到张科长办公室,汇报"收音机不出声了"。这可是大事,军区领导每天都要看新华社的消息。于是,张科长就派放映员刘鸿儒去修理。宣传科就他会些无线电知识,没有第二个人能修理这台美国制造的收音机。不过,张科长还是多了个心眼,亲自与刘鸿儒一道去王瑛的办公室,并坐在一旁监督。

"怎么回事?"刘鸿儒问道。

王瑛连看都不看一眼他,对着张科长说:"科长,你看怪不怪,昨天还好好的,可今天就不出声了。像个小孩似的,三天两头犯病。"一听这话,刘鸿儒一下警觉起来,他听出王瑛的话外之音。这句话也提醒了他——收音机可能没有坏,王瑛只是在找两人谈话的机会。刘鸿儒打开收音机后盖,装模作样地做着检查。他说:"有个电子管烧了,需要换一个。"张科长急了,问到哪去弄一个。刘鸿儒回答到:"新华社新疆分社就有,我去买。"科长忙说:"算了,你在这里再检查一下,我这就派人去新疆分社。"张科长走了,王瑛赶紧将组织给自己找对象的事说了。最后她对刘鸿儒说道:"你呀,干什么都只会横竖撅捺,不会迂回,不会智取,我只问你一句话,我能等你三年,你能等我三年吗。能等,咱俩就保持关系,如果不能等,我明天就和那个老干部去谈,他有派克钢笔和游泳表。"犹如雨后出现太阳,刘鸿儒心里一下灿烂起来:"我等,别说三年,就是十年我也等。""呸,你想让我成为老太太。"王瑛装作生气地说。接着她严肃地看着刘鸿儒,叹了口气:"只是我们以后要秘密些,千万不要让组织发现了。""谁说不是呢,这真是太折磨人了。"刘鸿儒说道。

电子管买来了,刘鸿儒让王瑛将电子管保存好,说以后坏了再换。

不费什么周折,收音员王瑛就成功地将爱情的消息传递给了刘鸿儒。

五

从此，人们确实看不到王瑛和刘鸿儒恋爱的蛛丝马迹。王瑛一人一间办公室，平时除了收听、刻印新闻简报，向军区首长送新闻简报外，几乎不与其他人接触。但张科长还是不放心，他似乎有种预感，这两个人仍然保持着那种恋爱关系，只是转入地下罢了。特别是王瑛最近刻印的新闻简报，那字体越来越像刘鸿儒的字了。如果她的心里没有他，她能刻得出神入化地像吗。不是像，简直就是刘鸿儒把着王瑛的手刻出来的。当然，这不可能，因为刘鸿儒确确实实没有与王瑛接触过，他也没有机会接触，这一点张科长自信做的是万无一失。可越看新闻简报，他越觉这里面有"情况"。最后，他归结到一点，王瑛心里还装着刘鸿儒，但就凭这一点你又不能说他们在保持那种关系。

其实有这种猜测的人不止张科长一人，军区大院的不少老同志都这么认为：王瑛说在老家定亲完全是托词，她只是不愿与老同志谈罢了。政治部主任介绍的那位团级老干部愤愤不平，到宣传科冲动地嚷嚷，要给宣传科的年轻同志上上课，他们是怎样老的，那是为了解放全中国而耽误的，如果他们不当兵打仗，现在早就孩子老婆热炕头了。

说者有意，听者也有意。王瑛悄悄地探出头来，一看那个老干部，忙吐出舌头来，心想："妈呀，这不就是爷爷吗。"

多少双眼睛在盯着王瑛和刘鸿儒，"两人联合署名发表的消息"早已成为旧闻，但人们依然记忆犹新，老拿它说事。再说，这两个人年龄般配、男才女貌，简直就是天造地设的一对，不再恋爱谁信呢。于是，他们走在路上，坐在会议室里开会，到外参加义务劳动，都能感觉到人们的眼光从此人身上移到彼人身上，似乎想在两人身上看出点秘密来

明明是恋人，却要伪装，这是一件难做而又痛苦的事。难也要做，不然，"欲恋则不达"。两人装得像个地下工作者，如果王瑛到宣传科办公室，眼睛并不看

刘鸿儒,而是对着科长或其他人说话,但耳朵却听着刘鸿儒那边有什么动静。刘鸿儒也是一样,王瑛进来了,他并不能像别人那样多看几眼心上人,而是匆匆一瞥,然后又去伏案写他的材料。哪能写得进去,他勾着头、支棱着耳朵在听心上人说话。他最想听到的是"收音机坏了"的话,这样他就可以去王瑛收音室"约会"。但美国制造的收音机不能老坏,刘鸿儒知道美国佬的收音机质量有多好。

突然,张科长的一句话说得刘鸿儒心惊肉跳。

"小王,你最近刻得新闻简报字体越来越像小刘的字体了,政治部的人都说是刘鸿儒刻的蜡板呢。怎么?你那么喜欢刘鸿儒的字呀。"

刘鸿儒心咚咚猛跳,心想这下露馅了。他曾经不止一次告诫她,不要学他的字,这样容易暴露他俩的关系。可王瑛就是不听,说只凭学写他的字就断定有恋情,理由不充分,王瑛让他放一百个心。这下好了吧,刘鸿儒如坐针毡,不知王瑛如何应对。

"科长,我正要向你汇报呢,我觉得现在只是形似,而离神似还有不小的距离。科长,你是不是也觉得我现在刻得新闻简报越来越有战斗的风格了?"

一句话巧妙地转移了话题,科长也只好顺着王瑛的话题说道:"是的,是的。"

当天,王瑛趁人不注意时,递给刘鸿儒一张小纸条,上面只有一行字:"下午到收音室吵架。"刘鸿儒一下就明白了王瑛的用意。

下午一上班,宣传科的人就听到收音室里王瑛在和刘鸿儒吵架,张科长赶过去后才知道,两人是为美国造的收音机在吵架。王瑛找刘鸿儒修理收音机,而刘鸿儒则说收音机没问题,让王瑛自己看看,是不是没电池了。王瑛说才换的新电池。刘鸿儒说那我也没办法。一来二去叮当开来,声音越来越高。

张科长到后两人才不吵了。晚上,军区大院放苏联电影,但宣传科的人都没去看,他们在开会。王瑛和刘鸿儒在会上做深刻的检查。会上,大家对刘鸿儒"万箭齐发",说他有一点技术就摆架子,小王一天多忙,工作很重要,如果因为收音机的问题而耽误了出版新闻简报,你刘鸿儒负得起这个政治责任吗。会后,一个年轻军官对刘鸿儒说,那么漂亮的姑娘,你怎么忍心去和她吵架,你有理也会变得无理。刘鸿儒也逢场作戏,只点头表示虚心接受批评。

"吵架"过后,张科长经常让刘鸿儒去收音室看看王瑛的收音机有没有什么问题,这样,两人就可以在正当理由下"约会"了。

六

三年说慢也慢,说快也快。1954年的元旦,宣传科张科长接到刘鸿儒与王瑛写的申请结婚报告,他吓了一跳,忙问王瑛:"你不是在长沙定了亲吗?"

王瑛笑着回答:"那是娃娃亲,不算数,我退了。"

张科长低头看看结婚报告,抬头看看他们两个人,恍然大悟,大笑起来:"你们两个小家伙呀,这三年你们一直在恋爱?是不是?"

王瑛赶忙摇头:"不是的,不是的,我们也是在前不久才'破镜重圆'的。"

科长笑着说:"那好,等政治部批准后,我做你们的证婚人。不过,政治部的年轻人要知道这三年你们在偷偷地恋爱,新婚之夜闹洞房绝对不会手软的,你们要有心理准备呀。"

花手帕

河南妞刘春花来新疆前从没用过手巾。

小时,脸上流汗,她会大大咧咧地用手掌一抹,一摔,就将手掌中的汗水珠子摔到地上;大了,一个姑娘家再这么像男孩子一样"摔汗"也有失体统。她会像其他姑娘一样将胳膊肘伸到脸前,用衣袖去揩汗水。衣袖在脑门上轻轻地"点"一下,再在脸庞上轻轻地"点"一下,最后,抬起下巴颌儿,在脖颈上轻轻地"点"一下,整个动作轻盈、连贯,透出女孩子家的柔美。有次,她见村里的女教师用手巾揩汗,姑娘们还笑嘻嘻地小声嘀咕:专用一块"布"去擦汗不是多此一举吗。

1955年,在她十七岁时,县上号召各村青年支援边疆建设,他们村里的青年踊跃报名。县上的一位干部在会上动员道:"你们去的地方叫新疆军区生产建设兵团,穿军装,发工资,一天三顿有白面馒头,还有硬菜。"白面馒头和硬菜只有过年时他们才能吃上,去的兵团一天三顿都有,那不是天天过年,顿顿宴席吗?姑娘家好幻想,刘春花遐想着自己到兵团穿上军装吃着白面馒头的幸福日子。

女儿要远走他乡,哪个母亲舍得?但村里的青年都激情燃烧了一般,恨不得明日就插翅飞到那个叫兵团的地方。女儿是母亲的小棉袄,刘春花的母亲点灯熬夜给女儿赶做一件花棉袄。老人家听村上人说,新疆天冷,男人一泡尿还没尿到地上就冻成了冰棍儿。当然,这话不能跟女儿说。除了为女儿做花棉袄外,母亲还给女儿做了两块土布手巾。这是缘于有一次女儿回家说起村上女教师用"一块布擦汗"。细心的母亲觉得女儿要到新疆兵团去工作,应该有一块像女教师一样"擦汗的布",女教师有文化,懂礼数,又见过世面,她用的东西让女儿用错不了。可她压根不知道"擦汗的布"是什么东西,就特意去了学校。当她向女教师说自己想给女儿做一块像你用的"擦汗的布"时。女教师明白了,笑着掏出给这位母亲看,并告诉说:"这叫手巾。"母亲心灵手巧,看出这是一块用布裁做的,四周还用彩线勾了边。回来后,母亲连夜给女儿做了两块手巾,上面还绣了一朵牡丹花,也在手巾四周用彩线勾了边,看上去比女教师的手巾还花哨哩。

刘春花拿着母亲熬夜做的手巾,喜欢得爱不释手。到新疆兵团后,自己不再是农民了,而是"工作的人"了,应该有一块女教师那样的手巾(母亲告诉她"擦汗的布"叫手巾)。

河南支边女青年刘春花到了兵团农场后,见这里与老家干部动员时说的有一样的也有不一样的,一样的是给他们发了崭新的军装,只是没有胸牌和帽徽,还有每月发工资。不一样的是一天三顿不是白面馒头,而是窝窝头,半个月也吃不到一次硬菜,一日三顿不是炒白菜,就是煮葫芦瓜。但能敞开吃,这与河南老家吃不饱肚子比,也算是天堂了。

刘春花这批河南支边青年是这个整编后的军垦农场来的第一批非转业军人,在此之前,农场是由部队集体转业官兵组建的,包括1952年来的山东女兵。"军垦战士就得有个战士的样儿,你们来军垦农场前是老百姓,可到军垦农场后就是军垦战士了,不能是'穿着军装的老百姓'"。连队指导员在欢迎他们的大会上这么说。第二天开始培训,第一课就是听战斗故事。

讲故事的人是个胡子拉碴的人。

会议主持人是指导员的爱人胡爱莲,她是一排长,她介绍说:"今天,由二排长王长喜给大家讲战斗故事。我们农场前身是一支老部队,用王震将军的话说,是'生在井冈山,长在南泥湾,转战千万里,屯垦在天山'。二排长在南泥湾就是开荒模范,解放战争中立过三次战功。现在大家欢迎王排长给大家作报告。"

别看二排长王二喜平时少言寡语,但说起过去打仗的事,如数家珍:

"我参军的第一天,一位姓刘的红军老班长就给我讲战斗故事:红军在长征过草地时,不少战友掉进沼泽里,没法救,就这样眼看着牺牲了。后来,部队没有吃的了,大家就吃草根,再后来,连草根都没得吃了,他们班的战士几天都没进食了,他也饿得昏昏沉沉、迷迷糊糊。这时,他想把裤腰带再扎紧些,因为肚子饿得太难受了。可突然想起腰带是用牛皮做的,牛皮不是可以吃吗。他解下腰带用牙咬,果然有牛皮味。于是,他唤醒全班战士将这条皮带煮了,一条牛皮腰带救了全班战士的命。"

河南支边青年不少人都感动得掉了泪。刘春花更是无法控制地失声哭出声来,她掏出娘做的手巾捂在嘴上,整个身子在哽咽声中抖动。这一切都被二排长王二喜看在眼里,他心想,这个人怎么和我当时听故事时一样呀,参军那天自己也是用手捂着嘴,哭得浑身发抖。这时,刘春花抬起头来,用一双湿漉漉的大眼睛看着王二喜,充满了崇敬之意。

"1949年8月攻打兰州,这是一场硬仗呀。敌人的防御工事坚固,除了钢筋水泥碉堡外,他们还凭借悬崖峭壁做屏障,妄图阻击我军在城外。由于敌人的火力太猛,担任助攻任务的我们团牺牲了不少战士,连续五次冲锋都没成功。就在这危急时刻,我们的班长跃出战壕,避开敌人碉堡的火力,选择有利地形,架好机枪对准敌人的暗堡就是一阵猛烈的射击。班长的机枪火力压住了敌人,我们呼喊着从战壕冲出去。就在这时,另一个敌人暗堡开火了,我们的冲锋被压制住了。班长两眼发红,他又将机枪对准敌人的暗堡扣动了扳机,他一边扫射,一边大声吼着:'为了新中国,冲呀。'我们冲了上去。"

……

听完战斗故事,刘春花哭得像个泪人一般。那块手巾都被泪水浸湿了。一排长胡爱莲总结道:"王排长今天讲的都是战友的战斗故事,其实他自己也有很多英勇的战斗故事呢。他在解放战争中立过三次大功,以后我们再请他讲讲他自己的战斗故事。"

不久，刘春花和一起来的支边青年都分到了胡爱莲的一排。在劳动过程中，打擂几乎经常举行。一般小规模的打擂是班与班打，可一个月总要举行一次全连打擂比赛。有一天，胡爱莲通知刘春花，让她抽空扎两朵大红花。用红纸扎大红花可是刘春花的拿手绝活，她在老家就经常剪纸、扎花，谁家有喜事总要请她扎红花。刘春花下班后，从文教那里要来红纸，不多一会就扎出两朵大红花。一个宿舍的姑娘问她为什么只扎两朵，不多扎几朵呀。她咪咪笑了，说打擂分男子组和女子组，每个组只有一个第一名，一朵是男擂主的，一朵是女擂主的。姑娘们又七嘴八舌的议论，明天打擂谁是男擂主，刘春花胸有成竹地说："不用猜，准是二排长王二喜，别看他快四十了，但一般小伙子都干不过他哩。"刚才那位姑娘又笑着说："不是说男人三十如狼，四十如虎吗，王排长正是如狼似虎的岁数。"刘春花用手点着她的脑门说："别打岔，我们在说正经事呢。"姑娘们又猜谁是明天的女擂主？那个姑娘看着刘春花手里的大红花说："我看，你这是自己给自己扎大红花，明天女擂主肯定是你，错不了。"其他几个姑娘也同意。刘春花笑着说："快别这么说，咱们连是个藏龙卧虎的地方，别看我平时能干，其实，比我能干的铁姑娘多的是。"

果然不出所料，男擂主是王二喜，女擂主是刘春花。指导员将大红花分别戴在他们的胸前。然后大声喊道："下班后，两个擂主到伙房吃'光荣宴'"。所谓"光荣宴"就是小灶，主食与大灶一样都是窝窝头，可菜不一样，是硬菜，这算是对擂主的一种奖赏吧。有一男战士起哄道："他们两人吃'光荣宴'不就成了'夫妻宴'？真让人羡慕呀。"指导员笑着说："谁羡慕，谁在下次打擂时夺第一。"那个男人心服口服地赞叹道："二排长我比不了，他是'气死牛'，擂主非他莫属。刘春花我也佩服，你看她来的时间不长，但真是个铁姑娘，工效比我们有的男人还高呢。这真是一对铁人。"

炊事员将窝窝头和一大盆硬菜（大肉炖豆腐）端上来，笑眯眯地开起玩笑："我们几个炊事员还在议论呢，说小刘和二排长是美女配英雄。"说完朝王二喜挤挤眼出去了。这顿饭两人都吃得不自在,王二喜大汗淋漓,比干活流的汗都多。刘春花见他这样紧张,也有些不自在了。其实两人都没吃多少,紧张得哪能吃进去呀。就在刘春花要起身离开时,王二喜赶紧从口袋里掏出一件东西递给刘春花,吭吭哧哧地说:"请一定收下,我没别的意思,咱们是战友。"那天做报告时,他看到刘春花用的是一块土布手巾,就有了送手帕的心思。王二喜是个细心人。

刘春花接过来的是一块叠得方方正正的手帕。这是一块苏联进口的手帕,布料特别柔软,上面绣着两朵郁金香,手帕四周是花边,好看极了。刘春花在团里合作社里也看到过,一块手帕要好几块钱呢,她哪舍得买呀。刘春花的心不知怎的怦怦跳起来,脸烧得热乎乎的。这是一个她崇敬的男人送给她的,而且这个东西又是她特别喜欢的,但她总觉得有些不妥,为什么不妥,她一时也说不清,心里乱得很。她正要婉拒时,见王排长已经推门出去了,她想喊住他,将手帕还给他,可张了张嘴不知为什么就是喊不出声来。

那晚,十八岁的刘春花失眠了。

刘春花没往男女婚姻上想,她咋能想到那些呢,她只是想,王排长是她心目中的战斗英雄,她十分崇敬他,他给她送手帕是在鼓励她、爱护她、关心她,她绝不辜负王排长的希望,争取早日成为一名真正的军垦战士。但她的心里还是挺纳闷地,为什么他送的是手帕呢,这辈子就是娘送给女儿两块手巾,现在是他送我手帕,会不会?你个死丫头在瞎想些啥呢,王排长都快四十岁了,在老家你得叫他叔呢。

刘春花在"想入非非"中入睡了,睡得很香,第二天醒来时,才发现那块手帕还攥在手中,她将手帕悄悄地压在枕头下。

时间过得很快,转眼河南支边青年来农场都一年多了。在他们之前来的山东女兵经常开河南妞的玩笑,说连里男多女少,我们山东女兵都"配对"了,也该轮到河南妞了。刘春花也没往心里去,说她还小,不考虑这些事。一个山东女兵听了她的话后笑着说:"你这话与我当年说的一样,一个字都不差。到时你就知道了,什么岁数小,由不得你呀。不过话又说回来了,找个岁数大的男人还真不错,知道疼人,这些男人心肠热得能把你化了。"说完嘎嘎嘎地大笑起来。

以后的几次打擂王排长没能拿到第一,听说他的旧伤复发了。在吃"光荣宴"时,刘春花眼前总浮现出王排长大汗淋漓的样子,特别是送她手帕时那副像个小孩的窘态。这些日子,刘春花早为王排长准备好了一个笔记本,她在等他一起吃"光荣宴"时,像他送她手帕那样送给他,一样的场景一样的回礼,这才叫有来有往嘛,但这几次都没送出去。

开镰收割麦子的日子到了,全团展开"三夏"大会战,并在全团摆开了擂台,看谁在十二个小时里割的麦子最多。当连队文教在规定的时间用土广播宣布打擂开始时,天上还是满天星斗呢。打擂又是在夜晚满天星斗时结束的,由团里抽调的"裁判"丈量各连打擂人收割的亩数。第二天结果出来了,男擂主与女擂主分别是王二喜和刘春花。

团长来到地里,给王二喜和刘春花戴上大红花,团长慷慨激昂地说道:"王二喜在战争年代是战斗英雄,在屯垦戍边中是劳动模范,他是我们最可爱的人。再说刘春花,来农场时间不长,成长很快,是我们农场有名的铁姑娘,我们向他们两人致敬。"说着,团长向他们两人致军礼。大家也鼓起掌了,表示祝贺。戴花仪式结束后,团长宣布:"夏收的擂主到场部小食堂吃'光荣宴'。"

那天,刘春花将为他买的笔记本送给了王二喜。当王二喜接过笔记本时,刘春花看到他的眼睛有些湿漉漉的,一股异样的感觉涌上心头,她的眼睛也情不自禁地湿了。

半年后的一天,一排长胡爱莲神情诡秘地通知刘春花:"扎两朵大红花。"刘春花心里好生纳闷:"没听说要打擂呀,怎么要扎大红花呀,不打擂,红花给谁戴呀。"

胡排长说了句"到时你就知道了。"然后急匆匆走了。

下班时,连队文教在土广播里通知:晚饭后,大家到二排长王二喜的地窝子里参加婚礼。人们议论纷纷:没听说王排长和谁"配对"呀,难道是从外团"配对"来的?刘春花听到这个消息心中先是一喜,觉得自己崇敬的人终于有了革命伴侣,可又有一种说不出的情绪涌到心头,有一种空落落的落寞感。这时,她才想起自己扎的两朵大红花原来是为新娘新郎准备的。

吃过晚饭,人们陆陆续续来到王二喜的地窝子里,只见王二喜穿着一身新军装,刚刮过的脸上泛着铁青色,他挺着身板坐在凳子上一声不吭。人们起哄问王二喜:"新郎官,怎不见新娘子呀,是不是从其他团娶来的?"王二喜还是一声不吭。人们都纳闷起来,相互打听起来。几个姑娘问刘春花:"你知道不知道新娘子是哪里来的?"刘春花也摇摇头。这时人们又向指导员打听:"今晚的新娘子到底是谁呀,这会儿还不进新房,架子也太大了。"指导员笑着说:"别打听了,新娘子早来了,就在你们中间。"大家你看看我,我看看你。这时一个河南来的胖妞生气地喊道:"你们看我干什么?我又不是新娘子。"大家哄地笑了。指导员又说道:"你们都不要瞎猜了,这不就是新娘子吗?"说着,他将扣在饭桌上的一个新盆子掀起来。灯光下,人们看到盆底贴着一张红纸条,上面写着一行字:"恭贺王二喜、刘春花新婚之喜"。大家齐刷刷地扭过头去看刘春花,刘春花完全懵了,不知如何是好,突然,她放声大哭起来。

新房的气氛一下变了。

指导员赶紧笑着说:"大家忙了一天了,明天还要一早上班,就这样吧,回去休息吧。"人们从新房走出来,还在议论,说刘春花保密工作做得真好,没一个人知道她就是新娘。和刘春花一个宿舍的姑娘说,不像是提前知道,你没看一听到新娘是她,都吓哭了。

人们走后,指导员的爱人胡爱莲对呜呜哭着的刘春花劝道:"这事有些突然,我们之所以不告诉你,是怕你不同意。二排长他是战斗英雄,又是劳动模范,可他这个岁数的人不好找呀。他的条件还特高,说这辈子非你刘春花不娶。我和指导员都觉得不是太合适,主要是岁数相差大。但又一想,你与他都是多次打擂的第一名,思想进步,是志同道合的战友,我就给指导员出了这么个点子,你可不要怪我呀。我也是为你们好。"

指导员对低头不语的王二喜说:"二喜,你说两句嘛,也表个态,以后怎样对小刘好?"

王二喜说:"春花,你要觉得不合适,不勉强,你这一哭,我的心里也难受得很。"

胡爱莲生气地说道:"王排长,你胡说个啥,你没见小刘没走吗,就是太突然了,再说哪个新娘子出嫁不哭呀。好了,我们走了,不多说了。明天你们可以不用去上班了,这是连队做的决定。"临出门时,胡爱莲又大声说道:"哎呀,今晚咋忘了给两个新人戴大红花呀。"指导员说:"小刘哭成那样,咋戴?以后两人相互戴吧。"

两人走后,刘春花还是哭,脑子里一片空白。王二喜走过来,对她悄声说:"你睡床,我睡地下。"

那一夜,两人都没睡,刘春花哭了一夜。第二天,迷迷糊糊中,刘春花看到王二喜已经打来了两人的早饭,他将自己的那份吃了,见小刘还在床上,就用自己的碗扣在她的碗上,然后,拿着铁锹上班去了。

就这样,三个月里两人同屋不同床,直到有一天,胡爱莲急匆匆地告诉刘春花说王二喜栽倒在地里了。刘春花疯了一般拔腿向工地跑去,她抱着王二喜,大声哭喊叫着他的名字。

王二喜并无大碍,只是这三个月没吃好,没睡好,身体有些虚。当天夜里,刘春花对王二喜说:"从今天起,你别再睡地下。"她见王二喜不吱声,大声说道:"听到了没有?"王二喜臊得满脸通红,麻溜地钻进被窝里。

后来,刘春花一连生了三个儿子一个丫头。

碱水泉

从大地深处流出的泉水甘甜如饴,可肖尔布拉克这地方的泉水却是咸苦如盐。肖尔布拉克系哈萨克语,意为碱水泉。

兵团十大戈壁母亲之一的吴梅芳在这个叫碱水泉的地方生活了六十二年,是个"在清水里泡三次,在血水里浴三次,在碱水里煮三次"的人。

1951年参军来新疆前的十九年,吴梅芳没过过一天好日子。一出生就被父母亲带着四处逃荒要饭,一个孱弱的生命白天像蜘蛛网一样盘在妈妈的背上,晚上像一只无声的小猫躺在妈妈的怀中。妈妈干瘪的乳头流不出一滴乳汁,胸脯也失去了柔软和温度。饥饿让女婴无力嗷嗷待哺,只能闭着眼睛无声地等待。生命如风中的烛光,如雨中的树叶,随时都可能熄灭和飘落。一天天颠沛流离,一日日沿街乞讨,三口人组成了一个流浪的家,天当被,地当床,吃百家饭,穿百家衣。这样的苦日子熬到第七年,吴梅芳的父母再也熬不下去了。

卖孩子是给孩子一条生路,也是父母在走投无路时唯一能想出的办法——给七岁的吴梅芳头上插上一根小草。

人如枯草一般瘦弱,人如枯草一般凋萎。

七岁的吴梅芳从此成为长沙一户人家的童养媳。比起饥饿,童养媳的活计是劳累,做饭,洗衣,打扫庭院,白天伺候老的,夜里伺候小的,挨打受辱是常事。以前是讨饭饿得哭,现在是鸡毛掸子打在头上身上疼得哭,还不敢大声哭,咬着嘴唇不能哭出声来。她从小就知道眼泪是咸的。有时夜里,哄好小男人睡了后,就躺在小男人的脚下,默默地流泪。她想自己的爸妈,不知是活是死。泉一般涌出的泪水打湿了枕头,留下一片片带碱的有咸味的泪痕。

等到吴梅芳十几岁时,一出门一群小孩就冲着她喊道:"童养媳,童养媳,手里牵着小丈夫。"她这才懂得童养媳的含义,她这才知道那个比自己小七岁的小男孩就是自己以后的男人。吴梅芳一天天大了,枯黄的小草长成一棵小树。她想,总有一天,她要变成一只小鸟,飞离这个牢笼一般的家,飞离这个小男人。

1951年3月的一天,是改变吴梅芳命运的日子。这天,她偷偷跑到新疆军区招聘团的报名处,鼓着勇气对一位解放军说道:"我去新疆,你们要吗?"那人问她多大了,她回答十九了;那人问她家在哪?她回答没有家。那人问她会干啥?她回答洗衣、做饭、伺候人。那人好奇地问伺候谁呀?她回答伺候公婆,伺候自己的小男人。那人吃惊地"呀"了一声,说:"你是童养媳呀。"思考了一会儿后坚定地说:"这种封建婚姻不算数。好,你准备一下,过几天出发。"

湖南女兵到了迪化(今乌鲁木齐),要分配,一位领导在征求吴梅芳要干啥时,她说我会洗衣、做饭、打扫庭院。那位领导笑了,她被分到军区招待所。

在招待所,吴梅芳的勤快是出了名的,她人长得清秀,白白净净,犹如一朵芙蓉花。招待所的副所长聂德胜是一位老革命,1938年参加革命,伤疤和军功章一样多。吴梅芳很崇拜这位老革命,在她心目中,他是英雄。有一次王震司令员来招待所,看到了吴梅芳,就有意为老部下撮合撮合。吴梅芳只是崇拜,没有想到要和老革命一个锅里抡马勺,可她又不敢回绝。犹犹豫豫时,一位领导开导吴梅芳:"旧社会,你是童养媳,那是被逼。如今,婚姻自由,必须征得男女双方的同意。聂所长为了新中国,耽误了婚姻大事,他是革命功臣,他需要一个家,一个温馨的家。不逼你,你好好考虑考虑吧。"

听了这话,吴梅芳动心了,心想:自己能从一个童养媳成为一个革命军人,可以说,是解放军解救了她。她同情、爱怜聂所长。答应了。

1952年八一建军节,他们结婚了。那年,吴梅芳二十岁,聂德胜四十七岁。

聂德胜是从枪林弹雨中钻出来的,没什么文化,不善于说话,不习惯开会。在招待所这个"伺候"人的地方,他待不惯。他向领导提出,到剿匪前线去,到开荒前线去。吴梅芳也同意,老聂走到哪,我就跟到哪。1953年,两人调到了肖尔布拉克。

丈夫到山里剿匪,吴梅芳在家里开荒。那些年,她没少流汗。挖大渠、挖煤、开荒、播种、浇水、收割……干起活来,身上的衣服除了衣角是干的,全是湿的。汗水是咸的,但和小时流的泪不是一个味,这是建设新新疆劳动的汗水,这是幸福的汗水。她的衣服上结成了一片片碱花花。

"用汗水浇灌大红花",是那时女同志常挂在嘴边的一句话。吴梅芳心想:在旧社会,我流的泪多,现在,我流的汗多,咸咸的汗水换来甜甜的劳动成果。

丈夫聂德胜四十七岁才有了老婆有了家,但为了工作,他十天半月才回来一次。一进家门,妻子就问他吃什么?丈夫是山西人,好吃面食。为此,吴梅芳学会了刀削面、扯面、刀拨面、拉面、擀面皮、面鱼鱼、面疙瘩、猫耳朵等十几种面食。平时,有个鸡蛋她从舍不得吃,都攒下来给丈夫吃。她总是对过意不去的丈夫说:"你岁数大了,身上又负了伤,我是你老婆,我关心你是应当应分的呀。"

左邻右舍的人说,女大三抱金砖,老聂娶了小娘子吴梅芳,享了大福呀。

聂德胜享了老婆吴梅芳的福,可吴梅芳跟着丈夫没享多少福。吃苦受累不说,她一辈子生了八个孩子,其中三个都是自己接的生。临盆时,先烧一锅开水,再把剪脐带的剪刀放在火上消毒。疼如刀割,但她不哭不喊,头发湿得水里捞出来一般。

吴梅芳的孩子稠,一个接一个。有人好心地说,你一人带这么多孩子咋行?干脆送人几个。吴梅芳的脸变了色,说,我的孩子我自个养,一个不能少。吴梅芳的奶好,她的乳汁不但喂自己的孩子,到农场托儿所担任保育员后,谁家的母亲没来喂孩子,孩子一哭,她就抱过来喂奶。吴梅芳的乳汁如甘泉,抚育过农场一百多个孩子。

有几年，农场将粮食支援了其他省份，自己的粮食不够吃了。聂德胜是领导，他带头减少粮食定量，从一个月二十五公斤定量，减到十五公斤。巧妇难为无米之炊，吴梅芳用"粮不够，瓜菜代"的办法能做出"高产饭"来。再后来，可替代的瓜菜都吃光了，她就带着孩子去挖毛蜡根吃，去挖老鼠洞（洞里有粮食），还把玉米芯磨碎了吃。

吴梅芳没享丈夫多少福，倒是因为是干部家属，有几次评工资，人多粥少，怎么办？聂德胜摆不平，就动员妻子放弃。"老聂是领导，我不能拖他的后腿。"这是吴梅芳常说的一句话。

1980年，苦日子快熬到了头时，丈夫聂德胜走了。掐指算来，她与丈夫只相处了二十九年。

箭杆杨

一

1950年9月的一天,才高中毕业的王效英站在成都自家院里那棵银杏树下,树荫将她裹了起来,像是不肯放她走似的。

她在这个大院里生活了十八年了,每天走出家门或进院里第一眼看到的就是这棵巨大的银杏树。银杏树到底有多少岁,没人说得清,反正它就这么忠实地守护着王家。王家一代传了一代,银杏树不离不弃,永远固守着。"明天就要到新疆了,这一走,也不知道什么时候才能回来看你,再见了,我的银杏树,再见了,我的家人。"王效英在出远门前与银杏树恋恋不舍。

参加解放军是王效英的夙愿,她原本是想到朝鲜前线抗美援朝的,可招兵的军官说:"你才一米四八,不能到朝鲜前线去,不过,你是高中毕业生,有文化,可以到新疆当兵,那里正在建设社会主义新新疆,需要有文化的人才。"就这样,王效英参了军。

汽车走了三个月。从小在树荫下长大的王效英对树木和绿荫都习惯了。树是大自然的一部分,就和天空、大地一样,天空上必然要飘浮着云彩,大地上必然要生长着树木和庄稼。可汽车越往西走,天空上的云彩越多,形形色色的,犹如万花筒一般,有时低得仿佛伸手就能抓下一块擦擦脸上的浮尘。与天空上的云彩形成巨大反差的是大地上的色彩越来越单调乏味——树木越来越少。到进入新疆后,树木已是很难见到的稀罕物了。在进入塔克拉玛干大沙漠后,王效英就没见过一棵树。这是什么地方呀,就像她在科幻小说中看到的月球,干得没有一滴水。

汽车终于到了南疆军区所在地喀什,王效英被分配到了政治部。喀什是个有树的地方,这里有形形色色的果树,还有成都没有的箭杆杨。王效英还是第一次看到这么高耸挺拔的树,她经常站在箭杆杨树下仰着头看。这种树一定不是为了观赏而生长的,你看,它的树冠一点都不讲究,不是蓬蓬松松的,而是紧紧地贴着树干,枝条也不是弯弯曲曲、婀娜多姿,而是一律向上。王效英站在箭杆杨树下,不像站在她家银杏树下那般和谐,箭杆杨高有三四十米,高耸入云,像个高大而又浑身精干的卫士。而她一米四八,像个还没长大的孩子。

王效英渐渐适应了新疆的自然环境,也对新疆的树木有了了解,特别是箭杆杨。它与果树不同,它不能给人们带来丰收的果子,但它是人们的帮手,它为庄稼地和果树遮风挡沙,难怪南疆的庄稼地四周都种植着一排排箭杆杨,难怪南疆的村庄四周都长着一排排箭杆杨。没有箭杆杨,就没有庄稼的丰收和瓜果的甜蜜。这是一条生态链。

二

1952年5月,新疆军区建起"八一农学院",学院在全军招生,条件是战斗英雄和劳动模范。王效英在政治部成天抄抄写写,不可能成为战斗英雄和劳动模范,但她渴望上大学。王效英平时常给首长送材料,所以她斗胆找到军区政委王恩茂表明自己的想法。王恩茂同意了,于是,南疆军区唯一一个不是战斗英雄和劳动模范的人去迪化(今乌鲁木齐)参加入学考试。在路上,她又一次经历了看不到树木和青草的旅行,蓝天下是走不到头的黄褐色,太阳像个燃烧的馕坑。她在喀什听说了,这种天气能在石头上烙饼,能在沙窝里烤鸡蛋。

汽车终于到了一个小村落,几棵箭杆杨树下摆着一个瓜摊,人们跳下车,涌到瓜摊前。箭杆杨树下是一片绿荫,绿荫里有一股小风,在这种绿荫里吃从冷水缸里捞出的西瓜,那滋味就别提了。王效英吃着冰凉的西瓜,看着箭杆杨,心想,箭杆杨真是神树,刮大风时它能抗风,没风时,它能招风。她试着走到绿荫外,立刻感到一股热浪扑面而来,一回到绿荫里,一股习习的小凉风浸透全身。她问卖瓜的维吾尔族老大爷,老大爷的解释是,这种树高,没风时也能招风。王效英想这就是树大(高)招风的自然现象吧。

绿荫下,吃瓜的考生都在议论着报考什么专业的事。当有人问王效英报考什么专业时,王效英不加思索地说:"我要学种树。"人们哈哈笑了,一个考生说:"你这么小的个子,在戈壁滩上种树,一阵大风就能把你刮得找不见了。"等人们停止了笑声后,王效英认认真真地说:"种树好,你们看,有树,就能招来人家,现在我们不是在享受树给大家带来的凉爽吗?"没人认真去想王效英的话,只当是小孩子在说孩子话呢。

王效英一言九鼎,果然报考了森林系。

三

王效英文化基础扎实,平时又用功,在学习的四年里,她每年都被评为学习模范,还入了党,弥补了当不上劳动模范的缺憾。新疆自然环境恶劣,绿洲是沙漠中有水有草的地方,可是如果不种树,绿洲就会萎缩,水草就会被风沙吞噬。树是判断新疆自然环境的标识,树是新疆绿洲的卫士,树是新疆生态链条中最关键的一环,特别是能抗风防沙的新疆本地树种。

带着这些对树的认识,王效英毕业后来到石河子造林队当了一名技术员。那个年代新疆人对种树没有多少概念,石河子能成立一个造林队实属远见之举。

当时的造林队只有七八个老弱病残人员,一匹瘦马和一驾马车。队长万万没想到,分来的大学生是一个个头还不到一米五的小姑娘。当时没有宿舍,队长就把她领到一个破仓库里,没有铺板,倒是有一个木头大锅盖,队长看看王效英,再看看大锅盖,说:"条件差,你就睡在这个锅盖上吧。"王效英早已习惯了艰苦的环境,新疆的树能在干旱的盐碱地上生长,我这个种树的人就得先适应这种环境,不然咋种树?

接下来的日子,王效英骑着那匹瘦马,转遍了石河子,考察了石河子当地树种。石河子当地的树种太少,要在一个城市里栽树,这几种树种咋行?她向队长提出建议,除了到石河子周边的几个县引进适合当地环境的树种外,还要引进其他省份树种。一连四年,王效英都要去东北大小兴安岭采集树种。树种托运她不放心,就随身携带。她前胸后背背着两个包,双手再提着两个包,四个包的重量加起来比她的体重都要多。为了多带着一些树种,她连洗漱用具都托运了。上火车的人看到一个小个子女人带着这么多包,都问是啥?她说是东北的树种。人们不解,又问,树种不能当粮食吃,带这么多干啥?她说带到新疆去种,那里风大,要多种树。人们被感动了,纷纷帮她,给她让路,都给新疆背树种的人让开道。

王效英去石河子前,那里没有多少树,石河子人有意识地去种树是从她去后开始的。当时石河子的口号是要在戈壁滩上建起一座军人的城市,盖楼房是建城的一个标志性工程。城市里没有楼房、工厂、学校、百货大楼、电影院……算不上城市,这是那个年代大多数人对城市的理解。可王效英对城市有自己的理解。楼房是一个城市的人为符号,一个城市固然不能没有楼房,但这个楼房周边如果没有树木,这个城市的道路两旁如果没有行道林,没有林荫,这个城市是没有色彩的。所以,树木是一个城市的自然符号。种上树,种上五花八门的树,城市才协调,才自然。她那时就暗暗起誓:要为石河子城穿上一件花衣裳。

四

1961年,出席西北五省书记会议的代表要到石河子参观。当时石河子招待所的四周没有几棵树,在很短的时间里如何让招待所绿起来,这个任务交给了王效英。王效英选择了移植,而她首选了适合当地生长环境的箭杆杨。从那件事后,她对箭杆杨更加佩服了。这些移植过来的箭杆杨都是十米高的大树,从一处挖来,移到另一处,但它很快就能随遇而安,将挖断的根再扎下这块新的土壤里,它的枝叶也就在萎缩的几天后,很快就舒展了。有大地,有阳光,有些许水分,它就知足了,它就会向着阳光向上长,向上长。在箭杆杨庇护下,王效英又种上了一些丁香树、柳树和一些花卉。这些植物相互依存,相互补充,形成了一道独特的风景线。当会议代表来到这个招待所时,被浓浓的绿荫包围时,由衷地感慨到:"在戈壁滩上建起的石河子城里,有这么一处休息的地方,让我们看到了江南风光呀。"

王震将军在建石河子城时说过一句经典话语:"把荒漠戈壁赶出去,把秀美江南搬进来"。这句话对王效英影响很大。五十多年来,她将二百多种树木、一千多种花卉引种到石河子。

为了树,她去找张仲瀚哭过。那年大旱,吃饭第一,所以将浇灌树木的水断了。看着干渴的树木,王效英的心碎了,她跑到兵团政委张仲瀚的办公室大哭,说救救石河子的树。听了王效英的哭诉后,张仲瀚拍案而起,大喊:"就是旱死两亩麦子,也要保住一棵树木。"那次,王效英救了石河子的树。

有一次兵团司令员从南山挖来几棵云杉小苗,让王效英试着栽种。王效英居然栽活了。司令员直夸"小鬼"有办法。其实,司令员哪里知道,为了能让云杉成活,她在云杉的四周种上了箭杆杨,以形成一个适宜云杉成长的小气候。司令员夸王效英,王效英夸箭杆杨:箭杆杨呀,你总是那么默默无声,不居功自傲,将你栽到这,你就一心一意地履行遮风挡雨的职能,如果其他地方需要你,只要主人将你移过去,你很快进入角色。这些树木中,你最忠心耿耿,你最任劳任怨。你是我的榜样,我要照你的样去种树。

为了树,她敢于说真话。有一次,陶峙岳将军从东北带回开花的灌木种子交给王效英试种。灌木虽种成功了,但花朵小。当时造林队的人都知道原因,就是缺少肥料。当时造林队都是老弱病残，没有人去掏厕所给树木上肥料。可王效英为了树，她向司令员反映。后来，陶峙岳司令员下命令从团场为造林队调来五十个身强体壮的战士。

为了树，王效英连命都可以舍。"文化大革命"中有造反派说王效英从东北引进的丁香树是资产阶级的花花草草，要砍掉。王效英愤怒了，她冲到造反派跟前，双手拦着，大声喊道："这些丁香树种是我从东北贫下中农家收来的，怎么是资产阶级的花花草草？你们要砍那就先砍断我的腿，不然，你们别想过去。"王效英的阵势吓退了造反派，丁香树保住了。

五

到石河子种树的第二年，王效英被评为劳动模范。摄影师给她拍照时犯难了，劳动模范个儿太矮了。最后，这位摄影师蹲在王效英的脚下拍了照片，这张照片王效英一直留着，她胸前戴着大红花，个头比身后的营房还高，就像她种的箭杆杨。

王效英一生只干着一件事，那就是种树，她的一生种了多少棵树，已无法统计，就连结婚那天，她和爱人商量后，还去种树。她特意选择了箭杆杨，她在心里说，她要像箭杆杨一样成为这座城市的生态卫士，护佑这座城，护佑这个家。

石河子之所以有了这么多的树木，城市才这么富于灵性和活力，才这么绿意盎然。树是一个城市的灵魂，是一个城市的标识，有了树，才有了鸟巢，才留住了人家。石河子人都说王效英是石河子的"绿化树"，是石河子树木的祖奶奶。一点不错。她的脚印就是树坑，她走过后，身后就是两行树林。

她是石河子最高的一棵树，一棵流动的箭杆杨。

箭杆杨，落叶乔木，高三十米至四十米，高竿挺拔。喜光、耐寒，抗大气干旱，耐盐碱，生长快，容易成活，常作行道林、防护林。　　——据《新疆植物》

菊 花

李菊花战战兢兢走进营盘街47号新疆军区招聘团驻地,见几个军人坐在屋里。她的心口跳个不停,张了张嘴就是说不出话来。其中一位军人按照惯例向她问道:"姑娘,你是要报名参军吗?"李菊花还是说不出话来,脑门子急出汗来。那个军人看小姑娘如此紧张,就缓了口气轻松地说:"不着急,你先休息会儿,来,坐到这喝口水。"说着将一个搪瓷缸子放到她的面前。李菊花不敢坐,这种礼遇是她不曾有过的,她更不敢去碰那个搪瓷缸子。她见搪瓷缸子上面有五角星的图案,缸子口上冒着一缕热气,与她家碗里冒出的热气一样。李菊花似乎平静些许。那个军人这时又问道:"你是来报名参军的?"

李菊花点点头。

"那说说你为什么要参军?"

军人见李菊花不吭声,就重复了一遍他的问题。其实,这也是这次招兵的程序,如果回答得到军人的认可,就进行下一步——填写入伍表格。

李菊花还是说不出话来,汗水从脑门流到脸颊。

军人有些不耐烦地第三次问道:"我再问你一遍,你为什么要参军?"军人的声调要比前两次高了些,其他几个军人也都好奇地望着李菊花。

也许李菊花已经意识到,如果再回答不出来,那她就参不了军。她鼓足了全身力气,几乎是喊着说道:"我不想当那个男人的小老婆。"

一句话将屋里的军人都逗笑了。这是招兵的几天里最为奇葩的参军理由。

笑声过后,一个女军人走过来,对那个军人说,还是我来与她谈吧。她拉着李菊花坐下来,掏出手帕擦去李菊花脸上的汗水,用手将她汗湿的刘海理了理。她双手攥着李菊花的双手。渐渐,李菊花恢复了平静,不再紧张了。她接过女军人递给她的搪瓷缸子,看了看女军人,见她正笑眯眯地看着自己,就喝了两口温水。温水滋润着她要冒火的嗓子眼,一直滋润到心口。这时又有一个姑娘走进来报名参军,大家也不再注意将大家逗乐的李菊花了。女军人拉着她的手亲切地问道:"刚才你说不想当那人的小老婆是怎么回事呀,慢慢说。"

这时在李菊花眼里,这位对她和蔼可亲的女解放军就是她的大姐姐,告诉她就能参军了,就能离开那个老男人了。她的泪水一下盈满了眼眶。女军人将手帕递给她。

"上个月,村里的李大旺托人来我家说媒,要娶我给他做小。他老婆不会生养,但娘家有钱有势,李大旺不敢休妻。就与老婆商量再娶一小妾,好给他传宗接代。他老婆的条件是对外不能说是小老婆,只说是家里的佣人。这样做也不违反新实行的婚姻法。媒人对我爸妈说,女儿嫁过去,表面上没有名分,有些委屈,但只要能给他老李家生个一儿半女的,就给她名分。到时大老婆也得怕她三分呀,以后李家的财产还不是你家外孙的。我爸妈见送来那么多的彩礼,又听以后外孙还能继承家业,就答应了。媒人告诉我爸妈,对外人只说菊花去李家做工,不接亲,不摆宴,等生了儿子后再补办。媒人走后,我又哭又闹,说就是死也不去给那人当小老婆。母亲哭着求我,说眼见着你弟弟也该成家了,我们拿什么去定亲,为了你弟弟,你也该去呀。再说,你对外是做工的佣人,对内你与大老婆一样行夫妻之事,等有了孩子,比大老婆还要吃香喝辣呢。见爸妈如此铁了心地让我去当小老婆,我也不准备活了。就在这时,我的一个姐妹来家悄悄告诉我,说长沙城里来了新疆军区招聘团,专招女兵。我想,如此在家等死,不如去报名参军,当了兵,就不会当那个老男人的小老婆了。当天夜里我就跑到长沙来了。姐,这就是我当兵的理由。"

那位女军人非常同情李菊花的遭遇,她将搪瓷缸子递到李菊花的手中,情绪有些激动地说:"我真不敢相信新婚姻法公布都两年了,农村还有这种咄咄怪事发生。这不仅仅是娶小老婆,还是变相强奸。我很敬佩你走出来报名参军的勇气,这样吧,我与领导商量商量,你就在这等着。"女军人走到刚才那几个军人跟前,小声讲着李菊花的遭遇。几个军人都有些激动,一直表示同意李菊花参军。女军人走过来,拿着一张表格递给李菊花。

"你将这张表格填一下,就算报名参军了。"

李菊花有些为难地说:"姐,我不识字。"

女军人说:"那我替你填表。我问你答就行了。"

表格填好后,女军人说:"过几天就要集训了,就是参军的人要住在一起进行学习、训练。你看是不是回家一趟告诉爸妈你当兵的事。"李菊花坚定地摇着头说:"不回,我怕爸妈再逼我去当小老婆。"女军人果断地说:"回去时穿上我的军装,你爸妈就不敢逼你了。再说,三天后你不回来,我们就与当地政府联系,你不必害怕。"李菊花还是摇摇头说:"不回,我爸妈那么狠心让女儿当人家的小老婆,我就是要吓唬吓唬他们。"女军人见李菊花这么执着,就说不回也罢。但开始集训时你还是给家里去封信。爸妈也是为了你弟弟才这么做的,但凡有办法他们也不会这么做。不要生爸妈的气好吗。听解放军姐姐这么一说,李菊花的心里也敞亮了,心想,有文化的人就是不一样。

在集训的日子里,与她们接触最多的就是这位女军人。李菊花知道了她叫王彩云,也是湖南人,是招聘团的副团长。每天集训完,傍晚时分,李菊花见王彩云一身戎装在草场上散步,就走过去。王彩云见是她也笑笑,问她集训累不累?能吃饱饭吗?李菊花说,不累,在家干活比这累多了。吃饭顿顿有米饭有肉,还有鱼,像是过年一样。王彩云又问:"在学习课上老师也介绍了新疆的地理地貌和当地风土人情,我们去就是要保卫新疆,建设新疆,你明白吗?"李菊花点点头。其实她不是太明白,但她明白解放军是老百姓的军队,跟着解放军走,准没错。

"以后姐让我干啥我就干啥,我就把你当亲姐姐。"王彩云笑着说道:"以后在部队公开场合就不要叫我姐了,当然,私下里你可以喊我姐,我也可以喊你妹。"说着她看看这位妹妹,小声说道:"你当兵的理由真是太可笑了。"李菊花听姐姐这么说,就附和道:"我以后也不当人家的小老婆,我也不嫁人。我要当一辈子解放军,保卫新疆,建设新疆一辈子。"王彩云嘎嘎大笑起来,她搂着妹妹,将脸贴着妹妹的脸。"保卫新疆,建设新疆,不是一辈子手拿钢枪,肩扛铁锹。那不把人累死了。保卫新疆,建设新疆有很宏大、很丰富的内容,包括建家立业呀,养育培育革命接班人呀,当然还包括吃饭睡觉、学习娱乐,多得很,这样保卫新疆,建设新疆才能世世代代做下去。现在给你说这些你也听不懂,以后在保卫新疆,建设新疆的实践中学吧。"李菊花看着王彩云佩服地说:"姐,你懂得真多呀,以后你好好教教我。行不?"王彩云扑哧笑了,说:"好呀,就怕你到时不认我这个姐了,跟姐翻脸吵嘴呢。"李菊花撒娇地扭着身子说:"我才不会呢。"

李菊花与几千名湘女穿着军装,一路风尘,一路歌,来到新疆。到了迪化(今乌鲁木齐)后,王彩云将李菊花拉到一旁说道:"明天你们就分配了,新疆大得很,有去北疆的,有去南疆的,按说你们这个队要分到南疆去。我先征求你的意见,你愿不愿意跟姐去北疆伊犁,那里有小江南之称,雨水多,空气也湿润,有些像我们湖南老家。再说,你是我招的兵,你又叫我姐,我也把你当成妹子。到那里后我也可以照顾你。"李菊花一听,就搂着姐,高兴地说:"还是姐对我好,我就跟着姐,一辈子都不离开姐。"王彩云推开她说:"姐才不一辈子照顾你呢,以后比姐还亲的人来照顾你,到时你也就忘了我这个姐呢。"李菊花又是扭着身子撒起娇来:"姐,你把妹妹当什么人了,我向毛主席保证,我要对姐一辈子好。"王彩云说:"好啦,我开个玩笑。这样,我们明天一早就出发,你今晚跟几个近老乡告别,以后怕是几年都见不着面了。"

王彩云这个队分到六军十六师五十团。到团部后,王彩云又找到李菊花,说她已经完成了这次去湖南招收女兵的任务,明天一早就回老部队,你是跟我去老部队,还是等着分配,反正都在一个团,各营各连离得都不远。我在一营一连。李菊花说:"咱们不是都说好了吗,姐去哪我就去哪。那我就跟着姐去一连。"王彩云说好,我跟我那口子说说。李菊花没听懂,小声嘀咕着"那口子?啥是那口子?"王彩云咯咯笑了:"就是我老头子?"李菊花恍然大悟道:"哎呀,姐,你咋也找了一个老头子,这不是部队吗,不是讲婚姻自由吗。"王彩云又是一阵大笑:"看来一方水土就有一方语言。我们这里都将丈夫称呼为老头子,并不是说丈夫有多老,是一种亲昵的称呼。"李菊花这才明白,就埋怨她姐:"你咋不早说呀,那我和你一起回家,看看我姐夫。"王彩云心里渴望快些回家见到老头子,她去湖南招兵都大半年了,真想马上见到让她朝思暮想的老头子。就说:"这次就算了,以后我会带你见的。"李菊花还是拉着姐的衣角撒娇:"好姐姐,让我去看看我姐夫嘛。"王彩云不好意思地脸红了,再次婉拒道:"今天天都黑了,以后再说吧,反正都在一个团里,从咱们一连到团部徒步也就一个小时就到了。"这时,一个年轻的战士走到王彩云跟前,向她敬礼,高声喊道:"报告王指导员,张团长让我接你回家。"李菊花看看那个战士,又看看王彩云,突然开了窍,"姐,我知道了,我姐夫就是张团长。"王彩云笑着说:"咱们菊花终于说到点子上了。好了,我回家了,你回招待所吧。记着,明天跟我到一连报到。"李菊花也学着年轻战士的样儿,向姐敬礼,大声喊道:"报告王指导员,战士李菊花明天到一连报到。"

王彩云回到家,丈夫的第一句话就是你那八个女兵团政治处已做了安排,要优先考虑军龄长的、职务高的老革命。接着,张团长叹了口气说:"这些人打了十几年的仗,硬是把婚姻给耽误了。他们不少人都在闹情绪呢,说革命成功了,也该解甲归田了,回去娶个媳妇,过过老婆孩子热炕头的日子。你说,如果这些人解甲归田了,那咱们这个英雄团的魂不就丢了。他们是营长、连长,都是团里的英模呀。"见老婆不屑地看着自己,张团长接着说道:"我知道你要说,新婚姻法公布了,要自由恋爱,革命婚姻是平等的,不能强迫,不能拉郎配。我承认,这在理论上是对的,但要这样,你说,我的这些营长、连长哪个能找到老婆,就你带回的这些十八九的女娃子,能自觉自愿地跟他们自由恋爱?能跟他们一起散步去浪漫?所以,我们干脆来个快刀斩乱麻,让他们先结婚后恋爱,把米下到锅里再说。"王彩云笑着看着丈夫说:"看来你在这方面也挺有战术的,你运筹帷幄,不,是老谋深算了老久了吧。你老张打仗行,开荒行,现在给人家找老婆也成行家了呀。你这一套在哪学的,你是不是在我们结婚前就谈过女人,就'把米下到锅里再说'过,不然咋知道那么多。"王彩云倚在丈夫的怀里,小声问道:"你这套歪招是如何想出的?"丈夫将老婆紧紧搂在怀里,笑着说:"师长比我还急,这招就是他教给我的。"王彩云听后,想了想说:"那万一不行咋办呀,这些闺女跟着我们从湖南来到新疆,可一来就让人家成家,而且还是比她们大得多的男人,她们能同意吗?"张团长笑着说:"那就看你这个指导员如何做她们的思想工作了。其实,找对象就跟打仗一个道理,要讲究实际,她们找的男人是老些,但他们都是从死人堆里爬出来的,最懂得珍爱和平生活和家庭幸福,老话说女大三,抱金砖,反过来说,大男人才知道疼女人。你看,我不就是这样的大男人吗?"

与李菊花一道去一连的八个女兵正好一个班——女兵班。

一连有一百多个"光头",就指导员一个女的。突然间来了八个姑娘,你说连里还不炸了营。

一连的小伙子像打了鸡血,往日连里开荒大比武,有"气死牛""开荒大王"之称的战士,在八个女兵面前,将自己的开荒记录生生甩出一大截。他们创纪录后,还有体力抢着去帮女兵干活。吃饭时,他们都围着女兵,抢着与女兵说话。有的小伙子为与女兵说不成话,还和那个与女兵不停说话的人吵架。平时这些男兵不太注意仪表,胡子一个礼拜刮一次。女兵来后,男兵一天洗三次脸,有的一天刮两次胡子。戏称"你不让我露脸,我就不让你露头"。连长乐了,对指导员说:"你带来的女兵发挥了作用,这比动员大会都管用。"王彩云高兴不起来,她忧心忡忡地说:"我怕什么就来什么,这些小伙子比预想得还要……不是打了鸡血,简直就是打了狗血。"连长迷惑地问道:"这样不好吗,你看,现在连队上班不用吹上班号,下班号响了地里还有人在干活。那些调皮捣蛋的家伙像是一下懂事了,一心只想着干活。我这当连长可就省心了。"王彩云皱着眉头,叹了口气,"我可揪心了。告诉你吧,连里来的这八个姑奶奶在团里可是名花有主了,咱们可要看好了,如果让连里那些捣蛋鬼给撬走了,你我吃不了兜着走。"连长盯了搭档好一会儿,然后说:"你当家的是团长,你给我透透风,这八个里面的女娃有没有我的份?"王彩云摇摇头,"没有。"连长急了,"都说近水楼台先得月,我好歹跟着团长几十年,从陕北打到新疆,论功有功,论资历有资历,为什么团长拿咱当外人?不行,我去找团长去,无论如何得给安排一个。我看,就把那个李菊花安排给我。"王彩云笑着看着连长,问为什么?告诉你吧,李菊花名花有主了,团政治处将她介绍给了一营营长刘大海了。"连长听后急得脸涨得通红,"一营长是战斗英雄,也是我的老班长,那我不敢与他争。可总该给我介绍一个吧。我也老大不小了。"王彩云小声说:"我先给你透漏点风声,这八个女娃里没有你的,团里政治处比你考虑周全,要在本连给你安排一个,那战士不说你是假公济私,以后你还咋带兵。所以,给你在别的连女娃里安排了一个,我带来了几千人,我哪能都认得。不过,分到我们团里的我多少有些印象,好像人长得挺水灵的,湘妹子皮肤都白。"连长一听乐了,"几连的,我抽空去看看。"王彩云严肃地说:"连长你怎么这么沉不住气,现在团里还没正式公布,万一走漏了风声,团长一生气,取消给你的名额,你哭都来不及了。"连长一听吓得吐吐舌头,讨好道,"咱俩是搭档,指导员你可要在团长面前多美言几句。"王彩云正色道:"原本是公事公办的好事,让你这么一说好像咱们是在干一件违反纪律的事似的。等着吧,不出三天,政治处就会来通知的。"

　　果然,三天后,团长警卫员小宋送来的名单。警卫员告诉连长指导员,这个名单只能他们两人知道,不得泄露。连长没等警卫员出门,就打开信封。其实,王彩云已经知道了八个女娃的归属。连长看着名单,心里很不是滋味,叹气道:"这么好的女娃,全部对外,这不公呀。"指导员笑道:"刚才还说呢,你又忘了。别惋惜了。言归正传,咱们可要看好这些女娃,千万不可出什么事来。你的那些兵,可不是省油的灯,打仗开荒行,对付那些女孩子肯定更行。"连长同意指导员的提醒,说只要不透漏出去,不会有什么事的。

没有不透风的墙,连队的男兵也不知是怎么知道的,风传八个女兵已经被当官的私分了,而且还没有连长的份。一时间,打了鸡血的男兵一个个跟霜打似的,干活也是有气无力的。连里有一个很不起眼的男兵,倒是不气馁,他还是一如既往与女兵热乎,帮着她们干活,下班了还约李菊花去散步。文书第一时间将"敌情"报告了指导员。指导员带着文书就去找他们。指导员知道那个男兵是个有心计的人,胆子也大,而李菊花在男女之事上什么都不懂,万一他先斩后奏干出什么丑事来,生米煮成了熟饭,你就是再处理他也没用了。老远,文书就看到两人钻进芦苇荡里,"在那,他们进苇湖了。"指导员双手捧成喇叭状,大声喊道:"李菊花,快回来,我有事找你。"李菊花听到喊声,就折回身子对那个男兵说:"王指导员喊我了,我回去了。"男兵怏怏地说:"那明天我们再到这里玩,里面有野鸭蛋呢。"看到李菊花向自己走过来,王彩云才松了一口气,她对文书说:"你回去吧,我和李菊花有事要说呢。"

李菊花问王彩云有啥急事,还找到这里来了。她解释小王带她去拾野鸭蛋呢。王彩云看看李菊花,一脸不悦地说:"别信他的,现在苇湖里连个野鸭毛都没有,哪来的野鸭蛋。"她转身问菊花,"你这几天听到什么传言了没?"李菊花说:"听说团里要给我们介绍对象,都是男兵说的,也不知是真是假。刚才小王还在发牢骚,说上有团长,下有营长,不大的连排长,最后还有班长和劳模,哪里还有我们大头兵的份。他还说,人活二十五,衣服无人补,要想有人补,再等二十五。"王彩云拉着脸说:"别听他的胡说八道,他就是想老婆想疯了。年纪不大,牢骚话一套一套的。你以后别跟他往来。听姐的没错。"她拉着李菊花的手,两人在一条小径上走着。"菊花,你现在是军人了,军人就得听领导的,团政治处来电话了,让你明天去一趟,到时我会让文书送你去。记住,你是军人,不是老百姓了,不要耍小孩子脾气。"李菊花不解地看着姐,"姐,你今天是怎么了,自打参军那天起,我都是听姐的,我不会耍小孩子脾气的。再说,政治处叫我去干嘛?"王彩云心里明白,这个为了不当人家小老婆的人,恐怕真要当一回小老婆了。她听丈夫说过,刘大海营长在家有个老婆,比他大好几岁。他当兵几年后,老婆居然怀孕了。刘营长的娘给儿子来信说,已经休了那个媳妇,让儿子快些回家,娘再给他找个黄花大闺女。李菊花明天听说给她介绍一个比她大的人,能愿意嘛。

第二天下午,李菊花是哭着回来的,一同回来的文书说,从团政治处出来,李菊花就在哭,一路上一直哭,问她哭啥,也不吭声。指导员让文书出去,给李菊花倒了一搪瓷缸水,看看菊花,问道:"你见到刘营长了?"李菊花抹了抹眼泪,哽咽地说道:"姐,你可要给我做主呀,我来当兵就是不给老男人当小老婆,可这回政治处还是给我介绍了一个老男人。"说着,又呜呜地哭起来。王彩云摸摸菊花的头,安慰地说道:"你见到那个老男人了?不对呀,刘营长没那么老呀。"李菊花摇摇头说,是没见着他,可政治处介绍说他二十岁就参加了部队,打了十几年的仗,你说,二十岁加上十几年,那不是老男人,还是小伙子不成。"王彩云咯咯笑起来。"这样,你也不要在这瞎猜了,我也不说刘营长不是老男人。明天正好是大礼拜,我带你去团部我家,咱们见见刘营长,看看到底是不是老男人。"李菊花迟疑地看着王彩云,去姐家,我乐意,可我不想见什么刘营长。我是来保卫新疆建设新疆的,不是来嫁人的。如果非要让我嫁人,姐,你就给我买张邮票,把我寄回湖南老家去。王彩云差点没笑岔气,用手点着李菊花的额头,"我的傻妹妹呀,邮票是寄信的,不是用来寄人的。都来部队两个月了,还说出这么可笑的话来。什么都别说了,明天就去我家。"李菊花执拗地说:"去姐家,我乐意,但不见那个刘营长。"王彩云脸一板:"这是命令。"

李菊花回宿舍后,王彩云就给丈夫打电话,让丈夫通知刘营长明天来家见李菊花。并说李菊花想象刘营长是个老男人,你让刘营长好好捯饬一下,就说这是你的命令。

第二天,王彩云领着李菊花回到家。一进家,就看到张团长扎着围裙正忙着做菜。李菊花红着脸喊了声姐夫。张团长笑着说:"难怪王彩云认你是妹子,可别说,长得还真是有点姐妹相呢。好好,彩云,你带客人去客厅喝水、聊天。今天做饭的任务就交给我了。"王彩云卷着袖子说,还是我来做吧。丈夫用胳膊肘捅捅媳妇,"平时你一回来就做饭、洗衣、收拾家务,今天我要好好表现一下。快去带着你妹子去休息吧。"在客厅墙上,挂着一个镜框,里面有王彩云和张团长的结婚照片。李菊花目不转睛地看着,羡慕地说:"姐,你好福气呀。"彩云扶着菊花的肩头也看着照片,问菊花:"你说,你姐夫怎么样?"菊花笑着说:"那还用说呀,百里挑一。先不说姐夫是一团之长,就看这相貌,多英俊呀。"王彩云脸上泛起红晕,问菊花,"那你猜猜他多大岁数呀。"李菊花又仔细看看照片,颇有把握地说:"也就三十出头吧,反正比你大不了多少。"王彩云扑哧笑了,"他要是三十出头哪能轮到我呀,告诉你吧,他比我大八岁,今年四十了。"李菊花摇着头轻声说道:"看不出呀,我姐夫长得年轻。"王彩云纠正道,"他上相,再说是结婚照,当然要捯饬捯饬。其实,结婚过日子,还是找个老成些的男人靠谱,这些男人都是从枪林弹雨里过来的,练就了一身胆量、智慧和品德,这些素质不是与生俱来的。找对象,不能被表面的东西给迷了眼,更不能被一些人的甜言蜜语给灌了迷魂汤。姐不是批评你,你昨天要是不被我阻止,进了苇湖,也许会后悔一辈子。我是指导员,按理不该说连里的那个战士,可你是我妹妹,我就有什么说什么。"李菊花不解地眨着眼睛问姐,"他说带我去苇湖捡拾野鸭蛋的。"王彩云在李菊花的脸上拧了一下,"昨天我就说了,这个季节苇湖里哪有野鸭蛋,那人胆子大着呢。好了,不说了,以后与男人在一起可要多个心眼。"

正说着,门外响起一男人洪钟般的喊声:"报告,一营刘大海前来报到。"张团长也是大声回应道:"报什么告,到家里还假模假样。进来。"门开了,李菊花见一魁梧的男人旋风般的进来了,他一身崭新的军装,五角星和胸牌发出熠熠光亮。此人浓眉大眼,鼻梁高挺,黝黑的脸上泛出红光。他一见嫂子和那个女兵,就挺起胸膛,"啪"得敬了一个标准的军礼。"报告指导员,一营刘大海奉命前来接受任务。"一句话把王彩云和张团长逗乐了。王彩云赶紧向李菊花介绍道:"这位就是一营营长刘大海,这位是我们连队女兵李菊花。"话音刚落,刘大海就上前大大方方地握住李菊花的手,声音洪亮地说道:"都是一个团的战友,希望以后小李多多帮助我。"李菊花的脸一下红到头发稍,双眼入迷地看着他。王彩云在一旁提醒道:"刘营长,快坐。你和小李是第一次见面,你俩聊。我和老张去做饭。"说着就拽着丈夫去了厨房。

在厨房,丈夫笑着说:"你别说,大海这么一捯饬还真精神,我看小李的眼睛都亮了。其实,岁数大的男人有内涵,成熟,找到这样的男人是女人的福气。哎,你比比看,今天我和大海比,哪个更有内涵?"妻子撇着嘴说:"当然是我的丈夫更有内涵,你看,你一个大团长今天还围着围裙做饭,刚才菊花说了,说你英俊呢。""是吗,看来你这个妹子有眼光呀。""别说你胖就喘。看来我昨天的电话打对了,你这个老师教的学生还不错。我觉得他们两个有门,看他们的脸就知道了,一个比一个发光。"

门那边,一个在说,一个在听。

刘大海运筹帷幄了一个晚上,他知道了对面的这个女兵嫌他岁数大,想当然地觉得他是个老男人。所以他一起床就洗脸刮胡子,找出那套舍不得穿的军装穿上,他叫来通信员,问他能不能打动团里给他介绍的那个女兵。通信员围着营长转了几圈,说就算那个女兵是天仙女,肯定也会被打动的,除非她是瞎子。营长训斥通信员拍马屁。通信员说,干脆我去叫个营部的女兵来看看,女人的眼光都是一样的,她要是看着行,准行。营长大骂通信员是猪脑子,开玩笑地说,团里给我介绍的是一连的女兵,你让营部的女兵来看,万一她看上我了怎么办?我不能吃着碗里的看着锅里的。说完自信地哈哈大笑起来。除了穿戴要给女兵一个好印象外,刘大海早想到了,穿戴只是外在的,我要表现我内在的优点,彻底俘获这个女兵的心。我可不能像有些人那样,靠政治处强拉硬拽,靠自个死乞白赖乞求,我不能靠团里的命令来征服她。过日子还得靠内心的实在。

"小李,团政治处处长打电话告诉我了,说你昨天听说介绍的是我,你哭了。我听后对处长说我很理解这个女兵,本来嘛,双方没见面,靠团里拉郎配怎么行?现在是新中国了,不是过去旧社会,女人在掀起盖头前就没见过要与她过一辈子的那个男人长得什么样。所以,你昨天哭完全在情理之中,我要是个女人,我也会哭,可能比你哭得更凶,还会大闹政治处呢。我想,我今天就是让小李看看,咱们两个相互看看,相互谈谈,感情是处出来的,有了感情,双方就能情人眼里出西施。"说完,刘大海憋不住笑了,说这句话是教导员教给他的,是他活学活用。李菊花也被这句话逗笑了。心想,刘营长不但一表人才,而且说起话来也挺招人喜欢听的。她抬起头来大胆地看着对面的男人,心里一阵狂跳,紧张里有些许羞涩,一种莫名的异样的感觉涌上心头。她感觉自己的脸一下热了,眼前这个男人一下走进了她的心里。

眼前这个姑娘的神态变化被刘大海像捕捉战机一样捕获了,他明白今天的第一步算是成功了。他看着李菊花低着头在拨弄自己辫梢,就说:"小李,你的头发好黑呀,黑得像乌斯玛草一样。"李菊花抬头疑惑地望着刘营长。"乌斯玛草?那是什么呀?"刘大海知道这个姑娘肯定不知道,昨晚他就在想,都说女大十八变,越变越好看。像李菊花这样十八岁的姑娘,长得多漂亮他不敢猜想,但好看是一定的。因正处在花季,脸上一定会发出青春的光彩,就像早上的朝霞。头发也一定乌黑发亮。他知道当地的维吾尔族姑娘用乌斯玛草的汁液来描眉,从小就开始描,描到十七八岁时,眉毛又黑又亮。他还听说了一个传说。于是,他就向李菊花讲起这个传说来。

"很早以前,有一个维吾尔族母亲生了一个女孩,她很是疼爱这个女孩,她想把自己的孩子打扮成世上最美丽的姑娘。她采集来一种名叫乌斯玛草,将草叶里的汁液挤压出来,用来给女儿描眉。从小一直描到大,母亲坚信,用这种草描的眉毛不但长得又黑又亮,而且还很长,眉毛越长,就意味着结婚后离母亲越近。

这样,女儿以后也不会离她太远,母亲可以经常看到女儿了。我们这里的维吾尔族女孩子一直用这种叫乌斯玛草的汁液来描眉,很管用,你见过的,她们的眉毛是不是又黑又亮呀。"

李菊花从湖南坐汽车来新疆,一到哈密就见过维吾尔族姑娘,她们梳着很多小辫子,那些女孩子的眉毛都是一样又黑又亮,没想到是用一种叫乌斯玛的草汁液来描的眉毛。李菊花壮壮胆抬起头来瞄着面前侃侃而谈的男人,她不得不承认,她一下喜欢上了这个男人,先前什么岁数大的理由早被她抛到脑后了。

吃完饭后,张团长看着部下一副志得意满的样子,就问道:"大海,交给你的任务有把握吗?"

"一口唾沫一个钉,保证完成任务。"

"就这么有把握？你可是第一次打这种遭遇战呀。"

"打仗就得打有准备之战,这可是你教的。"

"看把你能的,刚刚有点胜仗的苗头,就得意忘形了。"

"不敢,团长,你是我师傅,你以后再多教我几招,把你俘获嫂子心的经验传授给我。有了你的经验,我保证能打一个漂亮遭遇战,将她俘获。"

团长笑呵呵地说:"没问题。谁让你是我部下呢。"

王彩云用眼瞪着丈夫,训斥道:"你们两个别得了便宜还卖乖,谁俘获谁？老张,你说,谁俘获了谁？"张团长用眼瞄着妻子,嘿嘿笑着,"那还用说,是你俘获了我呗。"刘大海哈哈大笑起来,"师傅,这可不是你的做派呀。"团长向他挤挤眼说:"我这是打'麻雀战',懂吗。"刘大海嘀咕道:"懂,不就是真真假假,实实虚虚吗。"李菊花听不懂他们这是说的什么,心想,彩云姐和姐夫是一家子,都是解放军,怎么还谁俘获谁呀。

临出门时,王彩云悄声问李菊花,"你们谈得如何？"李菊花的脸一下红到耳根子,忙低下头来。王彩云笑了,"看来有戏。"李菊花扭捏着小声说:"还是姐说得对,岁数大的男人有内涵,有智慧。"听李菊花这么一说,赶忙回头对刘大海大声说道:"大海,你们两什么时候再见面呀。我先声明,我家不成,你们谈情说爱,我和老张还要搭上好菜好饭,你们自己选地方吧,我和老张的义务算是完成了。"刘大海调侃地说:"看来,想吃团长家的饭也不容易。这样,下个星期六让小李到我们营去。小李,去不去?"刘大海看着她。李菊花脸更红了,心里想答应,但又不好意思答应,低着头,用手揉着辫梢,小声说:"听姐的。"听她这么一说,大家都笑了。

王彩云准备和李菊花回连队,丈夫小声对她说:"你一个星期才回来一天,就明天回吧。我让警卫员小宋送小李回连队。"

王彩云知道丈夫不想让她回连队的小九九,自打从湖南回来,与丈夫也是聚少离多。就对菊花说,差一点忘了,我还有一份材料要晚上写出来,明天一早就报到团宣传科,今晚得加班。小李,警卫员小宋送你回连队。李菊花真的以为指导员晚上要写材料,就说,好的,我这就和小宋回连队。

第二天一早,王彩云就回到了连队。李菊花吃惊地问道:"姐,又是一晚上没睡吧。"见李菊花脸上并没有那种调侃的意味,突然想起昨天自己编的瞎话,这才释怀地说:"可不吗。写完材料天就大亮了,吃了点东西就赶紧往连队赶。"李菊花笑着说:"看来当领导也不易,还是我们当兵的好,用不着晚上加班。"王彩云眯着眼笑着说:"别忘了,以后你家那口子也是当官的,加夜班是常事。再说,结婚以后你也得隔三岔五地加班,比白天干活还累呢。"李菊花大惑不解地说:"他加他的班,与我有何相干。晚上我睡觉就是了。"王彩云咯咯笑个不停,诡异地说:"到时你还盼着加班呢。过几天我再给你说。别小看结婚,这可是有关以后接班人的大事。"李菊花摇摇头,看着彩云姐,"你说的这些我一点都听不懂。"王彩云说:"不懂就对了,如果你现在就懂那些事,那就说明你不是一个干净的女孩子。去吧,快去上班。"

明天就是大礼拜(十天休息一天),这天下午,刘大海的通信员牵着一匹大白马来到连里,他首先向指导员和连长汇报,说是刘营长派他来接你连女兵李菊花的。指导员说,这事我知道,团政治处已经正式定了,让我连李菊花与一营刘营长结对子。她喊来文书,让文书带他去李菊花的宿舍。

从团部回来后,李菊花就在心里盼着这一天。那天刘营长说到时会派人来接她去一营,可她这是第一次与刘大海接触,这人说的是不是真话,他会不会一忙就忘了,李菊花想出很多也许不来接她的理由。她确实看上了刘大海,岁数比她大的事,她连想都没去想。女人一旦看上了男人,那可比男人还痴情。这几天晚上做梦她老是梦见刘大海,有一次她梦见一营有个女兵看上了营长,并把营长领进了苇子地,她老远看见了,大声喊着,刘营长,别跟她进去,苇子地里没有野鸭蛋,她是在骗你。见刘营长不听她的,她急得追过去,拦住他们,对那个比自己漂亮的女兵喊道,刘营长是我的,我们已经结了对子,你不能这么插一脚。那个女兵笑着说,那你问问刘营长,看他是愿跟你回去,还是愿跟我进苇子地。刘大海连看都没看她一眼,就拉着那个女兵进来苇子地。李菊花蹲在地上嚎啕大哭。她被哭醒了。宿舍的女兵问她为什么哭了,她掩饰说梦到娘了。

女兵正在宿舍议论结对子的事。一个女兵嫌他的"对子"太老,又没文化,还在战争年代受过几次伤。是八连司务长。对结对子这事,刚开始女兵们都是一直强烈反对,但与"对子"一接触,不少女兵就默默同意了,有的还挺高兴的。李菊花刚开始就是那种持反对态度的,但到了姐家,看到团长在做饭,对妻子那么温柔,完全颠覆了她在老家对丈夫形成的观念:大男人更懂得疼爱女人,特别是部队干部。当看到刘大海时,听他说她的眉毛又黑又亮时,心里很是喜悦,这可是第一次有一个男人夸她,而且是一个长得英俊潇洒的营长。她在心里暗喜,觉得彩云姐一定是暗中帮她选的这么好的一个"对子"。这时,门外响起通信员的报告声,李菊花一下跳下床,奔向门边,伸手拉开了宿舍门。

"请问谁叫李菊花?"李菊花笑容满面地回答:"我就是。"通信员说刘营长让他来接李菊花去一营营部。李菊花说,你等会儿。说着关上门,她从被子下掏出一个小圆镜子,对着镜子照着,她要漂漂亮亮地见她的大海,她用梳子沾上水将头发梳了梳，还特别细心地看看自己的眉毛，用手指抿了抿。心想如果以后见到那种乌斯玛草，一定采来用汁液描眉。那个嫌"对子"太老的女兵见有人来接李菊花，又见她这么梳妆打扮，就说起风凉话："有人说得好，死也不当人家的小老婆，可话还没凉，就变了。"另一个女兵纠正道，人家刘营长哪有小老婆，都是第一次找对象，你别吃不上葡萄说葡萄酸。其实你的"对子"也不错呀，起码是以后吃喝不愁呀。"那个女兵朝地上呸了一声，声带哭腔地喊道："我来新疆当兵不是为了吃饱肚子。一想到与那个一身油腥味的人在一个锅里抡马勺，就恶心。"李菊花完全没听进她们的话，见镜子里的自己分外妩媚时，起身走了。到了门外，见还有一匹大白马，又见连队不少男兵在看热闹，就红着脸说，我不会骑马。通信员说，营长这匹马通人性，可乖了。来，我扶你上马，不要怕，我牵着马。李菊花在众目睽睽中上了大白马，通信员在前面牵着马。出了连队，李菊花突然想起小时听妈说的一句话来，"妮子，妮子快长大，长大找个大连长，骑白马，穿绸缎，放起屁来咚咚响。"想到这，菊花的脸红透了。

到了一营营部，不少战士出来看营长的"对子"，战士站在道路两旁像是夹道欢迎似的。几个女兵一边看着，一边在品头论足。小声说着，这个女兵也就那么回事嘛，可营长放着身边的不找，舍近求远找了一个也就那么回事的"对子"。李菊花到了营长办公室，通信员高声喊报告，屋里营长推开门走出来，大声说"欢迎欢迎。"他将李菊花领进办公室。

那天晚上，通信员将李菊花领到女兵宿舍睡觉。一进门，几个女兵围着她说这说那，很是热情。有的将自己的被子让李菊花盖，有的将自己是枕头送来让她枕。她们羡慕地说，菊花有福气。话里话外有一种泛酸和失落的情绪。听着这些话，李菊花心里更是喜滋滋的。

去一营与营长结对子活动也就三次，刘大海就向团政治处打了结婚报告。政治处把报告送到张团长那，他一看笑着说，这就是刘大海，干什么都要争第一。他大笔一挥，在报告上写了"速战速决"四个字。政治处处长看了笑道："好，就让刘营长带个头,我们团要打一场'速战速决'的战役。"

李菊花一回到连队,就被文书叫去见指导员。王彩云笑着说道:"妹子,你不声不响拿了个第一呀。"菊花一头雾水,问啥第一？是我挖渠第一名了。指导员说:"挖渠你连前三都没进,我说的是你和刘大海的结婚报告是全团第一个打。"李菊花羞红了脸,小声说:"大海问我还有没有啥意见,我还以为是对他的工作有什么意见呢,就说很好,没有意见。谁想到他是问我对结婚的事有没有意见。他说,没意见就打报告,还说吐鲁番的葡萄熟了就赶紧摘呀。"王彩云笑得弯了腰,说这么幽默的话只有刘大海说得出。笑毕又问:"那你是怎么想的。"李菊花低着头说:"我听大海的。"王彩云见菊花这副模样,心里很是高兴,心想,李菊花和刘大海真是熟了的吐鲁番葡萄呀。接着她严肃地说道:"菊花,我是指导员,也是过来的人,我要对你进行一番结婚前的知识普及。"菊花一脸迷茫,问道:"结婚前还要上课？"指导员说:"当然了,凡事都有第一次,我得给你说说这个第一次。结婚了,两个人就要睡到一起,就要过夫妻生活。以前部队里闹过不少笑话,新婚之夜,新娘子跑了,说丈夫耍流氓。有的新娘子见出血了,吓得呜呜哭,说自己负伤了。闹出不少笑话了。所以,后来政治处要求结婚前由妇女干部向准备结婚的女同志讲讲这方面的知识。"

"第一次,女人都有些怕,等到第二次、第三次,你就好了。女人最幸福的就是与心爱的男人'那个'。"

"速战速决"报告批后第三天,刘大海的新房就收拾好了,他让通信员将自己的床和被褥搬过去,又从女兵宿舍里搬来一张床,两张床并在一起就是一张双人床。教导员让炊事班烧了一锅开水,里面放了些蜂蜜,又炒了锅葵花籽,买了几条香烟。婚礼在营部大礼堂里举行。教导员高声喊道:"刘大海与李菊花同志的革命婚礼现在开始。首先,新人向毛主席鞠躬;向革命战友鞠躬;新人相互鞠躬。"接着,教导员又喊道:"男女双方介绍结对子的经过。"刘大海像是说故事一样说他们结对子的经过,里面有不少是他添加的部分,逗得人们大笑不止。可轮到李菊花时,她羞得说不出口来,大家就起哄,喊道:"说不出不行,那得惩罚。"一个战士高声喊道,那就亲新郎一口。李菊花更是羞得恨不得钻到墙角里去。可刘大海大大方方地说:"这样吧,女同志都害羞,就让我亲她吧。说完就把新娘子一把抱到怀里,低头去亲。礼堂的气氛顿时高涨起来,大家喊着,亲一个,亲一个,再亲一个要不要。大家齐声喊道:"要,要,要。"女兵们羞得不敢抬头看。教导员见好就收,大声喊道:"刘大海与李菊花同志的革命婚礼到此结束。"然后对不愿离开的人说,明天还要大会战,早点休息。人散后,教导员小声对搭档说,今晚的会战我就管不了了。刘大海一副豪迈的样子,雄起赳,气昂昂地说,那当然,良辰已到。

……

紧张如小兔的妻子问丈夫。

你好像懂的,你咋懂的这些的。

丈夫的脸红了,好在妻子看不见。"我没敢给你说,参军前我有个媳妇,那时我才十五岁,她比我大八岁。是她教我的。后来村上来了八路军,我就报名参军了。所以说,我懂得这些。"

刘大海突然听到妻子在低声哭着,好生奇怪,就问道:"菊花,你咋哭了?"

妻子说:"我来当兵就是为了不给老男人当小老婆,可还是当了你的小老婆。"

"你咋当了我的小老婆?"

"不是吗,你有老婆呀,她是大老婆,我不就是小老婆吗。"

"嗨,我还没说完呢。我当兵的第三年,母亲来信说,我媳妇怀孕了。丈夫参军三年,媳妇在家怀孕,还用问吗,我妈就把她赶出家门。后来,才知道,她与一个货郎好上了,被引诱到野地里。我都离婚好多年了,你咋就是我的小老婆?"

"反正我不是你的第一个女人。"

丈夫抱着妻子,亲吻着说:"好了,不哭了,我听说女人在那个时哭鼻子,怀上的孩子命不好,是哭(苦)命。"

妻子抬起眼泪汪汪的脸,一本正经地问道:"是真的吗?"

"那当然。"

妻子破涕为笑:"那好,我不哭了。"

宽阔的蓝天

一

2008年,兵团评选出十大戈壁母亲,其中王玉卿的颁奖词是笔者写的,记得颁奖词是这样开头的:

比沙漠戈壁宽阔的是天空,比天空宽阔的是母亲的胸怀。

——作者手记

1952年从山东当兵来新疆时,王玉卿已经二十五岁了,是个老兵,当然是民兵。

王玉卿1942年就参加了村里的民兵,那年才十五岁。那时,她说不出什么革命道理,就是从内心深处迸发出对日本鬼子的仇恨,恨得咬牙切齿。她当过交通员,为八路军部队送过情报;她和村里的民兵在夜里埋过地雷。她忘不了满天星斗的夜晚,民兵在鸡还没打鸣之前就在村头集合了,他们悄没声儿地从自家走出来,听不到脚步声,就连耳朵最灵敏的小狗都没听到。

借着星光,民兵手提地雷和镐头,一阵风似的来到几里外的大道上,这是一条鬼子军车常走的路。王玉卿是小民兵,就担任警戒任务。夜里,万籁俱寂,几步开外就什么都看不清了。可王玉卿有的是办法,当然这是姐姐这个"老民兵"传授给她的——伏在地上,将耳朵贴在地面上,这样就能听到几里外的动静。车辘辘是什么声？牲口蹄子是什么声？日本兵和伪军的大皮鞋踏在路上是什么声，她都能听出来。

刚开始当民兵时，王玉卿什么也听不到，只听到自己的心咚咚跳，跟着姐姐执行过几次任务后，她也不再紧张了。听一阵，她会抬头看看夜空里的星星，她想，如果天上的星星都变成民兵的地雷多好呀。她看着姐姐和其他民兵在路上埋地雷，又想，如果哪天她能亲手埋下一颗地雷，亲眼看着炸死几个日本鬼子多好呀。埋地雷很有讲究，埋深了地雷的威力会减弱，埋浅了容易被鬼子发现。伪装更有学问，姐姐手巧，她会把地雷坑的表面伪装得看不出一点破绽。二十多年后，王玉卿在看电影《地雷战》时对孩子们说，这活我在十几岁时就干过。

抗战胜利后，王玉卿经姐姐介绍，加入了党组织。她带领民兵到战场上抬伤员。战斗打得激烈，炮火连天，天空中弥漫了一层浓浓的硝烟。他们抬着伤员，在炮火和弹雨中穿梭，不少民兵就牺牲在路上。最让王玉卿忍受不了的是，冒着生命危险抬到战地医院的伤员没被抢救过来，眼睁睁地看着伤员死去。再后来，解放战争大反攻时，王玉卿的民兵队执行最多的任务就是"支前"，部队打到哪，他们民兵的"支前"队伍也要跟到哪，一人一架小推车，小车不倒只管推。除了民兵"支前"外，更多的"支前"队员来自老百姓。王玉卿和民兵们开大会动员，到家里做工作，动员男女青壮年去"支前"，动员老人和妇女在家做军鞋，烙煎饼。

在战火中，王玉卿这个小女孩渐渐成长为大姑娘了。1950年她成为民兵排长，还经常到区上开会呢。

1952年，区上来了通知，动员青年妇女参军到新疆去。自打她参加革命起，她就做动员工作，她想这又是一次"支前"呀，不过这次的"支前"比以前的"支前"都远。她猜想，全国都解放了，到新疆"支前"会干些啥呢？而且不要男的，只要姑娘。她想，莫不是给新疆的解放军战士当媳妇吧。他们村就有参军后一路打到新疆的解放军战士。想想他们在天边边上保卫祖国，没有媳妇，她的心里就一阵酸楚。

　　区上成立了"动员女青年参军"小组,他们走村串巷、挨家挨户动员,他们的目标明确,谁家有没出嫁的姑娘就动员参军。小组里还分来一名从新疆部队来招兵的干事,他遇到姑娘就宣传:"新疆是个好地方,遍地是花园,到处是工厂。女青年到新疆后愿意上学的上学,愿意到工厂当工人的当工人。"王玉卿曾私底下问那个干事,部队招这么多山东女兵到新疆去干啥?那个干事见四周没人,深深叹了口气说:"新疆的战士苦呀,他们远离家乡,保卫建设新疆,没个家咋行呢?这话你千万不敢说出去,我见你是"老革命"才对你说了实话。"王玉卿当时心里一酸,觉得自己对不住家乡的姐妹们,她也跟着在说谎话。

　　他们动员的女兵中有的才十五六岁,虽然不符合招兵条件,但招兵小组的成员心照不宣,只要小女孩嘴上说十八就行。她们哪知道是去成家的,她们是一心想着上学、去工厂当工人的。女孩子哭着喊着要去新疆当兵,不少人找到王玉卿说好话,说你十五岁就参加革命打鬼子了,我十五岁为什么不能参军到新疆?那个干事这时总会笑眯眯地说:"小同志觉悟真高,好吧,特批你参军,不过花名册上得写十八岁。"看着干事将小女孩的岁数写成十八岁时,看着那个小女孩高兴得咧嘴直笑时,王玉卿心里不是个滋味。她参加革命这么多年了,动员"支前"无数次,还没说过一次谎话。

　　招兵工作圆满结束了,他们这个区就招了五六百女兵。区长让食堂炒了几个菜,拿出陈年老酒,说要好好犒劳一下动员招兵小组的同志。那天,王玉卿心事重重的,喝了几杯酒后,就对区长说:"区长,我决定了,我也报名到新疆去。"酒桌上的气氛一下凝固了,大家不知说什么好。区长抗日时是民兵队的队长,和王玉卿是战友,他们一道抬过伤员,一起打过鬼子。前不久,区长还派王玉卿到县上学习。有意培养她。

　　这时,从新疆来的招兵干事打破了沉默,说:"女兵名册都报到总指挥部了,招兵工作结束了,现在报名来不及了。"

区长一听,乐了,说:"解放军有纪律,你这个'老革命'是知道的,你想参军的想法是好的,觉悟是高的,但黄花菜凉了。"

王玉卿一口喝下手中的那杯酒,斩钉截铁地说:"我参不了军,就以'支前'的名义去新疆,她们是我动员去的,我一定要和我的姐妹一起去新疆,不然,我对不住她们。再说了,解放前哪次'支前'不是党员干部带头,这次'支前'我也要带头。"说完,王玉卿哭了。

第二天一早,区上做出一个决定,王玉卿以带队的身份去新疆。"赴山东招兵指挥部"任命王玉卿为中队长。

二

山东女兵大多来自农村,从没见过火车,在火车上她们说呀笑呀,就这样,踏上了实现梦想的征程。王玉卿不愧是"老革命",极会做宣传鼓动工作,她带头唱起了歌。

解放区的天是明朗的天,
解放区的人民好喜欢。
民主政府爱人民呀,
共产党的恩情说不完。
呀呼嗨嗨,一个呀嗨,
呀呼嗨呼嗨,呀呼嗨嗨嗨,
呀呼嗨嗨一个呀嗨

一个车厢的女兵都唱了起来,气氛十分活跃。

火车风驰电掣,家乡的熟悉快速地向后退去,而前方的陌生又快速涌来,让人应接不暇。而唯独不变的是窗外的那片天空,宽阔、湛蓝、深邃。

火车到了西安后,女兵们穿上了军装。改乘汽车继续向西前行。

女兵的汽车都装着汽油和大饼,人们就坐在装大饼的麻袋上。由于路面坑坑洼洼,汽车在路上跳,人在车上跳,心在肚里跳。有一次汽车下一个山坡,整个车厢向一边猛地一倾斜,车上的女兵泼水般的向那个方向压过去,一层人压一层人,叠罗汉似的;不一会儿,人们又泼水般的向另一边压过来。哭声叫声一片,乱成了一团。

看着眼前一站比一站荒凉,离家越来越远,有人开始埋怨起王玉卿,说都是她动员姐妹们到新疆来的。王玉卿能说什么?只能反复说:"别哭了,你们抬头看看天,这不是和山东一个天吗?我们离山东老家是越来越远了,但离新疆这个新家不是越来越近了吗?"她这么一说,有的姑娘就不哭了,但有的姑娘还继续哭,怎么劝都不行。对待这种"不听劝"的人,王玉卿的办法就是与她一道抱头痛哭。其实,王玉卿心里也不好受,但她是"老革命",是党员,她知道这次"支前"与以往的任何一次"支前"都不同,是"支前"一辈子,不可能再回来了。

在战争年代,他们的"支前"队里也发生过逃兵事件,一些胆小的人乘着天黑或战斗混乱中跑回村里。所以她怕再发生这种事。这里不比老家,可以跑回家,这么大的戈壁滩,逃跑等于找死。每天夜里,她都要巡查,提防有人逃跑。就这样,经过四十多天的颠簸,她们这个中队的女兵终于一个不少地到了目的地焉耆——二军五师十七团所在地。

没有花园,没有学校,没有工厂,眼前是别无二致的戈壁滩、盐碱滩。女兵们这才知道自己彻底受骗了,她们又一次向她们的"老革命"大姐发泄不满。王玉卿尽管来时就听说新疆荒凉,但这里的环境还是完全超出了她的想象。她也憋屈,她也想向谁发泄一通,但不能,她是"老革命",是党员,是干部。她只能对姐妹们说:"低头看,这里确实很干(那时她说不出荒凉这个词),在山东,没人家,还有庄稼和野草吧,这里几里地没有一棵树,没有一棵草。干得冒烟。可我们抬头看看天,这里的天比山东老家的天更高、更蓝。"她的这番话起初没人听得进去,可后来,姐妹们也说看天的办法真灵,心里憋屈时看看天,就好受多了。

接踵而来的是为女兵拉郎配。这下女兵炸了营,又把怨恨发泄到"老革命"王玉卿的身上,说她们是被骗来给男人当老婆的。

团领导和连队干部对王玉卿很看重,让她多做做姐妹的工作。这是一个新任务,她做过动员,做过落后分子的工作,但就是没做过"媒婆"的工作(她不敢明说,但心里就这么想)。其实革命工作的道理是相通的,就是将姐妹说动情,说动心。这个部队的干部战士都参加过战斗,有的还是老八路。她十分同情他们,他们为了革命耽误了婚姻大事,他们太需要一个家了。如果哪个老兵看上了哪个女兵,连长就告诉王玉卿,问能不能促成。王玉卿在心里迅速将两人做个对比,能成,就点点头,就去做女兵的工作。不成就另换人。他对连长说,这事要差不多才行,鲜花插在牛粪里咋行?

王玉卿很会做工作,在做工作前,女兵大多是哭天抹泪的,死活不依。但听了大姐的话后,也就心软了。她来前都要问问连长或老兵本人,参加过什么战斗?受没受过伤?立过几次功等等。做工作时,王玉卿绘声绘色向这个女兵讲述"战斗英雄"的故事。听着听着,女兵感动得流下泪,再也不吱声了。这时王玉卿知道火候差不离了,就给老兵送去"情报",老兵就会及时地给女兵送来一个本子或一条毛巾什么的。当然,也有的女兵感动后,就质问大姐:"你是不是被连长收买了,不然你咋不找老兵呢?"王玉卿这时会肯定地说:"我的岁数比你们都大,我是从山东把你们带到新疆的,我是娘家人,我得把你们都嫁出去后再考虑自己是事。"有的妹妹说:"到时怕是剩下的都是没人要的了。"王玉卿说:"那不正好,我要。"

不是一家人不进一家门。王玉卿是先为妹妹们找对象,而连长张明鑫是先为其他战士找对象,两人都是处处为别人着想。到最后,为别人忙活的两个人这才想到自己,没得挑没得选了,两个"剩男剩女"就这么水到渠成地结婚了。王玉卿是1942年参加革命、1944年入党的"老革命"。而张明鑫是新疆国民党"9·25"起义军官。两人的条件没法比。王玉卿说,张连长处处为别人着想,就凭这一点我就愿与他过一辈子。

三

王玉卿生第一个孩子时差点把命丢了。

那时的团医院在地窝子里,条件特别差。三天后,张明鑫到地窝子医院接妻子,医生训斥道:"你还知道医院有你的媳妇呀,你媳妇难产,差点把命都搭进去。"张明鑫两眼含着泪水,恭恭敬敬给王玉卿敬了个军礼。那时连队有马,但张明鑫舍不得骑,两人就徒步向连队的地窝子走去。王玉卿身体虚弱,没走多远就大汗淋漓,虚脱得迈不动腿。张明鑫就蹲在地上,让媳妇趴在他背上,他要背着媳妇走。王玉卿不依,他就不起来。就这样,张明鑫前面抱着儿子,后面背着媳妇回到了连队那个地窝子的家。

那天,王玉卿感动得流泪了,心想,能和张明鑫过一辈子值了。

1959年,张明鑫调到农五师红星一场,还干他的连长。可王玉卿的档案在调动中丢失了,没有档案就没法安排工作。张明鑫说:"你就在家歇歇吧,等找到了档案再上班。"王玉卿哪能闲得住,就买了一架缝纫机,为连队的大人孩子做衣服。战争年代她做军鞋,现在做衣服,她觉得很充实。三年后,国家要精简干部,王玉卿正好没工作,就这样,1942年参加革命的人被精简掉了。这件事对王玉卿的打击很大,就像战士脱离了部队。从那时起王玉卿就有了一个看天的习惯,她还真看出了天的秉性。天空如人,生气了,就刮阵风、打阵雷,哭一鼻子后(下雨),就又放晴了,太阳照常升起,照常春夏秋冬四季轮替。她想,人要像天空一样容得下憋屈才行。

几年后,丈夫在"文化大革命"中被打成"老牛",被发配到戈壁滩上放羊。丈夫没了工资,她本来就没工作,但日子还要过。那些年,她到地里拔野菜吃,将粮食省给丈夫和四个孩子。每到日子快过不下去的时候,她就一个人跑到戈壁滩上嚎啕大哭一场,然后,抬头看看天,抹去脸上的泪水,又得赶紧去拔野菜。

后来丈夫恢复了连长职务,但她的工作仍没着落。

又是几年后,团里组织科的人通知她,她的档案找到了,是原单位一直没给转,一直存放在档案室里。那人支支吾吾不知该说什么好,最后才鼓足勇气说:"有了档案,你可以工作了,可你到了五十五岁了,该退休了。"

王玉卿什么也没说,送走了那人后,一人跑到戈壁滩上撕心裂肺地哭了一场,哭完了,她抬头看看天空,向家走去。

"低头看不是我的性格,只要抬头看天就没有过不去的坎。"2008年,王玉卿被评为兵团十大戈壁母亲,她在接受记者采访时说了这么一句话。

这句话是王玉卿的人生写照。

擂　台

李同芳没想到自己的命运会与擂台紧紧相连。

李同芳的老家在山东省牟平县一个小山村,这个村的老少爷们好习武,都会些拳脚。村里常常摆擂台,一是方便切磋武艺,二是为了热闹。擂台一设,本村的、外村的,都来打擂。大人小孩常跑去看打擂,所以,李同芳打小就知道打擂台是怎么回事。

1954年,二十岁的李同芳报名来新疆支边。

她有晕车症,一路坐火车、坐汽车,吐得死去活来的,连大饼和大葱都吃不下。两个月后,李同芳和十好几个山东姑娘分到了一个叫小李庄的地方。

当时的小李庄到处是苇湖,是一片待开发的土地。姑娘们到小李庄干的第一件事是给自己搭建苇棚子。指导员对姑娘们说:"自己动手,丰衣足食。今天我们摆个擂台,以班为单位,看哪个班最先将棚子搭起来。"

姑娘们大多听不懂指导员说的"擂台"是什么,李同芳知道擂台,但她心里的擂台是比武的土台子,可割苇子、搭棚子怎么打擂台?看到姑娘们迷惑不解,指导员笑着解释道:"摆擂台就是社会主义劳动竞赛,是为了调动劳动积极性而开展的一项活动。"

姑娘们笑了,劳动也能摆擂台?

苇湖的芦苇长得笛子一般粗,足有三四米高,就像一堵密不透风的墙。就在姑娘们的镰刀砍向苇秆子的一瞬间,只听"轰"的一声,她们的头顶旋即出现了一个扭动的黑团,成千上万的蚊子向人们发起攻击。姑娘们扔掉镰刀,双手抱着头只喊叫。指导员大声喊道:"姑娘们,刚才忘了交代了,赶快用泥巴往脸上、手上抹。"说着就用泥巴将脸和手糊了一层。姑娘们顾不了那么多了,赶紧如法炮制。

此法灵验,虽然头顶上还盘旋着成球状的蚊子,但厚厚的泥巴保护了她们。

这场打擂,李同芳的班是垫底,李同芳撅着嘴在生闷气。搭好的苇棚子可住七八个人,由于没有门,谁也不敢睡在靠门的地方。还在生气的李同芳说:"我睡,狼来了,我活活掐死它。"她这是在说气话,姑娘们只撅嘴。

说归说,晚上真要睡在门口,李同芳还是挺害怕的。睡觉前,连里文教给每个棚子发了一只手电筒,说是起夜用。李同芳将手电筒紧紧攥在手里,她听说狼怕光,真有狼来了,她就用手电筒照狼的眼睛。那天夜里,没有一个姑娘起夜,有的姑娘都憋得尿了铺。李同芳也一直不敢睡,她怕睡着了狼就来了。可她太困了,来时的两个月里一直都在晕车,白天里又割苇子、搭棚子,特别是在听到有的姑娘发出轻轻的鼾声后,她也睡着了。

朦胧中,李同芳突然感觉到有个活物在她的头上碰了一下,她大叫一声,同时将手中攥着的手电筒摁亮了。黑暗中突然出现了一道亮光,那个活物被吓跑了,李同芳这才看清是条"狗"。李同芳的叫声惊醒了同班的姑娘,大家都尖叫起来,像是公鸡打鸣,尖叫声从这个棚子传到下一个棚子,惊扰了整个驻地。

指导员和连长提着枪赶来了,一个棚子一个棚子检查,看发生了什么事。大家都说不知道发生了什么事,反正听到了尖叫声就跟着叫起来。后来问到李同芳这个班,李同芳说夜里有条狗在舔她的头,我叫了一声,用手电筒一照,狗跑了。连长问:"那狗是翘着尾巴还是夹着尾巴?"李同芳回答说好像是夹着尾巴。连长问:"那狗是不是一瘸一瘸跑的?"李同芳回答是。连长说,那不是狗,是狼,那条狼去年被我们的哨兵打断了一条腿,是三条腿的狼。听到这话,姑娘们都吓出了一身冷汗。连长笑着夸奖李同芳,"你这个姑娘胆子还挺大的,把三条腿的狼都吓跑了。"

第二天，连长通知李同芳去伙房帮伙，主要任务是捡柴火、往工地送饭。炊事班班长对李同芳说，狼最怕火，你送饭时带上火柴，遇到狼就点火；再拿个盆子，一路走，一路敲盆子，狼听到响声，就不敢靠近了。李同芳挑着饭挑子一出伙房就敲那个破盆子，一路走一路敲。工地上的人说，送饭姑娘一出伙房我们就知道送饭的来了，盆子敲得比钟都响。

工地每天都在打擂台，文教在吃饭时用广播筒宣布谁谁谁在上午的比赛中获得第一名，谁谁谁获得第二名。从小就看打擂的李同芳看到这个热火朝天的场面，再也在伙房待不下去了，她找到指导员，坚决要求到工地上来。指导员说，因为你胆大，把狼都吓跑了，才让你到伙房送饭的。怎么才干了几天就害怕了？李同芳说："我不是怕狼，我是想到工地上参加擂台赛。我在山东老家只看擂台赛，没有参加的份。现在我们姑娘也可以打擂了，我要打擂。"指导员被李同芳的话说动了，答应了。

李同芳一来，就参加挖渠打擂赛，当然，是男人与男人打擂，女人与女人打擂。渠道两边都插着彩旗，文教用广播筒表扬着工地上的好人好事，不时通报着工程进度。李同芳从小看村里人习武，时常也在自家的院里比画几下，也练就了一副好身板。再加上她性格刚强，干什么都不服输，所以，在打擂的第一天，她就在女子擂台赛中拔得头筹。文教在广播筒里喊道："今天女子打擂第一名是我们都知道的吓跑三条腿狼的李同芳，她来工地挖渠的第一天就完成了三十立方米的工程量，创了连队女同志挖土方的纪录。同志们，这个成绩在男同志中也排在前六名。我们向李同芳表示热烈祝贺。"接着，指导员和连长为男子打擂前三名和女子打擂前三名每人胸前戴上了一朵大红花。男子第一名的是个小伙子，大家都叫他罗成（绰号），罗成看了李同芳一眼，李同芳也看了罗成一眼。李同芳觉得心里有一股热流涌动，好惬意。

工地上的一些男人议论说，李同芳这个山东姑娘真能干，才在食堂吃了几天饱饭，就这么能干，我看以后叫她"花木兰"吧。

果然,在几天后的打擂中,文教在广播筒里喊道:"过去我们连有一个小伙子因特别能干,他叫罗成。现在连里来了这么多的女青年,可最能干的就数李同芳了,有人建议叫她'花木兰'。大家同意不同意?"工地沸腾了,人们都在喊:"赶超'罗成',赶超'花木兰'。"

半年后,李同芳对建设社会主义农场的擂台赛才真正理解了,这个擂台在开荒地、在麦地、在玉米地、在运肥料的路途中、在打土块场……凡是农场劳动的地方都能摆擂台。工地有多大,擂台就有多大,擂台可以天天打,时时打,可以个人与个人打,也可以班与班、排与排、连与连打。李同芳也在几年的打擂中入了团,担任了铁姑娘班的副班长、班长,后又担任副排长、排长,并且入了党。可以说擂台成就了李同芳,李同芳也为农场的擂台增添了色彩。

从一开始打擂,李同芳就把目标对准了男同志,谁说女子不如男,她要用事实说明女同志也能胜过男同志。她超越了第五名男同志,接着又超越了第四名,一直到超越了第二名男同志,前面就剩下第一名的罗成了。

为了超越这些男同志,李同芳将命都豁出来了,每天累得骨头都散了架,晚上睡觉连大通铺都上不去,要靠别的姑娘帮助才能上去。睡在铺上连身都翻不过来,浑身疼,就感觉疼到骨头里去了。她心想,我这是连睡觉翻身的力气都用尽了呀。可到第二天一早,她又像上足了发条的钟表,准时起床,准时赶到工地,又参加新一天的擂台赛。有记载为证,这个被称为"花木兰"的姑娘创造过如下纪录:一天拾棉花一百二十公斤;一天打土块三千二百块;一天割麦六亩;一天收玉米十亩……这个纪录自李同芳创造后,就没有一个女人再打破过。一次连里人都下班了,李同芳带着她的铁姑娘班连夜收割了一个条田的高粱。上班的人们来到地里收割高粱时,看到已被收割过的地里横七竖八睡着十来个姑娘。

1958年李同芳与罗成都被农场评为红色青年,李同芳还到北京出席全国共青团代表大会。

"不打不相识",在打擂的几年中,李同芳同罗成建立了革命感情。只要打擂,最后的焦点必然都集中在罗成和"花木兰"的身上,男子第一名和女子第一名毫无悬念,悬念是"花木兰"打败"罗成"了没有。他俩是打擂赛的主角。就在全连人嚷着要吃他们喜糖时,没想到,两人商量好了,提出婚礼也要以打擂的方式举行。那次是割麦打擂,规定割一亩麦子,谁用的时间少就为胜者。结果李同芳用了一小时,罗成用了一小时多一点。在人们的祝贺声中,连长和指导员分别给他俩戴上大红花,宣布两人结为革命夫妻。这时,有人要求文教来段快板书热闹热闹。只听文教在广播筒里喊道:"嫁汉要嫁庄稼汉,一天能见三次面,若是半天不见面,提着罐子去送饭。"大家一边笑着,一边嚷着再来一个逗乐的,文教指着几个男青年说道:"没有老婆想老婆,有了老婆背柴火。有了小家忘大家,有家更要顾工作。丈夫有志妻光荣,夫妻共唱'光荣歌。'"其中一个男青年摸着脖子不好意思地说:"文教,我就背了一次柴火,你就给我编了快板书。我改还不行吗?"文教即兴说道:"说榜样,学榜样,榜样就在咱中间,两人结婚还打擂,新事新办新风尚。"

一个男人学着文教的口吻起哄道:"白天打擂没打完,夜里洞房接着打。"在人们的一片笑声中,婚礼结束了。

新婚之夜,当丈夫"罗成"将妻子拥入怀里的那一刻,李同芳第一次感到无比的温馨、温情、温暖。这些年,李同芳的心里一直没把自己当作女人,她一直在擂台上与男人比着干。她是铁姑娘,她是花木兰,她是比男人还要坚强的女人。可这会儿,她内心里油然升腾起一股女人的温情和柔情,她渴望丈夫就这么紧紧地抱着她,她太累了,需要一个有力的肩头、一个热烈的胸膛。

新婚都有三天的婚假,第二天,李同芳第一次想睡个懒觉,她向丈夫撒娇:"再睡会儿吗,我不想上班了,我想好好睡个三天三夜。"可当喇叭里传来"今天在三号麦地摆擂台比赛割麦"的消息时,李同芳条件反射似的跳将起来:"打擂,打擂,我怎么忘了打擂的事呀,我可不能一结婚就当落后的小媳妇。"说完,穿好衣服提着镰刀风风火火向三号地跑去。

李同芳不愧为"花木兰",怀孕了还要打擂。十月怀胎,她没休息过一天,天天在地里干活。都说头胎孩子难生,可李同芳的头胎孩子没怎么费劲就生下来了。是真正的瓜熟蒂落、水到渠成。一些人开玩笑说,李同芳在生孩子打擂中也是第一名。

李同芳不愧为"花木兰",孩子刚刚满月,又来到地里打擂。她将孩子放在柳条筐子里,盖条毛巾,往地头一放,就去割麦。一个条田的麦子割完了,别人才割到一半。

李同芳习惯了打擂,擂台成了她人生中不可或缺的一部分,她喜欢打擂时的紧张,思想高度集中,心无旁骛,一心一意,整个身体就像一部高速运转的机器。她在乎打擂后的成绩,这不仅仅是荣誉,还是价值,是劳动的价值。

李同芳这辈子打了多少场擂台,得到过多少第一名,她自己也说不清。

她就是在一场一场打擂中过来的,一晃三十年过去了。

1984年,已是副指导员的李同芳带着职工盖仓库,自然又是在打擂。她站在高高的山墙上,双手接住从下面抛上来的土坯,就在要结束打擂时,她的脚一下踩空了,整个人从山墙上掉了下来。

打了一辈子擂的花木兰再也打不成擂了,她的腰椎摔成重伤。

没服过输的李同芳调侃地说:"一切都是命中注定,我来小李庄从搭苇棚子开始打擂,三十年后,又是以盖房子结束打擂。"

打了一辈子擂台的女强人终于松了一口气。这年她整五十岁。

岭上铁娘子

一

新疆很少将山叫"岭",其实,"岭"就是山,就是"顶上有路可通行的山"。新开岭的土岭与王莲香老家宁夏土岭很像。

王莲香第一次知道"新开岭"这个地名还是听丈夫刘青山说的。在部队服役的丈夫回家探亲,对她说:"在新疆兵团的父亲来信让咱们去'新开岭',那地方就在塔里木河边上,有大片的土地等着开发哩。"第二年,丈夫复员了,问媳妇去不去新疆兵团那个叫"新开岭"的地方。王莲香没有犹豫:"公公让去,我们就去。不然,我们咋尽孝。"动身前,两人去了趟县城照相馆照相,因为刚进三月,宁夏的天气还有些冷,两人都穿着棉袄,是王莲香做的。王莲香头上扎着一只发卡,一绺头发落在左肩上。照片上两人棉袄上的针脚都清晰可见,她的对襟棉袄领口处,特意缝制了一枚梅花盘扣。

2008年,王莲香被评为兵团十大戈壁母亲候选人,上报材料需要一张照片,团工会一位妇女干事一下被这张四十一年前的照片吸引了。说这张照片太有时代特色了,能说明王莲香就是从一个地地道道的农村妇女成长为兵团铁娘子的。

1967年3月的一天,刘青山一家踏上了去新疆兵团的路。刘青山背着几个包袱,王莲香抱着儿子,走到村头那个岭上时,两人都回头看了看岭下的家。这时,日头还没出来,他们一家站在高岭晨曦中,犹如一幅剪影。

王莲香一家要去的新开岭原本没名,是老红军林海青带人在这开荒后起的名,"新开岭"意为"新开发的地方"。这里一马平川,但偏偏在平地上突兀出一座土岭,要将土岭挖平又是一个现代版的愚公移山——工程量太大,拓荒人索性就留下来了。林海青是个身经百战的老红军,农场一马平川,得有一处制高点。留下的土岭暗藏战略意图。

王莲香到兵团后,对一切都感到新鲜,因为在青年连,民兵训练时她和丈夫都住集体宿舍,孩子交给了公公和婆婆。一早起来要跑操,吃饭要到连队食堂排队,大田里到处是红旗,土喇叭广播的现场劳动新闻让人热血沸腾。收工回来后,连队还要集体学习,这一切都是陌生的。但新开岭这地方有一点与宁夏老家一样,那就是一出门就看到的土岭。土岭光秃秃的,没有一棵树,与千里之外宁夏老家的那个土岭一模一样,还有岭上的那条路。王莲香每天上下班,都要走岭脊上这条土路,小道被人踏得生硬,都发白了。王莲香上班走这条路通往大田,下班走这条路通往她的家。

没有文化的王莲香对丈夫说:"这里有公公婆婆,有你和孩子,还有和老家一模一样的土岭,这里就是我们的家了。这一切都是老天爷安排好的。"

二

新开岭的土岭见证了王莲香如何从一个地地道道农村妇女成长为兵团铁娘子。

刚开始,王莲香上班老是拖拖沓沓的,与在宁夏农村一样,心思都放在这个家上。要为全家老小做早饭,收拾停当了才能扛起坎土曼去上班。有一天公公对她说:"莲香呀,兵团人就是战士,上班号一响,就得出门,可不能拖了连队的后腿呀。"王莲香虽然没有文化,但她特别敏感,她觉察出公公的不悦。心里暗想:公公是军人(九·二五起义),丈夫是军人,我这个儿媳妇,我这个妻子就是半个军人,公公说得对,我可不能给这个家抹黑。

这是王莲香第一次有了除了操持好小家外,还要操持好"公家"的念头。

土岭脊背上那条土路，每天最早迎来的就是王莲香，她上班一担肥，从土路上走到大田；下班一担草，从土路上走回连队自己的家。这条土岭小道窥探着王莲香的心理悄然变化：做个孝顺的儿媳和贤惠的媳妇，不给军人家抹黑，这个追求太低了，我要给这个军人家庭增光，我要让全连的人都竖大拇指。走在土岭上的王莲香与自己较上了劲。

心中一旦有了目标，那就会豁出命来实现。王莲香就是这么一个人。

天还没亮，星星还没退去，王莲香就起床了，做好一家人的早饭后，胡乱吃几口就扛着坎土曼出门了。一气爬到土岭上，扭头看看晨曦中的连队。这时连队还没有醒来，不过，连长和指导员家的窗口亮了灯，东头文教家也亮了，他每天都要到办公室开喇叭，放起床号。站到土岭上看到只有这几家窗户亮着她才心里踏实，因为等职工听到起床号、上班号声来到大田时，她已经干了个把钟头了，今天的第一就有了保证。到新开岭后，她又添了小孩，虽然交给了婆婆看护，但每天工间休息时她都要回家给孩子喂奶，不提前来上班怎行？

每天都是这样，干到一两个钟头后，她的乳房就会涨得生疼，奶水直往外流。有几次，她在草丛中，解开衣扣，用一条细绳将乳头扎上，不管用，奶水照样往外溢。一到工间休息时，人们就看到王莲香捂着胸口向土岭跑去。等她跑到土岭脊背上时，她一边跑一边用耳朵仔细地捕捉她的孩子的哭声，就像是感应，这时她的孩子会亮出大嗓门哭，可着劲地哭。听到哭声，王莲香双手捧着鼓胀的乳房，又加快了步子向岭下的家跑去。随着"咣当"一声，大门被她撞开了，她一头扎进婆婆的屋子，扑向孩子，慌不迭地将奶头往孩子嘴里塞。她跑得气喘吁吁，双手抖得几次都塞不到孩子的嘴里，奶水会滴到孩子的脸上。婆婆笑着说："看把你急的，都到家了，不差这一会儿。"

看到孩子一口叼着乳头，吮吸着乳汁，王莲香的心才慢慢平静下来。

吃饱奶的孩子不想妈。丢掉奶头的孩子睡着了，王莲香轻轻地骂道："没良心的王八羔子，吃饱了也不对妈笑笑。"她放下孩子，对婆婆交代几句，又向土岭跑去。她要在工休的半个小时里喂完孩子,不然,她要保持当天的第一就困难了。

王莲香参加工作第一年评先进时,大家都将目光对准了她。王莲香懵了,问大家伙:"看我干啥?"大家异口同声地说:"评你呗,你是今年连队的五好战士。"

王莲香的脸"腾"的一下涨得通红,心跳加速,她激动得有些喘不上气来。在农村,小时候她被村里人夸奖过"好孩子",姑娘时被村里人夸奖过"好姑娘",村里的小伙子常夸她"俊"。结婚后,她被村里的姑娘媳妇老婆婆夸奖为"勤快、能干、会过日子"。这些夸奖是自发、随意的,是东一句西一句的,她听着心里也甜,脸上也会露出灿烂的笑容。但到新开岭工作的第一年就被评上了"五好战士",这个夸奖是组织给的,这也是她到兵团后得到的第一个荣誉,她怎能不在乎这个称号,这说明她和公公、丈夫一样成为兵团战士了,并且是政治思想好、作风好、劳动好、完成任务好、身体好的"五好战士"。

在连队的表彰大会上,指导员给她颁发奖状和一条毛巾,毛巾上面印着"五好战士"的字样。回到家,她拿给婆婆看,公公和丈夫也是一脸的自豪。那天夜里亮如白昼,一轮满月刚刚爬到土岭,土岭洒满了月光。王莲香从窗口看到了月上岭梢的画面,突然有一种异样的冲动,她伏在丈夫的耳边细声细语地说:

"青山,我俩到土岭上看月亮去吧。"

"这会。"

"对呀。"

"算了吧,爸妈知道了会说我们犯神经病。"

"不嘛,我就要去。"王莲香像个孩子向丈夫撒起娇来。

丈夫的心也一下热了,两人穿好衣服悄悄地向土岭跑去。

土岭下的连队进入了梦乡,他俩坐在月光下的土岭上,依偎在一起,没说一句话,就这么静静地坐着。

"你咋哭了?"丈夫问道。

"我也不知道,心里喜得很,甜得很。"

"跟吃了蜜一样？"

"比吃蜜还甜呢。"

三

王莲香有四个孩子，三个生在新开岭，其中一个就生在土岭上。

那时的人们也不懂得算预产期，就看肚子。一些妇女看王莲香的肚子就像瓜农看地里的西瓜，说，还得有些日子，王莲香也就听她们的。此时的王莲香是"五好战士"了，她得干出个样儿。所以，每天太阳还没露头，她就爬到了土岭脊背上，婆婆在土岭下看到撅着大肚子的儿媳嗔怪地说："哪有大肚子婆娘比男人上班还早的。"

王莲香心想，我要干到生孩子那天，不然全年的工效就拿不到全连第一，就评不上先进。怀孕的日子里，她照样下地，照样参加大会战。直到有一天，干着活的王莲香突然感到肚子撕裂一般疼痛，一股羊水打湿了下身。她对身边的妇女喊道："羊水破了，我要生了。"

丈夫背着她向家里跑去，到了土岭上，王莲香裂帛似的喊道："不行了，不行了，小家伙要出来了。"丈夫刘青山将媳妇平放在路边，脱下衣服垫在媳妇的身下。跟来的几个妇女大声喊道："来不及了，就在这生吧。"说着就忙活开来。

这时，落日通体红彤彤的，柔软的就像切开的半个西瓜。落霞犹如一块红布，罩在土岭上。王莲香没有喊一声，就把孩子生下来了。接生的妇女说："瓜熟蒂落，王莲香生孩子和干活一样利落，比摘西瓜都快。"

月子里的王莲香听到广播里大会战的消息，再也躺不住了，她对婆婆说："妈，广播在说啥呢？"

婆婆知道儿媳妇的心思，说："妈耳背，听不清。"

"听不清？这么大的声音咋就听不清？妈……"

"好啦好啦，你心里的小九九我还不知道？你是不是想参加大会战？"

"全连的人都在会战,我躺不住呀。我想去。"

"月子里干活,会落下病的。"

"没事,我会照顾自己的,我只是干些轻活。"

那次会战结束了,王莲香得了一朵大红花。她一进门,就将红花戴在婆婆的胸前,搂着婆婆撒娇地说:"妈,你是我的好妈妈,这朵红花奖给你。"

"妈妈不是拖你的后腿,月子里落下病除不了根。"

"没事的,你没听大家都喊我铁娘子嘛。"

"不听老人言,吃亏在后边。"

果然被婆婆言中。王莲香在她四十多岁时,就感到身体大不如以前了,上班爬土岭,她开始喘了,爬到土岭上时,她大口地喘息,连队房子随着喘息在跳动。"这是怎么了,难道我这个铁娘子就这么怂包了?"那一年,她在地里晕倒了三次。

人们都说王莲香是累的。这个女人太不易了,里里外外都要争第一。连队领导给她调整了工作,安排她到托儿所去上班,可托儿所的一位阿姨哭着找到她,说:"莲香呀,你要来了,我就得下地,一个小小的托儿所不可能放两个人。"王莲香大度地说:"你放心,我在大田干了这么些年,到托儿所还干不来呢。"

王莲香也感到自己的身体不行了,她看着土岭心想:"土岭呀土岭,你是我到新开岭的一个高地,一个目标,如果有一天,我连土岭都爬不上去了,那就说明我彻底不行了。我认输。"

1989年1月,王莲香三次大手术后不得不退休。这个只在大田里干了二十二年的铁娘子,一共获得了三十项荣誉。有人计算过,二十二年里她干了四十年的工作量。

新开岭的人这么形容王莲香:"她干得一手漂亮的农活,坎土曼舞得滴流转,挑起担子脚下生风,扬场一条线,拔草左右开弓,割水稻抡起大镰,两三下就是一捆,摘棉花一天一百五十公斤……"

王莲香是新开岭的铁娘子。

芦花绒绒白似雪

金茂芳十八岁来新疆前,并没有见过芦苇。但她家就有用芦苇茎编的席,用芦花绒毛填充的枕头。她家在山东济宁城里,一个大姑娘家没出过远门。其实,济宁城郊就有芦苇。

她是到新疆后才见到芦苇的。

拉运女兵的五十多辆汽车停在了一片苇子地边,与一马平川的戈壁滩相比,这里就是天然的厕所。带队的领导高声喊道:"下车了,大家以班为单位去方便,不能擅自离队,苇子地里可有狼。"一路上领队老用狼来吓唬女兵,三次后就不灵了。没人把它当回事。

金茂芳一路上担任联络员,也许是刚刚养成的职业习惯吧,她第一个站起来向远处瞭望。哇,无边无际的芦苇在微风中像湖水般此起彼伏,尽头是一轮落日,蛋黄色,圆圆的,软软的,蛋黄的底部正好落在毛茸茸的芦穗上,夕阳也变得毛茸茸的了。

进入新疆后,金茂芳还是第一次看到这么大片的庄稼,好养眼呀。

她站在车上激动地高声喊道:"姐妹们,快看,好大的一片庄稼地。"开车的男司机忍不住笑了,说那是芦苇,不是庄稼。

姑娘们摇摇晃晃地站起身来,定定地望着披着一层晚霞的苇子地,她们还是第一次这么近距离地观察太阳,一车姑娘你扶着我的肩,我拉着你的手,泥塑般的一动不动。落日的晚霞染红了姑娘的脸庞,染红了姑娘的军装。

"新疆的芦苇地比俺们山东的庄稼地大多了。"

"太阳也比俺们山东的大。"姑娘们咯咯咯笑了。笑声从这辆车传到那辆车,整个车队上空都是姑娘的笑声。

在比人还高的苇子地里,金茂芳仔细地打量着芦苇:它不像别的什么草由着性子随意长,漫不经心,弯弯曲曲。芦苇一心向上,节节攀升。它通体笔直,披针形芦叶修长,上下左右对称,芦苇头顶坠着一个毛茸茸的大穗子,暗绿色的芦花很小,一点不起眼,不刻意去看,还看不出呢。金茂芳将比她还高的芦苇拉弯,鼻子凑到大穗子上,闻不到一点香味。她好奇地看着茎秆和芦花,这才与老家的席子和枕头填充物对上了号。

汽车来到石河子一个垦区,一群胡子拉碴的男兵列队欢迎女兵,锣鼓敲得震天响,一个个乐得合不拢嘴。女兵列队从路桩子一般的男兵中走过,金茂芳不停地问候:"解放军叔叔好。"

这时,她发现一路给女兵炫耀新疆是"楼上楼下,电灯电话"的领队不见了身影。金茂芳问解放军叔叔:"这里咋没楼,我们住哪?"一个"解放军叔叔"笑了:"这里没有楼上楼下,只有地上地下。"

像老鼠钻进地洞里,姑娘们看到屋顶是芦苇把子,大通铺垫着一层厚厚的芦苇秆子,整个屋里散发着一股草料味。姑娘们哭了,这一切太陌生了,唯一熟悉的就是铺上铺着的芦苇,只是没有像老家那样编成席。

金茂芳家解放前是地主,家庭还算殷实。她上过小学,在来新疆前就看过地图,知道新疆很大。她还从报上看到过东北女拖拉机手梁军的报道,好生羡慕。

短期的学习训练后,她们这批女兵重新分配工作。有教师、保育员、营业员、拖拉机手等职业。金茂芳没有一点犹豫,举手报名学开拖拉机。女兵中像她这样有文化的不多,自然被选中。

金茂芳好激动呀,在老家连牛车都没赶过的人,居然坐在了苏联进口的拖拉机上。第一次操作时,拖拉机像头不听话的耕牛,突然向前奔去,她猛地一踩刹车,整个身子向前倾去,额头撞了个包。自从坐到拖拉机驾驶员的座位上,金茂芳就觉得她和拖拉机有了缘分,她学得特别快,三个月后毕业时,被评为优秀学员。

"向苇子地要良田"是金茂芳刚开拖拉机那几年干的主要工作,机耕队的男女队员将一辆辆拖拉机开到苇子地边,在那里扎个芦苇棚子,再铺上些干芦苇,那就成了机耕队员的家。不分男女,同居一室,男左女右。

犁地前得先烧荒,男机耕队员王盛昌高大魁梧,他扎了一条长长的苇把子,点着一头,另一头扛在肩上,然后冲进芦苇丛中。金茂芳看到一条火龙旋风一般疾驰,很快,苇子地就燃起了大火。一些野兽被大火赶出来,向远方逃遁。

这是金茂芳对王盛昌的第一印象,以后她还特意观察了一下:英俊,话不多,话一出口就让人感觉到他有文化。他对女兵特别客气,有风度。不像别的男兵,缠得女兵都讨厌了。

烧过荒的苇子地覆盖了一层灰烬,毫无阻挡,金茂芳驾驶着拖拉机在地里驰骋,犁铧下的土地翻卷开来,盘根错节的苇根被犁铧切断。机耕队一天两班倒,一个班次一干就是十二小时。有一次下大雨,他们班次的四名队员无处躲藏,只好全钻进拖拉机驾驶室里避雨。小小的驾驶室根本坐不下,两个人只好蹲在前面,两个人坐在座位上。王盛昌就坐在金茂芳的身旁,他一句话也没说,都是前面蹲着的那个男队员在说,好像是在向前面的那个女队员献殷勤,说得那个女队员一个劲地傻笑。王盛昌和金茂芳就这么沉默着,两人甚至都没扭头看看对方。金茂芳意识到身边的这个男人好沉稳。雨水在拖拉机的挡风玻璃上横七竖八往下流,金茂芳第一次感到心里好慌、好乱。

其实,她们女兵来了没几天,就有领导给她们女兵拉郎配,这时她们才知道她们来新疆的角色定位。给金茂芳介绍了几个,她都回绝了。她有文化,在老家参加过青年剧团,演过《小二黑结婚》等剧目,宣传过《婚姻法》,自由恋爱是她在老家常挂在嘴边的一句话。到新疆后,她一心要干出一番事业,像梁军那样当劳动模范。

那次驾驶室里躲雨是金茂芳爱情的萌芽,但她很快就平静了自己,开荒任务太重了,她全身心地投入到工作中。

一块块苇子地变成了棉花地、玉米地、麦子地和林带。金茂芳常常开着拖拉机向地里运输种子、肥料什么的。她看到这些烧过荒的地,犁铧都将芦苇根拔起了、切断了,可怎么庄稼地里又冒出这么多的芦苇芽苗呀。如不及时拔掉,几天后芦苇就会盖住庄稼苗。锄草成了农业连队最折磨人的一项工作。

有一天,金茂芳好奇地问王盛昌。王盛昌的回答让她刻骨铭心。

"我们烧荒犁地只是烧了芦苇的身,断了芦苇的根,但芦苇的种子没法阻止。你看,这些毛茸茸的芦花,就像蒲公英一样随风飘荡,风将芦花吹到哪,芦苇种子就在哪安家、生长。起初长出一颗稚嫩的小苗,第二年,它的根就向外延伸一两米,这些根又有不少稚嫩的小苗破土而出。芦苇的种子学术上叫风媒花,种子被风吹到哪,它就在哪安家。不管土地丰腴还是贫瘠,也不管土地是旱还是涝,是否有盐碱,落地就安身立命,就入土为家,就专心扎根发芽。其实,芦苇浑身都是宝。"

金茂芳这是第一次听到一个话语不多的人说了这么一通话,她觉得王盛昌说的芦苇就像是她,她就是一颗芦苇的种子,被风从山东吹到新疆。她似乎从这番话里悟出了一些道理,在新疆,没有这种芦苇的韧劲,就无法生存。她觉得王盛昌就是这种性格。至于"芦苇浑身都是宝",这她知道,可编席,可盖房,可烧火,可喂牲畜,就连芦花都可做枕头。

就在听了王盛昌一番话不一会儿,王盛昌用芦苇秆给金茂芳做了一只笛子,一吹,嘟嘟响。金茂芳乐了,没想到,芦苇还有这用途。金茂芳心里暗暗想:这风中的笛声莫不是"风媒花",想到这,她忍不住扑哧笑了。

打这以后,金茂芳心里就有了王盛昌,尽管两人都有意,但从没表现出来。可机耕队的人动辄拿他们说事,开玩笑,他们两人,一个英俊,一个俊俏,天造地设一般。一来二去，两人也就恋爱了。

金茂芳已不再是刚来时的小姑娘了，她在连队成为技术骨干，成为机车组的组长。她在夜里犁地遇到过狼，在灯光下，那狼的双眼发出绿光。金茂芳开着拖拉机直直向狼驶去，吓得狼掉头逃窜。还有一次，金茂芳开车太累了，就在苇子地上躺了一会儿，她觉得后背凉飕飕的，伸手一抓，像条冰凉的绳子，她下意识地顺手把那条"凉绳子"扔了出去，原来是条蛇。这次见到的只是一条蛇，有一次，她看到一棵老柳树的枝杈上爬满了蛇，数都数不清。原来是蛇出洞爬在树上晒太阳。

夏日犁地，驾驶室里像个蒸笼，金茂芳的衣服除了衣角外全是湿的。换班时，她总要带上一壶水，向苇子地深处走去。密不透风的芦苇就是天然屏障，她就用这壶水擦洗身子。因为一回到芦苇棚，就更没地方洗澡了。她一边擦洗身子，一边想："我不就是一株芦苇吗？旱也能长，涝也能长。在老家，她是在一个大澡盆里洗澡，在这，她只能用湿毛巾擦"。

芦苇能在干得冒烟的盐碱地上生长，更能在下潮地上繁衍。有一次，金茂芳车组到莫索湾垦区开荒，苇子地里有不少暗泉，她的拖拉机就陷进去过。眼看着整个车子一点一点往下陷，她是一点办法都没有。不一会儿，车子就陷进了一半。她无处可跑，再说，也不能跑，拖拉机在这，她就得在这守着。她爬到车顶，脱下外衣，一边摇着衣服一边大喊。其他车组的人发现后，都赶来营救。她和大家一道挖，一直到半夜才把拖拉机拖出来。金茂芳浑身上下都湿透了，就像洗了一次澡。

苇子地呀，苇子地。金茂芳越想越觉得自己和芦苇有缘。

与王盛昌相恋好几年了，两人尽管住一个苇棚子，开一辆拖拉机，但从没有面对面地谈过一次恋爱，都是书信来往。两人的情书不用邮递员传递，犁地的间隙，上班的路上，趁人不注意，迅速将手中的小条塞到对方手里。其实，用今天的眼光来看，这些根本算不上情书的书信，却能叫两人心潮起伏、热血沸腾。金茂芳至今还保留着一封她写给王盛昌的信(我索要了一封复印件)。大致内容是,王盛昌在上封信中说:"你以后不要吃零食,这个习惯不好,还是要吃饭。要与大家搞好团结等等。金茂芳在信中回复说,他提的都对,以后一定改正。她也向他提了几条意见,一是身体不舒服不要硬坚持,身体是革命的本钱,二是平时不要太严肃,话少不是缺点,但也不是什么优点。多与同志说说笑笑。四五百字的信中唯一有恋爱痕迹的就是落款:"芳书,1955年3月26日"。

苇子地变成了棉花地、玉米地和麦子地,庄稼收了一茬又一茬。金茂芳和王盛昌终于等到了领结婚证的日子。一大早,两人一前一后,走在一片苇子丛中。没有说话,没有拉手,但两人的心中都不平静,金茂芳的心突突直跳。

王盛昌的步子迈得很快,就像去上班。金茂芳紧紧跟在后面。"你慢点呀。"王盛昌放慢了脚步,但不一会儿又如以前。

让他俩没想到的是,因金茂芳是回族而没能领到结婚证。办事人员的答复是,上级有规定,汉族不能与少数民族结婚。一瓢冷水浇得两人心灰意冷。金茂芳一阵风似地往回跑,她只感觉到耳边的风呼呼响,身边的芦苇也被风吹得哗啦啦响,像是哭泣。"回族怎么了,当兵时为什么要回族,我也没把自个儿当回族,与大家吃一锅饭。这是什么破规定。"她越想越气,一头扎进芦苇丛中。芦叶划破了她的脸和手,她全然不顾。直到跑不动了,这才一屁股坐到苇子地上大哭起来。

王盛昌的双腿像是灌了铅,慢慢地往回挪。他看到对象那么快地往回跑,可他欲言又止,说什么呢?她的心情和他一样难受呀。

金茂芳哭呀哭,身边的芦苇叶在风中也陪着她哭,芦苇是他们爱情的见证,芦苇最懂得他们的心。参加过《小二黑结婚》演出的金茂芳坚信,他们爱情就像芦苇,就是风媒花,不怕旱,不怕涝,只要有一股风,吹到哪,就在哪扎根、破土、拔节、开花。想到这,她不再哭了,从兜里掏出一张信纸和钢笔,那是早上出门时带上的,她想也许办证时要用。她将信纸铺在膝盖上,向心爱的人写信。

回到驻地,两人同时将信塞到对方手里,内容几乎一样:海枯石烂不变心,金茂芳这辈子非王盛昌不嫁;王盛昌这辈子非金茂芳不娶。

在那个男人多女人少的年代,马拉松似的恋爱并不多见,而金茂芳和王盛昌进行着一场马拉松似的恋爱,芦苇黄黄绿绿,绿绿黄黄,三年后,两人的爱情终于打动了领导,团领导亲自去地方民政部门协商,这才给金茂芳这个回族姑娘与汉族小伙王盛昌办了结婚证。

结婚的那天,新房开着窗,飞进不少毛茸茸的芦花,芦花成团状,落在床上,落在金茂芳的头上、睫毛上,她照着镜子,看着茸茸的芦花,甜甜地笑了。风媒花,我就是风媒花,从山东飘到新疆,在这结婚成家。

金茂芳结婚后,并没有像风媒花那样落地、生根、开花,延续一个女人的生育过程——王盛昌不能生育。金茂芳和丈夫商量后,从甘肃王盛昌的小叔子、小姑子家领养了侄子和外甥女。

金茂芳就是一株芦苇,一心向上,节节攀升。她在1958年至1964年的七年间,累计工作33395个小时,共完成25.83万个标准亩,节约油料52145公斤,机车越过七个大修期,节约费用开支八万元,七年完成了二十年的工作任务。

1962年,金茂芳荣获兵团"二级劳动模范",1965年,金茂芳被树为"兵团十二面红旗"之一。有一天,一群记者来到地里,对着正在驾驶拖拉机的金茂芳一阵狂拍。不久,报上登出了她的照片。她开拖拉机的照片成了1960年发行的第二套人民币中一元纸币正面那个女拖拉机手的原型。她说,这不是我,那是兵团女拖拉机手的原型。后来,石河子广场竖起一个雕像,其中怀抱婴儿的那个母亲就是以金茂芳为原型创造的,金茂芳还说,这是兵团戈壁母亲的原型。

如今,金茂芳开的拖拉机、开拖拉机的照片以及她在苇子地写的恋爱信都存放在兵团军垦博物馆里。

说来也怪,金茂芳一回忆起往事,脑海里总是浮现出一片片苇子地,她越琢磨,越觉得自己就是一株芦苇,就是一团随风飘荡的风媒花。

玛丽亚

来到新疆,宋玉兰生平第一次有了心如蜜糖般的感觉。

这还得从她的绰号说起。

在山东老家参军之前,她都是穿着露着脚趾头的鞋,从没吃过白面馒头。由于缺乏营养,十六岁的她长得瘦瘦弱弱,稀疏的黄头发毫无光泽,就像一蓬焦渴的草。村里人给她起了个黄毛丫头的绰号。

在宋玉兰眼里,新疆的部队就是人间天堂,她所在的部队是二十二兵团二十六师司令部供给处。三十多个女兵一起做军服、学文化,有时晚上还看苏联电影、学唱革命歌曲。从农村到部队,从农村小家庭到部队大家庭,她就像一只终于找到巢的小鸟,整天笑声不断。那时部队都是供给制,白面馒头随便吃,来新疆小半年,黄毛丫头变了一个人:齐耳短发乌黑发亮像抹了头油,人也长高了,亭亭玉立像棵树,特别是圆圆的脸蛋子白里透红,加之柳叶眉下一双水汪汪的大眼睛,更加印证了"女大十八变,越变越好看"那句老话。

当时二十六师政治部正在放映一部片名叫《幸福生活》的苏联电影,片中有一个叫"玛丽亚"的漂亮姑娘吸引了女兵的眼睛。于是,部队就有女兵不再叫宋玉兰大号了,改叫"玛丽亚"。听着这个绰号,十六岁的宋玉兰心甜如蜜。

为迎接1953年春节,供给处组织女兵学习跳秧歌,政治部派来一个小干事作指导老师。宋玉兰第一眼看到小干事就被吸引了:浓眉大眼,鼻梁高挺,脸上有一种朝阳般的光泽。他穿着一身军装,浑身上下透着精气神,威武、帅气、挺拔。女兵在小老师的指导下，列队扭着秧歌，可宋玉兰忍不住扭头去看那个帅气的小老师。前面的女兵小声说："'玛丽亚,你踩着我的脚后跟了。"宋玉兰吐吐舌头,小声说："对不起。"可她还是管不住自己,又扭头去看小老师。结果前面的女兵又小声说："'玛丽亚',你今天是怎么了,丢魂了? 怎么老是踩我的脚呀。"宋玉兰红着脸又吐吐舌头,小声道歉："对不起呀,我笨。"前面的女兵开玩笑地说道："'玛丽亚'要笨,世上的女孩子就没有灵巧的了,我看你今天就是心不在焉。"宋玉兰心想,可不是吗,怎么老是管不住自己呀,不看,不看,就是不看。可没多大工夫,她又情不自禁地扭过头去看小老师。来部队这么长时间了,我怎么就没见过他呢,你看他那身军装多合身,人显得多精神。如果哪个女兵找到这么帅气的对象,那可美死了。就在我们的"玛丽亚"想入非非时,前面的女兵突然大声喊起来："'玛丽亚',你今天是不是成心要踩我,说了一遍又一遍,你都踩我三次了?"扭秧歌的女兵们都停下来了,嘻嘻哈哈笑着看热闹。有个女兵对宋玉兰说："'玛丽亚,你这么灵巧的人,怎么老踩人? 跟着节拍扭嘛,怎么会踩着前面的人?"这时,那个小老师高声喊道："你这个小鬼怎么老踩人家的脚跟? 出列。"

宋玉兰低着头走出队列,她一点都不感到委屈,心里反倒有些暗喜。

"怎么回事?"小老师问道。

宋玉兰瞄瞄小老师那张严肃的脸,撅着嘴小声回答："我也不知道怎么回事,我笨嘛。"

女兵都笑了,有人调侃道："'玛丽亚'说自己笨,谁信?"

小老师对其他女兵说："今天上午就学到这,大家回去后再练练。"然后对宋玉兰说："你留下来,我单独教你。"他似乎又在自言自语地说："扭秧歌还能踩到前面人的脚,我还是第一次遇到这种事。"

宋玉兰心里乐开了花,没想到歪打正着。她十分用心地跟着小老师学起来,有几个女兵也没有走,在旁边跟着"蹭小灶"。宋玉兰很有扭秧歌的天赋,小老师由起初的指导渐渐改为欣赏,他对宋玉兰说："你刚才怎么老是踩前排人的脚,这不是跳得很好嘛,多有节奏感,你知道不?你跳出了快乐、奔放的韵味。好,你的眼睛就保持这种喜悦的神态,你在心里要想着我们解放军建设社会主义新新疆,在戈壁滩上开辟绿洲。心里一定要有向往,眼睛是心灵的窗口,这样你的眼睛就出彩了。"旁边的几个女兵看到小老师和"玛丽亚"排练得如此投入,眼里完全没有她们,知趣地撇撇嘴走了。一个女兵小声说:"我看老师八成是看上'玛丽亚'了。"一个女兵说:"人要长得漂亮,摔个跟头都好看。人家'玛丽亚'那长相,那小腰,别说男兵看着着迷,就连我看着都稀罕。"

"玛丽亚"确实有扭秧歌的天赋,自打小老师单独为她"开小灶"后,她扭得就是与其他女兵不一样了,扭出了动感和韵律,加之宋玉兰天生苗条身材,扭动起来就如一片飘动的云,一团燃烧的火,一个人见人爱的小天使,大家都说她扭得好看。秧歌队领队将她安排在最前面,信心满满地说:"有'玛丽亚'在前面,春节秧歌比赛第一名供给处十拿九稳。"

大年初一,"二十六师迎新春秧歌比赛"就要开始了,有十多个单位的秧歌队参加比赛。比赛前各秧歌队队员都在相互化妆,所谓的化妆就是你给我抹个红脸蛋,我给你涂个红嘴唇,女兵们都是农村来的,哪化过妆,一个个腮蛋抹得就如小孩过满月家里煮的红鸡蛋。宋玉兰不想让她们给化妆,她看着嫌土气,她想着让小老师给自己化妆。要不说,缘分到了,挡都挡不住,这时小老师果然出现了。宋玉兰紧锁的眉头一下舒展了,她跑过去笑盈盈地说:"小陆老师,你给我化妆可以吗?"小陆老师大名叫陆振欧,因供给处的秧歌队由他负责技术指导,他当然希望能比赛出好成绩。再说,宋玉兰是最前面的队员,一招一式、每个细节都很重要。陆振欧愉快地答应了。

陆振欧在中学时就是校话剧团的演员,他懂得,好的化妆能让演员出彩。于是,他十分认真地在为宋玉兰化妆。抹粉、描眉、涂口红,陆振欧就像是在创作一件工艺品。而宋玉兰则像个乖小孩一动不动,只是一双大眼睛目不转睛地看着对面的脸。突然,陆振欧在这个女兵的眼里看到了自己,他以前在学校给那么多女同学化过妆,但从来没有看到自己会在对方的眼睛里。这双眼睛好清澈呀,如一泓泉水,如一缕月光,特别是黑白相间的瞳仁就像两个水晶球。他的心突突跳起来。

再说我们的"玛丽亚",也在对面人的眼睛里看到了自己,他眼里有我?你看,小老师那浓浓眉毛下的眼睛好大呀,自己姣好的面容红如桃花。她还是第一次看到化妆后自己这么好看,真的就像电影里的玛丽亚。她的心也突突跳起来。

陆振欧终于完成了一件艺术品的创作,他压抑着心跳,深深地看了看这张天使般纯净的脸,几乎用颤抖的声调说:"好了,妆化完了。"

宋玉兰也是深深地看了看老师这张帅气的脸,也几乎用颤抖的声调说:"化得真好。"

"你没照镜子咋知道我化得好?"

"你眼里有我,是在你眼睛里看到的。"

一句话说的陆振欧脸"腾"的红到脖子。宋玉兰也感到脸上火辣辣的,一溜烟跑了。

陆振欧的工夫没有白费,供给处秧歌队得了第一名。政治处秧歌队的几个女干事醋意大发,说陆振欧是胳膊肘往外拐,将供给处秧歌队那个叫'玛丽亚'的女兵打扮得跟天仙一样,还把扭秧歌的绝招全教给了那个女兵。虽然秧歌比赛结束了,但陆振欧还是隔三岔五在晚饭后到供给处转转,他的心里实在放不下那个"玛丽亚"。仿佛两人心有灵犀,陆振欧每次来,宋玉兰一准就在营房外等着,老远见到他的身影就迎上去。两人在一起大多说些今天干了什么?学了什么?在两人看来,这些看似琐碎的话,其实都像拌了糖一样,甜丝丝的。他们不敢说太久,临走时,陆振欧看看宋玉兰,宋玉兰看看陆振欧,两人的眼光如同月光交织在一起。这时,陆振欧总要从口袋里掏出一把糖果塞到她手里,宋玉兰也不拒绝,就像妹妹接受哥哥的东西一样。回到营房后,宋玉兰总是在被窝里偷偷品尝着别样的甜蜜。

有一天傍晚,晚霞染红了西边天空,大地也都涂上了霞光的色彩。陆振欧照常来到供给处外的大路上,宋玉兰照常在路边等着他,那天两人的对话有了感情色彩的内容。

"哎,咱俩都认识这些天了,你怎么就不问问别人为什么叫我'玛丽亚'?"晚霞里宋玉兰显得更加妩媚动人,那双水汪汪的大眼睛直直地望着陆振欧。

"好看呗,女兵叫你'玛丽亚'说明你和电影里的玛丽亚一样漂亮呗。"陆振欧也是含情脉脉地望着她,几次接触后,他才敢这么大胆地看着"玛丽亚"。

"我真有那么好看?"

他点点头:"真有,我也想叫你'玛丽亚',不过我不敢,怕被其他男兵嘲笑,怕领导批评。部队的'三大纪律'你是知道的。"

"玛丽亚"心里涌起一股异样的暖流,其中的滋味她也说不清道不明,兴奋、高兴、激动、羞涩、惶恐等情绪交织在一起,她长到十六岁还没有过这种感觉,这是第一次。宋玉兰心里清楚,部队的这个"三大纪律"与他有关:男同志达到"五年军龄、连级干部、年满二十五岁"才能结婚。"不过我才十六岁,等我长到十八岁了,他也正好二十五岁了。"宋玉兰暗中打听到了小老师的岁数。

"那你现在叫我'玛丽亚'好吗,这里没旁人。"说完,"玛丽亚"笑眯眯地盯着他的那双大眼睛。他有些羞涩,眼光有些迷乱,想躲开对面的那双灼人的眼神,但躲不开,那双眼睛就定定地看着他。他的脸被烧得通红,几次努努嘴都没喊出来。

"叫呀。"对方笑盈盈地等待着。

"'玛丽亚'。"

"哎。"

这时两人都想牵牵对方的手,但又都不敢,不过,这时两人已经心心相印了。

爱情总有波折。

没有达到"三大纪律"条件的人的恋爱不可能公开化,秘密进行实在是一件痛苦的事。恰在这时,部队机关要精减人员,供给处的三十多个女兵全要下到连队。当时宋玉兰既为下基层锻炼感到高兴,又为与爱着的人分离而伤心。临分别的那天一早陆振欧就在供给处外的马路上等着"玛丽亚"。

"听说那个连队离师部有好几十公里,咱们啥时能再见面。"宋玉兰一开口眼泪就流下来了。

"我会找机会去看你的。这样也好,我想过了,咱们两个都不到岁数,两年后才到岁数,咱们如果像现在这样经常见面是违反纪律的。你到了连队,咱们的事就不会让人知道了,等两年后,咱俩再公开。"陆振欧毕竟有文化,想得周到些。

"两年后,我都成了白头发老奶奶了。"宋玉兰撅着嘴说。

陆振欧往她手里塞了四个羊肉包子,然后笑着说道:"不会的,女大十八变,越变越好看。十八岁的'玛丽亚'肯定会像花儿一样更加美丽动人,我还担心那个变心的'玛丽亚'看不上我了呢。"

宋玉兰佯装生气的样子说道:"你尽在这里哄我,我听说男人在女人面前也有十八变。你看,平时你都给我买糖,今天只给我买羊肉包子,我就不吃羊肉,可你偏偏给我买羊肉包子。你这不是开始变了。"

陆振欧一脸委屈解释道:"你可冤枉死我了,咱这里哪里有大肉包子。其实羊肉比大肉好吃,在新疆不吃羊肉可不行。我是好心,想着你一早没吃饭,特意给你买的,你把我的一片好心当作驴肝肺了。谁说我没给你买糖?你看,这不是糖吗。"说着,他先从挎包里掏出一袋糖果来,后又掏出一个硬皮笔记本和一支钢笔。"到了连队,要坚持写日记,这些糖你省着吃,等有机会了,我去看你,再给你带糖去。"

两人都怕被人看见,就这么匆匆分手了。宋玉兰一边望着陆振欧的背影,一边吃着羊肉包子,等她发现在吃羊肉包子时,已经吃完了:怎么,我吃的是羊肉包子,小陆买的羊肉包子怎么没有膻味呢。

过去在供给处女兵天天在屋里做军装,可到了连队则是天天到地里干活。

宋玉兰在山东老家就干过农活,不怕吃苦,她们女兵班还和男兵班打擂比赛。女兵们都是天不亮就到地里干活,天黑了才收工,两头不见太阳,日子就这么流水一般过去了。宋玉兰很少有时间回味她与陆振欧那个晚霞里的甜蜜,但每天睡觉前,她都要在被窝里偷偷地吃块糖果,糖果将她带入短暂而又甜蜜的回忆,她总是在甜蜜中进入梦乡。

连队很偏僻,不通邮路,宋玉兰常常想入非非:如果有个邮递员把我写的日记捎给小陆看看多好呀。日子如流水,一晃来连队大半年了。有一天,连队文教在土广播上通知,师部电影队来慰问大家,下午提早收工。人们沸腾了,宋玉兰和女兵加快了干活的速度,提早完成当天任务后就可回连部看电影了。这可是她们来连队后第一次看电影,心中的喜悦无法形容。

往日下班都是头顶星星,可这次下班是沐浴在晚霞里。西边的半边天被晚霞烧得通红,大地也铺满了晚霞,触景生情,宋玉兰不由得想起"晚霞里的甜蜜"。她低着头踩着霞光往前走着,突然,一女兵喊道:"'玛丽亚',你看前面的人是不是小陆老师呀。"宋玉兰抬头一看,果然,在晚霞里站着一个人,那人就是她大半年没见的他呀。等几个女兵走到小陆老师面前纷纷打招呼时,小陆老师似乎没有听到,只是定定地看着宋玉兰。宋玉兰也是定定地看着小陆老师,那几个女兵一看就明白了,笑着走了。

"你咋找到连队来了?"等女兵走远后,宋玉兰才转过神来。

"我是带电影队下来的,一路放电影一路打听你,终于昨天在营部放电影时打听到你在这个连队。这是给你买的糖果。"陆振欧将一包糖果递给心爱的"玛丽亚"。

"来时你给我买的糖果我都舍不得吃了,没剩几块了。每天睡觉前只能舔舔,一舔到甜味我就想起我们在一起的情景,心里也是甜丝丝的。"

晚霞里,陆振欧一直目不转睛地看着分别大半年的"玛丽亚":霞光为"玛丽亚"穿了件花衣裳,霞光为"玛丽亚"化了妆。陆振欧无所顾忌地看着他的"玛丽亚",看得"玛丽亚"都不好意思了,她想转移他的注意力,就问道:"今晚放什么片子?"

"《幸福生活》。"

"那我可要好好看看,玛丽亚真有你说的那么漂亮。"

"这一路我都看了二十多遍了,每次看我都在想,电影里的玛丽亚比我的'玛丽亚'还是差点。"

"别说好听的了,我给你说点你不爱听的,告诉你吧,连队指导员给我介绍对象了,是个排长。"

"你咋回答的。"陆振欧着急的问道。

"我还能咋回答,一口回绝,我说我岁数小,不谈个人问题。"

"连里有人知道我们的事吗?"

"不知道。"

"那好,等我们都到岁数了,我就打报告。"

……

宋玉兰十八岁时,陆振欧果然向师政治部打了结婚报告,报告很快批了。1955年元旦,师机关八对新人在毛主席画像前鞠躬,向证婚人和战友鞠躬,相互鞠躬后手牵手走进散发着泥土芳香的洞房。

美丽的谎言

在祁淑荣记忆里,父亲和母亲的形象一直模模糊糊、影影绰绰。她七岁时父亲就病逝了,十岁时母亲也撇下她和两个哥哥撒手人世,她是由两个哥哥抚养大的。祁淑荣成了孤儿,没有父母的呵护,没有父母的温暖,两个哥哥只是给她一口饭吃。所以,自小她就养成了"自己拿事"的性格。

1949年8月,甘肃临洮县城来了大队的解放军,大街上还张贴着招兵启事。同学师淑娴来找祁淑荣,说县中学有不少男同学都报名参加解放军,也有一些女同学去报了名。师淑娴问她俩报不报名?祁淑荣没有一丝的犹豫,对师淑娴说:"报呀,为什么不报,这几天你也看到了,解放军对咱老百姓多好,哪像过去住在县城里的国民党兵,解放军是咱们老百姓的军队。再说,当个女兵多威风,走,现在我们就去报名。"

师淑娴还是有些犹豫,对好友说:"你当然可以这么轻松做决定呀,你是个孤儿,两个哥哥几个月前为了躲避国民党部队抓壮丁,到外地躲起来了,你是没有一点牵挂。可我舍不得妈呀,我从没离开过妈一天。"

物以类聚,人以群分。师淑娴性格柔弱,所以她就愿意和"自己拿事"的祁淑荣在一起,一强一弱正好形成互补。"解放军宣传队不是说了,解放军是咱老百姓的子弟兵,军民是鱼水情的一家人,咱们到了部队,也就到了部队的大家庭。解放军宣传队还说,青年人志在四方,我们报名参军去保卫祖国这是多么光荣的事呀。"祁淑荣有些慷慨激昂地说道。和以往一样,凡是好友祁淑荣作出了决定,师淑娴就会感到有她"拿事",似乎就有了"保护伞",报名参军的顾虑也就这么迎刃而解了。

从临洮参加的一千多名学生兵(其中有一百余名女学生兵)被编入二军教导团,他们是徒步走到新疆疏勒的。从离开临洮老家的那天起,祈淑荣和师淑娴就离家一天比一天远,每到宿营时,师淑娴望着满天的星斗,免不了想家,想妈妈。每到这时,能"自己拿事"的好友祈淑荣就会像个大姐姐一样去呵护她,比如打来一盆热水让她先烫烫脚,睡觉时将她的被角掖好,师淑娴感到好温馨。有淑荣在,就有了家的感觉,其实,祈淑荣比师淑娴也只大几个月。

教导团到达疏勒后没休整几天,整个团就开拔到草湖屯垦。开荒、播种、夏管、秋收,祈淑荣和所有女兵投入到大生产运动中。开荒种地是能让人脱一层皮的繁重劳作,男战士一天要在地里干十多个小时,"两头不见太阳,两头只见星星"。女兵虽然不在地里开荒种地,但要拾柴火、做饭、送饭,基本上也是"两头不见太阳"。有一次,团长在地里问男兵累不累?男兵异口同声地回答:"不累!"祈淑荣小声对师淑娴说:"咋能不累呢,你看他们一个个精疲力竭的样子,分明是在说假话吗。"师淑娴小声说:"可不敢这么说,领导听到了会批评你落后的。"祈淑荣想了想后小声说道:"其实男兵可以这么回答,累,但我们不怕累,再累也要坚持到底。"师淑娴扑哧笑了:"我的'拿事姐姐',你这是在演文明戏呀,说得像唱词,更假。"

秋收了,看着黄灿灿的稻浪在田里泛起层层波浪,拓荒者心里有了一种实实在在的喜悦。草湖是块新土地,在新土地上耕耘的教导团又开展了一项新的工作——"星期六活动",即由团政治处刘主任给团里的没有媳妇的老干部物色对象,范围自然是教导团里的女兵了。在开展星期六活动前,团里政治处向团里的每个女兵发了一张"婚姻状况登记表",填写女兵的姓名、岁数、籍贯、婚否等基本信息。女兵们拿到"婚姻状况登记表"后,也没想那么多,都在"婚否"一栏里填上了"否",她们都是初高中生,有文化,填的也都是真实情况。也有人相互开玩笑:

"你咋填'否'呀,不对呀,你不是有个相好的吗?那个叫什么狗蛋的。"被说的那个女兵哭笑不得,以牙还牙:"大家别忘了,她在临洮县城不是也有个相好的,叫什么石头蛋的?"一个女兵憋不住笑着说:"你们两个咋都和这蛋那蛋好上了?"

善于"自己拿事"的祈淑荣并没有去填写表格,她对师淑娴说:"咱们还是看看再填。"师淑娴不知姐的葫芦里装的是什么药,就说:"干吗看看再填,这可是政治处让填的表,交迟了要挨批评的。"说完,就填起表格来。

谁也没想到,"婚姻登记表"是星期六活动的前奏。于是,忙坏了政治处的刘主任,他是教导团最大的红娘,凡是在"婚姻登记表格"上填了"否"字的,都安排了"谈话对象"。每到星期六,女兵就被叫到办公室去与那个老干部"谈心"、培养革命感情。政治处的刘主任发现女兵祈淑荣的"婚姻登记表"没有交上来,就让张干事去问怎么还没有填好呢。祈淑荣支支吾吾也不知说什么好,就将表格交给了张干事。张干事是个年轻学生,也没看,就回到政治处交给了刘主任。经验老到的刘主任对祈淑荣没按时交表格原本就心中生疑,接过表格一看,傻眼了。祈淑荣在婚否一栏里赫然写着"在家已订婚"。刘主任叫过来张干事,狠狠批评道:"你没看看祈淑荣在表格里写了什么就交给我,你看,她填了什么?"张干事伸过头一看,说了声"乖乖,这个丫头鬼得很呢。"刘主任坐在桌前沉思了一会儿,对张干事说:"你去叫祈淑荣来。"

祈淑荣忐忑不安地来到刘主任办公室。

说心里话,她这是第一次说假话,她一拿到"婚姻状况登记表",心里就有一种预感:这可能是要给她们说媒拉纤,团里有那么多连、营职干部等着娶媳妇呢。在婚姻问题上,她不想让别人来安排,想自己给自己做回主,她要像《小二黑结婚》里的小芹那样自由恋爱。面对"婚姻状况登记表",她纠结了几天后,终于想出一妙计:"在家已订婚"是最好的托词。在她要填写"在家已订婚"前,特意悄悄地告诉了好友师淑娴。不曾想,这个从来没主意、从来都是靠她"拿事"的人,却一下翻了脸:"姐,你这是说谎呀,你哪'在家已订婚',咱俩天天一起上学,一起放学,成天形影不离,你怎么到了教导团就成了'未婚妻'了。"祈淑荣没想到这个柔柔弱弱的好友一下变得这么不近人情。好几天了,两人见面多少有些不自然。祈淑荣知道自己是在说假话,但在终身大事上,她要自己"拿事",为了终身大事说一次假话又怎样?以后淑娴会理解的。

就在这种纠结中,祈淑荣来到刘主任办公室。

刘主任板着面孔问道:"小祈,你这张表是不是填的不对,你怎么填了'在家已订婚'。"

祈淑荣极力压抑着那颗怦怦跳动的心,几乎用力地说出了那句已经纠结了几天的答案:"我在家是订过婚。"

刘主任搞了多年思想政治工作,单从脸上就能看出对方的内心,他知道这个女兵在撒谎。"那你在报名参军时怎么不说明呢。"报名参军时,确实有人问过每一个女兵是否结婚或订婚,在得到确切的否定后才将你的名字写入新兵花名册。

祈淑荣毕竟是第一次撒谎,她哪有这种心理应对的素质,她慌了,手足无措,满脸羞愧,但她在内心深处的九分慌乱中,仍然残存着一分游丝般的清醒:千万不能承认是说谎,只要不承认,主任也就没办法。从小形成的"自己拿事"的性格帮了大忙。

"我在家订过婚。"说完,祈淑荣狠狠咬着自己的嘴唇。

刘主任还是在心里暗暗佩服这个女兵的素质,凭经验,他可以百分之百地断定女兵在撒谎,但眼前的女兵尽管表现出言不由衷的慌乱和羞愧,但她反反复复只说那一句话:"我在家订过婚。"于是,刘主任又抛出撒手锏来:"你以为你这么说就会过关,那你填上未婚夫姓甚名谁?你说在家订过婚就订过婚了,我们会调查的,订没订婚很快就会水落石出的。"

祈淑荣拿着那张退给他的表格不知道是怎么从刘主任的办公室里走出来的,混混沌沌中的那一丝清醒又一次在提醒她,眼下最要紧的是找到好友师淑娴。

让祈淑荣万万没有想到的是,发小师淑娴,这个柔弱的、靠她拿主意的人竟表现出钢铁一般的强硬:"调查时,让我说你'在家已订婚?'不行,我不能也说假话,过去我什么都听你的,可这次不行,我得自己拿回事,自己做回主。淑荣,我的好姐姐,过去都是我听你的,这回,你就听我一次吧,我们是革命军人,不能向组织撒谎。"

祈淑荣再也控制不住了,哇地大声哭起来,她这个孤儿第一次感到自己如此凄惨,没有父母的孤独,失去朋友的孤独,这些情绪如泄洪的水流喷涌而出。那天她一夜未眠,心想,刘主任调查后,等待自己的是什么?大会批评?关禁闭?还是退伍?她的心理防线甚至要崩溃了,犹豫是不是现在就去向刘主任承认自己说谎,但想想以后一辈子一个锅里搅马勺的人不是自己选择的,而是组织选派的,心里很是不甘。

都是一个临洮几所中学来参军的,女兵们原本就认识,所以,张干事轻易地就了解到,祈淑荣与师淑娴是好朋友。当张干事叫师淑娴到刘主任办公室时,祈淑荣和师淑娴都在宿舍里,祈淑荣心一揪:完了,刘主任要调查师淑娴,而淑娴又要说真话,那我的'在家已订婚'的谎言不是被捅破了吗。是灾躲不过,凭天由命吧。祈淑荣心一横,做好了她设想的最坏的准备。

"小师,你是革命军人了,个人的感情要服从组织。我都了解了,你和祈淑荣是最要好的朋友,现在有一件事需要你来证明,你能保证你说的话都是真话吗?"刘主任先是做一番思想工作。

师淑娴明白刘主任说的是什么事,点点头。

"那好,我问你,祈淑荣在老家订过婚吗?"

师淑娴面对好友都说要说真话,可在一瞬间的犹豫中,她不知为什么也说了假话。"订过。"

"你能保证你说的是真话?"刘主任用异常严肃的眼光逼视着师淑娴。

如果刚才那句假话多少还是在犹豫中不知不觉说出来的,那么下面这句话师淑娴却说得坚定:"我保证说的是真话。"

"那你说说祈淑荣的未婚夫家在哪里？叫什么？"刘主任步步紧逼。

平时没有主意的师淑娴这会儿头脑出奇地冷静,她甚至连想都没想,一口咬定:"家就在临洮县城,人叫什么我不知道,祈淑荣也不告诉我,可能是她不好意思吧。"

师淑娴一回答完,刘主任就意识到自己犯了一个低级错误,祈淑荣未婚夫家能在哪里？肯定在临洮呀,这不是明知故问嘛。

师淑娴一走出宿舍,祈淑荣就感到头晕得厉害,这几天她一直没睡好觉,就向附近的陆军第十二医院走去。真是踏破铁鞋无觅处,得来全不费工夫。为她看病的是个男医生,他问祈淑荣哪里不舒服后,一听对方的口音就抬起头来问道:"你是甘肃临洮人？"

师淑娴也听出对方是临洮人,就问:"你也是临洮人？"

真是老乡见老乡,两眼泪汪汪。没说几句话,祈淑荣就像个委屈的孩子将自己这几天的苦恼一股脑地告诉了临洮大哥。原来这个名叫武云亭的军医是十年前当兵的,也是随二军进军南疆的。他在临洮的家与祈淑荣的家只隔一条街,甚至他的父母亲她都见过,只是从没有说过话。千里之外遇到这么近的人,能不亲吗。了解了祈淑荣的苦衷后,武云亭也不顾方式方法了,迫不及待地说:"小祈,如果你要自己给自己做主,那我就给你出个主意,你回去后就填写我武云亭的名字。我的军龄、干龄都符合政治部的条件。不过你放一百个心,我尊重你的选择,你拿我的名字只是去应急,以取得时间去寻找你看得上的人。此事我心甘情愿,日后我不会再向第三人说起的。当然,如果你觉得我这个大哥还可以,是自己给自己做主的那个人,我是求之不得。对我来说,你是天上掉下个林妹妹呀。"

没有吃一片药,两个人完全忘了看病开药的事了。祈淑荣的头也不晕了,她浑身清爽地一口气跑回宿舍。见师淑娴一人躺在床上,就偎在她的身边,问道:"你对刘主任说真话了？"

师淑娴哭了:"姐,我为了你向组织说了假话,我说你在家订过婚。刘主任不信,问我你的未婚夫叫什么,我答不上来。"师淑娴说到这更加伤心地哭起来。

祈淑荣搂着师淑娴,也是泪流满面地说:"谢谢小妹,你不用再怕了,姐真的找到人了,他叫武云亭,是陆军第十二医院的医生,他也是临洮人,你说巧不巧,我们也是刚刚认识的,刚刚订的婚。"说完,祈淑荣在那张"婚姻状况登记表"上一笔一划地写上"未婚夫:武云亭。"

妹妹找哥泪花流

一

故事得从一张喜报说起。

1956年的一天，张远秀突然听到街道上传来一阵喧闹的锣鼓声，锣鼓声由远及近一直响到她家门外，震得窗玻璃索索直响。

"远秀，快去看看，是谁在门外敲锣打鼓。"母亲对女儿喊道。

张远秀一边向外走去，一边对母亲说："可能是卖艺的人在咱家门外摆场子吧。"她推开大门，看到门前围了一大群看热闹的人。这时，人群中一个干部模样的人向鼓手们挥挥手，锣鼓声停了下来。

这个干部上前问道："这是张远发家吗？"

张远秀被问懵了，一时没有反应过来，愣怔片刻，她点点头。她哥是叫张远发，可自打1949年跟着解放军部队走后就再也没有音信，一家人不知为她哥哭过多少回。现在突然有人来找哥哥张远发，是不是哥有消息了？她扭身跑进院里，大声喊道："妈，外面有人找我哥呢。"

母亲一听有人找儿子远发，就迈着一双小脚急忙走出来，她望着这一群人，紧张得心咚咚直跳，不知远发在外出了什么事。

那个干部转向远秀母亲问道："请问，这是张远发家吗？"

张远秀母亲回答道："我儿是叫张远发，他参加了解放军，已经七年没有来信了,你们……"

那个干部转身从一人手中拿过一张大红喜报,欣喜地报告说:"新疆军区生产建设兵团来了公函,你儿子张远发过去是部队的战斗英雄,如今是兵团的劳动模范,这不仅是你们家的光荣,也是我们全乡人民的光荣。这是乡政府给你家送的喜报。"说着,他双手举着大红喜报向大家宣读起来。

宣读完喜报,人群顿时沸腾起来,纷纷议论这家出息了一个好儿子。乡政府的人等着远秀母亲来接喜报,可她们娘俩傻了似的站在原地不动。另外一个干部模样的人提醒道:"快接过来呀。"

张远秀母亲这才反应过来,忙上前接过喜报。

这时,锣鼓又敲起来,在锣鼓声中,那两个干部将一朵纸制大红花挂在她家门钗上。

在喧闹的锣鼓声和人们嘈杂声中,那两个干部又向她们娘俩说了些祝贺的话,可她们也没听清,完全高兴糊涂了,直到锣鼓队离去才渐渐清醒过来。

二

张远秀家一下成了闻名遐迩的英雄家庭、劳模家庭,不少人都来打听这家儿子远发的情况。左邻右舍都是看着张远发长大的,如今消失七年后的张远发终于有了消息,而且是如此轰动的好消息。人们七嘴八舌叙说着张远发过去的事,说那时他们就看出这个娃娃以后准有大出息。张远秀一家人听得心里甜蜜蜜的,谁说不是呢,自打远发被抱进这个家,他就给这个家带来了一个又一个好消息,他是这个家的福星呀。

原来,远秀妈成亲几年一直没开过怀,背地里有人说远秀妈是石女,压根就下不出蛋来。有一年,五里外一户魏姓农民的媳妇生了一个男婴,不久,男婴的父亲就病逝了。屋漏偏逢连绵雨,过度悲痛的母亲几天后也撒手人寰,三个月大的魏平德瞬间成了孤儿。男婴的亲戚托人到处打听谁家肯收养这个男婴。远秀妈听说后,就与丈夫商量:"不行我们就收养了吧,抱来做'引子',肚子或许还能开怀呢。"

"反正没有孩子,就那抱来试试吧。"丈夫同意了。

就这样,魏平德成了张家的儿子,改名张远发。世上就有这么灵的事,不到一年,这家的女人就开了怀,一生总共生了十一个孩子,可惜的是前面六个孩子都没养活,直到张远秀出生。

不开怀的女人一下这么稠密的生儿生女,成了方圆几十里的一大新闻,人们说,张家抱养的那个男孩是个福星,他到谁家谁家就人丁兴旺。张远发长到十三岁时,就去地主家放牛。真是无奇不有,自打张远发给这家地主放牛后,地主家的那头母牛每年都下双胎,乐得地主每年都给张远发家送好几十斤稻米。

1949年秋天,解放军的一支部队从四川梓潼县过,二十岁的棒小伙子张远发报名参加了解放军,这一去就再也没了消息。每到过年时,张远发的母亲和弟妹都要为远发祈祷(养父在他参军后不久就病逝了)。母亲对孩子说:"你们哥哥是个福星,老天会保佑他的。"

五个孩子就学着母亲的话说:"哥哥是福星,老天会保佑他的。"

三

昨天还是不起眼的乡下姑娘张远秀一下成了英雄的妹妹,昨天还在为找不上婆家犯愁,如今彻底颠了个——为挑选女婿发愁了,媒人踩破了门槛。英雄的妹妹张远秀和英雄的母亲,挑选女婿的条件自然要水涨船高:成分高的不要,家里穷的不要,长相不俊的不要,总之,娘俩挑花了眼。这时,远秀的姑妈突然一拍脑门大声说道:"我们这都咋了,脑瓜儿怎么这么不开窍呀,还挑个啥呀,远发不是最好的女婿吗?你家远发,虽是你这个妈养大的,但又不是你亲生的,远秀嫁给她哥我们也都放心呀。"一句话一下拨开了一家人的愁云,特别是远秀,喜得头发梢都红了,只是低头抿嘴笑。她妈一看也乐了,忙说道:"她姑说的是,远秀嫁给她哥远发我们都放心了,远发儿还真是我们家的福星呢。"

四

自打这门亲事定下后,张远秀的心就飞到了新疆生产建设兵团远发哥那儿了,她的眼前不断浮现出哥的模样儿:身板魁梧如同车轴一般,一双浓眉大眼特别招人喜欢。哥参军时她十一岁了,一直记着哥的模样儿。此时此刻的张远秀恨不得插上翅膀飞到新疆兵团,去找她的战斗英雄和劳动模范的哥哥张远发,像哥哥一样当劳模。

背着一袋子饼子、揣了五十元钱,娘俩上路了。走时,娘就对女儿说:"虽说远发是你哥,但这事还要看他同不同意,他是部队上的人,是英雄,是模范,他同意了,我把你们的婚事办了就回来,不同意,我再领你会四川来。行吗?"女儿远秀的脸拉下来了,她有些不悦,嫌妈多虑了,瞎操心。打小哥就对她好,放牛时将她背在身上,有时还把她放在牛背上,哥爬树给她摘果子吃,摘来野花编织花环戴在她头上……心想,哥对我这么好,能不同意吗。

几天后,娘俩坐汽车到了西安,在西安火车站,远秀给妈买了一碗面。都出来几天了,娘俩一直啃干饼子,女儿想让娘吃口热饭。谁知,就在她端着一碗热面递给娘时,一个蓬头垢面的叫花子伸出像炭一样的黑手,瞬间就将碗里的面条一把抓去了,他一边跑一边仰着头张着大嘴将手中的热面吞了进去。张远秀被这情景吓傻了,半天才反应过来,她哭了,这是她给娘买的面呀。娘劝女儿道:"不让你买,你偏要买,这下好了吧,白花了一毛五分钱。"看女儿还在哭,娘改口劝道:"你看那个叫花子也怪可怜的,就算咱娘俩积德行善施舍吧。"

从西安到兰州的火车要到半夜才发车,娘俩就在候车室长条凳上相互依靠着候车。几天的颠簸劳顿,两人也困了,不知不觉便迷迷糊糊睡着了。突然,远秀娘朦朦胧胧觉得有人在她胸口上摸,一睁眼,看到白天抢面的那个叫花子已将她藏在胸口的钱包掏出来了。叫花子见她醒了,笑着说:"我饿,这钱先借我买些东西吃。"说完就跑得不见踪影。远秀娘放声大喊："抓贼呀,我的钱包被贼偷了。"可大半夜里,候车室里除了候车的旅客没有一个值班人员,人们听说后,只是无奈地摇摇头,表示同情。

　　远秀娘俩抱头痛哭,这可是她们所有的盘缠呀,这可是她们借了五六家亲戚才凑的钱呀。远秀娘控制不住地边哭边骂道："挨千刀的叫花子呀,你可把我们害苦了呀,我们是到新疆找儿子的呀,你把盘缠偷了去,我们还咋去呀。呜呜。"听到她的哭诉,一些旅客同情地围拢过来,七嘴八舌指责那个小偷,有人说快报案,又有人反对,说那个小偷早跑了,报也是白报。还有人出主意说,这娘俩到新疆,新疆可远了,没有钱怎么去呀,不如回家,等筹了盘缠后再去。哭诉的远秀娘这时也渐渐恢复了清醒,是呀,虽然到兰州的车票还在,可到了兰州咋办呀,不如把车票退了,回四川梓潼老家,等筹下盘缠后再去找儿子。听了娘的想法后,远秀咬着嘴唇一言不发,等娘问了好几次,她才一字一顿地说："我要去,就是走着去也要去找哥。"娘见女儿这般坚定,也就打消了那个念头,对女儿说："娘和你一道去新疆,为了儿子和女儿,再苦再累也不怕。"就这样,娘俩坐火车到了兰州。在兰州火车站,两人身无分文,又举目无亲,好在袋里还有大饼,不至于饿肚子。还是远秀有办法,她见车站里有一些解放军旅客,就拉着娘去向他们哭诉。当这些解放军听到她们的遭遇后,都表示同情,其中一个解放军说,你们说的新疆生产建设兵团我知道,我弟弟就在兵团,他好像在信中说过,兵团在兰州有一个办事处,你们不如去那里,看看有没有到兵团的汽车。远秀高兴地一再感谢那个解放军。就这样,娘俩一路打听终于找到了兵团驻兰州办事处。

　　办事处领导听了娘俩的遭遇后,安慰她们说："到了兵团办事处,就等于到了兵团。这样吧,你们在这里等着,有了去新疆的汽车我就通知你们,放心吧,在这里吃住不要钱。如果你们没事,可以到伙房帮帮忙,伙房人手少,忙不过来。"娘俩终于安顿下来,她们天天去伙房帮忙。在办事处,她们也听到不少从新疆探亲回来的人说,新疆都是大沙漠、戈壁滩,兵团农场的条件很艰苦,种的粮食除了上缴国家,还要支援其他省份,兵团人反倒自己饿了肚子。有人听说远秀去兵团成亲,就说:"丫头,你长得这么俊俏,干嘛要到新疆兵团找对象呢,如果在那里成了亲可要苦一辈子,识时务者为俊杰,不如就在兰州找个吃公家饭的对象。"远秀一言不发,只是在心里说:"我就是要到兵团找哥,他是英雄,是劳模,我哥才是最可爱的人。"

五

远秀娘一直有个老毛病——心口疼,她知道,这病累不得,气不得。可现在身上的盘缠被人偷去了,能不气吗?加之路途劳顿,她的心口疼又犯了。女儿远秀不让娘去伙房干活,让她好好休息一下,她自个去。可娘非要去,说办事处让她们娘俩白吃白住,应该多干点活才是,这样才能对得起公家。有天晚上,娘突然叫醒女儿,拉着远秀的手说:"远秀,我可能不能陪你去兵团找你哥了,这心口从来没有这么疼过。听娘的,如果娘走了,你就一人去找你哥,他同意,你就与哥成亲,不同意,你就再回梓潼老家,家里还有你弟妹呢。"远秀立刻阻止娘这些不吉利的话,认为娘太絮叨了。可谁知,第二天,一向早起的娘没有起床,远秀有一种不祥之感,就俯身叫娘,可娘一动不动,再伸手一摸,娘的手冰凉得发硬。她哇的哭起来,大声喊道:"娘呀,你醒醒呀,你醒醒呀。"

办事处的医生翻开远秀娘的眼皮,见瞳孔已扩散,对领导说:"人已去世了。"听到这话,远秀扑在娘身上悲恸欲绝地放声大哭。

办事处领导派人将远秀娘下葬了。第三天,正好有个车队去新疆,领导问远秀是去新疆?还是回四川老家?远秀揩干眼泪,坚定地说:"去新疆兵团,我要找我哥。"

六

1957年元旦,远秀坐着汽车到了乌鲁木齐兵团招待所。那天乌鲁木齐正下大雪,气温降到零下三十多摄氏度。远秀还穿着那身单薄的衣服,脚冻肿了,连鞋都穿不进。招待所所长看了乡政府的介绍信后说:"巧了,你去的那个农场场长王二春正好在兵团开会,一会儿就散会了,你就在这儿等等吧。说着,将一把椅子搬到火炉旁,让远秀坐在火炉旁等着。被冻的脚一烤火,奇痒难忍,再说,远秀怕错过了与王场长见面,就索性到大门外去等。她一边在雪地里跺着脚,一边揉搓着双手。不一会儿,她的头上、身上就落了一层雪,像个白毛女。这时,一个穿军大衣的人大步流星地向招待所走来,他见大门外一姑娘在雪中来回踱步,冻得索索发抖,就上前问道:"姑娘,你怎么在外面,快到屋里暖和暖和。"远秀说:"我在等王场长。"那人好奇地问:"哪个王场长呀。"远秀想不起刚才所长说的王场长叫什么名,她急中生智,赶忙掏出介绍信递给他。那人展开信一看,大笑起来:"世上就有这么巧的事,姑娘,你要找的张远发就是我们农场的战士,他可是我们的英雄和劳模,是闻名兵团的'坎土曼大王',"他又看了一眼姑娘问道:"你是张远发什么人。"远秀也没想到这么顺利就找到了王场长,高兴地回答道:"他是我哥。"王二春赶忙领着姑娘进了招待所,所长见王场长回来了,就说,这个姑娘是到你们场的,她一直在等你。

王场长安顿好远秀后,就到街上给她买了双棉鞋,又从所长那里借了件军用皮大衣。

七

第二天一早,王场长和远秀坐着场里的"嘎斯"汽车向和田方向驶去,在驾驶室里,王场长对老驾驶员介绍说:"这是'坎土曼大王'的妹妹。"接着,他转过头对张远秀说道:"姑娘,你这次来看哥哥还有什么打算呀,只要你提出来,我一定满足你的要求。"王二春场长是想让姑娘留在农场,现在农场缺的就是姑娘,那些与他一道进疆的战士还有不少是单身呢。

可姑娘的一句话让王场长丈二和尚摸不着头脑:"王场长,我来兵团是与我哥成亲的,成亲后,你能给我安排个工作吗,我也要像我哥那样当劳模。"远秀声音很小,王场长以为自己听错了,反问道:"姑娘,你说什么?"

远秀提高了嗓音重复了一遍。

王场长更加糊涂了,小心试探地问道:"姑娘,你不要生气呀,我问你,你不是说张远发是你哥吗,怎么你……"

远秀嘤嘤哭了,她缓了口气,将远发哥与她家的关系以及这次娘带她来兵团成亲一路不顺的事述说了一遍。

听完这个故事后,王二春场长叹了口气,说:"我们的张远发真是个创造奇迹的人,在战争年代,他抱着一挺机枪俘虏了一个连的敌人,成了战斗英雄。进疆后,他用坎土曼一天开荒五六亩,成了'坎土曼大王'。我正为英雄没有媳妇发愁呢,没想到,天上就掉下来个'林妹妹',而且是亲上加亲的'林妹妹',这简直就是戏里的故事嘛。"

八

六天后,"嘎斯"汽车到了农场,王二春将远秀带到场部办公室,他一刻不停地给张远发打电话:"'坎土曼大王',告诉你一个天大的好消息,你妹子来了,不,是你媳妇来了。什么,你听不明白,好了,你别揣着明白装糊涂。我命令你火速赶到场部,对了,你赶快理个发,刮个脸,再换身新军装,听到了没有,这是命令。"

当天晚上,王二春场长在场部大礼堂为张远发和张远秀举行了结婚典礼。他向参加婚礼的干部战士动情地讲述着这段传奇故事,所有人都被这个故事感动得流下了眼泪。

张远发和张远秀兄妹俩更是泪流满面,他们对着老家的方向,向爹娘深深地鞠了一躬。

磨　坊

故乡老二连有一"洋井",即自流井。

这口"洋井"是团里唯一的自流井。二十世纪五十年代,有一支石油勘探队到此钻探石油,钻入七八十米后,地质分析没有石油层,就停止了钻探工作。七八十米正是地下富水层,清澈冰凉的水柱从地下喷涌而出。如果不下钢管,井口很快就被堵塞,水也就不再外流了。当时这个农场由国防部队才集体转业为生产部队,官兵就地屯垦戍边。这里位于中苏边境,干旱少雨,职工们吃水都很困难,要开车去几十公里外的博尔塔拉河拉水。冬天,职工们从野外拉来积雪,堆在大坝内,春夏秋天就吃这个涝坝水。为了解决农场吃水难的问题,农场领导去勘探队商议,看能否在打好的井洞里安装上钢管。勘探队领导说可以,但钢管钱得由农场出。

"洋井"就这样诞生了。

"洋井"水流量很大,碗口粗的钢管一年四季往外喷射晶莹剔透的地下水。夏天,水冰凉,冬天,水温热,冒着雾气般的热气。有人不懂其中科学道理,说"洋井"是神井。其实不是"洋井"有多神奇,是因为地下水是恒温的,喷出地面后,夏天温度高,地下水温低于地面温度,自然冰凉;冬天,地下水温高于地面温度,自然温热。夏天的冰凉与冬天的温热都是温差起的作用。老二连的人自打有了"洋井",就结束了喝涝坝水的历史。连队还在"洋井"旁盖了磨坊,一条小溪从"洋井"处径直流进磨坊,又从磨坊流出去。磨坊里有一盘石磨,一头老黄牛戴着眼罩围着磨盘拉磨。磨坊的主人是斜眼老王。其实老王的岁数并不大,也就四十出头。那时过了三十五六岁的男人,战友们称呼时就在姓前加个"老",显得亲切。

春夏秋冬,老黄牛和老王在磨坊里拉磨、做豆腐。平时,磨坊很少有人来,很静。除了老黄牛的蹄声和石磨转动的摩擦声,就是小溪里的流水声。磨坊里,一只牛,一个人,两个活物。

老王老家在四川,三十岁那年,在去县城卖豆腐的路上被国民党抓了壮丁。他恳求军爷发发慈悲放了他,说家里有卧床老母,当不了兵。骑在马鞍上的军爷狠狠抽了他一鞭,气势汹汹地喊道,你家有老母就可以不去新疆当兵,那我家还有太太呢,也不要去新疆了?他一听说是去新疆当兵,更加不愿去了。就要挣脱逃跑。国民党官兵早有准备,一枪托砸在他脸上,顿时血流如注。不由分说,一根麻绳将他五花大绑,推上了汽车。就这样,他被强行拉到新疆当了国民党兵。

从此他的右眼就斜了。

当时他们团驻守迪化(今乌鲁木齐),班长也是四川人,而且是近老乡。班长见他成天跟哑巴似的,就开导他,说既然都到了新疆,就认命吧。好在当兵吃粮,有衣穿,一年还能发几块大洋。等钱攒够了,就在本地娶个媳妇。哪里黄土不埋人。他想,班长说得在理,偌大新疆,戈壁滩一眼望不到头,就是骑上快马也得跑上几天才能出关。再说,逃跑要被抓回来,那就是死罪。他来部队没几个月,就有两个新兵趁月黑风高的夜晚逃跑了,结果在"星星峡"被抓住了。两人被五花大绑拴在马后面拖回营地。全团召开大会,团长一番训示后,两个刽子手手起刀落,只见两股血柱冲上了天,溅了刽子手一身一脸。被砍下的两颗头颅像西瓜一般从台上滚下来,其中一颗脑袋滚到他的脚下。他双眼一黑,便瘫倒在地。国民党部队就是靠这种杀一儆百的方法来稳定部队。

1949年9月25日,新疆警备司令部司令陶峙岳宣布新疆和平起义,他所在的团整编为中国人民解放军二十二兵团七十八团。他们脱下国民党军服,穿上了中国人民解放军军服。从此,老王成了一名解放军战士。连队为了改善部队伙食,要成立豆腐坊,老王在老家跟叔叔学过磨豆腐,他就是去县城卖豆腐时被抓的壮丁。就毛遂自荐。连队就让他磨豆腐。后来,二十二兵团集体转业为生产部队,也就是生产建设兵团,老王成了一名兵团职工。他还是磨豆腐,还是一个人吃饱全家不饿(单干户),那时农场女同志金贵,轮不到他这个起义兵找,再说他的眼斜,哪有女人能看上他。于是他也不想这事了。老娘已过世多年了,他也不用急着找媳妇了。

磨坊里的老黄牛每天拉磨,磨盘每天吱吱转着,"洋井"的水,每天从磨坊外流进磨坊里,又流出磨坊。老王磨的豆腐供应全团,每天各连司务长来磨坊拉豆腐。老王虽然忙着磨豆腐,不出磨坊,但他通过司务长的嘴能了解各连的事,谁结婚了,谁的老婆生孩子了,有些人他认得,有些人他不认得。但他只是听听,这种娶媳妇生孩子的好事哪能轮到他,还是磨他的豆腐吧。一晃老王也四十出头了,老王的日子就如他磨出的豆腐一样没有变化。有一天天快黑了,老王正准备给老黄牛卸套,指导员领着一个女人和两个孩子来到磨坊。指导员指着那个披头散发、衣不遮体的女人说,她是盲流,问话也不答,也许是哑巴。既然他们逃荒到了兵团,就不能让人饿死在兵团。磨坊后面不是有间存放黄豆的小棚子吗,这娘儿仨就暂时住在那里。见老王不放心的神情,指导员笑着说,你看这个女人瘦得皮包骨头,还能偷走你的黄豆不成。当然,他们要吃豆腐就吃吧,只要不饿死在我们这里就行。指导员走后,老王问女人从哪里来?女人说是从河南来。老王听她说话了,心想不是哑巴呀。只见女人拉着两个孩子,"扑通"一声跪在老王面前,女人一把抱住他的腿,哭着说道,好心人,你救救我们吧,我们三天没吃一口饭了。日后我们给你当牛当马都行,明天起拉磨你不要用牛了,就让我们娘儿仨拉磨,保证比牛好使。老王鼻子一酸,两行热泪淌下来。他拉起女人和孩子,说,刚才指导员不是说了,这里是兵团,决不能让灾民饿死在兵团。这样吧,你们不是三天没吃饭了,我这还有一块热豆腐,你们娘儿仨先垫垫肚子,我这就去大伙房打饭。说着,老王把老黄牛的套卸了,牵出磨坊,送到马号。他先是去自己住的地窝子拿了一个小盆去了大伙房。炊事员好生奇怪,调侃问道,你家来了新媳妇了,怎么用盆子打饭?老王闭口不答,只是笑。炊事员继续调侃,看你抠的,新媳妇来了还到大伙房打饭,你去团部小食堂炒两个硬菜呀。晚上还要"大会战"。老王还是一言不发,端着一盆菜和十来个窝窝头风风火火去了磨坊。他一进门,见女人仿佛变了一个人,虽然还是那身破衣烂衫,但头脸洗得干干净净,孩子也都洗了脸,他这才看出,两个孩子一男一女,男孩七八岁,女孩五六岁的样子。老王目不转睛地看着女人,心里嘀咕着,刚才见女人蓬头垢面,邋邋遢遢的,可这么一捯饬,还好看得很呢,只是脸色蜡黄,憔悴得没有血色。女人见老王这么看她,脸热了,低着头说,你这真方便,不用去屋外打水,溪水就从屋里流出去,真好。老王心头一阵慌乱,赶紧说,快吃饭,你们饿坏了吧。女人说,吃了那块豆腐,眼前不冒金花了,身子也有了些力气。饭菜金贵,我们不吃了,你拿回家给嫂子和孩子们吃吧。老王说,我呀是一个人吃饱全家不饿。女人听不懂这话的意思,定定地看着老王。老王笑着解释:就是我一个人过,没成家。快吃,孩子们,叔叔给你们打来了饭,吃吧,敞开肚皮吃。不过别撑着了,这里是兵团,你们在这饿不着,一天三顿都有吃的。

娘儿仨吃饭时,老王又回地窝子取来被褥和他的一些衣服,到了磨坊又将存放黄豆的库房收拾出来。他找来几块木板,支起一张床。他见娘儿仨将一盆菜和十几个窝窝头全吃完了,就说,你们就在这里安心住下来,这里安全得很,晚上有值班战士放哨。晚上睡觉用这根棍子顶上门,放心睡吧。我回去了,明天上班号一响我就来上班磨豆腐。女人说,啥是上班号。老王学着号声吹了一遍,说这就是上班号。女人笑了,说这里咋跟部队一样。老王说,你说对了,兵团就是部队,你没看我还穿着军装呢。对了,我拿来的军装可能有些大,你能改就改改,不能改就凑合着穿。孩子们的衣服我过些日子去团部合作社买。女人感激地说,那你明天就不要牵黄牛来了,我们娘儿仨推磨,别累着牛了。我们不能白吃你的饭,得为你干活才能报答你呀。老王又是鼻子一酸,说不出话来,赶紧走了。

回到地窝子,老王在床上烙起了"烧饼"——怎么也睡不着。那个女人憔悴的面容不时在他眼前晃悠,女人说的那些话又让他伤心起来。他一看马蹄表,才十一点,他不放心娘儿仨,就穿上衣服去了磨坊。还没到磨坊,就见窗户上透出橘黄色的灯光,凑近一看,女人正在小溪边给两个孩子洗澡。他赶忙去敲门,喊道:不行,不能用冷水洗澡。这里的水是地下水,凉。女人打开门说,恩人,放心吧,我们好着呢,我正给孩子洗澡呢。老王见两个孩子正赤身裸体站在屋里小溪边,浑身冷得打颤。就说,你们不知道,这水是从外面"洋井"里流出的,比老家的井水凉,别冻着孩子。孩子,快到里面床上,盖上被子捂捂,发出汗就好了。女人一听赶忙领着孩子进了里间,将被子盖在身上。老王不放心,又回到地窝子拿了件皮大衣来盖在孩子的被子上。等到孩子头上出汗了,他才舒了口气,对女人说,放心了,只要一出汗,就没事了。女人说,我刚才给孩子擦澡时也觉得水冰凉,心想现在是夏天,水冷洗着才解乏。她问这里的水为什么这么凉。老王说这水是从地下七八十米流出来的,肯定凉。到了冬天,这水又变温了,可神奇了呢。女人一脸不解地望着老王,老王说,以后时间长了就知道了。这样吧,我给你烧些热水,千万不能用凉水洗了。说着就去烧水。女人说我不洗了,这样麻烦你多不好意思。老王没说话,过了一会儿,对女人说,你洗吧,里间有盆子,还有毛巾和香胰子。说完,拉开门就走了,走了两步又折回来喊道:你把门顶好了。回地窝子的路上,女人的容貌又在眼前晃悠,他自言自语地说道,这个女人长得好,长得善,说话柔声细语,看来是个过日子的女人。

第二天一早,老王就打来了饭,一盆玉米糊糊,十几个窝窝头,还有一碗咸菜。他进门就问昨晚两个孩子没事吧。女人说幸亏是恩人赶来,不然还不知孩子被凉水一激病成什么样呢。女人说,昨天如果不是兵团人收留我们娘儿仨,也许昨晚我们娘儿仨就死在野外了。女人从小到大没这么激动过,她情不自禁地扑到老王的怀里。昨天的这些事让她看出面前的这个男人就是她们的保护神,她要报答他一辈子。老王也是生平第一次有女人扑到怀里,他急促得手足无措,嘴里嗯嗯着,就是不知怎么安慰,见她像个孩子似的伏在肩头抽泣,心里充满了爱怜,他也搂着女人,用手在她的后背上轻轻拍着,说,以后就好了,这里饿不着人。

这时,两个孩子出来了,见到这副情景就问,妈妈,你们咋哭了。女人笑笑说,妈这是高兴得哭了,是遇见大恩人了忍不住就哭了。老王赶紧说,你们到了兵团就是到了家。孩子们快洗脸,咱们吃饭。说着嘴里吹起吃饭号声来。

白天,磨坊里多了三个人,自然要热闹多了。女人帮着老王磨豆腐,孩子在小溪边玩耍。老王看着这幅画面,心里跟吃了蜜一般甜,一直笑眯眯地看着。女人见老王这样高兴,自然也是一副陶醉的模样,脸上露出了红晕。一缕阳光从窗口射进来,正好投在女人的脸上,老王心里说,看上去,她比昨晚还要好看,都两个孩子妈了,还长得像个姑娘似的。两人一边干活,一边说着各自的身世,完全是无意识的。女人知道了老王是被抓壮丁到的新疆,至今还没成家,这里啥都好,就是女人少。老王了解了女人在河南饿得快死了,母亲让她往西走,听说天边边有一个能吃上饭的地方。母亲从手腕上撸下那只银镯子给了女儿,说这是母亲的陪嫁,如果你遇到了能让你吃上饭的男人,就当是母亲给你的陪嫁。

一连十多天,都是这么过的,白天老王和娘儿仨在磨坊干活,晚上女人和两个孩子在磨坊睡觉,老王就回地窝子。老王见女人和孩子的脸上有了血色,心里很是高兴。但老王一个人的饭票要供娘儿仨吃,很快一个月的饭票就吃完了。他找到指导员说自己没了饭票,能不能给借下个月的饭票。指导员笑了,说你一个人的饭票四个人吃,用不了多少日子,半年的饭票就得吃完,你还怎么借?我看呀,你不如娶了女人,这样她就成了连队的职工,孩子也可以上学,还有口粮,女人也有工资了。一家四口,老婆孩子热炕头多好呀。老王不好意思地说,我长得这样,咋能娶人家那么好的女人,这是糟蹋人呢。指导员说,你老王怎么这么没自信,你成天在磨坊,消息灵通得很,那首打油诗你又不是没听过,指导员调侃

地朗诵起来:

一日三餐不用愁,
吃香喝辣满嘴油,
大喊一声如军令,
数百官兵都得听,
一天三次来报到,
少了一次都不行,
你说权力大不大,
就是连长也得听。

七连炊事员老张比你大十岁,就凭这首打油诗,从老家娶回一个黄花大闺女。你老王哪一点比他差,不就是眼有些斜吗,可你心善,老实,再说,那个女人还带着两个孩子,人瘦得像淘汰羊,能找到你就算掉进福窝里了。老王听指导员这么说女人,心里不悦,说女人那是饿的,现在吃饱饭了,脸色也好看了,你没见到,真的好看呢。指导员哈哈大笑,说老王怕是看上那个女人了。老王说,看上有啥用,我不配,我差得太远。指导员说,这样吧,我去找那个女人谈谈,如果人家不嫌弃你,愿意嫁给你,你同意不? 老王脸上笑开了花,头点得像鸡啄食。

指导员来到磨坊,看到女人一脸的红润,双眼发亮,就在内心说,兵团的窝窝头还真养人呀,这才几天,女人就变得这么好看了。老王没说错,难怪他觉得自己配不上她呢。指导员来时的信心顿时减半,也没了把握。他暗想女人一定会留在兵团,但她不一定愿意找老王,老王是个起义兵,又是斜眼。如果这个女人有心计,很可能把老王的磨坊作为临时过渡的住处,以后再找一个条件比老王好的男人。但指导员还是决定试试看。他先是支走老王,让老王去连部等着,说等会儿有事找他谈。见老王出门,指导员就对女人说出了自己的想法。出乎指导员预料的是,女人红着脸,低着头说,谢谢领导做媒,我就怕老王不同意呢,我带着两个孩子是个拖累,人家一拜堂就多了两张吃饭的嘴。我想好了,我也不走了,就在磨坊里帮着老王干活,给他做牛做马,来报答他的大恩大德。指导员说,你心里愿不愿意与他成亲过日子。女人说,我条件差,与他不般配。指导员哈哈大笑起来,说刚才老王也是这么说的,现在你也是这么说,你们两个还真是一对呀。这样吧,我就做主了,你们这几天准备准备,把老王的地窝子布置布置,八一建军节,正好连里还有两对要结婚,咱们连就举行集体婚礼。女人说,领导,不知老王同不同意呢。指导员笑了笑说,他做梦都想娶你呢,就是担心自己不配。你俩还应了"不是这家人不进这家门"的话。

说话间就要到了八一建军节集体结婚的日子。老王要去团部合作社给女人买身新衣服,可女人不答应,说她就喜欢他送的军装,她已经改好了,说着就穿到身上让老王看。老王吃了一惊,觉得这么一改,太合身了,就像团部文工团的女演员一样。这些日子能吃饱了,女人的胸部明显地隆起,细细的腰肢下是浑圆的臀部。加之崭新的军装,看上去活脱脱一个英姿飒爽的女兵。结婚前,她按照老家风俗,在镜子前给自己绞脸。她在老家给出嫁的几个姐妹绞过脸,双手捏着两根白线,很是熟练地绞着。绞完后,她照着镜子看,只见镜子里的自己面如桃花,眉如柳叶,双目如泉,唇如花蕊。她像是第一次看到自己长得如此好看,生怕在脸上挑出什么瑕疵来,对不住老王。

集体婚礼在哄笑中结束了,那个调侃过老王的炊事员起哄,老王只是红着脸嘿嘿笑。女人听不懂,但感觉到不是什么正经话。急着回到他们那个小屋。

女人有一双巧手,屋里虽然没有添置什么新家具,但看上去的确像个新房,墙上贴上了报纸,屋顶糊了顶棚。床头上贴在她剪得大红喜字,屋里喜气洋洋。床上摆着两床大红绸面被子,和两个绣着鸳鸯戏水的枕头,崭新的太平洋双人床单平平展展,没有一道皱褶。女人先是安顿好两个孩子在另一间屋子睡了,就坐在床边,低着头,不时拿眼瞄着老王。老王紧张地额头上冒出汗来,他一声不吭,坐在桌边不敢抬头看新媳妇。过了一会儿,女人轻声说,睡吧,时间不早了,明天还要磨豆腐呢。老王还是不吭声。女人走过去拽老王,老王一抬头,女人见他脸红得像猪肝,全是汗水。一股激情涌到她心头,还说什么呢,是老天爷有眼,给了我这么一个好的男人呀。眼前的老王让她又欢喜又伤心,老王真是个好男人,是个招人爱怜的男人呀。

女人吹了灯,老王躺在床边不敢动。女人用手去拉他,他只是握着媳妇的手一遍遍地抚摸。女人的手指抠他手心,示意他过来,老王还是不动。女人小声说,来吧,咱们都结婚了,就是夫妻了,还害臊呢。老王小声说,我不敢,孩子在里间呢。女人一把搂着丈夫说,孩子睡了。老王说,可我还是不敢,怕动静大吵醒了孩子。女人起身说,这样吧,磨坊是我的福地,咱们去磨坊。老王高兴地应答了一声。

爬上树梢的月亮为一对新婚夫妻洒下像"洋井"水一样清澈的月光。大地像结了冰,亮晃晃的。四周静极了,偶尔有狗吠声传来。两人踏着月光来到磨坊。老王的心噗噗跳,开锁的手有些抖,几次都没把钥匙插进去。女人轻轻说不急。门被轻轻推开,一进门,就见小溪缓缓流着,发出轻微的流水声。老王要点灯,女人扯扯丈夫衣角,小声说,这么亮还点灯?有了亮光,哨兵还误认为磨坊进了小偷呢。老王转身拽着媳妇着急忙慌地进到磨坊里间。一束月光正好投在床上。几天前,女人想把床拆了,老王不让拆,说以后大会战、加夜班累了还用得着。女人想起老王说的话,扑哧笑出来。小声问丈夫是不是早就想好了有这么一天。老王顾不上应答,一把抱住女人,两人倒在了床上。媳妇抓着丈夫的手说,别急,我妈给我的银镯子你亲自给我戴上,然后我就是你的人了。说着从手腕上撸下镯子,递给丈夫。老王将镯子套在媳妇的左手腕上。女人轻轻咬着丈夫的耳朵说,我一直没告诉你,就是想在结婚的晚上再告诉你,我是个姑娘身,那两个孩子一个是我姐家的,我外甥女,一个是我哥家的,我侄子。他们也是养不活了,让我带到天边边,能活就活,活不了就死在天边边。没想到,老天爷有眼,让我找到你这么个善人。老王心里一阵喜悦，没想到媳妇还是个姑娘。

就如三月开春的沃土，插根树条子就能发芽。不久，媳妇就怀孕了。

老王的媳妇不听连队卫生员的叮嘱，每天都去磨坊磨豆腐。老王劝不住她，就让她干些轻活。离预产期还有一个星期，媳妇的肚子突然阵痛起来，还没等丈夫去喊卫生员，羊水就破了。媳妇疼得一头是汗，喊别去叫卫生员了，来不及了。她吩咐丈夫将她扶进里间床上躺下，又吩咐烧一锅开水，准备好剪刀。丈夫按照媳妇说的做了。不一会儿，孩子降生了，是个男孩。媳妇用消过毒的剪刀剪断脐带，让丈夫提着孩子的两腿拍打屁股。丈夫不敢，媳妇说，都是这样的，我在老家见表姐生过孩子。老王照着孩子红嘟嘟的屁股蛋拍了两下，磨坊第一次传出婴儿的啼哭声。媳妇疲惫的脸上露出笑容，说孩子不像你，是个急性子，着急忙慌非要来磨坊。一出生就闻到了磨坊里的豆腐味。儿子是在磨坊黄豆储存间生的，小名就叫豆豆吧。以后你的磨坊可有接班人了。

日子过得说快也快，媳妇给丈夫生了三个孩子，都是在磨坊生的，她说磨坊是她的福地，也是她的产房。

小溪从"洋井"流进磨坊，又从磨坊里流到磨坊外。磨坊的磨盘每天都在转圈，丈夫、媳妇和孩子每天围着磨盘过日子，一年又一年。改革开放后，大儿子豆豆和媳妇承包了磨坊，改名"豆豆豆腐店"。生意如父亲和母亲磨的豆腐一样名声远扬。

母亲的伤疤

母亲在山东老家从没见过鬼,她特怕鬼。

母亲在新疆不止一次见过狼,她从特怕狼到与狼较量。

对母亲来说,与狼较量是个平复不了的伤疤,她本人为此付出了沉重代价。与狼较量没有输赢,有的只是没完没了的恐慌和痛苦。

——作者手记

参军来新疆前,母亲听说新疆戈壁滩上的狼比狗还多,吃人。她像怕山东的鬼一样,特怕新疆吃人的狼。

但她在生我前没见过狼。

1952年母亲参军来新疆不久,就被几个同乡作弄了一番。

有一天夜里,一个大通铺的姑娘结伴去厕所,她们知道母亲怕鬼、怕狼,就同声高喊:"狼来了。"说完,撒起脚丫子就跑了。母亲一听狼来了,又不见狼的影子,突然想起没有影子的鬼,吓得浑身一软,瘫在地上,尿了一裤子。

第二天,父亲狠狠批评了那几个恶作剧的"山东大葱",说:"在新疆可不能玩'狼来了'的把戏,我们随时都可能遇到狼。"他告诫女兵不能从背后悄无声息地拍肩膀,新疆的狼特狡诈,它会模仿人那样将前爪搭在人的肩上,你认为是熟人,一回头,狼会一口咬住你的喉咙。也许是有心无意吧,父亲的眼光落在了还不是我母亲的那个被狼吓瘫的姑娘身上,说:"真要遇到狼,千万别怕,你就盯着它,眼光越凶越好,眼光不能软,一软狼就看出你怯了,它会扑上来。狼最怕火,你们出远门还是带盒火柴。火柴棍比大棍子都管用。"

后来,母亲一次次遇到狼,母亲说父亲是乌鸦嘴。还说,她这辈子与狼结下了仇,都是父亲种下的祸根。

一年后,母亲生我的那天夜里,被剧烈阵痛折磨的母亲用喊叫来减轻疼痛,可母亲听到屋外还有一种陌生的喊叫,颤抖中带着凄惨,悠长中带着决绝,似哭似嚎。母亲说她过不了这一关了,一定是鬼找上门来了。父亲说新疆没鬼,是狼嚎。

那匹狼一定是疯了,它围着屋子转了一圈又一圈,将瘆人的哀号声散布到房前、屋后。母亲吓得浑身颤抖,没费什么劲就生下了我。我一落地,腾出手的父亲一手提着马灯,一手拎着根大棒冲了出去。狼一见灯光就跑了。可父亲一进家门,狼又围着房子哭丧。母亲哭了,说这匹狼与我家较上了劲。

父亲对母狼疯狂的骚扰心知肚明:都是山墙头上的那张公狼皮惹的祸。

原来,前些日子,一匹公狼咬死了连队十只羊,他带着几个人用夹子逮住了一匹大公狼,为此,团政治处还表扬了父亲,说父亲是打狼英雄。

父亲将狼皮展展地钉在山墙头上(这样狼皮不蜷缩),准备给还未出生的我做个狼皮褥子。第二天一早,被母亲的呻吟和母狼的哀号折磨得身心憔悴的父亲扯下狼皮,扔到了戈壁滩上。

在狼嚎中生下儿子的母亲,虽然没见着狼,但听了一夜的狼嚎,这似乎像文学作品中的伏笔。

母亲见着狼是在一年后。

我生病了,浑身烧得发烫,连里卫生员催促赶紧往场部卫生队送。那时正是农忙,父亲是连长,没空。母亲只得背着我去二十几公里外的场部卫生队看医生。

这都是后来母亲说的。

母亲一路小跑,走到半截路的芨芨草滩时,发现路前面蹲着一只狗,还带着五只狗娃子。那只狗张着大嘴,伸着长舌,从血红的舌头上往下滴着涎水,在微风中,涎水扯出一道道线。母亲不敢往前走了,想绕过去。可就在这时,那只狗发出凄惨的哀号,声音就和那天夜里的一模一样。母亲突然意识到前面蹲着的是狼,就是那天夜里的那匹狼。也许被狼的哀号惊醒了,昏迷中的我在母亲背上哭起来。那狼听到孩子的哭声后,站起身,往前走了几步,距母亲四五步的地方又蹲下来。它盯着母亲,定定地盯着母亲。

一定是我在母亲背上的原因,母亲没有瘫在地上,她硬挺着。她想起父亲说过的话,也定定地盯着母狼,一动不动地盯着。临出门时,母亲装了盒火柴,她悄悄地从衣兜里掏出来,用尽了力气尽量控制着双手,可双手仍然抖得像筛糠,险些将火柴盒掉在地上。她一连划了三根才划着。只见火柴头猛然爆出一朵耀眼的火花,尽管是白天,但火花的强光还是吓退了母狼。

从卫生队回来后,母亲对父亲说,母狼是为了报仇要将我们娘俩吃掉,如果不是背上的孩子,我就吓瘫了,是孩子给了我胆量。

父亲也吓出一身冷汗,第二天带着人去荒原寻那匹母狼,可一无所获。

母亲第二次见到狼是在当年的冬天。那天母亲将我锁在了家里,也许是我的哭声引来了狼,也许是我身上的气味引来了狼。

冬天日短,母亲下班时天已黑了。她挑着一担柴火回家,还没走到家门口,却看到有只狼在门前。只见那匹狼哀嚎着,用锋利的爪子抓门板。母亲认出了就是半道截她的那匹母狼。仇人相见分外眼红,她撂下挑子抽出扁担便向母狼冲去。母狼用那双血红的眼睛狠狠地盯了母亲一下,便仓皇逃窜。多少年后,母亲还忘不了母狼眼里的那道凶光。

母亲裂帛般的大喊,那声音都变了调,她双手握住扁担就像战士握着枪,母亲紧紧地追着母狼,一直追到七号干渠。只见母狼纵身一跃,跳过干渠,消失在农田里。

没有追上母狼的母亲又折身往家跑,一到家里,抱起我嚎啕大哭:"都是你爹呀,招惹了这畜生,他杀了狼爹,母狼要报复我儿呀。"

全连的人都认为是母狼在报复,人心惶惶的。父亲又带着人到荒原去寻母狼,又是一无所获。

"毕竟是狼,哪有这记性,见人在逮它,早逃之夭夭了。"人们渐渐放松了警惕。

时间消除了恐慌。

直到第二年三夏时节,也没见那匹母狼的身影。

麦子黄熟了,整个连队都弥漫着浓浓的麦香。开镰的日子终于到了,父亲召集夏收动员会,会后会餐,大肉炖粉条,还有连队自酿的白酒。

那天几乎所有的男人都醉倒了,不少女人也喝多了。母亲自母狼两次报仇后,就一直防备着,她不敢喝酒。父亲喝得酩酊大醉。

黎明时分,母亲背着我到了麦地,她是第一个到麦地的。母亲为了胸前能戴上大红花,为了不拖父亲的后腿,必须两头不见太阳。这时的天空晨星寥若,东方已显出隐隐的鱼肚白,四周静悄悄的,只有沉甸甸的麦穗和香喷喷的麦香。母亲将我裹在被子里,小心翼翼地放在地头,顺手割了两捆麦子将我围起来。见我睡得香甜,就挥镰割起麦子。

这真是一幅如水墨画般的境地,黎明前,星空下,潮乎乎的雾霭中,空荡荡的麦地间,只有母亲一人在割麦。锋利的镰刀舞动得就像父亲的刮胡子刀,唰唰唰,声响十分悦耳。母亲完全沉浸在了晨曦中割麦的快乐节奏中。突然,从地头传来裂帛般的哭声。母子连心,她从来没听到自己的孩子发出这般的哭声,就像一只碗掉在了地上,就像一块玻璃被击碎,就像一滴水滴进了油锅。母亲突然意识到,一定是母狼来了。她哇哇大叫,握着镰刀向地头冲去。

晨曦中,那匹母狼用冰一般的目光看了冲过来的母亲后,朝着我的脸就是一口。我在被筒子里发出更加刺耳的哭号,也许是在用劲挣扎,那个被筒子咕噜滚了一下，将我血淋淋的脸翻到下面。我的后脑勺露在了上面。这一情景被母亲看得真真切切。母亲又发出一声巨大的怪声，她头发直立，双目爆出，面无血色，整个脸僵硬得变了形，就像一头发怒的母狮子。

母狼被母亲这副样子吓得掉头逃窜。说时迟，那时快，母亲用尽全身力气将手中的镰刀扔了出去，只听母狼一声哀嚎，一瘸一瘸跑了。

母亲没有力气再去追母狼了，她瘫倒在我的身旁，将我搂在怀里后，就昏了过去。

走在半道上来割麦的人都听到了母亲的那声奇怪的声音，他们预感到发生了什么，不然，一个女人不可能发出这般瘆人的声音。

人们被眼前的惨状惊呆了。

当时就有几个男人向连队的马厩跑去。身后的女人哭着大喊："不把那匹母狼打死，你们就别回来。"

中午时分，几个打狼的人回来了，马背上驮着那匹被打死的母狼。

后记：

后来，母亲经常一人手提镰刀到荒原上去打狼，谁也拦不住，父亲总是在身后保护着她。母亲一边走，一边带着哭腔喊道："灰狼灰狼你是鬼，我拿镰刀砍你的腿。"

后来，母亲见不得狗，见了就打，一边打一边喊："灰狼灰狼你是鬼，我拿镰刀砍你的腿。"

后来，母亲听不得"狼"的字眼，一听就会发出裂帛般瘆人的怪声。

母亲和父亲一直担心我被母狼咬的半片脸会破了相，等我长到十几岁时，竟然不大看得出了。

作者注：以上是作者采访过的三位戈壁母亲与狼的故事，需要说明的是我将三个故事当作一个故事来讲，将三位母亲当作一个母亲来写。

哦，雪莲花

山东姑娘姜同云的婚姻用"闪电"来形容最为恰当。

1954年，十八岁的姜同云瞒着家人报名到新疆。当时她还以为与两年前村上走的姐姐们一样，都是去新疆当兵。可上车的前一天一人发了套蓝衣服，胸牌上是"支边"，不少姑娘就反悔了，溜号的不少。姜同云当时没溜号的原因很简单：她不想在家种地，不想像她妈那样过一辈子，到新疆去闯闯。志愿充满了个人色彩。

车队到了东疆哈密，姜同云那个队就留在了农五师。她干的第一项工作就是给火车修路。

铁路一直修到1957年，当时的红星车站就是他们那个工程队盖的。眼见着铁路就要修完了，大家传着又有新的任务，是什么新任务，没人知道。有一天，领导找到姜同云，说给她介绍个对象，让小姜见见。见面的地点就在领导的家里。那个年代，大家都听领导的，在家靠父母，在外靠领导。领导不但管着你的工作，还要管你的终身大事，大家都习惯了。当时见面的情景姜同云一辈子都忘不了。

一个男人先于姜同云到了领导家。

姜同云见那个男人面很生，知道不是这个单位的，也没看清眉眼，就慌忙低下了头。那个男人早给她准备好了凳子，他说："来了，快坐。"姜同云像个听话的小学生坐在凳子上。接着是两人都能感到窒息般的沉默，姜同云的心突突跳，低着头，双手不停地揉着辫梢。那个男人也是紧张得双手没处放，不比她轻松。两人就这么干坐着。领导家马蹄表的嘀嗒声都能听得真真的。这时,还是男方打破了沉默。

"我叫盛天瑞,甘肃人,今年二十九了。你呢?"

"我叫姜同云,山东人,今年二十一了。"两人都低着头,不敢看对方的脸。

又是沉默。

突然,盛天瑞笑了。姜同云被他的笑声吓了一跳,认为自己说错了什么。只听他说:"你的名字里有一个'云'字,我的名字里有一个'天'字,云在天上,天上有云。我俩有缘分呀。"

当时姜同云心里很紧张,根本没听明白,什么"云"呀、"天"的。接着盛天瑞就问她是这个队哪个排哪个班的,他又介绍他是哪个队哪个排哪个班的。姜同云这才确认他俩不是一个单位的,难怪面生呢。

比干一天活都累,姜同云从领导家出来时,看到领导就站在门口不远处。领导问她:"怎样?"姜同云说她没看清他长得什么样。领导笑了,说:"都这样,我都替你看了,他人不错,出身好,工作好,还是个劳动模范呢。告诉你吧,这事要快办,今晚就举行结婚典礼,我家就是你俩今晚的洞房。"

姜同云吓了一跳,问:"为什么这么快就办,我还不了解他呢。"

领导小声地说:"明天又有新的战斗任务,今晚不办就得拖下去了,也许一年,也许两年,说不准是三年,任务完不成就不能结婚呀。所以呀今晚就办。"领导为她想好了一切。

领导说得非常神秘,姜同云仿佛也被这种神秘的气氛感染了,她同意领导的安排,但只是心里隐隐有些缺憾,后悔自己刚才没多看一眼,如果是个瘸子咋办?

结婚典礼就在领导家举行,两个单位的领导都来了。当有人让一对新人谈谈恋爱经过时,姜同云的领导笑着说:"他们没"经过",今天才在我家认识的。这样吧,两人给毛主席画像鞠个躬,相互鞠个躬,就算结婚了。明天我们有新的任务,一早就出发,他俩也就各奔东西了,咱们给新人多留一些时间吧。现在我宣布,盛天瑞和姜同云同志从今天起就结为革命夫妻了,现在我们给这对革命夫妻腾地方。"

大家笑着走了,在门外,领导对大家说:"今晚不许闹洞房,都早点睡觉,明天一早开拔。"

洞房花烛夜。

那一晚,洞房里一夜没熄灯。双方只见过一面就结婚就入洞房,少了相识相爱的过程,双方的角色还没转换过来。毕竟是双双给毛主席鞠过躬的人了,两人都少了些下午见面时的紧张和羞涩。在灯下,姜同云这才细细地端详了下自己的丈夫,"还挺英俊的,眉宇间透出一种豪气。"姜同云这才放下心来。其实,盛天瑞也在细细地端详自己的妻子,他没有多少文化,判断一个女人只有两个标准:好看、难看。眼前的妻子在他看来属于好看的,一对大辫子在灯光下闪着亮光。

还是盛天瑞先开口说话:"同云,你知道明天我们要到哪吗?"

姜同云听到丈夫这么称呼她,心里热乎乎的。她回答:"不知道,领导没说呢。到哪?"

"去修乌库公路,就是修筑从乌鲁木齐到库尔勒的公路,这条公路要翻越天山,难度很大。我们队也去,但咱们不是一个工区,很难见面。"

"你咋知道这么细呀。"

"我是队里尖刀班的班长,队上开会我都参加。"

"要修多少年?"

"工程计划三年,最快也得两年。"

姜同云的心里突然有一种慌慌的感觉,新婚之夜过后,两年后才能见面。虽然她和丈夫还没有感情,但他毕竟和自己鞠过躬了,一日夫妻百日恩呀。她不知说些什么好,只是轻轻地叹了口气。

"你的名字里有个'云',我的名字里有个'天',我俩和乌库公路有缘呀,这条路要翻越天山,不就是上天入云了嘛。"

"我们这些年先给火车修路,马上又要给汽车修路,我觉得好光荣呀。"

"我也是这么感觉的。不过,修天山公路是在山上干活,要抡大锤,你这两条大辫子会碍事的。我们队上有个女同志在一次抡锤砸石头时,一条辫子一下缠到锤头把子上,出了事故。"

"我也听说了,原来就是你们队的。那个女同志现在怎样?"

"新头发长出来了,没有原先的密,也没有原先的黑。"

"那我把辫子剪了,现在就剪。"姜同云找到领导家的剪刀递给丈夫。

"真剪?"

"可不。"

"太可惜了。"

盛天瑞拿着剪刀的手有些哆嗦。

"剪吧,修好了'乌库'公路,我再把辫子留起来不就行了。"

"好吧,那我就剪了。"

只听咔嚓一声,一对乌溜溜的辫子落到地上。

盛天瑞将两条辫子拿在手中怔怔地看着。姜同云看他这副模样,扑哧笑了:"我的头发可旺了,一年后保管又是一对又黑又粗的大辫子。"为了转移话题,姜同云问道:"你是尖刀班的班长,我是共青团员,咱俩在天山上打个擂怎样?"

"好呀,到时咱俩都争取立功。不过,不在一个队,看不见。"

"能看见,咱们在心里打擂。"姜同云说。

那天夜里,两人并没有同床睡觉。姜同云说,结婚得有自己的新房,等修完了乌库公路,两人一定要有自己的新房。

第二天姜同云一走出洞房,领导看到后瞪着大眼睛直视着她,"睡了一晚上,新娘子咋就变了。"他突然看出了:"怎么,你的大辫子不见了。"

姜同云对领导说:"我要上天山修公路,辫子碍事,剪了。"

参加修乌库公路有一万多人,自打和丈夫分别的那天起两人就再也没见过面,姜同云听说盛天瑞在山的那一边。只有把公路修通了,两人才能见面。

姜同云一直没打听到丈夫的消息,但盛天瑞倒是听到了妻子的消息。报纸上、广播上,那些日子天天可以看到"冰峰五姑娘"的事迹。他自豪地对尖刀班的人说:"五姑娘中的姜同云就是我的爱人,看来我落后了。我和她有过约定,我们隔山打擂。同志们,我不能输给姜同云,咱们班不能输给'五姑娘',怎样?"尖刀班的战士嗷嗷叫,表示向"冰峰五姑娘"学习,早日贯通乌库公路。

姜同云能上到天山天格尔大坂实属不易,她和田桂芬、刘君淑、陈桂英、王明珠在修筑乌库公路中才认识,并结下了战斗友谊。到海拔四千二百八十米的冰大坂上筑路,有严格的要求,就连身体不好的男战士都不让上,更何况她们几个姑娘。五姑娘就要争"时代不同了,男女都一样"这口气,她们为了上冰大坂,一人写了一份请战书,并咬破手指头按上血印子。

领导同意了她们的请战,不过给她们约法三章:不许清理塌方;不许抡锤打炮眼;不许放炮。如果有一人违反纪律,五个姑娘全下山。

在第一次攀登冰大坂时,姜同云就背着伙房的蒸笼往上攀。她从小就在山东老家上山打柴火,那山虽没有这么高,这么险,但毕竟也是山。她有攀山的经验,双脚的脚趾要紧抠着石缝。在攀到雪线时,她突然惊呆了:雪地上一朵朵白色的花在怒放,它们从悬崖陡壁和冰渍岩缝中伸出茎秆,那白色的叶片在寒风中摇曳,凑近一闻,一股淡淡的清香浸入心脾。姜同云有一种幻觉的感觉:明明是在雪地里,怎么还有这么一片一片的花呀。这时领导走到她跟前,看出她的疑问,就向她解释:"这叫雪莲花,雪莲花不畏严寒,傲霜斗雪,修筑乌库公路你们就得有这么一种雪莲精神呀。"从那后,姜同云才知道世界上还有这么一种花。谁说鲜花娇贵,雪莲花就不娇贵。

约法三章在悄无声息地变通。有一次,因为天气突变,领导决定公休。就在男同志蒙头大睡时,姜同云听到了护坡垮塌的声音,她召集四个姑娘赶紧去修护坡。领导知道后,在大会上表扬,说爷们害不害臊,蒙头大睡时,让五个姑娘修好了护坡。如果这个护坡不及时修好,那就会像垮坝一样越垮越大,几千人的劳动成果将毁于一旦。

不让抢锤打炮眼,那五个姑娘就扶钢钎。开始不会,从手套里伸出手就去抓钢钎,手是热的,钢钎是冰冷的,结果手被粘掉一层皮。姑娘们用纱布一缠,继续扶钢钎。

再壮的男人也有累的时候,这时,姜同云和姑娘们就提出试试抢锤,一试,也能抢个百十来下。后来,姜同云可以一气抢两百多下。

再到后来,她们又开始装炮眼,点火放炮了。所有男人能干的活她们都能干了。

其实,五个姑娘比男同志还要辛苦。遇到天气原因干不成活了,她们就到男同志的帐篷去收集脏衣服,不但洗,看到衣服破了还要缝补。

有时修路时正好碰上前面开着雪莲花,五个姑娘都要先把雪莲花连根挖下来,用皮大衣包上,等收工后带回帐篷。雪莲花在盛水的瓶子里一个礼拜花都不蔫。有一次,一记者上山采访五姑娘,在文章里将她们五人比喻为天山雪莲花,她们看后十分高兴。她们愿做天山上顽强的雪莲花。

姑娘们知道姜同云结过婚,知道她和丈夫只过过一夜,也知道她的丈夫就在山的那边修乌库公路,所以有时夜里就开她的玩笑。有一次,王明珠问:"姐,俺姐夫长得啥样?"姜同云还真想不起来了,就说:"忘了。"几个姑娘都笑了,说老婆忘了老头子的模样,谁信。

姜同云说的是真话。

盛天瑞也在时时刻刻惦记着妻子,有一次他托人带来一双袜子,红色的。姜同云一拿到手里,就知道袜子大了。可几个姑娘非要让她当着她们的面试试,一试,果然大了。大家都笑了,挖苦她丈夫连妻子的脚多大都不知道,看来那晚上没顾上量脚。

姜同云老想着丈夫说的那句话,她也觉得自己和盛天瑞有缘分,他在山的那头的天上往这边修公路,我在山的这边的云中往那边修公路,等公路贯通了,两人也见面了。她和他都盼着这一天。

十七个月后,1958年4月18日,新疆人民热切盼望的'乌库'公路竣工了。那一天,六千多筑路工人参加了通车典礼。主席台上,插着一束束雪莲花,冰峰五姑娘和数百名劳动模范上台领奖状。当姜同云和她的四个战友走上台,自治区领导、军区领导和兵团领导给她们颁发奖状后,又给她们每人送了一束雪莲花,说这些雪莲花就是给冰峰五姑娘准备的。

盛天瑞也代表尖刀班上台领奖。姜同云在人群中看到了他。她指着说:"快看,那人就是盛天瑞,胸前戴着大红花。"王明珠故意说:"你连他的模样都不记得了,不会认错吧。"姜同云心想:我是云,他是天,哪能认错。

分离五百余天后,姜同云和盛天瑞终于在通车典礼上见面了。

一见面,盛天瑞就兴冲冲地说:"我打了报告,把你调到我们队。领导批了。"

"不再一个在云中,一个在天上了。"姜同云高兴地问道。

"不了,明天我俩就回单位。知道吗?下一个任务还是修路,这次咱们是给水修路。把塔里木河水引到南岸,开挖南干大渠。"

五十多年后,姜同云感慨地说:"到新疆来,我们一直在修路,修了一辈子通往社会主义的路。"

迁徙的母亲,漂泊的家

1952年6月,十八岁的马秀珍瞒着家人报名参军,她要到的地方是新疆。

新疆在哪?有多远?马秀珍一概不知。她一心想离开那个家。家里有六个孩子,吃饭都发愁,她要离开这个家,远走新疆。报名时听招兵的解放军说:"新疆是个好地方,转业后可以到工厂当工人,可以开拖拉机。"她在济宁烟厂做过工,她想到新疆的工厂做工。

离开家乡济宁时,她才知道姐姐也瞒着她和家人报了名,姐妹俩在一列火车上。她埋怨姐,六个孩子,一下走了两个,爹娘能受得了吗。姐埋怨妹,我比你大,参军的应该是我,你凑什么热闹,你是妈的"小棉袄",要是有什么三长两短,都怪你。

拌过嘴后,马秀珍心里真不是滋味,她第一次从妈妈的角度来想她和姐离开家的事:一个好好的家,一下少了两个人,缺了她和姐的家就不是一个囫囵的家了。但这也是片刻的事。火车上,大家有说有笑,还唱歌,马秀珍郁闷的心里一下敞亮了。

随着火车咣当咣当远行,随着汽车上下左右颠簸,马秀珍离家越来越远了。离家越远就越想家,汽车上有不少女孩子哭了。越走,越不见山东老家的景象,山不一样了,地也不同了,缺蓝少绿的,就连人们的装束都不一样了。她第一次有了离开家那种空落落的感觉,她也哭了。悲伤过后是清醒,离开了家,那个去的地方又没家,家对一个女孩来说是熟稔的院子,是温暖的梦园,是一个人的起点和终点。自打到西安改乘汽车后,马秀珍就和姐姐分开了,这更加增添了她的愁绪和惶恐。原来指望和姐姐到新疆后能在一起,还是家的一部分,现在看来成了泡影。她听说了,她们的去向是以队为单位的,她与姐姐不是一个队。

果然,在迪化(今乌鲁木齐)姐俩就分手了,姐分到了南疆,她分到了北疆。她和姐问带队的解放军,南疆在哪,北疆在哪。那人用手指着说:"看到了吧,那是天山,南疆在天山以南,北疆在天山以北。"姐说:"原来就隔着一座山呀,小妹,我想你了,翻山来看你,你想我了,就翻山来看我。"四周的解放军哄堂大笑。

第二天一早,姐和她分别乘着汽车向南向北走了。几个月后,她和姐接到了家的来信,内容是一样的,说她们走后不几天,妈承受不了两个女儿的不辞而别去世了。马秀珍嚎啕大哭,在心里狠狠地骂自己,是她和姐把妈气死的。一个八口人的家一下少了三口人,这个家更不囫囵了。

一声"到家了"让马秀珍多少感到些许的温馨,她的第一反应是在这么荒凉的地方居然还有家。可她和汽车上的姐妹们抬头看时,都反应不过来了,哪有家? 车下没有一间房,没有一棵树,甚至没有几个人。可还没等她们从汽车上下来呢,从地下钻出一些灰头灰脸的军人来,一脸实在的憨笑,透出一种渴望的目光。

到了"家",马秀珍才反应过来,原来"家"在地下,地下居然也能建屋。这彻底颠覆了她对家的理解。接下来的"我们都是来自五湖四海,我们兄弟姐妹组成了一个革命大家庭"的教育又颠覆了她对家的概念。她们一个班住在一个地窝子里,她们这个班就是一个家。她们这个连住在这里,这个连就是一个家——一个革命大家庭。再往大里说,她所在的部队,她所在的新疆,乃至全中国,都是革命大家庭,国家是由五十六个民族组成的大家庭。马秀珍理解,这个家是道理上的家,但作为女人和男人还得组成一个家,一个有丈夫有妻子有孩子的家。

马秀珍所在的部队是工程连,这就决定了单位的流动性,老兵说的形象,"打一枪换一个地方"。这又颠覆了她对家的理解范围,家是故土,是永远在某个村的一个院子里。院里有屋子,屋里有老辈传下来的家什,还有一代代相传的血脉。可她所在的这个革命大家庭,哪里有工程,家就搬到哪。这个家没有固定的屋子,没有固定的村子。到哪算哪,那就是家,这个家也许住几个月,也许住半年,最长也超不过一年。工程一完,拔营移寨,又到下一个工地,安营扎寨,又是一个新家。

兵团早期的大水库马秀珍都参与修筑过,大泉沟水库、柳沟水库、蘑菇湖水库、车排子水库……兵团早期修筑的公路她也参与过,新疆热死人的地方和冻死人的地方她都在那施过工。所以,来新疆后的第十九年后,她才住进房子,之所以说是房子,那是因为房子是用土坯盖的,而不是十九年里她住过的地窝子、帐篷、草把子房、干打垒房、"天被地床房"(即野外宿营)。

马秀珍和她的姐妹们到新疆不久,就遇到了"建立革命小家庭"的工作。革命不能只有大家庭,得有自己的小家庭。不少女兵是领导安排成家的。工地上没有多余的房子,就大家轮流进"夫妻房"。结过婚的男兵盼着能进"夫妻房"就如久旱盼甘霖,就像好久没打过牙祭的人盼猪肉炖粉条一般。马秀珍是自由恋爱的,她喜欢上了比她大五岁的连队指导员孙宪忠。马秀珍在连队女兵里算是"人尖"儿,起初指导员就将她安排过其他男人,可她不依,说心里有人了。指导员问是谁,她回答:"就是你。"比她大五岁的指导员在男女问题上比她老练不到哪里去,脸红得像公鸡鸡冠。其实指导员心里也觉得马秀珍不错,人漂亮,个头也高,一对大眼睛特亮特有神采,还有一对大辫子一晃一晃,让男人眼晕。

在连队突击结婚的环境里,马秀珍和孙宪忠的恋爱省去了不少过程,没谈几次就进入实质性的成家阶段。

马秀珍对家有一种神圣的理解,她特别排斥"夫妻房",那是家?家是和爱人过日子的地方,不是车马店,怎么能今天你来,明天他进的。她得有自己的婚房。马秀珍向孙宪忠提出的唯一要求就是得像山东老家一样,有一间婚房。这个条件在当时的环境下无疑是天方夜谭,怎么可能呢。大家都进"夫妻房",哪来的婚房？马秀珍说,活人不能让尿憋死,自己动手,丰衣足食——在野地里不费什么力气就能搭起一间最简单的"马鞍子房"。孙宪忠豁然笑了,的确,搭"马鞍子房"不费什么工夫,割些芦苇,扎成草把子,搭个"八字架"就行了。马秀珍和孙宪忠结婚的那天晚上,"马鞍子房"就成了两人的洞房。

夜空的繁星调皮地眨着眼睛,原野的芦苇和红柳就像偷听洞房的孩童,一阵微风吹过,忍不住发出窃窃笑声。"马鞍子房"的静谧里散发着一股浓浓的芦苇清香,这种苇子的清香多么像马秀珍山东老家那间老屋的味道呀,这是家的味道呀。山东老家不囫囵了,在新疆有了自己的家,这个家会和山东老家一样儿孙满堂的。

马秀珍拥着丈夫嘤嘤地说:"没有孩子不像个家,我们得要孩子。"

"有地有水,哪能不打粮食。孩子很快就有的。"丈夫说。

修水库是重体力活,那时没有机械,全靠人工挖土方,人工挑土方,人工夯大堤。男兵打擂台,女兵也打擂台,男兵是黄继光,女兵是花木兰。山东女兵性子强,她们和男兵打擂台,一天干十几个小时,两头不见太阳。马秀珍都有了身孕,但她全然不顾,还是豁出命地干,直到有一天她感到腹部钻心地疼,疼得她眼前直冒金花。突然,她觉得下身一股热流喷涌出来,旋即晕厥过去。

这次流产的代价是她终身不再有孩子。这对一个渴望家、渴望有孩子的人是致命打击。

自打知道不能再有孩子,马秀珍就特别爱孩子,每次看到别的女人抱着孩子,她都要抱抱。同连队的刘翠莲回山东老家,回来时领回两个孩子,一个是她弟弟家的孩子,一个是同村一个死了母亲的孩子。这个孩子叫小五子,由于父亲养不起,再说孩子又有病,父亲就将孩子送给了刘翠莲。由于几十天的颠簸,一岁的小五子到了连队几乎快死了。马秀珍听说后跑去看孩子。当时小五子瘦得像个小猫,眼都睁不开,连哭的力气都没有了。刘翠莲很是后悔,说不该要这个孩子,反正是个死,不如让孩子死在山东老家。马秀珍对刘翠莲说:"别一口一个死的,不吉利。我说你一个人带两个孩子咋行,不如把小五子给我,我来养。"刘翠莲说,看这孩子的样子怕是养不活了。马秀珍说:"不怕,我来养。"说着,抱起小五子就往卫生队跑。

原来孩子得了蛔虫病,刘医生说孩子身体太弱,打虫可能有危险,不打更有危险,有可能胃穿孔。刘医生问马秀珍,这是谁家的孩子,她妈咋不来?马秀珍说:"我就是孩子的妈,我签字,有啥事我担着。"十几天后,孩子肚里的蛔虫打尽了。马秀珍心想,这是老天爷有眼,看我不生,给了我一个孩子。从此,马秀珍的家里有了孩子的哭声和笑声。丈夫、妻子和孩子,这才是她心目中的家。

那年月全国闹饥荒,兵团将粮食支援了其他省份和地方乡镇,每个职工(1954年新疆十万大军集体转业)的粮食定量一减再减,到后来,每天女职工只有一个馒头。每天吃饭时,马秀珍就掰一块馍装到兜里,那是给小五子吃的。她自己饿得心发慌,就到戈壁滩上拔野菜煮煮充饥。为了给孩子补充营养,她托人从老远的地方村子买来几十个鸡蛋,煮给孩子吃,没想到小五子被鸡蛋吓哭了。孩子从来没见过鸡蛋。马秀珍两口子从嘴里省出一口口饭,养活了孩子。半年后,连队的人都说,小五子彻底活过来了,孩子的脸上有了血色。

马秀珍所在的工程连还是"打一枪换一个地方",她还是一次次搬家,她和丈夫到哪施工,就把小五子带到哪,每次搬家虽没有乔迁之喜悦,但总归是家。尽管这个家也许只住几个月又得搬。马秀珍已经习惯了这种"吉卜赛人"的生活。

直到1971年,工程连才有了自己的固定连部,马秀珍也有了自己固定的家。这个家意味着他们一家可以不再搬了,不管到哪施工,竣工后都要回到这个家。当时马秀珍喜悦的心情不亚于结婚,结婚那天两口子的对话如今成了现实:有丈夫、有妻子、有孩子才算个完整的家。

有了固定的家的八年后,丈夫在一次施工中被塌方的巨石压在了下面。随着一声巨响,丈夫的生命就结束了,没有留下一句话。马秀珍又一次嚎啕大哭,丈夫突然走了,这个家塌了,"老天爷为什么对我这么不公呀,我才有了一个完整的家,我才刚刚有了家的幸福,这个家就破碎了。"马秀珍一次次在心里呼喊着。

没有了完整的家,但日子还得过。马秀珍每次到外地施工都想着孩子,孩子也盼妈妈早点回来。妈妈也想早点回到那个土坯房里,家里有孩子。

与丈夫搭档多年的老领导死了老伴,这位老领导要带四个儿子。过去都是妻子带孩子,他很少顾家,现在妻子不在了,一切都要靠他,他既要当爸爸又要当妈妈。家里乱得一塌糊涂,孩子直喊要妈妈。他几乎要崩溃了。一年后,老领导找到马秀珍,身心疲惫地说:"小马,你帮帮我吧。"就这么一句话,让马秀珍泪流满面,她太理解老领导了,一个家不能没有妻子,也不能没有丈夫,更不能没有孩子。她答应了老领导,两个不完整的家合到一起就是一个完整的家。都是一个连队的,孩子与孩子之间原本就是朋友,孩子与大人之间原本就叔叔阿姨地叫着,所以,马秀珍和小五子来到这个家后,没有陌生和敌视,更没有仇恨。一大家人其乐融融。老领导的家只因来了马秀珍,一切又恢复了秩序,温馨又来到这个家。

对小五子来说,马秀珍是养母,对老领导的四个孩子来说,马秀珍是后妈,但在孩子的眼里,她是亲妈。家对马秀珍来说太珍贵了,经历了家的破碎的人对家更上心,为了这个家,她把命都豁出来了。

有妈的孩子是个宝。五个孩子渐渐长大了,马秀珍也老了,她退休了,不再"打一枪换一个地方"了,成天守着家。这个家也是喜事连连:今年这个孩子娶了媳妇,明年那个孩子有了自己的家。当马秀珍抱第一个孙子时,她激动地落泪了:当年来的是一个人,如今是一大家子,三代同堂。

马秀珍很感慨:迁徙大半辈子的她终于有了一个完整的家。

巧　女

王全美这辈子得的最后一个荣誉是被授予的"戈壁母亲"称号。

她从参加工作到退休,这一辈子得了多少奖状,她自个儿也说不清,都在几个袋子里装着哩。什么"三八红旗手""五好战士""优秀共产党员""妇女标兵"等等。用"奖状等身"来形容她获得过的荣誉恰如其分。

在这些荣誉中,她最看重的就是这个进入耄耋之年后得到的"戈壁母亲"称号。

王全美每天起床第一件事就是捧起"戈壁母亲"奖杯看看,用满是青筋和黑斑的手抚摸一遍。

王全美是五个孩子的母亲,也是条田、大渠、庄稼的母亲。生孩子、养孩子她用了一辈子;开荒、种地她也用了一辈子。孩子就是她的庄稼,庄稼就是她的孩子。地里有她的汗滴子、血印子。

……

王全美的小名叫巧女。

这个四川姑娘长得小巧、水灵,个儿虽不高,但干活是把好手。她干活不费力,不见她出汗,不见她累得疲惫不堪的样子。人们说巧女干活会使巧劲,用力用在点子上了。可巧女在谈对象上就不会使巧劲了,眼瞅着要吃三十岁的饭了,还没正经处过对象。有一巧,必有一拙。巧女在当地也有了名声,用今天的话说就是"剩女"。

有福不在忙。1957年2月的一天,有人来巧女家说媒,介绍的是在新疆兵团当兵的,也是老大不小的,都三十五了。两人一见面就同意了,几天后扯了结婚证,把事办了。

有一天夜里,两口儿说了这么一段话:

"兵团最缺啥?"巧女问道。

"最缺人,那里狼比人多,出门就是戈壁滩。如果人多,就可开更多的荒地,种更多的粮食。"丈夫回答道。

"那我给你生一窝孩子,长大了好开荒种地。"

"你说得轻巧,生孩子就跟种庄稼一样,先得开荒,再播种。苗出来了,还要浇水、锄草,风吹日晒,日夜忙碌,少一样都不成。"

巧女将头靠在丈夫的怀里,笑眯眯地说:"有你说得那么难吗?咱俩这几天不是没闲着吗,有地不愁苗,有苗不愁长。"说着,巧女扑哧笑了。

丈夫心里一热,用手指点着妻子的脑门说:"不害臊。"

一个月后,丈夫的假期到了,两人背着个小行李卷儿踏上了西去的列车。

兵团农场真的缺人,巧女一到连队就参加了工作,到大田干活。

干农活巧女会使巧劲,连队的职工都夸她是个利索人。

几天后,巧女也与连队的妇女熟悉了,就有人问她怀上了没有,巧女说她也不知道。几个妇女笑得嘎嘎的,说这么聪明伶俐的人怎么连这都不知道,到时间不来"号"了不就怀上了。巧女说前天刚来过。一个妇女的嘴角一撇:"这和种地一个样,地不肥,种不壮都不出苗。"也有妇女说:"再等等,这不结婚还没多少日子嘛。"

时间过得真快,转眼巧女来连队都快一年了,但朝思暮想的孩子连个影子也没有。连队妇女也不问了,见面就往巧女的肚子上瞄,从她们的眼神里,巧女感到无地自容。做家务、干农活,巧女样样冒尖,可为什么生孩子就不如人呢?巧女承受着压力,丈夫的日子也不好过,一些男人在地里干活时拿他开玩笑,说他白白荒废了一片好地。

在巧女心里,女人生孩子是再简单不过的事了,是个女人都会,可她巧女为什么就不会,她想不通。有一天,她听一妇女说了一"偏方":想要孩子就要经常与孩子在一起,就要天天抱抱孩子,与孩子接触时间长了,老天爷就会赐给你一个孩子。巧女很信这话,就给丈夫说了。丈夫也在为老没有孩子的事闹心呢,一听也觉得有些道理,就答应了。

连长听说后,把巧女的丈夫狠狠地批评了一通,说他受党的教育这么多年了,怎么还迷信。但连长心里也很同情巧女,也答应了。

巧女到托儿所看孩子也是一把好手,十多个孩子就两个阿姨,但巧女把孩子照顾得很好。工间休息时,妈妈到托儿所给孩子喂奶,看到孩子不像以前那样哭时,心里明白这都是巧女照顾得好。在喂奶的半个小时里,妇女们无话不说,但话题还是巧女的事。她们告诉巧女怀孕有什么反应,生孩子怎么疼痛,好像巧女已经怀上了似的。

命运就是这么捉弄巧女,到了托儿所又快一年了,巧女的肚子还是空的。来喂奶的妇女也不再说怀孕和生孩子的事了,都怕刺激巧女。似乎成了条件反射,巧女越想要孩子,就越怕看到孩子,每天到托儿所一看到孩子心里就不是个滋味,备受煎熬。巧女实在待不下去了,又给丈夫说,她还是回大田。

"一切都是命中注定,是你的自然就来了,不是你的求爷爷告奶奶也不会来的。我同意你回大田。"丈夫十分理解妻子。

"谁说我没有孩子,地里的玉米、麦子和棉花就是我的孩子,我要用心呵护。"巧女无奈地自我解嘲。

回到大田,巧女当了妇女班的班长,大家都叫这个班为"巧妇女班",将班长称为"巧班长"。

日复一日,年复一年,春种、夏管、秋收、冬藏。六年过去了,巧女再也没刻意地想过自己会有孩子,她完全把庄稼当成了孩子。突然有一天,正在地里干活的她一阵恶心,这种恶心的感觉是她以前从来没有过的,不像生病的那种恶心。她在地里一口接着一口吐着。身边的妇女一下围拢过来,七嘴八舌议论,说千年的铁树开了花,结婚都八年了才怀上。说有心栽花花不开,无心插柳柳成荫。吐得满眼是泪的巧女听说是怀孕了,将信将疑地望着同伴。大家伙儿看巧女这副模样,就问:"'倒霉鬼'这个月来了吗?"巧女这才想起来'倒霉鬼'这个月确确实实没来。

晚上,巧女告诉丈夫怀孕的事。丈夫一把搂住妻子说:"八年了,抗战都结束了,我的笨老婆呀,你终于怀上孩子了。"

巧女虽然结婚八年才怀第一个孩子,但她依然像以前一样出工、干活,她肚里的胎儿与玉米、麦子一起拔节成熟,一起被风吹日晒。

一望无际的玉米地成了青纱帐,玉米像小树一样挺拔,玉米穗高昂着头似乎在告诉太阳,它结了两个大棒子。玉米棒子在玉米叶的簇拥下,沉甸甸地无语。

伴随着玉米一道拔节的胎儿倒是先熟一步,随着一阵火辣辣的疼痛,巧女"哎呀"了一声。"巧班长要生了",一个妇女大声喊道。她这一声让整个条田一下安静下来。丈夫跑过来,手足无措,满头是汗。他对妻子说:"我背你到卫生队去。"那个大声喊叫的妇女推开他,说:"来不及了,在路上生,不如在这生呢。我们都有经验,别担心,女人生孩子就像到瓜地里摘瓜,瓜熟蒂落。"说着,她招呼几个妇女将巧女扶进玉米地里。

工地上的人们都坐在地上等着巧班长的消息,也没人大声说话,似乎怕惊着了她,因为巧班长这个孩子来得太不容易了。太阳高高地挂在天空中央,像是一个燃烧的火盆。空气中没有一丝风,四周是火烧火燎的热。

巧女肚子也像火烧一般灼疼,她躺在玉米林下的浓荫里,但她透过缝隙还是看到了头顶上的太阳。她的肚子高高地隆起,就像太阳。她周边的玉米都是她的孩子,它们也在静静地等待着小主人的降临。它们唯一能做的就是把满身的玉米味道散发出来,让主人在粮食的味道中生下孩子。

工地上的人们小声嘀咕：

"巧班长怎么不喊呀,我老婆生孩子喊得像杀猪。"

"这是巧女,干活使巧劲,生孩子也许也在使巧劲吧。"

玉米地里的几个接生的妇女也纳闷地问道："巧班长,你不疼吗,你咋不喊呀,女人生孩子都要喊的,这样会好受些。"

巧女紧紧咬着嘴唇,一声不吭。

突然一声婴儿的啼哭声从玉米地里传到工地,大家都诧异地问道："怎么没听到巧班长喊叫就生了。"

一个妇女从玉米地里跑出来,大喊："巧班长生了个儿娃子。"

连长高兴地说道："通知伙房,晚上吃红烧肉。"

八年不开怀儿的巧女,开怀后就一个接着一个生。这不,头胎孩子才一岁多点,巧女又怀上了。丈夫开玩笑说："别人是脑袋开窍,我看你的肚子也开窍了。"

巧女还是挺着个大肚子去上班,到了地里,三角头巾在头上一扎,就干起活来。也是在不知不觉中,那个小家伙就来了。巧女感到肚子一阵火燎般的疼痛,"哎呀"一声就蹲在地上。妇女们围成一圈,七嘴八舌地说："巧班长要生了。可现在是冬天,可不能在地里生,那要出人命的。"

正好中午送饭的牛车还没走,丈夫要用牛车送妻子到卫生队。

人们在车上垫上一件大衣,又将巧班长抬到牛车上,在她身上盖上一件大衣。两个妇女坐车护送。皑皑雪原上,一架牛车缓缓地移动,尽管鞭子抽打着那头老黄牛,但它依然有自己的做事风格,不紧不慢地、有条不紊地走着。巧女还是一声不喊,但两个妇女知道巧班长就要生了,她们催促巧女的丈夫："快点呀,怕是到不了卫生队就要生了。"巧女丈夫头上的汗把皮帽子都浸湿了,大声喊道："驾！驾！"可那头老黄牛还是不改变钟表般的步伐节奏。两个妇女突然喊道："不行了,要生了,停车吧,就在车上生吧。"老黄牛停下来,扭过头看看,似乎在说,不是我走得慢,而是这个女人这么快就要生了。

雪原寂静,雪原寥廓,雪原白如纱帐。巧女的丈夫抱着头蹲在老黄牛旁边,老黄牛像是安慰驭手,看着他,深情地看着他,似乎在说,别担心,一切都会好的。两个妇女用大衣紧紧盖着巧女,只能让巧女自己生了。

巧女还是咬着嘴唇,一声不吭,肚子里那个小家伙像踩着风火轮急着要出来。巧女在心里喊着肚里的孩子:比你哥的性子还急。慢慢来,妈疼死了,好了,好了,听话,就这样,好样的。

两个妇女不敢掀起大衣看,怕寒风吹着巧女和孩子。这时只听巧女说:"生了,快回家。"丈夫跳上车,老黄牛也像是弥补刚才的过失,加快步子向前驶去。

要不说巧女传奇,她的头三个孩子都生在了外面。可对巧女来说,她不是生在外面,而是生在了田野里。田野就是家呀,她一天除了睡觉是在家里,有一多半时间是在田野里,有时大会战,夜里也在地里,浇水、收割,哪块条田有多大,哪里不平有坡不易浇水,她都一清二楚。这个家大,蓝天是顶,大地是床,条田里的玉米、麦子和棉花就是家里床单、被面上的花图案。庄稼味道就是家的味道,巧女离不开这种味道,她的孩子也喜欢这种味道。

巧女第三个孩子要降生了。那是个收割麦子的日子,麦地一片金黄,麦地弥漫着麦香,全连职工都在挥镰割麦子。因为巧女是个大肚子,连长安排她干些零碎活。又是一声"哎呀",巧女捂着肚子蹲在了地上。妇女丢下镰刀围了过来,七手八脚用麦捆子垒砌出一个巢,又七手八脚将巧班长扶进去。这是一个特殊的"产房",金黄的麦捆子是"墙壁",给人一种热烈的感觉,特别是"产房"里散发着浓浓的麦香,让人安静。巧女头上就是一圈蓝天,巢有多大,蓝天就有多大,像顶蓝帽子,像块蓝头巾。"产房"还是太小了,里面除了巧女外,只能进去两个妇女,其他的妇女就在"墙"外探着头看着,说着话。这与其说是在帮巧班长生孩子,不如说是几个妇女在谈天说地呢。

妇女都知道巧班长生孩子不吱声,没动静,不折腾,就像在地里干活一样,悄无声息地就把你甩到后面了。这就是巧劲。巧班长生孩子也在用巧劲。

孩子是闻着麦香出世的,站在"墙"外的妇女说,这个孩子以后就是天天吃白面馍的命,他是生在了粮堆里了。

生了三个孩子,丈夫对妻子说:"你的岁数不小了,以后要生就去卫生队生吧,再别逞强了。"

巧女在生第四个孩子时,听了丈夫的话,没到预产期就去了团卫生队。她知道她的孩子都是急性子,说来就来,容不得你往卫生队送。所以她必须提前去。当医生得知巧女前三个孩子都是生在了野外时,吃惊不小,说,那太危险了,生孩子是一命换一命,可不是小事。等巧女临盆时,几个女医生身穿大白褂,口戴白口罩,头上也戴着白帽子,只能看到一双毛绒绒的眼睛。女医生安慰着巧女,别紧张,放松,放松。巧女躺在雪白的产房里,看不到蓝天,看不到玉米、麦子和棉花,心里空落落的。肚子里的孩子也不像他(她)哥姐,好像并不急着出来似的。莫不是我的孩子都是野性子,就喜欢在地里、在粮窝里生?医生说:"巧班长,你都是第四胎了,怎么还这么紧张呀。放松,放松呀。"巧女说:"我不是紧张,我是不习惯,如果是在玉米、麦子地里,我这会儿早就生了。"医生说:"还没见过这么怪的产妇。"巧女说:"医生,我自己会生,你们都出去,我自己生。"医生说:"那可不行,人命关天,生孩子不是儿戏。"巧女说:"没事的,你们在这我不会生了,要不,你们就在门外等着,听到我喊你们再进来也不迟呀。"

医生摇摇头,无奈地出去了。医生一出门,巧女的眼前瞬间都变了,她又回到了玉米地、麦子地和棉花地,她的周围又是七嘴八舌的同伴。她咬着嘴唇,一声不吭,安安静静生下了第四个孩子。听到喊声的医生从门外进来,看到巧女正开怀地笑呢。

怀第五个孩子时,巧女对丈夫说:"这可能是我们最后一个孩子,我要在家生一回,就你守在我身边,看着我生。"

丈夫说:"我又不会接生,还是让卫生员来接生吧。"

巧女说:"用不着接生,就跟种地一个样,看看就会了。前面我都生了四个,我行。"

就这样,等巧女生产的那天,丈夫就守在她的身边。屋里很静,一缕阳光从窗口洒进来,照在巧女的脸上,她吩咐丈夫烧了一锅开水,将剪刀消了毒,然后,就让丈夫坐在身边。

丈夫问:"疼吗?"

巧女不吭声,只是咬着嘴唇。

丈夫说:"要不你就喊几声,那会好受些。"

巧女不吭声,只是咬着嘴唇。

突然,丈夫感到妻子的身子有些异样,他探身一看,他们的第五个孩子已经出世了,在安静中就这么一点一点从妈妈的身体里出来了,先是头,后是身子和腿。丈夫对妻子说:"生了,生了。"

巧女指挥着丈夫剪断脐带,然后接过孩子倒提着,在屁股上啪啪拍了两下,只听他们的孩子发出了第一声啼哭。

巧女长长舒了口气,一脸的幸福和灿烂,她抱着孩子轻轻对丈夫说:"你记得吗,我俩才结婚时我说要给你生一窝孩子,可那时是越想要孩子就越怀不上孩子,后来也不知怎么了,孩子又这么多,一连生了五个。我说话算数吧。"

丈夫连说:"算数算数,只是那八年可让我等急了,我总觉得是我的问题。"

"可不是吗,我也觉得是自己的肚子不争气,"巧女说,"所以我就将地里的庄稼当作自己的孩子来侍弄,在我眼里,玉米、麦子和棉花就是我的孩子。"

桑木扁担

人的一生除了吃饭的锅碗瓢盆和睡觉的铺盖被褥,还有一两件东西与你终生相伴,比如军人的枪、文人的笔、农民的锄头……与戈壁母亲王桂英相伴终生的是一根桑木扁担。

……

王桂英还在母亲怀里吃奶时就见过扁担,咿呀学语后母亲就指着家里那根柳木扁担轻轻地说:"这是扁担,挑水、挑粪、挑粮食的扁担。"后来,她能歪歪扭扭走路了,到村里学堂外玩耍,常常听到"1是扁担,2是鸭子,3是耳朵"的朗读声。加之天天看到母亲去村口用扁担挑水,去时两只空木桶晃晃悠悠,发出吱扭吱扭的响声;回来时,直直的扁担弯成一张弓,随着母亲轻盈的步履,柳木扁担发出有节奏的吱呀吱呀的响声。

"扁担没有嘴,为什么能像小鸟一样吱吱叫呢?"

母亲也回答不上来这么奇怪的问题。

王桂英第一次干家务活就是挑水。她挑水时,扁担也发出了声响,但不匀称。稚嫩肩头灼烧般的疼痛,她的步履跟跟跄跄,扁担发出一种受到颠簸后痛苦的嘶哑声响。看着洒得只剩下两个半桶水后,母亲还是欣慰地一笑,夸赞女儿长大了,能挑水了。又到一年割麦时,王桂英挑水的扁担也能发出母亲挑水时小鸟一般的声响了:她迈着小碎步,一溜烟向家走去,吱呀吱呀,"小鸟"一路"鸣叫"。王桂英就像一只小鸟,小辫子像鸟翅似的荡起来,煞是好看,特别是傍晚,晚霞落在她头上,像花头巾,落在她身上,像花衣裳。再后来,王桂英就能往地里挑粪了,从山上往家里挑柴了,在她看来,扁担从像小鸟一样能发出好听鸣叫的物件,变成养家糊口的工具,王桂英也长大了。扁担给王桂英留下两处痕迹:一是肩头结了一层老茧;二是不管是不是挑担子,她都要迈着小碎步走路,倒像是刻意训练出来的大家闺秀。

转眼到了1952年,村里来了新疆军区招兵工作队,说只招女兵。革命老区的姑娘参军都很积极,女人当兵在村里并不是什么新鲜事,王桂英约了几个姐妹报了名。家里人唯一心疼的是少了一个干活的劳力,父亲倒是想得开,"闺女迟早要嫁人,这盆水早晚要泼出去,就随了她吧。"

王桂英用一根扁担将几个姐妹的几个包袱挑到县城后,又托人将扁担捎回家,扁担可不能丢,这是养家糊口的工具。王桂英心想,这辈子再也不用扁担了,到了部队就要扛枪了,想到这她抿嘴一笑。

到了和田十五团(第一兵团二军五师十五团),眼前的现实就如扁担"咔嚓"断了一般让她始料不及:这支部队不是她印象中的部队:女兵一身军装,挎着一支步枪或一支手枪,武装带细腰上一扎,飒爽英姿,威风凛凛。这是一支像老家农民一样种地的部队,当然官兵也穿军装,也有武器,但除了武器,还有坎土曼、铁锹、铁犁、十字镐、镰刀、扁担……指导员说,我们是一手拿枪,一手拿镐(她刚来时不知道什么是镐,后来才知道是和扁担一样的生产工具)。部队劳动强度极大,她这个经常干活的人也受不了,每天开荒回到地窝子里,一头倒在大通铺上,浑身像散了架,"我的娘呀,都累到骨头里去了",王桂英和几个姐妹都哭了。

有一次,几个姐妹谎称去苇湖解手,然后撒开脚丫子就向喀什方向跑去。王桂英多了个心眼,在进苇湖前看到炊事员张金贵送开水的桑木扁担,就下意识地拿在手中。她们计划好了逃跑路线,先到喀什,然后去拦汽车到迪化(今乌鲁木齐),到兰州,到西安,再爬火车回山东老家。可没跑出多远,她们就遇到了狼。那狼也被猛不丁出现在眼前的几个人吓坏了,直直地盯着她们,一动不动。几个姑娘也被眼前突然出现的狼吓得双腿发软,身子发抖。相持中,那狼仰头长啸,它在告诉同伴快来解围。王桂英又是下意识地高高举起桑木扁担,心想等狼扑过来时就用桑木扁担打狼。王桂英举在头顶的扁担随着发抖的身子也在空中摇晃,其实,扁担在王桂英手里已成了摆设,在心理上她们已经败下阵来。就在这时,从狼的背后苇丛中,冲出一个人来,他也拿着一根扁担,不是高高举着,而是像端着带刺刀的长枪一般冲过来。那狼扭头一看,还没等反应过来,扁担就戳到了它的臀部,狼被戳得翻了几个跟头,然后一跃向苇湖深处逃去。

打狼人正是炊事员张金贵。他从伙房将两桶开水挑到工地后,就操起坎土曼挖起地来,他每次送水都是这样,等战士将开水喝完后,再挑着空桶回去。可就在他要挑桶回伙房时,发现自己是桑木扁担不见了,他问是谁在用他的扁担,都说没用。一个女兵说,见王桂英和几个山东女兵拿着扁担进了苇湖了。张金贵心一紧,高声说一句:"苇湖有狼呀。"就操起工地上另一根扁担冲进了苇湖。因为在来的路上,他看到一只狼尾随他,他有桑木扁担,不怕狼,唱着陕西秦腔,大步流星地向工地走来。快到红旗招展、人声鼎沸的工地时,那狼一看那阵势吓得窜进苇湖。

果然,那狼在苇湖中正好遇到了王桂英几个姐妹。

"打狼怎么能将扁担举得那么高,你们知道不知道,狼的跳跃速度像闪电,没等扁担落下来,狼早就咬断了你的脖子。打狼要将扁担直直对着它,它扑过来时,你就将扁担往它张开的大嘴里戳,这样,一下就把狼戳死了。"张金贵狠狠训斥道。

王桂英几个姐妹吓得瘫在地上,只是呜呜地哭。

连队领导并不知道王桂英几个姐妹逃跑的秘密,只是认为王桂英几个女兵去苇湖解手,怕狼,就拿着根桑木扁担做防身用,是炊事员张金贵救了她们。指导员还在大会上表扬张金贵警惕性高,他看到有一只狼尾随他,然后又窜进苇湖,听说王桂英几个女兵进了苇湖,立刻想到了那只尾随他的狼。指导员还说,以后在工地上搭个苇棚,女兵再不要进苇湖了。

王桂英几个姐妹偷偷商量,逃跑的事就是烂在肚里都不许说出去,以后再不要逃跑了,吓死人了,人没跑出苇湖,就被狼吃了,连个完整的尸首都见不着,岂不更惨。

荒地开出后,接下来就是浇水。亘古荒原的地下有庞大的老鼠王国,水一流到地里,就从地下钻出成千上万只老鼠,吱吱叫着四处逃窜。老鼠跑了,地下的老鼠洞还在,而老鼠洞的上面又是厚厚的土层,你根本看不见。王桂英女兵班浇了一天水,一块地都没浇完,水从地的另一头又流出来。看到这种情况,女兵只好用一捆捆柴草往洞里填,直到将洞堵死为止。一个老鼠洞可以掉进一头牛,何况一个人。所以,浇水的人都是小心翼翼,浇水时总是用铁锹探探虚实,然后才敢迈步。有一天,炊事员张金贵给浇水班的女兵送饭,他在地头蹲着琢磨地里的老鼠洞。女兵们吃完饭后,张金贵将他的那根桑木扁担送给王桂英,并给王桂英做示范。他将扁担绑在后腰上,扁担的两头又扎着两团柴草,浇水虽不方便,但安全,即使人陷进老鼠洞里,也只能陷到腰以下,腰以上部分被扁担和柴草挡住了。张金贵的办法还真管用,几天后,王桂英还真是踩到了老鼠洞,只听"轰隆"一声,王桂英的下半截身子就陷进了老鼠洞里,她吓得惊叫起来,是那根绑在后腰上的桑木扁担将她托住了。女兵们赶紧扔过来一根绳子将王桂英拉出老鼠洞。

王桂英在心里深深感激张金贵,是这个不声不响的炊事员救了她两次命,而且用的都是扁担。渐渐,王桂英对张金贵有了好感,总想找机会报答他。

两年后,王桂英和她的姐妹也适应了部队生活,她们看到自己开的荒地里长出了粮食、蔬菜,连队也盖了营房,种了树,修了渠道,她们为自己曾经有过的逃跑举动而感到羞愧。特别是连队的老兵,深深感染了她们。副连长文化学名字倒像是个有文化的人,其实他大字不识几个。他是连队的"坎土曼大王",一人一天开荒3.6亩,他看哪个战士落后了,就过去抢起坎土曼帮着挖地,不一会儿,那人就赶上来了。他帮女兵最多,但对女兵不苟言笑,就像个严肃的大哥哥。有一天,文化学发高烧,他用湿毛巾扎在头上,继续抡坎土曼开荒。连队卫生员劝他休息,他训斥道:"不就是蚊子弹了一蹄子,苍蝇咬了一口吗?人哪有那么娇气。"说完又抡起坎土曼挖起来。连长下命令将文化学抬到牛车上送团卫生队,他从牛车上跳下来,又到地里抡起坎土曼继续开荒。人们实在没办法只好由着他。可他挖着挖着一头栽倒在地里再也没起来,等送到卫生队人已咽了气。这件事对王桂英和她的姐妹们触动特别大,她们好像突然懂得了战士的真正含义。在文化学的追悼会上,女兵哭得呜呜的,她们发誓要为建设新新疆贡献自己的一切。

那时部队都是休息大礼拜,即干十天休息一天。休息天里,连队的男兵和女兵都在操场上学习跳交际舞,跳得正欢时,军号声响了。团政委在操场上宣读完部队整编的命令后,不少男兵都在抹眼泪,这意味着他们要告别作战部队了,从此以后不再是扛枪打仗的军人了。团政委高声喊道:"现在毛主席号召我们大部分干部战士要留在生产部队,继续开荒造田建农场,我们是毛主席的战士,毛主席的战士最听党的话,所以我们要在生产部队屯垦戍边干一辈子,大家有没有信心?"操场上一片惊雷似的吼声:"毛主席指到哪,我们就打到哪。屯垦戍边一辈子,建设社会主义新新疆。"接着,团政委宣读了官兵去国防军的条件。

按照国防军战士的条件要求,炊事员张金贵完全符合,他是年轻的老兵,参加过解放战争,在徒步穿越塔克拉玛干大沙漠时,他将两篓清油从阿克苏挑到和田,那根桑木扁担是他从陕西一路挑过来的,他立过几次大功,条件最硬。连队里谁去国防军,大家都清楚,所以,还没宣布名单,就有人开始向去国防军的战友送笔记本和钢笔什么的了。王桂英一直想报答救命恩人,可还没找到机会报答,恩人就要走了,她深感惆怅。就在连队第二天要公布去国防军人员名单的那天傍晚,王桂英约张金贵到连队的操场上,她递给他一个硬皮笔记本,上面是她白天精心写的留言:听毛主席的话,做毛主席的好战士。赠战友张金贵。王桂英。

张金贵打开笔记本,其实天色已晚,他根本看不清,不看也知道,凡是分离的战友都是这么写。他声音嘶哑地说:"我要留在生产部队,当一辈子屯垦戍边的兵。我想了,生产部队好,生产部队的兵可以一辈子不转业,可以穿一辈子军装。铁打的营盘流水的兵,国防部队是要复员的,我就在这干一辈子。"王桂英心里有那么一瞬间的喜悦:如果他不去国防部队了,那就可以报答救命恩人了,可转念一想,怎么可能呢?张金贵的条件最符合去国防部队,难道他能违抗命令?于是就劝说道:"张金贵同志,你要服从命令,听从指挥,到国防军是多少人做梦都想去呀,你去吧。"月光下,张金贵一脸凝重,他沉思片刻后,望着王桂英,他还是第一次这么近的望着一个女兵,王桂英有些不好意思,低下了头。

"你等着,明天宣布的名单里不会有我名字的。"

王桂英抬起头时,张金贵已经转身走了,王桂英心想,他怎么这么肯定呢。

第二天吃早饭时,连队传开了一个惊人的消息:昨晚,炊事员张金贵用菜刀将右手食指剁去了。军人都清楚,右手没有了食指就打不成枪,他这个极端的行为表明他是铁了心要留在生产部队。果然,团里政治处宣布的名单里没有了张金贵,是宣布前划去的。王桂英找到张金贵问他为什么要这样做?张金贵看着王桂英,眼里闪着泪花,他什么也没说转身走了,但王桂英从他脸上完全看懂了一个男人内心深处的秘密,她心一软,泪就流下来了。她被张金贵这个莽撞行为感动了,她隐隐感到,他是为了她而剁掉食指的。她是又心疼又高兴,心想,这下可以报答恩人了。

1955年八一建军节,王桂英和张金贵以及另外几对新人举行了集体婚礼。那天晚上,王桂英对张金贵说:"你现在可以告诉我了,你剁右手食指是不是为了我?"张金贵抚摸着爱妻说:"我想和你在一起,我的条件好,去国防军是肯定的,思来想去,只有这一个办法可以不去国防军。"王桂英将头贴在丈夫的胸前,嘤嘤哭了:"其实我就知道你是为了我,你救我两次命,我咋能舍得你走呢。"过了一会儿,王桂英笑着问丈夫:"老家结婚男方家都要送彩礼给女方家,你给我送什么礼?"张金贵木讷地说:"彩礼我早就送给你了呀。"

"什么?我咋没见着。"

"咋没见着,就是救你命的桑木扁担呀。"

王桂英用拳头捶打着丈夫,嗔怪地说:"你这个木头人,还会逗人哩。是的,那根桑木扁担还真是最好的结婚礼物。"

……

孙龙珍

一

1959年,十九岁的孙龙珍与于志林在镇上照完结婚照回到村里后,就双双给毛主席鞠了一个躬,算是正式建立了一个新家庭。

家庭,对一个十九岁的姑娘来说,充满着甜蜜和向往。孙龙珍特意将那张放大上彩的结婚照小心翼翼地镶在一个大镜框里,摆放在最显眼的大红喜字下面。姑娘都善于遐想,孙龙珍是这样勾画家庭的:家,意味着过日子,意味着夫妻恩爱和生儿育女。家就像燕巢,燕子爸爸妈妈回到家,小燕子长开嘴要吃的,呢喃细语,温馨无比。日复一日,小燕子长大了,离开了老巢,又去学着爸爸妈妈的样儿衔泥筑巢

——一个新家诞生了。

姑娘孙龙珍对家的理解质朴、温馨、有些浪漫色彩。

孙龙珍之所以对家庭这样理解,是因为她从小就没有一个完整的家。

孙龙珍来到这个世界上,最早记忆的是那刻骨铭心的家破人亡的画面:1940年,本是鱼米之乡的江苏泰兴,在日本侵略者的蹂躏下,民不聊生,饿殍遍野。孙龙珍还没满月,父亲就被日本鬼子强征劳役并被活活打死。大哥被地主抓去做长工,家里仅有的一间草房在大火中化为灰烬。二哥悲愤之下跳河自尽。小龙珍六岁前没有穿过衣服,夜里和妈妈裹在一个破棉絮里。在她幼小的心灵里,她

的家无顶、无墙；家漂泊，无米，无温暖，无笑声。骨瘦如柴的母亲是这个家唯一的支撑。

解放后，小龙珍和妈妈、大哥才有了一个真正意义的家。上学后，她知道了这个家是共产党给的，是毛主席给的。"翻身不忘共产党，幸福不忘毛主席"这句话就这样深深烙在了小龙珍的心里。

新婚之夜，孙龙珍对丈夫于志林说："我们的家来之不易，我们要用一生的爱来经营这个家，就像忙碌的燕子那样。"

二

结婚不久，泰兴当地动员有志青年支援新疆建设。"到新疆去，到祖国最需要的地方去"是当时的一种时尚。孙龙珍和于志林也和其他年轻人一样热血沸腾，他们踊跃报名，决心到新疆去建设社会主义新新疆。

孙龙珍和于志林除了带着一些换洗衣服外，就是那幅镶着结婚照的镜框子，这可是小两口才建立新家的象征物。一路上，孙龙珍一直抱在怀里，生怕有个闪失。有家就有爱，离开了泰兴的家，她和丈夫会在新疆大草原上再建一个家。好儿女志在四方，四海为家。一路上，孙龙珍和大家一样沉浸在燃烧的激情中。

列车穿过绿色的村庄、庄稼地、起伏的山峦和蜿蜒的河流；汽车穿过黄褐色的戈壁滩、土色的村庄、小片的绿洲和高耸入云的大山；马车在一条布满石头蛋子的小道上缓缓前行、前行，直到走到这条小道的尽头，前方横亘着一座大山。

路的尽头，国境线旁，塔斯提河界河河畔，巴尔鲁克山脚下，就成了孙龙珍建立新家的地方。

地窝子是孙龙珍来到兵团最早的家。屋顶青草萋萋，屋内墙壁上青草的根茎又"节外生枝"，长出头发般毛绒绒的小芽来。建造地窝子快捷方便、省工省料，是兵团人的一大发明。屋内的物品由连队统一配发，用不着自己去县城购买。所以，泰兴支边青年的家都是一种模式。孙龙珍的家与其他支边青年的家唯一不同的是墙壁上挂着结婚照。孙龙珍就像春天从南方飞来的燕子,落到巴尔鲁克山下,衔泥筑巢,建立新家。不同的是,燕子是春来秋返,而孙龙珍和泰兴支边青年要在这里落地生根。

来新疆前孙龙珍看过一部介绍新疆的电影纪录片《军垦战歌》,电影里的蓝天白云、广袤绿洲、辽阔草原、高山牧场以及身穿黄军装的军垦战士深深吸引了她。她一到巴尔鲁克山,就觉得这里比电影里还要美。巴尔鲁克山的蓝天深邃、白云飘逸、大山巍峨、河流蜿蜒。每到春夏季节,漫山遍野的山花怒放,把山体和草原装点得五彩缤纷。这里依山傍水,风景秀丽,真是梦寐以求的建家立业的好地方。

三

连队牧工来自五湖四海,有当地的哈萨克族,有从部队集体转业的军人,还有从其他省份来的支边青年。为了一个共同的目标,大家来到巴尔鲁克山。孙龙珍觉得连队就是一个大家庭,大家以同志相称,互相帮助,互相爱护。在这里,孙龙珍学到了很多,也从一个农村女青年逐渐成长为一个兵团战士。有一天,孙龙珍起了个大早,坐连队拉饲料的槽子车到团部书店买了一张毛主席画像。回到家,她将镜框里的结婚照取下来,小心翼翼地将毛主席画像镶进去。她对丈夫于志林说:"过去我想的都是两个人的小家,以后我们要想着连队这个大家。"

孙龙珍很快融入连队大家庭里,她的第一个孩子与战友郑桂梅的孩子前后脚出生。郑桂梅产后发高烧,一直没有奶,急得一家人团团转。孙龙珍让丈夫于志林将郑桂梅的孩子抱到家来喂奶。郑桂梅急了,说:"这怎么行呀,你一个人的奶咋能喂两个孩子,你的孩子不够吃咋办。"孙龙珍笑笑说:"没事的,这样总比你的孩子一点没奶吃好呀。"后来,郑桂梅老担心孙龙珍亏了自己的孩子,所以一见孙龙珍她就抱着孩子躲开了。她对丈夫说:"都是做母亲的,我不能为了自己的孩子而亏了小孙的孩子。"可孙龙珍对她说:"我们都是革命战友,你不要见外,我的孩子你的孩子都是革命后代,亏了哪个孩子都不行呀。这样吧,奶不够两个孩子吃,咱们再喂糊糊。"就这样,孙龙珍给郑桂梅的孩子喂了整整八个月的奶。

丈夫于志林看连队的不少妇女都有一身好衣服,打算给妻子做身毛布衣服。孙龙珍说,别花那个钱了,我当姑娘时有一件没做完的新衣服,就差扣子没襻了。等有空了我襻上扣子不就有了一件新衣服了嘛。可连队哈萨克族妇女没有衣服了,她会买上新衣服送去。一家哈萨克族牧工的父亲病危,急需救治,孙龙珍把家里仅有的八十元钱也拿出来了。

牧业连队多民族聚居,风俗各异,但大家相互尊重。孙龙珍来到连队不久就学会了烧奶茶、做手抓羊肉。刚开始放羊,羊只不听话,四处乱跑。哈萨克族牧工教她:放羊一定要管好头羊(山羊),头羊是羊群的"巴西拉克"(哈萨克语:领导)。有一次,连队妇女坐车到剪毛站去剪羊毛,马车在过一条小河时车轮陷进淤泥里,动弹不得。车上的妇女急得七嘴八舌乱嚷嚷,不知该如何是好。孙龙珍跳下车站在河水里,去背几个岁数大的哈萨克妇女过河。她们不好意思地说:都是女同志,我们蹚水过河吧。"孙龙珍说:"我年轻,身体好,还是我背你们。"

"到了兵团,我才真正理解什么是'小家',什么是'大家',兵团的班、排、连、团就是我们一家一户组成的。还是毛主席说得好:'我们来自五湖四海,为了一个共同的革命目标走到一起来了。'"活学活用毛泽东思想积极分子的孙龙珍深有感触地说。

四

孙龙珍对家的更深一层理解是从家门口发生的一件事开始的。

孙龙珍到牧业连队的几年后,大家都从地窝子里搬出来了,住进了军营式的土坯房里。一家两间,门前还盖有一间做饭的小棚子。三家一栋,前后排列,就像部队的方阵。整个连队建筑呈正方形,连部在中央。1968年的夏天,在距孙龙珍住房窗口几百米的一个山头上,苏联边防军人在山头上筑起一座瞭望哨。

那个山头是连队牧工经常放牧的地方,现在却被他们非法占据。瞭望塔就堵在门前,就压在头上,像是一块大石头堵在心里,孙龙珍看着就来气。

"要想有一个平安的家,就得有一个稳定的边防线。什么是国家,先有国,才有家。我们这里安定了,国家也就安定了。"从小就听母亲讲述日本侵略者蹂躏中国老百姓的孙龙珍,深知"国破家亡"的含义。

在一次连队召开的声讨苏联军人非法侵占我们领土的大会上,连队八十岁的哈萨克族老人愤怒地说:"我们祖祖辈辈都在这个山头上放羊,山上有多少石头我们心里都清楚。怎么一夜之间就被'贼娃子'偷去了。"

孙龙珍在大会上发言说:"'我家住在路尽头,国境就在房后头。界河边上种庄稼,边防线上牧牛羊'。这还不够,我建议我们在家门口、在连队周围再种上白杨树,让我们的家,我们的连队,我们的兵团就像白杨树一样在这里扎根。"

连队采纳了孙龙珍的建议。很快,家家户户门前、连队的四周都种上了小白杨,一排排,一行行的小白杨,迎风挺立,就像一个个站岗放哨的战士。

自窗外山头上竖起瞭望塔后,孙龙珍的家每天夜里都没熄过灯。孙龙珍对丈夫说,他们不是瞭望吗?就让他们瞭望。山下每天夜里都亮着灯,省得他们瞭望不到。吃饭时,孙龙珍和连队的所有牧工都坐在门前小饭桌前吃饭。人们大声说笑着,有时男人们还端着大碗喝几口团里酿造的烧酒,那是纯粮食酿造的酒,酒香能随风飘出几里地。他们这是有意识地让山头上的苏联军人知道中国人在自己的土地上生活得有滋有味。

有一天,瞭望塔上升起了一面旗帜,也像是在炫耀他们的存在。孙龙珍看着那面在中国土地上飘扬的外国旗帜,听到旗帜被风刮得猎猎作响,那响声就像在掴她的脸。她气愤得满脸通红,热血上涌。她一脚踹开家门,从箱子里拿出一个大红绸被面,又风风火火跑到连部。很快,连部通知几个女红好的妇女到孙龙珍家执行一项政治任务。那个年代,人们一听说是政治任务,就知道事关国家、集体,马虎不得。第二天,在连部门前升起一面五星红旗,旗杆是一棵新疆白杨树,足有十二三米高。每天,太阳从巴尔鲁克山上升起时,全连的大人小孩都要伴着升国旗高唱国歌,那阵势压倒了对方。自我们的五星红旗升起后,瞭望塔上的旗帜就再也没升起过。

五

巴尔鲁克山牧草茂盛,每天孙龙珍赶着羊群去山坡上牧羊。这时,太阳就悬在头顶,山里的太阳不刺眼,阳光暖暖的、柔柔的。金色阳光洒到灌木丛中、洒到吃草的绵羊身上,洒到孙龙珍的脸上。阳光给大山穿了一件"花衣裳",给牧羊女戴了一条"花头巾"。看着羊儿专心吃草是一种享受,每当这时,孙龙珍就会唱起毛主席语录歌(那个年代,其他歌都被禁唱了)。突然,天上飞来一只巨大的"飞鸟","飞鸟"发出刺耳的引擎轰鸣声,那只"飞鸟"看到山坡上的羊群,就一头扎下来,显然是在用它发出的噪音来驱赶羊群。正在吃草的羊儿炸了营,四处奔跑。"大鸟"上的军人看到这幅画面,哈哈大笑,然后,一拉操纵杆,"大鸟"一仰脖子扬长而去。

孙龙珍一边大骂霸道的"大鸟",一边收拢着跑散的羊群,在原来羊儿吃草的地方,一片狼藉———绺绺羊毛挂在灌木枝条上。

六

巴尔鲁克山涵养着无数条淙淙小溪,这些小溪从山上一路叮叮咚咚下来,汇入两条河流,一条是塔斯提河,一条是乌斯格河。两条河流又在山下一大片平坦的草原上汇合,形成了一片肥沃的"三角洲",这里自古以来就是我边民放牧的地方。两条河流岸边生长着茂盛的芦苇,这也是牧民每年秋季收割牧草的地方。由于男牧工要出牧,在家的女牧工就承担起了打草的任务。天还没大亮,连队的槽子车就套好了,十几个小媳妇、大姑娘就坐车出发了。她们坐在车上,相互说笑着。

一路颠簸,一路笑声。

没走出多远,太阳就爬到了巴尔鲁克山的山脊上,将一道道朝阳洒得到处都是。牧场像这种集体劳动的机会并不多,除了剪羊毛,就是打草了。虽然都是一个连队的,但十几个妇女集中到一起实属不易,难怪她们这么兴奋。槽子车摇摇晃晃地来到塔斯提河河边,还没等车停稳当,小媳妇、大姑娘就从车上跳下来。朝霞映红了她们全身,她们从车上往地上跳时,有大呼小叫的,有叽叽嘎嘎笑的。而姑娘们都留着两条大辫子,纵身一跃时,两条辫子就像鸟翅一般荡起来,煞是好看。

"干活了,干活了。"孙龙珍拿着镰刀招呼着大家。不一会儿,女人们没入泛黄的芦苇丛中,瞬间,整个芦苇荡翻起波浪,一波压过一波。苇荡的上空瞬间腾起一层绒花,沸沸扬扬,漫天飞舞。在朝霞中,白色的绒花被染红了,红色绒花向四处飘去。牧场的女牧工常年吃羊肉、喝奶茶,个个强壮。到上午小憩时,她们已经割倒了一大片芦苇。当她们从苇荡里走出来时,一个个头上、脸上、身上沾满了绒花,她们相互调侃着对方是"白毛女",是"白胡子老汉"。阳光下,她们相互追打着,嬉笑着,苇荡沸腾了。

突然,一声惊天动地的马鸣让欢闹的女人平静下来。牧工都有经验,马发出这种叫声一定是遇到危险了,它在向主人发出信号。果然,赶车的老汉气喘吁吁地跑来,急促地报告:"对面的马队过来了。"听到这一消息,女人们都紧张起来,她们下意识地紧紧握着手中的劳动工具——镰刀。

孙龙珍大声喊道:"别慌,哪有主人被贼吓着的理。大家都集中在一起,我们见机行事。"

随着一阵急促的马蹄声,一队全副武装的军人骑马来到芦苇荡,迅速包围了劳作的女人。其中一人用中文喊道:"这里是苏联的领土,你们赶紧离开,不然我们要采取军事行动。"

孙龙珍迎着他们大声喊道:"胡说八道,这里自古以来就是中国的领土,我们在自己的家园里劳动怎么了？是你们入侵了中国的领土,赶紧离开这里的是你们。"在孙龙珍的示意下,女牧工们高声喊道:"我们抗议,我们抗议。"她们手挽手,肩并肩,组成了一道人墙,横在这些军人面前。面对手中只拿着劳动工具的十几个女人,对方军人显得无可奈何,他们叽里咕噜不知叫喊着什么,然后恼羞成怒地调转马头,向停在河边的槽子车疾驰过去。只见为首的那个军人手中的马刀一挥,那匹发出信号的老马便倒在了血泊中。赶车老汉跳着高大声喊道:"你们是流氓,是土匪,是强盗。"

七

巴尔鲁克山的各族牧工每年开春后,都要赶着牲畜迁徙到四五十公里外的布尔干河、杜拉特沟、铁列克提等夏草场。那里有两个高山湖泊,就像母马的眸子一般深邃透明。所以当地的哈萨克族牧民称这两个湖为"母马眼睛湖"。自古以来,巴尔鲁克山的哈萨克族牧民每年开春就要转场到这里,因为这里水草丰沛,是个牛羊闭着眼睛都能吃饱肚子的丰腴之地,是个想吃就吃,想喝就喝的富庶之地。在这里,放牧不再逐水草而居,省却了奔波的疲惫,放牧是一种享受。骑马可以信马由缰,牧羊可以"放任自食"。所以,当地的哈萨克族牧民将夏草场视为吉祥之地,将"母马眼睛湖"视为"圣湖"。他们尽情地在草场上举办阿肯弹唱会,年轻人也将婚礼安排在"圣湖"湖畔举行,凡是喜事、大事都要在这里举办。连队的汉族牧工,也受到哈萨克族牧工潜移默化的影响,和他们一样,将连队的大事和家庭的喜事放在这里举办。哈萨克族牧工谁家生小孩,汉族牧工带上方块糖和砖茶去祝贺;汉族牧工谁家的孩子办喜事了,哈萨克族牧工也会骑马来参加婚礼。婚礼上,有汉人习惯的"介绍恋爱经过"节目,也有哈萨克族习惯的唱歌跳舞。人们燃起篝火,一直闹腾到满天星星出来看热闹。

在巴尔鲁克山人的心目中,每年的转场是牧民生命的一部分,是节日,是人们追求的一种理想、一种向往、一个梦园。

上万头(只)牲畜都已聚拢到一起,他们等待着马背上男人的指令。随着连长一声"出发"的命令,牲畜长队就像铁链一般缓缓移动。这是一幅壮观的场面:白色、褐色、黑色以及杂色的牛羊如一道泥石流,以不可阻挡的架势向着丰腴的夏草场、向着梦园"圣湖"滚滚前行。开春的艳阳柔和而又绚丽,投在大地上,投在迁徙的牧羊人和牲畜身上,前进的队伍,腾起滚滚尘土,被春阳染成了红尘,那红尘就像一道道霞光。

万头牲畜的蹄下,大地骤然地震般地颤抖起来,发出一种"轰隆隆"的声响。地上的石子、砂砾、土疙瘩在抖动,地面上的小鸟、土拨鼠、兔子惊慌失措地逃逸。也许受到这一壮观场面的鼓舞,男人们骑着马跑前跑后吆喝着,指挥着畜群;女人们则安静地骑在驮着辎重的马背上或骆驼背上。孙龙珍也是转场牧工中的一员,每年转场,连队除了一些老人和留守人员,所有人都要到夏草场去。

迁徙之路是一条古牧道,走了几百年?还是上千年?没人知道,用当地哈萨克族牧工的话说,我爷爷的爷爷说,他的爷爷的爷爷告诉后人,他们就是走这条古牧道转场的。

这时,连长骑马走到孙龙珍面前,让她通知转场的女牧工一定要注意安全,不太会骑马的人要有专人看护。连长说:"前面就是'芍药谷'了,你们女牧工可要跟上队伍,不要待的时间太长。"

"芍药谷"因长着一沟的芍药花而得名,这条沟从沟底到沟坡开满了芍药,而且均为红色。有人形容芍药谷满沟流红满沟溢香。这些年转场到芍药谷时,女牧工都要下马采撷几朵芍药花,装在提前准备的篮子里,等到了夏草场,女人们会让芍药花开满整个毡房。

因为快到芍药谷了,女人们兴奋起来,她们的脸上乐开了花。孙龙珍想象着芍药花开红艳艳的烂漫场面。

突然,迁徙队伍前方传来猎猎狂吠,那是牧羊狗发出的信号。只见一位哈萨克族年轻人策马跑到连长跟前。不等年轻人汇报完毕,连长脸色大变,甩手就是一鞭子，连长的坐骑箭一般向前驰去。很快，那位哈萨克族小伙子又策马返回来，大声喊道："前面的沟口让苏联军人封死了，男牧工赶快到前面去。"

孙龙珍一听，赶紧将女同志招呼到一起说道："男同志到前面与苏联军人斗争去了，我们女同志要看好畜群，千万不可让牲畜跑乱。同志们，别紧张，与'老毛子'斗争也不是一回两回了。"一切安排好后，孙龙珍又对几个年轻女同志说："人多力量大，我们去支援他们。"说着，她们一行策马向前驰去。

看到眼前的场景，孙龙珍的肺都要气炸了：

二三十个（一个排）全副武装的苏联军人排成一队挡在沟口，在他们的前面横在一道铁丝网，看来他们这是早有准备的。只听一位军官（少校）用中文喊道："中国公民，你们现在通过的是我国的领土，请你们退回去，不然，引起的一切外交事件由你们负责。"连长骑着马站在那队苏联军人对面，针锋相对地反驳道："苏联军人，我代表中国公民正式告诉你们，这条转场牧道自古以来就是中国的领土，你们已经入侵了中国领土，请贵国军人立刻退回去。否则，一切后果由你们负责。"

一队荷枪实弹，一队手无寸铁，两队人马就这么对峙着。

孙龙珍带着那几个妇女冲到前面喊道："我们抗议！我们抗议！誓死捍卫祖国领土！"苏联军人面对这几个妇女，只好把手中的枪放下来。连长见机行事，他大声喊道："我们都下马，别让苏联军人说我们牧民欺负他们带枪的军人。"说着，人们一拥而上，动手将挡在沟口的铁丝网拉开了。苏联军人冲过来，我们的牧民迎上去，与他们扛起膀子来。我们牧工个个都是摔跤的高手，练就了一副铁肩膀。不少苏联军人被我们牧工扛得前后趔趄，狼狈不堪。这时，孙龙珍见有一道空挡，就暗示其他妇女赶快驱赶牛羊乘虚通过。牛羊队伍像一道滚滚向前的泥石流向沟口冲去，几个苏联军人被冲过来的牛羊撞倒在地。苏联军人一看这浩浩荡荡的架势根本不是他们能阻挡得了的，也就无可奈何地鸣金收兵了。

迁徙队伍一出芍药谷，眼前一片开阔，碧绿的草原平如毡毯，"母马眼睛湖"

就像两块蓝头巾。牲畜闻到了青草味,加快了步子向"圣湖"跑去。

男人将帽子抛向空中,欢呼:"胜利了,胜利了。"

八

牧工们知道苏联军人不会甘心失败的,他们一定还会在芍药谷设置障碍的。连长召集民兵开会,研究在返程途中如何应对上次遇到的那种情况。孙龙珍是女民兵班的班长,她提出一条建议:"我们女民兵班的女民兵不易引起对方注意,我们就搞几次转场演习。苏联军人不是在沟底设置铁丝网吗,那我们就去扯。等到第二天,我们再回来,他们肯定又架了铁丝网,我们再扯。这是我们的转场古牧道,我们想什么时间过就什么时间过,几个反复下来,他们也觉得奈何不了我们。反复几次,他们也就疲惫了。再说我们都是女同志,也便于掩护自己。"

大家都觉得这个办法比男牧工去扯更有隐蔽性。不过连长想了想后说:"女同志去扯网,我们男民兵在后面隐蔽起来作掩护,万一情况恶化,我们立即冲上去。"

接着,大家又想出不少好办法,比如,扯铁丝网得准备好绳子,在绳子的一头拴上铁钩子,到时,大家同时甩出铁钩子,然后,策马向前跑去,铁丝网也就被拉开了。

在夏草场,男民兵们练习"扛膀子",女民兵们反复练习扯铁丝网,放牧、练兵两不误。孙龙珍见大家练得差不多了,就向连长请战出兵。

不出大家所料,苏军果然又在谷底架设了铁丝网,足有几百米。孙龙珍一行人骑马来的铁丝网前,被几个苏军战士挡住了,他们说:"这里是苏联的领土,中国公民不能过。"孙龙珍一使眼色,十多个女人七嘴八舌地高声大喊起来,有抗议的,有骂他们是强盗的,有普通话,有哈萨克语,吵得几个苏联士兵捂着耳朵只摇头。有个士兵索性抱着头蹲在了地上。时机已到,孙龙珍大声喊道:"扯!"女民兵甩出手中的铁钩子,然后,策马向一边跑去。铁丝网一转眼就被扯开了,孙龙珍一行人从扯开的口子疾驰而去。

第二天,孙龙珍一行又回来了,看到对方又架设了一道新的铁丝网。孙龙珍如法炮制,又将昨天的"科目"演习了一遍。回来后,连长表扬女民兵与敌人斗智斗勇。后来的几天,白天女民兵去扯网,晚上男民兵去扯网,搞得对方疲于应付,索性作罢。

后来,连队将拉回来的铁丝网用作临时羊舍的栅栏。

九

连队就卧在巴尔鲁克山的脚下,一早一晚站在高处看下去,整个连队都在朝霞和暮霭中。山里经常起雾,白如牛乳般的雾气从山上漫下来,顺着山根儿,又向连队漫延过去。人们说着话的工夫,白雾就到了脚下,先裹住脚,然后又慢慢地往上升,眼见着就将整个人、整个连队包裹起来。这时的小孩在雾中玩捉迷藏,还有的小孩喊着"喝牛奶了,喝牛奶了。"他们喊着,张开小嘴,大口的吸着白雾。

这真是一个安家的好地方,难怪孙龙珍和那些江苏泰兴青年一来就喜欢了这里。孙龙珍在给母亲去信这样描述新疆的新家:我们住在巴尔鲁克山山脚下一个仙境一般的地方,我的家在路尽头,国境线就在房后头,我们在界河边上种庄稼,在边防线上牧牛羊。小姑子看到信后,受到感染,给嫂子来信说也要和哥嫂一样到巴尔鲁克山来创业、戍边。孙龙珍给她寄去一百元钱,半个月后,小姑子就到了这个仙境一般的家。

小姑子来时,孙龙珍又怀了身孕,小姑子就在家帮助嫂子做做饭、洗洗衣。

有一天,孙龙珍刚刚下班回到家,这时正是连队小家做晚饭的时间。小家屋顶的烟囱升起袅袅炊烟,吃饱肚子的牛羊回来了。它们炫耀似的叫着。晚霞罩着连队,像是给连队上了彩。孙龙珍的小姑子准备给哥嫂做晚饭,欲将中午剩的一碗饭倒给鸡吃。嫂子阻止说:"别浪费了,热热我吃。"孙龙珍刚刚吃完那碗剩饭,就听到外面有人喊道:"苏军抓人了,苏军抓人了。"像是条件反射,孙龙珍操起一把铁锨就要往外冲。小姑子赶忙劝道:"嫂子,你还怀着身孕呢,我去。"孙龙珍哪听得进去,转眼就跑到连部。这时,她才知道是牧工张成山被越界的苏联军人抓去了,并赶走了连队的羊群。有人看到,张成山的头被打破了,血流了一脸一身。怒火中烧的孙龙珍大喊一声:"快,去救我们的人,赶回我们的羊。"说着,就向塔斯提界河冲去。副连长急忙劝阻:"孙班长,你不方便,我们去。"孙龙珍早已冲到了前面。

这是一块两条界河的交汇处,因为形状像是一个三角,人们称这里为"三角地"。三角地灌木葳蕤,此时没有一丝风,晚霞映红了三角地和灌木丛。孙龙珍和她的战友也被晚霞染红了,她们向前冲去,要救回战友张成山。

突然,静静的、无声的三角地响起了枪声,孙龙珍和战友看到身旁挂着晚霞的灌木枝叶纷纷落地,他们知道隐藏在隐蔽处的苏军开枪了。副连长高声喊道:"卧倒,苏军开火了。"就在同时,只听孙龙珍"哎呀"一声,突然停在了原地,一股鲜血从她腹部喷涌而出,鲜血与晚霞融为一体,染红了大地。孙龙珍右手捂着腹部,仰面轰然倒地。大家迅速卧倒后,副连长匍匐着来到孙龙珍身旁,看到子弹击中了她的腹部,鲜血咕咕往外涌……副连长用手托着她的头颅,大声喊道:"龙珍,你要挺住,挺住呀。"这时的孙龙珍右手捂着腹部,左手高高举到了空中,她的嘴蠕动了一下,她要告诉战友救出张成山,但她已发不出声来了,那只手臂也缓缓地落在地上。副连长大声地哭喊着:"孙龙珍,你要挺住呀。"前来营救张成山的人们都向孙龙珍这边匍匐过来,他们看到浑身是血的孙龙珍,都伏在地上大哭起来。此时,刺耳的枪声压过了哭声。晚霞破碎了,三角地流血了……

副连长欲起身去背受伤的孙龙珍,可他一抬头,对方的子弹就射过来。副连长只得侧着身子将孙龙珍往一隐蔽处转移。

送到连部后,孙龙珍看了最后一眼自己可爱的家园,就闭上了眼睛。

当天夜里,悲痛欲绝的丈夫于志林从箱子里找出孙龙珍说的那件姑娘时做的新衣服。一看，扣子还没有缀上。于志林在那盏没有熄过的马灯旁一针一线缀着扣子，泪水打湿了那件新衣裳——这是妻子唯一一件新衣服，是从江苏泰兴老家带到巴尔鲁克山的。

1969年6月11日，中国政府在给苏联政府的抗议照会中，提到的一位被苏联入侵者枪杀的中国二十九岁女牧工，那就是孙龙珍。

塔基布

丈夫刘效要到水稻田里浇水，说是三天三夜才能回家。眼见着天要下雨了，为什么这会儿浇水呢？丈夫解释说："稻苗刚刚露头，根扎得浅，雨水会把稻苗冲毁的。稻田里灌满了水，就能保护稻苗。"妻子塔基布隐约感觉到，自从他们到了草湖农场，丈夫就像变了一个人，他的心更多地给了农场，而不是给了她这个妻子和孩子。

果然下雨了，不紧不慢的。豆子般的雨点落到原野上，蒸发起一股股雾气，整个大地雾蒙蒙、湿漉漉的。塔基布知道，这种不紧不慢的雨要下很长时间。屋外是连绵的雨水，塔基布的家门窗紧闭，屋内光线昏暗，空气压抑。三岁的小女儿不停地哭闹，小脸红扑扑的。

连绵的雨水将塔基布的思绪带到远方……

塔基布十八岁那年，突然患了一种奇怪的病——浑身溃烂。她家原本就是上顿有馕吃，下顿愁没馕的贫苦人家，哪有钱给女儿塔基布治病呀。父亲看到女儿蓬乱的头发就像一蓬枯草，脸上没有了一点血色，连睁开眼睛的力气都没有了。父亲知道女儿不行了。母亲哭了三天三夜，那三天家里没有吃过一顿热饭，大门都没开一下。父亲将家里唯一的毡子从塔基布身下抽出来，预备为女儿准备后事用。

塔基布的弟弟库尔班认识县城里的国民党少尉库管员刘效。说来话长。有一次，库尔班和村里几个小伙子去国民党部队军需库房偷伙房的馕，被执勤的哨兵抓住了,看管库房的连长命令士兵将几个小伙子吊在大树上用皮鞭抽。夜里,刘效偷偷把几个小伙子放了,并给他们一人一个馍。从此,库尔班就与刘效成了朋友,刘效经常把吃不完的馕饼送给库尔班。

库尔班看着姐姐奄奄一息,就跑来把姐的遭遇说给刘效听。刘效断定这可能是一种皮肤病,就让库尔班家人把塔基布送到县里他认识的那家中医铺子,他在那里等着。那家铺子的老中医号脉诊断后,对刘效说,此病可治,但要吃半年的药,药钱很贵,让患者家人准备三块大洋,一手交钱,一手拿药。塔基布一家人彻底绝望了,他父亲悲伤地说道:"我们把房子卖了也拿不出三块大洋。"刘效对中医说:"三块大洋我出,你只管把姑娘的病治好就是了。"那时少尉刘效一月军饷正好一块大洋,三块大洋就是三个月的军饷。刘效也是穷苦出身,眼前塔基布一家的境况,使他想起自己河南的老家,天下穷人一般穷呀。

从中医铺子出来,塔基布的父亲泪流满面地对刘效说:"国民党兵平时欺压我们老百姓,但你是个好人,我听库尔班说过你对他的好,这次你又救了塔基布的命,我们家会报答你的。"刘效说:"刚才中医说了,除了吃他开的药外,你们还要每天让塔基布晒太阳,这样对治病有好处。"

以后,库尔班再也没来过军需仓库,塔基布的病治的如何刘效无从得知。一年后,塔基布的父亲带着女儿来到仓库。刘效见塔基布完全变了一个人,皮肤溃烂的病已经痊愈,站在刘效面前的是一个如花似玉的大姑娘。塔基布的父亲是特意带着女儿来感谢刘效的,他们家拿不出什么礼物,就从树上摘了一筐子杏子。那次见面塔基布的父亲一个劲地看刘效,欲言又止。而塔基布则低着头。老人说:"姑娘大了怕见人,你也不好好看看,这个人可是你的救命恩人啊,你这辈子可要好好报答他呀。"

几天后,塔基布的父亲找到那个老中医,托他带信给刘效:如不嫌弃,塔基布要嫁给救命恩人刘效。

刘效是被抓壮丁到的新疆,他在这里举目无亲,又是三十好几的人了,还没成个家,自然乐意。就这样,他和塔基布结了婚。塔基布要报答恩人,报答的方式就是要为恩人生儿育女,这是这个贫苦姑娘唯一的报答方式。

屋外的雨水丝毫没有停止的意思,屋顶上发出密集而又杂乱的嗒嗒声。塔基布的心里也很乱。丈夫在雨中浇水都快一天了,他只穿着一件雨衣,水稻田周围有没有可以睡觉的地窝子呀,他一天吃饭了没有。她想农场领导肯定会派人送饭的,但塔基布还是为丈夫操心。

塔基布结婚一年后,就生了一个女儿,记得女儿满月时,刘效整天坐立不安。塔基布问他咋了。他说共产党的解放军大军就要来了,听说解放军抓了国民党兵就活埋。塔基布被丈夫的话吓哭了,说那就带着我们娘俩跑吧。丈夫说:"新疆这么大,到处是沙漠,有人烟的地方都有解放军,没地跑。"就在刘效两口子成天提心吊胆而又束手无策时,陶峙岳将军宣布新疆国民党军队和平起义。刘效这个军需库管员接到上级指令,让他看护好仓库,等待解放军接收。

解放军并不像传说的那样凶神恶煞,完全不像国民党部队到哪里,那里便鸡犬不宁。解放军每到一处,首先是为老百姓做好事。解放军也来到他的家,一位当官(领导)的对刘效说,你是国民党的少尉,过几天你到联络部学习改造,我们要彻底改造你的世界观,让你成为一个合格的解放军。一位女兵看到塔基布的女儿,抱在怀里,亲得什么似的。塔基布心想,看来解放军不像要埋活人的样子呀。

到联络部改造的都是国民党少尉以上的军官,刘效当时的想法和其他起义军官一样:解放军嘴上说让他们学习、劳动,其实就是劳改,说他们是学员,其实他们就是劳改犯。在这里,除了学习就是开荒种地,刘效心想,现在是阶下囚了,吃饭干活就行了,别的事少掺和。但一个月后,联络部的领导对他说:"学员的家属都搬到了场部草湖,部队战士专门为家属盖了窝棚,你可以在星期天回家与老婆孩子团聚。"回到家的刘效看到塔基布和孩子都很好。塔基布一见丈夫就高兴地说:"你知道吗,我参加了工作,草湖农场成立了家属队,有种菜班、缝纫班、托儿所班和炊事班,我有的是力气,我参加了种菜班,孩子送了托儿所。解放军说了,现在解放了,男女都一样,我们妇女是建设社会主义新新疆的半边天。"这件事对刘效触动很大,他从心底里佩服共产党和解放军。他看到塔基布都进步了,也暗暗发誓,这一辈子要报答共产党,报答解放军。

阴沉沉的天空就像个漏斗,雨水还在下着,不紧不慢的,由着性子下。下雨天就去不了菜地了,塔基布就在家里看女儿。女儿似乎病了,小脸烧得红红的。塔基布喊来了联络部的女卫生员,打了针,留下药。塔基布还是不放心,就跑到屋外,喊住一个也是来改造的学员,托他给刘效带个口信,说女儿发烧了。可那个学员过去在国民党部队是个上尉,他嘴上答应了,但心里想:"我一个上尉冒雨去给一个少尉带口信,这要在过去,我非得用皮鞭教训你这个不懂事的婆娘。"他没去。

屋内的塔基布着急,稻田里的刘效也在着急,八百亩水稻是他们联络部全体学员开荒种下的,这是他们起义后重新做人后为人民做的第一件事,现在秧苗刚刚露头,如果不灌满水,秧苗就会被雨水冲毁。

都第二天了,丈夫刘效怎么还不回来看看孩子,女儿的病情似乎更重了。塔基布倚在门框上,向稻田的方向巴望。雨水和雾气织成了一张无形的网,遮住了塔基布的视线。雨天人们都在屋内学习或是娱乐,很少有人出来。她也找不着一个带口信的人。这时,一个学员头上顶着一块塑料布,在雨中跑来。塔基布喊住了他,说女儿病了,能不能到稻田里给丈夫捎个口信。那个学员说:"好的,我这就去。"

刘效听说女儿发烧的消息后,心里也很着急,他想起教员在课堂上讲的解放军负伤不下火线的故事。心想,我现在如果放着稻田不浇了,回家看女儿,还没有浇灌的稻田不就被雨水毁掉了吗,这可是大家的心血呀。一边是女儿,一边是稻田,最后他选择了稻田。这时他突然想到,让他回家不如去喊联络部的领导,领导会有办法的。他对着带信人的背影大声地喊着,可那人没有听到。

到了第三天,稻田里的水终于浇完了,刘效完成了领导交给他的任务,他有一种成就感,觉得自己终于报答了一次恩人。这三天,他甚至想到要脱胎换骨做人,要入党,要当模范,要做个真正的钢铁战士。

　　这时昨天带口信的人又急匆匆跑来,让刘效赶快回家,说女儿的病情更重了。这会儿联络部的卫生员也去了,准备往军区医院送呢。刘效没想到女儿的病会这么严重,扔下坎土曼就往家里跑去。还没到家,他就听到老婆塔基布的哭声:"孩子呀,你爸爸还没回来呀,你怎么就走了。"刘效气喘吁吁地撞开屋门,看到女儿躺在床上,没有了一点动静。他重重地倚在门框上,任凭雨水和泪水在脸上流淌。塔基布看到丈夫回来了,突然尖声地喊道:"你这个当兵的心怎么这么硬呀,难道稻田比你女儿的命都重要吗?你要早一天回来,女儿就不会走了。你还我的女儿。"塔基布失去了理智,扑向丈夫用手抓丈夫的脸。丈夫也失去了意识,任凭老婆在脸上抓挠。卫生员和赶来的领导把塔基布拉开。刘效的脸上满是血,卫生员从医药箱里取出药棉,准备为他擦拭。就在这时,塔基布像是清醒了,又"哇"的一声哭着扑向丈夫,用手为丈夫擦拭血迹:"刘效呀,我不是故意的,我说了,我要为你生儿育女,我要报答你呀,你是我的救命恩人呀。我知道,共产党和解放军是咱们的恩人,他们给了你第二次生命,你要报答党和解放军。我知道女儿和稻田在你心里都很重要,你没有想到女儿会这么快走呀。是我的错,我应该早点找领导呀。刘效,我不是故意的,你是我的救命恩人,我怎么会故意打你呢。"

　　清醒过来的刘效大声吼了一声,然后,像堵墙似的倒在地上。

　　病倒的刘效在昏迷中喊道:"塔基布,我就要浇完了,一浇完我就去看女儿。塔基布,我老家分了地、分了牛,你也参加了工作,女儿也进了托儿所。我要报答呀,我要入党,我要当劳模……"

　　三天后,刘效醒了。塔基布抱着丈夫轻轻地说:"我对不住你,我没有做好妻子,女儿走了,我对不住你呀。"

刘效泪流满面地对妻子说:"是我对不住你呀,如果我想到女儿的病很重,我会回来的,我没有尽到一个做丈夫的责任。"

塔基布说:"我懂,我们的恩人都是共产党和解放军,我们都要报答共产党和解放军。但我还是要报答你,给你生儿育女。你等着吧,七八年后,家里会有一堆孩子喊你爸爸。"

1956年,刘效加入中国共产党,1958年,刘效被评为兵团二级劳动模范。

铁姑娘的花头巾

兵团历史上有很多铁姑娘,她们具有钢铁一般的意志,像男人一般甚至赛过男人开荒、挖渠、种地。但她们毕竟是姑娘,在内心深处保持着姑娘的柔情,在爱情上甚至表现出与那个时代略有不符的浪漫。

兰花花是开发草湖时铁姑娘班的班长,她是1957年随父母从江苏支边来疆的。由于在老家吃不饱,刚来时,兰花花面黄肌瘦,像棵缺水少肥的小草。在草湖农场,窝窝头管饱,半个月下来,兰花花的脸盘子红润了,就像盛开的向日葵。那双大眼睛也清澈了,特别是那两条大辫子乌黑发亮;走起路来,在后背鸟翅般荡来荡去,晃得一些男人心慌意乱的。

铁姑娘不是谁都能当的,更别说是铁姑娘班长了。在一次挖排碱渠会战中,兰花花三天会战挖的土方量名列全连第五,在女同志中排名第一。在她前面的四位都是清一色的小伙子。连长刘大胡子一眼看上了兰花花,与指导员一商量,决定成立铁姑娘班,班长就是兰花花。

草湖地处塔克拉玛干大沙漠边缘,一刮风就扬沙,沙,无孔不入,钻进屋子、锅里、被窝,就连人的头发和牙缝里都是沙子。兰花花在苏联《集体农庄》电影里看到过苏联妇女头上总是围着一条三角头巾,煞是好看,就用几条羊肚花毛巾(都是会战颁发的奖品)缝了一条,不管刮不刮风,她总是围在头上。在班长的带动下,班里的姑娘都学着班长的样儿做了一条。上下班的路上,十几个姑娘一人头上扎着一条三角巾,五彩缤纷。她们一路走,一路笑,花头巾裹着姑娘的头颅,就像一朵朵雨后的蘑菇,成为草湖农场上下班路上一道亮丽的风景。

一些小伙子为了看花头巾,就提早上班,在半道上等着。姑娘们来了,就插进去,没话找话地讨好姑娘。有了小伙子加入,姑娘们也很开心,笑声更甜了。

头巾除了有遮风挡沙的功能外,在劳动中还能派上很多用场。比如,在挖沙改土的会战中,铁姑娘班与小伙子班打擂。由于装沙的柳条筐子缝隙大,装进筐里的沙子挑到地里就漏成了半筐。姑娘们将自己的头巾铺在筐子里,解决了漏沙问题。吃中午饭时,姑娘们都是坐在头巾上。吃完饭,拿起头巾一抖,又围到了头上。

有一次,兰花花到团里开表彰会,回来时,胸前戴着大红花,头上围着一条红头巾,红头巾是她抽空到团部合作社买的。

头巾为铁姑娘们增添了色彩,成为她们美丽的一个点缀。连里的男人不但在劳动中与姑娘们打擂,在爱情上也向姑娘们发起进攻。姑娘嘴上老说"讨厌死了""可坏了",但都是刀子嘴豆腐心,前脚后脚与相爱的人过起了小日子。

成了家的姑娘虽然还留在铁姑娘班,但名存实亡,到最后,只有兰花花一人还在坚守。

带头做花头巾的兰花花之所以守到了最后,完全是因为她心气太高。连里不少小伙子夜里都梦到她的花头巾,白天干活时,眼前还晃动着兰花花的花头巾和大辫子。但他们对兰花花的进攻都犯了战术错误。有给她写恋爱信的,有给她送钢笔、本子什么的。其中不乏转业军人。兰花花不看,不收,原样退回。吃了闭门羹的小伙子渐渐失去了耐心,凡事往往不得已,退而求其次,又将进攻的目光瞄向其他姑娘。

兰花花不想重复父母的婚姻,十六岁结婚,十七岁生子,屁股后面跟着一大群孩子。等把孩子拉扯大了,你也耗得差不多了。兰花花想乘着年轻干出一番事业来。她特看重铁姑娘班长这个位置,连领导也有培养她的意图。

除了心气高,兰花花的眼光也高,送东西的这些人没有一个拨动她心弦的。

爱情就这么怪。

兰花花才买的红头巾自然比自己做的好看,所以,常常被一些姑娘、媳妇借去"臭美"。有一次天黑下班的路上,有个小媳妇突然对兰花花说:"哎呀,我把你的红头巾落在工地上了。"这时已快到连队了,又刮起了大风。兰花花故意轻松地说:"算了,明天去找也不迟。"话虽这么说,但她心里明白,红头巾十有八九会被风刮走的。第二天,兰花花没等天大亮就跑到工地找红头巾,可找遍了工地也没找到,心想一定被风刮走了。

就在有些惆怅时,她看到连队的张铁刚从远处走过来了。他走到兰花花面前,从怀里掏出一个叠得方方正正的红头巾递给她,小声嘀咕道:"昨晚听你们说头巾落在了工地,我就来找。头巾被风刮出了好远,晚上又看不到,等到天亮我才找着。"说完转身就走了。

接过来后,兰花花打开一看,果然是她的红头巾。那条红头巾干干净净、平平展展,显然是被用心收拾过。兰花花心突突跳,就像有一只手在拨动心里的那根弦,姑娘的脸一下热了。等班里的人到了工地,看到班长头上又围着那条红头巾,只当是大风没把头巾刮走呢。

离开集体宿舍的姑娘都对自己的班长很上心,苦口相劝,说差不多就行了,别挑花眼了,再挑就只能剩歪瓜裂枣了。

兰花花以前从没有正眼看过张铁刚,自打为她找回红头巾后,这个人就常常搅乱兰花花的心。张铁刚并不像别的男人,为你办了件事后,就像根橡皮筋,老缠着你,让人恶心。他自把红头巾交给兰花花后,就再没与兰花花说过话,甚至都没接近过兰花花。这更让兰花花寝食不安。连队就那些个未婚男人,兰花花早知道张铁刚是"九·二五"起义人员,而且岁数要比自己大得多。要在以前,她自己想都不可能往他身上想。几个正经的子弟兵转业军人她都拒绝了,现在居然为一个"九·二五"吃不下饭睡不着觉。兰花花一次次拒绝张铁刚走进心里,可张铁刚还是一次次走进她的心里。她知道她是真爱上这个"九·二五"了。

就在兰花花心里七上八下时,张铁刚给兰花花送来了一样东西。那是用牛皮纸包着的一个方方正正的小包,用红绳系着,在包的中间用红绳打了一个花样的结。张铁刚躲闪着兰花花那双大眼睛,低声说:"星期天我跑到师部合作社给你买了这条花头巾,是苏联产的,花色样式跟《集体农庄》上的一模一样。请不要拒绝我。"说完,他瞄了一眼兰花花就走了。

兰花花嘴上想说不要,可就是说不出。她双手一接过来,一触摸到那个红绳花结,心里就有一种异样的感觉。她的心突突跳,脸色绯红,没敢看一下张铁刚的背影,就低着头,咬着嘴唇,扭身一溜烟跑了。

当兰花花打开包,她被那条苏联产的花头巾彻底征服了。她围上头巾,照着小镜子看,觉得自己就像冬妮亚。

兰花花第一次感觉到生活的情调和浪漫,而这种奇妙的感觉就是那个人给她的。"这个死家伙,这么懂得我的心。"兰花花在心里说。

兰花花的决定让班里的小媳妇大为惊讶,都说班长鬼迷心窍了。

谁都没有想到,兰花花竟然与一个"起义人员"好上了,而且大她七八岁,都说鲜花插到牛粪上了。有人甚至怀疑张铁刚使了什么歪门邪道,把兰花花给迷惑了。连长刘大胡子找兰花花谈,要她在个人问题上慎重,不要因为一时糊涂而影响了前程。

铁姑娘兰花花铁了心,就看上了张铁刚,不管别人怎么劝阻,她就认准了张铁刚。非他不嫁。

自铁姑娘兰花花与张铁刚结婚后,她的前途就像人们预料的那样——走到头了。

多少年后,兰花花才对人说:"张铁刚懂得我的心,你知道吗,落在工地上的那条红头巾是他找了一夜才找回来的,他向我表达爱情时,送给我什么?是一条花头巾。和一个懂得你心的人过日子错不了。"

香 香

与贾淑香和龚莲香一道来蔡家湖农场的一百二十名山东女兵,一个甲子过后,如今只剩四十三人。

当年一百二十个女兵建立了一百二十个家庭,一百二十个家庭为蔡家湖农场贡献了四百多个孩子。来时一个女兵连,现在足有一个营。这些健在的女兵如今最为欣慰的,不是人们想象的她们当年开垦了多少绿洲,获过什么荣誉称号,而是如今身体还算健康,儿女成家立业了,她们也都当奶奶了。

贾淑香已是白发苍苍的奶奶了,她打趣地说:"当年一来就加入到'革命大家庭'队伍中,可不久,傻丫头们就前后脚地嫁了人,从集体宿舍搬进了'革命小家庭'的'小巢'。有的'小巢'像温馨的港湾,有的'小巢'大闹'天宫'。可女人一旦生了孩子,心也就踏实了,日子也就安稳了。一百二十个'小巢'没一个破裂,咋过都是一辈子。"

……

1952年6月26日,日头还没一竿子高时,山东省蓬莱县马家张村的三个女娃就在全村人的簇拥下,胸戴大红花,骑着小毛驴到蓬莱县城去,她们这是去当兵。几天前她们去区上报了名,三人岁数都不够格,但小学文化程度让招兵站的人破例收了她们。

骑驴走在前面的女孩十六岁,叫贾淑香,后面跟着的两个都是十五岁,一个叫龚莲香,一个叫王菊香。三个女孩是要好的朋友,又是"门对门、窗对窗"的街坊。因三人名字都带着个"香"字，所以村里人约定俗成，分别叫她们"大香""二香""三香"。

三个女孩骑着驴嘻嘻哈哈说笑着，将铜铃般的笑声撒了一路。她们太向往当兵了，小时候，解放军的部队打村里过，她们见过女卫生员向村里的女人宣传卫生知识。当时村里有些男青年调侃道："如果能找这么个媳妇，一辈子都不得病。她那箱子里可都是包治百病的神丹妙药。""三个香"羡慕女兵的是，大老爷们(男兵)都乖乖地听她的话，再苦的药咧嘴吃下去也不吭一声。特别是女卫生员那身军装让她们三人好眼热。

走出几里地后，村里一男青年气喘吁吁地追上来了，他一脸是汗，大声喊道："三香，你妈憋过气去了，你爸让你快回去。"王菊香听后大哭起来，泪珠子雨点般地落在胸前大红花上。大香对三香说："快回吧，我们在城里等你。"

"三香"王菊香这一回去就再也没来，她妈寻死觅活，说什么也不让女儿到新疆当兵。

就这样，"大香"贾淑香和"二香"龚莲香当兵到了新疆。

三个月后，她们一个车皮的一百二十人全分到了新疆军区后勤部蔡家湖农场，那一天正好是八月十五。

当时农场还是芦苇丛生的草湖，因有一蔡姓人家在此安家，此地得名蔡家湖。女兵来得突然，男兵们就将战马从用芦苇把子扎的"马号"里牵出来，在刚刚铲去马粪的地上铺了一层干芦苇，一股弥漫着浓烈屎尿味的"马号"成了一百二十个女兵的家。入秋后的新疆昼夜温差大，白天还热得穿单衣的女兵们到了晚上冻得只发抖，索性不脱衣服就钻进了被窝。大香、二香两人"搭伙"挤一个被窝，盖两床被子，热和。

一轮明月悬在"马号"上空，从苇棚的缝隙里望上去，明月被芦苇秆子分割成了碎片，像玻璃碴子。月光分外皎洁，将瑟瑟寒光投下来，女兵们在被窝里瑟瑟发抖。

二香抱着姐姐低声抽泣,整个身体在颤抖;她想家了。大香毕竟大一岁,她轻轻地拧二香的胳膊,暗示不要哭出动静来。但二香不理会,抽泣得更厉害了。大香怕别人听见了说二香落后,就将被子掖紧。这时,大香听到苇棚里都是抽泣声。

月是故乡明,此情此景,大香很自然地想到了家乡。这是离开老家过的第一个中秋,原本想离开那个贫穷的家,到部队当兵享福,光宗耀祖。没想到这个当兵的地方如此荒凉,就一户人家。老家固然穷,但那毕竟是她们的家,一家人、一村人和睦相处,犹如一家人。离开老家三个月的大香,这时真真体味到家的温馨和家乡的亲情。

"我是姐,我要照顾好二香。"大香在心里对自己说。

第二天,蔡家湖农场召开欢迎女兵大会,场长李振海对台下的战士说道:"我代表蔡家湖农场全体官兵,对加入到农场建设队伍中的一百二十名女战士表示热烈欢迎……同志们,从现在起,我们就是一个革命大家庭了,我们要在草湖上建农场。到时,农场条田万顷,林木成行;我们还要盖楼房,到时,楼上楼下、电灯电话;再到时,你们找个对象成个家,生儿育女抱娃娃。"男兵们笑得前仰后合,岁数大点的女兵羞得直吐舌头,而大香和二香岁数小,觉得这事离她俩还远呢,只是咧嘴傻笑。

在农场过的第一个星期天,大香和二香跑到几十公里外的县城照相馆,穿着军装照了一张相。几天后寄给了父母,两人在照片背面写道:父母亲大人,我们一定为祖国贡献自己的一切,为建设社会主义新新疆而努力奋斗。

这些话是刚刚学会的。

几个月后,两人给三香写了一封信,说她们在新疆建设蔡家湖农场,是穿军装、不拿枪的兵。这里有很多怪事,比如,人不住在地上,而是像地瓜一样住在地下;这里在地里浇水,每人腰上得拴根扁担,地里到处是老鼠洞,不小心,转眼人就不见了——陷进了老鼠洞;说这里的冬天能把石头蛋冻烂了,有一次她俩用铁锹铲雪吃,两人的舌头都被粘掉一层皮;这里过冬有三件宝:薄被、毡筒、破棉袄……

女兵来后不久,就有人成家了。

说快也快,转眼一个车皮来的女兵不少人的孩子都会打酱油了,大香和二香也都长成大姑娘了。这些年,姐妹俩每年都被评为劳动模范,农场油印小报上的打油诗这样描述她俩:

大香二香两姐妹,蔡家湖的铁姑娘。修了水库修公路,挖了芨芨砍梭梭。平整土地修干渠,白天晚上连轴转。五更起床拉爬犁,天亮送肥十几车。脚穿单鞋踏冰雪,汗流浃背满头霜。受冻受累何所惧,一心只为建设新农场。

大香和二香就像一个人,上工一担肥,下工一担草。一起吃饭,一起学习,睡觉还是一个被窝。可一到地里,两人就明里暗里较劲,非要比个高低。有一天三香来信说,老家也种棉花了。于是,大香、二香就写信向三香提出打擂,看年底谁种的棉花产量高?有一年拾棉花,大香一天一夜拾了三百多斤,创了农场拾花纪录。她发明了双手拾花、用嘴衔叶的技术,全农场都在推广她的技术。新疆军区后勤部给贾淑香记一等功。报功信寄到山东老家,三香看了后,来信说,要向大香学习。

二香打心里也为大香姐高兴,心里一直想超过大香一回,可她拾花的成绩总是排在姐的后面。她憋屈地说自己就是"老二"的命,要不咋叫二香呢。

种棉花是个技术活,大香、二香有一年种的棉花遇到了虫害。连队技术员张德禄成天在她们的地里观察,当时没有杀虫剂,他就用烟草、熟石灰和水配制杀虫药水。结果很灵,几天后棉花地里的虫子就消失了。那时地里浇水都是大水漫灌,浪费水不说,还经常把棉苗冲倒。技术员张德禄在大香、二香的地里做实验,他在一块木板上凿出一个洞,将这块木板插在毛渠中。大部分水被木板挡住了,其中一部分水从木板的洞中流出。水的流速慢了下来,既保护了棉苗,又能使水渗透到棉花的根部。当年,大香和二香的棉花产量又创了农场的纪录。

张德禄也是个二十来岁的年轻人,他喜欢大香和二香,这也是他老爱来这里指导的原因。但他更喜欢大香,他甚至写了一首小诗:

我们农场有个好姑娘,她的名字就叫贾淑香,五二年参军来到俺们农场,植棉队里当班长。别看她岁数小,却像钢铁一样坚强……

那首诗共有四段,多才多艺的张德禄还将诗谱成曲送给农场宣传队演唱。大香成了名人。

大香、二香心里都喜欢张德禄。

什么都听大香的二香,闹起了情绪。二香的这些变化大香心知肚明,都是姑娘,对喜欢的人最为敏感。有一次,大香在棉花地里问二香:"你是不是生姐的气了?"二香将头扭到一边:"没有。""还嘴硬呢,你心里想啥我还不知道,是不是喜欢张技术员?"二香将头扭到这边:"才不是呢。"大香深情地看看二香说:"我也喜欢张技术员,但我不是你的那种喜欢,我喜欢的是水库的那个技术员,也姓张,叫张连瑞。"二香扭过头来,迟疑地问道:"真的?"大香点点头说:"姐啥时哄过你。"二香一把搂住姐姐,撒娇地嗔怪道:"你啥时喜欢上了那个也姓张的技术员,保密工作做得这么好。"

大香也搂住二香说:"咱姐妹都喜欢了姓张的技术员,一个管地,一个管水。有了这两个技术员,咱们以后打擂保证总赢。"

1959年10月1日,大香与张连瑞、二香与张德禄举行了婚礼,在万里之外的山东蓬莱县马家张村也有一对新人同时举办婚礼,那是三香,她们早就写信约定在国庆节这天办喜事。大香在信中说,我们"三香"一起打擂,一起结婚,一起进步,一起当妈妈。

两对新人向毛主席画像鞠躬后,场长说:"一百二十名女兵中的最后两个女兵也建立起了革命小家庭,当初我说得没错吧,'找个对象成个家,生儿育女抱娃娃。'要建设农场这个大家庭,就得有个小家庭。好了,现在交给你们两个小家庭一个任务,明年给农场再添两个新兵,男兵女兵我都要。"

小河之恋

小清河

段登香临终前对在"中国河"河边厮守了四十一年的丈夫赵孟仕说:"小生,我陪不了你了,你就把我葬在'中国河'的河边吧,咱俩下辈子还在河边见。"
……

河水有源头,有归宿,段登香和赵孟仕的小河之恋源于山东莱芜辛庄镇的那条小清河,归宿于新疆边境线上的"中国河"。

段登香的山东老家村头有一条河,名叫小清河。在她十二岁那年的一天,她去河边洗野菜。河水清澈、平缓,太阳光照在河面上折射出刺眼的亮光。这时,小登香看到河对面那个村有一个小男孩牵着一头牛来到河边,他把牛赶进了河里洗澡。那头牛到了河里,只露出牛背来,很惬意地泡在河中。阳光下,岸边的小男孩脱得像条鱼一般精光,然后,纵身一跃,躯体在空中划出一道弧线后扎进河水中,平静的河面溅起一朵朵浪花来。河水恢复了平静,河面上只有那头牛,而不见小男孩。就在小登香为河中的小男孩着急时,河面上突然露出小男孩的头来。这时,小男孩看到一个小女孩在河对岸看着他,慌忙地向牛游去,然后顾前不顾后地慌忙爬到牛背上,这下他的腚完全暴露在金灿灿的阳光下。看到小男孩如此狼狈,小登香咯咯咯地笑出声来,笑声像一串铜铃声。她朝着牛背上的男孩喊道:"羞,羞,羞。"

待在河里不是,上岸也不是,小男孩就这么一动不动地趴在牛背上。

洗好野菜,小登香又朝小男孩"羞"了一阵才提篮回家。

这是段登香与赵孟仕第一次见面。

第二天,小登香又来到小清河洗野菜,河水还是那么清澈、平缓,太阳光下的河面还是那么刺眼。她朝河对岸看去,对岸没有了牛,也没有那个丢丑的小男孩。可她看到河中有一根芦苇向她这边移动,觉得好生纳闷,怎么河水中长出了芦苇? 这根芦苇怎么还会移动? 她用手向她这边划着河水,那根芦苇乖乖地向她移来。就在她要伸手去拔那根芦苇时,从河水里突然冒出一个人头来,朝着小登香的脸"噗"地吐了一大口河水。然后,迅速缩进河里。

就在小登香慌手慌脚地擦着脸上的水时,河面上露出了那个小男孩的头,他在河水中哈哈大笑,对着小女孩说:"你还羞我不?""就羞,就羞,就羞,你光着腚,还不许别人羞你?""那我就吐你水。"话音刚落,小女孩将手中的菜篮子向小男孩甩去,一筐的野菜撒落到河里,可那个篮子不偏不倚正好扣在了小男孩的头上,小女孩又像铜铃般咯咯咯地笑起来。河中的小男孩并没生气,从头上摘下篮子,径直向对岸游去。小女孩大声喊道:"我的篮子,我的篮子。"

小男孩似乎没有听到,只在心里想:她的大眼睛真好看,忽闪忽闪就像蝴蝶的翅膀。她的笑声真好听,就像铜铃铛。

这是段登香与赵孟仕第二次见面。

丢了篮子的小女孩第三天又到了河边,她看到她的篮子就放在昨天洗菜的地方,里面有野菜,还有两个桃。她不敢走近,怕水下再冒出那个"坏男孩"来。就在她迟迟疑疑时,水面下冒出了"坏男孩"的头。

"你叫啥?"小男孩上了岸。

小登香不吱声。

"我叫小生,大名叫赵孟仕。"小男孩自报家门。

不知为什么,昨天的气一下消了,她小声回答:"我叫小香,大名叫段登香。"

阳光下,河边树丛里发出知了的鸣叫声。

"吃桃,我家的。"小生递给小香一个桃。

两个少年在河边吃着桃。

"你家的桃和我家的桃一个味。"小香说道。

小男孩憋着笑,说:"这就是你家的桃。"

小香撅着嘴不吃了。小生赶忙说道:"我今天一早就拔了一篮野菜,给你送去时,看到你家桃树上结了好多桃,就摘了两个。又怕你生气,就来到河边等你呢。我家的桃也甜呢,明天给你带两个。"

"我才不要你家的桃呢。从今天起,你再也不要过这条河,看见了吧,河中间就是界线,你不能游过界。"说完,小香转身就走了。

几天后,小生果然拿来几个桃,他在河中间儿大声地喊道:"我不过界线咋给你送桃,这是我家的桃,你尝尝,比你家的桃甜。"

小香说:"我不信,我家的桃是村上最甜的桃,你家的桃有我家的甜?"

"你不尝咋知道。"

"那你游过来吧。"

……

"甜吧。"

"甜。"

"我没骗你?"

"没。"

"你的眼睛好大好亮,就像蝴蝶的翅膀,以后我就叫你大眼睛吧。"

"才不呢,我有名。"

就在两人品尝桃子时,几个男孩跑过来,冲着小生大喊:"小小子,坐门墩,哭着喊着娶媳妇。"小香的脸一下羞成桃红色,她一扭身,提着篮子一溜烟跑了。

后来,小香总是躲着小生,一见他从河对岸游过来,就扭身走了。可他一游回河对岸,小生又看到小香在河边往这边张望。

……

转眼到了1959年,小生和小香也都成为村里的共青团员。那年,公社要整治小清河,将小清河的河道挖深、加宽。在水利工地上,赵孟仕和段登香又相遇了,两人在一起劳动,在一起开会,还经常代表各自的村庄团支部发言。赵孟仕送给段登香一个笔记本,上面写着励志的话:

"登香同志,在火热的水利建设中,练就一颗红心,将革命进行到底。"

革命同志赵孟仕赠

没想到,在赵孟仕悄悄将笔记本送到段登香手中时,小香也送给他一本笔记本,上面也写着:

"孟仕同志,革命友谊就像小清河一样源远流长,望你以后要加强学习,努力工作,做社会主义建设红色青年。"

革命同志段登香赠

自打互送笔记本后,两人都感到心里放不下对方了,尽管每天都在一起,但一见面还是心跳加速、面红耳赤。赵孟仕一直想告诉小香"我爱你",可这三个字就是说不出口来。

一天,工地上动员男青年报名参军,赵孟仕报了名。段登香专程赶到县城送他,在县城火车站,赵孟仕几次想说出那三个字,就是说不出口。段登香也看出了,心里只埋怨:"傻样儿,小时那股淘气劲都到哪去了?"

在部队,两人一直书信来往,但都是相互鼓励,从没有说到两人的感情上来。赵孟仕知道小香心里有自己,但又担心她人长得好看……怕别人先下手,不怕一万,就怕万一。

小香的心里也急,家里父母都催她早点找婆家,来家里说亲的人踏破了门槛。在农村,一个二十几岁的姑娘没对象,那是要被人说闲话的。心上人去部队都三年了,可他什么时候才能从部队回来呢。小生呀小生,难道那三个字就那么烫嘴吗?

1962年,一身威武的赵孟仕终于回家探亲了,他一进家门,就急着问母亲,河对岸的小香找人家了没?母亲说,那姑娘条件高,没一个看得上的。赵孟仕对妈说,快,明天就让姑去她家提亲。母亲犹疑不决地说:"能行嘛?听说前些日子有个军官托人来说媒,她都没答应。姑娘傲着呢。"赵孟仕心中一喜:小香这是在等他呀。赵孟仕对母亲说"快让姑去,小香姑娘就在等我呢。"母亲一撇嘴,"别做梦娶媳妇了。"不过,儿子的婚姻大事当紧,她赶紧出门去找小生姑去提亲。

小生姑来到小香家提亲,小香爸妈说,这么多人来说,没一个成的,我们哪敢应承,还是问问小香她自个儿吧。小香认识小生姑,还没等得小生姑开口,就急着问:"小生从部队回来了?他怎么不来看我呀。"小生姑说:"他不好意思来,着急上火地催我来提亲。"小香爸妈心想,闺女肯定又是一个不答应,可出乎他们意料的是,小香的脸一下红扑扑的,她一声不吭,只是抿着嘴、低着头,双手一个劲地揉着自己的辫梢。小香爸妈一看,乐了,说:"这太阳是打西边出来了?这小生是个啥人,怎么一来提亲女儿就应允了。"

亲事定了后,赵孟仕和段登香在一起待了三天。这三天,段登香逼着赵孟仕说出早该说出的那三个字,赵孟仕脸憋得通红,吭哧了半天才说出"我爱你"。段登香扑哧笑了,说:"这不说出来了,我送你参军时就等你这句话,我看出来了,你心里想说,但就是说不出口,你小时的那个捣蛋劲都到哪去了。"

就在两人商量着等复员后就结婚的事时,邮递员送来了电报。段登香抢过来撕开一看,上面写着:有紧急任务,速归队。段登香深深叹了一口气,说:"三年没见面,只三天又要回部队了,我不拉你的后腿,谁让我是军嫂呢。"说到军嫂,她自己也憋不住笑了,脸也羞红了。

赵孟仕回到部队后才知道,上级有紧急命令,他们这个团要集体转业一批干部战士到新疆兵团屯垦戍边,赵孟仕就在其中。赵孟仕来不及给段登香去信说明情况,他们一百多人就踏上了西去的列车。到了兵团农十师一个边境团场后才抽空给段登香写信。

段登香不了解兵团,认为兵团也是野战部队,是部队就要复员,铁打的营盘流水的兵嘛。姑娘在小清河等着爱人回来成亲呢。

半年后,段登香又接到那个邮递员送来的电报:小生病危,速来。小生战友发。

中国河

到新疆兵团后,赵孟仕也只给小香写过两三封信,地址上写着新疆军区生产建设兵团吉木乃县农十师诺亚堡值班连。段登香在地图上找不到兵团,只找到了吉木乃县。就这样,没出过门的段登香不顾一切地踏上了西去的列车。

火车、汽车、拖拉机、马爬犁、徒步,段登香辗转十二天,终于到了农十师北屯医院。一到医院段登香正好听到人们在议论:昨天才从诺亚堡送来一位身患肺结核的危重病人,团里几次派人用马车往山下送,都因大雪封山送不下来,病人错失了最佳治疗时间。几天了,一直处于昏迷之中,怕是挺不过去了。段登香急忙凑上去打听,那个病人叫什么?一位病员说:"好像是一八六团的复转军人,叫……赵孟……后面的那个字我忘了。怎么?你是他的什么亲戚?"段登香控制不住地"哇"地大哭起来,然后便昏厥过去。

等段登香醒来时,看到一位医生正在给她做检查,见她醒来,便问道:"姑娘,你没什么大碍,是饿的、累得,你从哪里来?"段登香什么也没听到,一把握住医生的手说:"大恩大德的医生呀,求求你了,快救救赵孟仕吧。"医生问道:"你是赵孟仕的什么人?从哪里来?""俺是他未婚妻,刚从山东来,半年不见,他怎么就病成这样?"医生说:"赵孟仕是个钢铁战士,他在边境线的雪地里潜伏侦查了三天三夜后,病倒了。十几天高烧不退,山里大雪封山,一直送不出来。他现在很危险,师领导也来看过了,指示我们全力抢救,现在兵团医院的专家正往北屯赶呢。姑娘,现在病人处于危险期,不能探视,再说,病人一直昏迷不醒。这样吧,你先到师招待所住下来,说是诺亚堡值班连赵孟仕的未婚妻,招待所不会收钱的。你赶紧吃点东西,好好休息一下,你看你都虚脱成啥样了。"

段登香根本没听进医生在说什么,她一下扑到门口,大声喊道:"我要看小生,我哪也不去,我从山东来,就是来看他的。"

医生也被段登香执着的举动感动了,他将她领到抢救赵孟仕的急救室,让她从门玻璃上看看。

段登香一下扑过去,将脸紧紧凑在玻璃上。

屋内,几个穿白大褂的医生和护士正在忙着抢救。段登香的心碎了,小生怎么成了这样?半年前还是一个威武雄壮的小伙子呀,可现在,人只剩下一副骨头架子了。她的泪水顺着玻璃往下流,泪痕纵横交错。屋内的一位护士听到身后的门在抖动,转过身来,看到玻璃上有一个蓬头垢面的姑娘哭的像筛糠,吓了一跳。

一位医生出来说:"屋内是高危期病人,请你离开。"

段登香倔强地说:"我要进去,我要看我的小生哥。"

那天夜里,段登香就坐在急救室外的长条凳上,不吃不喝,不吭一声,整个人像座石雕。兵团医院的专家赶到了,进抢救室看了看病人后,出来摇着头遗憾地对北屯医院的医生说:"耽误太久了,生还希望渺茫,除非奇迹发生。"

这时,专家看到一个蓬头垢面的姑娘石头一般坐在门旁,就问道:"这位是病人的亲属?"当地医生介绍道:"是病人的未婚妻,今天下午才从山东赶过来的,她非要进去探望,可病人还处在高危期,我们不让她进去,她就绝食以示抗议。"

专家似乎受到了什么启发似的说道:"我突然有个想法,也许这位未婚妻能让奇迹发生,让她进去后就以恋人特有的方式对病人'治疗',当然,要做好严格的防护措施。我们医护人员不要打扰他们,爱情也许就是最好的灵丹妙药。"说到这里,他又特别嘱咐段登香:"姑娘,你的心情我们都理解,但你一定要克制,千万不要哭出声来,就像回到你们两个人过去的日子里,要轻轻地说,自言自语一样。这时的病人不可能听见,但有心灵感应,要让病人感应到以前你们两个人在一起的温情,千万不可抱头痛哭呀,大声喊叫呀,懂了吗?你的未婚夫全靠你来治疗呢。"

段登香坚信:小生哥不会死的,我们的爱情才刚刚开始。

段登香从头到脚都做了消毒处理,像护士一样捂着大口罩,戴着白帽子,身穿白大褂走进病房。她伏在小生哥的身边,仔细地端详着,泪水忍不住夺眶而出。可她突然想起专家的告诫,她要用他俩的爱情来唤醒小生哥。

"小生哥,多快呀,打我们相识到现在,都十多年了。你参军后,我们虽然聚少离多,但我们的心里都装着对方。你还记得你小时候那些淘气的故事吗,咱俩在小清河第一次见面,那次你光着腚好没羞呀,可我不知咋的了,就一下再也忘不了你了。你坏,淘气,我越加喜欢你了。那次,我们到了小清河边,你逞能,一头扎进河里,半天不出来,我心想你又是在吓唬我呢。可我看到你双手在河面上东一下西一下地乱抓时,我才知道你不是逗我玩,是真的被水淹了。我大哭起来,急忙找了一根棍子,拿着棍子就跳进河里,虽说我会水,但我从来没救过人呀,我不知哪来的力气,游过去,将棍子伸过去。你双手一下抓住棍子,我这才把你拖上了岸。你说你的腿抽筋了,不当家了,所以才会被水淹。你说,我不救你,你腿不抽筋了,也会自己游上岸的。你说,你会憋气,能憋一泡尿的工夫,气得我只抹眼泪,骂你没良心。你见我哭了,使坏地说,你是俺的人,你肯定会救,不然就不是小香了。明明是一句使坏的话,可我心里像抹了蜜一般。我说你这个狗肉包子,怎么大了大了,一点没了小时候的淘气劲了,倒变得像个大姑娘,一句"我爱你"憋了好几年……

段登香看着赵孟仕的脸不停地絮叨着,这些故事如家珍都装在她的心里。

冥冥中,赵孟仕感到自己又一次掉进河里了,这条河不是老家的小清河,而是他守护的界河,名叫乌勒昆乌拉斯图,河水湍急,上面还覆盖着巨大的冰块。他大声呼喊着:小香,小香,快来救我呀。可他突然意识到,小香还在万里之外的山东老家,她怎能来救他呢,他绝望了。

冥冥中,这条湍急的界河一下变成了平缓的小清河了,他听到一个姑娘在岸边呼唤着的他的小名。一看,那双大眼睛就和小香的大眼睛一个样儿,他感到内心深处升腾起一股暖流,暖流给了他力量。

段登香一直不停地絮叨着,她埋怨小生羞于表达自己的感情:从你的眼睛里,我看出你爱我,我的心里也和你一样,多么爱你呀。但我是个姑娘,怎好开口说出来呀。为了这句话,让我们两人等了快四年了。小生呀,你好没出息。

就在这时,小香看到她的小生哥先是眉毛微微动了一下,接着那双眼睛慢慢地睁开了。段登香心里一阵喜悦,她双手一下搂着小生的头,目不转睛地、含情脉脉地看着爱人。她怕惊着爱人似的,就这么默默地凝视着。

赵孟仕的眼前是一个"护士",怎么?这个"护士"的那双大眼睛这么像小香的眼睛呀,特别是蝴蝶翅膀一样忽闪忽闪的样儿。不可能,小香怎么会知道我病了,怎么会在这里,不可能的。赵孟仕心里又是一惊,这时一个"大浪"打过来,他又沉到河水里。在水中,他听到了有人在喊:小清河,小清河。

听到小清河的喊声,他的心里又是一股暖流涌动,这股暖流将他托出水面。他又一次死而复生。

"小清河。"

他的眼前还是那个大眼睛"护士",莫非这个"护士"是……他试探性的吐出了三个字:"大眼睛。"

"护士"回应道:"小小子。"

赵孟仕听到这三个字后,又是一股暖流涌上心头:没错,这个"护士"是他的小香。他轻轻地叫了一声:"小香。"

小香的泪水夺眶而出,她紧紧地搂着未婚夫,大声地喊道:"小生呀,我的小生,你终于醒过来了,呜呜,我再也不离开你了,一步也不离开你了。"

专家一直在门玻璃上观察着他的"爱情治疗法",这时他推门进来,激动地说:"奇迹出现了,这就是爱情的力量。小香,你晚上就陪着小生,我相信,有你在,比什么药都管用。但可要注意,小生刚刚醒过来,不能再多说话了,你就在他身旁默默地望着他就行了,我相信,情人的眼睛就是神丹妙药。"

果然像专家所说的,三天三夜,段登香一直在赵孟仕身旁陪伴着。赵孟仕一天一个样,三天后就脱离了危险。五十七天后,他就康复出院了。

赵孟仕和段登香的爱情故事很快传到诺亚堡,这是赵孟仕戍边的地方。团领导派来了"小包车"来接他俩回团。赵孟仕的战友都围拢过来看他们。一位战友对段登香说:"我和赵孟仕是最好的战友,他曾给我讲过你们的故事,所以我知道你叫小香,知道你家的地址。小赵病危后,我就给你发了那封电报。"

段登香一个劲地谢谢这位战友。

赵孟仕将小香领到乌勒昆乌拉斯图河边,对小香说:"你看,这条河就是界河,河的那边是苏联,河的这边是中国。我和战友的任务就是守护好这条河。"

小香问道:"这河的名这么难叫,不像小清河,一听就记住了,叫什么河?"

"叫乌勒昆乌拉斯图河,以后你会记着的,因为界河就是我们的生命呀。不过,咱俩叫她'中国河'咋样?"

小香连连称道:"好,好,老家的河是小清河,新家的河是"中国河",我们的爱情河从小清河流到'中国河',以后我们就在界河边安家落户。"

一队大雁从南方飞过来,春天到了。"中国河"上覆盖的冰层融化了,发出春雷般巨大的破裂声。在河边的一栋土坯房的院落里,响起了鞭炮声,诺亚堡的人们都来到院落参加赵孟仕和段登香的婚礼。值班连连长高声喊道:"向毛主席画像鞠躬。"然后他宣布道:"从今天起,三排长和段登香同志正式结为革命夫妻。"

新婚之夜,段登香对丈夫说:"'中国河'就是我们的小清河,我们要在这厮守一辈子,我要在界河边为你生几个孩子,让他们以后也像咱们一样守界河。"

……

守护界河的日子就像"中国河"一样源远流长,四十一年后,段登香临终前叫着丈夫的小名说:"小生,我陪不了你了,你就把我葬在'中国河'的河边吧,咱俩下辈子还在河边见。"

小丫头

一

所有女兵都眼巴巴地看着场长和保卫干事，因为这两人可是八一农场拖拉机队招收女拖拉机手的考官。能不能如愿当上女拖拉机手，命运就掌握在他俩手中。保卫干事袁世佳念着名单，叫到名字的女兵就站到前面来。其实招收条件很简单：个头一米六以上、小学以上文化程度、身体健康者即可做拖拉机手。然而不少女兵没上过学，就这一条就刷掉不少人。

"郭桂芳。"袁世佳念到。

"到。"只有十六岁的郭桂芳走到考官前面。

在郭桂芳前面已经面试了不少女兵，只有一个叫刘丽清的女兵通过了。没有通过的女兵一脸的心灰意冷。

看着走上前来的郭桂芳，袁世佳怔住了，眼前的这个小丫头看起来十分顺眼，就像他常常梦见的小妹。"请背靠墙站。"他对郭桂芳说道。在墙壁的一米六处用粉笔划了一道直线，凡是头顶超过这条线的人就算身高合格。

郭桂芳背靠墙站着，但她双腿微微弯曲，身子微微往下缩了一下。这个女兵的动作恰恰与前面女兵动作相反，别人都是脚尖往上踮，身子拼命地往上蹿。这一反常的小动作没有逃过考官的眼睛。

"你为什么要欺骗组织。"场长厉声喝道。

郭桂芳迟疑片刻，冷冷地回答："我不愿开拖拉机。"这一回答无疑让所有的人吃惊，因为只有傻子才会这么回答，像张迪源那样开拖拉机驰骋在广袤的田野上是所有女兵的梦想呀。

场长是个老红军，没有多少文化，他完全不理解这个女兵的回答。"为什么，你能说出理由吗？"

郭桂芳也被场长那严肃的表情镇住了，几乎用哭腔回答道："来时吃了一路带汽油味的大饼，我闻不惯汽油味，一闻就吐。"原来，郭桂芳这批女兵从湖南长沙坐火车到西安后就改乘汽车，车厢下放着一排排汽油桶，汽油桶上放着她们的行李和几袋子锅盔，女兵就坐在行李和锅盔上。饿了就从屁股下取出锅盔吃，油桶上的汽油浸透布袋子，那锅盔能没有汽油味吗。

谁也没想到没有文化的场长说了一句十分刻薄的话："思想健康，什么都健康。"言下之意闻不得汽油味是思想问题。他问身边的袁世佳："看看这个女兵是什么文化程度。"

袁世佳翻看花名册回答道："小学毕业。"

"那好，这个女兵除了思想不合格外，其他条件都合格，我看身高比'三八大盖'高，应在一米六二、六三吧。"他看了看郭桂芳后说道："这可是开拖拉机的最佳身高。至于思想问题，要加强教育。"

袁世佳也一直在观察这个女兵，她的反常小动作让他心一紧，他猜不透她是为什么？可看着看着，他的心弦像是被人拨动了：丫头那双层眼皮下是一双清澈的大眼睛，白皙的瓜子脸上散落着十几颗麦色的雀斑，樱桃小嘴噘得像朵还没绽放的喇叭花，总之，从头到脚都透着一股孩子的稚气和淘气。花名册上显示这个女兵才十六岁，"孩子不说假话"，袁世佳想到他父母常说的一句话。这个女兵真诚率真，有啥说啥，不藏着掖着，这让他浮想联翩：她太像自己的小妹了，他离开家乡参军已有两年了，想必小妹现在也这么高了，或许也这么让人捉摸不透。

那天两位考官在四五十个女兵中只招录了六位拖拉机手，除了郭桂芳外，其他五个女兵都在蹦高、撒欢,她们梦想成真了。而郭桂芳却郁郁寡欢,其他没被录取的大姐姐都说她是得了便宜还卖乖,说她来时坐的是汽车,汽车烧的是汽油,拖拉机烧的是柴油,不是一回事。再说,锅盔上浸了汽油咋能没有味。大姐姐们都劝她好好干,替她们实现开拖拉机的梦想。听大姐姐这么一说,郭桂芳也不那么纠结了,只是担心自己的"不健康思想"啥时才能健康呀。

八一农场拖拉机队是才成立的单位,男队员也都是从各部队抽调来的,只是早女兵几天来到拖拉机队。就在六位女兵到拖拉机队报到时,昨天与场长一起做考官的袁世佳也来报到。拖拉机队队长对女兵说,为了加强拖拉机队的技术力量,场长特意调保卫干事袁世佳来做机车组长。他介绍说,部队在攻打兰州时,袁世佳曾跟解放过来的国民党汽车兵学过开汽车。

二

凡是来拖拉机队的新人都来到迪化(今乌鲁木齐)新疆军区八一农学院接受技术培训,学习很紧张,一天要上十几个小时的课。八一农场拖拉机队来的四五十人都在一个班,大家渐渐也都熟悉了。这个班郭桂芳岁数最小,于是,不知谁给郭桂芳起了个"小丫头"的绰号,大家也觉得合适,就这么叫起来了。这个班袁世佳岁数最大,尽管他才二十一岁,因为其他男队员都是才参军的学生,岁数比他小些。袁世佳参军前上过高中,各门功课很好。他爱看书,懂得很多知识。在培训班上,就数他学得最好,拖拉机整体有六千多个零件,他几乎能叫出一半的名来。有一天,苏联老师赞赏地对袁世佳说,你们中国人叫拖拉机"铁牛",袁世佳同学,你学得很快,以后会成为一个非常棒的"铁牛"。从此以后,班里的人就叫袁世佳"铁牛"。

三个月的培训结束了,大家穿上崭新的军装到照相馆去照"毕业照"。照完后,同学之间也相互照相,但基本是男学员与男学员照,女学员与女学员照。三个月里一直没与小丫头说过话的"铁牛"走到郭桂芳面前,红着脸说:"我们两人照张相吧。"小丫头连想都没想就答应了:"好呀,我和'铁牛'大哥照张相。"其他人也没在意,因为两人一个是班里最大的,一个是班里最小的。

这是那天学员中唯一一张男女合影照。

虽然都是一起参加拖拉机驾驶培训学习的,但袁世佳的学习成绩最好,队长按照场长的指示任命他为机车组组长。然后由组长挑选小组成员,袁世佳第一个挑选了小丫头。小丫头聪慧过人,在培训班虽然没完全用心学,但比用心学的人学得还好。但要与"铁牛"组长比,还是差一大截子。所以,小丫头一到机车组就叫袁世佳"铁牛"师傅。

一切都按照袁世佳的设想在进行。

那天招录女拖拉机手时,他的心被小丫头搅乱了。回到机关他对场长说:"我决定了,准备到拖拉机队去当一名拖拉机手。"场长很赞赏这个年轻人到基层锻炼的勇气和想法,他拍着袁世佳的肩膀说:"去吧,你是从机关下到基层的,除了锻炼自己的革命意志外,还要帮助其他人锻炼,特别是帮助他们提高思想觉悟。思想健康,什么都健康。拖拉机队都是才参军的学生兵,你去了我也就放心了。"

三

六个女拖拉机手来到男人世界,自然要引起"火花"。可以说拖拉机队的男人们最上心的有两样,一是才从苏联进口是拖拉机;一是才来不久的女拖拉机手。六个女兵中小丫头除外,因为她只有十六岁,还完全是个孩子。而那五个女兵就成了男兵们追逐的对象。一天,有一人叫住小丫头,先是递给她一把糖果,见小丫头乐了才说:"你能帮哥哥个忙吗?"

小丫头嘴里含着糖果问道:"那就要看啥忙了。"

"对你来说不是什么难事,就是抬抬脚去叫一个人来,你把刘丽清叫来就行了。"

小丫头说了一句"没问题",就一溜烟跑了。很快,她和刘丽清来了。这时,她们见那个男兵手中端着一个搪瓷缸子,脸上有一种怪怪的表情。

"我俩的事你倒是同意不同意?给个痛快话。"那个男兵追问道。

刘丽清是山东人,心直口快,果断地说:"你这人怎么这么烦,我说了多少遍,不同意!"

男兵端起搪瓷缸子,决绝地望着刘丽清。

刘丽清见状,预感到要出事,忙改口说:"你别喝,这事再容我考虑考虑。"话音刚落,男兵就将搪瓷缸子里的什么东西喝下去了。只见他直直地倒在地上,蹬了几下腿便不动。刘丽清吓哭了,大声喊道:"你这人怎么这么小心眼,我同意还不行吗,我同意还不行吗。呜呜。"突然,那个男兵一个鲤鱼打挺坐起来,哈哈大笑:"山东大葱说话算数,你同意了!"原来男兵喝下去的是红糖水。

小丫头像是看完了一场戏,捂着肚子笑着跑到师傅这来,绘声绘色向师傅学说了一遍。铁牛师傅并没有笑,而是严肃地说:"你以后可要多个心眼,不能被人使唤。你想想,如果那人用这种手段娶了刘丽清,刘丽清会后悔一辈子,你不是帮了倒忙吗。"

小丫头原本以为这只是个笑话,让师傅这么一说,才意识到自己确确实实帮了倒忙。心想师傅说得对,以后可要多个心眼,不能被人当枪使。

几天后,事情落在了小丫头身上。

原来,拖拉机队的男兵在偷偷给女兵起外号,一个长得漂亮的女兵他们叫"红桃k",一个肤色黧黑的女兵他们叫"黑桃k",而那个脸有些扁长的女兵他们就叫"方片k",因小丫头的脸上有几颗雀斑,于是他们就叫她"梅花k"。开始他们这么叫,小丫头还听不出什么意思,就好奇地问他们为什么叫她"梅花k"。男兵们乐了,挤眉弄眼地说因为你的脸上长着麻雀蛋似的雀斑,所以就叫"梅花k",说完哈哈大笑起来。这下小丫头才知道这是在嘲弄她,就哭着跑回来告诉了师傅。铁牛听后,火冒三丈,顺手提起一根发动机车的摇把子就去找那几个男兵算账。当时铁牛的眼睛都红了,头发也直了,就像疯牛一般。队长见状大喊人们过来阻止,几个人一拥而上才将铁牛抱住。这事很快汇报到场长那里,大家都为铁牛捏把汗,知道场长是个火爆脾气,一点就着。谁知队长刚说完,场长就说:"给女兵起外号,该打。要是我在场不撕烂他们的嘴才怪呢。"队长回来将场长的话学说了一遍,吓得那几个男兵赶紧向女兵道歉。

自打这件事后,小丫头就将师傅视为自己是"靠山"。

四

小丫头才十六岁,不懂得女人身上的事。有一次在野外犁地,小丫头驾驶拖拉机,师傅在旁边指导,中午休息时,两人才下车来透透气。

"小丫头,你回窝棚休息休息吧,剩下的六十亩地我来犁。"

"我不回,不是还没到交班时间嘛。"

"听师傅的话,你回窝棚。"

"为什么呀,我好好的,又没什么病,我才不呢。"

铁牛师傅脸憋得通红,几次张嘴又欲言又止。最后,师傅说道:"你回去洗洗衣服。"这句话一下提醒了小丫头,她的脸一下红到脖颈子,低着头,迈着小碎步向自己住的窝棚跑去。原来,她"来号"了,裤子都湿了,而她只顾驾驶拖拉机,全然不觉。刚来拖拉机队时,有一天小丫头哭着告诉同机车组的刘丽清,说她下身流血了,是不是得了什么病。刘丽清俯在她耳朵旁说:"傻丫头,不是什么病,是你长大成人了,女人都这样。"小丫头撅着嘴生气地说"做女人咋这么倒霉。"

拖拉机在外作业,机车组的人就住在野外窝棚里,在几号地作业就在作业的地边用芦苇搭建两个窝棚。袁世佳机车组六个人,四男两女,小丫头和刘丽清住一个窝棚,四个男的住一个窝棚,两个窝棚紧挨着。有一天,小丫头大喊大叫地跑出窝棚,说她的被窝里盘着一条蛇。铁牛师傅听后,不慌不忙点上一支烟。小丫头心想,师傅平时并不抽烟呀,为什么这会抽起烟来。一定是怕了,连师傅都怕,那被窝里的蛇可咋弄出来呀。就在小丫头不知该如何是好时,就见师傅嘴里叼着烟向她的窝棚走去。她不敢跟进去,就躲在远处看着。不一会儿,她见那条蛇从窝棚里"嗖嗖"地爬出来。赶走了蛇后,师傅又从自己窝棚里拿来一瓶酒,将窝棚里里外外洒了一遍。师傅告诉小丫头,蛇怕烟草味,他将口中的烟雾向蛇吐去,那蛇就逃命似的跑了。蛇也怕酒味,放心吧,窝棚里外有了酒味,蛇再也不会来了。师傅接着说,这种蛇是不会主动攻击人的,它爬进你被窝里只是为了获取你身上的热量。

小丫头佩服地问道:"师傅,你咋懂得这么多?"

师傅随意地答道:"书上看的。"

第二天上午,师傅在窝棚外喊小丫头:"快来看。"小丫头不知师傅让她看什么,就向师傅跑去。师傅站在一棵柳树下指着树说:"快看,树枝上盘着多少蛇。"小丫头顺着师傅指的方向看过去,顿时,浑身起了一层鸡皮疙瘩,她条件反射似的一下躲到师傅身后。朝阳下,那棵柳树上足足盘了百十条蛇,一堆一堆的,就像一卷卷麻绳。师傅指着蛇说:"你看,蛇也和人一样需要阳光和温度,它们爬到树上晒太阳,也很安全。你知道吗,蛇还会看家护院的,如果家里有条蛇,主人就不用担心粮食被老鼠偷吃,甚至狼都不会光顾你家。"小丫头哪有心思听师傅讲解,赶紧拽着师傅离开了柳树,走出老远她回过头再次看着那棵柳树,这才对师傅说:"我宁可家里有一百只老鼠,也不敢在家养一条蛇,看到蛇我的头皮都发麻。"

让小丫头头皮发麻的还有"鬼火"。晚上在地里作业时,经常会见着一团"鬼火"在拖拉机前或左右鬼鬼祟祟闪现。你越怕,鬼火越是跟着你。拖拉机走,"鬼火"也走,拖拉机停,"鬼火"也停。有一次小丫头在驾驶室驾驶机车,师傅在后面农具上调节五铧犁。不知怎么的,拖拉机突然停下来,原来小丫头看见一团"鬼火"向拖拉机滚过来,吓得浑身筛糠。她在驾驶室里又喊又叫,说遇到"鬼火"了。师傅指着不远处幽幽火团对她说,那不是什么"鬼火",世界上哪有什么鬼,全是骗人的话。你看见的其实是磷火,是天气炎热条件下产生的一种自然现象。师傅并没有解释得太具体,他知道在作业条田边上就有一个老坟场,磷火就产生在那里,他怕解释的越具体,小丫头越怕。

在野外作业遇到狼也是常事,但那次遇到的狼让小丫头想起来就后怕。那是一个夕阳洒满荒滩的傍晚,这时正是交接班时间,按照规定,他们要在交班前再将机车检查一遍。就在小丫头在车前检查、师傅在车后检查时,小丫头偶然一抬头,看到不远处有七八只狼向他们快速包抄过来。小丫头大喊"狼来了,狼来了。"师傅听到"狼来了"的喊声,提着机车摇把就跑到小丫头跟前,用摇把用力敲打拖拉机链轨。师傅是想用刺耳的金属"当当"声吓退狼群。谁知那些狼毫不胆怯,仍是快速地向他们包抄过来。眼看狼群就要冲过来了,师傅一把抱起小丫头将她"扔"进驾驶室,然后自己也跳进来,就在他将车门刚刚关上后,那七八只狼也到了跟前。它们跳到链轨上,朝着驾驶室的人嚎叫。人狼近在咫尺,就隔着一层门玻璃。小丫头吓瘫了,脑子一片空白。铁牛师傅看了看玻璃门外伸着长舌的狼,猛的发动拖拉机,巨大的轰鸣声吓跑了围攻的狼群。听到师傅说"狼被吓跑了",小丫头才敢睁开眼睛。

那时拖拉机队除了担任农田作业外,还要担负农场运输任务,生产资料和冬季燃料的运输就靠拖拉机队的轮式拖拉机拉运。有一个三九天,气温降到零下三十多摄氏度,铁牛和小丫头开着拖拉机到山里煤矿拉煤。那时的轮式拖拉机不像链轨拖拉机,没有驾驶棚。两人戴着皮帽子,穿着皮大衣和大头鞋开车,人也要被冻成"冰棍"了。回来走到半路时天就黑了,两人又冻又饿,只好将车开进一家车马店休息。这个车马店只有一间房,房里也只有一个大通铺,宿夜的人只能像鱼罐头里的鱼一般挨个儿挤在大通铺上。进屋前师傅就对小丫头说:"你跟着我,不要仰头,不要摘帽子,谁也看不出你是女的。进屋后,你就睡在最靠墙的那头,我挨着你,不怕,有师傅在。"在那种情况下也只能这么将就了,按照师傅说的,小丫头将皮帽子压得低低的,走到靠墙处什么也不说就上了大通铺躺下了,面朝土墙一声不吭。一些人见状就好奇地问:"这人是谁呀,怎么一声不吭,是不是病了。"铁牛师傅说:"他是我徒弟,是个哑巴,今天有些着凉,不碍事,睡一觉就好了。"第二天天还没亮,两人就开着拖拉机走了。小丫头笑着说师傅平时不爱说笑,才像个哑巴哩。

五

小丫头说拖拉机是铁牛师傅的命根子,师傅爱车的事她全看在眼里。刚开始,她也有些不以为然,后来,她也潜移默化地学会了师傅的一些好做法。师傅有个"万宝箱",那是他平时将人们丢弃在地上的螺丝、螺帽、铁丝、铜丝什么的收集到箱子里,不定什么时候就用上了。有一次,作业的拖拉机坏在半夜,派人回队里取零件一是怕遇到狼,二是要耽误作业,没有几个小时不一定能回来。就在小丫头万般无奈时,只见铁牛师傅在他的"万宝箱"里翻腾了一阵,找出一个零件来。小丫头一看,这个零件正是她前不久从车上拆下来丢在地上的,当时看师傅捡起来并放入"万宝箱"时,她不解地说:"师傅,那是个报废零件,扔了吧。"师傅什么也不说,只当没听到,把那个零件放入"万宝箱"里。那天晚上,师傅将这个"报废零件"重新安装后,机车又开动了。小丫头瞄了师傅一眼,心里感慨道:"师傅就是师傅。"

有一次师傅带着她犁地,地角转弯处的一块地没犁上,下班后,师傅扛着坎土曼要去挖。小丫头劝师傅别去了,说:"那块地已经犁完了,再说,我们是拖拉机手,干嘛去用坎土曼挖呢。"师傅什么也不解释,就问她去不去?看师傅这么认真,小丫头只好跟着师傅去刨地。

拖拉机的回油管老是漏油,五六分钟滴一滴油,全队谁也不在意。可铁牛师傅看不下去了,他在回油管后面安了一根管子,让滴下来的油又流回到油泵里去。小丫头又是不解,师傅就给她算了一笔账:按五六分钟滴一滴油计算,一年就要浪费八十公斤油。后来,全队推广铁牛师傅这一做法,一年节约油料几千公斤。

小丫头算是彻底服了师傅。

转眼三年过去了,十六岁的小丫头也长成了十九岁的大姑娘了,花儿一般美丽的小丫头又被拖拉机队的那些"雄蜂"盯上了。几个星期里,小丫头就接到好几封恋爱信,她将这些信拿给师傅,气呼呼地对师傅说:"师傅,你说我该咋办吧?"铁牛师傅的脸都扭曲了,嘴唇直哆嗦,就是说不出话来。小丫头完全理解师傅的心,这三年,她早看出师傅的心思,说心里话,她也离不开师傅了,师傅是她的精神靠山,是她的精神偶像,是她心中的英雄。小丫头胆怯时,师傅给她壮胆,小丫头苦恼时,师傅给她快乐,是师傅教会了她如何面对危险和困难,如何做人。小丫头静静地等着师傅开口说出他心里的话,可师傅仍是一副痛苦欲绝的表情,一个字都说不出来。师傅平时那种临危不惧的勇气、急中生智的聪明劲都到哪去了。小丫头第一次对师傅感到失望,她将手中的几封恋爱信往师傅手中一塞,硬硬地撂下一句:"你看着办吧",说完捂着脸跑了。

几天后,袁世佳在拖拉机驾驶室内对身旁的小丫头说:"我准备打结婚报告。"小丫头瞄了师傅一眼,抿着嘴,憋住笑,故意漫不经心地问道:"师傅准备和哪个姑娘结婚呀?"师傅的脸一下红到脖颈子,一声不吭。这时,小丫头噗嗤笑了,师傅也咧嘴笑了。

场长接到袁世佳的结婚报告后问道:"报告上签字的这个郭桂芳是不是那个思想不健康的丫头?"

袁世佳赶紧解释道:"是的,不过她现在思想可健康了。"

场长笑了:"看来你这三年工夫没白费,当时我就猜出你要去拖拉机队的小九九。"

1954年国庆节,拖拉机队的铁牛和小丫头举行结婚典礼,场长是证婚人。他幽默地说:"新郎官袁世佳有两件宝贝,一是他的拖拉机,一是他的小丫头。大家说是不是?"

大家伙一阵哄笑,齐声喊道:"三年前就是了。"

新婚之夜,小丫头有些遗憾地蹙着眉头说:"太匆忙了,连张结婚照都没来得及照。"袁世佳从笔记本里抽出三年前那张两人合影说:"用这张合影代替结婚照不是挺好的嘛。"小丫头将照片拿在手中端详着,扑哧笑了:"原来你三年前就谋划好了。"

小冤家

奶奶与爷爷的那次邂逅决定了两个人的婚姻,所以,奶奶将1949年9月22日牢牢记在了心里。

那天,甘肃永登县城大街小巷回荡着《解放区的天是晴朗的天》的歌声,奶奶还是头一次见这么多的人在唱同一首歌。那些解放军战士和学生们的脸上都洋溢着春光般明媚的笑容。他们为什么这么高兴?为什么要唱歌?奶奶并不知晓这一天是永登县城解放的日子。在街头一热闹处,解放军的文工团正在演出话剧《白毛女》。看到大春带着队伍解救出喜儿,周围的男青年纷纷喊着口号:"参加解放军,解放全中国!"奶奶的胸脯急剧起伏着,像喝了酒一样满脸通红。"参加了解放军,就能像他们一样天天唱歌跳舞了",这是奶奶参加解放军的初衷。奶奶走出人群,径直向解放军骑兵团驻地走去。

"我要参军。"奶奶在骑兵团大门口遇到了一个只有一只眼的解放军战士,他就是我后来的爷爷。爷爷用那只好眼上下打量着奶奶,微笑地说:"小姑娘,你还没枪高哩,部队不收小孩。"爷爷一句话就将奶奶打发了。在回家的路上,奶奶直骂爷爷瞎了眼,那时她还不知道"独眼龙"这个词。"部队不收小孩"是那个"一只眼"说的,他又不是官爷,她说不收就不收了?第二天,奶奶又去了骑兵团驻地。奶奶刚刚向哨兵说明来意,"一只眼"爷爷正好从院子里出来,见又是昨天来的小孩,就对哨兵说:"不许这个小孩进去,她太小,政委不会要的。你看,她还没有一支枪高哩。"说完,低头看了看奶奶,说:"小姑娘,昨天不是对你说了吗,你太小。"

爷爷看着奶奶的头发,扑哧笑了:"昨天我还没看清你头发的颜色,你还真是个黄毛丫头呀。这样吧,等你的头发变成了黑色再来参军,快回家去找妈妈玩去吧。"说完,爷爷转身向大院走去。

奶奶在心里又骂起"一只眼":真真是瞎了眼。

全是命中注定,如果不是奶奶倔强的性格,她也不会成为我的奶奶,"一只眼"也不会成为我的爷爷。

第三天,奶奶又去了部队驻地,让奶奶高兴的是,大门口没有那个"挡道"的"一只眼"。奶奶向哨兵说她要参军,那个哨兵正在犹豫是否让她进院里报名时,偏偏爷爷又从大院里走出来。奶奶一见到他,赶紧转过身去,可"一只眼"的爷爷还是看到了奶奶。他大声对哨兵说:"小王,不能让这个黄毛丫头进去,她岁数太小,不符合参军条件。"

一股怒火直顶奶奶的脑门,她转过身来,狠狠地瞪着"一只眼",怒吼道:"谁是黄毛丫头,你们部队演白毛女的那个小姑娘和我一般大,她还是白毛丫头呢。白毛丫头为什么能参军,我黄毛丫头就不能参军,你这个'一只眼'从门缝里瞧人,怎不把人看扁了。"哨兵被奶奶的话逗笑了,瞄了一眼我爷爷,赶紧用手捂住了嘴。爷爷没想到这个孱弱的黄毛丫头会连珠炮似的说出如此刻薄的挖苦人的话,有些生气地嚷道:"一只眼怎么了,我那只眼是在战场上被国民党打瞎的,就我这一只眼也能看出你不到参军的岁数。我说不行就不行,别来缠人了,我还有好多工作呢。给你说你也不懂,快回家去。"三次被拒的奶奶彻底绝望了,她一屁股坐到地上,手脚并用的在地上划拉,向哨兵哭嚎道:"军爷,你评评理,我来了三次,他挡了三次,我和他没怨没仇,他干嘛这么拦我呀……呜呜呜。"显然,爷爷被奶奶撒泼举动唬住了,他有些手足无措,嘴里只嘟囔道:"你看这孩子,怎么这么闹呀,这让老百姓看到影响多不好呀。小姑娘,快起来呀。"说着弯腰去拉奶奶。奶奶见"一只眼"说软话了,更是起劲地哭闹起来。也许听到哭喊声,从大院里走出一位"军爷"模样的人,他看了一眼"一只眼",问道:"小张,怎么回事呀?"爷爷见到那位"军爷",立刻挺直胸膛,敬了一个军礼:"报告胡政委,这位小姑娘来了三次要求参军,我看她岁数太小,就拒绝了,她就这么撒泼地哭闹起来。"胡政委蹲下身子,笑眯眯地问道:"小姑娘,你起来好不好,伯伯有话问你。"奶奶见这位军爷慈眉善目,就站起来。胡政委弯腰给奶奶拍打身上的灰土后问道:"你多大了?"奶奶并不知道多大岁数才能参军,就如实回答:"十五。"胡政委笑眯眯地说道:"你看,你才十五岁,去当兵就要离开妈妈了,你妈妈舍不得你呀。你还小,等你长到十八岁了再参军好吗?"奶奶感到绝望了,她感觉到这位军爷是大官,自己的命运就掌握在他的手中。于是,奶奶灵机一动,声音颤抖地说道:"大、妈没有了。"听到这句话,胡政委身子一颤,内心涌起一股怜悯,这是个孤儿呀。他用手轻轻抚摸着小姑娘的黄头发,低声地说道:"好吧,伯伯让你参军,以后部队就是你的家。"说着,胡政委拉着小姑娘的手进了大院。

"小姑娘,我还没问你叫什么?"

见军爷和蔼可亲,奶奶不再那么紧张了,响亮地答道"曹村妇。"

那个一直跟着她和军爷身后的"一只眼"哈哈大笑起来。胡政委看了他一眼,他才意识到不妥,用手捂住了嘴。

胡政委对奶奶说:"一个小姑娘叫这个名有些不雅,伯伯给你起个名行不行?"

奶奶还是第一次听说她的名字不雅,她不理解"不雅"的含义,但隐约感知到名字不好听,就点点头。

胡政委环视着大院,自言自语地说道:"这个大院原来是县银行……这样行不行,你以后就叫曹银华。"

奶奶一听就觉得曹银华这个名字响亮,点点头应允了。

身后的"一只眼"突然冒出一句话来:"黄毛丫头,你以后可有银子花了。"

胡政委转身批评道:"张明生,你瞎解释什么,是银华,不是银花。小曹现在是我们的战友,不许再叫她黄毛丫头了。"

张明生响亮地回答:"是。"

当奶奶穿上"一只眼"送来的军装时,就问爷爷:"那位军爷是啥官?你咋老是跟在他身后面。"

爷爷一本正经地对奶奶说:"他可不是什么军爷,是我们骑兵团的政委,我是他的警卫员。懂吗?"

奶奶一脸的茫然,摇摇头。

爷爷笑着说:"以后你就知道了。"

10月1日,新中国成立的当天,骑兵团接到开赴新疆的命令。奶奶不知道新疆在哪里,听说是在天边边,很远很远。那几天,奶奶吃不进、睡不着,不知道如何开口向胡政委说那件折磨了她好几天的事。有一天,政委看到我奶奶在院里扫地,就招手喊道:"小曹,你来。"奶奶撂下苤苤草扫帚就跑过来。

"小曹,在部队习惯吗?"

"习惯得很哩,顿顿吃白馍馍,天天过大年哩。"

爷爷又是捂着嘴笑。

"过些日子部队就要到新疆去了,你要做好准备呀。"

爷爷在政委的身后插话道:"小曹同志没啥准备的,一人吃饱,全家不饿,说走就走了。是不是,小曹同志。"

奶奶不吱声,低头拧着辫梢,右脚脚尖在地上转磨,窈窈地说:"我想回家看看大(爸),看看妈。"

奶奶一说完,胡政委就哈哈大笑起来:"那天我就怀疑你说的不是实话。不过,你是为了参加解放军才说了谎话,可以理解,以后可不能再说谎话了。"他见奶奶点头后,就对身后的警卫员说:"小张,你到司务长那领两套被褥,代表部队看看小曹她爸妈。"

奶奶一进家门就嚷起来:"大(爸),妈,我们部队来人看你们来了,她指着我爷爷说,这是部队胡政委的警卫员。噢,对了,我们部队过几天要到新疆去。"

爷爷见我奶奶家炕上只有两床露着棉絮的破被子,就将怀里的新被褥放到床上,刚要说明,奶奶就抢着说:"大(爸),妈,这是胡政委让送过来的。"我太姥爷握着我爷的手激动得嘴唇直哆嗦就是说不出话来。我奶奶笑着说:"大(爸),你是不是想说要感谢胡政委,感谢解放军呀。"太姥爷点点头。太姥爷刚松开手,就听我奶奶说:"我们部队要到新疆去,这一去也可能回不来了,今天回家看看你们。"奶奶的话音刚落,太姥爷一把攥住了我爷爷的手:"军爷。"爷爷吓得将手抽回来,不好意思地解释:"大伯,我们是解放军,叫我同志。"太姥爷又将我爷爷的手攥起来,"同志,新疆远在天边,我家村妇就托付给你了,我给你磕头了。"爷爷慌不迭地拉起我太姥爷,解释道:"解放军不兴这个,你放心吧,解放军部队是革命大家庭。"

奶奶对太姥爷说道:"大,我现在不叫曹村妇了,叫曹银华,是胡政委给起的大号。"

回营房的路上,爷爷对奶奶说:"你大将你托付给我了,以后可要听哥的话,我是政委的警卫员,你可不能落后,拖我的后腿。"

奶奶一脸的不屑,用手拧着辫梢说:"以后还不知谁拖谁的后腿哩,什么哥,我就叫你小张,部队里不兴哥呀妹呀的。"

我爷被我奶的话逗笑了:"呵,你进步很快呀,连这都知道了。"

"那当然了。"奶奶咯咯笑起来,随手将那条扎着蝴蝶结的辫子朝身后一甩。爷爷的眼睛一亮,完全被眼前的情景迷住了。脸上不觉热了起来。

到新疆的行程定了。一天,胡政委将我奶奶叫到办公室,告诉她:"两天后就坐飞机到新疆迪化(今乌鲁木齐)。考虑到你是骑兵团唯一的女兵,就随我们一起坐飞机。"奶奶不敢问飞机是什么?迪化(今乌鲁木齐)在哪里?出了办公室,她就问站岗的我爷爷。爷爷一本正经地告诉她:"飞机就是带翅膀的能在天上走的车,因为是在天上,所以,人不能吃不能喝也不能尿,不然,尿洒在地上人的头上咋办?那就犯纪律了。你也不能把头伸到窗户外面去,万一头撞到山头怎办?"其实,爷爷也没坐过飞机,也是听骑兵团其他战士说的,鹦鹉学舌罢了。

自打听了爷爷的"忠告",奶奶就不吃不喝,她怕尿到地上哪个人头上,那人告到政委这,犯了群众纪律。

临上飞机的头天晚上,部队安排我奶奶与胡政委的爱人、孩子一起住,以便第二天一早协助她们娘俩上飞机。那天夜里,奶奶一夜没合眼,老想着在飞机上尿憋了怎么办？其实,她都一天多没吃没喝了。天刚刚亮,胡政委的妻子就手忙脚乱地收拾东西,看她那么着急,奶奶也急了,就帮着收拾在火炉边烤的尿垫子,将尿垫子一卷塞进包袱里。胡政委的爱人抱着孩子,奶奶提着包袱匆匆上了飞机。飞机起飞不久,驾驶舱的警报器突然响了。苏联机长拉开机舱门呜呜啦啦嚷起来,胡政委和乘机人员听不懂他在喊什么。这时,奶奶哇哇大哭起来,她抱在怀里的包袱在冒烟,那位机长手疾眼快,夺过冒烟的包袱,一把又将我奶奶拽起来按到那个冒烟的包袱上。坐在冒烟包袱上的奶奶吓得哇哇大哭,我爷爷欲拉起我奶奶,被胡政委一把拉住,他大声喊道："不许拉她。曹银华,你不要动,将火压死。"就这样,冒烟的包袱在奶奶的屁股下被压死了。苏联机长笑了,伸出大拇指夸奖我奶奶"哈拉少"(好的意思)。原来,是奶奶在慌忙中将一小块没有熄灭的煤炭裹进包袱里,因尿片子是湿的,当时并没有燃着,等到飞机起飞后才燃着,有惊无险总算过去了。

奶奶参军的初衷是天天唱歌跳舞,骑兵团到了伊犁后,六军组织科将她分配到师文工团,果然能天天唱歌跳舞了。奶奶天资聪慧,唱歌跳舞一学就会。那时部队经常去牧区慰问演出,奶奶的其他特长更让文工团的人瞠目结舌。

奶奶从小骑驴放羊,虽然没有骑过高头大马,但会骑驴就会骑马,她翻身上马,先是拉紧缰绳,让马款款而行。很快,奶奶适应了马的节奏,她将缰绳一松,坐骑像得到暗示似的,风驰电掣般地飞奔起来。奶奶的军帽被风吹落到草原上,文工团的战友齐声喝彩。哈萨克姑娘很快就与奶奶熟络起来,奶奶向她们学跳哈萨克族舞蹈《黑走马》,她们向奶奶学跳秧歌。

有一天，胡政委带着警卫员张明生来到牧区。自打那次在迪化(今乌鲁木齐)下飞机分手后的大半年里，奶奶与爷爷还是第一次见面。在哈萨克族牧民毡房里，奶奶与那几个哈萨克族姑娘唧唧咕咕耳语了几句，其中一位高个子姑娘依次给客人递着奶茶。轮到张明生时，她说："尊敬的远方来客，听说你们与我的好朋友一起坐'天上汽车'来到新疆，她的朋友就是我们的朋友，来，先喝一碗醇香的奶茶吧。"那位姑娘并没有从手中的茶壶里为我爷爷倒茶，而是掂起另一把茶壶斟满了奶茶。她双手递给我爷爷后，微笑地说："这位像马驹一般年轻的小伙子，如果你是一个勇敢的人，那就像喝清泉一样一口喝干这碗奶茶吧。如果你是一个懒得张口吃饭的人，那就慢慢地喝这碗茶。"我爷爷自信地笑了："我就是一个勇敢的人。"话音刚落，端起那碗热茶一饮而尽。结果可想而知，爷爷的舌头被热茶烫起一串大泡，但爷爷没有吭一声。过了一会儿，大盘手抓羊肉端上来了，男主人在听了女儿一番耳语后，用"皮恰克"(刀子)为我爷爷割下一块羊尾巴："小伙子，在草原上要博得姑娘的芳心，那得经得起姑娘的考验。吃吧，姑娘在毡房外等着你呢。"爷爷从来没有吃过羊尾巴，他双手捧着热乎乎的羊尾巴，不知如何下口。"小伙子，吃羊尾巴不要用牙咬，吸到嘴里后直接咽下去，那香味会从嘴里一直香到肚子里。"按照主人的说法，爷爷将白如豆腐的羊尾巴生生咽了下去。男主人哈哈大笑起来，"好了，你现在是哈萨克草原上的一匹骏马了，毡房外有一个姑娘等着你呢，去吧，孩子。"爷爷一听有个姑娘在外面等他，哪敢去呀。男主人在胡政委的耳旁低声说了句什么，胡政委笑了，对我爷爷说："去吧，这事不犯纪律。"

走出毡房，爷爷看到我奶奶曹银华骑在一匹黑骏马的背上，只听她说道："喝了热奶茶，吃了羊尾巴，这第三道关就是看你能不能经受得住我的皮鞭子了，这可是草原上哈萨克人的风俗。"爷爷也是一条汉子，一听这话，翻身上了一匹枣红马，还没等坐稳，奶奶一鞭子就抽到枣红马的臀部上，那马一机灵，箭一般向前飞奔而去。爷爷没有骑过马，他双手紧紧抓着鞍桥，身子低低伏在马背上，双腿紧紧夹着马腹。他的平衡能力超群,并没有从马背上摔下来。就在他有些暗自得意时,突然觉得脊背上挨了一鞭子,扭头一看,是曹银华在用鞭子狠狠地抽他,奇怪的是,曹银华一脸的笑容,接着又是一鞭子。

"曹银华,你为什么打人?我是你的战友。"这时,那个倒热茶的姑娘也骑着一匹快马赶上来,她一边大笑,一边喊道:"英俊的小伙子,你能被一个漂亮的姑娘用鞭子抽打,是最幸福的事。小曹,狠狠地抽。"可奶奶并没有继续抽打爷爷,只是举着鞭子在爷爷的头顶上晃悠。

其实,那天奶奶并不懂得哈萨克"姑娘追"的含义,看到鞭子抽到爷爷的背上,她就不忍心再抽了,只是举着鞭子在头顶上晃。这在哈萨克的"姑娘追"里恰恰是姑娘爱慕小伙子的举动。

在毡房里,男主人向胡政委说道:"那个会骑马的解放军姑娘爱上了你的警卫员。"胡政委很感意外,张明生不是刚刚还在这里喝奶茶,吃羊尾巴吗,怎么出去没多大会儿就被曹银华爱上了。听到男主人的解释后,胡政委也是哈哈大笑起来,"歪打正着,真是歪打正着。"

两年后,师胡副政委来到文工团,他让团长叫来奶奶曹银华。奶奶向首长敬礼后,胡副政委就说:"小曹,你现在可是名角呀。我今天来就是给你介绍个人,我不包办,同意,你们就谈,不同意,就当我没说。这个人你熟悉,就是你的冤家张明生。"

奶奶脸烧得通红,她只是低头抿嘴笑。胡副政委什么都明白了,笑着说:"你们还真是一对小冤家。"

奶奶十八岁那年,嫁给了爷爷。

兄妹开荒

六十多年后，都已八十多岁的李玉珍和李玉刚用两个字来形容屯垦初期的日子，一个是"苦"，一个是"甜"。

——开场语

在托儿所里过星期六

离开草湖到师部演出转眼已经一个多月了，那些日子，李玉珍白天演出，晚上心里总牵挂着哥："玉刚哥，你说我多没出息呀，心里老是放不下你，丢死人了。你睡觉太不老实了，就跟在地里干活一样。草湖夜里潮湿，小心受凉闹肚子。"结婚第二天，李玉珍就恋恋不舍地离开了新婚丈夫李玉刚，到师部参加汇演，新婚之夜两人是在托儿所度过的。托儿所被战士简称为"星期六房"。因为星期六，托儿所的几个孩子都被家长接回家了，房子空下来，腾出给才结婚的小两口儿过夜。

起义兵就是"俘虏兵"

1952年8月，山东女兵李玉珍与其他三十二个女兵坐着几辆马车到草湖时，看到的第一个男人名字就是李玉刚；是在连部花名册上看到李玉刚的名字，她心想："咋这么巧，这个人的名字与自己的名字只差一字。"同车来的女兵大呼小叫，开玩笑说李玉珍的哥也在这个连。

草湖，一望无际的芦苇为草；浩浩荡荡的水泽为湖。指导员在欢迎女兵的大会上慷慨激昂地说:"二军政委王恩茂给这里起名花园农场,我们要用自己的双手,在草湖建起一个花园农场。到那时,这里有学校,有工厂,电灯电话,楼上楼下,我们一步就踏入了共产主义社会。"

女兵们可没被指导员的话感染,她们看到的是满目荒凉,整个驻地没有一间房,只有一杆红旗插在高坡上。先是一个女兵哭,像是传染病,三十二个女兵哭成了一片。哭声惊动了团政委,他训斥连长和指导员:"我给你们送来了女娃,以后你们要学着当妈妈。如要有什么闪失,看我怎么收拾你们。"指导员认为在欢迎会上说的那番话还没有讲清楚屯垦戍边的意义,要再讲。连长说:"她们刚来,听不懂这些大道理,我看让炊事班弄些大葱来,中午吃大葱蘸酱,也许可以缓解一下思乡之情吧。"中午,炊事班为女兵特供了葱段、大酱和白面馒头。女兵倒是吃得津津有味,但到了夜里又是一个先哭,引来三十二个人齐声大哭,哭声一片。

连长和指导员都没招了。

这时,夜空里传来一阵《小放牛》的二胡琴声,指导员对连长说:"看来,现在连队最不着急的人就是李玉刚,只有他还有心情拉二胡。"连长生气地说:"去个人让他不要拉了,我们这边'死了娘',他那边拉《小放牛》,真会添乱。"可也巧了,是李玉珍最先听到胡琴声的,她支棱着耳朵仔细听着,然后对哭泣的女兵喊道:"别哭了,你们听,在这荒凉的草湖里咋能听到老家的《小放牛》?"三十二个山东女兵不哭了,支愣着耳朵听起来。宝石蓝的夜空星光灿烂,《小放牛》的琴声如天籁,与草湖的草和水融为一体。

指导员一拍脑袋高兴地喊道:"踏破铁鞋无觅处,得来全不费功夫。有办法了,娱乐是排解女兵思乡的灵丹妙药。"

第二天一早,三排长张德福来到女兵驻地,说从今天起,他就是女兵排的排长了。他将三十二个女兵分成三个班,他那双不停眨动的眼睛盯着李玉珍看,毫无顾忌地看,看得李玉珍低下了头。

"就是你,当一班长。"

"我？不行不行。"李玉珍慌乱地摆手。

"我说你就是你，这是命令。"张德福不容置疑地说。

虽然紧张，但当班长还是让李玉珍内心很惬意，在三个班长都确定后，李玉珍走到张德福面前问道："张排长，我想打听个人，李玉刚在哪个排？他和我的名字只差一个字，我想见见他。"

张德福的脸色一下变了，生气地训斥道："以后你们不经过我批准，不许与别的男兵见面。差一个字有什么好奇的，共产党与国民党也只差两个字，可天地之别、水火不容，一个是革命的党，一个是反动的党。告诉你吧，与你名字只差一个字的李玉刚是起义兵。以后离他远些。"女兵刚来连队，不知道起义兵是个什么兵，她们知道有炮兵、骑兵、炊事兵、号兵、通信兵，还没听说起义兵，一个个茫然地看着张排长。张德福有些得意，心想以后对女兵要多教育，就解释道："起义兵就是'俘虏兵'。这下懂了吧。"

如一瓢冷水泼在李玉珍的头上，她的心里凉透了，心想："解放军的部队里怎么还有国民党的'俘虏兵'？看来，部队也挺复杂的。"

星期六晚上故事多

一心想早点见到哥的李玉珍失望了。

车一到连队，就有人告诉她李玉刚前天就到新疆军区八一农学院学习棉花种植技术去了，三个月后才能回来。李玉珍嘴上说"知道了。"可心里不是个滋味，本想演出回来就可以天天见到哥了。虽然不能奢望能住在一起，但天天能看到他，能和他说说话心里就满足了。自打新婚之夜后，她就觉得有哥在，她就有了依靠，心里就踏实，心想，哥是她的命根子。

三个月里，每到星期六，已婚的女兵就抱着被子到托儿所去了。嘴上什么也不说，但那脸上泛出的红晕又什么都说了。女兵羞羞答答地说："玉珍，不好意思，我去了。"李玉珍脸上笑容可掬，但心里还真不是个滋味，心乱如麻。她既希望哥多学些时间，能学更多的种棉知识，可又巴望着哥快点回来。别人成双成对如胶似漆，可他们只能隔空相望。三个月如三年，眼看着哥就结束学习要回来了，可团里又来了通知，要选一个女兵到阿克苏学习驾驶拖拉机。连领导选中了李玉珍，因她一是政治条件好，是党员，是干部，二是有些文化，身体素质也好。在指导员通知她时，她真想提出能不能晚两天去阿克苏，但她羞于开口，这话怎么说得出口呀。连队那些捣蛋鬼知道了，又要编排出什么打油诗呢。她前脚走，李玉刚后脚就到了。与妻子一样，听到她去学习的消息后，他嘴上说学习好学习好，可心里就如打碎了五味瓶，真不是个滋味。晚饭后，黄昏里，一对对夫妻前后相隔十来米做贼似的溜向临时爱巢。有一次，赶大车的老王一早牵马去套车，一看车板上还睡着一男一女，气得将鞭子甩得啪啪响。折腾一夜太过劳累的两口子抱着被子就跑了。还有的人出来时由于太慌忙，错将宿舍别人的一只鞋穿走了，那人发现后也恶作剧，满地里喊叫着那人的名字找鞋子。还有一个开拖拉机的男战士，由于白天在地里驾驶拖拉机开荒，夜里又与老婆耕耘那一亩三分地，弄得筋疲力尽，开着拖拉机就睡着了。拖拉机一直往前走，直到掉进排碱大渠里。当人们拉他起来时，他还迷迷糊糊地说："老婆，求求你了，再让我睡一会儿。"于是，"再睡一会"就成了这个战士的绰号。连队虽然有伙房，但有的夫妻下班时拾些柴火，晚饭自己做。指导员在会上严厉批评了这种种"小家现象"，但效果不很明显。有一天，连队黑板报上登出一首打油诗：

没有老婆想老婆，

有了老婆背柴火。

有了小家忘"大家"，

有家更要顾工作。

丈夫有志妻光荣，

夫妻共唱光荣歌。

睁眼瞎撞上了"自家妹子"

开荒劳动强度十分大,早上不见太阳就下地,睡大通铺的女兵们起床穿衣服,相互之间只能听到呼吸声,而又看不到对方的鼻子。如果能看到对方的鼻子,就说明起来晚了,得加快速度穿衣。刚来部队时,女兵们都干一些较为轻松的工作,比如做饭送饭,做鞋缝帽什么的。有一次李玉珍和一个女兵去送饭,在这之前都是其他女兵送的。因为两人都是第一次送饭,犯忌了。两人只顾低头挑着饭桶和水桶赶路,到了地里才抬头擦汗。眼前的情景吓得两人大喊大叫捂住了眼睛——她们看到不少男战士都是光着腚在干活。女兵这么一叫,男兵也发现了来了女兵,吓得捂着下身蹲在了地上。一些穿着裤子的男兵埋怨道:"这两个女兵送饭怎么也不喊一声。"李玉珍和那个女兵赶紧低着头躲到地边的一片芦苇丛中。战士吃饭时,指导员才对李玉珍说:"你们是第一次送饭,炊事班班长也忘了告诉你们了,前几天女兵送饭都是在老远就喊:'开饭喽,开饭喽。'听到喊声,男兵也好有个准备。你们不声不响就到了眼前,可把他们吓坏了。你也知道,这些男兵就那么一套军装,干活又费衣服,所以就索性脱光,再在身上抹些泥巴,既省衣服又防蚊子叮咬。"其实李玉珍也听女兵说过送饭快到地里时,要大声喊叫好让男兵听到。可她没理解大声喊叫的意思,只想着是催男兵来吃饭哩。

当时伙食特别差,窝窝头就咸盐水,没有肉,没有菜,也没有油。但战士的开荒热情却十分高涨,工地上有两句口号为证:

半月不吃菜,干劲照样有;
盐水当菜,泥巴做衣。

一天开荒下来,战士们双手上的血泡打了破,破了又起,鲜血将坎土曼的手柄糊了一层。第二天,他们必须到河边将坎土曼把子上的血洗掉,不然,手一抓就揭掉一层皮。坎土曼把子上的血将河水染红了。有一天午饭,战士们正在吃窝窝头喝咸盐水,只听一人说:"开荒太累了,都累到骨头里去了,我一辈子都不会忘记这种累到骨头里的累。"排长张德福立刻站起来大声批驳道:"李玉刚,我看你太反动了,你是不是想说,你恨到骨头里去了。"李玉刚立刻紧张起来,赶紧站起来解释道:"张排长,你可不能乱联想,我说的是累,可不是恨。这种累刻骨铭心,让我们记住一辈子,花园农场来之不易,我想表达的是这层意思。"张排长不依不饶,声调又提高了些:"你这是用革命的辞藻来掩盖反动言论,你就是披着革命外衣的'俘虏兵'。"李玉珍只见那人像是被鞭子抽打了一般,一下瘫坐在地上,他脸色煞白,嘴唇哆嗦着:"张排长,你可不能这么说呀,大家说说,我是这个意思吗?"这时指导员走到张德福面前,严肃地说:"张排长,刚才李玉刚的话我也听到了,我没觉得有你说的那种意思。再说,你不该说他是'俘虏兵',他是'九·二五'起义的,是为新疆和平解放做出贡献的人,怎么是'俘虏兵'呢,你这么说是严重错误的。咱们的陶峙岳司令员就是'九·二五'起义的领导者,李玉刚是'俘虏兵',那咱们的司令员是什么?我看李玉刚说的累到骨头里的话很有想象力,也很有诗意,是革命的大无畏的浪漫主义。他的这句话也让我有了新的思考,我们过去再累,也说不累,这不符合实际。累,就是累,但我们不怕累。建设王恩茂政委设计的花园农场不经受这种累到骨头里的刻骨铭心的累,能建成吗。以后也可以教育我们的孩子,让他们不要忘记花园农场来之不易。"指导员一说完,战士们就鼓起掌来,这掌声一是赞扬指导员说得好,二是对李玉刚的一种鼓励和支持。李玉珍看到李玉刚用手擦着泪水,而张德福则不服气地将头扭到一边。

听了指导员一席话,李玉珍才知道起义兵不是"俘虏兵",而且他们的司令员陶峙岳就是国民党起义部队的总司令。指导员对李玉刚说的"累"的解读,也让她对李玉刚有了些许好感。此前,她还没有正面看过李玉刚,这次当她看到李玉刚擦泪的那一瞬间,她内心最柔软的地方砰然动了一下,可以说这种心理反应还是第一次。

由于开荒人体力严重透支,而营养又严重不良,有些战士病倒了。但他们都是钢铁锻造的人,仍然坚持到工地干些轻松的活。有一天吃完午饭后,李玉刚朝着李玉珍走来,李玉珍正俯身收拾饭桶,一起身,正好与李玉刚撞了个正着,李玉珍被撞倒了。李玉刚睁着一双大眼,茫然地望着前方,歉意地说道:"对不起,我怎么撞着你了,不要紧吧。"李玉珍倒在地上,看着李玉刚心想,你睁着一双大眼睛怎么就看不见我呢,看那样子你又不像是有意的。也许是分心了,才撞着了我。李玉珍站起身,拍拍身上的土,笑笑说:"不碍事,不碍事。是我刚才没看到你,对不起呀。"听了"不碍事",李玉刚又往前走去,可才走出两步,又撞到一个女兵身上。准确地说是被蹲在地上收拾东西的女兵绊倒的。那女兵有些生气地喊道:"你这人怎么这样,睁着一双大眼一连撞了两个人,你是不是成心呀。"李玉刚满脸通红,脑门上布满了一层汗珠,他揉着眼睛不解地说:"对不起,对不起,也不知怎么了,我的眼睛怎么啥也看不见了。"他抬起头望望天,突然大声喊道:"是看不见了,连天上的太阳也看不见了。"李玉珍也完全被眼前的事搞糊涂了,怎么可能呢,他的眼怎么就突然看不见了呢。她走到李玉刚的面前,突然伸手在他眼前摆了摆,只见李玉刚的眼睛一动不动。她知道,是真的看不见了,因为他毫无反应。于是就高声喊起来:"指导员,指导员,你快来,李玉刚的眼睛失明了。"听到喊声,指导员和卫生员都赶过来,卫生员用手指先是撑开李玉刚的右眼皮看看,接着又撑开左眼皮看看,然后对指导员说:"李玉刚患夜盲症了。"指导员不解地说:"怎么就突然患这种病了?"卫生员叹了一口气说:"原因很简单,就是体力严重透支,身体又严重缺乏维生素所致,听说其他部队也出现了这种情况。"

一连几天,部队患夜盲症的人越来越多,但没有一个人休息,人们上班下班只好像孩子玩游戏一般一个拽着一个走。

这件事感动了李玉珍,也彻底颠覆了她对李玉刚的看法。是的,李玉刚是连队第一个患夜盲症的人,他是连队的"坎土曼大王",是开荒第一大"金刚"。别人一天开荒一两亩,他一天开荒四亩,他用的坎土曼是特制的,比别人的都大一号,他怎么会得夜盲症呢。听说山里有野葱,李玉珍向指导员要求她们女兵班去山里挖野葱,指导员也正为战士患夜盲症而犯愁呢,立刻同意了这一请求。李玉珍带着女兵到了山里,也许是苍天有眼吧,赐给了她们一条野葱沟,满沟都长着野葱。这一发现一下解决了部队的蔬菜问题。几天后,患夜盲症战士的视力就恢复了正常。

恋爱从"有事找你谈"开始

张德福是个老革命,连队除了连长和指导员,就他资格老了,他又是支部委员,他要想找的人八成跑不了。但张德福还是讲原则的,他知道,部队找老婆有规定,党龄和干龄年限都有要求。说白了,其实就是让他们这些老革命先找。这就对了,干什么都得有个先来后到吧。我参加革命时,那些战士还在老家玩泥巴呢,为了革命我才耽误了找老婆,不然,孩子都满地跑了。张德福的原则性就表现在他先是找文书写了份报告,说他看上了李玉珍,请求领导和支部同意与李玉珍"结对子"。连长和指导员都已成家,张排长又是连队的"老三",没说的,就同意了。只是觉得两人有些不般配,像是鲜花插在牛粪上了。指导员对连长说出了他的顾虑,连长也有同感,也就随口说道:"那就谈谈看吧,也难说,美人难过英雄关嘛。"

一天,女兵排开完会后,大家正要散去时,排长张德福大声喊道:"李班长,你留一下,咱俩谈点事。"女兵们都听到了,特别是"咱俩谈点事"这句话几乎告诉大家要谈的内容,不然就会说谈点工作。那时连队已经开展"结对子"活动了。所以说,女兵对"结对子"多少还是有抵触的。她们的岁数一般都不大,十七八岁,有的甚至是谎报岁数才当的兵。她们一心来当兵,根本没想到来不久就让"结对子"。女兵们偷偷看了李玉珍一眼,庆幸留下的是班长,而不是她们。

自打让文书打了那份报告后,张德福又有些后悔,认为完全是脱裤子放屁多此一举。结什么对子呀,打报告直接结婚入洞房不就得了,一个才参军的小姑娘,一步就攀上了一个排级干部,而且还是支部委员,那是她烧了高香了。既然打了"结对子"报告那就"结对子"吧,这么多年都过来了,也不差这么一两个月的。

张德福还是刚才开会时的坐姿,还是开会时的那副腔调:"小李,军人说话就像打枪,直来直去,我今天就是要告诉你支部已经批准我俩'结对子'了,我想娶你,怎样?"李玉珍简直不相信自己的耳朵,以为耳朵出了毛病听错了。她看着张德福那一眨一眨的眼睛,迷惑地问道:"张排长,你说啥,我没听清。"张德福笑了,又眨起眼来,心想,看把这丫头紧张的,他有点猫戏老鼠的感觉,就更加直接地说:"我要娶你,谈谈成家立业的事。"李玉珍的头嗡的一下,身子一晃险些摔倒。李玉珍迅速从惊慌中镇定下来,也迅速在头脑中想着如何拖延的办法,真是一个聪明的姑娘。李玉珍佯装生气的样子,撅着小嘴说道:"张排长,我还小呢,我姐还没找婆家呢。"这句话虽然让张德福听着不舒服,但也不是拒绝,甚至有些同意的意思,只是还小,等等嘛。李玉珍的回答让张德福始料不及,他预想可能有两种回答,一是"不同意",二是"我同意",就像支部会议的表决一样。但张德福还是不高兴了,他眨巴着眼睛生气地说:"小?既然当兵了说明就不小了,小?我等。"说完,站起来气冲冲地走了。

李玉珍出了一身冷汗。

善于连续作战的张德福不断地找李玉珍"有事找你谈",他是排长,李玉珍是班长,又不能不去。每次谈,她都是以小为托词,张德福摔下一句"我等"的话气鼓鼓地走人。这事连长和指导员知道了,就找张德福谈,说人家小李不同意,你可再与别的女兵"结对子"嘛,打得赢就打,打不赢就走嘛,这是军事常识呀。连长、指导员告诫他在"结对子"方面千万不可以权压人,那不成了国民党法西斯了吗。这句话对张德福是个震慑,再说,上级要求不可强迫女兵"结对子",原则是组织介绍，个人同意，以个人同意为准。文件还加了一条，结婚报告上必须要有女方的盖章，以防做假。张德福也觉得这么拖下去吃亏的是他，他都三十好几了，拖不起呀。但他咽不下这口气，心想我一个堂堂的排长连手下的一个小班长都娶不来，多少有些丢人现眼。其实，他暗自又瞄上了另一个女兵，做好了两手准备。

强扭的瓜不甜

瓜熟蒂落。

爱情这事说怪就这么怪。

李玉珍说自己还小，不想"结对子"也是真话，虽然当时是想推脱应付张德福，但也是她的心里话。她看出了，连长、指导员有意培养她，她也觉得不能辜负了领导的希望，干好工作，在成家与立业上，她倾向于先立业，再成家。再说，连队也没有让她心仪的人呀。

一切来得那么悄没声息而又顺其自然。

有一天，连队黑板报登出几首小诗：

人说新疆太荒凉，不知新疆有宝藏。劳动能够翻天地，新疆定会变天堂。
新疆沙漠大无边，誓叫它变作米粮川。解放军个个是好汉，人民胜利万万年。
早出工，晚收工，月亮底下比英雄。
千困难，万困难，解放军面前没困难。
芦滩春晓百灵闹，银锄打开处女地，热血开垦汗水浇，稻香时节论功高。
起早摸黑拓野荒，节粮省油喝拌汤，衣装换来棉铁厂，战士练就好思想。
昨日持枪驱虎豹，此时挥锄种谷粮，为民何事不能干？治国安民保国防。

这几首小诗一下吸引了李玉珍，这些话都是平时在开荒中想说而又表达不出来的话，真是说到她的心里去了。可再一看，作者的名字叫新生，新生是谁？

连队一百多人她都认得,没有叫新生人呀。她跑回宿舍拿来本和笔,将那几首诗全部抄到笔记本上后,又来到连部文书那,问黑板报上的诗歌作者新生是谁呀?文书笑着说,就是李玉刚呀。李玉珍更加好奇了,怎么?李玉刚还有一个叫新生的名字?文书解释道:"那是笔名,就是写文章或诗歌时用的名字,平时还叫李玉刚。"李玉珍翻看笔记本上的诗歌敬佩地说道:"我不懂诗歌,但这几首诗写得真好,写到我们的心里去了。"文教点头称赞道:"谁说不是,没想到我们连队还有这么个诗人呢,这下可好了,团政治部给连队下达了在师报上发表稿件的任务,我将这几首诗寄去了,看能不能发表。不过,你千万不要告诉他,我是背着他寄去的。"

那天,李玉珍不知看了多少遍那几首诗,可能是太喜欢了吧,到了睡觉时她就能背诵下来。她站在宿舍中央大声宣布:"今晚我给大家朗诵几首诗,首先声明,这些诗的作者就是咱们连队的李玉刚。"接着,她将那几首诗歌朗诵了一遍,由于充满了感情,连她自己都觉得朗诵得特别好。女兵都鼓起掌来,说李玉珍朗诵得太好了。李玉珍纠正道:"是人家李玉刚写得好。"

那天晚上,李玉珍做了个梦,梦见李玉刚找她谈事。

"五百年前是一家"

李玉刚上过初中,他在新疆和平解放前考上了国民党的军校,学的是译电员。"9·25"起义前的几个月,他毕业分到了国民党骑兵旅做少尉译电员,他译的最后一封电报就是新疆警备司令部命令他们旅就地待命,等待解放军接收。当时,惶惶不可终日的旅长带着几个亲信逃到印度去了。突然有一天,正在进军新疆的解放军给他们发来电报,要求他们就地等待解放军的到来,电报里还说起义光荣。译出这封解放军的电报,他的心里彻底踏实了。后来,解放军改编了国民党的骑兵旅,他和其他下级军官以及士兵来到了这块处女地,当他知道解放军首长给这里起名"花园农场"时,他心想,这个名字起得太好了。

过去这里叫"马家花园",那是喀什提督用大量民脂民膏建的私人官邸,现在解放军在这里建的花园可是人民的花园,这就是解放军与过去的军阀、国民党的最大不同。在繁重的开荒劳动中,在多次的忆苦思甜教育和革命理论教育中,李玉刚认识到,自己要脱胎换骨,要重新做人,成为一名真正的解放军屯垦战士。

李玉刚真是获得了新生,为了早日建成花园农场,他豁出命来干,于是得了个"坎土曼大王"和"第一金刚"的绰号。连队除了张德福极少数一些人对起义人员"另眼相看"外,大多数人都将起义人员视为战友,屯垦戍边的战友。这一点李玉刚十分欣慰。由于李玉刚表现突出,连队支部决定任命他为班长,他可是连队起义人员第一个当班长的人。

自打那次撞了李玉珍后,他就有一种感觉,觉得被他第一次撞倒的那个姑娘与他有缘分。两人的名字就像兄妹一样,怎么这么巧呀,不是缘分又是什么。但这种非分之想也就那么一瞬间,他又回到了现实,觉得这是不可能的,一个起义人员哪能有这福分。果不其然,很快他就听说张德福与李玉珍"结对子"了,他在心里只可惜鲜花插到牛粪上了。

在黑板报上刊登那几首诗歌并不是他的意思,他觉得解放军的开荒是一件破天荒的事,在亘古荒原上建设一个花园农场简直就是人间奇迹。在学习改造中,指导员给他们念了毛主席的文章,其中有一句给他留下深刻印象:"打破一个旧世界,建设一个新世界"。共产党、解放军真有气魄,真是"敢叫日月换新天"。他感慨万千,激动之余,写了那几首诗。不知文书怎么听说了,就要来看看,看后就给指导员说:"新生的诗歌写得非常好,可以在黑板报上登登,以鼓舞士气。"指导员问新生是那个部队的?文教笑了,说就是咱们连队是李玉刚呀,新生是他的笔名。指导员大喜,说好呀,用诗歌鼓舞士气是个好办法,何况又是连队战士写的诗歌,这正是兵写兵呀。文教对李玉刚说,指导员已经同意了,要在黑板报上登。李玉刚没想到一个起义人员写的诗歌还能在黑板报上刊发,激动得几乎喘不过气来了。

几天后，师部《胜利报》副刊"塔里木"将那几首诗全部刊发。文书拿着报纸一口气跑到地里，告诉了指导员。指导员挥舞着报纸对连长说："这可是咱们连队第一个在报纸上发表诗歌的战士呀，我们连队出了个战士诗人。"这时，工地土广播传来了"连队战士诗人李玉刚在师胜利报上发表诗歌的消息"，整个工地都在议论。

李玉珍是第一个向李玉刚表示祝贺的人，她说："你写的诗歌真好，我都抄下来了，朗诵给宿舍的人，都说好呢。"看到李玉珍对自己这么热情，李玉刚的心里跟喝了蜜一样甜。

因为都是班长，李玉刚和李玉珍经常在一起开会，他看到张德福仍然那么在大家面前喊着"小李，我有事找你谈。"李玉刚也看到李玉珍一脸的不情愿的样子。有一天，他鼓足勇气，在张德福之前向李玉珍喊道："小李，我有事找你谈。"听到喊声，李玉珍的脸上一下绽开了笑容："好呀。"张德福看着两人往外走去的背影。

话不投机半句多，喜逢知己千句少。李玉刚和李玉珍两人有说不完的话，后来，两人几乎天天在一起谈。指导员听说后对连长说："男才女貌，天生一对。你看就连名字都像是兄妹，你说绝不绝。"连长也说："这事我看一定能成。"

有一天，两人相约着在外面谈话儿，李玉珍突然提出："我以后就喊你哥吧。"李玉刚心头一热，说这是部队，不兴哥呀妹呀地喊，影响不好。李玉珍头一扭，生气地说，我就悄悄地喊，在心里喊，这总算行了吧。李玉刚何尝不乐意，他点点头。傍晚是蚊子最猖獗的时候，只见两人用手一会儿拍拍头，一会儿拍拍脸，有时还用右脚蹭着左脚脖子，又用左脚蹭着右脚脖子。但两人全然不觉，完全沉浸在爱情的暖流中。

"草湖的蚊子真多。"李玉珍一边拍打着蚊子一边说。

"十个蚊子一盘菜。"李玉刚回答道。

"你说话真幽默，十个蚊子就一盘菜，那蚊子可够大的。"李玉珍咯咯笑着说。

"是有些夸张,可草湖有个蚊子的故事是真的,那才幽默呢。"接着,李玉刚就说起那个故事。

"咱们连里有个人到芦苇地里解手,刚脱下裤子,蚊子就"嗡"的一下围了上去。他的屁股顿时变成蚊子色了,他一掌拍下去。不好,手上粘上了那臭东西。正在懊恼时,被打的那群蚊子又"嗡"地扑到他脸上,狡猾的蚊子转移战场了。此人忘了手上还有那臭东西,以迅雷不及掩耳之速,又是一掌掴在脸上。掌落心惊:不好,手上不是还有那臭东西嘛,心中又是一阵懊恼。于是,顺手往地上一摔,手指头实实摔在地上。十指连心那个疼呀,他习惯性地将指头含进嘴里……"

李玉珍笑得喘不过气来,半天才直起腰问这个人是谁。

李玉刚笑而不答,让她猜猜。李玉珍心里最恨张德福了,就随口答道:"一定是张德福。"

"你真聪明,就是他。"

李玉珍又是笑弯了腰。

有一天,一位女兵对李班长说,连队有人说,你们都姓李,名字里只差一个字,你们两人五百年前是一家,你们不能结婚,结了也不会有孩子的。李玉珍生气地问道:"这是谁说的。"女兵吞吞吐吐地说是听张排长说的。李玉珍狠狠地"呸"了一口。

久别似新婚

两人终于都结束了学习,连队也为新婚夫妻盖了土坯房,李玉珍早早将自己的被褥抱进了房间。她不好意思到哥的宿舍将他的被子抱回来,就坐在家里等着哥回来。

久别似新婚,新婚之夜半年后又一次重逢了。一钩弯月像镰刀悬挂在宝石蓝的夜空上,周围是稀疏的星星,它们眨着眼笑着屋内那对如胶似漆的小两口。

野麻滩

十七岁农村姑娘李凤兰的命运因一个兵团人而改变。

1957年9月,兵团野麻滩农场炊事员张大旺荣归故里。他穿着一身崭新的黄军装,那双军用皮鞋也擦得锃光瓦亮。那年他都三十四岁了,在河南老家,这把岁数的人孩子都十几岁了,可他还是个"一人吃饱全家不饿"的单身汉。父亲责怪儿子在农场咋不找个媳妇。儿子说:"解放前一直打仗,打到甘肃酒泉,全国解放了。原本想可以回河南老家娶媳妇过日子了,可我所在的二军五师十五团又向西挺进。我们一路唱着《走,跟着毛泽东走》,穿越塔克拉玛干大沙漠到了南疆一个名叫野麻滩的地方。部队成天开荒,一色的男人,方圆几十里也见不到个女人,到哪找媳妇呀。"父亲听儿子这么说,埋怨地说,你来信呀,我和你娘给你找呀。儿子说:"我这不是回来了吗。"母亲嗔怪地说:"三十四了才回来,哪家的姑娘肯嫁给你。"

战斗英雄张大旺回家找媳妇在当地成了一大新闻,周围几个村庄都来人相过,可真让他妈说中了,看过张大旺的人都嫌他老,有的人走后悄悄议论:"三十四?看面相四十三也有。"眼瞅着四十五天的探亲假快过了一半了,找媳妇的事八字还没一撇呢。张大旺想起临来时,连长召集他们几个老单干户开会,说:"回家找媳妇是任务,你们回来时都给我领个媳妇,实在不行,就找拖儿带女的寡妇。找不上就别回野麻滩。"启程时,连长看到张大旺穿着那身油乎乎的军装,劈头盖脸训斥道:"你当是又到伙房做饭呢,你这是回河南老家找媳妇,几米外就能闻到你身上的菜味。脱下来,换上我的新军装,还有,我那双没舍得穿的军用皮鞋也借给你。"连长又看到张大旺一脸的络腮胡子,命令道:"从今天起,你一天刮一次胡子,它不让你露头,你就不让它露脸。听到了吗?"临上车时,连长又与张大旺小声交代了几句。

张大旺是个老兵,他分析了这几天的情况后,认为在家坐等太被动,应该主动出击。

一大早,他将络腮胡子刮得干干净净,穿着那身簇新的军装和锃亮的皮鞋,到村里转悠。村里的小孩簇拥着他,央求解放军叔叔讲战斗故事。在村头一棵大槐树的水井旁,张大旺坐在一群孩子的中间,绘声绘色地讲述着他经历的战斗故事。张大旺虽然没有文化,但常在班会上发言,也算锻炼出来了。再说,这些故事都是他亲身经历的,张口就来。

一定是缘分,那天原本是父亲要去村头挑水的,可女儿李凤兰硬是从父亲的肩上夺过扁担。到了大槐树下的水井旁,李凤兰看到一堆孩子围着一个解放军叔叔在听故事,就好奇地走过去:

"……敌人冲上来了,我们的阵地丢了。战士们在山下高声喊道'人在阵地在,誓与阵地共存亡。'所有的战士,包括炊事兵、司号员、通信兵,还有负伤的战士,都端着枪往山上冲。敌人的子弹像雨点一般射下来,前面的战士倒下了,后面的战士踏着英雄的血迹继续往上冲,我们边冲边高声喊道:'为了新中国,前进!'我们冒着敌人的炮火冲上去了,将阵地夺了回来。"

听着听着,姑娘被打动了。她还是第一次听人讲亲身经历的故事。

当张大旺发现姑娘李凤兰时,两人的眼光撞在了一起,张大旺还是第一次看到一个年轻姑娘这么专心致志地听他讲故事。他心慌意乱,刮得铁青的脸臊得通红。

李凤兰的脸也羞红了,她低着头,悄没声息地去水井打水。在挑水回家的路上,桶里的水洒了一路。姑娘的心里好像揣着一只小兔子,咚咚跳。

姑娘一走,张大旺就问听故事的小孩:"刚才那个挑水的姑娘是谁呀?"孩子异口同声回答道:"凤兰姐呀。"

李凤兰一到家,就笑盈盈地对妈妈说:"你们说的那个回家找媳妇的解放军我看到了,哪像你们说的那么老,我看精神得很。他还是个战斗英雄呢。真了不起。"

妈妈从女儿的神色话语中看出了女儿的心思。

一回到家,张大旺也向妈妈打听李凤兰。

妈妈有些为难地说:"那姑娘可是村里最俊的,可才十八岁呀,比你整整小十七岁呀。"一听李凤兰才十八岁,张大旺一下泄了气,心想:"我比姑娘大得太多了,看来我是没这个福分呀。"

当天晚上,李凤兰的父亲和母亲来到张大旺的家。张大旺立刻判断出,婚事有门。他整理了一下军装,笑容可掬地迎接客人。

李凤兰是家里的老小,上面的哥哥姐姐都成家了,家里只剩下这个"小棉袄",老人十分疼爱。女儿看上了张大旺,他们只好依着女儿,但做父母的不放心,要亲眼看看才踏实。

"闺女说你是个战斗英雄?"

"嘿嘿,立过几次战功。"张大旺没想到十八岁的李凤兰还真看上了他,他从一个军用挎包里拿出几枚金光闪闪的军功章。

闪光的军功章让两位老人眼睛一亮:"是金子做的?"

"不是,比金子珍贵。"

"哪是啥做的?能比金子还珍贵。"

"我是说这军功章是用命换来的,命可比金子珍贵呀。"

"你立了战功,是个军官吧。"

"嘿嘿。"张大旺臊得满脸通红。

"你说呀,是个啥官,你不说,我们咋给闺女说。她还在家听信哩。"

"也就管百十来人吃喝。"

"能管百十来人那就是连长了。俺妮子小时我就说'小妮小妮快快长,长大嫁个大连长,盖绸被,吃白馍,骑着白马回娘家。'这话还真说着了。"李凤兰娘抿着嘴笑着说。

"你这个连长拿多少军饷?"李凤兰的父亲又开始盘问。

"嘿嘿,少得很,一个月三百二十。"

"三百二十?我们一辈子也没见这么多钱,小妮子可掉进蜜罐子里了。"

"听说新疆天上无飞鸟,地上不长草。"

"胡说的,新疆的呱呱鸡多得往被窝里钻,撂倒锅里就能吃一顿。我们农场叫野麻滩,野麻都能长到房顶上。一出门,满眼的野麻,到了四月,紫色的、粉红色的野麻花开得可盛了,一片一片的。风都是香的,风光好得很。"

"那野麻就是野草吗,有啥用?"

"用处大了,野麻可以搓绳子,野麻叶子可以治病。"

"你们那里住啥房?"

"我们住的房赛宫殿,冬暖夏凉,进屋下楼梯,出屋上楼梯。毛驴都能上房顶吃草。"

李凤兰父母完全听晕了,但感觉新疆这地方真好。回家向妮子学说了一遍,女儿也听不明白。只是急着催父母快定下这门婚事。几天后,张大旺和李凤兰到镇政府扯了结婚证。

探亲假期时间到了,张大旺领着新媳妇回新疆。一路上李凤兰对什么都感兴趣,特别是到了哈密,看到街上维吾尔族小贩卖的哈密瓜,一牙一牙的,就问丈夫这是啥?丈夫说这是新疆特产哈密瓜,说着买了两牙给媳妇吃。媳妇咬了一口就喊道："哈密瓜跟蜜一样甜。"丈夫笑着说："少吃些,不然会甜掉牙的。"

一路上坐火车、汽车、马车,总算到了野麻滩。这时天已擦黑,李凤兰看不到村子,看不到房子,到处都是野麻,空气里有一股淡淡的香味。丈夫牵着她的手,下到地下,打开门,点上灯,她才看出这是一间房子。房子收拾得干干净净,墙上贴着毛主席画像,还有红喜字。屋顶扎着报纸顶棚,一看就知道新房才收拾不久。

"你回老家前就收拾好了新房?"

"不是的,是我走后指导员和文教给收拾的。"

"咱的新房,他们收拾要给多少钱?"

"不给钱,部队是个大家庭,一人结婚,全连共庆。"

"还是公家好。"

不一会儿,连长和指导员领着一群男女来看新媳妇。臊得李凤兰连头都不敢抬。

还没进门,就听一人说道："老张,你回家找媳妇,伙房的饭都没味了,那个徒弟娃子小王做的饭没味道。"

聪明的李凤兰听出丈夫不是"管百十来人"的连长,而是个做饭的厨子。

连长看着新媳妇笑着说："怎么样老张,我的办法灵吧。这次任务你完成的最漂亮。老李头没完成任务,一个人回来了。"

大家寒暄了一会儿,指导员说："不早了,老张还在度蜜月呢,咱们走吧。"李凤兰听到两人在出门时议论："老张有艳福,老牛吃了嫩草。""野麻滩的喇叭花就爱长在老荒地上。"

连长回头训斥道："闭嘴,再说明天写检查。"

第二天一大早,李凤兰"上楼"出了屋,看到连队的一排排地下屋子,有"地下合作社""地下伙房""地下俱乐部""地下托儿所"……她这才明白了丈夫在老家给她爸妈说的话。李凤兰脑袋瓜灵光,她想起昨晚连长的"话中话",豁然明白了。丈夫在老家对她爸妈是"真话戏说"。除了岁数,张大旺没说一句真话,但也没说一句假话。

那天夜里,媳妇问丈夫:"你咋说你是连长,骗人哩。"

张大旺笑着解释:"我说我管着百十来人的吃喝,是实话,我是炊事员,是做百十人的饭嘛。"

媳妇又问:"你咋说一个月拿三百二十?"

丈夫笑了:"没错呀,是三百二十毛。"

李凤兰后来才知道,这些都是连长教给丈夫的。

但有一点丈夫说的是实情,那就是连队四周荒地上长着一片一片的野麻。

也许是老天爷有意作弄一下这个新媳妇,当天夜里,先是顶棚上哗哗啦啦响,吵得李凤兰无法入睡。她推醒丈夫。丈夫点上灯,拿起一把剪刀,对准顶棚那个东西就是一剪刀。立刻,顶棚的报纸浸出一团红了。媳妇问:"是啥东西。"丈夫说:"是一只老鼠。"丈夫接着说:"文教是个文化人,说新房要扎顶棚,干净,喜气,这下老鼠可有地方玩耍了。扎顶棚就是脱了裤子放屁,多此一举。"

李凤兰刚要入睡,谁知一只毛驴来到她家屋顶上吃夜草,突然一只驴腿破顶而入。驴腿如一根毛绒绒的黑棒子在两人的头上疯狂地舞动,屋顶上的泥土全落在两人的头上,吓得新媳妇直喊妈。看来这事不是第一次了,张大旺双手攥着驴腿,使劲往上一推,将驴腿送出屋顶。

那天夜里,李凤兰哭个不停,这些日子所有的委屈一下涌到心头,她觉得自己彻底上当受骗了。

她也想过离开丈夫回河南老家,但这只是一瞬间的闪念。转念一想,连长和指导员的媳妇,还有那么多的媳妇都留在了这里,不知她们是怎么想的。

如果说张大旺改变了李凤兰的命运,那么是连队的战士和他们的家属改变了李凤兰的人生。

有一天夜里,正在睡觉的丈夫突然大喊:"快起来,地窝子进水了。"懵懵懂懂的李凤兰睁开眼一看,妈呀,怎么鞋子和尿盆子都在水上漂呀。

张大旺拉着媳妇跑出屋子,这时才知道,大水把连里所有的地窝子都淹了。只听连长高声喊道:"支渠垮了,同志们,抱上被子去堵口子。"丈夫听到命令后,转身跑回进水的地窝子,抱出他们的新被子。李凤兰急了,拽着丈夫说:"你咋这么傻,这是咱家的新被子呀。"张大旺就像个战士,挣脱了妻子,向垮渠的方向冲去。

李凤兰看到这样一幅让她震撼的画面,地窝子跑出的男人和女人甚至是大些的孩子,都抱着自己的被子往那个方向跑去。刚才还喧嚣的连队一下寂静下来,李凤兰突然感到自己那么孤独,自己的亲人和周围的人都去了渠道溃坝的地方,偌大的连队就剩下她一人,没有了依靠。突然,李凤兰脑子里闪现出在老家村口水井旁丈夫讲的争夺阵地的画面。

"这是一次战斗呀,故事中的战士为了新中国往山上冲,现在的战士为了国家财产少受损失也在往前冲。"想到这,李凤兰也向那个方向跑去。

这次抢险对李凤兰触动很大,她看到丈夫和很多男战士跳到水中,用身体筑起人墙去挡住奔腾的渠水。渠岸上的女人将各自怀里的被子投入水中,水中的男人展开一床床被子。渠道溃口被堵住了,岸上的人又运来一袋袋沙土,补上了渠道缺口。

几天后,李凤兰与指导员老婆有一段对话:

"你老家在哪?"

"江苏。"

"这里这么苦,你们一家咋不回老家呢。"

"都走了,谁来建设社会主义新新疆。你看这里遍地长着野麻,野麻不怕碱,不怕旱,不嫌弃贫瘠的土地,还开出一朵朵紫色的、粉红色的喇叭花,我说,这里的人就像野麻花,一方水土一方人。"

第二天,李凤兰走到荒滩上的一片野麻花丛中,仔细地观察,心里纳闷,为什么这么缺水的碱土地竟能开出这么艳丽的花?百思不得其解。她回到家问丈夫,丈夫回答道:"根扎得深呗。"

一年后,李凤兰在地窝子里生了一个女儿,丈夫问起个啥名。李凤兰不假思索地说:"碱土地上的野麻花最鲜艳,就叫张小花。"

丈夫又问道:"明年如果生个儿子那叫啥?"

"你不是骗我父母说这里的屋子冬暖夏凉赛宫殿,儿子是在地窝子里生的,那就叫张小窝。"

一杆旗

一

"当时我并不信这辈子能住上'楼上楼下、电灯电话'的楼房,也不信能与组织上介绍的'他'过好这辈子。是'一杆旗'和'一杆旗'的人们让我信服了。"说这话的人是年近八十岁的曹金妹。

产生这两个疑问的时间要追溯到六十多年前。

二

曹金妹十八岁那年,也就是1952年6月的一天,山东济宁的大街小巷张贴了不少红红绿绿的标语。上面写着"有志女青年到新疆去""保卫边疆,建设新疆""一人参军全家光荣"等鼓舞人心的口号。曹金妹是一个有家无娘的孩子,父亲整天瘫在炕上,家里所有的一切都是嫂子说了算。吃饭得看嫂子的脸色,盛第一碗饭嫂子脸色还可以,如要盛第二碗,嫂子的脸色就变了。所以,曹金妹在家吃饭从没回过碗。有时嫂子和哥哥正在吃饭,见金妹回来了,嫂子就赶紧收拾起碗筷,那种寄人篱下的滋味让金妹寒心。金妹有两个好朋友,一个是刘素珍,一个是卢秀琴,和她一样也是有家无娘的孩子,同病相怜让她们成了朋友。

本来就想早日离开这个不是家的家,现在来了新疆军区招兵的人,三个女孩不谋而合:走,去当兵,早日离开这个家。曹金妹有文化,是初中毕业,招兵的人一眼就看上了。卢秀琴也年满十八岁了,也没问题。就是刘素珍条件不够格,她当时才十六岁,长得又小,虽然报的是十八岁,但与曹金妹、卢秀琴两人一比,咋看都不像十八岁。招兵的人说她虚报岁数,不要。报名前三姐妹就起誓要去就三人一起去,永不分离。于是,曹金妹和卢秀琴就去找那个招兵的,说刘素珍真的是十八岁,只是长得矮点,两人以共青团员的名义保证没有说谎。

拒绝刘素珍当兵的那个人又看了看刘素珍,最后在报名花名册上写上了刘素珍的名字。等她们三个到泰安集训时才发现,不少女兵都虚报了岁数,最小的还有十四岁的呢。

走的那天,女兵的父母都来送。她们三人没有家人来送,当时她们的心里很不是滋味,但想想不再过那种有家无娘的日子,心里也就好受些了。来的路上,三姐妹是一个中队的,到了部队,三姐妹又是一个团的。来时几千人,分到各个团也就十几人,一个团只有一个女兵排。

一声"到家了,战友们下车吧"。让曹金妹三姐妹和所有的女兵都懵了。她们跳下车,满眼的沙包,没有一间房,没有一棵树,只有沙包间插着一杆红旗在微风中猎猎飘扬。女兵们一边问"家在哪?家在哪?"一边向沙包跑去,她们想家一定在沙包后面呢。可登上沙包,满眼是一片芦苇荡,还是没有一间房和一棵树。一位当官模样的人笑着说:"你们在哪找家呀。"他用手往地下戳戳说:"家在地下。"有的女兵一听,"哇"地哭了,人死了才住在地下。我们是来当兵的,不是来送死的。女兵又哭又喊。一位干事指着那个当官模样的人说:"大家别闹了,静一静,听于政委讲话。"

于政委说了好一会,说了什么?曹金妹她们根本听不进去,也听不大懂,但有一句话她和女兵都听明白了。

"这个地方原本没有名,是我们来了以后起的名,就叫'一杆旗'。这里没有一间房,没有一棵树,但我们有一杆旗,这杆旗是我们从南泥湾扛到新疆的。只要这杆旗帜不倒,房就会有,树就会有,庄稼地就会有,楼上楼下、电灯电话的目标就会实现。"

"楼上楼下、电灯电话;入学校,进工厂"是一个多月前招兵人在山东为她们描述的一幅"新疆是个好地方"的蓝图,可眼前……

女兵扯开嗓门大声哭起来。

走进地下那个家,倒是给这些伤心至极的女兵一丝慰藉。虽然是地下,但有天窗,有门板,四周的墙壁刚刚用黄泥抹过,散发着一股泥土的芳香。因黄泥中有麦糠(防止墙皮龟裂),墙壁上长出一些绒绒的麦苗,煞是好看。一张大通铺上铺好了军用被褥,被子叠得像是豆腐块,白色单子上没有一丝皱褶,给人一种温馨的家的暖意。大通铺的对面是用土块砌的"土桌子",上面放了一盏添满油、灯罩擦得透亮的马灯。墙根下摆着一溜崭新的洗脸盆。地下这个家布置的井井有条。

政委说:"从现在起,部队就是你们的家。"

这句话让曹金妹三姐妹感到特亲切。

三

来的那天晚上,正好赶上于政委结婚,革命化婚礼的现场让哭天抹泪的女兵破涕为笑。于政委和新娘子对着毛主席的画像鞠躬,战士们让他们介绍恋爱经过。于政委介绍道:"在一次战斗中,我负伤了,就住在梨花家。如果不是梨花和她的父母悉心照料,我可能就活不到今天,梨花是我的救命恩人。"新娘子介绍道:"他在俺家养伤其间,给俺讲了很多革命故事,是他将俺领上了革命道路。"

参加婚礼的战士们起哄:"你一口一个他,他到底是谁呀。"

梨花不好意思红着脸说:"就是俺爱人。"

在人们的哄笑中,女兵们也被这个红色爱情故事深深打动了。

婚礼结束后,女兵们回到了那个地下的新家。刚刚入睡,就听到屋外嘎嘎地打雷,雷声特别响。一道道闪电从天窗上射进来,接着就噼噼啪啪下起大雨来。

不一会儿，雨水从屋顶上落下来，滴到女兵的脸上、被子上，满屋都是滴滴答答的滴水声。女兵们赶紧点上马灯，这才发现，屋里很多地方都在漏雨。她们将脸盆、搪瓷缸子都用来接水。可很快，屋顶不是漏雨了，而是像是泼水，她们的鞋浮在水面上。就在这关头，于政委在外面大声喊道："快出来，屋子危险呀。"女兵刚刚跑出来，地窝子的屋顶就坍塌了。于政委将十来个女兵领到他的新房，让新娘子照顾才来的女兵。政委这间新房是战士才挖的，屋顶盖得结实。新娘子拿出自己仅有的几件衣服让女兵换上，女兵谁也不肯换，她们很是过意不去。这可是政委的新婚之夜呀，而新娘子也和她们一样也来'一杆旗'不几天。这时，屋外传来政委的讲话声："同志们，我们是革命军人，战争年代，我们不怕敌人的枪林弹雨，和平年代，这点雨能把革命军人吓倒吗？"只听数百名战士在雨中雷鸣般的回答："困难吓不倒英雄汉，越是困难越向前。"接着政委喊道："'一杆旗'这地方缺水，我们很少能洗一次澡，今天算是痛痛快快洗一次澡了。等雨停后，我们还要投入到翻盖新屋的战斗中，我们要盖出最结实的地窝子，夏天下雨、冬天下雪都不怕的地窝子。"

新娘子听到丈夫的喊话，对女兵们说："有这样的钢铁战士，革命一定会成功，社会主义建设一定会成功。这是我男人说的，我信他说的话。"

第二天，雨后天晴，部队所有的人马都投入到翻盖新屋的战斗中，他们将旧房顶掀起来，让太阳光晒干屋内的水分，然后再盖一层更厚实的屋顶。

女兵又住进翻盖一新的地窝子里，躺在铺上，曹金妹想入非非：现在住的是地窝子，什么时候才能住进"楼上楼下、电灯电话"的房子里呀。于政委说，只要一杆旗不倒，就能实现"楼上楼下、电灯电话"的目标，这是真的吗？于政委可是这个团最大的官，其实他是在骗人呢。

四

女兵排的女兵并没有和男兵一样去开荒种地，而是在地窝子里为男兵做鞋子。做鞋方法与山东老家一样,用双腿固定夹板纳鞋底。做鞋子可是女兵们在山东老家几乎天天干的事,手快的一天能做七八双。没有刻意地做思想工作,完全是被这种氛围感染,女兵也在悄悄地变化。她们白天晚上加班加点做鞋子,你一天做十双鞋,纪录不出第二天,就有人打破。除了做鞋,女兵们看到男兵白天去工地后,就将他们的被褥拿来洗了。

五

在女兵排,曹金妹三姐妹的关系最好,有什么不能公开说的话,她们就私底下说。自打女兵来到"一杆旗"后,团里的男兵干什么活都是精神抖擞的,他们有意无意、有话没话地找女兵套近乎。曹金妹是初中毕业,什么都知道,她在私底下提醒卢秀琴和刘素珍:

"男兵们看我们的眼神都是直的,你们可不敢和他们搭话呀,没听说他们说的那些不堪入耳的牢骚怪话。"

刘素珍赶忙接过话茬说:"他们说的那些落后话我都记着呢。有'人生七十古来稀,哪有几十不娶妻',好不害臊。还有'人活二十五,衣服无人补,要想有人补,还活二十五',他们尽想美事。"

卢秀琴捂着嘴笑着说:"素珍呀,你还是个小屁孩,你懂什么?"

刘素珍不服气地说:"咋不懂,就是男兵想媳妇了呗。"

曹金妹逗着小妹说:"你还听到什么牢骚怪话了,一并学给姐姐。"

刘素珍显摆地学说道:"'上有团长,下有营长,不大的连排长,最后还有班长和劳模,哪里还有咱们结婚的份'。'庙修好了,神也老了',还有的算不上牢骚怪话,说'只要给我们解决了老婆问题,我们就愿意在"一杆旗"安下心'。"

曹金妹嗔怪地说:"你是人小鬼大,猴精猴精的,这些牢骚怪话你都记着了。"

刘素珍又显摆地夸耀道:"你们成天就知道做军鞋,我们女兵排有什么牢骚怪话你们听到了吗?"

"我们女兵排有什么牢骚怪话?"曹金妹和卢秀琴故装诧异问道。

刘素珍说道:"没有男兵牢骚怪话多,可也不少。你们知道女兵要找男人的条件吗?"不等两个姐姐回答,刘素珍就抢先说道:"年轻漂亮资格老,派克钢笔游泳表;还有三要三不要,就是要年轻、漂亮的干部,不要岁数大的、不好看的老兵。"

被小妹这些话逗得大笑后,曹金妹想了想后,严肃地对两个好友说:"我一直在想,我们不能在'一杆旗'这地方找对象,找了,就把自己拴在了'一杆旗'。来时,招兵的说,楼上楼下、电灯电话,哪里有? 政委说,只要一杆旗不倒,一切都会有的,你们信吗? 我是不信。铁打的营盘流水的兵,只要我们不找对象,就有可能回到山东老家,那时我们就是复转军人了,政府就会管我们的。"

卢秀琴问道:"那要部队给我们找对象呢?"

"那就说我们在老家有对象了,说好了,两年后回家成亲。"

三姐妹发誓不在"一杆旗"找对象。

六

女兵排的女兵还没完全熟悉身边的男兵时,由组织出面介绍对象的活动就悄悄开始了。有一天,一个女兵两眼肿得像桃子,呜呜哭着回到地窝子。曹金妹问她怎么了,那个女兵哭着说,组织上给她介绍的是大伙房的老黑。她说老黑比她大十多岁。曹金妹的心情十分沉重,她看了看卢秀琴和刘素珍,示意她们要坚守誓言,不动摇。

果然,几天后,于政委找曹金妹谈话了。

"听说你从小就没了娘?"

曹金妹点点头。

"部队就是你的家,部队就是一个大家庭,我们要相互关心,相互爱护。"政委看看曹金妹,笑容满面地说:"我们不但要关心你们女兵的工作和进步,还要关心你们的生活,特别是婚姻生活。这不是小事、私事,这可是事关屯垦戍边的大事。好了,我不说大道理了,今天找你来就是要给你介绍一个对象。他是湖北人,是我们中队的一名干部,政治上、工作上、人品上都没说的,就是岁数比你大些,也大不了多少,都是一代人吗。他叫……"

曹金妹赶紧打断了政委的话:"政委,我有对象了,在山东老家。我们感情很好,来时我答应他,过两年回家成亲。"

政委反而笑了:"你是第五个给我说在山东老家有对象的人了,我知道,你是不愿谈,不愿组织上给你介绍,是不是?"

曹金妹红着脸解释道:"不是的,真的不是的。"

政委哈哈大笑起来:"你的表情告诉了我实情,这样吧,你回去考虑考虑,国家颁布了婚姻法,我们组织上不强迫,尊重自愿和自由恋爱,但组织上要把关,毕竟是部队呀,要对战士负责。"

临走时,政委说出了那个人的名字:蒋和魁。

见曹金妹哭丧着脸回到地窝子,两个好友赶紧问怎么了。曹金妹回答还能怎么了,介绍对象呗。曹金妹嘱咐她俩:一定要说在老家有对象,口径一致。

政委就是政委,几句话就摆平了曹金妹两个好姐们。卢秀琴和刘素珍回到地窝子后反倒劝起曹金妹了:"其实,在'一杆旗'找个对象还是不错的,我们以后也在这里找,不然,男兵哪能安心屯垦戍边呢。"

三姐妹的统一战线就这样被瓦解了。

七

政委第二次找曹金妹谈话更加直接,说不要有顾虑,在家听父母的,在部队就听组织的。你们先接触接触,谈谈心,感情是处出来的。结婚新房、你以后的工作,组织都会考虑的,这个你不用担心,保管你满意。

第二天,那个没见过面的蒋和魁就派通信员牵着一匹枣红马来接曹金妹。

曹金妹骑在马背上心想：政委真厉害呀，你说是他在强迫婚姻吧，违反婚姻法不是自由恋爱吧，政委也只是让你去谈心，去处感情，并没有硬逼着你结婚。但曹金妹总觉得又不是完全按照个人意愿去谈恋爱，所以她觉得她是一半自由，一半不自由。

一切都在政委的安排中，当中队文书将曹金妹领到蒋和魁办公室时，曹金妹看到政委正在这里。他一见曹金妹来了，就笑容可掬地给双方介绍："这就是我给你介绍的蒋和魁同志，这位就是小曹同志。小曹，你坐，别不好意思，我们都是兄弟姐妹，是一家人。小蒋，别愣着呀，给小曹倒水。你们谈，我还有事。"说着就走出办公室。

曹金妹紧张得头都不敢抬，心只咚咚跳。

蒋和魁将一搪瓷缸子热水端到曹金妹面前，等着曹金妹说话。可曹金妹一言不发，气氛有些尴尬。多少年后，曹金妹还在想，也许这就是缘分吧，为什么我想的是"一半自由，一半不自由"，可他就偏偏问到这一句，他咋就知道我内心的想法呢，只有用缘分可以解释。

见曹金妹一言不发，蒋和魁鬼使神差地问了这么一句话："小曹同志，你看我们的事自由不自由？"话一出口，蒋和魁就觉得这话问得太突然，没有铺垫，没有过程，太直白了呀。让蒋和魁没料到的是，听了这句话，曹金妹开口了。

"一半自由，一半不自由。"

"你这是什么话吗？我们都是革命同志，是战友，如果你不同意，我给政委说去，不勉强。再说，强扭的瓜也不甜，凑合的婚姻也不会幸福的。"

蒋和魁说完后就后悔了，我怎么能这么说呢？我是在与小曹谈恋爱，我不往一起说，不说好听的，尽说些拆台的话，我这个糊涂虫呀，我是不想成家立业了。

可就是这句话恰恰让曹金妹感到说到自己心坎上了。恋爱需要感情，需要相互了解的过程。曹金妹哭了，她声泪俱下："我说的自由是组织上也征求了我的意见，我说的不自由是为什么要逼我呀。不同意不行，连我们一道来的小姐们都和我分开了,呜呜。"

蒋和魁完全没听懂曹金妹这番话要表达的意思,一看她哭了,在自己的办公室哭,他慌了。曹金妹是第一个来他办公室的女兵,他怎么能说得清?他有些手足无措,额头上冒出黄豆般的汗珠。"小曹,你别哭了,你要不同意,我去给政委讲,组建革命家庭不能一半自由一半不自由,要完完全全的自由。"

这句话又说到曹金妹的心坎上了,她更大声地哭起来。如果说刚才的哭是有些冤屈,现在的哭大概就是委屈的哭吧。女人的情感细腻而多变,这些蒋和魁哪里知道。他除了一边擦着额头上的汗珠,一边劝着别哭了,他再也想不出更好的办法了。其实,蒋和魁这种笨拙而真实的劝说,话不多,但很有效,曹金妹突然觉得蒋和魁是个实在人。身边的男人想不出如何结束这个场面,曹金妹总得找个台阶给自己下吧,她哭着说:"我回团里去。"

蒋和魁赶忙说:"天都要黑了,你可不能走呀,这野地里有狼呢。你不能走,听话,等到明天天一亮,我保证送你回团部。"

曹金妹看到他信誓旦旦的样子,心里最柔软的地方让这个男人给拨动了一下,她哭得更起劲了。一遍又一遍地说:"我就要回去,狼为什么要吃我呀。"

这句小孩耍赖的话让蒋和魁更加不知所措,他使出了浑身解数也劝不住。他又说了句"别哭了,别哭了"就跑出办公室。

八

其实政委早料到谈心不会有什么好结果的,这种事他已经拉扯了好几对了,总是先闹,后哭,折腾几个来回也就束手就擒了。他就在办公室外不远处等着,见部下蒋和魁一头是汗的跑出来,这种情况可是第一次遇到,忙问:"怎么了?"

"我问小曹我们的事自由不自由,她就哭了。现在闹着要回团部呢。"

"你是真傻还是装傻,要由着她们自由,你们这些老兵打一辈子光棍吧。说什么不行,偏要哪壶不开提哪壶。这下好了,把人家姑娘惹哭了,去,给人家赔礼道歉,态度要诚恳。"

那天晚上,曹金妹没有回团部,她也怕狼。但她觉得蒋和魁是个通情达理的人,还隐隐约约感觉到他和她有些缘分。常言道话不投机半句多,这个蒋和魁怎么就知道我在想什么,他总是能引我说想说的话。

第二天,政委又找曹金妹谈话。昨晚政委让蒋和魁将他们谈心的前前后后都学了一遍,听后政委说:"老蒋呀,你是个有福之人,小曹对你有好感。"于是,政委严肃地对曹金妹说:"组织上已经决定了,批准你和蒋和魁结婚,婚礼就定在今晚,就在团部地下俱乐部举行。"见曹金妹一言不发,又说:"速度是快了点,你要理解呀,你们可以先结婚后恋爱嘛。感情等成家后再慢慢培养吧,特殊时期就要采取特殊办法呀。小曹,你意如何?"

曹金妹撅着嘴说:"你不是说,部队就是我的家吗,在家听父母的,在部队听组织的,组织决定了还问我干什么?只是,这样匆匆忙忙的结婚,我和蒋和魁能过好吗。"

"感情是处出来的,志同道合的战友咋能过不好呢?不信咱们走着瞧。"政委很有把握地说。

曹金妹心里不服气地想,都是你政委有理,你说只要一杆旗不倒,就会楼上楼下和电灯电话,你说只要志同道合就能过好,我才不信呢。但话又说回来,这个蒋和魁倒是一个懂道理的人,如果能相互了解了解就好了。曹金妹叹了口气。

"不用叹气,上午就将你们的新房收拾好了,我老婆给你带来一套新衣服,就是我们结婚那天她穿的那套。她说了,这套新衣服是女兵排的嫁妆。等结婚后,我将你调到中队来,我就不信了,有米有锅还做不出香喷喷的大米饭来。"

九

婚礼和政委的婚礼一模一样,向毛主席的画像鞠躬后,战士们就嚷着两人谈恋爱经过。曹金妹不冷不热地说:"哪有恋爱经过,组织介绍就是恋爱经过,组织包办就是恋爱经过。"原本热热闹闹的婚礼一下冷了场。

婚礼的那天夜里,蒋和魁跑到政委家擂着门大声喊道:"政委,小曹是不是跑到你这来了。"

政委在屋里大声骂道:"混蛋,你深更半夜到我这找新娘子,难道新娘子跑到我这不成。梨花,你开开门让他进来找,看看新娘子是不是在我这。"

政委媳妇打开门,一脸不高兴地说:"进来吧,好好看看,小曹是不是在这?"

蒋和魁用手捆自己的脸,着急地说:"是我急糊涂了,小曹不在新房,周围也没有。夜里四周都是狼,她要有个三长两短可咋办呀。"说着,他呜呜哭了。

政委见部下急成这样,气也消了一半,就说:"我说你呀,话不会说,事也不会办,新婚之夜连个新娘子都看不住。你说你窝囊不窝囊。这样吧,你再回新房看看,也许她现在还在找你呢。我和你嫂子在四周找找,小曹是个聪明人,她更怕狼。"

其实,那天闪电般的婚姻让曹金妹真有一些接受不了,她委屈,一个人的终身大事就这么被组织例行公事般的给办理了。婚礼结束后,蒋和魁还在那与几个战友喝酒,她独自一人坐在新房里,越想越觉得委屈,就跑到一座沙包后面大声哭起来。哭着哭着,她听到蒋和魁在喊自己的名字,就尾随着他。在政委家的那一幕她都看到了,特别是听到他说"夜里四周都是狼"然后呜呜哭起来时,曹金妹的心一下软了,一串眼泪也涌出来。她赶紧跑回新房,她想好了,绝不能说自己感到委屈跑到外面去哭,就说自己出去解手去了。

十

瓜熟蒂落,第一个孩子出生后,曹金妹就信服了政委的那句"感情是处出来的"话,特别是在"文化大革命"中,蒋和魁被打成老牛,让曹金妹揭发丈夫的问题。曹金妹对着造反派大声喝道:"蒋和魁是个好人,自打'9·25'起义后,就忠心耿耿跟着党,对我和孩子都好。他要是坏人,世上哪还有好人。"造反派贴她丈夫的大字报,她夜里带着孩子去撕,她对孩子说:"这辈子能嫁给你们爸爸这样的人是妈妈最幸福的一件事。"

"一杆旗"这地方从一片芦苇荡变成一个拥有几十万亩良田的大型农场,人们从地窝子里搬进军营式的土块房、砖房,在曹金妹退休的十几年后,一家人又住进了保障性楼房,真真实现了"楼上楼下、电灯电话"。

曹金妹常想,只要一杆旗不倒,就能实现"楼上楼下、电灯电话"。政委这话没错,是真理。

一渠春水向东流

一

自打李春萍从山东参军到野猪窝后,天天看到的是一幅干得冒烟的情景:地上有沟,但无水;地上有坑,也无水。看到这些干沟、干坑,她的眼睛都要干涩了,心里也像是要燃烧一样。她想:没地,可以开,没树,可以栽,可没有水,开出的地种上了庄稼、栽上了树不也渴死了吗。野猪窝的生活用水是用拖拉机从几十里外拉来的,来回一趟的费用就是近百元。一盆水要一个班的人排队洗脸,一人一天只有一茶缸饮用水的定量,水贵如油呀。

走在广袤的、龟裂的大地上,李春萍就想,野猪窝这地方与老家山东最大的区别就是老家有河,而野猪窝没有一条河。哪怕有一条小溪,这里就有了绿色,就有了活力。她不止一次地在梦中梦到野猪窝有了一条河,其实,这条河就是她们村上的那条运河的情景再现。

一天,团长在开荒工地上用土广播喊道:"同志们,新的战斗任务下达了:师里已经同意了我们团的引水方案,我们要修一条野猪窝干渠,将天山上的雪融水引到野猪窝垦区来。这条干渠竣工后,可灌溉野猪窝垦区十多万亩土地。"就在大家纷纷议论这个好消息时,李春萍无意地走到一位男战士面前,她好奇地问道:"同志,刚才团长说的那条引水渠能有小河宽吗?"李春萍说的小河还是老家的那条运河。她只见过这么一条河,是对河的全部概念。那位男战士一时没有反应过来,他见李春萍一脸认真的样儿,不知如何回答是好,想了想就含糊其辞地答道:"差不多吧。"没想到李春萍听他这么一说,脸上旋即露出灿烂的笑容,她自言自语道:"梦想成真,野猪窝终于要有河了。"因为李春萍来野猪窝也就一个多月,她所在三连的战友还没认全呢,所以,其他连的人她都不认识。她并不知道刚才那人就是二连班长马鹤亭。问者无意,答者有心,马鹤亭又仔细瞄了一下李春萍,只见眼前的女兵高挑个儿,瓜子脸上泛着一层朝阳般的红晕,特别是线条分明的下颌,十分好看,并透出一种青春和朝气。就这一眼,马鹤亭就将眼前的女兵深深地"装"进了心里:这个山东女兵模样儿真俊。

二

马鹤亭是个年轻的老兵,虽然他只有二十七八岁,但却有十一二年军龄了。又是在战争年代入的党,是这个团的战斗英雄,全团像他这么年轻的战斗英雄也算凤毛麟角了。而按当时军区规定结婚的条条框框,马鹤亭完全"够格"。不少像他这个岁数的人都嫉妒地议论,别人是打仗耽误了找老婆,可马鹤亭是什么都没耽误,现在就差桃花运了。

找老婆就像打仗,得瞅准战机,战机稍纵即逝,得紧紧抓住不放。马鹤亭自打见到李春萍后,就将李春萍在心里叫"尖颌儿",女兵的那个下巴颌儿让他想入非非。他在参军前,比自己小两岁的妹妹就有一个尖下颌儿,而他自己也有一个尖下颌儿。后来,他当了兵,几年后,这个尖下颌儿冒出了毛绒绒的胡须,尖下颌也变圆了,他知道自己"长开了",已经告别了"孩子脸"。那天看到李春萍的尖颌儿,他想起了自己的妹妹,心中升腾起一种好温馨的感觉,这种感觉只有见到家人时才会有。

战斗英雄马鹤亭隐隐意识到,这个机会可能就是野猪窝引水渠。女兵李春萍对这条引水渠那么在意,不然怎么去问一个不认识的人呢。什么是缘分?偶然就是缘分,机会就是缘分,胜仗的条件具备了,可你打得不好,照样吃败仗。深谙此道的马鹤亭开始谋划那个"俘获尖颌儿"的阳谋。

三

在李春萍的意识里,修筑野猪窝引水渠就是修筑一条人工运河,河床里盛着满当当清澈的春水从天山深处浩浩荡荡流到野猪窝的田野里。渠道就像人身上的血管,春水从纵横交错的毛渠中又流入一块块条田里。引水渠的渠岸上栽有树木,郁郁葱葱的树枝上落下一声声鸟鸣,树下绿荫处是一渠春水向东流。流水声和鸟鸣声,加上渠岸边觅食的牛羊,组成一幅犹如山东老家运河两岸的情景。戈壁滩上建花园,首先得有"运河"。

开凿野猪窝引水渠战役打响了,全团组成一千多人驻扎在引水渠两岸。凿渠工地人声鼎沸,红旗招展,如此宏大的工程岂能没有打擂比赛?工地战地广播成天喊的口号是"男赛黄继光,女赛花木兰"。在第一次全团挖渠打擂中,男兵第一名是马鹤亭,女兵第一名是李春萍。在现场表彰大会上,团政委分别给他们戴上了大红花,并安排他们两人去团部小食堂吃"光荣宴"。处于同样亢奋情绪中的两人心灵最容易接近,这也许就是英雄惜英雄的缘故吧。在吃"光荣宴"时,马鹤亭不停地给李春萍夹菜,而李春萍也乐意接受一个男兵的这份热情。马鹤亭也是"得寸进尺",胆子渐渐大了起来,他目不转睛地看着低头吃饭的李春萍,心里更加喜欢上了这个女兵。相由心生,人的秉性都长在脸上,从这张尖下颌的脸上,马鹤亭看出李春萍是一个贤惠而又不失温柔的女人。当然,也是一个特别能干的女人——全团一百多名女兵,只有她成了擂主。能与这样的女人一个锅里抡马勺是一个男人的福分呀。马鹤亭在琢磨如何再找机会来接近李春萍,唯一的机会只能是下次打擂还当擂主。只有这样,他们两人才可以一起戴大红花,一起吃"光荣宴"。马鹤亭隐隐感觉到,对面的女兵并不讨厌自己,甚至有些喜欢自己,这从她那羞答答的表情中可以感觉得到。

而低着头吃饭的李春萍凭直觉也感到对面那个人在痴痴地看着自己,心怦怦直跳,脸上也是一阵阵发烧。这种羞涩的感觉既让人尴尬,又让人惬意,心里有一种说不上的滋味。李春萍也在想着对面这个人,此人她虽然已经见过一面,但她那是为了问引水渠的事才与他说过一句话,但她那时心里一直想着运河呢,也没在意这个人。当工地土广播里宣布男擂主是马鹤亭时,她还对不上号呢,直到马鹤亭与她站在红旗下等着接受领导表彰时,她才觉得此人好像见过似的,但那时心情激动也没顾上多想。进到小食堂坐在饭桌上后,她才突然想起那天正是向此人打听"运河"事情的。

一条"运河"就这么将两人连接在了一起。

李春萍之所以接受一个男兵的如此热情,是因为这个男兵很优秀。她来这个团已经快两个月了,听过这个团的团史介绍。这是一支有着光荣传统的部队,全团指战员是从解放大西北战场上长途行军来到新疆野猪窝的,哪个人没有一段光荣历史。坐在对面的这个人正是千余男兵在挖渠打擂中脱颖而出的佼佼者,自然是凤毛麟角的硬汉子和英雄,她崇拜这样的人。

就在两人相互在内心试探了解对方时,这时,团政委走了进来。他见两人都有些斯文地吃饭时,就开起了玩笑:"你们这种吃法可不像军人呀,小马,我可是第一次见到我们的小豹子这么细嚼慢咽地吃饭,是不是在姑娘面前不好意思呀。"政委从马鹤亭的发红的眉眼中看出了其中的端倪,灵机一动,就对李春萍说道:"小李呀,你可能还不认得这个马鹤亭,他可是我们团里赫赫有名的战斗英雄,是一个年轻的战斗英雄。以后,你可要好好向他学习呀。"政委的话明显带有"介绍"的意味,马鹤亭和李春萍听着都很顺耳。马鹤亭心想,有政委的话,以后就可以光明正大地接近"尖颔儿"了。人和庄稼一样,是看熟的,不眼对眼地看,能熟吗。李春萍听了政委的话,更加崇拜眼前的英雄了,连政委都这么说,是要好好向他学习,当然,在这个"正当"的理由下,她内心深处也有一种渴望接近长得英武的马鹤亭的欲望。

李春萍就像一棵灿烂的向日葵,天一亮,就盼着太阳早点出来哩。

四

开凿野猪窝引水干渠几乎天天打擂,有一次打擂的双方是工效最高的男兵班与工效最高的女兵班。野猪窝指挥部从工地一百多个班中遴选后,结果马鹤亭班和李春萍班分别是工效最高的班。听到这个消息,马鹤亭不以为然地笑了:"这是谁出的馊主意,俗话说,好男不与女斗,我们班是全团出了名的班,战争年代打仗是尖刀班,开荒挖渠是'武松班',现在与一个女兵班打擂,不是糟蹋我们大老爷们吗?"

可指导员说:"现在是新社会了,女兵张迪源不是开了拖拉机吗?新疆军区女劳模多得很。男女一个样,连毛主席都说了,女人能顶半边天哩。"李春萍接到与马鹤亭班打擂的任务后,首先感到荣耀,能与这么有名的"尖刀班"和"武松班"打擂,就是输了也是一种荣耀。她召集清一色的山东女兵商量,怎么才能赢得马鹤亭班。女兵叽叽喳喳说个不停,但都表示争取名誉上的胜利。李春萍不这么看,她说,论力气,我们比不过男兵,论韧劲,我们要胜过男兵,我们姐妹都在山东老区支过前,推的小车不比大老爷们慢。首先,我们自己要有信心,要用我们的长处来弥补我们的短处。接着,她开始部署打擂的战术。

五

男兵班与女兵班打擂的时间是十天,团里选择了两段各五百米长的开凿渠段,地质条件一样,开凿难度一样。用战士的话说,除了公母不一样外,什么都一样。打擂第一天结果出来了,马鹤亭班的工效是李春萍班的一倍多,也就是说,一个男兵班几乎干了两个女兵班的活。这时团里有人建议取消这种不公平的打擂,担心这样太伤女兵的自尊心。但团政委似乎胸有成竹,说开弓没有回头箭,谁说打擂就一定是女兵班输呢。

头三天,结果都是一样。马鹤亭班也是憋着一股劲呢,他们知道李春萍班不是一个软柿子,虽然不能与他们大老爷们比,但也不能掉以轻心,所以,小伙子们个个都是憋着一股劲来干。头三天由于干得太猛,战士到了工棚倒头便睡,第二天太阳不晒屁股都醒不过来。可李春萍班在第四天却改变了战术,他们半夜就来到工地干起来,干活的时间要比男兵班多了七八个小时。第四天,男兵班的工效比女兵班只多一半,可第五天,工效不分伯仲。这时,马鹤亭发现形势发生了逆转。他想起兔子与乌龟赛跑的故事。他召集全班战士开会,训斥道:"我们是尖刀班的战士呀,仗再这么打下去就要吃败仗了。"战士们诉苦道:"这些山东妞太能干了,太有韧劲了,她们难道是铁打的不成,她们怎么一天到晚不睡觉也不困呢。"这话说得不对,女兵也是人,能不困吗,但她们心里有一个信念,就是女兵不比男兵弱,男兵能干的,女兵一样能干,甚至干得更好。为了提高工效,她们将自己的衣服脱下来,垫在筐子里,这样土就不漏了。而男兵不在乎漏土,他们觉得自己有的是力气,结果,挑到渠岸上的土,有一小半从土筐里漏掉了。往渠岸上运土,男兵都是肩挑,一天下来,铁打的人也累得散了架。可女兵们用胡杨木做滑道,她们又在砍去皮的胡杨木上抹了些猪油,一人站在渠岸上用绳子往上拉土筐,省劲多了。女人是水做的,但水能穿石,靠的是持之以恒的韧劲。下班收工了,她们也回宿营地吃饭睡觉,可到小半夜里,她们又悄没声息地来到工地,借着燃起的胡杨木火光,又干起来。困得实在不行,就咬一口从伙房要来的朝天椒,有的女兵去解手,倒在地上"呼呼"睡着了。

等到打擂快结束时,女兵班的工效已经超出男兵班的工效。马鹤亭简直不相信自己的眼睛,但在铁的事实面前,他不得不承认。打擂只剩下最后一天了,男兵班发起了总攻,想拼尽最后的力气挽回败局。可大势已去,女兵班超出男兵班的工效不是一天就能超过的,再说,男兵们干活只凭一股猛劲,最后累得一个个都趴在了地上。看到这副惨败的样子,马鹤亭不得不承认,自己败了。与其说是败给了女兵,不如说是败给了自己,是战术出了问题。女兵班战胜男兵班的消息轰动了全团,连军区报社的记者都赶来采访报道。颁奖那天,全团指战员都来到打擂现场。他们看到，李春萍班的女兵相互搀扶着一瘸一拐向主席台走来，已经站在主席台上的马鹤亭忍不住流泪了，他向几个战士喊了一声，只见他们跑向女兵，一人扶着一个向主席台走来。这时，现场响起雷鸣般的掌声。

在吃"光荣宴"时，团里破例上了酒，结果，男兵班又一次败下阵来，一个个被女兵灌得酩酊大醉。刚开始，男兵还不好意思喝，可女兵们一对一地向他们敬酒，看着眼前一个个山东妞，男兵们脸红心跳，还没喝酒心已经醉了。

六

这次打擂巩固了马鹤亭与李春萍的关系，在一个傍晚，马鹤亭和李春萍相约来到已经收工的工地。

那是在下午劳动中，马鹤亭见李春萍到工地广播站送战地报道稿件，就赶紧跟着过去，他也正好有一篇才写的新闻报道稿件。他三步并作两步撵上了李春萍，两人并肩而行。这时，马鹤亭小声说："小李，晚饭后，咱俩到这来转转吧，我有话要对你说。"话一说完，马鹤亭就担心李春萍不答应，要知道，他为此事已经谋划了很久了，铺垫工作已经做得差不多了，万事俱备就欠这么一句话了。说出这句话，就算正式谈恋爱了，不说，就等于瞎子点灯白费蜡。李春萍用眼瞄了一下马鹤亭，也是小声说："干嘛到晚饭后，有什么话现在就说嘛？"

听了这话，马鹤亭心想，完了，"尖颌儿"明知故问，她这是敷衍，是不乐意，难道我前面的铺垫又失败了？由此想到了这次打擂，脸上露出一丝苦笑。

李春萍还是第一次看到她崇敬的马鹤亭这种比哭还难看的笑，心里也是一阵难受，心里在自责："你这是干什么吗，干嘛这么去折磨他呀，这是一个多么好的男人呀。"

"好吧。"

内心复杂的马鹤亭没有听清"尖颌儿"说了什么，好像是"算了吧。"他的脸上还是那种比哭还难看的笑容。

李春萍知道他听岔了,扑哧笑了,稍稍大声地说:"晚饭后,我在这等你这个大英雄,听清了吧。"说完,她也觉得脸发烫。

马鹤亭听到这句话,一蹦老高,笑得眉眼都连在了一起:"听清了,听清了。我们不见不散。"

戈壁滩上的晚霞特别灿烂,李春萍一吃完饭就向工地走去。身后传来一个女兵的喊声:"班长,你去工地干什么呀,要不要我和你做伴呀。"李春萍赶忙回答:"不用了,我去工地走走,看看明天要干的活。你赶紧休息吧。"来到工地,她的眼前出现了一条"彩色的河",那是晚霞落在了已经成型的引水渠里。这时,从"彩色河"里走出一个男兵,他就是马鹤亭。今天的马鹤亭在晚饭后将脸刮得铁青,换了一身新军装。看到英俊的马鹤亭,李春萍的心里涌起一股热流,她的脸上也如彩霞般灿烂,她觉得自己真的喜欢上了马鹤亭。

两人在彩霞中漫步。

"马班长,你说这条渠能引来天山雪融水吗?"

"能引来,一定能引来。小李,那天你问我引水渠能有小河宽吗,我就觉得你对这条引水渠很在意,为什么?"

"一来到新疆,我就觉得这里与老家最大的不同就是没有河,我们村的那条河比这个引水渠宽不了多少,但有河,就像个村子,就能像老家人那样过日子。"

"是的。我得感谢这条河呀,没有我们挖的这条河,我不可能那么快就与你认识。小李,我喜欢你,咱们能建立一种革命友谊吗?"

听到"我喜欢你"这四个字,李春萍的心里一阵狂跳。她有些晕眩,眼前的彩霞像一块大花布罩住了她和他,她想回应他,可她说不出口呀。

"你喜欢我吗?"深谙打仗的马鹤亭乘胜追击。

"……"

"你喜欢我吗?"

"人家说不出口嘛。"

"喜欢就点点头,不喜欢就摇摇头,这样不用开口,行吗?"其实马鹤亭已经看出"尖颔儿"是喜欢他的,只是心里像猫抓一样,想得到一句从她口中说出的实实在在的话。

"人家的心慌得很嘛。"李春萍的心就要跳出胸腔。

马鹤亭一听说心慌,以为"尖颔儿"心脏不好,就情不自禁地拥着她,急出了一头汗,他搂着她,焦急地喊道:"那咱们赶快回去吧。"

其实,李春萍还没从晕眩中清醒过来,人一激动,就反应慢,她还沉浸在刚刚的"点头""摇头"的选择中,她点点头。

马鹤亭一下将李春萍背在背上,就向宿营地跑去。

李春萍这下才清醒过来,忙说:"傻瓜,往哪走呀,这边,这边。"李春萍说的"这边"是与宿营地相反的方向。

马鹤亭心里一下明白了,一股从来没有过的激情从头顶窜到脚底,他背着李春萍就像战士冲锋般的向前冲去。

背上的李春萍发出一串甜蜜的笑声。

第二天,马鹤亭与李春萍的革命友谊就公开化了。山东女人一旦爱上了你,她会不顾一切对你好,会用心来疼你、暖你。一天,工地传来好消息,师部后勤部送来了几百公斤红糖,工地食堂晚饭主食是糖包子,但要限量,每人十个。就在马鹤亭班的战士狼吞虎咽吃糖包子时,一个战士挤眉弄眼地朝班长努努嘴:"班长,李班长来了。"这时,李春萍走到马鹤亭跟前,对他说:"你一个大老爷们,十个糖包子咋够。"说着,将手中的五个糖包子塞到他手中就转身走了。班里的战士都笑了,说李班长对马班长这么好,真让人羡慕。还说山东女人就是好,以后要找就找山东"大葱"。话音刚落,李春萍班里的几个女兵也来了,将手中的包子分别塞到男兵手中。男兵大声笑道:"山东女兵就是好,会疼人,以后娶媳妇就娶山东'大葱'。"那几个山东女兵回过头来训斥道:"糖包子还堵不住你们的嘴。"吃着包子,男兵们才回过味来:"给我送包子的女兵就是那天灌醉我的那个女兵呀。"

另几个男兵也恍然大悟:"是的,是的。"马鹤亭在一边笑了,说:"那还等什么?冲呀。"

不打不相识,一场擂台赛,成就了几桩姻缘。其他班的战士也都嗷嗷叫,说为什么不再举办男兵女兵擂台赛了。团政委说:"再赛也没你们的份,你们能干过马鹤亭武松班的人吗?"

七

野猪窝引水渠终于竣工了。团里通知,从天山深处引来的雪融水深夜就能流到野猪窝。团里除了安排巡堤人员外,其他人都休息。可马鹤亭与李春萍相约一起来到引水渠大堤上,这一段就是他们打擂的那一段,马鹤亭对在这一段巡堤的战士说:"小张,你不用巡堤了,今晚,我们在这巡堤。放心吧,保证不会出一点纰漏的。"

晚霞还是像那次一样灿烂。自那次后,他们两人晚饭后经常相约来到工地,在这散步、说话,一天的疲劳就会消失得无影无踪。在晚霞中散步已经成为他们的一种习惯了。两人在大堤上边走边聊,聊得最多的还是这条人工大渠。在李春萍眼里,这条大渠是神圣的,它从天山深处延伸到野猪窝,然后,通过支渠、斗渠、毛渠,将清澈的雪水输送到玉米地、麦子地、棉花地、西瓜地、果园子……水能让一个地方色彩斑斓,能让干沟、干坑绿意盎然。李春萍这些富有色彩的遐想让马鹤亭感动,这也是他想不到的。但马鹤亭也有他的幽默,李春萍总是被他逗得发笑。恋爱的女人特别爱笑,这也是李春萍自己才意识到的。见到马鹤亭,她的脸上就笑开了花,不管听到他说什么,她总是嘻嘻笑起来。两人越来越情投意合、心有灵犀了,对方一个眼神,另一方就知道她(他)想表达什么。

时间过得真快,两人都觉得还没怎么说话,夜就深了,头顶上的星星朝他们挤眉弄眼,他们才不管呢,相拥着说着心里话。

"时间不早了,水该来了吧。"李春萍看着马鹤亭的脸问道。

马鹤亭趴在堤上,将耳朵贴在地上,屏声静气地听着,听着。马鹤亭向李春萍招了下手,示意她也学着他的样儿听。李春萍也将耳朵贴在地上:远处,传来巡堤人的脚步声,还有人在唱《戈壁滩上建花园》的歌声,听着,听着,他们又听到了一种柔软的像是抖布的声音,先是"咕咕咕",后来变成了"哗啦哗啦"声响。

"水来了。"马鹤亭小声说道。

"是水声吗?"李春萍不敢确定。

"是的,你听,就像小孩撒尿的声音,错不了。"

李春萍又笑了:"你小时撒尿就是这种声音?啥话到你嘴里就变味了。"

"对不起,春萍,我是实在想不出什么比喻的话了,不信,等以后我们有了小孩,你把尿时听听是不是这种声音?"

"不害臊,不害臊。"李春萍的脸又是一阵发烧,但她心里真的很惬意,什么时候能有自己的小孩呀,这可是她做梦都在想的事。

"听,快听,这下水真的来了。"

那种柔软的像是抖布的声音变得越发强烈了,李春萍似乎感觉到水的清亮已经淹没了她的耳朵,她下意识地将头抬起来。一看,渠道里已经有了水头,水头上覆盖着一层树叶和杂草,它们翻滚着向东流去。

"水,快看,天山上的雪融水来了,不过,咋这么脏呀。"李春萍有些遗憾地说道。

马鹤亭借着月光看着头水,他解释道:"渠是才挖的,水肯定是脏的,等到三四天后,你看吧,水清得能当镜子照哩。"

"鹤亭,这下野猪窝就像我们山东老家了。"

"可不,有了河,开出的地就能种庄稼,就能栽树,战士就能安家落户了。"

李春萍嘴上没说,但心里十分赞成鹤亭的话,水,是绿洲的命脉,也是她和他以后那个家的命脉呀。

八

  引水渠竣工后不久,已经开垦出的土地就要进水压碱,李春萍女兵班由女兵排长带队去压碱。水从引水渠里引出,再通过支渠、斗渠、毛渠流到地里,将地里的盐碱压到三四米处。碱水顺着"毛细血管"渗到已经挖好的排碱渠里,这样,土地就可以种植了。有一天,突然传来引水干渠渠堤垮塌的消息,女排长带着女兵班的战士就向那里奔去。李春萍看到,可能是由于蚂蚁窝的缘故吧,已经发生了管涌,渠水已经渗透了渠堤,渠堤是用黄土夯成的,水一浸泡,如同稀泥一般。就在女兵班被眼前的情景惊呆时,更可怕的一幕发生了,她们眼见着渠堤"哗"地破了一个口子,水开始从口子里向外流淌。如果不在第一时间堵住口子,后果不堪设想。这时,只见李春萍"嗖"的一下跳进垮塌处,用自己的身子堵住了口子,她对排长大声喊道:"快,拔些草来,用草和土堵住口子。"一蓬蓬草扔进水中,李春莲将草堵住口子。这时,女兵又扔下一锨锨土来。正在人们七手八脚堵口子时,一个女兵大声喊道:"排长,这水咋红了。"女兵排长一看就明白了,急切地大声喊道:"快把春萍拉上来。"可李春萍却大声对排长喊道:"排长,不要紧的,现在如果不把口子堵上,口子会越冲越大,这段引水渠就报废了。"她见排长迟疑不决,又大声喊道:"快呀,现在口子快要堵上了,我一离开,渠堤又会垮的。不碍事的,继续扔土呀。"一锨锨土扔进红色的渠水中,直到口子被彻底堵上。李春萍被战友从红色的水中拉上来,她还笑着对排长说:"没事的,我们哪个女兵'来号'了休息? 山东女兵没那么娇贵。"排长让李春萍回宿舍换上干净衣服,上午就不要上班了。李春萍回到宿舍,脱去湿衣服,用干毛巾擦了擦身子。这时,她感到一阵寒冷,不停地打寒战,心想可能是被冰凉的渠水激感冒了。她到连队卫生室要了两片药。卫生员一听她的状况,伸手一摸她的额头,吓了一跳。一量体温,高烧四十度。她赶紧向连长汇报,连里派了拖拉机将李春萍送到团部医院。一路上,李春萍半清醒半迷糊地说:"没事的,我还要到地里压碱呢。"

九

一到医院,李春萍完全昏迷了。医院进行了抢救,到了第三天,李春萍才苏醒过来。她睁开眼第一个看到的是马鹤亭,她苍白的脸一下红透了。

"你咋也来了,就是有点发烧,不碍事的。"

马鹤亭用汤勺边给她喂着糖水,边说道:"你的事迹上了团广播了,军区报社也来了记者,说要采访你呢。春萍,你是我们团的女英雄呀。"

李春萍笑笑说:"我可不敢在英雄面前逞英雄,我这算什么,比起团里那些堵枪眼的战斗英雄差远了。"

这时,一位女医生走进来,看看马鹤亭说:"看来你们的关系不一般呀,小伙子,我祝贺你找到一个这么坚强的姑娘。"

马鹤亭笑着说:"可不是嘛,一个星期后的国庆节,团里要举行集体婚礼,听说就在引水渠的大堤上举行,我们也报了名,到时你可要来吃喜糖呀。"

女医生愉快地答应了。

晚上,女医生又走进李春萍的病房,看看渐渐恢复过来的李春萍,欲言又止,但她考虑再三后还是对李春萍说道:"小李,有件事我作为医生一定要提醒你,你这次是在生理期跳进渠里堵口子,可能要造成很严重的后果,但也不一定,你这次来月经是什么日子,要记着,等下个月这个时间看来不来月经,来了,说明没什么后果,要不来,就麻烦了。"

听了女医生的话,李春萍不以为然地笑着说:"不来才好呢,每次'来号'烦死人了,多得像发洪水,影响劳动不说,裤子湿了被男战士看到多丢人呀。有一次,我的裤子湿了,被今天来看我的马鹤亭看到了,说我咋负伤了,一定要背我去卫生室包扎,弄得我不知怎么说才好呢。不来了才好呢。"

女医生摇摇头说:"傻孩子,你不懂,如果不来月经了,那你就不能生育了,这可不是开玩笑。"

听了女医生这话,李春萍才意识到问题严重了。她想起那天晚上在渠堤上等水时与马鹤亭关于孩子的对话,一股惆怅涌上心头,但转念一想,我哪能这么倒霉呢,平时"来号",我不是也在地里干活,有时身上被雨水打湿了,不是也没事吗。女医生临走时,嘱咐她记着下个月那个日子看看来不来月经？李春萍答应了。

国庆节这天,团里为五对新人在引水大渠的工地上举行集体结婚典礼。这里临时扎了个主席台,主席台上方挂着条幅,醒目地写着"国庆节十五团集体结婚典礼",才从师部运来的大喇叭挂在木杆上,喇叭里正播放着苏联歌曲。全团的干部战士都来了,人们像看大戏一样争着目睹新郎新娘的风采。也巧了,这五对新人全是马鹤亭班和李春萍班的,他们是在挖渠的打擂中相识相爱的,用团政委的话说,这就是战斗的爱情。李春萍在参加婚礼的人群中看到了女医生,她突然想起在医院女医生告诫她的话。但也就是那么一闪念,婚礼主持人宣布结婚典礼开始,接着政委给他们五对新人戴大红花。五对新人向毛主席画像鞠躬,向战友鞠躬,相互鞠躬。婚礼散了,人们都回各自连队食堂会餐。那天,马鹤亭喝醉了,到了新房,他迷迷糊糊看到他的"尖颔儿"给他洗脚,给他脱衣服,他醉眼迷蒙地看着新娘,越看越觉得好看,灯光将她的那个线条分明的下颌勾勒出一种韵味。李春萍见他如此痴迷地看她,也觉得不好意思起来,就笑着说:"看看你那眼光,能把人看化了,我现在是你的人了,以后保管你看个够。时间不早了,快睡吧。"马鹤亭一口将灯吹了,拥着"尖颔儿"倒在床上……

十

李春萍班的那四个新娘有了妊娠反应。看到青苹果就流口水,闻到食堂的炒菜味道就呕吐,可李春萍一点动静都没有。结婚都四个月了,怎么没有一点反应呢,四个月了也没有来月经,起初她还抱有侥幸的心理,以为再过些日子就会来的,来了,就能怀上娃了。可时间这么一天天过去,那四个女兵的肚子都显怀了。

她断定问题出在自己身上。李春萍抽空又去了一趟团部医院,向女医生说了这四个月的情况。女医生听后长长叹了口气说:"春萍,你要有心理准备,你可能终生不育了。"听了这话,如五雷轰顶。李春萍不知道是怎么回到自己的家,夜里,她醒了,见马鹤亭守在她的身边,她的额头上敷着一块湿毛巾。

"我一回来就见你躺在床上,有些发烧,就给你敷了湿毛巾,现在好些了吗。"马鹤亭用手试了试体温说:"这会不烧了。"接着他温言细语地责备起妻子不注意身体,现在正是要孩子的关键时刻,可马虎不得。听着这些话,李春萍再也憋不住了,一下扑在马鹤亭的怀里,"哇"地放声大哭起来。

"我对不住你,我不能给你生孩子了。呜呜。"

"尖颌儿,你胡说什么,这才四个月,咱们不急,慢慢来,我们会有孩子的。相信我,尖颌儿,不哭了,听话,不哭了。"

李春萍完全控制不住自己的情绪,犹如渠道溃堤。"呜呜,是我的原因呀,我一辈子都生不了了,我对不住你们马家呀。"

马鹤亭完全糊涂了,伸手摸摸妻子的额头,不烧呀,怎么尖颌儿说起胡话了。"尖颌儿,不说了,没有孩子不是你的原因,是我无能,你可千万不要这么胡思乱想。听话,慢慢来,孩子会有的。"

"我不是胡思乱想,是我的原因,医生说了,我可能要终生不育呀,呜呜,是我对不住你们马家呀。"

妻子说到医生,马鹤亭这才清醒过来,看出妻子不是胡思乱想,是认真的。"尖颌儿,到底是咋回事吗?你快告诉我呀,你去找医生看过了?"

李春萍一下沉默了,不哭,也不说,那个线条分明的下颌儿在颤抖,整个脸像是雕刻般僵硬,一双眼睛一动不动地看着她的马娃子。突然,她长长地吐了口气,一五一十将整个经过说出来。

"这就是我终生不育的原因,都四个月了,月经一直没来,医生说了,不来月经就不能怀孕。马娃子,一切都是我的事,你再等等我,再给我几个月的时间,如果还怀不上,那我不会拖你的后腿,我不能为你马家传宗接代,那我离开你。"

犹如五雷轰顶,马鹤亭一时接受不了这个事实,他抱着头嚎啕大哭。李春萍看到丈夫如此伤心,也抱着他的头又呜呜地大哭起来。也不知过了多少时间,马鹤亭终于从悲痛中走了出来,他擦干自己和妻子的眼泪,扳着妻子的脸,目不转睛地看着妻子,一字一顿地说:"不生就不生,只要我俩一辈子好就好。听着,明天我打报告回甘肃老家,我哥有五个孩子,我姐有三个孩子,我抱两个回来。"

李春萍没想到他的马娃子这么理解自己,这么开通,感激地抱着丈夫,在他的脸上一遍遍狂吻,泪水将丈夫的脸打湿了。

补记:

若干年后,一家媒体记者在《李春萍:孕育绿洲的母亲》的报道中说李春萍一生没有生育孩子,但她孕育了绿洲,她是绿洲的母亲。

一夜新房

西边的太阳就要落山了。

连长高声喊道:"今晚是夏国忠和贾玉芝的结婚典礼,提前收工。"

开荒工地上沸腾了,有的战士打趣地问连长:"新郎官有了,新娘子有了,可新房在哪呀。难道让新郎官和新娘子在野外入'天当被地当炕'的洞房?"

连长胸有成竹地笑着回答:"入野外洞房?那不成了'露水夫妻'了。你们平时一口一个班长地叫着,到了关键时候就不能两肋插刀想想办法让他们入洞房?"

那几个战士一时丈二和尚摸不着头脑:"我们咋让班长他俩入洞房,我们又不会变戏法变出一个洞房来。"

连长批评道:"班长平时白心疼你们了,再想想,办法总比困难多。"

一位战士恍然大悟,用手一拍脑门:"连长,你的意思是我们班的宿舍今晚就腾给班长做洞房?"

连长笑着说:"行不行呀。这事我不强迫,就看你们的态度。"

那几个战士大声表示:"行。没说的,这么热的天,野外宿营最好。我们回去就将铺盖搬出来。哈哈,今晚听房可方便了。"

连长说:"就一夜,明天他们两人就各回各的宿舍。"

西边的太阳已经落下去好一会了,还没完全黑透的天幕上悬着一弯月牙,就如刀切的一牙哈密瓜。几颗星星拥在月牙的四周,似乎在等着婚礼的开场,它们眨巴着眼睛,诡秘地笑呢。

七班宿舍门外铺着一溜红柳床,那是战士们才从宿舍里搬出来的。连队文书忙着在宿舍的墙上贴毛主席画像,炊事班送来两大桶放了蜂蜜的甜水。

婚礼就在狭小的宿舍里举行。新郎和新娘还是白天干活的那身军装,一人站在连长的左边,一人站在连长的右边。连长大声说道:"今天是个好日子,班长夏国忠和战士贾玉芝就要结婚了。"连长突然想起什么,向文书问道:"夏国忠打的结婚报告团里批下来没有?"文书笑着回答:"还没送来呢。"参加婚礼的人哄堂大笑,有人调侃地说:"没批就结婚能算吗?"有人接着话茬笑着说:"不如今天结一次婚,等批下来再结一次婚。"

连长笑着说道:"你们想听两次房?不行,今天可以听房,等明后天再听房那可就是违反纪律,那可就犯了作风问题,轻者关禁闭,重者还要送军事法庭呢。"那几个起哄的战士狡辩道:"夏班长的结婚报告团里还没批,这结婚能算数吗。"正说着呢,团通信员到了,他送来了一摞报纸和信件,其中就有团政治处的批复。连长从信封里抽出一张纸,说:"大家都看看,这可是团政治处在夏国忠和贾玉芝的结婚报告上盖的章。我是故意逗你们呢,因为今天正好是团部通信员送信的日子,我料到团政治处的批复一定会到的。"那几个战士笑了,心想连长明明是忙昏了头,却偏偏还能说出理由来。

婚礼最核心的内容就是一对新人三鞠躬,鞠躬前是战友,鞠躬后就是夫妻了。

连长高声喊道:"向毛主席一鞠躬;向战友们二鞠躬;夫妻相互鞠躬。"新郎和新娘在一片笑声中按照连长的指令完成了这一最关键的内容。

"我宣布,从今天起,夏国忠和贾玉芝就是革命夫妻了。希望你们听毛主席的话,做毛主席的好战士。"连长像是宣布一道战斗命令。

屋内响起一片笑声和掌声。

剩下的就是新郎官和新娘子介绍恋爱经过了,这也是婚礼的高潮。新郎和新娘哪好意思说呀,可人们不依不饶,连长也下命令:"非说不可,新郎官夏国忠带头先说。"

夏国忠憋得满脸通红,支支吾吾地说:"贾玉芝长得像我在老家的小妹。"

人们大笑,有人问,新娘哪里长得像你小妹,你是不是喜欢上了她,情人眼里出西施,现在编个理由说长得像你小妹,来搪塞我们呀。

夏国忠一脸认真地纠正:"不是的,我真是先看着她长得像我小妹,我心里就想:以后要像照顾小妹那样照顾她,后来,也不知咋的就……"

人们大笑着追问:"说呀,怎么到了最关键的时刻就不说了,说,是不是就喜欢上了。"

夏国忠满头大汗,咬着嘴唇就是不吭声。

连长大声命令道:"夏国忠,你是个男子汉,说!"

夏国忠这才说:"是喜欢上了。"

夏国忠的回答让人们满足了,他过了这一关。

贾玉芝双手拧着衣角,羞得头发根都红了。看得出,她的眉眼和嘴角透出一种极度的喜悦,特别是眼睛里透出一种躲躲闪闪的羞赧,显得更加妩媚。在人们的一再逼问下,贾玉芝的回答让人意外:"他像个男人。"

人们笑了,笑的是夏国忠本来就是个男人嘛。还是文书窥出了贾玉芝的内心,就问道,那你说说夏班长怎么像个男人。其他人跟着起哄大喊:"是呀,快说。"

不管人们怎么逼问,贾玉芝反复重复那句话:"他像个男人。"

连长见婚礼"闹"得差不多了,也尽兴了。大家都劳累了一天,明天还有新的开荒任务,于是他宣布夏国忠和贾玉芝的结婚仪式正式结束。

等大家走后,连长特意对七班的战士说,"你们听房差不多就行了,可别搅了你们班长的新婚之夜。"

婚礼结束了,空空的宿舍里只剩下一对新人。贾玉芝已经感觉到窗外有人在窃窃私语,那是与丈夫从枪林弹雨中一道钻出来的战友。他们虽然粗俗,但都像丈夫一样渴望有个女人有个家。她并不介意,何况今晚是洞房花烛夜,老家就有这样的习俗。

作为班长,夏国忠太了解他的战士那些"小九九",不用看,为他们准备的拼在一起的红柳枝扎的床不会牢靠的,躺在上面不久就会"翻床";床单上一定有不少麦芒;那个小窗户本来就到处漏风,今晚也许又出现更多的小孔……他的战士鬼着呢。

这是一个不眠之夜,两人没有丝毫的睡意,他们就这么面对面地坐着,脑海里像演电影似的回忆着他们的"恋爱经过"。

夏国忠知道自己配不上贾玉芝,用连长的话说贾玉芝是朵鲜花,他夏国忠是头老黄牛。只是连长没有说出鲜花插在牛粪上那句话。夏国忠当过连长的班长,连长当了连长,他还是班长。在婚姻这件事上,连长向对待大哥一样为他操心。连长原本给老班长介绍的一个又黑又胖的女兵,觉得老班长与这样的女人过日子安稳,也般配。可他没想到的是夏国忠一口咬定:"要找就找贾玉芝。"连长吓了一跳,这不是明摆着癞蛤蟆想吃天鹅肉嘛。连长生气地说:"贾玉芝我可不敢介绍,看上她的人是营长、团机关的领导。再说,她也不会同意,你是条老黄牛,人家是朵鲜花,别白日做梦了。"

让连长没有想到的是,一年后,夏国忠居然打了结婚报告,未婚妻居然就是贾玉芝。连长不信,将贾玉芝叫来。贾玉芝红着脸说:"结婚报告上不是有我的签名嘛。"

"你真的同意与夏班长结婚?"

"同意。"

连长深深地舒了口气,暗自感叹:"班长就是班长,功夫深呀。只是鲜花插在牛粪上了。"

贾玉芝对夏国忠的印象起初与其他女兵并没有两样,夏班长是老革命,听说还当过连长的班长,是个战斗英雄,也是个生产模范,她十分尊敬他。但渐渐她发现夏班长对自己的关心超出了对别的女兵的关心,他特别善解人意,可以说是无微不至,这种呵护和爱护看不出有丝毫的企图,就像大哥对小妹的那种本真的疼爱。比如,天凉了,夏班长就会将自己的狗皮褥子送来,嘱咐小贾新疆入秋后屋内潮湿,可要小心,免得得关节炎;开荒每个人都有任务,每次在贾玉芝最累的时候,在她有些落后懈怠时,夏班长就会在地的那头帮助小贾。看到夏班长的身影,她就精神为之一振。有一次,老班长不知从哪里搞来一捆大葱送给贾玉芝,说:"这葱没有山东的长,但比山东的葱辣,更有葱的味道。吃完了,我再想办法去搞。"惹得其他女兵大发醋意。特别是有一次贾玉芝在下班的路上去解手,可她走进芦苇荡转了几圈后就迷路了,找不到回驻地的路了。就在这时,一只狼过来了。她见附近有一棵高高的胡杨树,就手脚并用地爬上去了。可那只狼就蹲在树下不走,人狼就这么对峙着。天渐渐黑了,四周也模糊了,但贾玉芝隐隐约约还是看到那只狼在树下蹲着。她绝望了,她浑身颤抖,她怕自己一时抓不住树杈掉下了。就在这时,她听到夏班长的呼喊声由远而近,她大声呼应。黑影中夏班长径直向胡杨树冲过来,那只狼见有人过来,长啸一声,并没有离开。眨眼工夫,夏班长就冲到狼的跟前,夏班长拿着一根扁担,像端着一杆枪。人狼面对面对峙着,狼嚎一声,夏班长就大喊一声,人、狼都发出进攻前的警告。人如果退了,就意味着狼胜了,那树上的人总有支撑不住的时候。狼退却了,夏班长就能救出像小妹一样的贾玉芝。然而,夏班长比狼更迫不及待,在人喊狼嚎的心里较量中,夏班长一个箭步冲上去,端着扁担直直向狼嘴刺去。这是一个极其危险的动作,天黑,如果扁担的一端刺偏了,那狼就会扑向冲过来的人,只需一跃就可咬断进攻者的脖颈。夏国忠完全看不清狼嘴的位置,只是凭着直觉用尽力气刺去。他感到扁担的那头一下刺进一个软软的肉体里,那狼惨叫一声就倒在地上。夏国忠仍不敢掉以轻心,又用力刺了两下,感觉那狼一动不动了,这才放下心来。

他在树下轻声喊着："小贾,你在树上吗?"

"夏……班长,快……救我呀。"贾玉芝浑身颤抖得几乎抓不住树枝了。

夏国忠向树上攀去,他的手摸到了小贾的脚。那双脚抖得像筛糠。

"好了,不用害怕了,那狼已经死了,你把手伸过来。"

看到夏班长爬到树上,又听到狼已经死了,贾玉芝再也支撑不住了,身体像个棉包从树上掉下来。夏国忠双手紧紧抱住这个"棉包",两人一同落在树下。

贾玉芝站不起来了,浑身还在颤抖,她紧紧抱着夏国忠,语不成句地说:"快……快……离开……这里。"

夏国忠背着贾玉芝离开了这棵树。在夏国忠的背上,贾玉芝才感到安全。她浑身软软的,没有了一丝力气。夏国忠背着贾玉芝,心里有一种暖暖的感觉,过去在老家他就这么背着小妹,十几年没见过小妹了,如今小妹与背上的人一样大了,也一定和背上的人一样漂亮。

贾玉芝在夏国忠的背上浮想联翩,她想起在山东老家演《小二黑结婚》时,她扮演小芹,那人扮演小二黑,他们台上演戏,台下也和小芹与小二黑那样自由恋爱了,两人海誓山盟。可与剧情相反的是,由于"小二黑"的懦弱,在家庭的逼迫下,他与另一个姑娘入了洞房。就在"小芹"被"为什么戏里的小芹能有美满的婚姻,而我却不能像小芹一样"而伤心落泪时,新疆军区来人招女兵。小芹毅然报了名,发誓一辈子也不见"小二黑",远走高飞。小芹感悟到,以后她要寻找的"小二黑"可以不英俊,可以不魁梧,但一定是个坚强的说话算数的男子汉。

眼前这个背着她的人就是一个说话算数的男子汉。看到老班长对她格外呵护,有些女兵就起了疑心,说老班长是不是喜欢上了她,她也能隐隐约约感觉到。可她也没往心里去,这怎么可能?时间长了,她觉得老班长是个坚定执着的人,对她一直无微不至、呵护有加。由老班长她联系到"小二黑","小二黑"英俊洒脱,但内心懦弱,明明心里喜欢,但就是不敢为自己做主。如果不是老班长的岁数,眼前的人就是她心目中要寻找的说话算数的、坚强的男子汉。今晚的事彻底打破了她对老班长的犹豫:老班长就是她心目中的"小二黑"。

"夏班长,我觉得这会儿身子不再那么抖了,我下来走吧。"

夏国忠一声不吭,背着贾玉芝大步往前走。贾玉芝能感觉到那个宽宽的脊背一上一下起伏着。

"我怎么感谢你的救命之恩呀。"

"如果你要感谢就叫我声哥吧。我十多年没听我小妹叫我哥了。"

听到这句话,贾玉芝内心一阵翻滚:你就是我的哥呀,你是我在心里寻找的哥呀。两行热泪洒在他脊背上。

"哥。"

夏国忠一下停下来。扭头看看贾玉芝,声音有些颤抖地说:"和我小妹叫的一模一样,我有十几年没听小妹叫了。"

这时,夏国忠感觉到脖颈有两排牙齿在咬,他放声大笑说道:"真是我小妹,她一高兴就在我背上咬我脖颈子。"

……

那个新婚之夜听房的战士只听到班长的一句话:"等有了我们自己的新房,我让你再入一次洞房。"

天亮了,新郎官对新娘子说:"我给你洗脸梳头吧,十多年没给小妹洗脸梳头了。"他手捏着一条湿毛巾像揩拭花叶一般轻轻地在妻子的眉毛、眼角、嘴角和脸庞上仔细地擦拭着,妻子的脸上透出一股红晕。洗完脸,他又给她梳头编辫子,他仿佛又回到了十多年前给小妹梳头的过去。

东边的太阳就要出来了。

新房的门一打开,屋外的战士看到朝霞里站着一个比昨晚更漂亮的新媳妇,乌黑的眉毛下那双大眼睛清澈得犹如甘泉。霞光为她穿了一件花衣裳,煞是好看。她朝战士们羞赧地莞尔一笑,匆匆向自己的宿舍走去。

"班长,新婚一夜我们的嫂子怎么就变得更漂亮了?"

夏国忠咧嘴一笑:"这是军事秘密。"

几个月后,连队盖起几栋新房。夏国忠果然让自己是新媳妇又入了一次洞房。

营盘月香

杜月香到萨吾尔山时还是个十七岁的女孩子,留着齐耳短发,刘海儿一绺一绺随意搭在额头上,后脑勺上扎着一只粉色的蝴蝶结。她眸子里透出只有那个年龄的女孩才有的清澈和明亮。她穿着一件当时全国都流行的小翻领列宁装,透出一种飒爽英姿。

杜月香六十一岁时仍住在萨吾尔山,那年她被评为兵团十大戈壁母亲。齐耳短发稀疏了、花白了,脸上尽显岁月的风霜,眸子里透出一种母亲特有的慈祥和宁静。

四十多年过去了,杜月香从一个农村姑娘成了一个戈壁母亲。她的故事感动了无数人。

为了吃饱肚子,她和相爱的人从甘肃河西走廊跑到新疆,来到阿吾斯奇牧场。那时牧场正需要人手,领导给了小两口一群羊和一顶帐篷,让他们放羊,让他们守边。领导说:"你俩既是牧工,也是战士。这里是边境地区,以后部队还要建边防站。现在你们先守着。一边放羊,一边巡逻。羊要放好,边防要守好。"

没有文化的小月香以前只有家的概念,为了能和心爱的人成家立业,才跑到这里,没想到在这个天边边的地方,她的家就建在边境线上。既是家又是哨卡,她的这个家也有了另一层含义——夫妻哨卡。

小月香的家就是不移动的营盘,杜月香和丈夫就是生命的界碑。

第二年,萨吾尔山山脚下的帐篷变成了土坯房。守边部队也来了一个连,在萨吾尔山上建起了边防站。这个名叫阿吾斯奇的边防站的瞭望塔与小月香的土坯房遥相呼应。边防站的战士都比月香大,他们就叫她月香妹子。她也叫他们哥。小月香说:"你们住的是大营盘,我们住的是小营盘。"战士听后感动地说:"我们是铁打的营盘流水的兵,两年一换防。可你家的营盘是铁打的营盘不动的兵呀,一辈子都不换防。"杜月香嘎嘎笑着说:"换呀,以后我们老了,儿女接着守边,他们再老了,孙子孙女接着守边。"说这话时,小月香还不满二十岁,丈夫陈玉林嗔怪地说妻子不害臊。

那些年买不到国旗,小月香就将结婚时没舍得盖的大红绸被面一剪两半,再在上面绣上五颗星。大营盘和小营盘同时升起国旗。

小月香和丈夫陈玉林放羊回来后,就往家背石头,那石头大小差不离,都是白色的鹅卵石。大营盘的战士好奇地问道:"背这么多石头干什么?莫不是砌羊圈?妹子,开工时招呼一声,我们当哥的都来帮忙。"石头备齐了,小月香找到边防站文书要了"中国"两个字。文书好感动,心想月香妹子学文化先学"中国"。他认认真真在一张大纸上写上了"中国"。以后的几天里,战士们看到小月香两口儿在萨吾尔山的一面山坡上用白色卵石镶嵌着"中国"。战士们都跑来一道镶嵌。

铁打的营盘流水的兵,两年后战士换防了。新战士来自祖国四面八方。一到边防站,小月香就将战士叫到小营盘她的家,为新兵做顿拉条子吃(她说是认门饭),而老兵复员时她忙着给他们包饺子吃,她说这是风俗,送客饺子迎客面嘛。第一批驻防战士都叫她月香妹子,后来她有了孩子,她的岁数也比新兵大了,他们就叫她月香嫂子。她还记得第一次听到叫嫂子时的情景呢。

阿吾斯奇系蒙古语,意为开满小黄花的地方。这里一年只有春冬两季,每年6、7、8三个月,漫山遍野都盛开着小黄花,星星点点的,花骨朵豆粒大小,不艳,也不鲜亮,远远看去,就像一块绿色毡子上不经意撒满了黄豆。这个季节,大小营盘都弥漫在淡淡的清香里。有一天,在小营盘吃完"认门饭"的战士走出门,看到的是一轮明月刚刚从萨吾尔山山头上爬上来,像是冰雕一般,晶莹剔透、冰清玉洁。月光似牛奶般的泼洒了一地,明晃晃的、湿漉漉的。小营盘四周的小黄花,在月夜里分外清香。此情此景让战士浮想联翩,他们望着月光下抱着孩子的月香,齐齐地大喊一声:"月香嫂。"此景、此情、此声,也叫月香生生感动得流泪了。"可不,我的孩子都会喊他们叔叔了,咋能还喊妹子呢。时间如河水,过得好快呀。"

月香嫂心细,看到战士巡逻回来后解放鞋都被脚汗浸湿了,而那时又没有拖鞋,她就给他们纳鞋底做布鞋做鞋垫。全连战士一人一双。布鞋吸汗、松快,这些战士都爱穿,他们心里想,在这远离老家的军营里穿上布鞋,有一种家的感觉。

在萨吾尔山下的小营盘里,月香就这么日复一日地做军鞋,岁月在一针一线中流失。

战士们巡逻回来后,都要到小营盘看看嫂子,抱抱侄子,这个小侄子正好是八一建军节生的。他们抱着侄子给嫂子说巡逻途中的事,他们说阿吾斯奇有两个营盘,军队和兵团共同守护边防。可萨吾尔山还有一个奇特的景观,在86号界标处,有两个相依相伴的高山湖,它们隔着一条"鼻子山",很近,面积差不多,形状都是圆圆的,都是湛蓝湛蓝的,就像两只眼睛。月香说:"可不,这双眼睛就代表着我们共同守护祖国的眼睛。"

每年冬天大雪都要封山,边防站的战士出不去,外面的人进不来。一次有一战士发高烧降不下来,边防站的卫生员什么办法都试了,都不管用,急得直跳脚。月香嫂向连队领导请缨:"让病号住到我家,我配合卫生员治疗。"连领导也没有什么办法只得同意。也怪了,住到小营盘三天后,这个病号就痊愈了。病号对卫生员说:"迷迷糊糊中看到月香嫂护理我,给我喂饭喂水,我就像回到了山东老家,就像回到了我妈的身边。我的精神一下振奋了,浑身上下一下轻快了。"卫生员感慨地说:"看来月香嫂的温馨疗法比药物都管用。"

痊愈后的战士在回大营盘时,扭过头定定地看了看月香嫂,突然喊道:"妈,谢谢。"这是杜月香第一次听战士喊她妈,心里一激灵。从听战士叫她"妹子"再到"嫂子",都没觉得这么突兀。在那么一瞬间,她先是迟疑,不知所措,接着内心深处升起一股热流,眼泪一下溢出眼眶。可不,我的孩子都上学了,比新兵小不了多少。她感动地答应着:"哎。孩子,你妈在千里之外的山东,照顾不了你,在这,我可以照顾你,让你妈放心呀。"

从此以后,边防连的战士不再喊月香嫂子了,都改口叫她"妈"。

从此以后,边防连的战士谁有病了,都要送到小营盘来治疗,战士们说:"在小营盘,有妈照顾病就好得快。"

杜月香从一个小妹妹到一个老妈妈,四十多年都与阿吾斯奇边防连有着割舍不开的联系。她是这个边防站的一名不在册的战士,不在编的指导员。战士思想解不开的时候,有时指导员做不通的思想工作,小营盘的妈妈就能做通。有一次一位快要复员的战士闹起了情绪,三天都没吃饭了,指导员做工作也做不通。没办法,只好去请"营盘妈妈"。杜月香对指导员说,还是老办法,让战士到我那住几天,思想工作我来做。杜月香心想,这些孩子远离父母,先让他感受到家的温馨。她给战士做可口的饭菜,给战士说一些家常话,见战士不再愁眉苦脸时,才问道:"孩子,你有啥解不开的疙瘩能给妈妈说说吗?"就这一句话,让这位战士"哇"地哭起来,他抱着"妈妈"哭诉着自己的憋屈。

原来,这位战士家在陕西农村,出来当兵就是想入党提干,可当了两年兵,眼看着就要复员了,自己的目标还没实现,感到心灰意冷。月香妈妈完全理解孩子的憋屈,她劝解道:"在部队入党提干的人毕竟是少数,其实这两年你进步得很快,回到老家一样可以实现你的理想呀,只要是金子,只要有志气,在哪都能发光,在哪都能干出个样儿来。你看妈妈我,在这大山深处,也没干出惊天动地的大事来,可我和你们一道守卫祖国边防,不是很有成就感吗。"一席话说得战士心服口服,回营房了。指导员好奇地问道:"在连队我给他做工作,他一声不吭,怎么到了你家,就解开了他的思想疙瘩呢?"杜月香笑着说:"妈妈给孩子解疙瘩,用的是妈妈的办法。"

后来这个复员回老家的战士给月香妈妈来了一封信,说他在村里干得很好,自己开了一家"农家乐",一年挣不少钱。他说妈妈说得对,只要是金子,在哪都能发光。

从"月香妹子"到"月香嫂子"再到"月香妈妈",一茬一茬的守边战士走了,但杜月香依然在她的小营盘驻守着,依然给边防连的战士做着三件事:为新战士做"认门饭",为复员战士包饺子;为连队战士做布鞋和鞋垫;为解不开思想疙瘩的战士疏通情绪。自打十七岁来到这座大山,她就没离开过。她想,她就是萨吾尔山上一个卵石,与大家一道镶嵌"中国"两字,石头长在山上,与山一体,怎能分离。

玉 佩

一

"洪涛,给你写了好几封信怎么不回,是没收到还是你家人扣下了?我来新疆已经一年多了,这里的情况前面几封信里都给你写了,就不再重复了。这封信是要告诉你,我现在正在新疆军区八一农学院农田水利班学习。你知道的,在我们那批湖南女兵中,我的文化程度算是高的,再说我在一年多的劳动中表现积极,领导对我很关心,所以指派我到这里学习。洪涛,你放心,我会珍惜这次学习机会的,这次学习时间只有一年,我会给你常写信的。对了,你给我的那只玉佩我一直戴着,想你时就看看。这只玉佩真好看,色如凝脂、形如心状,光滑、温润,就像婴儿的脸蛋子……"

　　此致
敬礼

　　　　　　　　　　　　　　　　　　　　　　　　　晓辉

　　刚刚成立的八一农学院是边建设边教学,学员来自南北疆各部队。他们文化程度参差不齐,有高中毕业的,也有初中毕业的,还有小学文化程度的。由于陈晓辉学过专业地理,她学的水利课程很轻松,是班里的学习尖子。班里有一个湖南女兵,已结过婚,陈晓辉就叫她大姐。有一天,热心的大姐给陈晓辉介绍对象,说林学班一个南疆来的男兵看上你了,托我牵根线,你们见见面,谈谈。陈晓辉心里只有李洪涛,想都没想就说我有对象了,一句话就把那个男兵给打发了。

转眼就要结业了,学院决定将学习模范陈晓辉留下来。可陈晓辉坚决要求回阿勒泰,理由是阿勒泰有河流,她学的又是水利,在那大有作为。

当时到阿勒泰的车很少,等了几天,正好新疆军区后勤部有几辆汽车去阿勒泰送物资。学院通知了陈晓辉,并说与她同行的还有一个男学员,路上可以照顾你。陈晓辉心想:学员分配原则是哪来哪去,阿勒泰部队就她一人来学习,怎么回时又多了一个人,这人是谁呢。

第二天一早,有一个男兵背着背包来到陈晓辉的宿舍门外,高声喊道:"去阿勒泰的陈晓辉,我们要出发了。"听到喊,陈晓辉也赶忙背起早准备好的背包走出宿舍,一看,那个男兵站在门外。她似乎见过这个学员,但不知是哪个班的。看到陈晓辉,这个男兵像给首长报告似的介绍道:"晓辉同志,我是林学班的王连生,我这次被分配到阿勒泰三十三团,和你一路。请放心,我会照顾好你的。"陈晓辉一听,怎么这么巧,他也分到了自己所在的三十三团了。就说,我们是校友,都是革命同志,相互照顾吧。

那时去阿勒泰根本没有路,汽车要走四五天,夜里只能在戈壁滩上宿营。大家在篝火旁,吃点干粮,喝口行军壶里的水,然后裹着军大衣蜷缩在篝火旁睡觉,不远处有狼嚎声。陈晓辉心想在这咋能睡觉呢。王连生对驾驶员和陈晓辉说,大家放心睡觉,夜里我站岗,我在部队可是神枪手。几个驾驶员一听,就问王连生进疆时是哪个部队的,他说是二军五师十五团。几个驾驶员突然想起来什么,大声喊道:"你就是二军有名的神枪手王连生呀,我们早就听过你的故事,今天总算见到本人了。怎么?你这个神枪手去阿勒泰干什么,难道是去打狼?"王连生笑着回答:"我哪有你们说得那么神乎,我到阿勒泰去种树。我在八一农学院学了一年林学,现在毕业了,分配到了三十三团。这是我的校友,叫陈晓辉,她是学农田水利的,是学院的学习模范。本来学院让她留校,可她坚决要求回老部队,她才是我们尊敬的人。"一位驾驶员看看王连生,又看看陈晓辉,问王连生:"你算是年轻的老兵了,也有资格找对象了,你成家了吗。"王连生摇着头说:"没有,部队女同志少,哪能轮到我。"几个驾驶员又看看陈晓辉和王连生,呵呵笑了。陈晓辉的脸一下红了,好在夜色已深,篝火照在脸上,别人看不出来。王连生赶忙解围道:"明天还要起早赶路,早点休息吧。"说完,提着枪走到距篝火几米外的黑影处。陈晓辉着急地喊道:"你就在篝火这里站岗吧,干嘛到黑影那里。"一位驾驶员笑着解释:"一看你就是没打过仗,他要站在篝火旁,那他根本看不到篝火外的狼,他只有站在黑影处,才能看到狼。放心吧,有全军闻名的神枪手站岗放哨,我们可以睡个好觉了。"

夜里,陈晓辉根本睡不着,那几个驾驶员睡得好香,鼾声如雷。她心想,有这么响的鼾声,那狼还敢来吗。每次篝火快熄时,王连生就会抱来一些红柳枝子放在篝火上,然后又悄没声息地走到黑影处去站岗。陈晓辉心想:这就是军人忠于职守的品格,难怪驾驶员都这么放心大胆地睡觉。王——连——生,她在心里念叨着这个名字,突然像想起了什么:对了,有一次学校广播里表扬一位同学,说他发着高烧还坚持学习。广播里说他在战争年代是英雄,在和平建设时期也是英雄,那位同学好像就叫王连生。在王连生添第四次火时,陈晓辉也睡着了。

突然,陈晓辉被一声震耳的枪声惊醒了。几位驾驶员抄起身边的武器,一翻身,就势做出匍匐战斗的姿态。只有陈晓辉还蜷缩在那,心里咚咚跳。一会儿,王连生拖着一只死狼走到篝火旁,说道:"来了十几只狼,我将头狼打死了,其他的狼也吓跑了。天快亮了,咱们准备出发吧,不然,那些狼还会来报复的。"一位驾驶员感谢着说:"有你这个神枪手在,我们夜里可睡了个安稳觉。这只狼我来剥皮,正好做条狼皮褥子。"王连生说:"千万不可,狼会循着味道追到阿勒泰的,死狼放在这,那些狼就不会跟踪我们了。"几位驾驶员信服地点点头。

陈晓辉心想,这个王连生看来真不简单哩。

二

"洪涛,一年的学习真快,我现在又回到我的老部队三十三团。团里正在修坝,你不知道,新疆每年开春都要发洪水,山上的雪融水顺势而下,山脚下的农田和渠道都被冲毁了。我们在农田边筑一道拦洪坝,一是可以避免水害,二是又可储存积水。

"这封信我想你可能还是收不到吧,但我还是忍不住给你写,我想,玉佩的主人该来兑现他的诺言了,因为他是男人,一个我喜欢的男人。我一直珍藏着那块玉佩,我知道它意味着什么?她是我们爱情的见证。玉佩纯洁无暇,我们的爱情就像这块玉佩一样纯洁。

"好了,我不想在信上说太多的心里话,因为这封信还不知道会落到谁的手中。我一切都好,这里也不像你想象的那么荒凉。我之所以不愿留校,就是因为这里有河流,咱们地理课上学过的额尔齐斯河,也就是中国唯一的流入北冰洋的河流就是从我们团旁边奔涌而过的。有水的地方能荒凉吗?"

此致

敬礼

晓辉

拦洪坝是陈晓辉学习归来后完成的第一个水利工程设计任务。这个设计并不复杂,陈晓辉没费多少力气就设计出来了,上报到师水利部门也很快批复下来。可施工却要麻烦得多,因为没有机械设备,全靠人工。为了使得拦洪坝筑得牢固,已是连长的王连生向陈晓辉建议,筑一层土,放一层草,这样土坝不易被洪水冲毁。他说:"你看,我们盖房和泥要放些草,当地的维吾尔族兄弟打土坯也放些草,草能将泥土连在一起,这样拦洪坝才牢固。"陈晓辉完全同意这个建议,可她担心从哪弄这些草呢。王连生笑了,说这个不用发愁,远在天边近在眼前,老河床里有草皮,一挖就是一块,我们背过来撂到土坝上再夯实就行了。就这样,全连人都投入到修筑大坝的战斗中。陈晓辉是技术员,但她也加入到背草皮的行列中。虽说当时是七月,天已很热。但在老河床下挖出的草皮还带着冰,草皮背在背上刚开始感觉凉飕飕的,很舒服,但背到拦洪坝工地时,整个人都被冰麻木了,浑身上下全是湿的。王连生给陈晓辉送来一件雨衣非让她穿上,说大意不得,军区后勤部会计训练队的一位湖南女兵就是因为受潮险些瘫痪。他看着陈晓辉穿上雨衣后才放心地离开。在工地上,王连生对陈晓辉格外关心,连里的人都知道他们是校友,也就是战友,一些老兵建议王连长把陈晓辉"收编"了。因为陈晓辉人长得好看不说,还是全连学问最高的,连长不"收编",没人敢往这方面想。可连长总是红着脸批评那些人不要乱说。

有一天夜里,值班哨兵报告陈技术员出去好一会了还没回来。王连长问清去的方向后,就提着枪向那跑去。他一边跑,一边大声喊"陈技术员",那喊声跟打雷似的。

其实,陈晓辉这会儿正在与狼对峙。

原来她夜里出来小解,看到晚上遍地洒满了皎洁的月光,不远处又有流动哨兵,觉得很安全,不会有什么事的,就多走了几步到一片矮树丛中解手。她刚蹲下时,就看到对面的树丛中有一对绿光在盯着她。她听人说过,夜里狼的眼睛会发出绿光。她知道遇到狼了,可她不敢动,听老兵说过,遇到狼只能这么对峙着,如果你一动它会认为你是在进攻,就会扑上来一口致你死命。你一动不动,狼猜不出你的动机,它就会在那里守候等待时机。这时,四周静寂无声,陈晓辉的心咚咚直跳。明亮的月光下,那双绿眼睛更绿了,绿得森人。时间仿佛停滞了。突然,"陈技术员"的叫声传过来,她看到那狼似乎有些不耐烦地动了一下,它也许知道猎物的同伴来了,它不甘心到嘴的肉就这么丢弃了,就调换了一下姿势,整个前身做出跃跃欲出的动作。陈晓辉看得很清楚,心想这下完了,不等战友到来,狼肯定会扑过来的。就在这时,夜空里响起了一声刺耳的枪声,接着又是一声,那狼似乎感到末日的来临,"嗖"地一下蹿出树丛,瞬间便没了踪影。

王连生赶到时,陈晓辉已瘫在地上。

大坝修好了,连队召开庆功会。陈晓辉高兴极了,这可是自己第一个从蓝图变为现实的设计,她见大家都端着大碗相互敬酒,也端起一碗酒走到连长王连生跟前。王连生看她走过来了,忙说:"小陈,少喝些,这酒是粮食酒,劲可大了。你随意吧。我喝完。"陈晓辉一直想找个机会感谢她的校友王连生,所以,只说了一句"谢谢你救了我。"就一饮而尽。这可是陈晓辉第一次这么大口喝酒,不一会儿,她就感到头重脚轻,知道自己喝多了,她悄悄回到宿舍。

几年前这个宿舍住了十多个女兵,可这几年她们前后脚都嫁人了,现在整个宿舍就剩她一人了。她感到很孤独,心里有千言万语想对心爱的人说,可那人在哪里呢。几年来写了那么多信就没有盼来一封回信,哪怕是只言片语。她从枕头下掏出洪涛与她分别时送给她的玉佩,一遍一遍地抚摸着,一遍一遍地放在脸上,放在心口上。

"洪涛呀洪涛,你干嘛这么折磨我呀?"她呜呜地哭了。

连长王连生带着文教来到宿舍,看陈晓辉泪眼婆娑的,知道她有了伤心事,但也不好多问,安慰了几句就和文教走了。王连生是怕有人说闲话,特意带着文教来的。

自那后,连队的一些妇女向陈晓辉介绍连长,说连长岁数虽然比她大七岁,但大男人才懂得疼人。你看连队的这些大男人,哪一个不是把小媳妇捧在手心上,这些从战争年代走过来的男人知道珍惜家庭。陈晓辉叹了一口气说,我在湖南老家有对象了。那些妇女转身回到连部,对连长说:"王连长,你也不要等了,人家小陈名花有主了,我看她早晚要回湖南找她的对象去。"王连生什么也没说,转身走出办公室。

连队要修一条大渠,是额尔齐斯河引水工程的一条支渠。修渠需要大量木料,阿勒泰不缺木料,但要将木料从阿尔泰山上运下来就没那么简单了。技术员陈晓辉想出了一个办法,将砍伐的木材放入河水里,通过落差和河水的推力将木料运下山来。这的确是一个好办法,王连生采纳了。

这是一项十分危险的工作,木料随着奔涌的河水流下来后,河岸上的人们就得赶紧用带着铁钩的长木杆将木料拉过来,然后再拖上岸。不然,一眨眼工夫木料就被河水冲走了。陈晓辉也参加了这一工作,前几天大家都干得很顺利,可有一天天快黑时,大家都以为不会再有木料了,因为放木料的上游与接收木料的下游有好几十公里呢,没有办法取得联系,都是等上半个小时不见有冲下来的木料就收工了。可那天大家正准备收工时,又见一根木头随着河水冲下来了。陈晓辉说,我来吧,你们都干了一天了,都累了。王连生说,还是我们来吧,你也累了一天了。陈晓辉不依,拿起木杆就去钩木头。谁知,在她钩住木头的同时,她的脚下一滑,身子一趔趄,一转眼整个人就被河中的木料带到河水中。陈晓辉一落水,心就慌了,她原本在湖南老家会水,可那是在平静的河水中,水温也没这么低。新疆的河水湍急,加之都是雪融水,冰凉刺骨。只见她挓挲着双手胡乱扑腾着。几乎在同时,王连生"扑通"一下跳进河水中,他紧紧拖着陈晓辉,向岸边游去。到了岸边,陈晓辉这才缓过神了,一下抓住岸边的一块石头。王连生借力一推,陈晓辉才爬上了岸。可她一回头,吓得惊叫了一声。原来,河面上又冲下来一根一人抱不过来的粗木头,眼看着就冲到了王连生的跟前,那根木头向他的头部撞过来。陈晓辉这么一声惊叫,王连生也看到了那根已到眼前的木头,他拼尽最后的力气奋力向岸边游去,可还是被木料撞到脚上。同志们一拥而上,将王连长拖上岸来。

卫生员检查后长长吐出了一口气说:"真是不幸中的万幸,没骨折,只是伤着筋了。"

连里的不少人来到陈晓辉宿舍,说连长是为了救你才负的伤,人要知道感恩。我们都是革命战友,不能这么不讲革命感情。那天晚上,陈晓辉去看王连生时,哭了,她说对不住他,都是自己不注意才险些酿出大祸。王连长劝陈晓辉不要多想,凡是工作都有危险。他说应该感谢的是她,如果不是她那声惊叫,他就看不到又冲下来的那根木头,是她提醒的正是时候。

从办公室回到宿舍,陈晓辉捂着被子嚎啕大哭。

三

李洪涛,这是我最后一次给你写信。七年了,我给你写的信没有换回你的一个字,我不能再这么无限期地等你了,我不能为了一个临别时的承诺就这么苦苦等下去。我已经二十六岁了,你知道连队的人都喊我什么吗,喊我"老姑娘"。和我一年来的、比我晚来的女兵们的孩子都会打酱油了。告诉你吧,我遇到了一个人,他对我有救命之恩,我不能再让他等我了。这些年我一直就这么等你,可人家也在等我,他没向我说一个字,但我看得出来,他是个硬汉子,在我没有明确表示时,他不会贸然向我提出来的。

别了李洪涛,我对得起你。这只你家传的玉佩我给你保存着。

此致

敬礼

陈晓辉

这是陈晓辉七年里写的信中第一用"李洪涛""陈晓辉"全称。

陈晓辉决定嫁给这些年一直照顾她的王连生。

这与其说是为了情,倒不如说是为了报恩。此人连救她两次命了,说她这条命都是人家王连长给的都一点不过分。心里彻底放下了洪涛,陈晓辉反而感到一下轻松了许多,她直截了当地直入主题。"连生,为什么不向我表白你的心愿呢。"王连生的回答让她肃然起敬。"你还记得吗?在八一农学院学习时,有一个湖南女兵向你介绍的一个南疆来的男兵,可你连那个男兵的姓名都没问就说你老家湖南有人了。你也许见过我,但我太普通了,根本不可能引起你的注意,再说那时你的主要的精力都在学习上。可我想,如果你这辈子找了别人,我就死了这份心,你一天不找,我就一天不离开你,这辈子非你不娶。所以,我从南疆调到阿勒泰,就是为了和你在一起。"

陈晓辉与王连生一起工作了六年,这还是第一次感到她如此不了解他,在敬佩的同时也感到有些内疚。她那种报恩的想法多少有些亵渎了他的那份真情。她深深叹了口气说:"是我对不起你,让你等了整整七年。我对湖南大姐没说谎话,我在老家确实有个对象,我们在学校里就恋爱了。我们原本想一起来新疆当兵,可他犹豫了,说他家有个老母亲,到了新疆老母亲就没人管了。再说,新疆很荒凉,干嘛到那当兵呢,他不同意我来新疆。可我是铁了心要到新疆。走的那天,他到长沙火车站送我,又一次恳求我不要去新疆,他说我们两人现在就可以结婚。可我的心早飞到新疆了,他不去,我必须要去。看我这么坚决,他从衣兜里掏出一个红包递给我,说上了火车再看。火车启动了,我打开红包,是一只玉佩和一封短信。信上说,这只玉佩是家传的,是母亲传给未来儿媳妇的。信的最后这样写道:"晓辉,你先去新疆,过些年,我一定会到新疆找这只玉佩和佩带这只玉佩的人,我一定会娶你的。"显然,信纸被泪水打湿过又干了,皱皱巴巴的。我心里很感动,心想,玉佩如人,我会等你的。

七年了,我给他写了不知多少信,可他没有回过一封信。我的心也凉了,这可能是一个没有结果的等待。

王连生也被这个故事感染了,感动的是晓辉对待爱情如此执着。他抚摸着那只光滑、洁净、圆润的玉佩,心想,晓辉心如白玉,纯洁无瑕。

没有什么仪式,两人的被子抱到一起就算结婚了。全连最后一对大男大女终成眷属。

那年他三十三岁,她二十六岁。

一年后,从其他省份分来一批新职工。在大礼堂点名时,当王连生喊到李洪涛的名字时,陈晓辉心想这同名同姓的人还真不少。可当那个人答应时,她的眼光突然停在了那人的脸上,这不是李洪涛吗?没错,这是李洪涛。李洪涛显然也看到了陈晓辉,他控制不住地大声喊道:"晓辉,你是晓辉吗?我可找到你了。"王连生一看就知道是怎么回事了,赶紧安排文教继续点名,然后将他们两人叫到办公室里。

原来这些年寄给李洪涛的信全让他母亲给烧了,她不同意儿子去新疆找陈晓辉。母亲去世后,李洪涛就只身来到新疆,他打听到1952年来的湖南女兵都分到兵团。兵团很大,南北疆都有,他就先到南疆去找。辗转了几个月没有一点消息。后来听一个也是1952年来的湖南女兵说,她听说过陈晓辉这个人,好像是在阿勒泰十师哪个团。就这样,他又来到农十师找到师部干部处,这才打听到陈晓辉确切地址。

听到这里,陈晓辉掩面痛哭,她喊道:"七年了,你怎么不来一封信呢。"李洪涛也是哭着说:"信全被我妈烧了,这也是我妈临终前告诉我的,不然,我能不给你写信吗?"

陈晓辉指着丈夫王连生说:"这是我的救命恩人,也是我的丈夫,他叫王连生,是这个连的连长。"李洪涛还没握到王连长的手就一头栽倒在地上。

四

晓辉,我走了,我也看出来了,你和李洪涛是有感情的。自打他来后,你就像霜打了似的,食不甘味、夜不能寐,再这么下去你整个人就垮了。我和李洪涛长谈了一次,正是这次长谈我才决定离开你。我心里明白,你和我的结合是报恩,不是爱情(当然也有一些爱情因素)。李洪涛能从千里迢迢的湖南来到新疆找你,说明他心里一直有你。你将那只玉佩一直保存了七年,说明你的心里也忘不了他。这说明了什么,只有爱情才能解释这一切。我不是一个无情的人,离开你我会很痛苦,恐怕后半辈子都要被痛苦折磨,但我也是一个无私的人,如果我能想到李洪涛会从天而降找到你,我不会等你这么多年了。我和你一样,都认为李洪涛早已结婚了，不可能在七年后又找来了。我想了，只有我离开你，你与他的爱情才会有结果。好了，不要埋怨我，更不要说我是个无情无义的人。我还回南疆，那里正在开发塔里木。

做不了夫妻，我们仍是战友，保持联系吧。

此致

敬礼

革命战友 连生

故事到此并没有结束。

三年后，王连生收到了陈晓辉的一封信。

连生，我的命为什么就这么苦呀。

你走后，我和李洪涛结婚了。那天夜里，洪涛像个孩子，一会双手捧着我的脸看，一会又捧着那只玉佩看，反反复复地絮叨：老天有眼呀，我终于找到了晓辉。

他十分感激你，他没想到你会成全我俩，他说你才是他的恩人。洪涛是个性格内向又懦弱的人，他在学校胆子就小。他能一人来新疆找我也使我很感动，毕竟我们有感情。婚后的日子也很美满，他为了支持我的工作，几乎所有的家务活都干了。可好景不长，'文化大革命'一开始，他就被揪斗了，罪名是'抢夺革命干部的妻子'。他家的成分是地主，这事被说成是阶级报复，是旧社会'黄世仁抢夺喜儿的重演'。他本来身体就孱弱，在老牛班一个人还要干两个人的活，干不完就不给饭吃。当时，我也因为'立场不坚定，甘做地主羔子的老婆'被发配到别处劳动改造。一天我听说'李洪涛上吊自杀了'，当场就晕厥过去。

在家里，保存玉佩的盒子里放了一封遗书，只有几行字，上面写着：晓辉，我不能再拖累你了，我保护不了你，我也忍受不了这种体罚和侮辱，我走了。这块玉佩请你送给王大哥，他配拥有这块玉佩，他才是这块玉佩的真正主人。

连生，你放心，我会坚持着等到"天晴"的那一天，我给你写这封信不是让你怜悯我，是让你相信我。离开你已经三年了，你还一个人过么，你岁数也不小了，还是找个伴吧。也许我这是多想，如果成家了，就祝你和嫂子身体健康，生活美满。

此致

敬礼

革命战友 晓辉

五

王连生自打接到晓辉的这封信后，就一天也待不下去了。他向团里打了调离报告，理由是他爱人陈晓辉身体有病，在北疆阿勒泰没人照顾，他坚决要求调到阿勒泰。团领导起初不批，说十几年前你要求调到阿勒泰，我们同意了，后来你自己又回来了，现在你又要求往那调，你这是开什么玩笑。再说，你不是和陈晓辉离了吗，怎么又成了你爱人？他向团领导讲述了这段故事后，团领导也被深深打动了，在他的调离报告上签了字。

王连生调回阿勒泰三十三团那个老连队后，一直没与陈晓辉结婚，但他一直像以前那样无微不至地照顾着她。又过了几年，陈晓辉正式向王连生提出来："咱们都不小了，还是一起过吧。"

当陈晓辉将玉佩交到爱人手中时，她嘤嘤哭着说："连生，你的人品就如这块玉，你才是这只玉佩的真正主人。"

援朝·阿克列姆与红星
——写在第二十七个民族团结教育月里

援朝·阿克列姆这个奇特的名字本身就是军民团结、民汉团结、兵地团结的缩影,在第二十七个民族团结教育月里,我愿与读者一道分享这个已在巴里坤草原流传了半个多世纪的真实而又传奇的故事。

——作者手记

木箱里有个孩子

1950年12月是个多雪的冬天,中国人民解放军六军十六师(番号为红星)四十六团二连指战员在巴里坤茫茫雪原上追剿土匪,当追至下马崖时,战士于明智发现在一片雪地上有一个被丢弃的木头箱子,箱子是用皮条紧紧捆着的。于明智好奇地围着箱子转了一圈,似乎听到箱子里有动静,于是他趴在箱子上仔细听,他听到的是孩子微弱而又嘶哑的哭声。于明智大声喊起来:"快来,这个箱子里好像有个孩子。"听说箱子里有孩子,战士们一下围拢过来。他们七手八脚打开箱子,果然看到一个大约两岁的孩子躺在里面,孩子穿着黑皮大衣、小高筒皮靴,苍白的小圆脸上布满了泪痕,孩子已经奄奄一息了。

战士们围着孩子议论纷纷,有的说肯定是土匪的孩子,见解放军追来了,慌得连孩子都来不及带走。有的说不一定是土匪的孩子,因为土匪裹胁了那么多哈萨克族牧民,也许是牧民的孩子。这时,指导员王鹏月走了过来,他一看就批评道:"你们没看到孩子快不行了,快救孩子。"于是他把皮大衣解开扣,将孩子紧紧裹在怀里。过了一会儿,他见孩子气色缓过来了,又用行军壶给孩子喂了两口水。孩子睡着了。

这时,战士们还在猜测孩子父母的身份。王鹏月对战士们说:"别猜了,要我说呀,不管是谁的孩子,都是建设新新疆的接班人。我们要尽快找到孩子的父母,把孩子送到他父母的手中。丢了亲骨肉,孩子的父母还不知急成啥样呢。"

部队回到了驻地。王鹏月一下马就让通信员李士成通知炊事班做些好吃的。这时孩子已经完全缓过来了,他大声地哭着,嘴里"呜嘟哇、呜嘟哇"地叫个不停。炊事班长王兴和炊事员董学元可犯愁了,给战士做饭好说,有啥做啥,战士是有啥吃啥。可给一个两岁的孩子做饭,这还是头一回。

不一会儿,烤羊肉、馒头、面条、炒菜端过来了。王兴解释说:"我们不知孩子爱吃些啥,就多做了几样。"

孩子确实饿了,狼吞虎咽吃了不少。可吃饱后,还是哭,还是"呜嘟哇、呜嘟哇"叫着。王鹏月对王兴说,可能是菜咸了,他给孩子又喂了些水。可喂后,孩子还是哭、还是"呜嘟哇、呜嘟哇"地叫。这时一屋子男人急得手足无措,不知怎么办才好。王鹏月一拍脑门,大声说:"孩子吃了,喝了,该干啥了?"

"该干啥了?"一屋子男人重复着指导员的话。

王鹏月哈哈笑了:"该拉了,该尿了。"

通信员李士成用大衣裹着孩子出去了,可回来后,孩子还是哭、还是"呜嘟哇、呜嘟哇"地叫。

王鹏月的脑门子都急出了汗。

就在这时,门外一女人高音大嗓地喊道:"指导员,听说咱连在下马崖捡了一个孩子,快让我看看。"

话音没落,连长王曰澎的爱人张素英一阵风地进来了。王鹏月如释重负地松了口气,说:"一着急,怎么把你给忘了。快看看,这孩子怎么老是哭,老是不停地'呜嘟哇。'"

连长爱人张素英是老新疆人,略懂哈萨克族语。这时,她抱起孩子用哈萨克语哄着孩子。真灵验,孩子不哭了,很快就入睡了。张素英把孩子安顿好后,对指导员说:"'呜嘟哇'是害怕的意思,孩子不懂普通话,又见了这么多陌生人,所以他就喊'呜嘟哇'。"

是土匪将孩子丢弃在雪地上

现在说说孩子的身世。

这个孩子的父亲卡宾其与母亲阿汗常年在天山深处的巴里坤草原放羊。乌斯满匪徒在与解放军对峙中,劫持了大量的牧民。有一天,几个匪徒骑马来到卡宾其的毡房,让他们捆上行囊与他们一道走,卡宾其不愿离开世代放牧的草原,问他们到哪去?土匪说跟他们走,不然解放军来了不但会抢走牛羊,还会杀了他们全家。就这样,卡宾其与其他哈萨克族牧民被匪徒裹胁着到处迁徙。有一天早晨,他们正在营地准备出发时,哨兵报告解放军来了,土匪骑着马赶着牧民的牛羊和骆驼向远处逃去。他们知道,只要畜群在手,不愁牧民不跟着走。卡宾其刚刚把装有儿子的木箱捆到骆驼背上,土匪就赶着他的骆驼跑了。两口子在后面一边追,一边挓挲着双手哭喊着:"儿子,骆驼背上是我的儿子。"土匪头也不回挥着鞭子兔子般的逃走了。

大半天后,已经把眼泪哭干的卡宾其两口子终于追上了土匪。

"儿子,我们的儿子呢?"卡宾其疲惫地问道。

一土匪不耐烦地说:"什么儿子,我们没见你的儿子。"

卡宾其急了,上前拉着那土匪质问道:"怎么没见呢,就在你们早上赶走的骆驼背上,我的儿子在驼背上的箱子里呀,你们是知道的。"

一土匪小头目过来说："你还找儿子,你的儿子早让解放军掠走了,解放军见啥抢啥,你那可怜的儿子肯定让解放军摔死了。"

一听这话,卡宾其两口子一头栽倒雪地里。

原来,土匪见摆脱了解放军的追剿后,就在一山坡下歇脚。他们拉来一匹骆驼,见驼背上捆着一个木箱子,箱子里还传出孩子的哭声。一土匪说："这不是早上那个牧人哭喊着要的那个孩子吗?怎么办?"

土匪小头目一鞭子抽在他身上,恶狠狠地说："怎么办?骆驼杀了吃肉,箱子扔掉,那人来问,就说是让解放军抢走了。"说着,小头目将枪管插进骆驼的嘴里扣动了扳机。

等卡宾其两口子苏醒过来后,土匪又跑了。在混混沌沌的大雪中,两人疯了一般向远处追去,茫茫雪原上传来凄厉的哭喊声:

"儿子,还我们的儿子。"

援朝成为二连一名"战士"

自捡到这个孩子后,王鹏月就向团长任书田作了汇报。任书田在答复中说,在找到孩子父母前,孩子就留在二连,可按战士的服装、伙食供应,把服装折成钱,给孩子扯布做衣服。

战士们听说孩子可留在连队,都争着要收养,连长爱人张素英对指导员说:"我是二连唯一结过婚的女同志,我来收养。"可王鹏月有点舍不得,这些天他一直带着孩子,对孩子已有了感情,孩子也不再喊"呜嘟哇"了,他决定由他来带孩子。

通信员李士成在造花名册时犯难了:花名册上要写孩子的名字,可孩子叫什么名字呢?

战士们七嘴八舌,起了不少名字,可王鹏月都不满意。当时全国喊得最响的口号是"抗美援朝,保家卫国",王鹏月就说:"给孩子一定要起一个有时代意义的名字,我看就叫'援朝'吧。"大家都说这名字好。

于是,李士成在二连花名册战士末尾的一格里慎重地写上了"援朝"。

"战士"援朝从此有了家。部队剿匪时,王鹏月就把孩子驮在马背上,晚上他俩睡一个被窝,就连开会,王鹏月也把孩子搂在怀里,两人朝夕相处、形影不离。援朝学的第一句普通话就是"解放军"。也怪了,有一天,战士们找来不少玩具,有哨子、烟嘴、弹壳、帽徽红五角星,可援朝偏偏喜欢红五角星。大家都笑了,说我们部队的番号是红星,这孩子又这么喜欢红星,真是和红星有缘呀。大家叫他"援朝",他就答应。再以后,有些战士就说,"援朝"总该有个姓吧,他是由指导员带着的,就随指导员姓吧。于是就叫他"王援朝",他也答应。王鹏月却不同意,他说,援朝不是哪一个人的孩子,是我们二连的孩子,叫"援朝"更合适。

1952年,王鹏月奉命调到哈密十六师政治部任组织科长,他把援朝也带到了哈密,那时师部刚刚成立红星幼儿园,王鹏月就把援朝送进了幼儿园,每到星期六再接回来。幼儿园领导对援朝的到来十分重视,抽调女兵孙承芝负责援朝的学习和生活。那年孙承芝才从山东入伍不久,十六岁,严格说来还是个孩子。起初有些想不通,她来新疆是为建设新新疆的,怎么让她看孩子?要看孩子还用参军到新疆?在山东老家看弟弟妹妹不就得了。领导给她作工作,讲述了援朝的经历以及军民团结的意义,她愉快地接受了任务。

也就是那年,王鹏月与女兵常修哲恋爱了,他们第一次见面,说的第一件事就是援朝。

"你知道吗,我还带着一个孩子。我反复想了,这件事一定要说明,你也不要太勉强了。"

让王鹏月没想到的是,漂亮女兵常修哲扑哧笑了:"谁不知道钢铁二连指导员王鹏月不但是个战斗英雄,还是个模范'爸爸',你收养援朝的事迹全军区都知道了,你可是我们女兵学习的榜样呀。"

王鹏月还是有些不放心,又试探说:"咱俩的事如果能成,这孩子可是要跟着咱们一辈子。"

常修哲佯装生气的样子嗔怪地说:"没想到你这个大英雄还这么瞧不起我们女兵,给你说吧,正是你的这些事迹,才打动了我的心。"说完,常修哲的脸羞得绯红。

6月1日,王鹏月和常修哲结婚了。婚后,他们一到星期六,就把小援朝接到家,两人忙着给小家伙做好吃的、洗澡、换新衣服。这时的援朝已经会说普通话了,两人商量着上学后让他学两种语言,以后在部队做翻译。

1953年3月15日,王鹏月两口子奉命赴朝。在那种情况下,不可能把援朝带走,于是,两人决定:将援朝寄托给红星幼儿园保育员孙承芝,由她来照顾。临别时,五岁的小援朝哭着要跟爸爸妈妈到朝鲜打美国佬。王鹏月、常修哲将小援朝亲了一遍又一遍,抱了一次又一次,就是舍不得离开,三人拥在一起,泪流满面。

孙承芝不忍看下去,从两人的怀中把援朝抱过来,流着泪对他说:"给爸爸妈妈说再见。"

"再——见。"援朝已经泣不成声。

孙承芝赶忙对他俩说:"快走吧,看孩子哭成啥样了。"

王鹏月和常修哲扭头向送他们的汽车走去。他俩浑身抽搐,用手紧紧地捂着嘴。

这时,谁也没想到,小援朝一下挣脱阿姨的双手,挓挲着两只小手一边跑,一边哭喊着:"爸爸——妈妈。"

听到喊声的王鹏月和常修哲又扭头跑回来,三人又抱在了一起。王月鹏从军帽上摘下那枚鲜艳的五角星,递给援朝,声音颤抖地说:"孩子,你要一辈子记住,你的爸爸妈妈是解放军。想爸爸妈妈了就看看这枚红五星。"

卡宾其、阿汗终于找到了儿子

转眼到了1958年,小援朝已是红星农场(1957年农五师建制撤销,改为红星农场)红小学四年级的学生了。一位同学无意中将他的经历说给了他在甘肃阿克塞哈萨克自治县的一个亲戚,身居阿克塞的卡宾其听说后,又惊又喜,连忙启程赶到哈密。

老人向红星农场副政委齐景舜述说的儿子丢失的地点、时间和经过与当时的情景完全吻合,齐景舜决定让他们父子相见。

那又是一个让人落泪的场面:卡宾其一进校园,远远看到一个穿着白衬衣、戴着红领巾的少年在老师的陪伴下站在金灿灿的阳光下,就像一棵向日葵。他先是一楞,然后大声地喊了一声:"阿克列姆,我的儿子。"就摩挲着双手,快速地向援朝跑去。跑到跟前,又是一楞,迟疑了片刻后,一把抱住援朝,放声大哭:"阿克列姆,爸爸终于找到你了,八年了,你妈妈的眼睛都哭瞎了。是解放军救了你的命呀。"

在场的人都被感动得流下了眼泪。

直到这时,大家才知道援朝的本名叫阿克列姆。

在以后的几天里,通过老师作工作,援朝终于同意随父亲回阿克塞。知道援朝要走,同学、老师给他送了很多礼物。但他最珍惜的依然是五年前王鹏月叔叔送给他的那枚五角星,他一直珍藏着。

临走时,卡宾其又找到副政委齐景舜,他紧紧握住齐副政委的手说:"土匪把我们老两口裹胁到甘肃后,是解放军把土匪消灭了,当地政府又给我们分了牛羊,我们才过上了好日子。可我们心里一直想着儿子,是解放军救了阿克列姆,你们像对自己的孩子一样对待阿克列姆,解放军的恩情我们一辈子忘不了。阿克列姆是我起的名字,援朝是解放军起的名字,我们和解放军心连心,以后这两个名字就连在一起,我儿子就叫援朝·阿克列姆。"

在场的人都为卡宾其的一番肺腑之言鼓起掌来。

补 记

王鹏月1983年离职休养于桂林干休所,多次写信打听援朝的下落;

保育员孙承芝现在农十二师二二一团,2008年被推举为兵团十大戈壁母亲候选人;

援朝·阿克列姆后到塔城邮电局任教育干事,至今还珍藏着那枚红五星;

卡宾其自那以后,不管在哪？只要见到解放军必然要鞠躬行礼。

月儿弯弯 星光闪闪

"月儿弯弯,星光闪闪,我们都是儿童团员,站岗放哨,又搞生产,长大之后就上前线……"

这首儿歌是丛本花小时候在山东解放区唱的,那时她是儿童团员,后来又是青年民兵。

她相信人的一生是有"伏笔"的,用老百姓的话说就是"从小看大"。在她长到二十岁时,果然来了"上前线"的通知——参加解放军到新疆去。新疆真是"前线",比她歌里的"前线"要远得多。但当时她对从家乡到新疆的地理上的"距离"并没多少概念,只知道新疆在"天边边"。

走的那天晚上,丛本花在自家的院里抬头看了看夜空,就如歌里唱的一模一样:"月儿弯弯,星光闪闪"。那一刻她强忍着就要夺眶而出的眼泪,和家人说了声"我走了",就头也不回地向集合地走去。一家人的哭声从院里传出来,像条绳子拽着她,她的心软了。"长大之后就上前线",自打参加儿童团那天起,不就等着"长大之后就上前线"这一天吗?想到这,她挺起胸脯向前走去。

月儿弯弯时离开家,四十多天后的八月十五那天到了迪化(今乌鲁木齐)。丛本花所在的中队分到新疆军区工兵二团,驻地在水磨沟一带。漂亮的营房,崭新的被褥,白面馒头随便吃,比她想象的"前线"好多了。由于处处都感到新鲜,营房里不断传出姑娘们的笑声和歌声。她们唱的最多的就是那首《月儿弯弯》。

一个车皮来的女兵都是在山东解放区长大的,人人会唱。男兵们伸长了耳朵听,说山东女兵觉悟高呀,从小就站岗放哨搞生产,长大还要上前线。可几天后,姑娘们的笑声、歌声没了,营房里传出嘤嘤的哭声,她们想家,想家乡的大葱。

迪化(今乌鲁木齐)不是前线。

新疆军区要在梧桐窝子建一个八一农场。营房驻地一连好几天晚上在放苏联电影《集体农庄》《女拖拉机手》等,女兵看后好生羡慕,纷纷报名去前线梧桐窝子建八一农场,当一名女拖拉机手。

前线梧桐窝子的夜晚虽然也是月儿弯弯,星光闪闪,但夜空下是茫茫荒原,没有一间屋。拓荒人就地取材,在地上挖个长方形的坑,上面搭上梧桐树枝,再盖些土。有些地方土没盖严实,还能看到弯弯的月儿和闪闪的星星。

梧桐窝子的条件艰苦,但人们开荒热情高涨。热火朝天、战天斗地、红旗招展、歌声嘹亮是最能表现当时情景的关键词。开荒人先是以班为单位住集体宿舍,渐渐,不断有女兵从集体宿舍搬到"鸟窝"里,因与大地窝子相比,那就是个像鸟窝一般小的地窝子,因此得名。山东女兵比起湖南女兵来的晚,所以部队营团一级的干部先下手找了湖南女兵。剩下的就是连排级干部,当然大多还是老兵。组织上为丛本花介绍的是大她九岁的刘景先,"9·25"起义的老兵。结婚那天晚上,一轮明月悬挂在梧桐窝子上空,明晃晃的月光水波般的泻进"鸟窝"。

在梧桐窝子的十年,丛本花一连生了三个孩子。记得生下老大不几天的一个夜晚,丛本花听到"鸟窝"外有孩子的哭声。丛本花问丈夫屋外咋有孩子的哭声?丈夫听了听后说哪有孩子哭声,你是听自己孩子的哭声听多了,是幻觉。丛本花又听了听肯定地说:"是孩子,和咱的孩子哭声一样,声音细得像小猫。丈夫推开门,看到月光下有一只柳条筐子,筐子里放着什么东西,裹得严严实实。

这时,夜空月儿弯弯,星光闪闪。

刘景先将筐子提回家,打开一看果然是个婴儿。也是才出生不久,是个男孩。丛本花问:"外面没人?"丈夫说:"四处都看了,没人。一定是外地老乡的孩子,养不起,听说我们家才生过孩子就送过来了。"

"送来了,咱就养着。"丛本花将乳头塞进孩子的嘴里。从此以后,丛本花每次奶孩子总是慌得措手不及,因为你喂这个孩子时,那个孩子就拼命地哭,一个人的奶水哪够两个孩子吃呀。没办法,刘景先就托人到迪化(今乌鲁木齐)买苏联进口的奶粉。

八一农场有个技术员因老婆不生,想要这个孩子,就与丛本花商量。丛本花不同意,说既然孩子的父母将孩子送到我家门口,就说明他们是将孩子托付给了我们,我不能擅自将孩子再送给你。再说,孩子不是个物件,可以送来送去的。其实丈夫刘景先也有意将这个孩子送给技术员,他心疼媳妇,满月后就得上班,再抚养两个孩子,能受得了嘛。

丛本花确实累,有一次下班后,连里召开大会,指导员让她上台发言,她腿软得只打颤。发言后,她走不下来了,是指导员把她扶到台下的。指导员说:"你都累得这样了,咋能再养两个孩子?"回到家,只见铺上只有自己的一个孩子,丛本花大声问丈夫那个孩子呢。丈夫说:"技术员抱走了,我同意,连领导也同意,说我们是一个大家庭,孩子都是革命后代,抚养后代是大家的共同责任。"丛本花心里也明白大家也是为她着想,只是心里像割了块肉似的。她抱起自己的孩子哭着说:"从今往后,你可没伴了。"

说没伴,伴就来了。在丛本花的人生中,这又是一个"伏笔"。

几年后,丛本花在工地上看到一个小男孩,那小男孩只是哭,问他家在哪也说不清。后来,丛本花只好把小男孩领回来。这一养就是一年。那些年口粮本来就紧张,粮食不够吃,丛本花就拔野菜吃。她对丈夫说,我俩每天省一口就够小孩吃的了。一天,小男孩的父母打听到孩子的下落,来到八一农场。一看孩子长高了,壮壮实实的,当即就跪下给丛本花两口子磕头。丛本花赶忙将其拉起来,直说我们解放军不兴这个。

八一农场建成了,一块块条田方方正正,就像棋盘;一排排营房排列有序,就像一列列火车的车厢;湛蓝的八一水库四四方方,就像姑娘的蓝头巾。人们奔走相告:最新出版的中华人民共和国地图上有了"八一农场"的标示。丛本花对丈夫说:"我们终于实现了戈壁滩上建花园的理想。这是我们的家呀。"

月儿弯弯,星光闪闪。

有一天夜里,丈夫很晚才踏着月色回到家。丛本花看到丈夫脸色凝重,就问:"出什么事了?"丈夫回答道:"伊犁和塔城的边民在外国势力的挑唆下,大量外逃。兵团组织工作队,到边民外逃的地方代耕、代牧、代管。我是老兵,有军事经验,我报了名。三天后就出发。"

丛本花的心一下揪了起来,就像真的要打仗似的。但她在心里迅速做出决定,丈夫走到哪,我和孩子也要跟到哪。就对丈夫说:"我和孩子一起去。"

那天夜里,两口子没眨一下眼,他们说了一夜。

"这次是真要离开梧桐窝子这个家了。"

"真舍不得呀。"

"我们真要上前线了?"

"是的,那里是最前线,是边界线。"

"要打仗吗?"

"那里是前线,随时都有可能打仗。"

"我不怕,我和你一起打仗。"

"你看好孩子就行了,打仗是我们男人的事。"

"兵团不分男女,开荒种地我们和你们男人一样,打仗为什么就分男女了呢?"

……

屋外月儿弯弯,星光闪闪。

从此,塔城乌拉斯台(现九师一六四团)这个地方又成了丛本花的新家。这个新家当时就安在一个羊圈里,围墙的上面搭上芦苇,再盖上土。围墙内用床单分割成若干个"房间",一个羊圈可安下十几家。

这里是真正的"前线"了,农场在高处修起来瞭望塔。那个冬天,农场召开了党代会,丛本花是党员,参加了会议。会上提出战斗口号:"刀山敢上,火海敢下,艰苦奋斗建农场,头年要打丰收仗。"

乌拉斯台系蒙古语,意为"河边杨树"。先是工作队队员来到这里,执行"三代"任务,后来又有大批的军垦战士和其他省份转业官兵来到这里。一个人就是一棵白杨树,一千个人就是一千棵白杨树,乌拉斯台成了屯垦戍边的白杨林。

丛本花这个在梧桐窝子就入党的人,在乌拉斯台这块肥沃的土地上,犹如一棵白杨树苗壮成长,先后担任过班长、排长、副连长、连长。她和战友们一道建设乌拉斯台。在这里,种地已不仅仅是打粮,而是在乌拉斯台这块土地上烙上中国的标记。所以说,种地就是战斗,就是捍卫祖国的领土。

"要让对面的人看到我们在自己的土地上种地"。这是丛本花当连长后常在会上说的一句话。

冬天,田野里白雪皑皑,丛本花带领民兵在地里军事训练,龙腾虎跃,喊声震天;

春天,一辆辆东方红拖拉机开进地里,机声隆隆,驰骋耕耘,田野里蒸腾着湿润的雾气,散发着泥土的清香;

紧接着,翻起的土地被耙平了,播进了麦种;不几天,黑色的土地泛青了,毛茸茸的;

夏天,麦苗由墨绿变为金黄。

这就是丛本花带领连队职工在土地上打上的中国烙印,描绘出的中国颜色。

当然,这一切来之不易。

有一年,小麦地刚刚泛青,一场突如其来的冰雹从天而降。人们顾不得倾泻的冰雹,只往地里跑。看到地里不见了麦苗,铺了一地的冰雹时,失声大哭。夜里,连队召开动员大会,丛本花在会上掐着腰高声喊道:"不能让对面的人看我们的笑话,中国人是打不垮的。"

第二天,第三天,第四天,小麦种子又播进了土地。又打上了中国烙印。

除了天灾,还有人祸。

每年的麦收就是最紧张的战斗,相邻的几个团场,曾组织民兵腰间捆上手榴弹去收割麦子。对面的军人开着坦克来威慑,有时还出动了直升机来恫吓。乌拉斯台虽然没出现过这种险情,但军情难料,得打有准备之仗。每年夏收时,刘景先这个老兵都要带着民兵排全副武装保护夏收,他们也是腰间捆着手榴弹,全自动步枪、机枪和火箭筒就架在地头。"快收,快运,快储藏"是当时的口号,也是战斗任务。有一年夏收,丛本花四天三夜没合眼,奔波在小麦地里,等小麦全收割运回后,她连回家的路都找不到了。

小麦归仓后,就意味着保卫祖国胜利果实的战斗结束了。这时,家家都要用新麦子做顿好饭,算是对从春播到夏收辛苦的犒劳吧。有一次师领导来到丛本花连长家,看到三个孩子狼吞虎咽吃拉条子,那个领导就问最小的儿子香不香?小儿子顾不得抬头,说香。师领导接着问,怎么个香呀。小儿子说:"哎呀,我都没嚼就咽下去了。"引得师领导大笑起来。

丛本花在乌拉斯台种了二十二年的地,守卫了二十二年国土,这块国土上有她的脚印、手印,有她的汗水和泪水。她最欣慰的是,土地年年播种收割,年年打上了中国的烙印,没有丢失一寸。

从小就唱"长大之后上前线"的丛本花,真的在兵团这个前线战斗了一辈子。

2008年,丛本花高票当选兵团十大戈壁母亲,在颁奖仪式上,她唱起了那首儿歌:

月儿弯弯,星光闪闪,我们都是儿童团员,站岗放哨,又搞生产,长大之后就上前线……

张迪源

2009年4月4日,清明。

湖北省荆州市岑河农场的墓地,笼罩在蒙蒙烟雨之中。在张迪源的墓碑前,站着两位老人,一位是逝者的丈夫高天成,一位是逝者的战友蒋平复。而蒋平复是专程从新疆赶来凭吊的。在墓前,蒋平复告诉张迪源:"大姐,八一机耕农场(现农十二师头屯河农场)已是一个小城镇了,早已实现了我们那会儿的梦想——电灯电话,楼上楼下。我们机耕队的战友有不少人已经走了,我是代表还健在的人来看望你……"

为了搜集张迪源的故事,2009年12月4日,我来到了蒋平复老人的家。以下便是他和高天成(电话采访)给我讲述的张迪源的故事。

一

张迪源出生在湖南省醴陵县井头村,幼年丧母。后在湖南省省立第二师范读书,临近毕业时,父亲病逝,从此断了经济来源,只得退学,到醴陵农村做了小学教师。1950年,新疆招聘团到湖南招兵,同其他热血青年一样,张迪源也报了名。那时招聘团是招够一批送走一批,所以,蒋平复是8月赴疆的,而张迪源是9月启程的,当时他们并不认识。到了迪化(今乌鲁木齐)后,蒋平复和张迪源第一批男女青年分配到当时的新疆军区文工二团。他们并没有什么文艺天赋,只是有些文化,那时各部门都急需有文化的人,也许这是将他们分配到文工团的主要原因吧。可张迪源他们是怀着保卫新疆,建设新疆的一腔热血参军的,他们不甘于"说说唱唱,蹦蹦跳跳"。那会儿,报上不时地发表第一位女火车司机田桂英、第一位女拖拉机手梁军以及苏联妇女如何建设社会主义的事迹。恰巧他们又听说新疆军区在头屯河举办拖拉机驾驶培训班,张迪源他们坐不住了,联名向新疆军区政治部打了一份报告。蒋平复回忆说,报告的主要内容就是坚决要求到艰苦的地方去,到生产一线去,用我们的双手驾驶拖拉机开垦万古荒原,创造社会主义财富。

很快,报告批了。

张迪源、蒋平复等十几人如愿以偿,1950年11月10日,他们来到头屯河,参加拖拉机驾驶培训班的学习。

二

据《兵团农机志》记载,新疆军区在头屯河成立农业生产训练大队,并于1950年7月至1951年3月首次举办新式农具学习班,各部队三百人参加学习。张迪源等人是插班生。讲课老师都是从苏联留学回来的。由于张迪源文化底子扎实,加之她又用功,所以培训班结业时,她和蒋平复都留了下来。蒋平复协助教学(刻印蜡板),而张迪源继续参加1951年4月5日军区农业生产训练大队举办的拖拉机驾驶技术培训班。参加培训的学员共有五十七人,女学员也就三四人。当时用于教学的有两台拖拉机,一台是国民党留下来的,一台是新疆军区用土特产品从苏联换来的,发动时马达声响如放炮。当时班上有不少男学员议论,说女学员胆子小,马达一响不被吓跑,也被吓哭。张迪源只有一米六的个头,手短腿短,坐在按苏联人体型设计的驾驶台上,倒车时扭头根本看不到后面,只能凭感觉。但她毕竟是师范学校毕业的,文化功底扎实,理论知识理解得快,掌握得快。经过四个月的学习、实习,张迪源完全掌握了拖拉机的驾驶技术。这年10月25日,新疆军区八一机耕农场在头屯河成立,张迪源和蒋平复都留在了农场。这年9月播春麦时,解放军画报社记者陆文骏听说八一机耕农场有一个女拖拉机手,就去采访。到了地里,张迪源正开着"维特兹"拖拉机播春麦,记者就拍了,接着又让张迪源和另一女农具手刘传汉站在24行播种机上拍了播种作业照片。当年11月第九期《解放军画报》刊发了一组"新疆军区八一机耕农场机械化作业的照片",其中,张迪源开"维特兹"拖拉机的文字说明是:"中国人民解放军的第一名女拖拉机手张迪源同志,她在新疆军区直属农场上愉快地驾驶着拖拉机进行耕种。"当年国庆节,国家邮电部又将张迪源和刘传汉站在24行播种机上作业的照片选为"特5,《伟大的祖国》"组邮票之一,在全国发行。从此,张迪源就成为中国人民解放军第一位女拖拉机手。一时间,军内外媒体争相报道,张迪源的名字传播到全国各地。1952年1月23日,新疆军区王震司令员与迪化(今乌鲁木齐)市市长、第二十二兵团副政委饶正锡到八一机耕农场视察时,亲切接见了张迪源,并在张迪源的笔记本上题词。王震司令员的题词是:"努力学习,精通拖拉机技术,争取模范拖拉机手光荣称号。"饶正锡副政委的题词是:"祝你在掌握拖拉机技术上,不断获得新的成就,为新疆机械化农业显示光荣的示范作用。"

王震司令员的题词一直鼓舞着张迪源,她刻苦学习拖拉机驾驶、修理技术,成为场里的技术尖子。她1951年被评为劳动模范,1952年光荣加入中国共产党。不管是后来调到北大荒,还是又调到湖北,她一直珍藏着那个王震题词的笔记本,不幸的是,那个笔记本在"文化大革命"中遗失了。

三

1952年4月2日,一条消息在迪化(今乌鲁木齐)的大街小巷传播:"解放军在头屯河用拖拉机犁地,开拖拉机的是一个解放军女战士。"迪化(今乌鲁木齐)市民从来没见过拖拉机犁地,而且开拖拉机的还是个姑娘,人们都想一睹为快。骑马的,坐车的,人们向头屯河八一机耕农场涌去。王震的秘书王玉胡也没见过拖拉机犁地,也在这一天跑去看稀罕。当天晚上,他写了一篇通讯《拖拉机开动了!》,发表在4月7日《新疆日报》上。

那天,阳光灿烂,大地雪融,从迪化(今乌鲁木齐)赶来的成百上千的市民像高粱地里的高粱秆儿,黑压压一片。他们站在冒着湿气的、即将要开垦的万古荒原上,翘首期盼着拖拉机的到来。那天,八一机耕农场的三台拖拉机都擦得锃光瓦亮。张迪源开的是"斯大林80号",高大的机车就像待命进入战场的坦克。

为了这一天,张迪源领导的第一机耕小组已经准备了很长时间了。第一机耕小组多为女兵,除了张迪源,还有副驾驶刘传汉,农具员韩佩珍、高凤林。那时的拖拉机发动都是手摇,要摇好一阵,女兵根本发动不起来。为此,场长张芝明额外为张迪源配备了一个发动机车的男副手,他叫朱效天。为了使小组的所有同志都能熟练掌握拖拉机驾驶技术,张迪源不厌其烦地传授技术。

韩佩珍因学不会驾驶而闹情绪,张迪源就鼓励她:"要自信,王震司令员鼓励我的话,也是鼓励我们大家的,只要我们努力学习,钻研技术,都能成为模范的拖拉机手。"在张迪源小组长的鼓励下,韩佩珍克服了自卑心理,初步掌握了驾驶技术。张迪源当过教师,很会鼓舞大家的斗志,她在小组动员会上慷慨激昂地说道:"王震司令员已经下达了命令:'确切掌握农时,做到一切农作物都能适时下种'。春耕春播就是支援抗美援朝的战斗,机器是大炮,荒地是战场,我们要提高技术,节省油料,及时排除机器故障。地要犁深耙平,种要播撒均匀,争取立功当模范。"在她的鼓动下,大家都写了决心书。

时间到了,场长张芝明一声令下:"出发!"三台拖拉机在"斯大林80号"的带领下,轰鸣着向人们聚集的荒原驶去。

"拖拉机来了,拖拉机来了。"人们一边喊一边向拖拉机迎去。可到了跟前,脚下震得发抖,见拖拉机冒着白烟,发出的声音如打雷,又吓得四处乱跑。这时有人高声喊道:"快看呀,开第一辆拖拉机的是个丫头,真了不起,解放军的女兵还能开拖拉机。"

春耕开始了,只见"斯大林80号"牵引着犁铧就像一辆坦克,轻松地驰骋在原野上,它的身后,肥沃的湿土冒着湿气浪花般的翻卷过来。

一位回族老汉说:"我用牛犁了一辈子地,今天算是开了洋荤,看到了拖拉机犁地。"

一位维吾尔族老大爷高喊着:"特拉克拖(拖拉机),亚克西(好),特拉克拖,亚克西(好)。"

一个老大娘和一个闺女一人抱着一只老母鸡,一人挎着一篮鸡蛋,看样子是走亲戚路过,也过来看稀罕。大娘对闺女说:"解放军的女兵真勇敢,连拖拉机都敢开,回去让村上的女人来看看。学学人家。"

这时,场长张芝明向大家宣传起拖拉机的优越性来:"老乡们,在前面犁地的那个'大家伙'就是'斯大林80号',它一天可犁地三四百亩,顶一个营一天的开荒亩数,顶六七十头牛。"

没等场长把话说完,刚才那个回族老汉纠正说:"六七十头牛也犁不了四百亩,我那头牛加两斤豆料,一天也只犁三亩多点。这个铁家伙最少顶百十头耕牛。"

一位青年农民说:"一头牛还得一人赶,还得百十多人呢。这么多牛和人还不顶一个丫头开的拖拉机。"

人群中爆发出一阵爽朗的笑声。

张芝明接着说:"告诉大家吧,那个开拖拉机的女兵可是咱中国人民解放军第一位女拖拉机手,名叫张迪源,她十个小时犁地一百八十亩。"

人群中爆发出一片赞叹声。

张芝明接着说道:"将来你们也会用拖拉机犁地的,从今年秋起,人民解放军就要让出自己的一部分耕地、房屋、农具,帮助新疆人民办好一万亩地到一万五千亩地规模的十个集体农庄。"

话音刚落,那位回族老汉带头喊道:

"解放军万岁!""毛主席万岁!"

四

那是一个"比学赶帮超"的年代,在八一机耕农场,干部与干部,拖拉机手与拖拉机手都要相互之间写挑战书。1952年3月下旬,在新疆军区八一机耕农场向全国各地国营农场和人民解放军经营的农场发出爱国增产挑战书后,黑龙江省查哈阳机械农场梁军女拖拉机队也向全国各地国营农场的女拖拉机队发出爱国增产竞赛挑战书。为响应王震司令员的"确切掌握农时,做到一切农作物都能适时下种"的号召,掀起爱国增产竞赛的热潮,张迪源女拖拉机机组,于1952年4月23日,向梁军女拖拉机队应战,并向全国国营农场女拖拉机队挑战。1952年4月26日《新疆日报》一版全文发表了这份挑战书。

黑龙江省查哈阳机械农场梁军女拖拉机队暨全国国营农场的女拖拉机队(组、手)同志们:

梁军女拖拉机队向全国各国营农场的女拖拉机队发出爱国增产竞赛的挑战条件,我们在《新疆日报》上看到后,全组同志进行了热烈的讨论,我们在祖国边疆农业战线上,本着毛主席"增加生产,厉行节约,以支持中国人民志愿军"的伟大号召,提出以下条件,除向梁军女拖拉机队应战外,并向全国国营农场的女拖拉机队、组、手同志们进行革命的友谊竞赛。

一、我们驾驶的"斯大林80号"巨型拖拉机,担负农场犁地的重大任务,我们兢兢业业,努力不懈,保证在七千亩的耕地上,按照季节和规定都犁两遍,并犁透犁平,深度二十公分(厘米)以上。

二、爱护机器,节省油料,我们驾驶的"斯大林80号"巨型拖拉机保证在百亩地内按马力标准节省油料二十公斤。

三、加强学习,提高技术,保证作业中少发生故障,并及时修理,不耽误工作。

我们除了保证做好上述几点，坚决完成本组每个季节的耕地任务外，并要与其他拖拉机组密切配合，发扬互助友爱，参加田间工作组中耕工作，为提高单位面积产量和争取今年农业生产战线上胜利而奋斗！

致以革命的敬礼

新疆军区八一机耕农场张迪源女拖拉机组 谨上

1952年4月23日

五

自张迪源成第一位女拖拉机手后，就有不少人把求爱的目光投向了头屯河畔的那个农场，将目光落在了张迪源的身上。当然，敢把求爱目光投向她的不是一般的小人物，那些求爱目光来自新疆军区，具体说是来自军区各部门的头头脑脑。这就是"名人效应"。

张迪源一心学习拖拉机技术，她的压力太大了，全国报刊雪片似的报道她，就连苏联的一位女英雄都给她寄来了信。特别是王震司令员为她题词后，她不敢有丝毫分心。"军区不少领导想找张迪源"的事让王震知道了，他略施小计：命令张迪源一心学习拖拉机技术，五年内不准结婚。张迪源也向司令员保证：五年不结婚。命令明着看是下给张迪源的，其实军区各部门的头头脑脑心里明白，这条路彻底堵死了。

至于八一机耕农场的小伙子，更不敢有非分之想。张迪源是英雄，是榜样，怎么可能与她谈情说爱呢？可以说，从到了八一机耕农场的那些年，张迪源在个人情感上很孤独。她是1926年生人，在湖南女兵中，她的岁数算是大的，她不可能不考虑个人问题。但她不能考虑，她只能把情感倾注到"斯大林80号"上。到了1953年，张迪源累病了，送到陆军医院一检查，是肾炎，很严重。当时新疆军区政治部有意让她参加赴朝慰问团，但医生坚决不同意。这样，张迪源就没去成。可军区领导一个星期来几趟，下令要治好张迪源的病。三个月后，张迪源出院了,仍在八一机耕农场开"斯大林80号",但她的身体大不如以前,经常蹲在地里,疼得脸色发白。这时,场领导才意识到,张迪源是模范,但也是女人,她需要有个伴,需要有个家。

这时的"军区各部门的头头脑脑"已经结过婚了,而场里没结婚的干部对她更是"敢敬不敢爱",甚至想都不敢想。还是新疆军区副参谋长、军区生产办公室主任、八一农学院常务副院长杨捷解决了这个难题。因八一机耕农场1953年归属八一农学院,所以,他隔三差五就去农场,对农场的人员很熟悉。他觉得机耕队队长高天成很合适,于是就找高天成谈话,单刀直入,开门见山。说实话,高天成是一点思想准备都没有,此前压根就没想过这事,他和张迪源也只是领导与被领导的工作关系,相互学习、相互支持的战友关系。杨捷与其是找高天成谈话,不如说是给他布置任务。而高天成也明白,张迪源确确实实需要有个家,需要有个知冷知热的伴。他接受了张迪源。

早在1951年军区举办的第一期拖拉机学习班上,高天成就和张迪源同在学习班学习。有一次,高天成要填一张干部履历表,可他认不了几个字,就找班里学习最好的张迪源代填,所以,高天成的成长历程张迪源最清楚。高天成十四岁参加革命,当过侦察员,为王震司令员牵过马(驭手),真正的苗红根正。

当笔者打电话到湖北岑河农场问他:"你和张迪源恋爱中谈过几次,还记得说了哪些话吗?"他哈哈笑了:"我们没谈过,谈啥?我的情况她最清楚,她的情况报上都登了,我也清楚。杨院长找我谈后的不几天,我俩就在'三八'节结婚了。"

"是1953年的'三八'节吗?"

"不,是1954年'三八'节。"他在电话里说。

婚礼十分简单,高天成从伙房提了两大桶开水,买了五斤花糖。场长张芝明主持婚礼,首先是两人向毛主席画像敬礼,接着又向农场的战友敬礼。婚礼还没热闹完,场里就要开党支部会议,支委高天成就去开会了。等夜里回来走到窗下时,看到张迪源在灯下等他,高天成的心一热,慌慌地走进洞房。

蒋平复对我说:"那时我们捣蛋得很,高队长开会去了,我们闹不成洞房了,我们就从康拜因(联合收割机)的机体上搞来一小把麦芒末子,偷偷地撒在一对新人的'太平洋'床单上。那东西沾到人身上,奇痒无比。那晚上够他们受的。"

那年高天成二十四岁,张迪源二十八岁。

第二年,他们的第一个儿子出生了,起名叫高潮。

后　记

1956年,张迪源两口子奉命调往黑龙江八五〇九农场。张迪源起先还是开拖拉机,两年后做农机技术员。而高天成还当机耕队长。第二年,第二个儿子出生了,起名叫高峰。

1964年,两人调到湖北省荆州市岑河农场,高天成在机耕队当书记,张迪源先后在医院当院长,在学校当校长,后任农场工会主席。

1989年,张迪源因肝硬化病逝。